John Grisham

TIEMPO DE PERDÓN

John Grisham se dedicó a la abogacía antes de convertirse en un escritor de éxito internacional. Desde que publicó su primera novela, *Tiempo de matar*, ha escrito casi una por año, consagrándose como el rey del género con la publicación de su segundo libro, *La firma*. Todas sus novelas, sin excepción, han sido bestsellers internacionales y nueve de ellas han sido llevadas al cine, con gran éxito de taquilla. Traducido a veintinueve idiomas, Grisham es uno de los escritores más vendidos de Estados Unidos y del mundo. Actualmente vive con su esposa Renee y sus dos hijos Ty y Shea entre su casa victoriana en una granja en Mississippi y una plantación cerca de Charlottesville, Virginia.

TIEMPO DE PERDÓN

JOHN GRISHAM

TIEMPO DE PERDÓN

Traducción de
Ana Isabel Sánchez Díez

VINTAGE ESPAÑOL

Penguin
Random House
Grupo Editorial

Título original: *A Time for Mercy*
Primera edición: diciembre de 2021

© 2020, John Grisham
© 2021, Penguin Random House Grupo Editorial USA, LLC
8950 SW 74th Court, Suite 2010
Miami, FL 33156

Traducción: Ana Isabel Sánchez Díez

Diseño de cubierta: Adaptación de la cubierta original de John Fontana
/ Penguin Random House Grupo Editorial

Impreso en México - *Printed in Mexico*

ISBN: 978-1-644-73493-3

21 22 23 24 25   10 9 8 7 6 5 4 3 2 1

A la memoria de
SONNY MEHTA,
presidente de Knopf, director editorial, editor

1

La triste casita estaba en el campo, a unos diez kilómetros al sur de Clanton por una carretera rural que no llevaba a ningún lugar concreto. No se veía desde la carretera y se accedía a ella por un camino de grava serpenteante que subía, bajaba y se retorcía, y que, por las noches, hacía que los faros de los coches que se acercaban iluminaran intermitentemente las ventanas y las puertas delanteras, como si trataran de alertar a los que esperaban dentro. El aislamiento de la casa aumentaba el inminente horror.

Hacía mucho que habían dejado atrás la medianoche del domingo cuando al fin aparecieron los faros. Bañaron el interior de la casa y proyectaron sombras silenciosas y amenazantes sobre las paredes; luego desaparecieron, cuando el coche descendió antes de enfilar el tramo final. Hacía horas que los de dentro tendrían que haber estado durmiendo, pero dormir era algo imposible durante aquellas noches terribles. En el sofá de la sala de estar, Josie respiró hondo, rezó una oración rápida y se acercó a la ventana para ver el coche. ¿Avanzaba a trompicones y dando tumbos, como de costumbre, o lo controlaba bien? ¿Estaba el conductor borracho, como ocurría siempre en noches como aquella, o habría sido capaz de moderarse con el alcohol? Josie llevaba un picardías atrevido para captar su atención y tal vez desviar su estado de ánimo de la violencia al romanticismo. Ya se lo había puesto antes y una vez le había gustado.

Lo vio salir cuando el coche se detuvo junto a la casa. Se tambaleaba y daba traspiés, así que se preparó para lo que se avecinaba. Fue a la cocina, donde la luz seguía encendida, y esperó. Al lado de la puerta, medio escondido en un rincón, había un bate de béisbol de aluminio. Era de su hijo Josie, y lo había colocado allí hacía una hora a modo de protección, solo por si le daba por ir a por sus niños. Había rezado pidiendo valor para usarlo, pero seguía teniendo dudas. Él se desplomó contra la puerta de la cocina y forcejeó con el picaporte, como si estuviera cerrada con llave; no era así. Al final la abrió de una patada y la estampó contra el frigorífico.

Stuart era un borracho desaliñado y violento. La pálida piel irlandesa se le ponía colorada, tenía las mejillas rojísimas y los ojos le brillaban con un fuego alimentado por el whisky que Josie ya había visto en demasiadas ocasiones. A los treinta y cuatro años, empezaban a salirle canas y se estaba quedando calvo, pero intentaba disimularlo con una cortinilla mal hecha que, tras pasarse la noche de bar en bar, se convertía en unos cuantos mechones de pelo largo que le colgaban por debajo de las orejas. No tenía cortes ni magulladuras en la cara; quizá eso fuera una buena señal, o quizá no. Le gustaba pelearse en los garitos, y después de una noche complicada solía lamerse las heridas e irse directo a la cama. Pero si no había habido pelea, llegaría a casa buscando bronca.

—¿Qué coño haces despierta? —gruñó mientras intentaba cerrar la puerta a su espalda.

Con la mayor calma posible, Josie contestó:

—Te estaba esperando, cariño. ¿Estás bien?

—No necesito que me esperes. ¿Qué hora es, las dos?

La mujer sonrió con dulzura, como si no pasara nada. Hacía una semana, había decidido irse a la cama y esperarlo allí. Stuart llegó tarde, subió al piso de arriba y amenazó a los hijos de Josie.

—Más o menos las dos, sí —respondió en voz baja—. Vámonos a la cama.

—¿Para qué llevas puesta esa cosa? Pareces una puta. ¿Has tenido a alguien aquí esta noche?

Una acusación frecuente desde hacía un tiempo.

—Claro que no —dijo—. Me lo he puesto para acostarme.

—Qué zorra eres.

—Venga, Stu. Tengo sueño, vámonos a la cama.

—¿Quién es? —rugió mientras se dejaba caer de espaldas contra la puerta.

—¿Quién es quién? No hay nadie. Llevo aquí toda la noche con los niños.

—Eres una puta mentirosa, ¿lo sabías?

—No te estoy mintiendo, Stu. Vámonos a la cama, es tarde.

—Esta noche me han dicho que vieron la camioneta de John Albert aquí delante hace un par de días.

—¿Y quién es John Albert?

—¡Y quién es John Albert, pregunta la muy zorra! Sabes muy bien quién es John Albert. —Se apartó de la puerta y dio unos cuantos pasos hacia ella, pasos inestables. Intentó agarrarse a la encimera, señaló a Josie y farfulló—: Eres una fulana y tienes a tus antiguos novios rondando por aquí. Te lo he advertido.

—Mi único novio eres tú, Stuart, te lo he dicho mil veces. ¿Por qué no me crees?

—Porque eres una mentirosa y ya te he pillado mintiéndome antes. Acuérdate de la tarjeta de crédito. Menuda zorra.

—Venga, Stu, eso fue el año pasado y ya lo hemos superado.

El hombre se abalanzó sobre ella, le agarró una muñeca con la zurda y le pegó un bofetón en la cara. Con la mano abierta, un golpe a la altura de la mandíbula, un chasquido estruendoso y nauseabundo, de carne contra carne. Josie chilló de dolor y miedo. Se había prometido que haría cualquier cosa menos chillar, porque sus hijos estaban en el piso de arriba, tras una puerta cerrada con pestillo, escuchando, oyéndolo todo.

—¡Para, Stu! —gritó. Se llevó las manos a la cara e intentó recuperar el aliento—. ¡No quiero más golpes! ¡Te dije que me largaría y te juro que lo haré!

Stuart soltó una carcajada tremenda.

—¿Ah, sí? ¿Y adónde vas a irte ahora, putita? ¿De vuelta a la autocaravana en el bosque? ¿Vas a vivir otra vez en el coche? —Tiró de la muñeca, la obligó a darse la vuelta, le rodeó el cuello con un antebrazo grueso y le gruñó al oído—: No tienes adonde ir, zorra, ni siquiera puedes volver al camping de caravanas donde naciste.

Le salpicó la oreja con saliva caliente y con el tufo del whisky y la cerveza rancios.

Josie tironeó e intentó liberarse, pero Stuart le tiró del brazo hasta levantárselo casi hasta la altura de los hombros, como si estuviera intentando con todas sus fuerzas romperle un hueso. Josie no pudo evitar gritar de nuevo y, al hacerlo, sintió lástima por sus hijos.

—¡Vas a romperme el brazo, Stu! ¡Para, por favor!

Se lo bajó un par de centímetros o tres, pero la apretó contra sí con más fuerza.

—¿Adónde vas a ir? —le siseó al oído—. Tienes un techo bajo el que vivir, comida en la mesa, un dormitorio para esos dos mocosos de mierda que tienes, ¿y hablas de largarte? No lo creo.

La mujer se tensó, se agitó y trató de soltarse, pero Stuart era un hombre fuerte con un mal genio terrible.

—¡Vas a romperme el brazo! —repitió—. Stu, ¡suéltame, por favor!

Pero él volvió a tirar con fuerza y Josie gritó. Lanzó una patada hacia atrás con el talón desnudo y lo golpeó en la espinilla; luego se dio la vuelta y con el codo izquierdo le acertó en las costillas. Aquella reacción lo aturdió durante un segundo; no le hizo daño, pero permitió que Josie se liberara. Al soltarse, tiró al suelo una de las sillas de la cocina. Más ruido para asustar a sus hijos.

Stuart cargó contra ella como un toro enloquecido, la agarró por la garganta, la empotró contra la pared y le clavó las uñas en la carne del cuello. Josie no podía chillar, no podía tragar ni respirar, y el destello enajenado de los ojos de Stuart le reveló que aquella sería su última pelea. Había llegado el momento en que por fin la mataría. Intentó darle otra patada, falló y, en un abrir y cerrar de ojos, él le asestó un gancho de derecha tremendo que le acertó de pleno en la barbilla y la dejó inconsciente de inmediato. Josie se desplomó y aterrizó en el suelo de espaldas, con las piernas separadas. El picardías se le había abierto, dejando los pechos al aire. Stuart se quedó inmóvil durante uno o dos segundos, admirando su obra.

—El primer golpe lo dio ella, la muy zorra —masculló, y después fue al frigorífico a coger una lata de cerveza.

La abrió, bebió un trago, se secó la boca con el dorso de la mano y esperó a ver si Josie se despertaba o si iba a pasarse fuera de combate el resto de la noche. No se movía, así que se acercó para comprobar si respiraba.

Llevaba toda la vida metiéndose en peleas callejeras y conocía bien la primera norma: mételes en la barbilla y déjalos tiesos.

La casa estaba tranquila y silenciosa, pero él sabía que los críos estaban arriba, escondidos y a la espera.

Drew era dos años mayor que su hermana, Kiera, pero la pubertad, como la mayor parte de los cambios normales de la vida, se estaba haciendo de rogar. Tenía dieciséis años y era bajo para su edad. Le preocupaba esa falta de altura, sobre todo cuando se comparaba con su hermana, que estaba dando otro de esos estirones que le proporcionaban un aspecto desmañado. Lo que ninguno de los dos sabía aún era que cada uno era de un padre distinto y que, por tanto, su desarrollo físico nunca iría a la par. Genética aparte, en aquel momento estaban abrazados con la misma fuerza que cualquier otra pareja de hermanos, escuchando con horror cómo su madre sufría otra paliza.

La violencia aumentaba y el maltrato era cada vez más frecuente. Le suplicaban a Josie que se marcharan de allí y ella les hacía promesas, pero los tres sabían que no tenían adonde ir.

Su madre les aseguraba que las cosas mejorarían, que Stu era un buen hombre cuando no bebía y que ella estaba decidida a ayudarlo a recobrar la salud con amor.

No tenían adonde ir. Su última «casa» había sido una vieja autocaravana en el patio trasero de un pariente lejano al que le avergonzaba tenerlos en su propiedad. Los tres sabían que estaban sobreviviendo con Stu solo porque tenía una casa de verdad, con ladrillos y un tejado de estaño. No pasaban hambre, aunque todavía conservaban recuerdos dolorosos de aquella época, e iban al instituto. De hecho, el instituto era su santuario, porque Stuart jamás se pasaba por allí. En el instituto también había problemas —dificultades académicas en el caso de Drew, escasez de amigos en el caso de ambos, ropa vieja, ponerse en la cola de los becados que comían gratis—, pero al menos allí estaban lejos de Stu y a salvo.

Cuando estaba sobrio, que, por suerte, era la mayor parte del tiempo, seguía siendo un imbécil desagradable al que le fastidiaba tener que mantener a los chicos. Él no tenía hijos porque nunca los había querido, y también porque sus dos matrimonios anteriores habían terminado no mucho después de comenzar. Era un bravucón que creía que su casa era su castillo. Los críos eran invitados no deseados, puede que incluso intrusos y, por lo tanto, tenían que hacer todo el trabajo sucio. Con tanta mano de obra gratis, tenía una lista de tareas interminable, la mayoría incluidas para disimular el hecho de que él no era más que un vago inútil. A la menor transgresión, echaba pestes contra los chavales y los amenazaba. Compraba comida y cerveza para él e insistía en que los escasos ingresos de Josie cubrieran su parte de los gastos de alimentación.

Pero las tareas, la comida y la intimidación no eran nada en comparación con la violencia.

Josie apenas respiraba y no se movía. Stuart se acercó a ella, le miró los pechos y, como siempre, deseó que fueran más grandes. «Joder, hasta Kiera tiene más tetas». Sonrió al pensarlo y decidió ir a echar un vistazo. Cruzó la pequeña sala de estar a oscuras y empezó a subir las escaleras haciendo todo el ruido posible para asustarlos. A medio camino, la llamó con una voz aguda, ebria, casi juguetona:

—Kiera, oh, Kiera...

En la oscuridad, la muchacha se estremeció de miedo y le apretó el brazo a Drew con más fuerza aún. Stu continuó avanzando con pesadez, sus pasos resonaban en los escalones de madera.

—Kiera, oh, Kiera...

Primero abrió la puerta de la habitación de Drew y la cerró de golpe. Luego manipuló el picaporte de la puerta del dormitorio de Kiera, pero se dio cuenta de que tenía el pestillo echado.

—Ja, ja, Kiera, sé que estás ahí dentro. Abre la puerta.

Se dejó caer contra ella, empujándola con el hombro.

Los hermanos estaban sentados a los pies de la cama estrecha, con la mirada clavada en la puerta. Drew había encontrado en el cobertizo una barra de metal oxidada y con ella había improvisado un tope que rezaban para que funcionara. Uno de los extremos estaba encajado contra la puerta; el otro, contra la estructura de metal de la cama. Cuando Stu comenzó a sacudir el picaporte, los dos muchachos, tal como habían planeado, se apoyaron en la barra de metal para aumentar la presión. Habían ensayado la escena y estaban casi seguros de que la puerta aguantaría. También habían ideado un ataque, por si la puerta cedía. Kiera cogería una vieja raqueta de tenis y Drew se sacaría un botecito de espray de pimienta del bolsillo y lo rociaría con él. Se lo había comprado Josie, por si acaso. Puede que Stu volviera a pegarles una paliza, pero al menos caerían peleando.

Podía tirar la puerta abajo a patadas. Hacía un mes lo había hecho, y después montó un escándalo terrible cuando tuvo que gastarse cien dólares en una nueva. Al principio se empeñó en que los pagara Josie, luego les pidió dinero a los chicos y al final dejó de dar la lata con el asunto.

Kiera estaba rígida de miedo y lloraba en silencio, pero también pensaba que aquello no era lo habitual. Las otras veces que Stuart había ido a su habitación lo había hecho cuando no había nadie más en casa. No había habido testigos y él la había amenazado con matarla si alguna vez decía algo. Stu ya había silenciado a su madre, ¿tenía intención de hacerle daño también a Drew, de amenazarlo?

—Oh, Kiera, oh, Kiera —canturreó estúpidamente mientras embestía contra la puerta una vez más.

Parecía hablar con más suavidad, como si empezara a darse por vencido.

Hicieron presión en la barra de metal, a la espera de una explosión. Pero Stuart se quedó callado. Luego se marchó; el ruido de sus pasos se desvaneció en las escaleras. Todo se quedó en silencio.

Y ni un ruido por parte de su madre, lo que era el fin del mundo. Josie estaba abajo, muerta o inconsciente, porque, de lo contrario, Stuart no habría subido las escaleras, no sin enfrentarse a una buena pelea. Josie le sacaría los ojos con sus propias manos mientras dormía si volvía a hacer daño a sus hijos.

Pasaron los segundos, los minutos. Kiera dejó de llorar y los dos se sentaron en el borde de la cama esperando oír algo, un ruido, una voz, un portazo. Pero nada.

Finalmente, Drew susurró:

—Tenemos que hacer algo.

Kiera estaba aterrada y no reaccionaba.

—Voy a ver cómo está mamá —dijo el chico—. Tú quédate aquí con la puerta atrancada, ¿entendido?

—No te vayas.

—Tengo que hacerlo. A mamá le ha pasado algo; si no, estaría aquí arriba. Estoy seguro de que está herida. No te muevas y mantén la puerta atrancada.

Drew apartó la barra de metal y abrió la puerta del dormitorio de Kiera sin hacer ruido. Se asomó a la planta de abajo y no vio nada salvo oscuridad y el resplandor tenue de la luz del porche. Kiera cerró la puerta tras él. Drew bajó el primer escalón con el bote de espray de pimienta aferrado en una mano y pensó en lo maravilloso que sería rociarle una nube de veneno en la cara a ese hijo de puta, quemarle los ojos y tal vez dejarlo ciego. Despacio, escalón a escalón, sin hacer un solo ruido. Cuando llegó a la sala de estar se quedó inmóvil por completo y aguzó el oído. Captó un ruido lejano, procedente de la habitación de Stu, que estaba en el otro extremo del pequeño pasillo. Esperó un momento más y pensó que ojalá Stu hubiera metido a Josie en la cama tras haberle dado unas cuantas bofetadas. La luz de la cocina estaba encendida. Drew echó un vistazo desde la puerta y vio los pies descalzos de su madre inmóviles en el suelo, y después las piernas. Se arrodilló y caminó a gatas por debajo de la mesa hasta llegar a su lado. Le sacudió el brazo con fuerza, pero no dijo ni una palabra: cualquier ruido podría atraer a Stuart. Se fijó en que a su madre se le veían los pechos, pero tenía demasiado miedo para sentir vergüenza. La sacudió de nuevo y siseó:

—Mamá, ¡mamá, despierta!

No obtuvo respuesta. Josie tenía el lado izquierdo de la cara rojo e hinchado, y Drew estaba seguro de que no respiraba. Se secó los ojos, se apartó y volvió a gatas al pasillo. La puerta del dormitorio de Stu estaba abierta, con la luz de una mesilla encendida, y, tras enfocar la vista, Drew distinguió un par de botas colgando de la cama. Las de piel de serpiente acabadas en punta, las favoritas de Stu. El chico se puso de pie y caminó a toda prisa hacia el dormitorio, y allí, despatarrado sobre la cama con los brazos abiertos de par en par sobre la cabeza y totalmente vestido, estaba Stuart Kofer, que había vuelto a perder el conocimiento. Mientras Drew lo miraba con un odio desmesurado, el hombre empezó a roncar.

Drew subió las escaleras corriendo.

—Está muerta, Kiera —gritó en cuanto su hermana abrió la puerta—, mamá está muerta. Stu la ha matado. Está en el suelo de la cocina y está muerta.

La chica dio un paso atrás, chilló y agarró a su hermano. Ambos bajaron las escaleras llorando y entraron en la cocina. Kiera se apoyó la cabeza de su madre contra el pecho sin dejar de sollozar y susurrar:

—¡Despierta, mamá! ¡Despierta, por favor!

Drew le cogió una muñeca a su madre con delicadeza e intentó buscarle el pulso, aunque no sabía si lo estaba haciendo bien. No notó nada.

—Tenemos que llamar a emergencias —dijo.

—¿Dónde está Stu? —preguntó su hermana mientras miraba a su alrededor.

—En la cama, dormido. Creo que ha perdido el conocimiento.

—Yo me quedo con mamá. Ve a llamar.

Drew fue a la salita de estar, encendió una luz, cogió el teléfono y llamó a emergencias. Tras muchos tonos de llamada, por fin contestaron:

—Emergencias, ¿en qué puedo ayudarle?

—Stuart Kofer ha matado a mi madre. Está muerta.

—Cielo, ¿cómo te llamas?

—Me llamo Drew Gamble. Mi madre se llama Josie. Está muerta.

—¿Y dónde vives?

—En casa de Stuart Kofer, en Bart Road, 1414 de Bart Road. Mande a alguien que nos ayude, por favor.

—Sí, sí, van para allá. Dices que está muerta, ¿cómo lo sabes?

—Porque no respira. Porque Stuart ha vuelto a pegarle, como siempre.

—¿Stuart Kofer sigue en la casa?

—Sí, es su casa, nosotros solo vivimos aquí. Ha vuelto borracho otra vez y le ha pegado una paliza a mi madre. La ha matado. Lo hemos oído hacerlo.

—¿Dónde está?

—En su cama, inconsciente. Dense prisa, por favor.

—No me cuelgues, ¿vale?

—Voy a colgar, tengo que ir a ver cómo está mi madre.

Soltó el teléfono y cogió una manta del sofá. Kiera tenía la cabeza de su madre apoyada en el regazo y le acariciaba el pelo con cuidado mientras sollozaba y no paraba de repetir:

—Venga, mamá, despierta, por favor. Por favor, despierta. No nos dejes, mamá.

Drew tapó a su madre con la manta y después se sentó junto a sus pies. Cerró los ojos, se llevó dos dedos a la nariz e intentó rezar. La casa estaba en calma, silenciosa; solo se oían los gimoteos de Kiera suplicándole a su madre que volviera. Los minutos pasaban y Drew se obligó a dejar de llorar y a hacer algo que los protegiera. Quizá Stuart estuviera dormido en su habitación, pero podía despertarse en cualquier momento, y si los pillaba en el piso de abajo montaría en cólera y les pegaría.

Ya lo había hecho otras veces: emborracharse, ponerse furioso, amenazar, pegar, desmayarse y después despertarse preparado para otra ronda de diversión.

En ese momento Stuart estornudó y emitió un ruido ebrio; Drew temió que se despertara a pesar de la borrachera.

—Kiera, calla.

Pero su hermana no lo oyó; estaba en una especie de trance, acariciando a su madre mientras las lágrimas le rodaban por las mejillas.

Despacio, Drew se apartó gatcando y salió de la cocina. En el pasillo, se irguió y caminó de puntillas hasta el dormitorio. Stuart no se había movido. Las botas seguían colgando de la cama. El cuerpo fornido del hombre descansaba encima de las mantas. Tenía la boca tan abierta que habrían podido entrarle moscas. Drew lo contempló con un odio que casi lo cegaba. Aquella bestia por fin había matado a su madre, después de meses intentándolo, y no le cabía duda de que los siguientes serían ellos. Y nadie haría pagar a Stuart por ello, porque tenía contactos y conocía a gente importante, algo de lo que no paraba de presumir. Ellos no eran más que gentuza, basura de camping de caravanas, pero Stuart era influyente porque tenía tierras y llevaba una placa.

Drew dio un paso atrás y miró hacia la cocina, donde vio a su madre tendida en el suelo y a su hermana sujetándole la cabeza y emitiendo un gemido grave y dolorido, absolutamente ida. Se dirigió a una esquina de la habitación, hacia la mesita junto a la cama de Stuart donde este guardaba su arma, su grueso cinturón negro con la funda y la placa con forma de estrella. Sacó la pistola de la funda y se acordó de lo mucho que pesaba. Todos los agentes del cuerpo utilizaban aquella arma, una Glock 9 milímetros. Iba contra las normas que un civil la manipulara. A Stu le daban igual las normas tontas, así que no hacía mucho que, un día que estaba sobrio y de un buen humor poco habitual, se había llevado a Drew al prado de atrás y le había enseñado a manipular y disparar el arma de fuego. A Stu lo habían criado entre armas; a Drew no, y el hombre se burló del chico por su ignorancia. Alardeaba de haber matado su primer ciervo a los ocho años.

Drew había disparado el arma tres veces contra una diana de tiro con arco y había fallado estrepitosamente. El retroceso y el ruido de la pistola le habían dado miedo. Stu se había reído de él por su cobardía y luego había clavado seis tiros rápidos en el centro de la diana.

Drew sostuvo la pistola con la mano derecha y la examinó. Sabía que estaba cargada porque las armas de Stu siempre estaban a punto. En el armario había una vitrina atestada de rifles y escopetas, todos cargados.

Kiera gemía y lloraba a lo lejos, Stu roncaba delante de él y la policía llegaría y haría tan poco como había hecho hasta entonces. Nada. Nada que protegiera a Drew y a Kiera, ni siquiera ahora que su madre estaba muerta en el suelo de la cocina. Stuart Kofer la había matado y mentiría, y la policía lo creería. Y entonces Drew y su hermana se enfrentarían a un futuro aún más oscuro sin su madre.

Salió de la habitación con la Glock en la mano y volvió despacio a la cocina, donde nada había cambiado. Le preguntó a Kiera si su madre respiraba, pero ella no contestó, no interrumpió sus gemidos. Drew fue a la sala de estar y miró por la ventana hacia la oscuridad del exterior. Si tenía padre, no lo conocía, así que una vez más volvió a preguntarse dónde estaría el hombre de la familia. ¿Dónde estaba el líder, el sabio que daba consejos y ofrecía protección? Kiera y él nunca habían conocido la seguridad de tener una familia estable. Habían conocido a otros padres en las casas de acogida, y también a jóvenes abogados que habían intentado ayudarlos, pero nunca habían conocido el abrazo cálido de un hombre en el que pudieran confiar.

Esas responsabilidades recaían sobre él, el mayor. Con su madre muerta, no le quedaba más remedio que dar un paso adelante y convertirse en un hombre. Él y solo él tenía que salvarlos de aquella prolongada pesadilla.

Un ruido lo sobresaltó. Se oyó un gruñido, un bufido o algo así en el dormitorio, y el somier y el colchón traquetearon y chirriaron, como si Stu se estuviera moviendo y volviendo a la vida.

Drew y Kiera no podían soportarlo más. Había llegado el momento; aquella era su única oportunidad de sobrevivir, así que Drew tenía que actuar. Volvió a la habitación y se quedó mirando a Stu, que seguía tumbado de espaldas y dormido como un tronco, aunque ahora una de las botas estaba tirada en el suelo. Se merecía la muerte. Drew cerró la puerta despacio, como si quisiera proteger a Kiera de cualquier implicación. ¿Sería fácil? Agarró la pistola con ambas manos. Contuvo el aliento y bajó el arma hasta que la punta del cañón quedó a unos centímetros de la sien izquierda de Stu.

Cerró los ojos y apretó el gatillo.

2

Kiera ni siquiera llegó a levantar la vista. Le acarició el pelo a su madre y preguntó:

—¿Qué has hecho?

—Le he disparado —contestó Drew con pragmatismo.

La chica asintió y no dijo más. Su hermano fue a la sala de estar y volvió a mirar por la ventana. ¿Dónde estaban las luces rojas y azules? ¿Dónde estaban los servicios de emergencia? Llamas para informar de que un salvaje ha matado a tu madre y no aparece nadie. Encendió una lámpara y miró el reloj de pared. Las 2.47. Siempre recordaría el momento en que había matado a Stuart Kofer. Tenía las manos temblorosas y entumecidas, le pitaban los oídos, pero a las 2.47 no sentía remordimientos por haber acabado con el hombre que había matado a su madre. Volvió al dormitorio y encendió la lámpara del techo. La pistola estaba junto a la cabeza de Stu, que tenía un agujero feo y pequeño en el lado izquierdo. El hombre seguía mirando al techo, ahora con los ojos abiertos. Un círculo de sangre de color rojo intenso iba esparciéndose en arco sobre las sábanas.

Regresó a la cocina, donde seguía sin haber cambios. Fue a la sala de estar, encendió otra lámpara, abrió la puerta principal y se sentó en el sillón abatible de Stu. Se ponía frenético si pillaba a alguien sentado en su trono. Olía a él: a cigarrillos rancios, sudor seco, cuero viejo, whisky y cerveza. Al cabo de unos minutos, Drew decidió que detestaba el sillón abatible y acercó una silla a la ventana para esperar las luces.

Las primeras fueron azules. Parpadeaban y giraban con furia, y cuando coronaron la última cuesta del camino de entrada, Drew se sintió atenazado por el miedo y empezó a costarle respirar. Iban a por él. Se lo llevarían esposado en el asiento de atrás del coche patrulla de un agente, y no podía hacer nada para impedirlo.

El segundo vehículo en llegar fue una ambulancia con las luces rojas; el tercero, otro coche de policía. Una vez que se supo que había dos cuerpos y no solo uno, enseguida se presentó otra ambulancia, y, tras ella, más policía.

Josie tenía pulso y la subieron a toda prisa a una camilla para llevársela corriendo al hospital. A Drew y a Kiera los recluyeron en la sala de estar y les dijeron que no se movieran. ¿Adónde iban a ir? Todas las luces de la casa estaban encendidas y había agentes de policía en todas las habitaciones.

El sheriff Ozzie Walls llegó solo. Moss Junior Tatum, el subjefe de policía, lo recibió en la entrada y le dijo:

—Parece que Kofer volvió tarde a casa, se pelearon, él le pegó unos cuantos golpes a su novia y se desmayó en su cama. El chico le cogió la pistola y le metió un solo tiro en la cabeza. Muerto en el acto.

—¿Has hablado con el chaval?

—Sí. Drew Gamble, dieciséis años, hijo de la novia de Kofer. No ha dicho gran cosa. Creo que está conmocionado. Su hermana se llama Kiera, catorce años; me ha dicho que llevan viviendo aquí alrededor de un año y que Kofer era un maltratador, que no paraba de pegarle palizas a su madre.

—¿Kofer está muerto? —preguntó Ozzie con incredulidad.

—Stuart Kofer está muerto, señor.

El sheriff negó con la cabeza, asqueado y sin dar crédito a lo que oía, y franqueó la puerta delantera, que estaba abierta de par en par. Dentro, se detuvo y miró a Drew y a Kiera, que permanecían sentados el uno junto al otro en el sofá, ambos con la mirada baja e intentando ignorar aquel caos. Quiso decirles algo, pero se contuvo. Siguió a Tatum hasta el dormitorio, donde nadie había tocado nada. La pistola estaba encima de las sábanas, a unos veinticinco centímetros de la cabeza de Kofer, y había un gran círculo de sangre en el centro de la cama. Al otro lado, el orificio de salida de la bala le había arrancado parte del cráneo, y sobre las sábanas, las almohadas, el cabecero de la cama y la pared había salpicaduras de sangre y sesos.

En aquel momento, Ozzie tenía a catorce agentes a jornada completa. Ahora, trece, además de siete a jornada parcial y más voluntarios de los que podía cabrear. Era el sheriff del condado de Ford desde 1983, elegido hacía siete años por una mayoría histórica. Histórica porque, en aquel instante, era el único sheriff negro de Mississippi y el primero jamás elegido en un condado predominantemente blanco. En siete años no había perdido a un solo hombre. A DeWayne Looney le habían volado la pierna en el tiroteo que llevó a Carl Lee Hailey a juicio en 1985, pero Looney seguía en el cuerpo.

Sin embargo, allí estaba el primero, en todo su horrible esplendor. Allí estaba Stuart Kofer, uno de sus mejores hombres, y sin duda el más valiente, convertido en fiambre, aunque su cadáver continuaba emanando fluidos.

Ozzie se quitó el sombrero, rezó una oración rápida y dio un paso atrás.

—Asesinato de un agente policial —dijo sin apartar los ojos de Kofer—. Llama a los estatales y que lo investiguen. No toquéis nada. —Se volvió hacia Tatum y preguntó—: ¿Has hablado con los chavales?

—Sí.

—¿La historia coincide?

—Sí, señor. El chico no habla. Su hermana dice que fue él quien disparó. Creían que su madre estaba muerta.

Ozzie asintió y reflexionó sobre la situación.

—Bien, no se les hacen más preguntas a los chicos, se acabaron los interrogatorios. Los abogados examinarán con lupa todo lo que hagamos a partir de este momento. Nos los llevamos, pero ni una palabra. De hecho, metedlos en mi coche.

—¿Esposas?

—Claro. Para el chico. ¿Tienen algún pariente por aquí cerca?

El agente Mick Swayze carraspeó y respondió:

—No creo, Ozzie. Conocía bastante bien a Kofer y tenía a su chica viviendo aquí con él; por lo que se ve, ella tenía un pasado complicado. Un divorcio, puede que dos. No sé de dónde provenía exactamente pero, según Kofer, no era de por aquí. Vine hace unas semanas para atender un aviso de altercado, pero ella no presentó cargos.

—Muy bien. Ya lo averiguaremos. Me llevo a los chicos. Moss, te vienes conmigo. Mick, tú quédate aquí.

Drew se puso de pie cuando se lo pidieron y tendió las manos. Tatum se las esposó con cuidado delante del cuerpo y guio al sospechoso hacia el exterior de la casa y hasta el coche del sheriff. Kiera los siguió, secándose las lágrimas. La ladera era una locura de luces destellantes. Se había corrido la voz de que habían matado a un policía y hasta el último agente fuera de servicio del condado quería echar un vistazo.

Ozzie esquivó los demás coches patrulla y las ambulancias y bajó por el serpenteante camino de entrada hasta la carretera del condado. Encendió las luces azules y pisó el acelerador.

Drew preguntó:

—Señor, ¿podemos ver a nuestra madre?

Ozzie miró a Tatum.

—Pon la grabadora en marcha —le ordenó.

Tatum se sacó una grabadora pequeña del bolsillo y apretó un botón.

El sheriff continuó:

—Bien, vamos a grabar todo lo que se diga. Soy el sheriff Ozzie Walls y son las 3.51 de la madrugada del 25 de marzo de 1990. Voy conduciendo camino de la cárcel del condado de Ford con el subjefe Moss Junior Tatum en el asiento del pasajero, y en el asiento trasero tenemos a... ¿Me dices tu nombre completo, hijo?

—Drew Allen Gamble.

—¿Edad?

—Dieciséis años.

—¿Y tú cómo te llamas, señorita?

—Kiera Gale Gamble, catorce años.

—¿Y el nombre de vuestra madre?

—Josie Gamble. Tiene treinta y dos años.

—De acuerdo. Os aconsejo no hablar de lo que ha pasado esta noche. Esperad hasta tener un abogado. ¿Entendido?

—Sí, señor.

—Bien, habéis preguntado por vuestra madre, ¿no es así?

—Sí, señor. ¿Está viva?

Ozzie miró a Tatum, que se encogió de hombros y habló acercándose la grabadora:

—Hasta donde nosotros sabemos, Josie Gamble está viva. Se la han llevado de la escena en ambulancia y lo más seguro es que ya esté en el hospital.

—¿Podemos ir a verla? —preguntó Drew.

—No, ahora mismo no —contestó Ozzie.

Guardaron silencio durante un instante y después Ozzie volvió a hablar acercándose a la grabadora.

—Has sido el primero en llegar a la escena, ¿no?

—Sí —contestó Tatum.

—¿Y les has preguntado a estos dos chicos qué ha pasado?

—En efecto. El chico, Drew, no dijo nada. Le pregunté a su hermana, Kiera, si sabía algo y me contestó que su hermano había disparado a Kofer. En ese momento dejé de hacer preguntas. Estaba bastante claro lo que había ocurrido.

La radio crepitaba y, a pesar de la oscuridad, todo el condado de Ford parecía estar vivo. Ozzie bajó el volumen y él también se quedó callado. Seguía pisando el acelerador y su enorme Ford marrón rugía por la carretera del condado a horcajadas sobre la línea divisoria central, desafiando a las alimañas a arriesgarse a entrar en la calzada.

Había contratado a Kofer hacía cuatro años, cuando este había vuelto al condado de Ford tras una carrera truncada en el ejército. Stuart había ofrecido una explicación aceptable sobre por qué lo habían licenciado por conducta deshonrosa; según él, todo había sido cuestión de tecnicismos, malentendidos, etcétera. Ozzie le dio un uniforme, lo puso a prueba durante seis meses y lo mandó a la academia de Jackson, donde destacó enseguida. Cuando estaba de servicio no había quejas. Kofer se había convertido en una leyenda al atrapar él solo a tres traficantes de Memphis que se habían perdido en la zona rural del condado de Ford.

Cuando no estaba de servicio era otra cosa. Ozzie le había cantado las cuarenta al menos dos veces después de haber recibido denuncias por ebriedad y peleas, y Stuart, como no podía ser de otra manera, se había disculpado entre lágrimas y había prometido mejorar su comportamiento y jurado lealtad a Ozzie y al departamento. Y era leal como nadie.

Ozzie no tenía paciencia con los agentes desagradables y los imbéciles no solían durarle mucho. Kofer era uno de los agentes más queridos, al que además le gustaba hacer voluntariado en colegios y centros cívicos. En su época del ejército había visto mundo, algo extraño entre sus, por lo general, bastante rústicos compañeros, la mayoría de los cuales apenas había puesto un pie fuera del estado. En público eran todo ventajas: un agente sociable, siempre con una sonrisa y una broma a punto, que recordaba el nombre de todo el mundo y al que le gustaba pasear por Lowtown, el barrio negro, a pie, sin pistola y con caramelos para los niños.

En privado tenía problemas pero, como hermanos de uniforme, sus compañeros intentaban ocultárselos a Ozzie. Tatum, Swayze y la mayor parte de los agentes sabían algo acerca del lado oscuro de Stuart, pero era más sencillo ignorarlo y esperar que todo saliera bien, esperar que nadie saliera herido.

Ozzie volvió a mirar por el espejo retrovisor y observó a Drew entre las sombras. Cabeza gacha, ojos cerrados, ni un ruido. Y aunque Ozzie estaba aturdido y enfadado, le costó pensar en aquel crío como en un asesino. Flaco, más bajo que su hermana, pálido, cohibido, claramente abrumado; podría haber pasado por un tímido chaval de doce años.

Llegaron a las calles oscuras de Clanton y no tardaron en detenerse delante de la cárcel, situada a dos manzanas de la plaza. Delante de la entrada principal los esperaban un agente y un hombre que sujetaba una cámara.

—Mierda —bufó Ozzie—. Ese es Dumas Lee, ¿no?

—Eso me temo —contestó Tatum—. Supongo que se ha corrido la voz. Ahora todos tienen escáneres policiales.

—Quedaos todos en el coche.

Ozzie bajó del vehículo, cerró la portezuela de golpe y se encaminó directamente hacia el periodista diciéndole ya que no con la cabeza.

—No vas a llevarte nada, Dumas —le espetó con brusquedad—. Hay un menor implicado y no te vamos a dar ni su nombre ni su imagen. Lárgate.

Dumas Lee era uno de los dos periodistas de *The Ford County Times* que cubrían los casos policiales, así que conocía bien a Ozzie.

—¿Puedes confirmarme que han matado a un policía?

—No voy a confirmar nada. Tienes diez segundos para largarte de aquí antes de que te ponga las esposas y te meta ahí dentro a empujones. ¡Fuera de aquí!

El periodista se alejó a toda prisa y no tardó en desaparecer en la oscuridad. Ozzie lo vigiló unos segundos y después Tatum y él bajaron a los chicos del coche y se los llevaron dentro a buen paso.

—¿Quieres procesarlos? —preguntó el guardia.

—No, más tarde. De momento los meteremos en la celda de menores.

Con Tatum cerrando el grupo, guiaron a Drew y a Kiera hacia el otro lado de una pared de barrotes y por un pasillo angosto hasta una puerta de metal grueso con una ventanilla estrecha. El guardia la abrió y los chicos entraron en la habitación vacía. Había dos literas y un váter sucio en un rincón.

—Quítale las esposas —ordenó Ozzie. Tatum obedeció y

Drew se frotó las muñecas de inmediato—. Pasaréis aquí unas cuantas horas.

—Quiero ver a mi madre —dijo Drew con más contundencia de la que Ozzie se esperaba.

—Hijo, ahora mismo no estás en posición de querer nada. Estás arrestado por el asesinato de un agente de las fuerzas del orden.

—Él mató a mi madre.

—Tu madre no está muerta, por suerte. Ahora mismo iré al hospital a ver cómo se encuentra. Cuando vuelva, te diré lo que sepa. Es lo máximo que puedo hacer.

Kiera preguntó:

—¿Y yo por qué estoy en la cárcel? No he hecho nada.

—Lo sé. Estás en la cárcel por tu propia seguridad, y no pasarás mucho tiempo aquí. Si te soltáramos dentro de unas horas, ¿adónde irías?

Kiera miró a Drew. Era obvio que no tenían ni idea.

—¿Tenéis algún familiar por aquí? ¿Tías, tíos, abuelos? ¿Alguien? —preguntó el sheriff.

Ambos dudaron y después negaron despacio con la cabeza.

—Vale. Era Kiera, ¿verdad?

—Sí, señor.

—Si ahora mismo tuvieras que llamar a alguien para que viniera a buscarte, ¿a quién llamarías?

La muchacha bajó la vista y volvió a negar.

—A nuestro predicador, el hermano Charles.

—¿Charles qué más?

—Charles McGarry, de Pine Grove.

Ozzie creía conocer a todos los predicadores, pero quizá se le hubiera escapado alguno. No era extraño, teniendo en cuenta que había trescientas iglesias en el condado. La mayoría eran pequeñas congregaciones repartidas por todo el campo y famosas por sus peleas y divisiones internas y por echar a sus predicadores. Era imposible llevar la cuenta. Miró a Tatum y dijo:

—No lo conozco.

—Yo sí. Es un buen hombre.

—Llámalo, sácalo de la cama y dile que venga. —Volvió a mirar a los chicos—. Os dejaremos aquí, donde estáis a salvo. Os traerán algo de comer y de beber. Poneos cómodos. Yo me voy al hospital.

Respiró hondo y los miró con la menor simpatía posible. Su principal preocupación era que había un agente muerto y tenía al asesino delante. Aun así, estaban tan perdidos y daban tanta pena que le resultaba difícil querer vengarse.

Kiera levantó la mirada llorosa y preguntó:

—Señor, ¿está muerto de verdad?

—Sí, lo está.

—Lo siento, pero pegaba mucho a nuestra madre, y también vino a por nosotros.

Ozzie levantó ambas manos.

—No sigamos por ahí. Os traeremos un abogado para que hable con vosotros; ya le contaréis a él todo lo que queráis. De momento, cerrad la boca.

—Sí, señor.

Ozzie y Tatum salieron de la celda y la cerraron de un portazo a su espalda. En la entrada, el guardia colgó el teléfono

—Sheriff —dijo—, era Earl Kofer. Acaba de enterarse de que han matado a su hijo Stuart. Está muy afectado. Le he dicho que no sabía nada, pero tienes que llamarlo.

Ozzie soltó un taco en voz baja y masculló:

—Me estaba preparando para hacerlo, pero tengo que irme al hospital. Puedes encargarte tú, ¿verdad?

—No —contestó Tatum.

—Claro que sí. Dale unos cuantos datos y dile que lo llamaré más tarde.

—Gracias por nada.

—Lo harás bien.

Ozzie salió a toda prisa por la puerta principal y se subió al coche.

Eran casi las cinco de la mañana cuando entró en el aparcamiento vacío del hospital. Aparcó cerca de la sala de urgencias, entró deprisa y estuvo a punto de chocar contra Dumas Lee, que iba un paso por delante de él.

—Sin comentarios, Dumas, y me estás cabreando.

—Es mi trabajo, sheriff. Solo busco la verdad.

—No sé la verdad.

—¿La mujer está muerta?

—No soy médico. Déjame ya en paz.

Ozzie presionó con fuerza el botón del ascensor y dejó al periodista en el vestíbulo. En la tercera planta lo recibieron dos agentes que condujeron a su jefe hasta el mostrador, donde los esperaba un médico joven. Ozzie hizo las presentaciones y todo el mundo asintió sin estrecharse la mano.

—¿Qué puede decirnos? —preguntó.

Sin mirar ningún historial médico, el joven contestó:

—Está inconsciente, pero estable. Tiene la mandíbula izquierda hecha añicos y habrá que operarla pronto para reconstruírsela, pero no es excesivamente urgente. Parece que le dieron un golpe en la mandíbula y/o en la barbilla y perdió el conocimiento.

—¿Alguna lesión más?

—No gran cosa, puede que algunos moratones en las muñecas y el cuello, nada que requiera curas.

Ozzie respiró hondo y dio gracias a Dios por no haberse encontrado con dos asesinatos.

—¿O sea que saldrá adelante?

—Sus constantes vitales son fuertes. Ahora mismo no hay motivos para dudar de su recuperación.

—¿Cuándo se despertará?

—Es difícil preverlo, pero yo diría que a lo largo de las próximas cuarenta y ocho horas.

—De acuerdo. Oiga, estoy seguro de que lo tienen todo muy bien apuntado y demás, pero recuerde que es probable que todo lo que hagan con esta paciente se revise algún día de manera exhaustiva en un juzgado. Téngalo en cuenta. Asegúrese de que le hacen muchas radiografías y fotos en color.

—Sí, señor.

—Dejaré aquí a un agente para que me mantenga al corriente.

El sheriff volvió al ascensor y abandonó el hospital. Mientras regresaba a la cárcel cogió la radio y llamó a Tatum. La conversación con Earl Kofer había sido tan horrible como cabía esperar.

—Será mejor que lo llames, Ozzie. Me ha dicho que iba para allá para verlo con sus propios ojos.

—Vale.

Dio por finalizada la llamada justo cuando se detuvo delante de la cárcel. Cogió su teléfono y lo miró un instante; como siempre en aquellos momentos terribles, recordó todas las llamadas en plena noche y de madrugada a las familias; llamadas horrorosas que cambiarían de forma radical e incluso destrozarían para siempre la vida de muchas personas; llamadas que odiaba hacer, pero que su trabajo le exigía. Un padre joven hallado con la cara reventada y una nota de suicidio al lado; dos adolescentes borrachos que habían salido despedidos de un coche que circulaba demasiado deprisa; un abuelo demente al que por fin habían encontrado en una zanja. Era, con mucho, la peor parte de su vida.

Earl Kofer estaba histérico y quería saber quién había matado a su «niño». Ozzie se mostró paciente y le dijo que todavía no podía hablar de los detalles, pero que estaba dispuesto a reunirse con la familia, otra perspectiva terrible e inevitable. No, Earl no debía ir a casa de Stuart porque no lo dejarían entrar. Los agentes estaban esperando a los peritos del laboratorio forense del estado, y estos tardarían horas en concluir su trabajo. Ozzie sugirió que la familia se reuniera en casa de Earl y que él se pasaría a verlos a lo largo de la mañana. El padre sollozaba al otro lado de la línea cuando por fin Ozzie consiguió colgar.

Ya en la cárcel, le preguntó a Tatum si habían avisado al agente Marshall Prather. Tatum le contestó que sí, que estaba en camino. Prather era un veterano que había sido amigo íntimo de Stuart Kofer desde que iban juntos al colegio público de Clanton. Llegó vestido con unos vaqueros y una sudadera y sin poder creerse lo que había ocurrido. Siguió a Ozzie hasta su despacho y ambos se dejaron caer en las sillas en cuanto Tatum cerró la puerta a su espalda. El sheriff le relató los hechos tal como los conocían, y Prather fue incapaz de ocultar sus sentimientos. Apretó los dientes como un tío duro y se tapó los ojos, pero era evidente que estaba sufriendo.

Tras un silencio largo y doloroso, Prather logró decir:

—Empezamos a ir juntos a clase en tercero de primaria.

Se le fue apagando la voz y bajó la barbilla. Ozzie miró a Tatum, que apartó la vista.

Tras otra pausa larga, Ozzie continuó:

—¿Qué sabes de la mujer, Josie Gamble?

Prather tragó saliva con dificultad y sacudió la cabeza como si así pudiera librarse de sus emociones.

—La he visto una o dos veces, pero no la conozco mucho. Creo que Stu empezó con ella hace alrededor de un año. Sus hijos y ella se mudaron a su casa. Parecía bastante maja, pero estaba de vuelta de todo. Tenía un historial bastante complicado.

—¿A qué te refieres?

—Había estado en la cárcel. Por drogas, creo. Un pasado movidito. Stu la conoció en un bar, nada de extrañar, e hicieron buenas migas. A él no le gustaba tener que cargar con los dos críos, pero ella lo convenció. Pensándolo a toro pasado, ella necesitaba un sitio para vivir y él tenía habitaciones de sobra.

—¿Qué atractivo tenía?

—Vamos, Ozzie. No es una mujer precisamente fea; de hecho, es bastante mona y le quedan bien los vaqueros ajustados. Ya conoces a Stu, siempre al acecho, pero del todo incapaz de entenderse con una mujer.

—¿Y el alcohol?

Prather se quitó una gorra vieja y se rascó la cabeza.

Ozzie se echó hacia delante con el ceño fruncido y añadió:

—Te estoy haciendo una pregunta, Marshall, y quiero respuestas. No es momento de intentar encubrir a un compañero mirando hacia otro lado y haciéndote el tonto. Quiero respuestas.

—No sé mucho, te lo juro. Yo dejé de beber hace tres años, así que ya no voy a los bares. Sí, Stu bebía demasiado y creo que estaba yendo a peor. Lo hablé con él dos veces. Me dijo que lo tenía todo controlado, como todos los alcohólicos. Tengo un primo que todavía sale por esos antros y me dijo que Stu se estaba ganando fama de matón, que no era lo que yo quería oír. También me dijo que iba mucho a jugarse la pasta a Huey's, cerca del lago.

—¿Y no te pareció que yo debería estar al corriente de todo esto?

—Venga, Ozzie, estaba preocupado. Por eso hablé con Stu. Iba a volver a hablar con él, te lo juro.

—Déjate de juramentos. O sea que teníamos a un agente que bebía, se metía en peleas y jugaba con la chusma y, ¡ah!, a todo esto, que pegaba a su novia en casa, y tú pensaste que yo no debía saberlo, ¿no?

—Creía que ya lo sabías.

—Creíamos que ya lo sabías —intervino Tatum.

—¿Cómo dices? —gritó Ozzie—. No tenía la menor idea de lo de la violencia doméstica.

—Hace un mes se presentó una denuncia. Su novia llamó a emergencias en plena noche y dijo que Stu estaba como loco. Mandamos una patrulla y Pirtle y McCarver pusieron paz. Era obvio que le había pegado, pero la mujer se negó a presentar cargos.

Ozzie estaba furioso.

—Nadie me contó nada, ni siquiera vi el papeleo. ¿Dónde están esos papeles?

Tatum lanzó una mirada a Prather, pero este no se la devolvió. El subjefe se encogió de hombros, como si no supiera nada.

—No hubo arrestos —explicó—, solo una notificación de incidente. Se habrá traspapelado, supongo. No lo sé, Ozzie, yo no tuve nada que ver.

—Estoy seguro de que nadie tuvo nada que ver. Si removiera cielo y tierra e interrogara a todos los hombres de mi departamento, estoy seguro de que no encontraría ni a uno solo que tuviera algo que ver.

Prather lo fulminó con la mirada y se revolvió.

—O sea que le echas a Stu la culpa de que le hayan pegado un tiro, ¿no es así, Ozzie? ¿Culpas a la víctima?

Ozzie se hundió en su asiento y cerró los ojos.

En la litera de abajo, Drew se había hecho un ovillo con las rodillas en el pecho y descansaba bajo una manta fina con la cabeza apoyada en una almohada vieja. Tenía la mirada perdida en la pared oscura. Hacía horas que no pronunciaba una sola palabra. Kiera estaba sentada al borde de la cama, con una mano apoyada en los pies de su hermano bajo la manta y toqueteándose el pelo largo con la otra mientras esperaban lo que fuera que fuese a suceder a continuación. De vez en cuando oían voces en el pasillo, pero se iban apagando hasta desaparecer por completo.

Durante la primera hora, Drew y ella habían hablado de lo obvio: el estado de su madre, la asombrosa noticia de que no estuviera muerta y luego del disparo contra Stu. Que estuviera muerto suponía un alivio para ambos; los dos tenían miedo, pero no remordimientos. Stu había utilizado a su madre como saco de boxeo, pero a ellos también les había pegado y amenazado muchas veces. La pesadilla había acabado. Nunca volverían a oír los repugnantes ruidos de los golpes que aquel animal borracho le daba a su madre.

Estar encerrados en una celda no tenía demasiada importancia para ellos. Aquellas condiciones tan crudas y antihigiénicas tal vez inquietaran a un delincuente novato, pero ellos habían visto cosas peores. Una vez, Drew había pasado meses en un reformatorio juvenil de otro estado. Y el año anterior habían encerrado a Kiera durante dos días, supuestamente en arresto preventivo. A la cárcel se sobrevivía.

Como familia pequeña siempre en continuo movimiento, una de las preguntas que se planteaban era adónde ir a continuación. En cuanto se reunieran con su madre podrían planear su siguiente movimiento. Habían conocido a algunos parientes de Stu y siempre se habían sentido rechazados. A Stu le gustaba presumir de que era propietario de una casa «libre y limpia» de deudas porque su abuelo se la había dejado en su testamento. En realidad la casa no era tan maravillosa. Estaba sucia y necesitaba arreglos, pero Josie siempre se topaba con la oposición de Stuart cuando intentaba limpiarla. Los chicos habían decidido que no echarían de menos la casa.

Durante la segunda hora especularon acerca de lo más o menos grave que sería el problema al que tendría que enfrentarse Drew. Para ellos era una simple cuestión de autodefensa, de supervivencia y de venganza. Despacio, Drew comenzó a revivir el momento del disparo, paso a paso, o al menos todo lo que era capaz de recordar. Había sido muy rápido y lo tenía todo borroso. Stu allí tumbado, con la cara colorada y la boca abierta, roncando tan tranquilo, como si se hubiera ganado una buena noche de descanso. Stu apestando a alcohol. Stu el violento, que podía despertarse en cualquier momento y pegarles una paliza a los niños solo para divertirse.

El olor acre de la pólvora gastada. La salpicadura de sangre y sesos estampándose contra las almohadas y la pared. La impresión de ver que a Stu se le abrían los ojos tras recibir el disparo.

No obstante, con el paso de las horas Drew había ido tranquilizándose. Se tapó con la manta hasta la barbilla y dijo que estaba cansado de hablar. Kiera lo vio replegarse sobre sí mismo y clavar la mirada en la pared.

3

La cárcel estaba llena de agentes fuera de servicio, de policías de Clanton y de otros miembros de la plantilla, algunos de ellos relacionados con el departamento, otros no. Fumaban cigarrillos, bebían café, comían pastas rancias y hablaban en voz baja sobre el compañero caído y los peligros del trabajo. Ozzie estaba liado en su despacho, al teléfono, poniéndose en contacto con la policía estatal y el laboratorio forense y evitando las llamadas de los periodistas, de los amigos y de los extraños.

Cuando el reverendo Charles McGarry llegó a la cárcel lo acompañaron hasta el gran despacho, donde le estrechó la mano a Ozzie y tomó asiento. El sheriff le explicó los detalles y le dijo que Kiera había pedido ver a su predicador. La muchacha había asegurado que no tenían familiares por la zona ni ningún sitio adonde ir. Estaba en la celda con su hermano, aunque Ozzie no preveía que se presentaran cargos contra ella. Había otras dos celdas para menores, pero estaban ocupadas y, además, no había razón para que Kiera estuviera en la cárcel.

El predicador tenía solo veintiséis años y hacía cuanto podía para dirigir una iglesia rural; Ozzie la había visitado durante su campaña, pero entonces había otro pastor. Era un joven agradable, claramente sobrepasado por la situación. Lo habían contratado hacía solo catorce meses, su primer destino tras terminar el seminario. Aceptó la taza de café que le ofreció Tatum y les contó lo poco que sabía de la historia de la familia Gamble. Josie y sus hijos habían aparecido por primera vez unos seis meses antes, cuando un feligrés de la iglesia le comentó a McGarry que tal vez necesitaran ayuda. El pastor fue a su casa una noche de un día laborable, y Stuart Kofer se había mostrado bastante grosero con él. Al marcharse, McGarry invitó a Josie a su servicio del domingo. Los niños y ella asistieron unas cuantas veces, pero la mujer le dijo que Kofer no veía con buenos ojos que fueran a la iglesia. Sin que Stu lo supiera, Josie le había pedido consejo al predicador en dos ocasiones, y este se quedó perplejo al conocer su pasado. Había tenido a sus dos hijos siendo adolescente, sin estar casada; había estado en la cárcel por posesión de drogas y reconocía muchos malos comportamientos, aunque prometía que ya había dejado todo eso atrás. Mientras estuvo encerrada, sus hijos estuvieron en casas de acogida y en un orfanato.

—¿Puede llevarse a la chica a algún lugar seguro? —preguntó Ozzie.

—Sí, de momento puede vivir con nosotros.

—¿Con su familia?

—Sí. Estoy casado, tengo un hijo y estamos esperando el segundo. Vivimos en la casa parroquial que hay al lado de la iglesia. Es pequeña, pero le haremos sitio.

—De acuerdo. Llévesela a casa, pero no puede salir de la zona. Nuestro investigador querrá hablar con ella.

—De acuerdo. ¿La situación de Drew es grave?

—Gravísima. Tardará mucho en salir de la cárcel, eso sí se lo puedo prometer. Seguirá en la celda de menores, y estoy seguro de que el tribunal le asignará un abogado entre hoy y mañana. No hablaremos con él hasta entonces. El caso parece sencillo. Reconoció ante su hermana que había disparado a Kofer. No hay más sospechosos. Está metido en un buen lío, reverendo, en un buen lío.

—Muy bien, sheriff. Gracias por su consideración.

—No hay de qué.

—Y lamento su pérdida. Es increíble.

—Sí. Acompáñeme a la celda y sacaremos a la niña.

McGarry siguió a Ozzie y a Tatum por la abarrotada sala de visitas, donde se hizo el silencio. Algunos se quedaron mirando al predicador como si este ya se hubiera sumado al equipo contrario. Estaba allí para apoyar a la familia del asesino. En un lugar extraño y en una situación aún más extraña, el reverendo no se percató de la importancia de aquellas miradas severas.

El guardia abrió la puerta de la celda y entraron. Kiera dudó, parecía insegura, luego se puso de pie y corrió hacia McGarry. La suya era la primera cara amiga que veía desde hacía horas. Él la abrazó con fuerza, le acarició la cabeza, le susurró que había ido a buscarla y que su madre se pondría bien. La muchacha se aferró a él sin dejar de llorar. El abrazo se prolongó y Ozzie le lanzó una mirada a Moss Junior.

Tenían que seguir adelante.

En la oscuridad de la litera de abajo, Drew casi había desaparecido bajo la manta y no había movido ni un músculo desde que habían entrado. Con delicadeza, McGarry al fin consiguió apartar a Kiera unos centímetros. Intentó secarle las lágrimas con los dedos, pero no paraban de rodarle por las mejillas.

—Voy a llevarte a mi casa —le repitió McGarry; ella intentó sonreír. El predicador miró hacia la litera de abajo para echarle un vistazo a Drew, pero no había gran cosa que ver. Miró a Ozzie y preguntó—: ¿Puedo decirle algo?

El sheriff contestó que no con un movimiento firme de la cabeza.

—Salgamos de aquí.

McGarry agarró a Kiera del brazo y la sacó al pasillo. La niña no intentó hablar con su hermano, que se quedó solo en su mundo de oscuridad en cuanto cerraron la puerta. Ozzie los llevó hasta el aparcamiento a través de una puerta lateral. Cuando se estaban montando en el coche de McGarry, el agente Swayze apareció y le susurró algo a Ozzie.

Tras escucharlo, el sheriff asintió.

—Vale. —Se acercó a la ventanilla de McGarry y le dijo—:

Acaban de llamar del hospital. Josie Gamble se ha despertado y pregunta por sus hijos. Yo voy para allá, y si quiere pueden acompañarme.

Mientras Ozzie se alejaba de nuevo en su coche, pensó que era muy probable que se pasara todo el día corriendo de un sitio a otro, teniendo en cuenta cómo iba desarrollándose aquella terrible historia. Cuando se saltó una señal de stop, Tatum le preguntó:

—¿Quieres que conduzca yo?

—Soy el sheriff y esto es importante. ¿Quién va a quejarse?

—Yo no. Oye, mientras estabas con el predicador he recibido una llamada de Looney, que está en el lugar de los hechos. Earl Kofer se ha presentado allí, totalmente desquiciado, diciendo que quiere ver a su hijo. Looney y Pirtle lo tienen todo precintado, pero Earl estaba empeñado en entrar. Lo acompañaban un par de sobrinos, jovencitos que intentaban parecer tipos duros, y han montado un buen número en el jardín delantero. Entonces han aparecido los peritos de la estatal con una furgoneta del laboratorio forense y han conseguido convencer a Earl de que toda la casa es una escena del crimen activa y de que, por tanto, dejarlo entrar va contra la ley. Así que Earl ha aparcado la camioneta en el patio delantero y ahí se ha quedado con sus dos sobrinos. Looney le ha pedido que se marche, pero él le ha contestado que la propiedad es suya. Propiedad de la familia, ha dicho. Creo que sigue allí.

—De acuerdo, dentro de más o menos una hora voy a ver a Earl para reunirme con toda la familia. ¿Quieres venir?

—Ni de coña.

—Bien, pues vas a ir, y es una orden. Necesito a un par de blancos de mi parte, y os quiero a ti y a Looney.

—¿Esa gente te vota?

—Me votó todo el mundo, Moss, ¿es que no lo sabes? Cuando ganas unas elecciones locales, te enteras de que te votó hasta el último mono. Me llevé el setenta por ciento de los votos, así que no me quejo, pero todavía tengo que conocer a una sola persona del condado de Ford que no me votara. Y están orgullosos de ello, impacientes por volver a votarme.

—Creía que había sido el sesenta y ocho por ciento.

—Habría sido el setenta si los vagos de tus paisanos de Blackjack hubieran acudido a las urnas.

—¿Vagos? Mi gente vota a saco, Ozzie. Son votantes incansables, implacables. Votan temprano, a menudo, todo el día, tarde, por correo, con papeletas auténticas, con papeletas fraudulentas, con papeletas falsas. Votan los muertos, los locos, los menores de edad, los delincuentes convictos que no tienen derecho a voto. Tú no te acuerdas porque fue hace unos veinte años, pero a mi tío Felix lo condenaron por recibir votos de muertos. Arrasó con dos cementerios en unas solas elecciones. Aun así no fue suficiente y, cuando su adversario ganó por seis votos, lo imputó.

—¿Tu tío estuvo en la cárcel?

—Bueno, cumplió unos tres meses y dijo que no estaba tan mal. Salió convertido en un héroe, pero le prohibieron volver a votar, así que aprendió a dar pucherazos. Necesitas a mi gente, Ozzie, nosotros sí que sabemos cómo darles la vuelta a unas elecciones.

El sheriff aparcó de nuevo cerca del acceso de urgencias y entraron deprisa. En la tercera planta, los dos mismos agentes lo guiaron por el pasillo hasta donde el mismo médico charlaba con una enfermera. El informe fue rápido. Josie Gamble estaba consciente, aunque sedada debido al dolor agudo que le provocaba la mandíbula rota. Sus constantes vitales eran normales. No le habían dicho que Stuart Kofer estaba muerto ni que su hijo Drew estaba en la cárcel. Había preguntado por sus hijos y el médico le había asegurado que estaban a salvo.

Ozzie respiró hondo y miró a Tatum, que le había leído la mente y ya estaba negando con la cabeza. El subjefe dijo en voz baja:

—Toda tuya, jefe.

—¿Está en condiciones de tolerar las malas noticias? —preguntó el sheriff.

El médico sonrió y se encogió de hombros.

—Si no es ahora, será más tarde. No es que importe mucho.

—Vamos —dijo Ozzie.

—Yo te espero aquí —respondió Tatum.

—No, tú te vienes conmigo. Sígueme.

Quince minutos más tarde, cuando Ozzie y Tatum salían del hospital, vieron al pastor McGarry y a Kiera sentados en la sala de espera de la sala de urgencias. Ozzie se acercó y les explicó en voz baja que acababa de hablar con Josie y que la mujer estaba despierta y deseosa de ver a su hija. La muerte de Kofer y el arresto de Drew la habían alterado y confundido y tenía muchas ganas de verla.

Volvió a darle las gracias al pastor por su ayuda y prometió llamarlo más tarde.

Ya en el coche, el sheriff le pidió a Tatum que condujera él y ocupó el asiento del pasajero.

—Encantado. ¿Adónde vamos?

—Bueno, hace varias horas que no veo un cadáver ensangrentado, así que vayamos a echarle un vistazo a Stuart, que en paz descanse.

—No creo que se haya movido mucho.

—Y tengo que hablar con los de la estatal.

—Seguro que ni siquiera ellos son capaces de fastidiar un caso como este.

—Son buenos chicos.

—Si tú lo dices...

Tatum cerró la portezuela y arrancó el motor.

—Son las ocho y media y llevo en pie desde las tres —comentó Ozzie cuando salieron de la ciudad.

—Igual que yo, y lo que más me fastidia es lo de que sean las ocho y media.

—Y no he desayunado.

—Me muero de hambre.

—¿Qué hay abierto a esta maravillosa hora del domingo?

—Bueno, Huey's debe de estar cerrando justo ahora, y tampoco hacen desayunos. ¿Qué te parece Sawdust?

—¿Sawdust?

—Sí, por lo que sé, es el único sitio que abre tan temprano los domingos, al menos en esta parte del condado.

—Bueno, sé que seré bien recibido, porque tienen una puerta especial para mí. Pone «Entrada para negros».

—Me han dicho que ya han quitado el cartel. ¿Has entrado alguna vez?

—No, agente Tatum, nunca he entrado en los almacenes Sawdust. Cuando era un crío, el Klan todavía los usaba para celebrar reuniones no demasiado secretas. Puede que estemos en 1990, pero esa gente que compra y come en Sawdust, los que en invierno se sientan junto a la vieja estufa de hierro y cuentan chistes de negros, y los que mascan tabaco en el porche delantero y lo escupen en la grava mientras tallan a cuchillo y juegan a las damas, no es el tipo de gente con la que quiero tomarme algo.

—Hacen unas tortitas de arándanos riquísimas.

—Seguro que las mías las envenenan.

—No, claro que no. Pedimos lo mismo y nos cambiamos los platos cuando nos los sirvan. Si estiro la pata, Kofer y yo celebraremos nuestro funeral juntos. Joder, imagínate el desfile dando la vuelta a la plaza.

—En serio, no quiero ir a Sawdust.

—Ozzie, te han elegido sheriff del condado de Ford dos veces con victorias aplastantes. Eres el amo de este sitio, así que me parece increíble que te intimide entrar en una cafetería pública y desayunar. Si te da miedo, te prometo que yo te protegeré.

—No es eso.

—Una pregunta. ¿Cuántos negocios regentados por blancos has evitado y esquivado desde que te presentaste a sheriff hace siete años?

—Bueno, no he estado en todas las iglesias de blancos.

—Eso es porque es humanamente imposible visitarlas todas. Debe de haber mil, y siguen construyendo más. Y he dicho negocios, no iglesias.

Ozzie meditó su respuesta mientras dejaban atrás pequeñas granjas y bosques de pinos. Al final contestó:

—Solo uno, que yo recuerde.

—Pues entonces, vamos.

—¿Siguen teniendo la bandera confederada plantada delante?

—Seguro que sí.

—¿Quién es el propietario ahora?

—No lo sé. Hace unos cuantos años que no me paso por allí.

Cruzaron un arroyo y giraron hacia otra carretera del condado. Tatum pisó el acelerador y desvió el coche hacia el centro de la calzada. Aquella carretera tenía poco tráfico los días de diario y los domingos por la mañana estaba aún más tranquila.

—Distrito de Pine Grove —dijo Ozzie—. Noventa y cinco por ciento blanco y solo me votó el treinta por ciento.

—¿El treinta?

—Sí.

—¿Te he hablado alguna vez del padre de mi madre? Lo llamaban Abuelo Cascarrabias y murió antes de que yo naciera, lo cual creo que fue bueno para mí. Se presentó a sheriff en el condado de Tyler hace cuarenta años y sacó el ocho por ciento de los votos, así que el treinta es bastante impresionante.

—La noche de las elecciones no me pareció precisamente impresionante.

—Para ya, jefe. Ganaste de calle, y esta es tu oportunidad de impresionar a las sabias personas que desayunan en Sawdust.

—¿Por qué habrán llamado «serrín» a un sitio donde sirven comidas?

—En esta zona hay bastantes aserraderos y muchos leñadores. Tíos duros. No sé, pero estamos a punto de descubrirlo.

El aparcamiento estaba lleno de camionetas, algunas nuevas, la mayoría viejas y abolladas y todas aparcadas de cualquier manera, como si los conductores hubieran hecho una carrera para ver quién llegaba antes a desayunar. A un lado, un mástil saludaba al gran estado de Mississippi y a la gloriosa causa de la Confederación. Dos osos negros se hocicaban el uno al otro en una jaula junto al porche lateral. Los tablones crujieron cuando Ozzie y Moss Junior los cruzaron. La puerta delantera daba paso a una tenducha con carnes ahumadas colgando del techo. El olor fuerte y pesado del beicon frito y la madera quemada impregnaba el ambiente. Desde el otro lado del mostrador, una mujer mayor miró a Tatum, después a Ozzie y consiguió asentir y decir: «Buenos días».

Ellos continuaron hablando y caminando. Entraron en la cafetería de la parte de atrás, donde la mitad de las mesas estaban ocupadas por hombres, todos blancos, ni una sola mujer. Comían y bebían café, algunos fumaban y todos charlaban con aire despreocupado, hasta que vieron a Ozzie. Se produjo una reducción significativa del ruido, pero solo durante el par de segundos que tardaron en darse cuenta de quién era aquel hombre y de que ambos eran policías. Entonces, como para demostrar su tolerancia, retomaron sus conversaciones aún con más vigor e intentaron no prestarles atención.

Tatum señaló una mesa vacía y se sentaron. Ozzie se enfrascó de inmediato en un análisis exhaustivo de la carta, aunque no era necesario. Una camarera se acercó con una jarra de café y les llenó las tazas.

Un hombre de la mesa más cercana los miró por segunda vez y Tatum decidió abordarlo.

—Este sitio era famoso por sus tortitas de arándanos, ¿sigue teniéndolas?

—Y que lo digas —respondió el hombre con una amplia sonrisa, y después se dio unas palmaditas en la barriga generosa—. Eso y la salchicha de venado. Me ayudan a mantener la línea.

Aquel comentario arrancó un par de carcajadas.

Entonces intervino otro hombre:

—Oye, acabamos de enterarnos de lo de Stuart Kofer. —La cafetería se sumió en un silencio instantáneo—. ¿Es cierto?

Tatum le hizo un breve gesto con la cabeza a su jefe, como si quisiera decirle: «Este es tu momento. Actúa como el sheriff que eres».

Ozzie estaba sentado de espaldas a al menos la mitad de los clientes, así que se puso de pie y los miró a todos.

—Sí, me temo que es cierto. Han disparado y matado a Stuart en su casa, más o menos a las tres de la mañana. Hemos perdido a uno de nuestros mejores hombres.

—¿Quién ha sido?

—Ahora mismo no puedo entrar en detalles. Quizá mañana podamos decir algo más.

—Dicen que ha sido un chaval que vivía con él.

—Bueno, hemos arrestado a un chico de dieciséis años. Su madre era la novia de Kofer. No puedo decir más. La policía estatal está ahora mismo en el lugar de los hechos. Repito que no puedo decir mucho, tal vez más tarde.

Ozzie se mostró tranquilo y amigable, y ni en sueños podría haber imaginado lo que sucedió a continuación. Un hombre mayor, de campo, con las botas sucias, un mono de trabajo desgastado y una gorra de una empresa de piensos dijo con un enorme respeto:

—Gracias, sheriff.

Siguió un silencio. Roto el hielo, otros parroquianos le dieron las gracias.

Se sentó y pidió tortitas y una salchicha. Mientras esperaban tomándose el café, Tatum le susurró:

—No ha sido una mala estrategia de campaña, ¿eh, jefe?

—Nunca pienso en política.

Tatum contuvo una carcajada y miró hacia otro lado.

—¿Sabes, jefe? Si vinieras a desayunar aquí una vez al mes, te llevarías hasta el último voto.

—No quiero todos los votos. Solo el setenta por ciento.

La camarera les dejó un ejemplar del periódico dominical de Jackson en la mesa y sonrió a Ozzie. Tatum se quedó con la sección de deportes y, para matar el tiempo, el sheriff empezó a leer las noticias estatales. Levantó la mirada por encima del periódico y se fijó en la pared que tenía a la derecha. En el centro había dos enormes carteles de fútbol americano universitario del año 1990, uno de la Ole Miss y otro de la Mississippi State. A su alrededor había banderines de los dos equipos y fotografías en blanco y negro enmarcadas de grandes figuras del pasado captadas en plena acción. Todos blancos, todos de otra época.

Ozzie había sido la estrella del Instituto Clanton y soñaba con ser el primer jugador negro de Ole Miss, pero no lo ficharon. Ya había otros dos negros en el programa, así que Ozzie siempre había dado por supuesto que, en aquella época, dos eran bastantes. Terminó firmando con Alcorn State, donde fue la estrella durante cuatro años; lo seleccionaron en la décima ronda y en su primer año entró en la lista de los L.A. Rams. Jugó once partidos antes de que una lesión de rodilla lo mandara de vuelta a Mississippi.

Repasó la cara de aquellas viejas estrellas y se preguntó cuántos habrían disputado realmente un partido de fútbol profesional. Otros dos jugadores del condado de Ford, ambos negros, habían llegado a la liga profesional, pero tampoco había fotos suyas en aquella pared.

Levantó el periódico un par de centímetros e intentó leer un artículo, pero no podía concentrarse. A su alrededor, la gente que lo rodeaba hablaban sobre el tiempo, la tormenta que se acercaba, los róbalos que picaban en el lago Chatulla, la muerte de un viejo granjero al que todos conocían y las últimas artimañas de sus senadores en Jackson. Escuchó con atención mientras fingía leer y se preguntó de qué estarían hablando aquellos hombres en su ausencia. ¿Recurrirían a los mismos temas? Era lo más probable.

Ozzie sabía que a finales de la década de 1960 los almacenes Sawdust habían sido el lugar de reunión de los blancos exaltados decididos a construir un colegio privado tras la traición del Tribunal Supremo al abolir la segregación. El colegio se había construido en un terreno donado a las afueras de Clanton, un sencillo edificio de metal con profesores mal pagados y matrículas baratas que nunca eran lo bastante baratas. Cerró tras unos cuantos años acumulando deudas y recibiendo intensas presiones para que todo el condado mantuviera los colegios públicos.

Llegaron las tortitas y la salchicha y la camarera les rellenó las tazas.

—¿Has probado alguna vez la salchicha de venado? —preguntó Tatum.

En sus alrededor de cuarenta años, el subjefe apenas había salido del condado de Ford, pero con frecuencia daba por hecho que sabía más que su jefe, que una vez había viajado de costa a costa con la NFL.

—Mi abuela solía hacerlas, y yo la miraba mientras las preparaba —contestó Ozzie. Probó un trozo, lo saboreó y dijo—: No está mal; se han pasado un poco con las especias.

—Te he visto mirar esas fotos de la pared. Tienen que poner una tuya, jefe.

—No puede decirse que este sitio sea mi favorito. Puedo vivir sin ella.

—Ya veremos. No es justo, ya lo sabes.

—Déjalo.

Atacaron sus respectivas montañas de tortitas, cada una de ellas suficiente para una familia de cuatro miembros, y disfrutaron de unos cuantos bocados. Luego Tatum se echó hacia delante y preguntó.

—Bueno, ¿qué opinas de organizarle un funeral y esas cosas?

—No soy familiar suyo, Moss, por si no te habías dado cuenta. Supongo que eso será decisión de sus padres.

—Sí, pero no puedes dejar que se celebre una ceremonia

y lo entierren sin más, ¿no? No fastidies, es agente de policía, Ozzie. ¿No tenemos desfiles, bandas de música, pelotones de instrucción y salvas de rifle? Cuando me entierren a mí, quiero que haya mucha gente y quiero que unos cuantos lloren y se cojan un berrinche.

—Yo diría que eso no va a pasar. —Ozzie soltó el tenedor y el cuchillo y, despacio, tomó un sobo de café. Miró a su agente como si estuviera en la guardería y dijo—: Una ligera diferencia, Moss. A nuestro compañero Kofer no lo han matado precisamente en acto de servicio. De hecho, estaba fuera de servicio y con toda probabilidad había estado bebiendo, de juerga y a saber cuántas cosas más. Podría resultar bastante complicado reunir apoyo para despedirlo con un desfile.

—¿Y si la familia quiere el espectáculo completo?

—Mira, todavía le están sacando fotos a su cadáver, así que ya nos preocuparemos de eso más tarde, ¿vale? Venga, come, tenemos que darnos prisa en llegar.

Cuando llegaron a casa de Stuart, Earl Kofer y sus sobrinos ya se habían marchado. En algún momento se habían cansado de esperar, y, además, su familia debía de necesitarlos. El camino de entrada y el jardín delantero estaban abarrotados de coches de policía y vehículos oficiales: dos furgonetas del laboratorio forense del estado, una ambulancia a la espera de poder llevarse a Stuart y otra con un equipo médico, por si acaso los necesitaban, como de costumbre, había incluso un par de vehículos de bomberos voluntarios para ayudar con las aglomeraciones.

Ozzie conocía a uno de los peritos de la estatal, que enseguida le informó de cómo iban las cosas, aunque tampoco es que fuera necesario. Volvieron a ver a Stuart, que seguía exactamente en el mismo sitio que antes, con la única diferencia de que las sábanas ensangrentadas que lo rodeaban se habían oscurecido. Las almohadas manchadas y llenas de salpicaduras habían desaparecido. Dos técnicos cubiertos de pies a cabeza con trajes protectores extraían muestras de la pared de encima del cabecero de la cama.

—Yo diría que es un caso claro y sencillo —comentó el perito—. Pero aun así nos lo llevaremos para hacerle la autopsia. Supongo que el chaval sigue en la cárcel.

—Sí —respondió Ozzie.

¿Dónde iba a estar si no? Como siempre le ocurría en las escenas del crimen, a Ozzie le costaba soportar la arrogancia de los chicos de la estatal, que llegaban con sus aires de superioridad. No tenía la obligación de llamarlos para que acudieran al lugar de los hechos, pero, en los casos de asesinato que desembocaban en un juicio, había aprendido que los miembros del jurado solían sentirse más impresionados por los expertos de la policía estatal. Al final, lo único que importaba eran las condenas.

—¿Lo habéis fichado? —preguntó el perito.

—No, hemos pensado que sería mejor que lo hicierais vosotros.

—Genial. Nos pasaremos por allí para tomarle las huellas digitales y escanear los restos de pólvora.

—Allí os espera.

Salieron de la casa. Tatum se encendió un cigarrillo y Ozzie aceptó una taza de café de un bombero que se había llevado un termo. Merodearon un rato por allí. Ozzie intentaba retrasar todo lo posible su siguiente parada. La puerta delantera volvió a abrirse y un técnico salió caminando de espaldas, tirando despacio de la camilla que trasladaba a Stuart envuelto en sábanas. Lo bajaron por el sendero de ladrillos, lo cargaron en la ambulancia y cerraron la puerta.

Earl y Janet Kofer vivían a unos cuantos kilómetros de distancia, en una casa de un solo piso, al estilo de los años sesenta, en la que habían criado a tres hijos y una hija. Stuart era el primogénito y por eso había heredado de su abuelo cuatro hectáreas de terreno boscoso y la casa en la que había vivido y muerto.

Los Kofer no eran ricos y no tenían muchas tierras, pero siempre habían sido muy trabajadores, vivido austeramente e intentado no meterse en líos. Eran un clan bastante numeroso, diseminado por toda la parte meridional del condado.

Cuando se presentó por primera vez a un cargo público, en 1983, Ozzie no consiguió dilucidar a quién votaba la familia. Sin embargo, cuatro años más tarde, con Stuart luciendo su uniforme y conduciendo un lustroso coche patrulla, Ozzie recibió hasta el último voto del clan. Plantaron con orgullo los carteles de su candidatura en el jardín e incluso enviaron pequeños cheques para su campaña.

Ahora, aquel horrible domingo por la mañana, todos estaban esperando a que su sheriff les presentara sus respetos y contestara a sus preguntas. Como demostración de apoyo, Ozzie había puesto a Tatum al volante y llevaba detrás otro coche con Looney y McCarver, otros dos agentes blancos. A fin de cuentas, aquello era Mississippi y Ozzie había aprendido cuándo usar a sus agentes blancos y cuándo a los negros.

Como era de esperar, el largo camino de entrada estaba bordeado de coches y camionetas. En el porche, un grupo de hombres fumaba y esperaba. No muy lejos, a la sombra de un oxidendro, otro grupo hacía lo mismo. Tatum detuvo el coche, se bajaron y comenzaron a cruzar el césped del jardín delantero mientras los parientes avanzaban hacia ellos con sus saludos sombríos. Ozzie, Tatum, Looney y McCarver llegaron hasta la casa estrechando manos, dando pésames, acompañando a la familia en su dolor... Cerca de la entrada, Earl se puso de pie, bajó los escalones y le dio a Ozzie las gracias por ir a visitarlos. Tenía los ojos rojos, irritados, y empezó a sollozar de nuevo mientras el sheriff le rodeaba las manos con las suyas y se limitaba a escucharlo. Una multitud de hombres se arremolinó en torno al sheriff, a la espera de escuchar lo que tuviera que decir.

Ozzie los miró a los ojos tristes y afligidos, asintió e intentó parecer igual de afectado.

—En realidad —empezó—, no hay mucho más que añadir

a lo que ya sabéis. La llamada se produjo a las dos cuarenta de la madrugada, la hizo el hijo de Josie Gamble, que dijo que habían pegado a su madre y que creía que estaba muerta. Cuando llegamos, encontramos a la madre inconsciente en el suelo de la cocina, atendida por su hija de catorce años. La hija nos dijo que su hermano le había disparado. Entonces encontramos a Stuart en el dormitorio, en su cama. Tenía un solo tiro en la cabeza, efectuado con su arma de servicio, que también estaba en la cama. El chico, Drew, se negaba a hablar, así que nos lo llevamos arrestado. Ahora mismo está en la cárcel.

—¿No hay ninguna duda de que fuera el chico? —preguntó alguien.

Ozzie negó con la cabeza. No.

—A ver, ahora mismo no puedo decir más. La verdad es que no sabemos mucho más de lo que os acabo de contar. Y tampoco tengo claro que haya mucho más. Puede que mañana sepamos algo.

—No va a salir de la cárcel, ¿verdad? —intervino otro.

—No, imposible. Imagino que el tribunal le asignará un abogado cuanto antes, y a partir de ese momento el sistema se encargará de él.

—¿Irá a juicio?

—No tengo ni idea.

—¿Cuántos años tiene el crío?

—Dieciséis.

—¿Lo tratarán como a un adulto?, ¿lo mandarán al corredor de la muerte de una patada en el culo?

—Eso depende del tribunal.

Se quedaron callados. Algunos de los hombres bajaron la mirada mientras otros se enjugaban los ojos. Earl preguntó en voz baja:

—¿Dónde está Stuart?

—Se lo han llevado a Jackson, al laboratorio forense del estado, para hacerle la autopsia. Luego os lo entregarán a ti y a la señora Kofer. Me gustaría ver a Janet, si te parece bien.

—No sé, sheriff. Está en la cama, rodeada de sus hermanas. No creo que quiera ver a nadie. Dale algo de tiempo.

—Por supuesto, transmítele mi pésame.

En aquel momento llegaron otros dos coches, y fuera, en la carretera, otro había reducido la velocidad. Ozzie mantuvo el tipo durante otros cuantos minutos incómodos y después se despidió. Earl y los demás le dieron las gracias por haberse pasado por allí. Prometió llamar al día siguiente y mantenerlos informados.

4

Seis días a la semana, todos menos el domingo, Jake Brigance permitía que un despertador ruidoso lo sacara a rastras de la cama a la impía hora de las cinco y media. Seis días a la semana iba directo a la cafetera, apretaba un botón y luego bajaba a toda prisa a su baño privado del sótano, lejos de su esposa y su hija aún dormidas, para darse una ducha de cinco minutos y dedicar otros cinco al resto de su ritual antes de ponerse la ropa que había dejado preparada la noche anterior. Luego subía las escaleras, se servía una taza de café solo, volvía en silencio a su dormitorio, le daba un beso de despedida a su mujer, cogía su café y, exactamente a las seis menos cuarto, cerraba la puerta de la cocina y salía al patio de atrás. Seis días a la semana recorría en su coche las calles oscuras de Clanton hasta la pintoresca plaza del pueblo, en la que el majestuoso juzgado presidía la vida tal como él la conocía; aparcaba delante de su despacho de Washington Street, y, a las seis en punto, seis días a la semana, entraba en el Coffee Shop, ya fuera para enterarse de los rumores o para crearlos y para desayunar tostada integral y sémola.

Pero el séptimo día descansaba. El domingo nunca sonaba el despertador, y Jake y Carla disfrutaban de un largo descanso matutino. Al final él se levantaba dando tumbos hacia las siete y media y le decía a Carla que volviera a dormirse. Ya en la cocina, preparaba huevos escalfados, tostaba pan y le servía el desayuno en la cama a su mujer, con café y zumo. Los domingos normales.

Pero aquel día no tendría nada de normal. A las siete y cinco sonó el teléfono y, como Carla insistía en que estuviera en la mesilla de noche de Jake, no le quedó más remedio que contestar.

—Si estuviera en tu lugar, yo me marcharía de la ciudad durante un par de días.

Era la voz grave y áspera de Harry Rex Vonner, tal vez su mejor amigo y a veces el único.

—Vaya, buenos días, Harry Rex. Más te vale que sea importante.

Harry Rex, un abogado de divorcios taimado y de gran talento, se movía entre las oscuras sombras del condado de Ford y se enorgullecía sobremanera de enterarse de las noticias, los trapos sucios y los rumores antes que casi cualquier persona que no llevara una placa.

—A Stuart Kofer le pegaron un tiro en la cabeza ayer por la noche. Está muerto. Ozzie ha cogido al hijo de su novia, un chaval de dieciséis años sin rastro siquiera de pelusilla en el bigote, y lo tiene en la cárcel esperando a un abogado. Estoy seguro de que el juez Noose lo sabe y de que ya está pensando en la asignación.

Jake se incorporó y se recostó contra su almohada.

—¿Stuart Kofer está muerto?

—Totalmente tieso. El chico le voló la tapa de los sesos mientras dormía. Asesinato de un agente de la ley, tío, pena de muerte y todo el rollo. Matar a un policía te lleva a la cámara de gas nueve de cada diez veces en este estado.

—¿No le llevaste tú un divorcio?

—El primero, el segundo no. Se cabreó por mis honorarios y se convirtió en un cliente insatisfecho. Cuando me llamó por lo del segundo, lo mandé a paseo. Se casó con un par de locas, pero es que tenía debilidad por las malas mujeres, sobre todo si llevaban vaqueros ajustados.

—¿Tenía hijos?

—No que yo sepa. Y tampoco ninguno que él supiera.

Carla se levantó de la cama y se quedó de pie a su lado. Miró a Jake con el ceño fruncido, como si alguien estuviera mintiendo. Hacía tres semanas, el agente Stuart Kofer había visitado el aula de sus alumnos de sexto de primaria y les había ofrecido una presentación excelente acerca de los peligros de las drogas ilegales.

—Pero el chaval tiene solo dieciséis años —dijo Jake al mismo tiempo que se frotaba los ojos.

—Hablas como todo un abogado defensor . Noose empezará a llamarte antes de que te des cuenta, Jake. Piénsalo. ¿Quién se encargó del último caso de asesinato en primer grado del condado de Ford? Tú. Carl Lee Hailey.

—Pero eso fue hace cinco años.

—Da igual. Dime cualquier otro abogado de por aquí que se planteara siquiera aceptar un caso penal grave. Ninguno. Y, lo que es aún más importante, Jake: ningún otro abogado del condado es lo bastante competente para llevar un caso de pena capital.

—Mentira. ¿Qué me dices de Jack Walter?

—Ha vuelto a caer en la bebida. El mes pasado Noose recibió dos quejas de clientes insatisfechos y está a punto de notificárselo al Colegio de Abogados.

Jake siempre se asombraba de que Harry Rex supiera ese tipo de cosas.

—Creía que lo habían echado.

—Sí, pero volvió, y con más sed que nunca.

—¿Y Gill Maynard?

—Acabó quemado tras aquel caso de violación del año pasado. Le dijo a Noose que preferiría entregar su licencia a que volvieran a endosarle la defensa de otro delincuente difícil. Y además es bastante lento. A Noose se lo llevaban los demonios teniéndolo en la sala. Dame otro nombre.

—Vale, vale. Déjame pensar un segundo.

—No pierdas el tiempo. Te lo estoy diciendo, Jake, Noose te llamará a lo largo del día de hoy. ¿Puedes marcharte del país una semanita?

—No seas tonto, Harry Rex. El martes a las diez de la mañana tenemos que presentar una solicitud ante Noose. ¿Te acuerdas del caso Smallwood, ese asunto tan insignificante?

—Mierda, creía que era la semana que viene.

—Menos mal que soy yo quien se encarga del caso. Y eso por no mencionar cuestiones tan triviales como el trabajo de Carla y el colegio de Hanna. Pensar que podemos desaparecer es una tontería. No voy a salir corriendo, Harry Rex.

—Desearás haberlo hecho, créeme. Este caso no traerá más que un montón de problemas.

—Si Noose me llama, hablaré con él y le explicaré por qué no puedo implicarme. Le sugeriré que se lo asigne a alguien de fuera del condado. Le caen bien esos dos tíos de Oxford que aceptan cualquier cosa, ya los ha traído otras veces.

—Lo último que he sabido de ellos es que están hasta arriba de apelaciones del corredor de la muerte. Siempre pierden los juicios, ya lo sabes. Así se eterniza el tema de la apelación. Escúchame, Jake, no te conviene encargarte de un caso con un poli muerto. Los datos van en tu contra. Los políticos van en tu contra. No hay ni la más mínima oportunidad de que el jurado muestre algo de compasión.

—Entendido, entendido. Deja que me tome un café y hable con Carla.

—¿Está en la ducha?

—No.

—Es mi fantasía favorita, ya lo sabes.

—Adiós, Harry Rex.

Jake colgó el teléfono y siguió a Carla hasta la cocina, donde prepararon el café. Aquella mañana de primavera era casi tan cálida como para sentarse en el patio, pero no del todo. Se acomodaron alrededor de una mesita en el rincón del desayuno. Desde allí tenían unas bonitas vistas a las azaleas rosas y blancas que comenzaban a abrirse en el jardín trasero. El perro, al que habían aceptado hacía poco y al que llamaban Mully pero que, hasta el momento, no respondía a nada que no fuera comida, salió de su guarida en el cuarto de la colada y clavó la mirada en la puerta del patio. Jake lo dejó salir y sirvió dos tazas.

Mientras se tomaban el café, repitió todo lo que le había dicho Harry Rex, excepto el último comentario acerca de Carla en la ducha, y ambos comentaron la desagradable posibilidad de verse involucrados en el caso. Jake estaba de acuerdo en que era poco probable que el honorable Omar Noose, su amigo y mentor, designara a otro abogado de entre la escasa reserva de talento que era el Colegio de Abogados del condado de Ford. Casi todos aquellos hombres, o personas, ya que ahora había una abogada, evitaban los juicios con jurado y preferían encargarse del papeleo que requerían sus pequeños y tranquilos bufetes. Harry Rex siempre estaba dispuesto a meterse en una buena pelea en los tribunales, pero solo en casos de relaciones domésticas dirimidos ante jueces; nada de jurados. El noventa y cinco por ciento de los casos penales se resolvían tras llegar a un acuerdo con la fiscalía, evitando así los juicios. Los pequeños casos de daños —choques de vehículos, caídas, mordeduras de perro— se negociaban en las compañías de seguros. Por lo general, si un abogado del estado de Ford se topaba con un caso civil importante, salía corriendo a Tupelo o a Oxford y se asociaba con un verdadero abogado litigante, con experiencia en juicios y sin pánico a los jurados.

Jake seguía soñando con cambiar esa situación y a sus treinta y siete años intentaba ganarse una reputación de abogado que arriesgaba y obtenía veredictos. Sin duda, su momento más glorioso había sido el veredicto de inocencia de Carl Lee Hailey, hacía cinco años; después de aquello se había convencido de que los casos importantes empezarían a llamar a su puerta. No había sido así. Seguía amenazando con llevar a juicio hasta la última disputa, y le iba bien, pero las recompensas todavía eran exiguas.

El caso Smallwood, sin embargo, era diferente. Tenía el potencial de convertirse en el caso civil más importante de la historia del condado, y Jake era el abogado principal. Había presentado la demanda trece meses antes y desde entonces había dedicado la mitad de su tiempo a trabajar en ella. Ahora ya estaba listo para el juicio y les reclamaba una fecha a los abogados defensores.

Harry Rex no había mencionado el papel del abogado de oficio del condado a tiempo parcial, y con razón. El actual abogado de oficio era un novato tímido cuyos índices de satisfacción por sus trabajos anteriores eran casi lo más bajos que podían ser. Aceptó el trabajo porque no había nadie más que lo quisiera, porque el puesto llevaba un año vacante y porque el condado accedió a regañadientes a aumentar el salario a dos mil quinientos dólares al mes. Nadie esperaba que sobreviviera otro año. Todavía no había llevado ningún caso que llegara hasta un veredicto del jurado, y tampoco mostraba ningún interés por hacerlo. Y, lo que era aún más importante, ni siquiera había presenciado un juicio por asesinato en primer grado en toda su vida.

No le extrañó que Carla empatizara al instante con la mujer. Aunque Stu Kofer siempre le había caído bien, también sabía que algunos policías podían comportarse tan mal como cualquier otra persona cuando no estaban de servicio. Y, si había que tener en cuenta el factor de la violencia doméstica, los hechos no harían sino complicarse aún más.

Sin embargo, también recelaba de que su marido se viera involucrado en otro caso controvertido, mediático. Después del de Carl Lee Hailey, la familia Brigance vivió durante tres años con un agente de policía aparcado delante de su casa por las noches, con amenazas telefónicas y recibiendo miradas cargadas de odio de personas extrañas cuando iban a la compra. Ahora que ya estaban en otra casa bonita y con aquel caso bastante alejado en el tiempo, empezaban a adaptarse poco a poco a la vida normal. Jake seguía llevando un arma registrada en el coche, lo que a ella no le hacía ninguna gracia, pero la vigilancia había desaparecido. Estaban decididos a disfrutar el presente, hacer planes para el futuro y olvidar el pasado. Lo último que Carla quería en su vida era un caso que pudiera atraer titulares.

Seguían charlando en voz baja cuando la señorita Hanna

apareció en pijama, con cara de sueño y aún aferrada a su peluche favorito, un muñeco sin el que no había dormido nunca. El peluche estaba harapiento y hacía mucho que había superado su tiempo de vida útil; Hanna tenía nueve años y ya era hora de que lo dejara atrás, pero estaban posponiendo una conversación seria sobre dicha transición. La niña se sentó en el regazo de su padre y volvió a cerrar los ojos. Igual que su madre, prefería un despertar matutino tranquilo, con el menor ruido posible.

Sus padres dejaron de hablar de temas legales y pasaron a comentar la catequesis dominical de Hanna. La niña todavía no había leído el tema que trabajarían aquel día, así que Carla desapareció y volvió con la guía de estudio. Jake empezó a leer sobre Jonás y la ballena, una de las historias bíblicas que menos le gustaban. A Hanna tampoco la impresionó y se quedó adormilada. Carla empezó a ocuparse del desayuno: gachas de avena para Hanna y huevos escalfados y tostadas integrales para los adultos.

Desayunaron tranquilamente, disfrutando de aquellos momentos de paz en familia. Por lo general, los dibujos animados estaban prohibidos los domingos, así que a Hanna ni siquiera se le ocurrió pedirlos. Comió poco, como de costumbre, y dejó la mesa de mala gana para ir a bañarse.

A las diez menos cuarto ya estaban vestidos con su mejor ropa de los domingos para asistir al servicio de la Primera Iglesia Presbiteriana. Jake no encontró sus gafas de sol cuando se montaron en el coche, así que volvió a entrar corriendo y apagó el sempiterno sistema de alarma.

El teléfono de la pared de la cocina empezó a sonar y la pantalla de identificación de llamada mostró un número que le sonaba, con un prefijo algo distinto. Quizá fuera del condado de Van Buren, que estaba al lado. No había nombre y el número era desconocido, pero Jake tuvo una corazonada. Se quedó mirando el teléfono, incapaz o reacio a contestar, porque algo le decía que no lo hiciera. Aparte de Harry Rex, ¿quién se atrevería a llamar una tranquila mañana de domingo? Lucien Wilbanks, tal vez, pero no era él. Debía de ser importante y seguramente se trataría de un marrón, así que durante varios segundos se quedó allí plantado mirando boquiabierto el teléfono, paralizado. Tras el máximo de ocho tonos de llamada, esperó a que la luz del contestador empezara a parpadear y apretó un botón. Una voz familiar dijo: «Buenos días, Jake, soy el juez Noose. Estoy en casa, en Chester, a punto de salir para la iglesia. Imagino que tú estás en las mismas y siento molestarte, pero hay un asunto urgente en Clanton; estoy seguro de que ya te habrás enterado. Por favor, llámame lo antes posible». La comunicación se interrumpió.

Recordaría aquel momento durante mucho tiempo: de pie en su cocina, vestido con un traje oscuro como si rebosara confianza y contemplando el teléfono porque le daba demasiado miedo contestar aquella llamada. No recordaba haberse sentido tan acobardado nunca, y se juró que no volvería a suceder.

Activó la alarma, cerró la puerta con llave y volvió al coche con una enorme sonrisa falsa para sus chicas. Mientras salían marcha atrás del camino de entrada, Hanna le preguntó:

—¿Dónde están tus gafas de sol, papá?

—Ah, no las he encontrado.

—Estaban en la encimera, al lado del correo —dijo Carla.

Negó con la cabeza, como si no tuviera importancia, y contestó:

—No las he visto, y se nos está haciendo tarde.

Aquel día en la iglesia a los hombres les correspondía continuar con el estudio de la carta de Pablo a los gálatas, pero ni siquiera llegaron a empezar. Habían asesinado a un policía, a un chico de la zona cuyos padres y abuelos eran del condado, y con más familiares desperdigados por la región. La mayor parte del debate giró en torno al crimen y el castigo; los participantes se decantaban claramente a favor de una pena rápida, con independencia de lo joven que fuera el asesino. ¿De verdad importaba que tuviera dieciséis o sesenta años? Desde luego, a quien no le había importado era a Stu Kofer, cuyo prestigio parecía aumentar con cada hora que pasaba. Un mal chico que aprieta un gatillo puede hacer tanto daño como un asesino en serie. Había tres abogados presentes, y los otros dos no tuvieron reparo en comentar sus opiniones con todo lujo de detalles. Jake no participó, se sumió en sus pensamientos e intentó no parecer preocupado.

Sus hermanos presbiterianos estaban considerados un poco más tolerantes que los fundamentalistas del final de la calle —los baptistas y los pentecostales que adoraban la pena de muerte—, pero, a juzgar por la sed de venganza de aquella aula, Jake se imaginó que el muchacho que había matado a Stu Kofer iría de cabeza a la cámara de gas en Parchman.

Intentó no hacer mucho caso a todo aquello, porque no sería problema suyo, ¿no?

A las once menos cuarto, con el órgano de la iglesia sonando a plena potencia y convocándolos a todos al culto, Jake y Carla recorrieron el pasillo hasta el cuarto banco empezando por delante, a la derecha, y esperaron a que Hanna llegara brincando de su sala de catequesis. Jake charló con viejos amigos y conocidos, a la mayoría de los cuales apenas veía fuera de la iglesia. Carla saludó a dos de sus alumnos. La Primera Iglesia Presbiteriana acogía a una media de doscientos cincuenta feligreses en el servicio de la mañana, y daba la sensación de que casi todos andaban de un sitio a otro intercambiando saludos. Había muchas cabezas canosas, y Jake sabía que el pastor estaba preocupado por el descenso de la popularidad del culto entre las familias más jóvenes.

El viejo señor Cavanaugh, un eterno cascarrabias al que la mayor parte de la gente intentaba evitar, pero que entregaba cheques más cuantiosos que cualquier otro miembro de la congregación, agarró a Jake del brazo y le dijo casi a voz en grito:

—No irá a mezclarse con ese chico que ha matado a nuestro agente, ¿verdad?

Uf, cuántas contestaciones le habría gustado soltarle. Primera: «¿Por qué no se ocupa de sus propios asuntos, puto viejo gruñón?». Segunda: «Ni su familia ni usted han contratado jamás mis servicios, así que ¿por qué le preocupa ahora cómo ejerzo mi profesión?». Tercera: «¿En qué narices le afecta a usted el caso?».

En vez de eso, Jake lo miró a los ojos y, sin un atisbo de sonrisa, contestó:

—¿A qué agente se refiere?

El señor Cavanaugh se quedó de piedra. El anciano guardó silencio el tiempo justo para que Jake pudiera recuperar su brazo y al final consiguió preguntar:

—Ah, ¿no se ha enterado?

—¿Enterarme de qué?

El coro estalló en una llamada al culto; era el momento de sentarse. Hanna se acomodó entre su padre y su madre y, no por primera vez, Jake la miró sonriendo y se preguntó cuánto duraría aquella etapa. La niña no tardaría en empezar a incordiarles para que la dejaran sentarse con sus amigas durante el servicio, y después, no mucho más tarde, aparecerían en escena los chicos. «No busques problemas —se recordó Jake—. Disfruta del momento».

El momento, sin embargo, era difícil de disfrutar. Poco después de los avisos preliminares y del primer himno, el doctor Eli Proctor se apropió del púlpito y transmitió la lúgubre noticia que todos conocían ya. Con un dramatismo excesivo, al menos en opinión de Jake, el pastor habló de la trágica pérdida del agente Stuart Kofer como si de alguna manera le afectara directamente. Era una costumbre irritante que Jake le había mencionado a Carla en alguna que otra ocasión, aunque su esposa no tenía paciencia para ese tipo de quejas. Proctor era casi capaz de echarse a llorar mientras describía los tifones del Pacífico sur o las hambrunas de África, desastres que sin duda merecían las oraciones de todos los cristianos, pero que se daban en el otro extremo del mundo. La única conexión del pastor con ellos eran las noticias de la televisión por cable, compartidas también por el resto del país. Sin embargo, él se las ingeniaba para conmoverse de una manera más profunda.

Rezó largo y tendido pidiendo justicia y reparación, pero con la piedad se quedó un poco corto.

El coro de jóvenes cantó dos himnos y el servicio cambió de tono. Cuando comenzó el sermón, exactamente a las 11.32 según el reloj de Jake, el abogado intentó concentrarse en el párrafo inicial, pero no tardó en perderse en los vertiginosos escenarios que podrían desarrollarse en los siguientes días.

Llamaría a Noose después de comer, por supuesto. Sentía un gran respeto y admiración por su juez, y el hecho de que Noose sintiera lo mismo por él no hacía sino fortalecer ese vínculo. Noose había sido abogado de joven, pero después se había metido en política y se había desviado del buen camino. Convertido en senador del estado, se había librado por los pelos de que lo imputaran y había sufrido una gran humillación tras presentarse a la reelección. Una vez le dijo a Jake que había desperdiciado sus años de formación cuando era abogado y que por eso nunca había llegado a pulir su habilidad para desenvolverse ante un tribunal. Se enorgullecía de haber visto a Jake crecer en la sala y seguía saboreando el veredicto de inocencia que había logrado en el juicio de Hailey.

Jake sabía que sería casi imposible decirle que no al honorable Omar Noose.

¿Y si decía que sí y aceptaba representar al chaval, a ese crío que esperaba en una de las celdas para menores de la cárcel que Jake había visitado tantas veces? ¿Qué pensarían de él aquellas bellas personas, aquellos devotos presbiterianos? ¿Cuántos de ellos habrían visto alguna vez el interior de una cárcel? ¿Cuántos tenían la más mínima idea de cómo funcionaba el sistema?

Y, lo que era aún más importante, ¿cuántos de aquellos ciudadanos cumplidores de la ley creían que todo acusado tenía derecho a un juicio justo? Y se suponía que la palabra «justo» incluía la ayuda de un buen abogado.

La pregunta más habitual era: «¿Cómo puedes representar a un hombre culpable de un delito grave?».

Su respuesta más habitual era: «Si acusaran a tu padre o a tu hijo de un delito grave, ¿querrías un abogado agresivo o un pelele?».

Como de costumbre, y a pesar de la no poca frustración que eso le causaba, volvía a perder el tiempo pensando en qué opinarían los demás. Un defecto grave en cualquier abogado, al menos según el gran Lucien Wilbanks, un hombre al que nunca le habían importado las ideas de los demás.

Cuando Jake se licenció en Derecho y empezó a trabajar en el bufete Wilbanks bajo la tutela de Lucien, su jefe le soltaba perlas como: «Esos capullos del Rotary Club, de la iglesia y de la cafetería no te convertirán en un buen abogado ni te harán rico» o «Para ser abogado de verdad, primero consigues que te resbale todo y luego mandas a la mierda a todo el mundo menos a tus clientes» o «A un verdadero abogado no le dan miedo los casos impopulares».

Esa fue la atmósfera de la época de aprendizaje de Jake. Antes de que lo expulsaran del Colegio de Abogados por todo tipo de comportamientos indebidos, Lucien era un abogado de éxito que se había forjado un nombre defendiendo a los más débiles: minorías, sindicatos, distritos escolares pobres, niños abandonados, personas sin hogar... Sin embargo, por culpa de su cinismo y su sentido del ridículo, no solía conectar con los jurados.

Jake se dio un pellizco y se preguntó por qué estaba pensando en Lucien durante el sermón.

Porque si todavía tuviera una licencia que le permitiera ejercer la abogacía, Lucien estaría llamando a Noose para exigirle que lo designara a él, Lucien, como representante del muchacho. Y, como todos los demás profesionales de la zona huirían del caso como de la peste, Noose designaría a Lucien y todos contentos.

«¡Acepta el puñetero caso, Jake!», lo oía gritarle.

«¡Todo el mundo tiene derecho a un abogado!».

«¡No siempre puedes escoger a tus clientes!».

Carla se dio cuenta de que estaba distraído y le lanzó una mirada de advertencia. Jake sonrió y le dio unas palmaditas a Hanna en la rodilla, pero su hija le apartó la mano de inmediato. Al fin y al cabo, tenía nueve años.

En la jerga de la llamada región del Cinturón Bíblico, las personas creyentes utilizaban muchas palabras y expresiones distintas para describir a los no creyentes. En el extremo más radical del espectro se referían a los «perdidos» como paganos, irredentos, impuros, mensajeros del infierno y, un clásico, pecadores. Los cristianos más educados los llamaban ateos, futuros santos, apóstatas o, su favorito, no practicantes.

Con independencia del término que se escogiera, estaba claro que los Kofer llevaban décadas sin ir a la iglesia. Unos cuantos primos lejanos formaban parte de congregaciones, pero, por lo general, el clan evitaba relacionarse con la palabra de Dios. No eran malas personas, sencillamente nunca habían sentido la necesidad de recorrer la senda sagrada. No les habían faltado oportunidades. Decenas de bienintencionados predicadores rurales habían intentado ganárselos sin éxito. Y no era extraño que los evangelizadores itinerantes los convirtieran en blanco de sus misiones y los nombraran en sus sermones exaltados. En muchas ocasiones habían ocupado los primeros puestos de la lista de oraciones, e incluso los habían avasallado con visitas puerta a puerta. A pesar de todo, resistieron a cualquier intento de que siguieran al Señor y se conformaban con que los dejaran tranquilos.

Sin embargo, en aquella mañana sombría necesitaban el abrazo y la conmiseración de sus vecinos. Necesitaban el habitual torrente de amor y compasión de los más cercanos a Dios, pero no lo tuvieron. En lugar de eso, se amontonaron todos en casa de Earl e intentaron lidiar con lo inconcebible. Las mujeres se sentaron y lloraron con Janet, la madre de Stu, mientras los hombres esperaban fuera, en el porche y bajo los árboles, fumando, maldiciendo en voz baja y hablando de venganza.

La Iglesia Bíblica del Buen Pastor se reunía en una pintoresca construcción blanca con una torre alta y un cementerio bien cuidado detrás. El edificio era histórico, de ciento sesenta años de antigüedad; lo habían erigido los metodistas, que se lo entregaron a unos baptistas que después se habían disuelto y lo habían dejado abandonado durante treinta años. La iglesia fue fundada por un grupo independiente al que no le gustaban las etiquetas confesionales, ni el fundamentalismo desenfrenado ni las tendencias políticas que se habían extendido por el sur en la década de los setenta. La iglesia, que contaba con alrededor de un centenar de miembros, había comprado el edificio embargado, lo había renovado con gran esmero y había recibido a más almas que recelaban del dogma predominante. Las mujeres podían ordenarse presbíteras, una práctica radical que dio lugar a murmuraciones de que el Buen Pastor era «una secta». Acogían a los negros y a todas las minorías, aunque asistieran al culto en cualquier otro sitio, por razones distintas.

Aquel domingo por la mañana, la concurrencia era un poco mayor, ya que los feligreses acudían para enterarse de los últimos detalles del asesinato. Una vez que el pastor Charles McGarry les hizo saber que el acusado, el joven Drew Gamble, era prácticamente uno de los suyos y que su madre, Josie, estaba en el hospital herida de gravedad tras recibir una brutal paliza, la iglesia cerró filas en torno a la familia. Kiera, que seguía vestida con los vaqueros y las zapatillas deportivas que llevaba puestos durante el terrible calvario de la noche anterior, asistió a catequesis en una pequeña sala junto con otras chicas adolescentes e intentó comprender dónde estaba. Su madre estaba en el hospital y su hermano, en la cárcel, y a ella le habían dicho que no podía volver a la casa para recoger sus cosas. Intentaba no llorar, pero no conseguía evitarlo. Durante el servicio, se sentó en el primer banco con la esposa del pastor a un lado, agarrándola del brazo, y una chica a la que conocía del instituto en el otro. Logró contener las lágrimas, pero era incapaz de pensar con claridad. Se puso de pie para escuchar los himnos, canciones antiguas que no había oído en su vida, y cerró los ojos con fuerza e intentó rezar junto con el pastor Charles. Escuchó su sermón, pero no oyó nada. Llevaba horas sin comer, pero había rechazado la comida. No podía siquiera imaginarse yendo al instituto al día siguiente y decidió que no podrían obligarla a hacerlo.

Lo único que Kiera deseaba hacer era sentarse junto a la cama de su madre en el hospital, con su hermano al otro lado, y tocarle los brazos.

5

La comida del domingo fue ligera, ensalada y sopa, lo habitual, salvo que la madre de Jake estuviera de humor para montar un banquete, algo que ocurría más o menos una vez al mes. Pero no aquel día. Tras un almuerzo rápido, ayudó a Carla a recoger la mesa y meter los platos en el lavavajillas y jugueteó con la idea de echarse una siesta dominguera, pero Hanna tenía otros planes. Quería llevarse a Mully a dar un paseo por el parque municipal y Carla lo presentó voluntario para acompañar a la niña en su aventura. A Jake no le importó. Cualquier cosa con tal de matar el tiempo y evitar devolverle la llamada al juez Noose. A las dos ya estaban de vuelta y Hanna desapareció en su habitación. Carla puso agua a hervir y sirvió té verde para los dos en la mesa del desayuno.

—No puede obligarte a aceptar el caso, ¿no? —le preguntó su mujer.

—La verdad es que no lo sé. Llevo toda la mañana dándole vueltas y no se me ha ocurrido un solo caso en el que el tribunal intentara designar un abogado y este se negase. Los jueces de la Audiencia Territorial tienen muchísimo poder, así que supongo que Noose podría amargarme la vida si me negara. Sinceramente, por eso nadie dice que no. Un abogado de una ciudad pequeña está muerto si ofende a sus jueces.

—¿Y te preocupa el caso Smallwood?

—Claro. El intercambio de pruebas ya casi ha terminado y estoy incordiando a Noose para que fije una fecha para el juicio. La defensa lo está retrasando, como siempre, pero me parece que los tenemos contra las cuerdas. Harry Rex cree que es posible que estén dispuestos a negociar un acuerdo, pero no lo harán hasta que no haya una fecha de juicio firme. Necesitamos tener a Noose contento.

—¿Quieres decir que podría ajustarte las cuentas de un caso en el otro?

—Omar Noose es un juez magnífico y experimentado que casi siempre hace las cosas bien, pero tiende a enfadarse con facilidad. Es humano y comete errores, y además está acostumbrado a conseguir lo que quiere, al menos en su propia sala.

—O sea que permitiría que un caso afectara al otro.

—Sí. Ha ocurrido.

—Pero le caes bien, Jake.

—Se considera mi mentor y quiere que logre grandes cosas, una razón más que válida para tener contento a ese viejo gruñón.

—¿Tengo voto en este asunto?

—Siempre.

—De acuerdo. Este no es el caso Hailey, aquí no hay tensión racial. Por lo que sabemos, todo el mundo es blanco, ¿no?

—De momento.

—Entonces, el Klan y esos locos no harán acto de presencia esta vez. Está claro que cabrearás a los que ahorcarían al chaval ahora mismo, que despreciarán a cualquier abogado que acepte su caso, pero eso es inevitable en esta ciudad, ¿no? Eres abogado, en mi opinión el mejor, y ahora mismo hay un crío de dieciséis años metido en un lío muy gordo que necesita ayuda.

—Hay más abogados en la ciudad.

—¿Y a cuál de ellos elegirías si te enfrentaras a la pena de muerte?

Jake dudó durante demasiado rato.

—¿Ves? —dijo Carla.

—Tom Motley es un abogado prometedor.

—Que no se mancha las manos con juicios penales. ¿Cuántas veces te he oído despotricar de él?

—Bo Landis es bueno.

—¿Quién? Seguro que es estupendo, pero su nombre no me suena de nada.

—Es joven.

—¿Y le confiarías tu vida?

—No he dicho eso. Mira, Carla, no soy el único abogado de la ciudad y estoy seguro de que Noose puede apretarle las clavijas a otro. No es raro que en los casos complicados como este se designe a un abogado de fuera del condado. ¿Te acuerdas de aquella violación tan terrible en Box Hill de hace tres o cuatro años?

—Desde luego.

—Nosotros nos excusamos y Noose nos protegió trayendo a un abogado de Tupelo. Aquí no lo conocía nadie y llevó el caso todo lo bien que cabía esperar que lo hiciera. Malos datos.

—Se llegó a un acuerdo, ¿no?

—Sí, treinta años de cárcel.

—Pocos me parecen. ¿Qué probabilidades hay de llegar a un acuerdo en este caso?

—A saber. Estamos hablando de un menor de edad, así que tal vez Noose podría tener un poco de manga ancha. Pero habrá mucha presión, querrán sangre. La pena de muerte. La familia de la víctima hará ruido. Ozzie querrá un juicio enorme, porque uno de sus chicos ha muerto. Todo el mundo tiene que presentarse a la reelección el año que viene, así que es un momento perfecto para mostrar mano dura con los delincuentes.

—No me parece correcto mandar a un chico de dieciséis años al corredor de la muerte.

—Prueba a decírselo a la familia Kofer. No los conozco, pero apuesto a que tienen la cámara de gas en mente. Si un tipo cualquiera le hiciera daño a Hanna, no te preocuparía tanto su edad, ¿no?

—Supongo que no.

La idea les dio que pensar y ambos respiraron hondo.

—Pensaba que querías votar —dijo Jake.

—No sé, cariño. Es una decisión difícil, pero si el juez Noose te presiona no creo que puedas decir que no.

El teléfono sonó y los dos lo miraron fijamente. Jake se acercó y observó la pantalla de identificación de llamada. Sonrió a Carla y anunció:

—Es él.

Descolgó el auricular, saludó y después tiró del cable a través de la cocina para volver a sentarse junto a su esposa a la mesa del desayuno. Intercambiaron los típicos comentarios amables. Las dos familias estaban bien. El tiempo estaba cambiando. Una noticia terrible lo de Stuart Kofer. Ambos manifestaron su admiración. Noose había hablado con Ozzie, este tenía al chico encerrado, seguro y a buen recaudo. El bueno de Ozzie. La mayoría de los sheriffs con los que Noose trataba habrían atormentado al muchacho y lo habrían hecho firmar una confesión de diez páginas.

Acabado el calentamiento, Noose entró en materia:

—Jake, quiero que representes al chaval durante los preliminares. No sé si terminará por convertirse en un caso de pena capital, pero siempre cabe esa posibilidad. No hay ninguna otra persona en Clanton con experiencia reciente en ese tipo de casos y tú eres el abogado en quien más confío. Si al final se pide la pena de muerte, revisaremos tu representación e intentaré encontrar otro abogado.

Jake cerró los ojos, asintió y, en cuanto el juez hizo una pausa, intervino.

—Los dos sabemos que si entro ahora hay muchas probabilidades de que cargue con el caso hasta el final.

—No tiene por qué, Jake. Acabo de hablar con Roy Browning, el de Oxford, un muy buen abogado. ¿Lo conoces?

—Todo el mundo conoce a Roy, juez.

—Tiene dos juicios de pena capital este año y está sobrepasado, pero tiene un socio joven del que me ha hablado muy bien. Me ha prometido que le echarían un vistazo al caso más adelante si termina siendo de pena de muerte. Pero ahora mismo, Jake, quiero que alguien vaya a esa cárcel a hablar con el crío y mantenga a la policía alejada de él. No quiero tener que enfrentarme a una confesión falsa ni a ningún soplón de la cárcel.

—Confío en Ozzie.

—Y yo, pero hay un agente de policía muerto, y ya sabes lo nerviosos que pueden ponerse esos chicos. Me sentiría mejor si el muchacho dispusiera cuanto antes de algún tipo de protección. Le daré una validez de treinta días a la asignación. Vete para allá a ver al chico, nos reuniremos el martes a las nueve de la mañana, antes de que supervise la lista de casos civiles. Creo que tienes mociones pendientes en el caso Smallwood.

—Pero conocía a la víctima, juez.

—¿Y qué? Esto es una ciudad pequeña y todo el mundo conoce a todo el mundo, ¿no?

—Me está presionando mucho, señoría.

—Lo siento, Jake, y también siento estar molestándote un domingo, pero la situación podría volverse peligrosa y requiere mano firme. Confío en ti y por eso te pido que intervengas. Verás, cuando era joven y practicaba la abogacía aprendí que no siempre podemos elegir a nuestros clientes.

«¿Y por qué no?», se preguntó Jake.

—Me gustaría comentarlo con mi esposa. Como sabe, lo pasamos muy mal hace cinco años con lo de Hailey, así que puede que quiera opinar al respecto.

—Esto no tiene nada que ver con lo de Hailey.

—No, pero hay un agente de policía muerto, y cualquier abogado que represente al supuesto asesino se enfrentará a una reacción negativa de la comunidad. Como usted mismo ha dicho, esto es una ciudad pequeña.

—Quiero que seas tú quien se haga cargo de esto, Jake.

—Lo hablaré con Carla y le veré el martes a primera hora, si le va bien.

—El chico necesita un abogado ya. Por lo que tengo entendido, no tiene padre y su madre está en el hospital, herida. No hay más parientes cerca. Ya ha reconocido el asesinato, así que tiene que cerrar la boca. Sí, los dos confiamos en Ozzie, pero estoy seguro de que por la cárcel rondan unos cuantos fanáticos de los que no podemos fiarnos. Háblalo con tu mujer y llámame dentro de un par de horas.

Se oyó un clic y la conexión se interrumpió. Su señoría había dado una orden y había colgado.

A última hora de la tarde los vientos de marzo cogieron fuerza y la temperatura cayó en picado. Con sus dos chicas enfrascadas en una película antigua en la sala de estar, Jake salió de su casa y fue a dar un largo paseo por las tranquilas calles de Clanton. Los domingos, ya tarde, solía pasar un par de horas a solas en su despacho revisando los expedientes que no había conseguido cerrar la semana anterior y decidiendo cuáles pospondría a continuación. En aquel momento tenía ochenta expedientes abiertos, pero muy pocos eran casos decentes. Así era el ejercicio de la ley en una ciudad pequeña y pobre.

Desde hacía un tiempo su mundo se reducía al caso Smallwood, por lo que estaba haciendo caso omiso de todo lo demás.

Los hechos eran tan sencillos como complicados. Taylor Smallwood; su esposa, Sarah, y dos de sus tres hijos murieron en el acto cuando su pequeño coche de importación chocó contra un tren en un cruce peligroso cerca de la línea del condado de Polk. El accidente se produjo alrededor de las diez y media de la noche de un viernes. Un testigo que viajaba en una camioneta cien metros por detrás de la familia decía que las luces rojas intermitentes del paso a nivel no estaban encendidas en el momento de la colisión. El maquinista y el guardafrenos juraban que sí. El cruce estaba a los pies de una colina que descendía en una pendiente de cincuenta grados desde la cima, unos ochocientos metros más arriba.

Dos meses antes, Sarah había dado a luz a su tercera hija,

Grace. En el momento del accidente, a Grace la estaba cuidando la hermana de Taylor, que vivía en Clanton.

Por lo general, un accidente tan espectacular provocaba una especie de histeria colectiva en el Colegio de Abogados de la zona, ya que hasta el último de sus miembros intentaba buscar una estrategia para quedarse con el caso. Jake no conocía de nada a la familia y atacó de inmediato. Harry Rex, sin embargo, se había ocupado del divorcio de la hermana de Sarah, que había quedado satisfecha con el resultado. Mientras los buitres revoloteaban alrededor de la familia, Harry Rex actuó con rapidez y consiguió un contrato firmado por varios miembros de la familia. Después fue a toda prisa al juzgado, estableció la tutela de Grace, la única heredera y demandante, y presentó una demanda por valor de diez millones de dólares contra la empresa ferroviaria, Central & Southern.

Harry Rex conocía sus limitaciones y sabía que era posible que no conectara con el jurado. Tenía un plan mucho mejor. Le ofreció a Jake la mitad del pago si intervenía como abogado principal, cargaba con la mayor parte del trabajo y forzaba la celebración de un juicio. Harry Rex había sido testigo de la magia con el jurado del caso Hailey. Se había quedado fascinado, como todo el mundo, mientras Jake defendía la vida de su cliente, y era consciente de que su joven amigo sabía seducir a los jurados. Si Jake era capaz de hacerse con los casos adecuados, algún día ganaría mucho dinero en las salas de los juzgados.

Cerraron el trato con un apretón de manos. Jake adoptaría un papel agresivo y presionaría al juez Noose para acelerar el proceso. Harry Rex trabajaría en la sombra, se rompería los cuernos con el intercambio de pruebas, contratando expertos, intimidando a los abogados del seguro y, sobre todo, escogiendo al jurado. Trabajaban muy bien juntos, sobre todo porque se daban bastante espacio el uno al otro.

La compañía ferroviaria intentó trasladar el caso al tribunal federal, una jurisdicción menos amable, pero Jake bloqueó el movimiento con una serie de mociones que Noose le concedió. Hasta el momento, el juez había mostrado poca paciencia con los abogados de la defensa y sus habituales maniobras dilatorias.

La estrategia era clara: demostrar que el cruce era peligroso y estaba mal diseñado, que su mantenimiento no era el adecuado, que era conocido como un punto conflictivo para la circulación y que las señales luminosas fallaron aquella noche. La defensa era igual de simple: Taylor Smallwood se estrelló contra el decimocuarto vagón sin siquiera tocar los frenos. ¿Cómo es posible que no veas, ya sea de noche o de día, un vagón de tren que mide más de cuatro metros y medio de alto y doce de largo y está cubierto de señales de advertencia de color amarillo reflectante?

La demandante tenía un caso sólido porque los daños eran inconmensurables. La defensa tenía un caso sólido porque los hechos eran obvios.

Durante casi un año, los abogados de la empresa ferroviaria se habían negado a sentarse para negociar un acuerdo. Sin embargo, ahora que el juez iba a fijar una fecha para el juicio, Harry Rex creía que podría haber algo de dinero sobre la mesa. Uno de los abogados de la defensa era un viejo conocido de la facultad de Derecho y habían salido a tomar unas copas juntos.

A Jake le gustaba más su despacho cuando estaba vacío, cosa que últimamente ocurría pocas veces. En aquellos momentos su secretaria era Portia Lang, una veterana del ejército de veintiséis años que se marcharía al cabo de seis meses para empezar a estudiar Derecho en Ole Miss. La madre de Portia, Lettie, había heredado una pequeña fortuna en un litigio testamentario dos años antes, y Jake tuvo que batallar contra todo un escuadrón de abogados para ratificar el testamento. El caso había motivado tanto a Portia que la joven había decidido matricularse en la facultad, de Derecho. Su sueño era convertirse en la primera abogada negra del condado de Ford y, de momento, iba bien encaminada. Portia era mucho más que una secretaria, puesto que no solo contestaba al teléfono y hacía de filtro con los clientes y las personas que se pasaban por allí, sino que además estaba aprendiendo investigación jurídica y escribía con claridad. Estaban intentando llegar a un acuerdo para que continuara trabajando para Jake a media jornada mientras estudiaba, pero ambos sabían que durante el primer año sería casi imposible.

Para complicar aún más las cosas, Lucien Wilbanks, el dueño del edificio y anterior propietario del bufete, había cogido ahora la costumbre de ir allí a trabajar al menos tres veces por semana y, por lo general, convertirse en una molestia para todos. Dado que hacía años que lo habían expulsado de la abogacía, Lucien no podía aceptar casos ni representar clientes, así que dedicaba la mayor parte del tiempo a meter las narices en los asuntos de Jake y a dar numerosos consejos no solicitados. A menudo decía que estaba estudiando para el examen de ingreso en el Colegio de Abogados, un reto monumental para un hombre mayor con gran parte de su capacidad mental mermada por años de alcoholismo empedernido. Lucien aseguraba que cumpliendo un horario de oficina se mantenía alejado del armario del whisky de su casa, pero no tardaba mucho en empezar a beber sentado a su escritorio. Había tomado posesión de una pequeña sala de reuniones del piso de abajo, muy lejos de Jake, pero demasiado cerca de Portia, y lo más habitual era que se pasara las tardes durmiendo la mona tras su almuerzo a base de líquidos, roncando y con los pies encima de la mesa.

Lucien le había hecho un único comentario grosero de carácter sexual a Portia, tras el cual la joven amenazó con partirle el cuello. Habían mantenido una relación civilizada desde entonces, aunque ella se sentía mejor cuando él no estaba.

Para rematar la alineación del bufete, Beverly, una antigua clienta con un contrato de veinte horas a la semana, se encargaba de la mayor parte del trabajo de mecanografía. Era una agradabilísima señora de mediana edad cuya existencia entera giraba en torno al tabaco. Encadenaba los cigarrillos uno tras otro; sabía que era un vicio que la estaba matando y había probado hasta el último artilugio del mercado para dejarlo. Su adicción le impedía tener un trabajo a jornada completa, así como un marido. Jake le había preparado un despacho detrás de la cocina, en el que todas las ventanas y puertas podían dejarse abiertas y Beverly podía teclear envuelta en una neblina azul. Aun así, todo lo que tocaba apestaba a humo rancio, y a Jake le preocupaba cuánto duraría la mujer. A veces el abogado comentaba discretamente con Portia que a lo mejor el cáncer de pulmón se la llevaba por delante antes de que él se viera obligado a prescindir de ella. Sin embargo, Portia no se quejaba, y tampoco Lucien, que seguía fumando puros en su porche y a menudo también olía a tabaco añejo.

Jake subió a su grandioso despacho del piso de arriba y dejó las luces apagadas; no quería llamar la atención. Había oído a gente llamar a su puerta incluso los domingos por la tarde. Aunque no ocurría a menudo, sí con la suficiente frecuencia. Algunos días se preguntaba de dónde iban a salir los siguientes clientes. Otros, quería librarse de todos los que tenía.

En la penumbra, se tumbó en el viejo sofá de cuero que los hermanos Wilbanks habían comprado hacía décadas, clavó la mirada en el ventilador polvoriento que colgaba del techo y se preguntó cuánto tiempo llevaría allí aquel chisme. ¿Hasta qué punto había cambiado el ejercicio de la abogacía a lo largo de los años? ¿A qué dilemas éticos se enfrentaban los abogados de aquella época? ¿Les preocupaba aceptar casos impopulares? ¿Temían las reacciones negativas si representaban a asesinos?

A Jake le hacían gracia las anécdotas que le habían contado acerca de Lucien. Había sido el primer, y durante años el único, miembro blanco de la NAACP, la Asociación Nacional para el Progreso de las Personas de Color. Y después había sucedido lo mismo con la ACLU, la Unión Estadounidense por las Libertades Civiles. Había representado a sindicatos, una rareza en el norte de Mississippi. Demandó al estado por los abominables centros educativos para negros y también lo llevó a los tribunales por la pena capital. Denunció al ayuntamiento porque se negaba a pavimentar las calles de Lowtown. Hasta que lo expulsaron del Colegio de Abogados, Lucien Wilbanks fue un abogado audaz que nunca dudaba en presentar una demanda cuando creía que era necesaria, ni dejaba de ayudar a un cliente al que no se le estaba dando un trato adecuado.

Ahora, tras once años apartado de la abogacía, Lucien seguía siendo un amigo leal que se alegraba del éxito de Jake. Si le preguntara, a Jake no le cabía ni la menor duda de que Lucien le aconsejaría no solo que asumiera la defensa del joven Drew Gamble, sino que además la aceptara haciendo el mayor ruido posible. ¡Proclama su inocencia! ¡Exige un juicio rápido! Lucien siempre había creído que toda persona acusada de un delito grave merecía un buen abogado. Y tampoco había evitado jamás, a lo largo de toda su pintoresca carrera, la atención que podía atraer un mal cliente.

El otro amigo íntimo de Jake, Harry Rex, ya había opinado y no había motivo para volver a consultar el tema con él. Carla estaba indecisa. Noose esperaba su llamada.

Los Kofer no le preocupaban. No los conocía y creía que vivían al sur del condado. Jake tenía treinta y siete años y llevaba doce ejerciendo su profesión con éxito sin cruzarse con esa familia. Estaba claro que podría seguir prosperando sin conocerla.

Pensaba sobre todo en los policías, en los agentes municipales y en Ozzie y sus hombres. Seis días a la semana, Jake desayunaba en la cafetería que había cuatro puertas más abajo, donde solía coincidir con Marshall Prather, que esperaba con el primer insulto de la mañana. Jake había ofrecido sus servicios jurídicos a muchos miembros de los cuerpos de seguridad y sabía que era su abogado favorito. DeWayne Looney había testificado contra Carl Lee Hailey y había dejado perplejo al jurado al reconocer que admiraba al hombre que le había reventado la pierna. Mick Swayze tenía un primo perturbado al que Jake había conseguido ingresar en el hospital psiquiátrico del estado de forma gratuita.

Cierto, no le generaban una gran cantidad de trabajo, solo testamentos, escrituras y tareas pequeñas por las que Jake cobraba poco. Tampoco era extraño que lo hiciera gratis.

Mientras contemplaba el ventilador del techo, tuvo que reconocer que ni un solo agente de la ley le había proporcionado nunca un caso decente. ¿Y no comprenderían que representara a Drew? Evidentemente, estaban impactados por la muerte de su compañero, pero entendían que alguien, algún abogado, tenía que representar al acusado. ¿Se sentirían mejor si ese abogado fuera Jake, un amigo en el que confiaban?

¿Estaba a punto de tomar una decisión valiente o de cometer el mayor error de su carrera?

Por fin se acercó a su escritorio, descolgó el teléfono y llamó a Carla.

Después llamó al juez Noose.

6

Salió a oscuras del despacho y caminó por la plaza desierta y aún más oscura. Eran casi las ocho de la tarde de un domingo y no había una sola tienda ni cafetería abierta. La cárcel, sin embargo, era un hervidero de actividad. Cuando enfiló la calle y vio el parque de coches patrulla aparcados de cualquier manera en torno a los edificios, las furgonetas de los periodistas —una de Tupelo y otra de Jackson— y a la masa de hombres que merodeaban junto a la puerta, fumando y hablando en voz baja, sintió una punzada de dolor en la parte baja del estómago. Le dio la sensación de estar adentrándose de cabeza en territorio enemigo.

Conocía bien la distribución del edificio y decidió acercarse por una calle secundaria y entrar en el extenso complejo de oficinas por una puerta trasera. Aquellos edificios se habían ido agrandando y renovando con los años y sin un plan definido en cuanto a qué podría ser lo siguiente en construirse. Además de alrededor de una veintena de celdas, salas de detención, áreas de recepción y pasillos estrechos, el complejo albergaba las dependencias del sheriff en un extremo y las de la Policía Municipal de Clanton en el otro. En aras de la sencillez, se referían a todo él como «la cárcel».

Y aquella noche oscura, la cárcel estaba a rebosar; hasta la última persona relacionada con las fuerzas de seguridad, por remotamente que fuera, estaba allí. Era como una hermandad, obtenían consuelo de estar con otras personas que también llevaban una placa.

Un guardia le dijo a Jake que Ozzie estaba en su despacho, con la puerta cerrada. El abogado le pidió que informara al sheriff de que necesitaba hablar con él y lo esperaría fuera, junto al patio, una zona vallada en la que los reclusos solían jugar al baloncesto y las damas. Cuando hacía buen tiempo, Jake y los demás abogados se sentaban a una vieja mesa de pícnic debajo de un árbol y hablaban con sus clientes a través de la valla metálica. Por la noche, sin embargo, el patio estaba oscuro y todos los reclusos permanecían encerrados. Las ventanas de las pequeñas celdas estaban aseguradas por hileras de gruesos barrotes.

En aquel momento, Jake no tenía a ningún cliente cumpliendo condena en la cárcel, aparte del más reciente. Tenía a dos chicos en la prisión estatal de Parchman, ambos por vender droga. La madre de uno de ellos era una bocazas y le echaba la culpa a Jake de la desgracia de su familia.

Se abrió una puerta y salió Ozzie, solo. Se encaminó hacia Jake despacio, como si cargara un peso sobre los hombros, como si llevara días sin dormir. En lugar de tenderle la mano, se crujió los nudillos y miró hacia el otro lado del patio.

—Un mal día —dijo Jake.

—El peor que he tenido —gruñó Ozzie—. Me llamaron a las tres de la mañana y no he parado desde entonces. Es duro perder a un agente, Jake.

—Lo siento. Conocía a Stu y me caía bien. No puedo ni imaginar por lo que debéis de estar pasando.

—Era un gran tipo, todos nos partíamos de risa con él. Puede que tuviera un lado más oscuro, pero no podemos hablar de eso.

—¿Te has reunido con su familia?

Ozzie respiró hondo y negó con la cabeza.

—He ido hasta allí con el coche y les he dado el pésame. No son precisamente las personas más estables que conozco. Esta tarde han llamado preguntando por el chaval. Dos se han presentado en el hospital diciendo que querían hablar con la madre del chico..., ese tipo de locuras. Así que ahora he apostado un agente en la puerta de la habitación. Deberías tener cuidado con ellos, Jake.

Justo lo que necesitaba la reducida familia Brigance, tener que preocuparse por más locos.

Ozzie carraspeó y escupió en el suelo.

—Acabo de hablar con Noose.

—Yo también —dijo Jake—. Se niega a aceptar un no por respuesta.

—Me ha dicho que te ha presionado, que no querías meterte en esto.

—¿Y quién querría? Nadie de por aquí, desde luego. Noose me ha prometido que intentará encontrar un abogado de fuera del condado, así que solo voy a representarlo en los preliminares. Al menos ese es el plan.

—No pareces muy convencido.

—No lo estoy. No es sencillo librarse de estos casos, sobre todo cuando todos los demás abogados desaparecen y no le cogen el teléfono al juez. Hay muchas probabilidades de que tenga que tragármelo hasta el final.

—¿Por qué no lo has rechazado y punto?

—Porque Noose me tiene atado de pies y manos y porque no hay nadie más, al menos en estos momentos. Es difícil decirle que no a un juez de la Audiencia Territorial.

—Eso parece.

—Me ha presionado mucho.

—Sí, eso me ha dicho. Supongo que esta vez estamos en bandos contrarios, Jake.

—¿No suele ser ya así? Tú los encierras y yo intento sacarlos. Cada uno hace su trabajo.

—No sé, esta vez parece distinto. Nunca había enterrado a uno de mis agentes. Después tendremos un juicio, y de los importantes, y tú harás lo que se supone que tienen que hacer los buenos abogados. Librar al chaval, ¿no?

—Falta mucho para eso. Ahora mismo ni siquiera pienso en el juicio.

—Prueba a pensar en el funeral.

—Lo siento, Ozzie.

—Gracias. Va a ser una semana divertida.

—Tengo que ver al crío.

Ozzie señaló con la cabeza hacia una fila de ventanas en la parte trasera del edificio más reciente de la cárcel.

—Ahí lo tienes.

—Gracias. Hazme un favor, Ozzie. Marshall, Moss, De-Wayne... Son amigos míos, y esto no les va a hacer ninguna gracia.

—Tienes mucha razón.

—Así que al menos sé sincero y diles que me ha designado Noose, que yo no he pedido hacerme cargo del caso.

—Lo haré.

El guardia abrió la puerta y encendió una luz tenue. Jake lo siguió hasta el interior, intentando que sus ojos se adaptaran a la penumbra. Ya había estado en la celda de menores, muchas veces.

El procedimiento normal habría sido esposar al recluso y llevarlo por el pasillo hasta una sala de interrogatorios en la que se encontraría cara a cara con su abogado mientras un guardia se quedaba apostado ante la puerta. Nadie recordaba a ningún abogado al que su cliente hubiera atacado en la cárcel, pero aun así eran precavidos. Siempre había una primera vez para todo, y aquella clientela no era la más predecible.

No obstante, tanto a Ozzie como al guardia les resultaba obvio que aquel recluso no suponía ningún tipo de amenaza. Drew se había encerrado por completo en sí mismo y se había negado a comer. No había dicho una sola palabra desde la marcha de su hermana, y de eso hacía ya doce horas.

El guardia susurró:

—¿Dejo la puerta abierta, por si acaso?

Jake negó con la cabeza y el guardia cerró la puerta a su espalda al salir. Drew seguía en la litera inferior, ocupando el menor espacio posible. Estaba hecho un ovillo, con las rodillas pegadas al pecho y de espaldas a la puerta, tapado con una manta fina, escondido en su propia burbuja oscura. Jake acercó un taburete de plástico y se sentó haciendo todo el ruido posible. El muchacho no se inmutó, no hizo nada para reconocer la presencia del visitante.

Jake se acostumbró al silencio absoluto, después tosió y dijo:

—Eh, Drew, me llamo Jake. ¿Estás ahí? ¿Hay alguien en casa?

Nada.

—Soy abogado y el juez me ha asignado tu caso. Seguro que ya has conocido a algún abogado, ¿no, Drew?

Nada.

—Vale. Bueno, tú y yo tenemos que hacernos amigos, porque vas a tener que pasar un montón de tiempo conmigo, y con el juez, y con el sistema judicial. ¿Has estado alguna vez en un juzgado, Drew?

Nada.

—Algo me dice que sí.

Nada.

—Soy un buen tipo, Drew. Estoy de tu lado.

Nada. Pasó un minuto, después dos. La manta subía y bajaba ligeramente con la respiración del chico. Jake no alcanzaba a ver si tenía los ojos abiertos.

Otro minuto.

—Muy bien —siguió Jake—, ¿podemos hablar de tu madre? Josie Gamble. Sabes que está bien, ¿no?

Nada. Luego, un leve movimiento bajo la manta cuando el chaval estiró despacio las piernas.

—Y de tu hermana, Kiera. Vamos a hablar de Josie y de Kiera. Las dos están ya a salvo, quiero que lo sepas.

Nada.

—Drew, así no vamos a llegar a ningún sitio. Quiero que te des la vuelta y me mires. Es lo mínimo que puedes hacer. Date la vuelta, saluda y charlamos un rato.

—No —gruñó el muchacho.

—Genial, ahora ya tenemos algo. Resulta que sabes hablar. Pregúntame algo sobre tu madre, lo que quieras, ¿vale?

En voz baja, Drew preguntó:

—¿Dónde está?

—Date la vuelta, siéntate y mírame cuando hables.

El chico obedeció y se incorporó con cuidado de no golpearse la cabeza contra el armazón de la litera superior. Se arrebujó bien la manta alrededor del cuello, como si lo protegiera, y se echó hacia delante con los pies colgando del borde de la cama. Llevaba los calcetines sucios; los zapatos estaban junto al inodoro. Clavó la mirada en el suelo y se encogió bajo la manta.

Jake estudió su rostro y se convenció de que tenía que haber un error. Drew tenía los ojos rojos e hinchados tras pasarse el día en la cama y, probablemente, sin apenas dejar de llorar. Tenía el pelo rubio muy alborotado y necesitaba un buen corte. Además, era diminuto.

Cuando Jake tenía dieciséis años era el quarterback titular del instituto Karaway, a quince kilómetros de Clanton. También jugaba al baloncesto y al béisbol, se afeitaba, conducía y salía con cualquier chica guapa que le dijera que sí. Aquel chico era más bien de bicicleta con ruedines.

La charla era importante, así que Jake continuó:

—Los documentos dicen que tienes dieciséis años, ¿es así?

No hubo respuesta.

—¿Cuándo es tu cumpleaños?

Continuó mirando el suelo, inmóvil.

—Venga, Drew, tu cumpleaños tienes que sabértelo.

—¿Dónde está mi madre?

—Está en el hospital, pasará allí unos cuantos días. Tiene la mandíbula rota y creo que los médicos quieren operarla. Me pasaré por allí mañana a saludarla y me gustaría decirle que estás bien. Dentro de lo que cabe.

—¿No está muerta?

—No, Drew, tu madre no está muerta. ¿Qué quieres que le diga?

—Creía que estaba muerta. Y Kiera también lo pensaba. Los dos creíamos que al final Stu la había matado. Por eso le disparé. ¿Cómo te llamas?

—Jake. Soy tu abogado.

—El último abogado me mintió.

—Siento que te pasara eso, pero yo no te voy a engañar. Te juro que yo no miento. Pregúntame cualquier cosa, lo que quieras, y te daré una respuesta directa, sin mentiras. Prueba.

—¿Cuánto tiempo voy a estar en la cárcel?

Jake dudó.

—No lo sé, y no te estoy mintiendo. Es la verdad, porque ahora mismo nadie sabe cuánto tiempo vas a pasar en la cárcel. Una respuesta segura sería «mucho tiempo». Van a acusarte de asesinar a Stuart Kofer, y el asesinato es el delito más grave de todos.

El chico miró a Jake con los ojos húmedos y enrojecidos.

—Pero creía que había matado a mi madre —dijo.

—Lo entiendo, pero lo cierto es que no lo había hecho.

—Sigo alegrándome de haberle disparado.

—Ojalá no lo hubieras hecho.

—Me da igual si me dejan encerrado para siempre, porque ahora ya no podrá volver a hacerle daño a mi madre. Y no puede hacerle daño a Kiera ni a mí. Era lo que se merecía, señor Jake.

—Es Jake a secas, ¿vale? Jake y Drew, abogado y cliente.

El muchacho se secó las mejillas con el dorso de la mano. Cerró los ojos con fuerza y empezó a temblar, a estremecerse como si tuviera escalofríos. Jake bajó otra manta de la litera superior y se la colocó sobre los hombros. Había empezado a llorar, tiritaba y sollozaba mientras las lágrimas le rodaban por las mejillas. Lloró durante mucho rato, como un crío pequeño, patético, aterrorizado y completamente solo en el mundo. Parecía más un niño que un adolescente, pensó Jake en varias ocasiones.

Cuando dejó de temblar, Drew volvió a sumirse en su propio mundo y se negó a hablar, se negó a reconocer la presencia de Jake. Se envolvió en las mantas, se tumbó y dejó la mirada perdida en el somier del colchón superior.

Jake volvió a mencionar a su madre, pero no funcionó. Le ofreció comida y refrescos, pero no hubo respuesta. Pasaron diez minutos, luego veinte. Cuando quedó claro que Drew no iba a reaccionar, Jake anunció:

—De acuerdo, Drew, me marcho. Mañana iré a ver a tu madre y le diré que estás muy bien. Mientras yo no esté, no debes hablar con nadie. Ni con los guardias, ni con los agentes de policía ni con los investigadores, con nadie en absoluto, ¿entendido? Por lo que veo, no debería suponerte un problema. Tú no digas nada hasta que yo vuelva.

Jake lo dejó más o menos como se lo había encontrado: tumbado e inmóvil, como en trance, con los ojos abiertos como platos, pero sin ver nada.

Cerró la puerta al salir. Firmó en la recepción, evitó unas cuantas caras conocidas y salió de la cárcel para volver a casa andando por el camino largo.

Por curiosidad, dio un rodeo para pasar cerca de la plaza y vio encendida la luz de un despacho, como se esperaba. Harry Rex tenía la costumbre de encerrarse a trabajar por la noche, sobre todo los domingos, para ponerse al día con el caos que era su bufete. La mayor parte de los días su deslustrada sala de espera estaba hasta los topes de cónyuges en guerra y otros clientes desdichados, y él dedicaba más tiempo a hacer de árbitro que a solucionar litigios. Aparte de todo ese estrés, su cuarto matrimonio no iba bien, así que prefería la tranquilidad nocturna de su despacho a la tensión que reinaba en su casa.

Jake dio unos golpecitos en una ventana y entró por una puerta trasera. Harry Rex se encontró con él en la cocina y sacó dos latas de cerveza del frigorífico. Se acomodaron en el abarrotado estudio contiguo a su despacho.

—¿Qué haces por aquí tan tarde? —le preguntó.

—Me he pasado un momento por la cárcel —contestó Jake, y su amigo asintió como si no le sorprendiera.

—Noose te ha liado para que aceptes el caso, ¿no?

—Sí. Me ha dicho que la asignación es solo para treinta días, lo justo para acompañar al chico durante los preliminares.

—Mentira. No vas a librarte de este caso, Jake, porque nadie más va a querer cogerlo. Intenté advertírtelo.

—Cierto, pero es bastante difícil decirle que no a un juez territorial. ¿Cuándo fue la última vez que miraste a Noose y le negaste un favor?

—No me relaciono con Noose, no es mi terreno. Prefiero el tribunal de equidad, donde no hay jurados y los jueces me tienen miedo.

—El juez Reuben Atlee no le tiene miedo a nadie.

Harry Rex bebió un trago de cerveza y miró a Jake con incredulidad. Tomó otro sorbo y se recostó en su vieja silla giratoria de madera. El año anterior había perdido más de veinte kilos, pero ahora había vuelto a ganar al menos otros tantos y su corpulencia le dificultó poner los pies encima de la mesa. Pero lo consiguió. Llevaba las raídas zapatillas de deporte que Jake habría jurado que llevaba puestas desde hacía por lo menos una década. Con los pies en su sitio y la cerveza fría en la mano, continuó tan tranquilo:

—Una estupidez por tu parte.

—He venido a tomarme una cerveza, no a que me insultes.

Como si no le hubiera oído, Harry Rex siguió adelante:

—Mi teléfono no ha parado de sonar en todo el día, se ha corrido la voz y me han llamado incluso personas que creía que estaban muertas, o que al menos yo esperaba que lo estuvieran. En serio, ¿un agente de policía asesinado? En este condado nunca había habido un caso así, de modo que ahora la gente no deja de cotorrear. Y seguirán mañana y pasado mañana y al día siguiente; la ciudad no va a hablar de otra cosa. Solo de lo mucho que todos querían a Stuart Kofer. Hasta los que apenas lo conocían descubrirán que sentían una profunda admiración por el agente. ¿Y te imaginas el funeral, el homenaje o lo que sea que Ozzie vaya a organizar con la familia? Ya sabes lo mucho que les gustan a los policías los desfiles, las procesiones funerarias y los entierros con pistolas y cañones. Será todo un espectáculo y la ciudad entera intentará meterse en el papel. Y, cuando no estén llorando a Kofer, estarán vilipendiando a su asesino. Un gamberro de dieciséis años le disparó con su propia pistola mientras dormía en su propia cama. Asesinato a sangre fría. Hay que ahorcarlo ya. Como siempre, la culpa recaerá también sobre el abogado, sobre ti. Harás todo lo posible para representar a tu cliente y te odiarán por ello. Es un error, Jake, y de los grandes. Te arrepentirás de este caso durante mucho tiempo.

—Estás dando demasiadas cosas por sentadas, Harry Rex. Noose me ha asegurado que será algo temporal. He quedado con él el martes para comentar la posibilidad de abordar a alguna de las asociaciones nacionales de defensa de la infancia para pedirles ayuda. Noose sabe que el caso no es bueno para mí.

—¿Habéis hablado del caso Smallwood?

—Claro que no. Habría sido muy poco ético.

Harry Rex resopló y volvió a beber cerveza.

Era una enorme falta de ética comentar un caso tan disputado como aquel con el juez que lo presidía sin el conocimiento de los abogados de la parte contraria. Sobre todo un domingo por la tarde, durante una conversación telefónica iniciada por otros motivos. Pero Harry Rex nunca se había dejado impresionar por ese tipo de formalidades morales.

—Esto es lo que puede pasar, Jake, y es mi mayor miedo. Ahora mismo, esos capullos del otro bando de Smallwood están poniéndose nerviosos. He convencido a Doby de que no les interesa venir a tu sala del tribunal a tocarte las narices delante de un jurado del condado de Ford. Eres bueno, sí, pero no tanto como te he hecho parecer. Le he vendido un montón de humo, aunque tampoco es que él sea un gran abogado litigante. Su socio es mejor, pero son de Jackson, y eso puede estar muy lejos. Sullivan estará sentado a la mesa con ellos, pero no es un factor que debamos tener en cuenta. Así que estamos hablando de las fechas para el juicio y tengo la corazonada de que la empresa ferroviaria empezará a dejar caer indirectas sobre un acuerdo. Sin embargo —bebió otro trago de cerveza y vació la lata—, ayer tú eras el niño bonito de la buena reputación, y hoy eso ha empezado a cambiar. Hacia el final de la semana tu buen nombre será historia, porque estás intentando sacar de la cárcel al muchacho que asesinó a nuestro agente.

—No estoy seguro de que sea asesinato.

—Estás loco, Jake. ¿Has pasado mucho tiempo con Lucien últimamente?

—No, hoy no. Podría ser enajenación mental. Podría ser homicidio justificado.

—Podría. Podría. Deja que te diga lo que será: será un suicidio para ti y para tu bufete en esta pequeña ciudad que no conoce el perdón. Aunque tengas contento a Noose, seguirá siendo el fin del caso Smallwood. ¿No te das cuenta, Jake?

—Estás exagerando otra vez, Harry Rex. Hay treinta y dos mil personas en este condado, y estoy seguro de que encontraremos a doce que no hayan oído hablar de Stuart Kofer en su vida. Los abogados de la empresa ferroviaria no pueden señalarme en la sala del tribunal y decir: «Eh, ese tío representa a asesinos de polis». No pueden hacerlo y Noose no les dejará intentarlo.

Harry Rex bajó los pies de la mesa de golpe, como si ya estuviera harto, y salió de la habitación moviéndose con pesadez. Fue a la cocina, cogió otras dos cervezas y las llevó a la mesa. Abrió una de las latas y comenzó a pasearse de un lado a otro a lo largo del extremo opuesto de la mesa.

—Tu problema es el siguiente, Jake: tu problema es que quieres ser el centro de atención. Por eso te empeñaste en aferrarte al caso Hailey cuando todos los predicadores, organizadores y radicales negros le decían a Carl Lee que se librara del chico blanco antes de que lo mandaran a pudrirse a Parchman. Te empeñaste en seguir adelante con el caso y después lo defendiste de forma brillante. Te encanta, Jake. No espero que lo reconozcas, pero adoras los casos grandiosos, los juicios grandiosos, los veredictos grandiosos. Te encanta estar en el centro de la palestra con todas las miradas clavadas en ti.

Jake ignoró la segunda lata y bebió un sorbo de la primera.

—¿Qué opina Carla? —preguntó Harry Rex.

—No lo tiene claro. Está cansada de que vaya por ahí con una pistola.

Harry Rex bebió más cerveza y se detuvo para observar una estantería repleta de gruesos tratados legales encuadernados en piel que hacía décadas que nadie tocaba en aquella oficina. Ni siquiera para limpiarles el polvo. Sin mirar a su amigo, le preguntó:

—¿Has pronunciado las palabras «homicidio justificado»?

—Sí.

—O sea que ya estás en el juicio, ¿no, Jake?

—No, solo estoy pensando en voz alta. Es una manía que tengo.

—Y una mierda. Ya estás en el juicio y planeando la defensa. ¿Kofer pegó a la mujer?

—Está en el hospital con conmoción cerebral y la mandíbula rota; tendrán que operarla.

—¿Pegó a los críos?

—No lo sé.

—O sea que existía un patrón según el cual Kofer volvía borracho a casa los sábados por la noche y se dedicaba a darle palizas a todo el mundo. Y tu forma de ver la defensa es que al que juzgarás en verdad será a él. Calumniarás su buen nombre exponiendo todos sus pecados y malas costumbres.

—Si son ciertos, no son calumnias.

—Podría ser un juicio muy feo, Jake.

—Siento haberlo mencionado, Harry Rex. No tengo ni la más mínima intención de acercarme siquiera a esa sala del juzgado.

—Me estás mintiendo.

—No. Pienso en juicios porque soy abogado, pero este no

es para mí. Me encargaré de los asuntos preliminares y luego le endosaré el crío a otro.

—Lo dudo. Lo dudo muchísimo, Jake. Solo espero que no estés fastidiando el caso Smallwood. Si te soy sincero, me importa un bledo lo que les pase a Stuart Kofer, a sus novias y los hijos de estas, y a toda la gente a la que no he conocido en mi vida, pero lo de Smallwood sí me importa. Ese caso podría ser la mayor paga de nuestra miserable carrera.

—No sé. Yo cobré mil dólares por el caso Hailey.

—Y eso es más o menos lo mismo que sacarás de este fiasco.

—Bueno, al menos tenemos a Noose de nuestro lado.

—De momento. Yo no me fío de él tanto como tú.

—¿Has confiado alguna vez en un juez?

—No. Ni en un abogado.

—Oye, tengo que irme. Necesito un favor.

—¿Un favor? Lo que me gustaría ahora mismo es ahogarte.

—Sí, pero no lo harás. Mañana por la mañana a las seis entraré en la cafetería y saludaré a Marshall Prather. La misma rutina de siempre. Puede que haya otro par de agentes sentados a la mesa. Necesitaré un compinche.

—Has perdido la cabeza.

—Venga, tío. No te olvides de todas las locuras que he hecho yo por ti.

—No. Te las apañas tú solo. Mañana por la mañana te toca otra dosis de la vida como abogado penalista en una ciudad pequeña.

—¿Te da miedo que te vean conmigo?

—No, me da miedo levantarme tan pronto. Largo de aquí, tío. Estás tomando las decisiones que te da la gana sin tener en cuenta a los demás. Estoy cabreado y pienso estarlo mucho tiempo más.

—No es la primera vez que me dices algo así.

—Esta vez va en serio. Si quieres ir de abogado radical, le dices a tu amiguito Lucien que te acompañe él a desayunar. Ya verás lo contentos que se ponen todos de verlo.

—Lucien no puede levantarse tan pronto.

—Y todos sabemos por qué.

Con Hanna ya acostada y Jake fuera de casa, Carla encendió la televisión a la espera de que empezaran las noticias de las diez. Comenzó por el canal de Tupelo, en el que, como cabía esperar, abrieron el informativo con el asesinato de Stuart Kofer, utilizando de fondo una imagen grande y en color del agente vestido con su uniforme impoluto. Seguían sin conocerse los detalles. Había un sospechoso detenido, un menor de edad cuyo nombre no se facilitó. Ofrecieron imágenes de una ambulancia saliendo de la propiedad de Kofer, supuestamente con un cadáver dentro, aunque no se vio en ningún momento. No había comentarios ni del sheriff ni de ninguna otra persona con autoridad. No había obtenido ni un solo comentario, pero aun así el intrépido reportero al que habían enviado al lugar de los hechos se las ingenió para parlotear sin cesar sobre el asesinato durante sus buenos cinco minutos sin apenas decir nada. Rellenaron con imágenes en directo de los juzgados del condado de Ford e incluso de la cárcel, donde grabaron a varios coches patrulla yendo y viniendo. Carla cambió a un canal de Memphis y descubrió aún menos información, aunque en aquel reportaje incluyeron una referencia vaga a «una disputa doméstica», con la sutil insinuación de que Kofer había acudido para mediar en una pelea y se había visto atrapado en el fuego cruzado. No había ningún reportero en el lugar de los hechos para llegar al fondo del asunto. Era evidente que en la redacción solo había un becario de fin de semana al que le había tocado improvisar. Otro canal de Memphis dedicó la mitad del tiempo a hacer un resumen de la oleada diaria de allanamientos, peleas de pandilleros y asesinatos aleatorios que se daba en su propia ciudad. Después viajó hacia el sur para tratar la historia de Kofer y dar la noticia de que, supuestamente, era el primer policía del condado asesinado «en acto de servicio» desde que un fabricante ilegal de licores había matado a tiros a dos agentes en 1922. Como no podía ser de otra manera, el periodista tergiversó las cosas para que diera la impresión de que el condado continuaba plagado de whisky ilegal, drogas y otras transgresiones, a años luz de las seguras calles de Memphis.

Jake llegó durante el último reportaje. Carla apagó el televisor y le informó sobre los demás. Le apetecía un café descafeinado, así que su mujer preparó una cafetera y se tomaron una taza sentados a la mesa del desayuno, donde había comenzado aquel largo día.

Jake reprodujo sus conversaciones con Ozzie, Drew y Harry Rex y confesó que no tenía muchas ganas de enfrentarse a la semana que lo esperaba. Carla se mostró comprensiva, pero a todas luces preocupada. Le habría gustado que el caso desapareciera sin más.

7

Tras el servicio del domingo por la tarde en el Buen Pastor, el reverendo McGarry convocó un encuentro especial de la junta de diáconos. Asistieron siete de los doce, cuatro mujeres y tres hombres, y se reunieron en el salón parroquial en torno a unas galletas y un café. Kiera estaba en la puerta de al lado, en la pequeña casa parroquial, con Meg McGarry, la esposa del pastor, comiéndose un sándwich para cenar.

El joven predicador explicó que, dado que Kiera no tenía ningún otro lugar al que ir en aquellos momentos, se quedaría con ellos hasta que... ¿hasta que qué? ¿Hasta que apareciera algún pariente que la reclamase, cosa que no parecía muy probable? ¿Hasta que le dieran el alta a su madre y se la llevara de la ciudad? En cualquier caso, Kiera estaba ahora bajo la tutela extraoficial de la iglesia. Estaba traumatizada y necesitaba ayuda profesional. Se había pasado toda la tarde sin hablar de otra cosa que no fuera su madre y su hermano y sus ganas de estar con ellos.

Meg había llamado al hospital y hablado con un gerente que le había dicho que sí, que podían instalar una cama plegable para que la chica durmiera con su madre. Dos de las diaconisas se ofrecieron a pasar la noche en la sala de espera del hospital. Debatieron acerca de asuntos como la comida, la ropa y el instituto.

Charles era de la firme opinión de que Kiera no debía volver a clase al menos durante unos días. Estaba demasiado frágil, y, casi con total seguridad, algún alumno le haría un comentario hiriente. Al final convinieron en que el tema de la asistencia al instituto se iría revisando a diario. Un feligrés de la iglesia era profesor de Álgebra en el instituto y hablaría con el director. Otra feligresa tenía un primo que era psicólogo infantil y se informaría sobre la terapia.

Establecieron sus planes y a las diez en punto llevaron a Kiera al hospital, donde el personal le había preparado una cama junto a la de su madre. Las constantes vitales de Josie eran normales y ella decía que se encontraba bien. Su rostro hinchado y vendado, no obstante, atestiguaba otra cosa. Le dieron a Kiera un pijama de hospital y, cuando las enfermeras apagaron las luces, dejaron a la muchacha sentada a los pies de su madre.

A las cinco y media, el despertador de Jake empezó a emitir sonidos. Lo silenció de un manotazo y se dio la vuelta bajo las mantas. Había dormido poco y no estaba preparado para empezar el día. Se arrebujó bien, encontró el cuerpo cálido de Carla y se acercó a ella, pero se topó con cierta resistencia. Se apartó, abrió los ojos y pensó en su nuevo cliente, encerrado en la cárcel. Estaba a punto de rendirse a la mañana cuando oyó el estruendo de un trueno a lo lejos. Se esperaba un frente frío con posibles tormentas, así que tal vez no fuera seguro aventurarse a salir. Otra razón para seguir durmiendo eran sus ganas de evitar la cafetería aquel oscuro día, cuando todas las conversaciones y cotilleos girarían en torno al pobre Stu Kofer y el matón adolescente que lo había asesinado.

Otro motivo era que no se le esperaba en el juzgado ni en ningún otro sitio en todo el día. Mientras las razones se acumulaban, empezó a sentir que lo cercaban, que lo asfixiaban, y al final volvió a dormirse.

Carla lo despertó con un agradable beso en la mejilla y una taza de café y después se marchó a levantar a Hanna y prepararla para el colegio. Tras un par de sorbos, Jake pensó en los periódicos del día y se levantó de la cama de un salto. Se puso unos vaqueros, buscó al perro, le puso la correa y salió. Las ediciones matutinas de Tupelo, Jackson y Memphis estaban desperdigadas por su camino de entrada. Las ojeó rápidamente. Todas llevaban la noticia de Kofer en portada. Se guardó los periódicos debajo del brazo, dio la vuelta a la manzana y volvió a la cocina, donde se sirvió otra taza de café y abrió los diarios.

Las mordazas aguantaban; nadie había abierto la boca. Ozzie ni siquiera habría confirmado que era el sheriff. Habían ahuyentado a los reporteros del lugar de los hechos, de la cárcel, de la casa de Earl y Janet Kofer y del hospital. El agente Kofer tenía treinta y tres años, era veterano del ejército, estaba soltero, no tenía hijos y hacía cuatro años que trabajaba para el sheriff. Los escasos detalles sobre su biografía no daban más de sí. El periódico de Memphis incluía la historia del letal encuentro de Kofer con unos traficantes de drogas en una carretera rural cerca de Karaway hacía tres años, un tiroteo que acabó con tres de los malos muertos y el teniente Kofer solo herido leve. Una bala le rozó el brazo, pero se negó a que lo ingresaran en el hospital y no faltó un solo día al trabajo.

A Jake le entró prisa de repente. Se dio una ducha, se saltó el desayuno, se despidió de sus chicas con un beso y se marchó al bufete. Tenía que ir al hospital y era imprescindible que volviera a visitar a Drew. Estaba convencido de que el muchacho estaba traumatizado y necesitaba ayuda, tanto médica como legal, pero quería escoger el momento oportuno para su segundo encuentro abogado-cliente.

Por descontado, los demás lo veían de otra manera. Portia estaba junto a su mesa, de pie, con el auricular del teléfono en la mano y cara de desconcierto. No esbozó su habitual sonrisa cuando Jake entró en el bufete.

—Este hombre acaba de gritarme —dijo.

—¿Quién era?

Portia colgó el teléfono, cogió el periódico de Tupelo, señaló la fotografía en blanco y negro de Stuart Kofer y contestó:

—Me ha dicho que era su padre. Que a su chico le habían pegado un tiro ayer, que lo habían matado, y que tú eres el abogado del chaval que le disparó. Cuéntame, Jake.

El abogado dejó caer su maletín sobre una silla.

—¿Earl Kofer?

—Eso es. Estaba como loco. Me ha dicho que el chaval, un tal Drew no sé qué, no se merecía tener abogado, desvaríos así. ¿De qué va esto?

—Siéntate. ¿Hay café?

—Se está haciendo.

—Noose me asignó el caso ayer. Fui a ver al chico a la cárcel a última hora, así que, sí, ahora mismo nuestro pequeño bufete representa a un crío de dieciséis años al que probablemente acusarán de asesinato en primer grado.

—¿Y el abogado de oficio?

—Sería incapaz de defender ni a un acosador de guardería, eso lo sabe todo el mundo, sobre todo Noose. El juez hizo unas cuantas llamadas y no consiguió encontrar a ningún otro, y además cree que sé lo que me hago.

Portia se sentó y apartó el periódico.

—Me gusta —dijo—. Esto va a darle mucha vida a este sitio. No son ni las nueve de la mañana del lunes y ya hemos recibido nuestra primera llamada desagradable.

—Seguro que hay más.

—¿Lo sabe Lucien?

—No se lo he contado. Y Noose me ha prometido que me sustituirá dentro de treinta días, solo quiere que me ocupe de los temas preliminares.

—¿Es cierto que el chico le disparó?

—Apenas me habló. De hecho, se cerró en banda y entró en una especie de trance. Creo que necesita ayuda. Según Ozzie, disparó a Kofer una sola vez en la cabeza con la pistola oficial de este.

—¿Conoces...? ¿Conocías a Kofer?

—Conozco a todos los policías, a algunos mejor que a otros. Kofer parecía un buen hombre, simpático. El mes pasado fue a darles una charla sobre drogas a los alumnos de sexto de Carla y mi mujer me dijo que era estupendo.

—No era feo, para ser blanco.

—Dentro de más o menos una hora iré al hospital a ver a la madre del chico. Parece que Kofer podría haberle dado unos cuantos golpes antes del gran momento. ¿Quieres venir?

Portia al fin sonrió.

—Claro. Ahora te llevo un café.

—Pero qué buena secretaria eres.

—Soy pasante y auxiliar de investigación jurídica, estoy a punto de empezar a estudiar Derecho y, antes de que te des cuenta, seré socia de este sitio y serás tú el que me lleve el café a mí. Con leche y dos de azúcar.

—Me lo apuntaré.

Jake subió las escaleras hasta su despacho y se quitó la chaqueta. Acababa de sentarse en su silla giratoria de piel cuando Lucien llegó incluso antes que el café.

—Me he enterado de que tienes un caso nuevo.

Sonrió y se dejó caer en una silla que todavía le pertenecía, puesto que era el dueño de todo el mobiliario y del propio edificio. El despacho de Jake, el más grande, había sido el de Lucien hasta que lo inhabilitaron en 1979, y antes el de su padre, hasta que murió en un accidente de avión en 1965, y antes el de su abuelo, que convirtió el bufete Wilbanks en uno de los más influyentes, hasta que Lucien tomó el relevo y espantó a todos los clientes que pagaban.

A Jake debería haberle sorprendido que Lucien estuviera ya al tanto, pero no fue así. Igual que Harry Rex, Lucien parecía ser el primero en enterarse de las noticias más candentes, aunque las fuentes de ambos no podían ser más distintas.

—Me lo asignó Noose —dijo Jake una vez más—. Yo no quería el caso, sigo sin quererlo.

—¿Y por qué no? Necesito un café.

Por lo general, los lunes por la mañana Lucien no se tomaba la molestia de obligarse a salir de la cama, ducharse, afeitarse y ponerse una ropa medianamente decente. Desde que no podía ejercer la abogacía, solía pasarse los lunes sentado en el porche, bebiendo para intentar superar la resaca del fin de semana. Que estuviera despierto y más o menos presentable significaba que quería detalles.

—Ahora lo traen —contestó Jake—. ¿Quién te lo ha dicho?

Una pregunta inútil que nunca recibía respuesta.

—Mis fuentes, Jake, mis fuentes. ¿Y por qué no quieres el caso?

—A Harry Rex le da miedo que termine fastidiando el acuerdo de Smallwood.

—¿Qué acuerdo?

—Cree que se están preparando para ofrecernos dinero. También cree que este asesinato podría dañar mi estelar reputación de célebre abogado litigante. Considera que la opinión pública se pondrá en mi contra y que no podremos escoger un jurado justo y de mentalidad abierta.

—¿Cuándo se ha convertido Harry Rex en experto en jurados?

—Cree que es experto en la gente en general.

—Yo no lo dejaría plantarse delante de mi jurado.

—De eso me encargo yo. El carisma es cosa mía.

—Y el ego, y ahora mismo te está diciendo que eres mucho más famoso de lo que eres en realidad. Defender a este chico no afectará a tu caso con la empresa ferroviaria.

—No lo tengo claro. Harry Rex opina lo contrario.

—Harry Rex puede ser muy tonto.

—Es un magnífico abogado y, además, resulta que es mi adjunto en el que podría ser el caso más importante de nuestras complicadas carreras. ¿No estás de acuerdo con él?

—Rara vez lo estoy. Claro que te darán caña por defender a un cliente impopular, pero ¿qué más da? La mayor parte de mis clientes eran impopulares, pero eso no quería decir que fueran malas personas. Me daba igual lo que estos paletos pensaran de mí o de ellos. Yo tenía que hacer un trabajo y ese trabajo no tenía absolutamente nada que ver con los cotilleos de las cafeterías y de las iglesias. Puede que hablen de ti a tus espaldas, pero cuando se metan en líos querrán a un abogado que sepa pelear, y pelear jugando sucio si es necesario. ¿Cuándo tendrá que ir al juzgado el chaval?

—No tengo ni idea. Quiero hablar con el fiscal del distrito y con el juez Noose esta mañana. También está el tema del tribunal de menores.

—No es un asunto para el tribunal de menores, no en este estado retrógrado.

—Conozco la ley.

Portia abrió la puerta y entró con una bandeja con tazas y café.

Lucien continuó con su sermón.

—Además, en realidad tampoco importa lo joven que sea el crío. Hace veinte años, en el condado de Polk juzgaron a un chaval de trece años por asesinato. Conocía al abogado que lo defendió.

—Buenos días, Lucien —saludó Portia educadamente mientras servía el café.

—Buenos días —contestó él sin mirarla.

Durante los primeros días de la joven en el bufete, Lucien disfrutaba lanzándole largas miradas lascivas. La había tocado unas cuantas veces en los brazos y en los hombros, solo unas palmaditas afectuosas que no significaban nada, pero, tras varios avisos serios por parte de Jake y una amenaza directa de lesiones por parte de la propia Portia, había dado un paso atrás y había aprendido a admirarla.

—Jake, hemos recibido otra llamada, hace unos cinco minutos —dijo la secretaria—. Anónima. Un pueblerino que decía que si intentabas salvar a este chico como salvaste al puto negro de Hailey lo pagarías muy caro.

—Siento que haya utilizado esa expresión, Portia —respondió Jake algo aturdido.

—No pasa nada. La he oído antes y estoy segura de que la volveré a oír.

—Yo también lo siento, Portia —intervino Lucien—. Lo siento mucho.

Jake señaló una silla de madera junto a la de Lucien y la joven tomó asiento. Al unísono, bebieron café y pensaron en el racismo enconado de aquella expresión. Doce años antes, cuando Jake se licenció en Derecho y llegó a Clanton como el novato, los abogados y jueces blancos la usaban a menudo cuando chismorreaban o contaban chistes, e incluso durante el ejercicio de sus respectivos oficios, siempre que no hubiera público delante. Sin embargo, ahora, en 1990, su uso comenzaba a desaparecer y se consideraba indecoroso, incluso de clase baja. La madre de Jake odiaba esa expresión y nunca la había tolerado, pero, habiéndose criado en Karaway, Jake sabía que su casa era una excepción en ese sentido.

Miró a Portia, que en aquel momento parecía menos molesta que los dos hombres, e insistió:

—Lamento de veras que hayas escuchado algo así en este bufete.

—Oye, que estoy bien. Llevo toda mi vida oyendo esas palabras. Las oía en el ejército. Y esta no será la última vez que las oiga. Puedo aguantarlo, Jake. Pero, solo para quedarme tranquila, en este caso todos los implicados son blancos, ¿no?

—Sí.

—Así que no tendríamos por qué esperar que esos imbéciles del clan aparecieran, como en el caso de Hailey, ¿verdad?

—¿Quién sabe? —intervino Lucien—. Hay mucho loco suelto por aquí.

—En eso tienes razón. Aún no son ni las nueve de la mañana de un lunes y ya hemos recibido dos llamadas. Dos amenazas.

—¿Quién ha hecho la primera? —preguntó Lucien.

—El padre del fallecido, un hombre llamado Earl Kofer —contestó Jake—. No lo conozco, pero parece que eso podría cambiar.

—¿El padre del fallecido ha llamado al abogado de la persona arrestada por el asesinato?

Jake y Portia asintieron. Lucien negó con la cabeza y después sonrió.

—Me encanta —dijo—. Hace que me entren ganas de volver a las trincheras.

El teléfono del escritorio empezó a sonar y Jake lo miró fijamente. La luz que parpadeaba era la de la línea tres y eso por lo general significaba que quien llamaba era Carla. Levantó el auricular despacio, saludó y prestó atención. Carla estaba en el colegio, en su aula, durante la primera clase. La secretaria acababa de contestar al teléfono en el despacho del director, en el otro extremo del pasillo, y un hombre que se había negado a dar su nombre había preguntado si la mujer de Jake Brigance trabajaba allí. Había dicho que era un buen amigo de Stuart Kofer, que Kofer tenía muchos amigos, y que estaban enfadados porque el abogado de Carl Lee Hailey pretendía ahora sacar de la cárcel a aquel chaval. También había dicho que la cárcel era lo único que mantenía con vida al chico en esos momentos. Cuando la secretaria le había preguntado su nombre por segunda vez, el hombre había colgado.

La secretaria había informado al director, que se lo había contado a Carla antes de llamar a la policía municipal.

Cuando Jake aparcó su coche delante del colegio, lo hizo detrás de dos coches patrulla. Un agente llamado Step Lemon, un antiguo cliente de Jake en un caso de quiebra, estaba en la entrada y saludó al abogado como si fuera un viejo amigo.

—La llamada se ha hecho desde un teléfono público en Parker's, al lado del lago. Es lo máximo que hemos podido averiguar. Le diré a Ozzie que pregunte por allí, pero estoy seguro de que será una pérdida de tiempo.

Jake le dio las gracias y entraron juntos para reunirse con el director y con Carla, que no parecía en absoluto alterada por todo aquel asunto. Jake y ella se alejaron para hablar en privado.

—Hanna está bien —susurró Carla—. Han ido enseguida a ver cómo estaba y no se ha enterado de nada.

—Ese gilipollas ha llamado al colegio donde trabajas —susurró Jake a su vez.

—No digas palabrotas. No es más que un chiflado, Jake.

—Ya lo sé, pero los chiflados pueden hacer muchas estupideces. En la oficina ya hemos recibido dos llamadas.

—¿Crees que ha sido un hecho aislado?

—No, hay demasiados acontecimientos importantes justo a la vuelta de la esquina. La primera comparecencia del chico en el juzgado. El funeral de Kofer. Más comparecencias, y puede que algún día se celebre un juicio.

—Pero lo tuyo es temporal, ¿no?

—Sí. Mañana veré a Noose y le contaré lo que está pasando. Que busque a un abogado de fuera del condado. ¿Estás bien?

—Sí, no era necesario que vinieras corriendo hasta aquí.

—Sí lo era.

Salió del edificio con el agente Lemon, le estrechó la mano y volvió a darle las gracias antes de meterse en el coche. Instintivamente, abrió la tapa de la guantera para comprobar que su pistola automática seguía allí. Así era, y la maldijo. Sacudió la cabeza de pura frustración mientras se alejaba conduciendo.

A lo largo de los dos últimos años había jurado al menos mil veces que guardaría sus armas de fuego y las sacaría solo para ir de caza. Pero los fanáticos de las armas estaban desatados y más rabiosos que nunca. Asegurar que en todo vehículo del sur rural viajaba un arma era una apuesta segura. Las leyes antiguas les habían obligado a esconderlas, pero las más recientes las habían sacado a la luz. Ahora, si obtenías el permiso, podías colgar los rifles en la luna trasera y amarrarte un revólver a la cadera. Jake odiaba la idea de tener armas en el coche, en el cajón de su escritorio del bufete, en la mesilla de noche del dormitorio..., pero cuando te disparan, te queman la casa y amenazan a tu familia la supervivencia se convierte en tu principal prioridad.

8

Una tal señora Whitaker y una tal señora Huff los saludaron
en la sala de espera de la tercera planta y preguntaron a Jake y
a Portia si les apetecía comer algo. La Iglesia Bíblica del Buen
Pastor estaba invadiéndola poco a poco. Las mesas y las enci-
meras estaban cubiertas de comida y había más en camino. La
señora Huff les explicó que las mujeres de la iglesia habían
empezado a hacer turnos para vigilar de cerca a Josie Gamble,
que estaba pasillo adelante, en una habitación con un agente
de policía aburrido sentado en una mecedora junto a la puerta.
Mientras la señora Huff hablaba, la señora Whitaker sirvió
dos gruesas porciones de tarta de tres chocolates en sendos
platos de papel y le dio uno a Portia y otro a Jake. Ya que fue
físicamente imposible rechazar la tarta, fueron cogiendo tro-
zos pequeños con un tenedor de plástico mientras la señora
Huff repasaba los resultados de las últimas pruebas de Josie
sin ningún respeto por su privacidad.

Cuando Jake pudo al fin meter baza y les dijo que era el
abogado designado por el tribunal para la defensa de Drew, las
señoras se quedaron muy impresionadas y les ofrecieron café.
Jake presentó a Portia como su pasante, pero no le quedó claro
si las mujeres sabían qué significaba esa palabra. La señora
Whitaker dijo que ella tenía un sobrino que era abogado en
Arkansas y, para no quedarse atrás, la señora Huff dijo que
una vez su hermano había formado parte de un gran jurado.

La tarta estaba buenísima, así que Jake pidió otro trozo,

más pequeño, y aceptó un café para acompañarlo. Cuando consultó su reloj de muñeca, la señora Whitaker le informó de que la puerta de la habitación de Josie estaba cerrada porque los médicos la estaban examinando. No tardarían mucho, le aseguró como si de pronto fuera experta en procedimientos hospitalarios.

Dado que aquellas dos señoras parecían empeñadas en no parar de hablar ni un segundo, Jake se sentó y empezó a hacerles preguntas sobre la familia Gamble. La señora Whitaker se adelantó a su rival y le explicó que hacía unos meses que la madre y sus dos hijos iban al Buen Pastor a rendir culto. Uno de los diáconos, el señor Herman Vest, creía recordar, había conocido a Josie en el lavadero de coches de Clanton donde esta trabajaba y había entablado conversación con ella, que era lo que solía hacer con todo el mundo. Le gustaba conocer a gente nueva e invitarla a la iglesia. El señor Vest, si no se equivocaba y de verdad era él, le había dado el nombre de Josie al pastor, el hermano Charles, y este había hecho un seguimiento, visitándola en su casa, aunque, por lo que decían, la visita no había ido bien, debido a que el hombre de la casa, el agente Kofer, que en paz descanse, se había mostrado muy maleducado con su pastor.

Además, era obvio que Josie estaba viviendo con aquel hombre sin el amparo del santo matrimonio, en absoluto pecado, y eso les proporcionaba munición adicional para su lista de oraciones.

Sin embargo, Josie y los niños fueron a visitarlos un domingo por la mañana. La iglesia siempre se enorgullecía de recibir visitas. Esa era una de las razones por las que su número de feligreses se había casi duplicado desde la llegada del hermano Charles. Eran una gran familia feliz.

La señora Huff se entrometió en ese momento en la conversación porque tenía algo especial que aportar. Por aquel entonces Kiera tenía solo trece años, ahora catorce, y la señora Huff se encargaba de impartir la catequesis a las chicas adolescentes los domingos por la mañana. Una vez que la señora Huff, así como el resto de los miembros de la iglesia, se dio cuenta de las cosas tan horribles que Josie y sus hijos habían pasado, los acogieron de verdad. La señora Huff tenía un interés particular en Kiera, que al principio se había mostrado extremadamente tímida e introvertida. Alrededor de una vez al mes, la señora Huff invitaba a las chicas a cenar pizza, comer helado, ver una película de miedo y quedarse a dormir en su casa, y convenció a Kiera para que se apuntara. Las demás chicas se portaron genial con ella; algunas la conocían del instituto, pero a la pobre le costó relajarse durante la fiesta de pijamas.

Portia había soltado el plato de tarta y estaba tomando notas. Cuando la señora Huff paró para recuperar el aliento, aprovechó para hacer una pregunta:

—Cuando dice que la familia había pasado por cosas horribles, ¿a qué se refiere? Si no le importa contárnoslo.

Aquellas dos mujeres les habrían contado cualquier cosa. Pero intercambiaron una mirada, como si pensaran que quizá debieran contenerse.

—Bueno —dijo la señora Huff—, cuando eran más pequeños estuvieron separados. No sé muy bien cómo ni por qué, pero creo que Josie, y que conste que es un encanto, tuvo que marcharse, quizá porque se metió en algún lío o algo así, ¿sabe? A los chicos los mandaron a otro sitio.

La señora Whitaker añadió:

—El profesor de Drew me contó que en su clase estaban escribiendo cartas a niños y niñas que vivían en orfanatos y que Drew dijo que él había estado una vez en uno y no se avergonzaba de hablar de ello. Parece que es más extrovertido que su hermana.

—¿Tienen algún pariente por aquí cerca? —quiso saber Jake.

Las dos señoras negaron con la cabeza. No.

—Y no tengo claro cómo ni por qué Josie se juntó con ese tal Kofer. Tenía mala fama por esta zona —siguió la señora Huff.

—¿Por qué? —preguntó Portia.

—Bueno, donde vivimos corrían muchos rumores sobre él. Aunque era agente de policía, tenía un lado más oscuro.

Jake estaba ansioso por averiguar más acerca de ese lado oscuro, pero en ese momento llegó un médico. Las mujeres le presentaron con gran orgullo al abogado de la familia y a su pasante. Como en la mayoría de los hospitales, la presencia de un abogado enfrió la conversación con los médicos. Les aseguró que la paciente iba bien, aunque aún tenía dolores, pero que empezaba a ponerse nerviosa. En cuanto controlaran la inflamación, la operarían para repararle los huesos rotos en el pómulo y la mandíbula.

—¿Puede hablar? —preguntó Jake.

—Un poco. Le cuesta, pero quiere hablar.

—¿Podemos verla?

—Claro, pero no la fuercen, ¿de acuerdo?

Jake y Portia se escabulleron a toda prisa de la sala mientras la señora Huff y la señora Whitaker dirigían al médico hacia los guisos más recientes y hablaban de empezar a comer. Eran las diez y veinte.

El agente que montaba guardia en el pasillo era Lyman Price, seguramente el de mayor edad de entre los hombres de Ozzie y el menos capaz de acechar a traficantes y perseguir a delincuentes. Cuando no estaba en la cárcel desplazando papeles de un lado a otro de su escritorio, trabajaba en el juzgado manteniendo el orden en las salas. Ver pasar las horas sentado junto a la puerta de una habitación de hospital era otra tarea perfecta para el viejo Lyman.

Saludó a Jake con su habitual brusquedad, sin el menor atisbo de resentimiento por el asunto de Kofer.

Jake llamó a la puerta antes de abrirla y sonrió a Kiera, que estaba sentada en una silla leyendo una revista para adolescentes. Josie estaba tumbada boca arriba, un poco incorporada y alerta. Jake se presentó, hizo lo propio con Portia y después saludó a Kiera, que dejó la revista y se puso de pie para acercarse a los pies de la cama de su madre.

Jake les dijo que solo les robarían un momento, pero que la noche anterior se había reunido con Drew y le había prometido que iría a ver a su madre para asegurarse de que estaba bien. Josie le cogió la mano y se la apretó con fuerza; a pesar del vendaje consiguió mascullar algo.

—¿Cómo está?

—Está bien. Ahora volveremos a la cárcel a visitarlo.

Kiera se había acercado más y se había sentado al borde de la cama. Tenía los ojos húmedos y se secó las mejillas. Jake se sorprendió al darse cuenta de que era mucho más alta que su hermano, pese a ser dos años menor que él. Drew podría pasar por un crío aún muy alejado de la pubertad. Kiera era físicamente madura para su edad.

—¿Cuánto tiempo en la cárcel? —preguntó la madre.

—Mucho, Josie. Pasarán semanas, o incluso meses, antes de que haya una manera de sacarlo de allí. Lo acusarán de asesinato y se enfrentará a un juicio, y eso lleva mucho tiempo.

Kiera se inclinó hacia delante con un pañuelo de papel en la mano y le secó las mejillas a su madre antes de secarse las suyas. Se hizo un largo silencio en el que solo se oyeron los pitidos de un monitor y las risas de las enfermeras en el pasillo. Jake fue el primero en reaccionar y, de repente, sintió la necesidad urgente de marcharse. Le apretó la mano a Josie, se agachó y le dijo:

—Volveré. Ahora tenemos que ir a ver cómo está Drew.

Josie intentó asentir, pero el dolor se lo impidió y esbozó una mueca. Al apartarse, Jake le entregó a Kiera una tarjeta de visita y susurró:

—Ahí tenéis mi número.

Ya en la puerta, se volvió para echarles un último vistazo y las vio aferradas la una a la otra, abrazándose con fuerza, las dos llorando, las dos aterrorizadas por las incógnitas.

Fue una imagen desgarradora que no olvidaría jamás. Dos personitas enfrentadas solas al miedo y a la ira del sistema, una madre y una hija que no habían hecho nada, pero que sufrían enormemente. No tenían voz ni a nadie que las protegiera.

A nadie salvo a Jake. Una voz le decía que aquellas dos mujeres, junto con Drew, formarían parte de su vida durante años.

El fiscal jefe del vigesimosegundo distrito judicial —los condados de Polk, Ford, Tyler, Milburn y Van Buren— era el fiscal del distrito, Lowell Dyer, oriundo de Gretna, una ciudad aún más pequeña que Clanton situada unos sesenta y cinco kilómetros al norte de esta. Hacía tres años, Dyer se había presentado al cargo contra el gran Rufus Buckley, el fiscal del distrito durante los tres periodos legislativos anteriores y del que muchos pensaban que algún día terminaría convirtiéndose en gobernador, o al menos intentándolo. Con la mayor ceremonia, publicidad, pompa y descarada fanfarronería que hubiera conocido el estado, cinco años antes Buckley había llevado a juicio a Carl Lee Hailey y había solicitado al jurado que lo condenara a pena de muerte. Jake les había convencido de lo contrario y le había servido a Buckley en bandeja la peor derrota de su carrera. Después, los votantes le habían proporcionado otra y él se había retirado a Smithfield, su pequeña ciudad natal, para lamerse las heridas y abrir un pequeño bufete. Jake, y casi todos los demás abogados del distrito, habían apoyado con discreción a Lowell Dyer, quien había demostrado manejar con pulso firme un trabajo bastante aburrido.

El lunes por la mañana fue de todo menos aburrido. Dyer había recibido una llamada del juez Noose el domingo a última hora para comentar el caso Kofer. Ozzie lo llamó el lunes por la mañana y, antes de las nueve de la mañana, Dyer ya estaba reunido con su ayudante, D. R. Musgrove, para considerar sus opciones. Desde el principio hubo pocas dudas de que la fiscalía querría conseguir una acusación de asesinato en primer grado y pedir la pena de muerte. Habían matado a un agente de la ley en su propia cama, con su propia pistola, a sangre fría. El asesino había confesado, estaba arrestado y, aunque solo tenía dieciséis años, estaba claro que era lo suficientemente mayor para distinguir el bien del mal y apreciar la naturaleza de sus actos. En el mundo de Dyer, la Biblia enseñaba el ojo por ojo, diente por diente, «Mía es la venganza», dijo el Señor. O algo así. La forma exacta en que se expresaba en la Biblia no era tan importante en realidad, porque una abrumadora mayoría de la población seguía apoyando la pena de muerte, sobre todo aquellos que se tomaban la molestia de ir a votar. Los sondeos y las encuestas de opinión pública tenían poca trascendencia en el sur rural, porque hacía tiempo que la cuestión se había zanjado y el sentir público no había cambiado. De hecho, cuando Dyer se presentó al cargo repitió en varias ocasiones durante la campaña electoral que el problema de la cámara de gas era que no se utilizaba lo bastante a menudo. Esa afirmación había complacido sobremanera a los votantes potenciales, al menos a los blancos. En las iglesias negras, evitó el tema por completo.

En aquel momento la ley consideraba que el asesinato estaba exento de la jurisdicción del tribunal de menores si el acusado tenía al menos trece años. A un niño de doce años no se lo podía juzgar en la Audiencia Territorial, el tribunal por el que pasaban todos los delitos penales. Ningún otro estado tenía un umbral tan bajo. En la mayoría, el acusado debía tener al menos dieciséis años para que se lo juzgara como a un adulto. En el norte, varios estados habían elevado esa edad hasta los dieciocho, pero en el sur no.

Aunque la gravedad del momento cohibía su entusiasmo, Lowell estaba secretamente encantado de estar ante un caso tan importante. A lo largo de sus tres años en el cargo no había acusado a nadie de asesinato en primer grado, y, como fiscal que se consideraba a sí mismo cada vez más duro, había empezado a sentirse frustrado teniendo una lista de casos tan anodina. Si no fuera por la producción y el menudeo de drogas y por la operación encubierta contra el juego que los federales estaban llevando a cabo con ayuda local, tendría poco que hacer. En el condado de Polk había juzgado a un borracho por homicidio imprudente al volante y lo había encerrado durante veinte años. Había ganado dos robos a bancos en el condado de Milburn, con el mismo acusado, pero el hombre había escapado y seguía huido de la justicia. Y seguro que robando bancos.

Antes del asesinato de Kofer, Lowell estaba centrado en un cuerpo especial de fiscales que intentaban combatir la plaga de la cocaína.

Pero tras el asesinato del agente, Lowell Dyer se había convertido de repente en el hombre del momento. Al contrario que su predecesor, Rufus Buckley, que habría convocado ya al menos dos ruedas de prensa, el lunes por la mañana Lowell evitó a los periodistas y se ciñó a su rutina habitual. Volvió a hablar con Ozzie y con Noose, e intentó contactar con Jake Brigance, pero le saltó el buzón de voz. Por respeto, llamó a Earl Kofer y le dio el pésame al mismo tiempo que le prometía actuar con todo el peso de la ley. Mandó a su investigador a Clanton para que empezara a indagar.

También recibió una llamada de un forense del laboratorio estatal. La autopsia había revelado que Kofer había muerto de una sola herida de bala en la cabeza; el proyectil había entrado por la sien izquierda y salido por el oído derecho. Nada realmente destacable, salvo que su nivel de concentración de alcohol en sangre era de 0,36. ¡0,36! Más del triple de 0,10, el límite legal que permitía el estado para sentarse al volante tras haber bebido. Kofer medía un metro ochenta y cinco y pesaba noventa kilos. Un hombre de ese tamaño, y así de borracho, habría tenido dificultades importantes para hacer cualquier cosa: caminar, conducir e incluso respirar.

Pese a sus quince años de experiencia como abogado en una ciudad pequeña, Lowell nunca había visto ni oído hablar de un caso en el que la concentración de alcohol fuera tan alta. Expresó su incredulidad y le pidió al forense que repitiera la prueba. Lowell revisaría el informe de la autopsia en cuanto lo recibiera y, a su debido momento, se lo entregaría a la defensa. No habría forma de ocultar el hecho de que Stuart Kofer estaba como una cuba cuando murió.

El conjunto de hechos perfecto no existía. Toda acusación, así como toda defensa, tenía siempre sus defectos en cuanto a las pruebas. Pero que un agente de la ley estuviera tan exageradamente borracho a las dos de la madrugada suscitaba muchas preguntas, así que, apenas unas horas después de haber conseguido el mejor caso de su vida, Lowell Dyer tuvo su primera duda.

Jake dejó a Portia en la plaza y siguió conduciendo hasta la cárcel. Seguía habiendo más ajetreo que de costumbre y no le apetecía entrar y enfrentarse a las miradas. Pero mientras aparcaba en la calle se dijo: «¿Y qué narices esperabas? No puedes defender a un asesino de policías y que los policías sigan adorándote».

Si se molestaban con Jake por hacer su trabajo —un trabajo que nadie más quería, pero que debía hacerse—, no era su problema. Entró en la sala en la que a los agentes les gustaba matar el tiempo chismorreando y bebiendo litros de café y saludó a Marshall Prather y a Moss Junior Tatum. Ambos le devolvieron el saludo con un gesto de la cabeza, porque no les quedó otro remedio, pero en solo unos segundos Jake se dio cuenta de que los bandos estaban definidos.

—¿Está Ozzie? —le preguntó a Tatum, que se encogió de hombros como si no tuviera la menor idea.

Jake continuó caminando y se detuvo ante el escritorio de Doreen. Era la secretaria de Ozzie y protegía el despacho del sheriff igual que un dóberman. Iba vestida de uniforme de pies a cabeza y llevaba un arma, aunque no era ningún secreto que no tenía formación como agente policial y no podría llevar a cabo un arresto de forma legal. Se daba por hecho que sabía utilizar el arma, pero nadie se había atrevido a ponerla a prueba.

—Está en una reunión —le informó Doreen con frialdad.

—Llamé hace media hora y quedamos en vernos a las diez y media —dijo Jake con toda la educación que pudo—. Son las diez y media.

—Lo avisaré, Jake, pero está siendo una mañana de locos.

—Gracias.

Jake se acercó a una ventana que daba a una calle secundaria. Al otro lado se encontraba el primer grupo de edificios de oficinas que bordeaba el lado sur de la plaza. La cúpula del juzgado se elevaba por encima de los edificios y de los majestuosos robles de doscientos años de antigüedad. Mientras permanecía allí quieto se dio cuenta de que el habitual parloteo había disminuido a sus espaldas. Los agentes seguían allí, pero ahora también estaba el abogado de la defensa.

—Jake —lo llamó Ozzie al abrir la puerta de su despacho.

Ya dentro, los viejos amigos se quedaron de pie, mirándose el uno al otro por encima del gran escritorio.

—Ya hemos recibido dos llamadas amenazantes en el bufete y alguien ha llamado al colegio de Carla preguntando por ella. Por supuesto, no dejó ningún nombre, nunca lo hacen —empezó Jake.

—Sé lo de la llamada al colegio. ¿Qué quieres que haga, que le diga a la gente que no llame a tu bufete?

—¿Has hablado con Earl Kofer?

—Sí, claro, dos veces. Ayer en su granja y esta mañana por teléfono. Estamos intentando aclarar algunos detalles acerca del funeral, si no te importa, claro.

—El funeral me da igual. ¿Serías tan amable de decirle educadamente al señor Kofer que informe a los suyos, sean quienes sean, de que tienen que dar marcha atrás y dejarnos en paz?

—¿Estás seguro de que es la familia?

—¿Quién iba a ser si no? Me han dicho que son un hatajo de fanáticos. Es evidente que están cabreados por lo del asesinato. Normal, ¿quién no lo estaría? Pero tienes que detener las amenazas, ¿entendido, Ozzie?

—Creo que tú también estás cabreado, Jake. Quizá deberías calmarte antes. Nadie ha salido herido, aparte de Stuart Kofer.

Ozzie respiró hondo y, despacio, se acomodó en su silla. Le hizo un gesto a Jake y este también tomó asiento.

—Graba las llamadas y tráemelas; haré lo que pueda. ¿Quieres que vuelva a ponerte seguridad?

—No, ya nos hemos hartado de eso. Les dispararé yo mismo.

—Jake, de verdad que no creo que tengas nada de lo que preocuparte. La familia está furiosa, pero no están locos. Tal vez las cosas se calmen cuando pase el funeral. Tú dejarás pronto el caso, ¿no?

—No lo sé. Eso espero. ¿Has ido a ver cómo está el chico?

—He hablado con el guardia. El chaval está totalmente bloqueado.

—¿Ha comido algo?

—Creo que una bolsa de patatas, y se tomó una Coca-Cola.

—Mira, no soy ningún experto, pero yo creo que el muchacho está traumatizado y necesita ayuda. Por lo que sé, podría estar sufriendo algún tipo de crisis.

—Perdóname, pero no me da ninguna pena.

—Lo entiendo. Veré a Noose por la mañana antes de que revise la lista de casos civiles, y tengo pensado pedirle que mande al chico a Whitfield para que le hagan pruebas. Necesito que me ayudes.

—¿Que te ayude?

—Sí. Noose te admira, y si te muestras de acuerdo con que el chaval necesita ver a un profesional es posible que acceda. El chico está bajo tu custodia y ahora mismo tú conoces su estado mejor que cualquier otra persona. Tráete al guardia y nos reuniremos con Noose en su despacho. De manera extraoficial. No tendrás que testificar ni nada por el estilo; las normas son diferentes en el caso de los menores de edad.

Ozzie soltó una carcajada sarcástica y miró hacia otro lado.

—A ver si lo he entendido bien. Este chico, me da igual la edad que tenga, ha matado a uno de mis agentes; ni siquiera hemos planeado aún su funeral, homenaje o como sea que los blancos llaméis a estas cosas, pero aquí estoy yo, con el abogado defensor, que me está pidiendo que colabore con la defensa. Es así, ¿no, Jake?

—Te estoy pidiendo que hagas lo correcto, Ozzie, nada más.

—La respuesta es no. No he vuelto a ver al chico desde que lo detuvimos. Estás pidiendo demasiado, Jake, no te pases.

Ozzie lo estaba fulminando con la mirada desde el otro lado del escritorio cuando le lanzó la advertencia, y Jake captó el mensaje. Se puso de pie y dijo:

—De acuerdo. Me gustaría ver a mi cliente.

Le llevó una lata de Mountain Dew y una bolsita de cacahuetes y al cabo de unos minutos consiguió convencer a Drew de que saliera de debajo de las mantas. Se sentó en el borde de la cama y abrió la bebida.

—He visto a tu madre hace un rato —dijo Jake—. Está mejorando mucho. Kiera está con ella en el hospital, y hay varias personas de la iglesia cuidando de ellas.

Drew no apartó la vista de sus pies mientras asentía. Tenía el pelo rubio estropajoso, apelmazado y sucio, y al resto de su cuerpo tampoco le habría ido nada mal un buen baño. Todavía no lo habían vestido con el habitual mono carcelario naranja, que supondría una mejora respecto a la ropa vieja y arrugada que llevaba.

Siguió asintiendo y preguntó:

—¿Qué iglesia?

—Creo que se llama Iglesia Bíblica del Buen Pastor. El clérigo es un hombre llamado Charles McGarry, ¿lo conoces?

—Creo que sí. Stu no quería que fuéramos a la iglesia. ¿Está muerto de verdad?

—Sí, está muerto, Drew.

—¿Y le disparé yo?

—Eso parece, desde luego. ¿No te acuerdas?

—A veces sí y a veces no. A veces me parece que estoy soñando, ¿sabes? Como ahora mismo. ¿Estás aquí de verdad, hablando conmigo? ¿Cómo te llamas?

—Jake. Nos conocimos anoche, cuando vine a verte. ¿Te acuerdas de eso?

Se hizo un silencio prolongado. Drew bebió un trago de

refresco y luego intentó abrir la bolsa de cacahuetes. No lo consiguió, así que Jake se la cogió con delicadeza de entre las manos, la rasgó por la parte superior y se la devolvió.

—Esto no es un sueño, Drew, soy tu abogado. He conocido a tu madre y a tu hermana, así que ahora represento a la familia. Es importante que confíes en mí y hables conmigo.

—¿De qué?

—De qué... Hablemos de la casa en la que vives con Kiera, con tu madre y con Stuart Kofer. ¿Cuánto tiempo lleváis viviendo allí?

Más silencio y miradas al suelo, como si no hubiera oído nada de lo que Jake acababa de decirle.

—¿Cuánto tiempo, Drew? ¿Cuánto tiempo convivisteis con Stuart Kofer?

—No me acuerdo. ¿De verdad está muerto?

—Sí.

La lata se le resbaló de las manos y se estampó contra el suelo. La espuma estuvo a punto de salpicarle los pies a Jake. Rodó un poco y después se detuvo, pero continuó goteando refresco. Drew no reaccionó ante la caída de la lata, y Jake también hizo todo lo posible por ignorarla mientras el charco se iba acercando a sus zapatos. Drew cerró los ojos y empezó a emitir un zumbido grave, un gruñido suave y doloroso que surgía de lo más profundo de su ser. Empezó a mover los labios ligeramente, como si estuviera mascullando para sí. Al cabo de unos segundos, Jake estuvo a punto de decir algo para interrumpirlo, pero decidió esperar. Drew podría haber sido un monje inmerso en una especie de trance meditativo, o un enfermo mental sumiéndose de nuevo en la oscuridad.

Pero Drew era un crío herido que necesitaba una ayuda que Jake no estaba cualificado para darle.

9

Cuando llegó el mediodía del lunes, Ozzie ya estaba harto del ruido y el exceso de gente, de los hombres que no estaban de servicio y merodeaban por allí para difundir o enterarse del último chisme, de los agentes jubilados que solo querían formar parte de la hermandad, de los reservistas inútiles que ocupaban el espacio, de los periodistas, de las ancianas cotillas de la ciudad que se pasaban a llevar pasteles y dónuts, como si las cantidades ingentes de azúcar fueran a ayudarlos de alguna manera, de los curiosos sin ninguna razón aparente para estar allí, de los políticos que esperaban que su presencia recordara a los votantes que creían en la ley y el orden y de los amigos de los Kofer que creían que mejoraban la situación ofreciéndoles su apoyo a los buenos y respaldando a la policía. Ozzie ordenó que todo el que no estuviera de servicio saliera del edificio.

Durante más de treinta horas había hecho un gran esfuerzo para mantener la apariencia de un profesional impertérrito ante la tragedia, pero el cansancio comenzaba a afectarlo. Había gruñido a Doreen, que le había pagado con la misma moneda. La tensión era palpable.

Reunió a sus mejores hombres en su despacho y le pidió a Doreen, con cortesía, que no dejara entrar a nadie y retuviera todas las llamadas. Moss Junior Tatum, Marshall Prather y Willie Hastings. Ninguno de ellos iba de uniforme, y Ozzie tampoco. Repartió unas hojas de papel y les pidió que les echaran un vistazo. Transcurrido el tiempo suficiente, dijo:

—0,36. ¿Alguno recuerda haber pillado a un conductor borracho que diera 0,36?

Los tres veteranos habían visto de todo, o eso creían ellos.

—Yo he tenido un par de 0,30, pero nunca por encima de eso. No que yo recuerde —contestó Prather.

Moss Junior negó con la cabeza, incrédulo.

—Aquí no —aseguró.

Hastings señaló:

—El chico de Butch Vango dio 0,35. Creo que es el récord del condado de Ford.

—Y se murió —añadió Prather.

—Al día siguiente en el hospital. No lo arresté yo, así que tampoco fui yo quien le hizo el test.

—No hubo test —aclaró Prather—. No iba conduciendo, lo encontraron tirado en medio de Craft Road una mañana. Dijeron que fue una intoxicación etílica.

—Vale, vale —cortó Ozzie—. El caso es que nuestro hermano caído llevaba encima alcohol suficiente como para matar a casi cualquier hombre. El caso es que Kofer tenía un problema. El caso es que Kofer estaba descontrolado y nosotros no sabíamos hasta qué punto, ¿o sí?

—Ya hablamos de esto ayer, Ozzie —respondió Prather—. Estás intentando echarnos la culpa por no delatar a un compañero.

—¡No es cierto! Pero esto me huele a encubrimiento. Se presentaron al menos dos avisos de altercado después de que la novia de Kofer llamara cuando le pegaba. Yo no llegué a verlos y ahora no los encuentro por ninguna parte. Llevamos toda la mañana buscándolos.

Ozzie era el sheriff, elegido y reelegido por la gente, y la única persona de la sala a la que se le exigía enfrentarse a los votantes cada cuatro años. Los otros tres eran sus mejores agentes y le debían el sueldo y su carrera profesional. Comprendían las relaciones, los problemas, la política. Era fundamental que lo protegieran lo máximo posible. No estaban seguros de si Ozzie había visto realmente las circulares ni de cuánto sabía, pero en ese momento estaban de acuerdo con cualquier imagen que el sheriff quisiera proyectar.

Ozzie prosiguió:

—Pirtle y McCarver presentaron uno hace alrededor de un mes, una noche que ella llamó a la centralita. Después se negó a presentar cargos, así que no pasó nada. Juran que archivaron el informe, pero ahora no aparece. Resulta que hace cuatro meses la novia también había llamado a la centralita por la misma mierda: Kofer llegó a casa borracho y la golpeó; el agente Swayze atendió el aviso, pero ella no quiso presentar cargos. Swayze archivó el informe y ahora ha desaparecido. Yo no lo vi, no vi ninguno de los dos informes. Y este es el problema, chicos. Jake se ha pasado por aquí hace una hora. Noose le ha asignado el caso, pero él dice que no lo quiere, que el juez buscará a otro abogado lo antes posible. No podemos estar seguros de ello y, además, es algo que escapa a nuestro control. De momento, Jake es el abogado defensor y no tardará ni cinco minutos en averiguar que hemos perdido esos documentos. No ahora, pero sí más adelante, si todo esto termina en juicio. Conozco bien a Jake; qué narices, lo conocemos todos, y siempre irá un paso por delante de nosotros.

—¿Por qué habrá querido involucrarse Jake? —preguntó Prather.

—Como acabo de decir, Noose le ha asignado el caso. El chico debe tener un abogado y, obviamente, ningún otro quería aceptar el caso.

—Creía que teníamos un abogado de oficio —comentó Hastings—. Jake me cae bien y no lo quiero en el bando contrario.

Willie Hastings era primo de Gwen Hailey, la madre de Tonya, la esposa de Carl Lee, y en su mundo Jake Brigance era un dios.

—Nuestro abogado de oficio es un novato que todavía no se ha hecho cargo de ningún caso importante. Tengo entendido que a Noose no le cae bien. A ver, chicos, Omar Noose es el juez de la Audiencia Territorial y lo es desde hace mucho tiempo. Nos guste o no, él es quien domina el sistema. Puede lanzar o destrozar la carrera de un abogado y le tiene bastante cariño a Jake. No podía negarse.

—Yo creía que Jake solamente iba a encargarse de los asuntos preliminares, hasta que trajeran a otro abogado —dijo Prather.

—¿Quién sabe? Pueden pasar muchas cosas y todavía es pronto. Tal vez les cueste encontrar a otra persona. Además, Jake es un abogado ambicioso al que le gusta recibir este tipo de atención. No os olvidéis de que fue Lucien Wilbanks, un radical que en sus tiempos defendía a cualquiera, quien lo contrató y lo formó.

—Me cuesta creerlo —intervino Tatum—. El año pasado Jake le consiguió a mi tío un buen trato por unas tierras.

—Me ha dicho que ya están recibiendo llamadas telefónicas, amenazas —dijo Ozzie—. Voy a volver a acercarme a la granja de Earl Kofer a hablar con él, a presentarle mis respetos y esas cosas, a comentar lo del funeral y asegurarme de que esa gente está controlada.

—Los Kofer no son un problema —aseguró Prather—. Conozco a unos cuantos y ahora mismo solo están conmocionados.

—¿No lo estamos todos? —preguntó Ozzie. Cerró el expediente, respiró hondo y miró a sus tres agentes. Al final se decidió por Prather y le dijo—: Venga, suéltalo.

Marshall dejó caer su hoja de papel sobre el escritorio y encendió un cigarro. Se acercó a la ventana, la abrió un poco para ventilar el despacho y se apoyó contra la pared.

—He hablado con mi primo. No estuvo con Kofer el sábado por la noche. Ha hecho unas cuantas llamadas y se ha enterado de que al parecer se había organizado una timba en la cabaña de Dog Hickman, cerca del lago. Póquer, apuestas bajas; no eran gente de pasta, pero apareció un jugador anónimo con algo de whisky, con sabor a melocotón, recién salido del destilador, y se pusieron a ello. Todo el mundo se emborrachó. Tres de ellos se desmayaron y se quedaron allí. No recuerdan gran cosa. Kofer decidió que sería buena idea coger el coche y volver a casa. Y, a saber cómo, consiguió llegar.

Ozzie lo interrumpió:

—Yo diría que el whisky salió del destilador de Gary Garver.

Prather le dio una calada al cigarro y miró al sheriff.

—No pedí nombres, Ozzie, y tampoco me los dieron, salvo el de Kofer y el de Dog Hickman. Kofer está muerto y los otros cuatro están algo asustados ahora mismo.

—¿Asustados de qué?

—No sé, tal vez se sientan responsables. Estaban apostando e inflándose a whisky ilegal y ahora su amigo está muerto.

—Deben de ser idiotas.

—No he dicho que no lo sean.

—Si empezamos a hacer redadas en partidas de dados y de póquer, tendremos que construir otra cárcel. Consígueme los nombres, por favor, y asegúrales que no se les va a acusar de nada.

—Lo intentaré.

—Consigue los nombres, Marshall, porque puedes apostar lo que quieras a que Harry Rex Vonner los sabrá hoy mismo, así que Jake llegará antes a ellos.

—No han hecho nada malo. ¿A qué viene tanto alboroto? Aquí el único delito que se ha cometido es un homicidio y ya tenemos al asesino, ¿no? —dijo Moss Junior.

—Nada es tan sencillo —respondió Ozzie—. Si todo este asunto termina en juicio, puedes jugarte el cuello a que el abogado defensor, sea quien sea, sacará todo el provecho posible del mal comportamiento de Kofer previo al disparo.

—No pueden hacer algo así —protestó Prather—. Está muerto.

—¿Y por qué está muerto? ¿Está muerto porque llegó a casa borracho, se quedó dormido y ese imbécil de crío pensó que sería divertido volarle los sesos? No. ¿Está muerto porque su novia quería su dinero? No, Marshall. Está muerto porque tenía la mala costumbre de emborracharse y pegar a su novia, y el chico intentó protegerla. Será un juicio muy desagradable, así que preparaos para lo que nos espera. Por eso ahora es imprescindible que sepamos todo lo que ocurrió. Empezad por Dog Hickman. ¿Quién puede hablar con él?

—Swayze lo conoce —contestó Willie.

—Muy bien. Dile a Swayze que lo localice lo antes posible. Y asegúrate de que esos payasos sepan que no vamos detrás de ellos.

—Entendido, jefe.

Carla daba clases en el colegio y pasaba la mayor parte de las tardes preparando programaciones, corrigiendo exámenes e intentando supervisar los deberes de Hanna, así que tenía poco tiempo para cocinar. Los tres cenaban juntos casi todas las noches a las siete en punto. A veces Jake se quedaba en el bufete hasta tarde o estaba fuera de la ciudad, pero la vida de un abogado de poca monta no exigía pasar mucho tiempo en la carretera. La cena siempre era algo rápido y lo más saludable posible. Comían mucho pollo con verduras, pescado al horno, apenas pan y cereales, y evitaban la carne roja y los azúcares añadidos. Después recogían la mesa y limpiaban la cocina a toda prisa para centrarse en cosas más placenteras, como ver la televisión, leer o jugar a algo una vez que Hanna terminaba los deberes.

En las noches perfectas, Carla y Jake disfrutaban de un paseo por el barrio, breves excursiones después de cerrar las puertas con llave y con Hanna a salvo en su habitación. La niña se negaba a salir a pasear con ellos, porque quedarse sola en casa era algo muy guay para una chica tan mayor como ella. Se arrebujaba con Mully, el perro, y leía en el silencio y la tranquilidad de la casa. Sus padres nunca tardaban más de diez minutos en volver.

Tras uno de los lunes más largos que recordaba últimamente, Jake y Carla cerraron con llave todas las puertas y caminaron hasta el final de la calle, donde se detuvieron junto a los cerezos silvestres y disfrutaron de su olor. Su casa, conocida como Hocutt House, era una de las veinte situadas en una vieja calle sombreada a ocho manzanas de la plaza de Clanton. La mayoría de aquellas casas pertenecía a pensionistas mayores que tenían dificultades para cubrir los cada vez más significativos gastos de mantenimiento, pero unas cuantas habían pasado a manos de familias jóvenes. Dos puertas más abajo vivía un médico joven originario de Pakistán que al principio no fue bien recibido, porque nadie sabía pronunciar su nombre y tenía la piel más oscura, pero tres años y miles de consultas más tarde, conocía más secretos que cualquier otra persona de la ciudad y era muy estimado. Frente al médico y su adorable esposa vivía una pareja joven con cinco hijos y sin trabajo. Él aseguraba dirigir la empresa maderera familiar que su abuelo había fundado y le había dejado en herencia, pero rara vez se lo veía fuera del club de campo. Ella jugaba al golf y al bridge y dedicaba la mayor parte de su tiempo a supervisar a los empleados que criaban a su prole.

Sin embargo, salvo por esas dos casas y Hocutt House, el resto de la calle estaba a oscuras, puesto que los vecinos mayores se acostaban pronto.

Carla se detuvo de repente y le apretó la mano a Jake.

—Hanna está sola —dijo.

—¿Y?

—¿Crees que está a salvo?

—Por supuesto que sí.

Aun así, se dieron la vuelta obedeciendo un impulso. Dieron unos cuantos pasos y entonces Carla volvió a hablar:

—No puedo volver a pasar por esto, Jake. Acabamos de establecer una nueva rutina y no quiero tener que empezar a preocuparme otra vez.

—No hay nada de que preocuparse.

—Ah, ¿no?

—Bueno, vale, hay algo de lo que preocuparse, pero el nivel de amenaza es bajo. Unas cuantas llamadas extrañas de vez en cuando, todas hechas por cobardes que no dan su nombre y se esconden detrás de teléfonos públicos.

—Me parece que esto ya lo he oído, justo antes de que nos quemaran la casa hasta los cimientos.

Avanzaron varios pasos más, todavía agarrados de la mano.

—¿Puedes librarte del caso? —preguntó.

—Pero si lo empecé ayer.

—Ya lo sé, me acuerdo perfectamente. ¿Mañana verás al juez Noose?

—A primera hora. Para las mociones de Smallwood.

—¿Hablaréis de este caso?

—Seguro, porque de todas maneras es del único caso del que se habla. Drew necesita ayuda de inmediato o, como mínimo, que lo vea un profesional. Se lo comentaré a Noose si tengo oportunidad. Y si por casualidad ha encontrado a otro abogado estoy convencido de que me lo dirá.

—Pero es poco probable, ¿no?

—Sí, es poco probable que haya encontrado a alguien tan pronto. Me encargaré de los temas preliminares, me aseguraré de que se protegen los derechos del crío, intentaré conseguirle algo de ayuda y todo eso, y después, dentro de unas semanas, presionaré a Noose para que me sustituya.

—Prométemelo.

—Sí, te lo prometo. ¿No te fías de mí?

—No, no del todo.

—¿Por qué?

—Porque te implicas demasiado, Jake, y tengo la sensación de que estás preocupado por ese chico y por su familia y de que quieres protegerlos. Y si al juez Noose le cuesta encontrar a otro abogado, lo más fácil para él será volver a apoyarse en ti. Ya estarás ahí. La familia confiará en ti. Y sé sincero, Jake, te gusta estar en el centro del cuadrilátero.

Enfilaron su estrecho camino de entrada y admiraron la belleza de su casa, tranquila y segura.

—Creía que querías que representara al muchacho —dijo Jake.

—Yo también lo creía, pero eso fue antes de que empezáramos a recibir llamadas telefónicas.

—Solo son llamadas, Carla. Mientras no empiecen a disparar, todo va bien.

—Bueno, ahora ya me siento mucho mejor.

Según el abogado de Earl, Stuart era el único dueño de la propiedad. La había recibido mediante validación testamentaria por cortesía de su abuelo, que había muerto hacía doce años. Sus dos exmujeres habían desaparecido hacía tiempo y los nombres nunca habían figurado en la escritura. Stuart no tenía hijos conocidos. Había muerto sin testamento, de modo que, según las leyes de Mississippi, los herederos de la propiedad serían sus padres, Earl y Janet, y sus hermanos menores, a partes iguales.

El lunes por la noche, después de cenar, Earl y los dos hijos que le quedaban, Barry y Cecil, se acercaron a la propiedad para examinarla por primera vez desde que los del laboratorio forense la habían abandonado aquella tarde. No era una visita que les apeteciera, pero había que hacerla. Cuando Earl aparcó detrás de la camioneta de Stu y apagó los faros, se quedaron allí sentados contemplando la casa oscura, una casa que conocían desde siempre. Barry y Cecil preguntaron que si se podían quedar en el coche. Earl les contestó que no, que era importante que vieran dónde había muerto su hermano. En el asiento de atrás, Barry intentó acallar sus sollozos. Al final bajaron del coche y se acercaron a la puerta principal, que no estaba cerrada con llave.

Earl sacó fuerzas de flaqueza y entró el primero en el dormitorio. Le habían quitado las sábanas y las mantas al colchón, y una mancha de sangre enorme, horrible, destacaba en el centro. Earl se dejó caer en la única silla que había en la habitación y se tapó los ojos. Barry y Cecil se quedaron plantados en el umbral, mirando con horror el repugnante lugar donde su hermano había exhalado su último aliento. Había motas de sangre en la pared, sobre el cabecero de la cama, y un centenar de surcos minúsculos allí donde los peritos habían recogido materia para lo que fuera que fuesen a hacer con ella después. La habitación olía a muerte y maldad, y un penetrante hedor acre, no muy distinto al de un animal atropellado en la carretera, se hacía más intenso cada vez que inhalaban.

Ozzie les había dicho que podían quemar el colchón. Lo sacaron a rastras por la cocina y el pequeño porche de madera hasta el patio de atrás. Hicieron lo mismo con el cabecero, el armazón, el somier y las almohadas. Nadie volvería a dormir en la cama de Stuart. En el pasillo, dentro de un armario pequeño, encontraron la ropa y los zapatos de Josie.

—Esto también lo quemamos —ordenó Earl tras evaluar las pertenencias de la mujer.

En una cómoda encontraron la ropa interior de Josie, sus pijamas, calcetines y demás, y en el baño dieron son su secador de pelo y sus productos de aseo. Su bolso estaba en la encimera de la cocina, junto al teléfono, y a su lado descansaban las llaves de un coche. Cecil dejó las llaves y no miró dentro del bolso, sino que lo lanzó directamente sobre el colchón junto con el resto de las cosas de Josie.

Earl lo roció con líquido para mecheros y encendió una cerilla. Vieron que el fuego crecía deprisa y dieron un paso atrás.

—Coged también las cosas de los críos —les dijo a Barry y a Cecil—. Aquí no van a volver.

Subieron a toda velocidad a la habitación del chico y cogieron todo lo que podía arder: las sábanas de la cama, ropa, zapatos, libros, un reproductor de CD barato, carteles de las paredes... Barry vació el dormitorio de la niña. Tenía unas cuantas cosas más que su hermano, entre ellas osos y otros animales de peluche. En el armario encontró una caja de muñecas y otros juguetes viejos; lo arrastró todo escaleras abajo, lo sacó al patio y lo lanzó al fuego vivo con gran satisfacción. Se alejaron un poco más, fascinados, y lo observaron crecer hasta que empezó a extinguirse.

Barry señaló el coche de Josie.

—¿Y eso? —le preguntó a su padre.

Earl miró con desdén el viejo Mazda aparcado junto a la casa y durante un instante se planteó achicharrarlo también. Pero Barry continuó:

—Creo que todavía no ha terminado de pagarlo.

—Mejor lo dejamos como está —contestó Earl.

Habían hablado de llevarse los efectos personales de Stuart, sus armas, su ropa y esas cosas, pero Earl decidió que ya lo harían más tarde. La casa pertenecía a la familia desde hacía mucho tiempo y era segura. Al día siguiente cambiaría las cerraduras y se pasaría por allí a diario a echar un vistazo. Y les haría saber, por medio de Ozzie, que no había razón alguna para que esa mujer, sus hijos o cualquiera de sus amigos volviera a poner un pie en ninguna propiedad de los Kofer. Ya se encargaría Ozzie de lo del coche.

Dog Hickman llevaba el único taller de motocicletas de la ciudad y vendía motos nuevas y de segunda mano. Aunque no era ajeno a ciertas actividades ilegales, había sido lo bastante listo como para evitar que lo pillaran y no tenía antecedentes, salvo una vieja condena por conducir bajo los efectos del alcohol. La policía lo conocía muy bien, pero como no molestaba a nadie lo dejaban tranquilo. Los vicios de Dog eran sobre todo el juego, el contrabando y el tráfico de maría.

Mick Swayze le había comprado varias motos a Dog y lo conocía bien. Se pasó por el taller el lunes al anochecer y, después de asegurarle que no estaba de servicio, aceptó una cerveza. Mick fue directo al grano y le prometió a Dog que Ozzie no estaba buscando a quién acusar. Solo quería saber lo que había pasado el sábado por la noche.

—Ozzie no me preocupa —aseguró Dog. Estaban fuera, apoyados en su Mustang, fumando un cigarrillo—. No he hecho nada malo. A ver, me gustaría haber bebido menos, porque así quizá habría podido parar a Stu antes de que se pillara un pedo así, ¿sabes? Tendría que haberlo parado, pero no hice nada malo.

—Lo sabemos —respondió Swayze—. Y también sabemos que erais cinco y que bebisteis whisky ilegal. ¿Quiénes eran los otros tres?

—No pienso chivarme.

—¿De qué ibas a chivarte, Dog, si no hay ningún delito?

—Si no hay ningún delito, ¿qué haces aquí preguntándome cosas?

—Es solo que Ozzie quiere saberlo. Kofer era uno de los nuestros, y al sheriff le caía muy bien. Nos caía muy bien a todos. Era un buen poli, muy buen tío. También iba borracho como un piojo: 0,36.

Dog negó con la cabeza sin dar crédito a lo que oía y escupió contra el suelo.

—Mira, te diré la verdad. Cuando me desperté ayer por la mañana tenía la cabeza como si hubiera alcanzado los 0,55. Me pasé todo el día en la cama, y hoy he conseguido levantarme de milagro. Una puta locura, tío.

—¿Qué era?

—La nueva remesa de Gary Garver. Con sabor a melocotón.

—Eso hacen tres. ¿Quiénes eran los otros dos?

—Esto es confidencial, ¿verdad? No vas a decírselo a nadie.

—Claro.

—Calvin Marr y Wayne Agnor. Empezamos con una caja de cervezas, echando unas manos de póquer en mi cabaña, nada del otro mundo, en realidad. Entonces apareció Gary con un par de litros de ese brebaje suyo. Todos nos pillamos una buena cogorza. Vamos, que perdimos el conocimiento. La primera vez desde hacía mucho, y lo he pasado tan mal como para plantearme dejarlo.

—¿A qué hora se marchó Kofer?

—No lo sé. Estaba dormido cuando se fue.

—¿Quién estaba despierto?

—No lo sé, Mick, te lo juro. Creo que todos perdimos el

conocimiento y tengo muchas lagunas. No recuerdo gran cosa. En algún momento de la noche, no tengo ni idea de cuándo, Stu y Gary se marcharon de la cabaña. Cuando me desperté el domingo por la mañana, tarde, Calvin y Wayne seguían allí, hechos polvo. Nos levantamos, intentamos espabilarnos, nos bebimos un par de cervezas para aliviar el dolor y entonces sonó el teléfono y mi hermano me dijo que Stu estaba muerto. Que no sé qué chaval le había pegado un tiro en la cabeza. Joder, estaba ahí mismo, ahí mismo en la mesa, jugando a las cartas y bebiendo whisky de melocotón en una taza de café.

—¿Quedabas mucho con Stu?

—No sé. ¿Qué pregunta es esa?

—Una sencilla.

—No tanto como hace un año. Estaba perdiendo el control, ¿sabes, Mick? Jugábamos al póquer una vez al mes, normalmente en la cabaña, y podías dar por hecho que Stu se pasaría de la raya, que bebería demasiado. Quién era yo para decirle nada, ¿eh? Pero corrían comentarios sobre él. Algunos de sus amigos estaban preocupados. Joder, todos bebemos demasiado, pero a veces son precisamente los borrachos quienes se dan cuenta de lo que está pasando. Nos imaginamos que Ozzie lo sabía y nos hicimos los suecos.

—No creo que lo supiera. Stu no faltaba ni un solo día al trabajo y cumplía con su deber. Era uno de los favoritos de Ozzie.

—Y de los míos. Stu le caía bien a todo el mundo.

—¿Hablarás con Ozzie?

—Bueno, no es que me apetezca hacerlo.

—No hay prisa, pero le gustaría charlar contigo. Quizá después del funeral.

—¿Tengo otra opción?

—La verdad es que no.

10

Como ocurría con la mayor parte de los rumores candentes del juzgado, su origen nunca llegaría a conocerse. ¿Cobró vida a partir de un retazo de verdad, o era la forma de entender una broma que tenía alguno de los trabajadores de la oficina del catastro de la primera planta? ¿Se lo había inventado un abogado aburrido, mirando el reloj de soslayo para ver cuánto tardaba el cuento en hacer la ronda y llegar de nuevo hasta él? Dado que el juzgado, y en realidad la ciudad entera, seguía comentando sin cesar los detalles del asesinato, no era descabellado pensar que alguien con algo de autoridad, tal vez un agente de policía o un alguacil, pudiera haber dicho algo parecido a: «Sí, el chico va a comparecer hoy».

En cualquier caso, el martes por la mañana a primera hora la mitad del condado sabía de buena tinta que el chaval que había matado a Stuart Kofer iba a presentarse por primera vez en el juzgado, y, por si eso fuera poco, el rumor no tardó en modificarse para añadir el irresistible dato de que ¡lo más probable era que lo soltaran! Por no sé qué de la edad.

Un día normal y corriente, el repaso de la lista de casos pendientes no atraía más que a unos cuantos abogados que tenían mociones pendientes, nunca a una gran cantidad de espectadores. Pero el martes la tribuna estaba medio llena; decenas de personas se congregaron en la sala principal para presenciar aquel terrible error judicial. Los funcionarios leyeron y releyeron la lista para ver si se les había escapado algo. Al juez Noose no se le esperaba hasta casi las diez, cuando estaba previsto que comenzara la primera audiencia petitoria. Cuando Jake entró en la sala a las nueve y media, al principio pensó que se había equivocado de fecha. Le preguntó en un susurro a una funcionaria, que le contó lo del rumor.

—Qué raro —volvió a susurrar mientras estudiaba los rostros severos que lo observaban—, se supone que yo lo sabría si mi cliente fuera a comparecer en el juzgado.

—Sí, así suelen hacerse las cosas —contestó la mujer.

Entonces llegó Harry Rex y empezó a insultar a un abogado de seguros. Las personas que iban entrando se fijaban en el público y se preguntaban qué los habría atraído hasta allí. Los alguaciles y los agentes de policía se agruparon en un lado de la sala, conocedores del rumor, pero ignorantes de cualquier orden de trasladar al acusado desde la cárcel.

Lowell Dyer entró por una puerta lateral y saludó a Jake. Acordaron intentar charlar con Noose lo antes posible. A las diez, su señoría los convocó en su despacho y les ofreció un café mientras él preparaba su segunda ronda de medicación diaria. Tenía la toga colgada de la puerta y la chaqueta sobre el respaldo de una silla.

—¿Cómo está el acusado? —preguntó.

Noose siempre había sido un hombre flaco, larguirucho y desgarbado, con una nariz enorme y puntiaguda que por lo general estaba más roja que el resto de su pálida piel. Nunca había tenido un aspecto muy saludable, y verle tragarse una impactante ristra de pastillas hizo que los abogados se plantearan hasta qué punto estaría enfermo. Pero no se atrevieron a preguntarle qué le ocurría.

Jake llenó de café dos vasos de papel y Lowell y él se sentaron frente al juez.

—A decir verdad, señoría, el chico no está muy bien —contestó Jake—. He ido a verlo esta mañana, por tercer día consecutivo, y sigue totalmente bloqueado. Creo que está traumatizado y sufriendo algún tipo de crisis. ¿Podemos hacer que lo evalúen y que lo traten, si procede? Es posible que el crío esté muy enfermo.

—¿«Crío»? Eso díselo a los Kofer —respondió Lowell.

—Tiene dieciséis años, Jake —intervino el juez Noose—. No es un crío.

—Lo entenderá cuando lo vea.

—¿Que lo evalúen dónde? —preguntó Lowell.

—Bueno, preferiría que lo hicieran los profesionales del hospital estatal.

—¿Lowell?

—La acusación se opone, al menos por ahora.

—No sé si tienes derecho a oponerte —dijo Jake—. Todavía no hay caso, ¿no deberías esperar a recibir la acusación formal?

—Supongo.

—Ese es el problema —continuó Jake—. El chico necesita ayuda ya. Hoy. Ahora mismo. Está sufriendo algún tipo de trauma y no está mejorando ahí encerrado, en la cárcel. Tiene que verlo un médico, un psiquiatra, alguien mucho más listo que nosotros. Si eso no ocurre, es posible que continúe deteriorándose. A veces se niega a hablar conmigo. No me recuerda de un día para el siguiente. No come. Tiene sueños disparatados y alucinaciones. A veces se queda inmóvil, mirando al vacío y emitiendo una especie de zumbido extraño, como si hubiera perdido la cabeza. ¿No quieres un acusado sano, Lowell? Si el chaval está loco de atar no podrás someterlo a juicio. No perdemos nada por hacer que alguien, un médico, le eche un vistazo.

Lowell miró a Noose, que estaba masticando una pastilla, al parecer, muy amarga.

—Delito, sospechoso, arresto, cárcel —dijo por fin—. Yo diría que el acusado tiene que hacer una primera comparecencia.

—Renunciaremos a ella —contestó Jake—. No vamos a ganar nada trayendo al chico en un coche de policía y arrastrándolo hasta una sala del tribunal. Ahora mismo es sencillamente incapaz de enfrentarse a algo así. Le estoy siendo muy sincero, señoría, no creo que el chaval sea consciente de lo que está pasando.

Lowell sonrió y negó con la cabeza, como si lo dudara.

—Pues a mí me parece que lo que estás haciendo es allanar el terreno para alegar enajenación mental, Jake.

—No estoy allanando nada, porque el juez Noose me ha prometido que encontrará a otro abogado que se haga cargo del juicio en caso de que llegue a haber juicio.

—Claro que habrá juicio, te lo puedo incluso prometer. No puedes matar a un hombre a sangre fría e irte de rositas —sentenció Lowell.

—Nadie se va a ir de rositas, solo estoy preocupado por el chico. Se ha desconectado de la realidad. ¿Qué mal puede hacer que lo evalúen?

Noose había terminado con las medicinas y estaba bebiéndose un vaso de agua para que lo ayudara a tragárselas. Miró a Jake y le preguntó:

—¿Quién lo haría?

—El departamento de salud del estado tiene una sucursal regional en Oxford. Tal vez podríamos mandarlo allí para que lo examinen.

—¿Pueden enviar ellos a alguien? —quiso saber el juez—. No me gusta nada la idea de que el acusado salga de la cárcel tan pronto.

—Estoy de acuerdo —aportó Lowell—. Aún no han celebrado el funeral. No estoy seguro de que el chico esté a salvo fuera de la cárcel.

—Perfecto —accedió Jake—. Me da igual cómo lo hagamos.

Noose levantó las manos y los llamó al orden.

—A ver, caballeros, debemos establecer un plan. Supongo, señor Dyer, que su intención es conseguir una acusación de asesinato en primer grado, ¿me equivoco?

—Bueno, aún es un poco pronto, pero, sí, de momento me inclino hacia eso. Parece que los hechos requieren ese tipo de acusación.

—¿Y cuándo le presentaría este caso a su gran jurado?

—Nos reunimos aquí dentro de dos semanas, pero siempre puedo convocarlo antes. ¿Tiene alguna preferencia?

—No. El gran jurado no es asunto mío. Señor Brigance, ¿cómo ve usted el desarrollo de las próximas semanas?

—Gracias, su señoría. Dada la juventud de mi cliente, no tendré más remedio que solicitar que traslade el caso al tribunal de menores.

Lowell Dyer se mordió la lengua y le dio a Noose tiempo más que suficiente para contestar. El juez lo miró con las cejas enarcadas.

—Por supuesto —dijo Dyer entonces—, la acusación se opondrá a dicha moción. Creemos que el caso corresponde a este tribunal y que el acusado debería ser juzgado como un adulto.

Jake no reaccionó. Bebió un sorbo de café y clavó la mirada en una libreta, como si supiera que aquello era justo lo que iba a pasar; de hecho, lo sabía, porque era imposible que el honorable Omar Noose permitiese que el tribunal de menores del condado de Ford se encargara de un delito tan grave. Solían remitirse a dicho organismo las infracciones más leves cometidas por adolescentes —robos de coches, drogas, hurtos y sustracciones de poca monta— y se sabía que el juez de menores los gestionaba con sensatez. Pero no se trasladaban los delitos graves que implicaban daños físicos, y mucho menos un asesinato.

La mayoría de los sureños blancos estaban firmemente convencidos de que un chico de dieciséis años como Drew Gamble, que le pegaba un tiro a un hombre mientras este dormía en su propia cama, debía ser juzgado como un adulto y recibir una sentencia rigurosa, incluso la pena de muerte. Una pequeña minoría opinaba otra cosa. Jake todavía no tenía claro qué pensaba, aunque ya dudaba de si Drew disponía de los recursos necesarios para comprender el dolo.

Jake también era consciente de la realidad política. El año siguiente, 1991, tanto Omar Noose como Lowell Dyer afrontarían la reelección, Dyer por primera vez y Noose por quinta. Aunque su señoría rozaba los setenta y tomaba mucha medicación, no mostraba ningún síntoma de querer bajar el ritmo. Disfrutaba del trabajo, del prestigio, del salario. Siempre se había enfrentado a una oposición leve, porque pocos abogados estaban dispuestos a enfrentarse a un juez con una posición afianzada, pero siempre cabía la posibilidad de toparse con una de esas elecciones atípicas en las que un rival más débil llamaba la atención y los votantes de pronto decidían que querían una cara nueva. Hacía tres años, Noose había sufrido la presión de un abogado de tres al cuarto que ejercía en el condado de Milburn y que había hecho todo tipo de afirmaciones sin fundamento acerca de sentencias poco severas en los casos penales. Obtuvo un tercio de los votos, un porcentaje bastante impresionante para un completo desconocido con escasa credibilidad.

Ahora, una amenaza más inquietante se cernía sobre él. Jake había oído los rumores y estaba seguro de que Noose también. Se comentaba que Rufus Buckley, el anterior fiscal del distrito, el fanfarrón al que Dyer había vencido en unas elecciones muy ajustadas, estaba malmetiendo y soltando indirectas acerca de quitarle a Noose el puesto en el estrado. Buckley había sido desterrado y pasaba sus días en un pequeño bufete de Smithfield redactando escrituras, rabiando y planeando su regreso. Su mayor derrota había sido el veredicto de inocencia de Carl Lee Hailey, del que culparía a Noose durante el resto de sus días. Y a Jake. Y a cualquier persona remotamente relacionada con el caso. A todo el mundo menos a él.

—Presenta la moción cuando corresponda —ordenó Noose como si ya hubiera tomado una decisión.

—Sí, señor. Una cosa, lo del examen psiquiátrico.

Noose se puso de pie, refunfuñó y se acercó a su escritorio para coger la pipa, que descansaba sobre un cenicero. Se metió la boquilla entre los dientes manchados.

—¿Crees que es urgente?

—Sí, juez. Me temo que el chico empeora con cada hora que pasa.

—¿Ozzie lo ha visto?

—Ozzie no es psiquiatra. No me cabe duda de que lo ha visto, porque está en la cárcel.

Noose miró a Dyer y preguntó:

—¿Y tu postura al respecto es...?

—La acusación no se opone a que lo examinen, pero no quiero al chico fuera de la cárcel por ningún motivo.

—Entiendo. De acuerdo, firmaré la orden. ¿Tiene algún asunto más que comentar hoy?

—No, señor.

—Puede marcharse, señor Dyer.

Los curiosos continuaron abarrotando la sala. Los minutos pasaban y el juez Noose no aparecía. Cerca de la tribuna del jurado, Walter Sullivan estaba sentado junto a su abogado asociado, Sean Gilder, un especialista en seguros de Jackson que defendía a la empresa ferroviaria en el caso Smallwood. Se entretenían hablando en voz baja de esto y de lo otro, de asuntos legales, sobre todo, pero, a medida que el gentío crecía, Walter empezó a darse cuenta de algo.

La intuición de Harry Rex no había fallado. Los abogados de la empresa ferroviaria y de su aseguradora habían acordado al fin abordar a Jake con la idea de mantener una conversación preliminar sobre un posible acuerdo. Pero su intención era ser cautelosos en extremo. Por un lado, el caso era peligroso, porque los daños eran significativos —cuatro miembros de una familia fallecidos— y porque Jake estaría en su terreno durante el juicio, que, de hecho, se celebraría en la misma sala en la que estaban en aquellos momentos y de la que Jake había salido con Carl Lee Hailey como un hombre inocente. Pero, por otro lado, los abogados de la empresa ferroviaria y de la aseguradora seguían estando seguros de que podían ganar por cuestiones de responsabilidad. Taylor Smallwood, el conductor, se había estrellado contra el decimocuarto vagón de un tren de carga sin que nada indicara que hubiera tocado siquiera los frenos. Su experto calculaba que iba a una velocidad de ciento diez kilómetros por hora. El experto de Jake opinaba que se acercaba más a los noventa y cinco. El límite de velocidad en aquel solitario tramo de carretera era de noventa.

Había otros asuntos de los que preocuparse. El mantenimiento del paso a nivel había sido históricamente insuficiente y Jake tenía documentos y fotografías que lo demostraban. Había habido otros accidentes, y Jake tenía esos informes ampliados y a punto para mostrárselos al jurado. El único testigo ocular conocido era un carpintero inestable que circulaba unos cien metros por detrás del coche de los Smallwood, e insistía en declarar que las luces rojas intermitentes no funcionaban en el momento del accidente. Sin embargo, corrían rumores, aún sin confirmar, de que el caballero había estado bebiendo en un tugurio.

Eso era lo que los aterraba de ir a juicio en el condado de Ford. Jake Brigance era un abogado joven y excepcional con una reputación intachable, y podían confiar en que respetara las reglas de juego. Sin embargo, en su círculo íntimo se encontraban Harry Rex, que además era el letrado asociado de aquel caso, y el abominable Lucien Wilbanks, y ninguno de los dos desperdiciaba mucho tiempo preocupándose por los matices éticos de la profesión.

Así las cosas, cabía la posibilidad de que el veredicto fuera tremendo, pero del mismo modo el jurado podía culpar sin ningún problema a Taylor Smallwood y fallar a favor de la empresa ferroviaria. Con tantas incertidumbres, la compañía de seguros quería sondear el acuerdo. Si Jake quería millones, la negociación no duraría mucho. Si decidía ser más razonable, encontrarían un término medio y todos felices.

Walter se hacía cargo de pocos juicios. Prefería ser el abogado local cuando los grandes bufetes de Jackson o Memphis intervenían y necesitaban a alguien con licencia para ejercer en aquella sala. Recaudaba unos honorarios modestos por hacer poco más que utilizar sus contactos y ayudar a eliminar problemas potenciales durante la selección del jurado.

Mientras la sala del tribunal hervía en rumores y especulaciones en voz baja, Walter se dio cuenta de que Jake estaba a punto de convertirse en el abogado más impopular de la ciudad. Las personas que se apiñaban en los bancos no estaban allí para apoyar a Drew Gamble y a sus familiares, si es que los tenía. En absoluto. Estaban allí para lanzarle una mirada de odio al asesino y exasperarse en silencio por la injusticia de que lo trataran con compasión. Y si el señor Brigance volvía a arreglárselas de algún modo para hacer su magia y conseguía que liberaran al chico, podrían producirse altercados en las calles.

Sullivan se acercó a su asociado.

—Será mejor que sigamos adelante con las mociones y no mencionemos la idea del acuerdo —le dijo—; no hoy, al menos.

—¿Por qué no?

—Luego te lo explico. Tenemos mucho tiempo.

Al otro lado de la sala del tribunal, Harry Rex mordisqueaba el extremo machacado de un puro apagado y fingía escuchar el chiste malo de un alguacil mientras observaba a la multitud. Reconoció a una chica del instituto; no se acordaba de su apellido de soltera, pero sabía que se había casado con un Kofer. ¿Cuántas de aquellas personas eran parientes de la víctima? ¿Cuántas se pondrían en contra de Jake Brigance?

Los minutos pasaban y el número de espectadores no dejaba de crecer. Harry Rex confirmó entonces su primer miedo: su amigo Jake iba a hacerse cargo de un caso que generaría unos ingresos ridículos y, con ello, pondría en peligro otro caso que podría ser una mina.

11

El martes por la mañana a última hora, el pastor Charles Mc-Garry; su mujer, Meg, y Kiera llegaron al hospital y se dirigieron a la sala de espera de la tercera planta para preguntar al grupo de feligreses de la iglesia cómo iban las cosas. Lo tenían todo bajo control y estaban alimentando a la mitad de la plantilla del hospital, además de a algunos de los pacientes.

Pocas cosas ilusionan tanto a la gente de pueblo como una excursión al hospital, ya sea como visitantes o como pacientes, así que los miembros de la diminuta iglesia se habían reunido de muy buen grado en torno a la familia Gamble para arroparla con gran amor y entusiasmo. O al menos en torno a Josie y Kiera. Drew, el acusado de asesinato, estaba encerrado y no era de su incumbencia, cosa con la que estaban más que de acuerdo. Pero la madre y la hermana no habían hecho nada malo y estaban muy necesitadas de compasión.

En la habitación de Josie varias enfermeras la preparaban para el traslado. Kiera le dio un abrazo a su madre y luego retrocedió hacia el rincón donde Charles esperaba y observaba. Los médicos estaban convencidos de que había un especialista mejor en cirugía reconstructiva en el hospital de Tupelo, que era más grande. La operación estaba programada para el miércoles por la mañana temprano.

Josie consiguió bajar los pies de la cama, ponerse en pie por sí misma y dar tres pasos hasta la camilla, en la que se acomodó mientras las enfermeras recolocaban tubos y cables.

Intentó sonreír a Kiera, pero tenía la cara hinchada y llena de vendas.

Dejaron atrás al grupo de admiradores del Buen Pastor y la siguieron por el pasillo hasta el ascensor de servicio que la llevó al sótano, donde la esperaba una ambulancia. Kiera salió con Charles y Meg y se metió a toda prisa en el coche del pastor. Condujeron tras la ambulancia mientras esta se alejaba del hospital, abandonaba la ciudad y se internaba en el campo. Tupelo estaba a una hora de distancia.

Jake estaba haciendo todo lo posible por escabullirse del juzgado por una puerta trasera cuando alguien lo llamó por su nombre. Curiosamente, se trataba de Ozzie, que conocía aquellos pasillos y salas secretas mejor que nadie.

—¿Tienes un momento? —le preguntó el sheriff cuando se detuvieron junto a dos máquinas expendedoras viejísimas.

Cuando Ozzie iba al juzgado le gustaba que se le viera; estrechaba manos, daba palmadas en la espalda, reía mucho, mostraba su gran personalidad de político que siempre apoyaba a sus bases... Encontrárselo merodeando en las sombras solo podía significar que no quería que lo vieran hablando con Jake.

—Claro —contestó, como si él o cualquier otra persona del condado pudiera decirle que no a Ozzie.

El sheriff le entregó un sobre cuadrado con la leyenda DEPARTAMENTO DEL SHERIFF estampada en la parte delantera.

—Earl Kofer ha llamado esta mañana y le ha pedido a su sobrino que se pase por la cárcel a dejar esto. Son las llaves del coche de la señorita Gamble. Hemos ido a por él y lo hemos traído a la ciudad, está aparcado detrás de la cárcel. Solo para que lo sepas.

—No sabía que representara a Josie Gamble.

—Ahora sí, o al menos eso piensa todo el mundo. Earl lo ha dejado bastante claro: la señorita Gamble no debe volver a poner un pie en esa propiedad. Han cambiado las cerraduras y, si la ven, lo más seguro es que abran fuego. Ni ella ni los niños tenían gran cosa, algo de ropa y poco más, pero lo han destruido todo. Earl se ha vanagloriado de haberlo quemado ayer por la noche, junto con el colchón ensangrentado. Me ha dicho que estuvo a punto de quemar también el coche, pero que se imaginó que todavía no estaba terminado de pagar.

—Dile a Earl que se guarde las cerillas, ¿vale?

—Preferiría no tener que ver a Earl durante unos cuantos días.

—¿Ha estado en la sala del tribunal esta mañana?

—Eso creo, sí. No le gusta que representes al chico que mató a su hijo.

—No he visto a Earl Kofer en mi vida, así que no hay motivo para que deba preocuparse por mi ejercicio de la profesión.

—Ahí dentro también hay un cheque, el salario de la señorita Gamble.

—Vaya, una buena noticia.

—Yo no me emocionaría demasiado. Por lo que se ve, trabajaba en el lavadero de coches del norte de la ciudad y le debían la última semana. Seguramente no será mucho. Alguien nos lo ha acercado también a la cárcel.

—¿O sea que está despedida?

—Eso parece. Alguien me ha comentado que también trabajaba en una tienda de alimentación cerca del instituto. ¿La has investigado?

—No, pero estoy seguro de que tú sí.

—Nació en Oregón hace treinta y dos años. El padre trabajaba en las fuerzas aéreas, aunque no era piloto, y lo trasladaban a menudo. Se crio en la base de Biloxi, pero el padre murió en una explosión o algo parecido. Dejó los estudios a los dieciséis años, cuando dio a luz a Drew. El orgulloso papá era un calavera llamado Barber, pero hace tiempo que desapareció del mapa. Dos años más tarde tuvo a la niña, de un padre distinto, un tal Mabry. Lo más seguro es que él ni siquiera se llegara a enterar de que había sido padre. Ha cambiado muchas veces de domicilio, el registro tiene lagunas. Cuando tenía veintiséis años se casó con un caballero llamado Kolston, pero se les acabó el amor cuando él terminó en la cárcel con una condena de treinta años. Drogas. Divorcio. Ella cumplió dos años en Texas por tráfico y posesión. No sé muy bien qué pasaría con los críos, porque, como bien sabes, esas cosas del tribunal de familia están selladas. Ni que decir tiene que lo han pasado mal. Y va a ir a peor.

—Estoy de acuerdo. No tienen casa. Ella está en el paro y la operan mañana, no tiene adonde ir cuando le den el alta en el hospital. Su hija está viviendo con su pastor. Su hijo está en la cárcel.

—¿Quieres que me den pena, Jake?

El abogado respiró hondo y observó a su amigo.

—No.

Ozzie se volvió para marcharse y añadió:

—Cuando puedas, pregúntale al chaval por qué apretó el gatillo.

—Creía que su madre estaba muerta.

—Bueno, pues se equivocó, ¿no crees?

—Sí. Así que matémoslo a él también.

Jake se aferró al sobre y se quedó mirando al sheriff hasta que desapareció tras una esquina.

Tras años de observación y experiencia, Jake se había convertido en un experto en cuanto al ritmo y el flujo del comercio de la plaza, así que sabía que a las cuatro y media de la tarde el Coffee Shop estaría vacío y que Dell estaría detrás de la barra envolviendo cubiertos baratos en servilletas de papel y esperando a que el reloj diera las cinco para dar por finalizada su jornada. Durante la hora del desayuno y la de comer, Dell supervisaba los chismorreos, los atizaba cuando la cosa decaía y los moderaba cuando se volvían demasiado despiadados. Escuchaba con atención, no se le escapaba nada y no tardaba en reprender a cualquier anecdotista que se desviara del guion.

No toleraba las groserías. Un chiste verde podía hacer que te expulsara. Si había que agraviar a un cliente, Dell enseguida le soltaba una fresca, y le daba igual que no volviera. Su memoria era legendaria y en múltiples ocasiones la habían acusado de garabatear notas a toda prisa para registrar los rumores importantes. Cuando Jake necesitaba la verdad, se acercaba a las cuatro y media y se sentaba a la barra.

Dell sirvió café.

—Te hemos echado de menos estas dos últimas mañanas —saludó.

—Por eso he venido ahora. ¿Qué andan diciendo?

—Es la noticia del momento, claro. El primer asesinato en cinco años, desde el de Hailey. Y Stu era muy querido, un buen agente de policía; venía aquí a comer de vez en cuando. Me caía bien. Al chico no lo conoce nadie.

—No son de aquí. La madre conoció a Kofer y empezaron a salir. La verdad es que son una familia bastante desgraciada.

—Eso he oído.

—¿Sigo siendo el abogado favorito?

—Bueno, no van a ponerse a hablar de ti teniéndome cerca, ya sabes. Prather ha dicho que ojalá encuentren a otro abogado, que Noose te ha cargado el mochuelo. Looney ha dicho que no tenías otra opción, que Noose te sustituiría más adelante. Cosas así. Todavía no ha habido críticas. ¿Estás preocupado por eso?

—Claro. Conozco bien a esos hombres. Ozzie y yo siempre hemos sido amigos. No es agradable saber que les has tocado las pelotas a los polis.

—Habla bien. Yo creo que no están enfadados, pero tienes que venir mañana por la mañana para ver cómo reaccionan.

—Es lo que había pensado hacer.

Dell se quedó callada y miró a su alrededor, hacia la cafetería vacía. Después se acercó un poco más a Jake.

—A ver, pero ¿por qué le disparó el chico? Porque le disparó, ¿no?

—De eso no hay duda, Dell. No permitiré que interroguen

al chico, pero tampoco lo necesitan. Su hermana le dijo a Moss Junior que el chaval había disparado a Stuart. Como imaginarás, no tengo mucho de lo que tirar.

—¿Cuál es el móvil, entonces?

—No lo sé, no estoy tan metido en el caso. Noose me ha pedido que le agarre la mano al muchacho durante el primer mes hasta que encuentre a otro. Si llegan a juicio, puede que encuentren un motivo, o puede que no.

—¿Vas a ir al funeral?

—¿Al funeral? No me he enterado.

—El sábado por la tarde, en el cuartel de la guardia nacional. Acabo de enterarme.

—Dudo que me inviten. ¿Tú irás?

Dell se echó a reír.

—Pues claro, dime un solo funeral que me haya perdido, Jake.

No pudo decirle ninguno. Dell era famosa por asistir a dos funerales por semana, a veces incluso tres, y hacer un resumen completo de todos ellos mientras servía el desayuno. Jake llevaba años oyendo historias de ataúdes abiertos, ataúdes cerrados, sermones largos, viudas sollozantes, hijos abandonados, riñas familiares, preciosa música sacra y recitales de órgano desastrosos.

—Estoy seguro de que será todo un espectáculo, hace décadas que no enterramos a un agente de policía —comentó Jake.

—¿Quieres que te cuente una cosa? —preguntó Dell mientras volvía a mirar a su alrededor.

—Claro.

—Bueno, por ahí dicen que a su gente le está costando encontrar un predicador. No van a la iglesia, nunca han ido, y todos los pastores a los que han rechazado a lo largo de los años les están diciendo que no. No se lo reprocho. ¿Quién querría subirse al púlpito y pronunciar los habituales cumplidos acerca de un hombre que jamás quiso poner los pies en una iglesia?

—Entonces ¿quién va a oficiarlo?

—No lo sé. Creo que siguen buscando hasta debajo de las piedras. Ven mañana por la mañana y a lo mejor ya sabemos algo.

—Aquí estaré.

La mesa que ocupaba el centro del despacho de Lucien en la planta baja estaba cubierta de gruesos manuales legales, libretas y papeles desechados, como si los dos amagos de jurista llevaran días enfrascados en la investigación. Ambos querían ser abogados, y Portia iba bien encaminada. La época dorada de Lucien había quedado muy atrás, pero a veces la ley seguía pareciéndole fascinante.

Jake entró en el despacho, admiró el caos y acercó otra silla desparejada.

—A ver, contadme vuestras nuevas y brillantes estrategias legales, por favor.

—No encontramos ninguna —respondió Lucien—. Estamos jodidos.

—Hemos repasado todos los casos del tribunal de menores de los últimos cuarenta años y la ley no hace ni una sola concesión —añadió Portia—. Cuando un chaval, cualquier persona menor de dieciocho años, comete un asesinato, una violación o un robo a mano armada, la jurisdicción original la tiene la Audiencia Territorial, no la de menores.

—¿Y si esa persona tiene ocho años? —preguntó Jake.

—No suelen violar mucho —masculló Lucien casi para sí.

—En 1952, un niño de once años del condado de Tishomingo disparó y mató a un chico más mayor que vivía en su misma calle —explicó Portia—. Lo dejaron en la Audiencia Territorial y lo sometieron a juicio. Lo condenaron y lo enviaron a Parchman. ¿No te parece increíble? Un año más tarde, los del Supremo de Mississippi dijeron que era demasiado pequeño y lo mandaron al tribunal de menores. Entonces intervino la asamblea legislativa y dijo que la edad mágica es de trece para arriba.

—Da igual —dijo Jake—. Drew no se acerca ni de lejos a esa edad, al menos en años. Yo situaría su madurez emocional en torno a los trece, pero no soy un experto.

—¿Has encontrado ya psiquiatra? —preguntó Portia.

—Sigo buscando.

—¿Y qué pretendes con eso? —quiso saber Lucien—. Aunque el psiquiatra diga que el chico está oficialmente como una regadera, Noose no trasladará el caso, ya lo sabes. Y no sería yo quien se lo echara en cara. Hay un poli muerto y tienen al asesino. Si el caso fuera al tribunal de menores, declararían culpable al muchacho y lo meterían en un centro de menores ¡dos años! Y luego, el día que cumpla los dieciocho, el tribunal de menores pierde la jurisdicción sobre él y ¿a que no sabéis qué pasa?

—Que queda en libertad —respondió Portia.

—Que queda en libertad —repitió Jake.

—Así que no se le puede echar en cara a Noose que se quede con el caso.

—No pretendo alegar enajenación mental, Lucien, al menos de momento. Pero este chico está sufriendo y necesita ayuda profesional. No come, no se ducha, apenas habla y puede pasarse horas sentado con la vista clavada en el suelo y haciendo ruiditos, como si estuviera muriéndose por dentro. La verdad, creo que tienen que trasladarlo al hospital del estado y medicarlo.

El teléfono empezó a sonar y lo miraron fijamente.

—¿Dónde está Bev? —preguntó Jake.

—Se ha marchado. Son casi las cinco —respondió Portia.

—Ha ido a comprar más tabaco —dijo Lucien.

Portia levantó el auricular despacio y respondió en un tono bastante formal.

—Bufete de abogados de Jake Brigance. —Sonrió, prestó atención durante unos instantes y preguntó—: ¿Y de parte de quién, por favor? —Un silencio breve. La joven cerró los ojos y se estrujó el cerebro—. ¿En referencia a qué caso? —Una sonrisa antes de seguir—. Lo siento, pero ahora mismo el señor Brigance está en el juzgado.

De acuerdo con las normas del bufete, Jake siempre estaba en el juzgado. Si quien llamaba era una persona desconocida, se llevaba la impresión de que el señor Brigance prácticamente vivía en el juzgado y de que conseguir una cita para una consulta en su despacho sería complicado y, lo más seguro, caro. No era algo inusual entre los profesionales aburridos y huraños de Clanton. Al otro lado de la plaza, un abogado sin ningún tipo de valía llamado F. Frank Mulveney le había ordenado a su secretaria a media jornada que fuera un paso más allá e informara con solemnidad a quienes llamaban de que el señor Mulveney estaba en el tribunal federal. F. Frank no se manchaba las manos con modestos trabajos estatales. Él jugaba en primera división.

Portia colgó y les informó:

—Un divorcio.

—Gracias. ¿Algún cascarrabias más hoy?

—No que yo sepa.

Lucien se quedó mirando su reloj de pulsera, como si esperara que saltara una alarma. Se puso de pie y anunció:

—Son las cinco, ¿quién quiere una copa?

Jake y Portia rechazaron la invitación con un gesto de la mano. En cuanto Lucien salió del despacho, la joven preguntó:

—¿Cuándo ha empezado a beber aquí?

—¿Cuándo ha dejado de beber aquí?

12

La única psicóloga infantil que trabajaba para el estado en el norte de Mississippi estaba demasiado ocupada para devolver llamadas. Jake dio por supuesto que eso significaba que, si a saber cómo conseguía pedirle que lo dejara todo y acudiera corriendo a la cárcel de Clanton, no se lo tomaría bien. No había ningún especialista privado de ese tipo en el condado de Ford ni en el resto de todo el vigesimosegundo distrito judicial, así que a Portia le costó dos horas de llamadas telefónicas encontrar al fin a uno en Oxford, a una hora de viaje hacia el oeste.

El miércoles por la mañana, Jake habló brevemente con él antes de que el hombre le dijera que podría evaluar a Drew al cabo de un par de semanas, pero en su consulta, no en la cárcel. No hacía visitas a domicilio. Tampoco las hacían los dos de Tupelo, aunque la segunda de ellas, una tal doctora Christina Rooker, se ablandó enseguida al reconocer la identidad del cliente potencial. Había leído lo del asesinato del agente de policía y sintió curiosidad por lo que Jake le contaba por teléfono. Este le describió las condiciones en que se encontraba Drew, su aspecto, su comportamiento y su estado casi catatónico. La doctora Rooker estuvo de acuerdo con que la situación era urgente y accedió a verlo al día siguiente, el jueves, en su consulta de Tupelo, no en la cárcel de Clanton.

Lowell Dyer se oponía a que Drew saliera de la cárcel fuera cual fuese el motivo, igual que Ozzie. El juez Noose estaba presidiendo audiencias petitorias en el juzgado del condado de Polk, en Smithfield. Jake condujo cuarenta y cinco minutos hacia el sur, entró en el juzgado y esperó hasta que unos abogados bastante prolijos terminaron de discutir y su señoría pudo tomarse unos minutos de descanso. En su despacho, Jake volvió a describir el estado de su cliente, explicó que la doctora Rooker consideraba que el asunto era urgente e insistió en que dejaran salir al chico de la cárcel para que lo examinaran. No planteaba ningún peligro para la seguridad ni había riesgo de huida. ¡Si apenas era capaz de alimentarse! Al final Jake convenció al juez de que proporcionarle al acusado ayuda médica inmediata iría en beneficio de los fines de la justicia.

—Y sus honorarios son de quinientos dólares —añadió cuando ya se dirigía hacia la puerta.

—¿Por una consulta de dos horas?

—Eso me ha dicho. Le he prometido que nosotros, que el estado, porque ahora ambos estamos a nómina del estado, ¿verdad?, se haría cargo del pago. Y eso me lleva al tema de mis honorarios.

—Lo comentaremos en otro momento, Jake. Hay abogados esperándome.

—Gracias, señoría. Llamaré a Lowell y a Ozzie; echarán sapos y culebras y seguro que vienen a llorarle.

—Forma parte de mi trabajo. No me preocupan.

—Le diré a Ozzie que quiere que lleve al chico a Tupelo. Le va a encantar.

—Tú mismo.

—Y voy a presentar una moción para trasladar el caso al tribunal de menores.

—Por favor, espera a que se formalice la acusación.

—De acuerdo.

—Y no pierdas mucho tiempo con la moción.

—¿Lo dice porque usted tampoco piensa perder mucho tiempo con ella?

—Exacto.

—Bueno, gracias por su sinceridad.

—No hay de qué.

A las ocho en punto de la mañana del jueves llevaron a Drew Gamble a una salita oscura, donde el guardia le dijo que había llegado el momento de darse una ducha. Había rechazado todas las peticiones anteriores y la necesidad de que se aseara era ya imperiosa. Le dieron una pastilla de jabón y una toalla y le dijeron que se diera prisa, porque en la cárcel las duchas tenían un límite de cinco minutos; también le avisaron de que el agua caliente, en caso de haberla, le duraría solo los dos primeros minutos. El chico cerró la puerta, se desnudó y le lanzó la ropa mugrienta al guardia para que la llevara a la lavandería. Cuando Drew terminó, le dieron el mono naranja más pequeño del que disponían y un par de chanclas de goma desgastadas, también de color naranja. Después lo llevaron de vuelta a su celda, donde rechazó un plato de huevos con beicon, aunque sí mordisqueó unos cacahuetes y se tomó un refresco. Como de costumbre, no habló con los guardias, ni siquiera cuando se dirigían a él. Al principio habían pensado que el prisionero tenía un serio problema de actitud, pero no tardaron en darse cuenta de que su nivel de funcionamiento mental era muy bajo. Uno le susurró al otro:

—A este le falta un hervor.

Jake llegó justo antes de las nueve con dos docenas de dónuts recién hechos que repartió por la cárcel con la intención de ganar puntos con viejos amigos que ahora lo consideraban su adversario. Cogieron unos cuantos, pero la mayoría pasaron. Dejó una caja en el mostrador de la entrada y entró en la zona de las celdas. Ya a solas con Drew, le ofreció un dónut a su cliente y, para su sorpresa, el chico se comió dos. El azúcar pareció aumentarle la energía y el muchacho preguntó:

—¿Pasa algo hoy?

—Sí, van a llevarte a Tupelo a ver a una doctora.

—No estoy enfermo, ¿no?

—Dejaremos que eso lo decida ella. Te hará muchas preguntas sobre ti y sobre tu familia, sobre dónde has vivido y todas esas cosas, y tienes que decirle la verdad y contestar lo mejor que puedas.

—¿Es una loquera o algo así?

El uso de la palabra «loquera» pilló a Jake desprevenido.

—Es una psiquiatra.

—Vaya, una psiquiatra. Ya he conocido a un par.

—¿En serio? ¿Dónde?

—Una vez que me metieron en la cárcel, en un centro de menores, tenía que ver a un loquero una vez a la semana. Era una pérdida de tiempo.

—Pero si te he preguntado dos veces si habías estado alguna vez en el juzgado de menores y me has dicho que no.

—No recuerdo que me lo hayas preguntado. Perdona.

—¿Por qué te metieron en el centro de menores?

Drew le dio otro mordisco a un dónut y meditó la pregunta.

—Y tú eres mi abogado, ¿no?

—Este es el quinto día consecutivo que vengo a la cárcel a hablar contigo. Solo tu abogado haría algo así, ¿no crees?

—Tengo muchas ganas de ver a mi madre.

Jake respiró hondo y se dijo que debía ser paciente, algo que repetía en cada visita.

—A tu madre la operaron ayer, le reconstruyeron la mandíbula y se está recuperando. De momento no puedes verla, pero estoy seguro de que pronto la dejarán venir a visitarte.

—Pensé que estaba muerta.

—Lo sé, Drew. —Jake oyó voces en el pasillo y consultó su reloj de muñeca—. Las cosas van a ir así: el sheriff te llevará en coche a Tupelo; irás sentado en el asiento de atrás, seguramente solo, y no debes intercambiar ni una sola palabra con nadie que vaya en el coche. ¿Entendido?

—¿Tú no vienes?

—Os seguiré con mi coche y estaré presente cuando conozcas a la médica. Pero no les digas nada al sheriff ni a sus hombres, ¿vale?

—¿Ellos me hablarán?

—Lo dudo.

Se abrió la puerta y Ozzie irrumpió en la celda con Moss Junior pisándole los talones. Jake se puso de pie y pronunció un brusco:

—Buenos días, señores.

Ellos se limitaron a asentir con la cabeza. Moss Junior abrió las esposas que llevaba en el cinturón.

—De pie, por favor —le ordenó a Drew.

—¿Tiene que llevar esposas? No se va a ir a ninguna parte —protestó Jake.

—Sabemos hacer nuestro trabajo, Jake, igual que tú sabes hacer el tuyo —le espetó Ozzie con arrogancia.

—¿Por qué no puede llevar ropa de calle? Oye, Ozzie, va a someterse a una evaluación psiquiátrica, y presentarse allí con un mono naranja no va a ayudar mucho.

—Para ya, Jake.

—No pienso parar. Llamaré al juez Noose.

—Hazlo.

—No tiene ropa de recambio —intervino el guardia—. Solo tiene una muda y está en la lavandería.

Jake miró al guardia.

—¿No dejáis que los críos tengan más ropa? —preguntó.

—No es un crío —cortó Ozzie—. Si las cosas no han cambiado, su caso está en la Audiencia Territorial.

—Han quemado toda su ropa —dijo Moss Junior para terminar de empeorar las cosas—. Y también la de su madre y la de su hermana.

Drew se estremeció e inhaló una gran bocanada de aire.

Jake miró al chico y después a Moss Junior.

—¿De verdad crees que era necesario?

—Has pedido más ropa. Yo no la tengo.

—Vámonos —ordenó Ozzie.

Todo departamento tenía filtraciones, algo que Ozzie había aprendido por experiencia. Lo último que quería era una fotografía suya en portada tratando de sacar al acusado de asesinato a hurtadillas de la cárcel para llevarlo a visitar a una psiquiatra. Su coche lo esperaba detrás de la cárcel, donde Looney y Swayze montaban guardia, listos para disparar contra cualquier periodista que vieran. La salida fue bien, y mientras Jake aceleraba en su Saab para no perderlos de vista, apenas divisaba la coronilla rubia de Drew en el asiento trasero.

La consulta de la doctora Rooker era uno de los doce despachos de un edificio de oficinas no muy lejos del centro de Tupelo. Tal como le habían indicado, Ozzie giró hacia una vía de servicio situada en la parte de atrás del edificio, donde lo esperaban dos coches patrulla del departamento del sheriff del condado de Lee. Aparcó, descendió del vehículo dejando a Moss Junior en el asiento del pasajero para vigilar al acusado y entró con los agentes locales para inspeccionar las instalaciones. Jake se quedó en su coche, cerca del de Ozzie, y esperó. ¿Qué otra cosa podía hacer? De camino hacia allá había llamado a Portia, que había llamado al hospital para preguntar por Josie Gamble. No había conseguido información y estaba esperando a que una enfermera le devolviera la llamada.

Pasó media hora. Moss Junior salió del coche y se encendió un cigarrillo, y Jake se acercó a charlar con él. Le echó un vistazo al asiento de atrás y vio a Drew tumbado con las rodillas pegadas al pecho.

Jake lo señaló con la cabeza y preguntó:

—¿Ha dicho algo?

—Ni una palabra, nada; tampoco es que nosotros lo haya mos animado. Esa criatura está fatal, Jake.

—¿Por qué lo dices?

—¿Has oído ese ruido que hace? Se queda ahí inmóvil, con los ojos cerrados, y es como que zumba y gruñe a la vez, como si estuviera en otro mundo.

—Lo he oído.

Moss expulsó una nube de humo en dirección al cielo y cambió el peso del cuerpo del pie derecho al izquierdo.

—¿Puede librarse porque está loco, Jake?

—O sea que eso es lo que se comenta por ahí, ¿no?

—Pues claro. La gente piensa que conseguirás que se libre diciendo que está loco, como hiciste con Carl Lee.

—Bueno, la gente habla por hablar, ¿no crees, Moss?

—Eso es verdad, sí. Pero no está bien, Jake. —Carraspeó y escupió junto al parachoques, asqueado—. La gente se va a cabrear, y no me gusta que tú cargues con la culpa.

—Esto es temporal, Moss. Noose me ha prometido que encontrará a otro si el caso llega a ir a juicio.

—¿Y va a ir a juicio?

—No lo sé. Estoy haciendo de suplente hasta que se formalice la acusación y se anote algo en un calendario. Luego me retiraré.

—Me alegro. Puede que las cosas se pongan feas antes de que esto acabe.

—Ya se han puesto feas.

Ozzie volvió con los otros agentes. Se dirigió a Moss Junior, que abrió la portezuela trasera del coche, y le pidió a Drew que saliera. Lo escoltaron enseguida al interior del edificio y Jake los siguió.

La doctora Rooker estaba esperando en una pequeña sala de reuniones, donde se presentó a Jake. Habían hablado varias veces por teléfono, así que la presentación fue breve. Era alta y delgada, tenía el pelo de un rojo intenso que probablemente no fuera natural y llevaba unas llamativas gafas de muchos colores apoyadas sobre la punta de la nariz. Rondaba los cincuenta, era mayor que cualquiera de los hombres presentes y no se sentía en absoluto intimidada por ninguno de ellos. Aquella era su consulta, ella dirigía la función.

Una vez que Ozzie consideró que el acusado estaba seguro, se excusó y dijo que Moss Junior y él los esperarían en el pasillo. Resultaba obvio que a la doctora Rooker no le gustaba la idea de que hubiera hombres armados en su pacífica consulta, pero, dadas las circunstancias, aceptó. No todos los días hablaba con un hombre, o un chico, acusado de asesinato en primer grado.

Drew parecía aún más pequeño con aquel mono enorme. Las chanclas de goma eran varios números por encima del suyo y le quedaban ridículas. Casi llegaban al suelo cuando Drew se sentó con las manos entrelazadas sobre el regazo, la barbilla hacia abajo y la mirada clavada en el suelo, demasiado asustado para reconocer la presencia de quienes lo rodeaban.

—Drew —empezó Jake—, esta es la doctora Rooker, está aquí para ayudarte.

Haciendo un esfuerzo, el chico la saludó con un gesto de la cabeza y después volvió a mirar al suelo.

—Yo solo me quedaré un momento —continuó Jake—, después me marcharé. Voy a pedirte que la escuches con mucha atención y que respondas a sus preguntas. Está de nuestro lado, Drew. ¿Me has entendido?

El chico asintió y, despacio, levantó la vista hacia la pared, por encima de la cabeza de Jake, como si hubiera oído algo allí que no le gustara. Emitió un quejido lento y lúgubre, pero no dijo nada. Por aterrador que fuera, Jake quería que Drew retomara su zumbido incesante. La doctora Rooker tenía que oírlo y evaluarlo, si es que era posible.

—¿Cuántos años tienes, Drew? —le preguntó.

—Dieciséis.

—¿Y cuándo es tu cumpleaños?

—El 10 de febrero.

—O sea que fue el mes pasado. ¿Hiciste una fiesta?

—No.

—¿Comiste tarta?

—No.

—¿Tus amigos del instituto sabían que era tu cumpleaños?

—No creo.

—¿Cómo se llama tu madre?

—Josie.

—Y tienes una hermana, ¿verdad?

—Sí, Kiera.

—¿No tienes más familia?

Negó con la cabeza.

—¿Ni abuelos, tías, tíos o primos?

Siguió negando con la cabeza.

—¿Y tu padre?

De repente los ojos se le llenaron de lágrimas y se los enjugó con la manga naranja.

—No lo conozco.

—¿Lo has visto alguna vez?

Negó con la cabeza.

La mujer calculó que medía poco más de metro y medio y pesaba unos cuarenta y cinco kilos. No había desarrollo muscular visible. Tenía la voz aguda, suave, aún infantil. No tenía vello facial ni acné, nada que indicara que había llegado a la etapa media de la pubertad.

El chico volvió a cerrar los ojos y empezó a balancearse ligeramente, inclinándose primero hacia delante desde la cintura y luego hacia atrás.

La doctora Rooker le tocó la rodilla y le preguntó:

—Drew, ¿tienes miedo de algo ahora mismo?

Él empezó a emitir ese zumbido regular que a veces parecía más bien un gruñido suave. Lo escucharon durante unos segundos, intercambiaron una mirada y entonces la psiquiatra preguntó:

—Drew, ¿por qué haces ese ruido?

La única respuesta fue más de lo mismo. La mujer apartó la mano, le echó un vistazo a su reloj y se relajó, como si fuera para largo. Pasó un minuto, y luego otro. Al cabo de cinco, le hizo un gesto con la cabeza a Jake y este salió en silencio de la sala.

El hospital no estaba lejos. Jake encontró a la señorita Gamble en una habitación doble del segundo piso compartida con lo que parecía ser un cadáver, pero que en realidad resultó ser un anciano de noventa y seis años que acababa de recibir un riñón nuevo. ¿A los noventa y seis años?

Kiera había pedido una camita plegable que había colocado junto a la de su madre. Llevaban allí dos noches y se marcharían por la tarde. Todavía estaba por decidir adónde irían.

Josie tenía un aspecto horrible, con la cara hinchada y magullada, pero estaba animada y aseguraba no tener dolores. La operación había ido bien, habían recuperado todos los huesos y le habían hecho la reconstrucción. No tenía que volver al médico hasta dentro de una semana.

Jake se sentó en una silla a los pies de la cama y les preguntó si querían hablar. ¿Qué otra cosa podían hacer hasta que les dieran el alta? Una simpática enfermera le llevó a Jake una taza de café de hospital y corrió la cortina para que el cadáver no los oyera. Hablaron en voz baja y el abogado les explicó dónde estaba Drew y lo que estaba sucediendo. Durante un instante, Josie albergó la esperanza de poder verlo, ya que estaba a la vuelta de la esquina, pero enseguida se dio cuenta de que ninguno de los dos estaba en condiciones de visitar al otro. El sheriff no lo permitiría y Drew volvería a la cárcel de inmediato.

—No sé cuánto tiempo seguiré siendo vuestro abogado. Como ya os comenté, el juez me ha asignado el caso de manera temporal para que me encargue de las cuestiones preliminares, pero su intención es encontrar a otra persona más adelante.

—¿Por qué no puedes ser tú nuestro abogado? —preguntó Josie.

Hablaba despacio y con dificultad, pero con la claridad suficiente como para mantener una conversación.

—De momento lo soy. Ya veremos qué ocurre más adelante.

Kiera, cuya timidez hacía que le costara mantener el contacto visual, intervino en ese momento.

—El señor Callison, que va a nuestra iglesia, me ha dicho que usted es el mejor abogado del condado, que tenemos suerte de contar con usted.

Jake no se esperaba que sus clientas fueran a acorralarlo de aquella manera, que lo obligaran a explicarles por qué no quería el caso. Desde luego, ni podía ni quería admitir que el caso de Drew era tan tóxico que temía por su propia reputación. Lo más probable era que él continuara viviendo en Clanton durante el resto de sus días, y pretendía ganarse la vida con comodidad. Los Gamble, por el contrario, seguramente se marcharían al cabo de unos meses. Pero ¿cómo explicarles algo así a dos personas encerradas en un hospital, sin casa, sin ropa, sin dinero y con la aterradora perspectiva de que su hijo y hermano se enfrentara a la pena de muerte? En aquel momento, Jake era su única protección. Los feligreses de la iglesia podían ofrecerles comida y consuelo, pero era algo temporal.

Intentó eludir la cuestión.

—Bueno, el señor Callison es muy amable, pero en esta zona hay muchos abogados competentes. Lo normal sería que el juez escogiera a alguien con experiencia en cuestiones de menores.

Jake se sintió culpable por mentir. No era una cuestión de menores y nunca lo sería, y en el norte de Mississippi apenas había un puñado de abogados con experiencia en juicios de asesinato en primer grado. Jake sabía más que de sobra que todos ellos pasarían los siguientes días huyendo de sus respectivos teléfonos. En una ciudad pequeña nadie quería el caso de un poli muerto. Harry Rex tenía razón. Aquel caso ya se había convertido en un lastre y no haría sino empeorar.

Armado con una libreta amarilla, Jake consiguió desviar la conversación del tema de su representación y dirigirla hacia la historia de la familia. Sin preguntar por el pasado de Josie, indagó sobre sus otros domicilios, otras casas, otras ciudades. ¿Cómo terminaron en la zona rural del condado de Ford? ¿Dónde vivían antes? ¿Y antes de eso?

Kiera a veces recordaba detalles, pero en otras ocasiones desconectaba y parecía perder el interés. Tan pronto se mostraba atenta como asustada y retraída. Era una chica guapa, alta para su edad, con los ojos castaño oscuro y el pelo largo y moreno. No se parecía en nada a su hermano, y nadie habría adivinado que tenía dos años menos que él.

Cuanto más indagaba, más convencido estaba Jake de que

a la chica también la habían traumatizado. Quizá no hubiera sido Stuart Kofer, sino otras personas a quienes se les hubiera presentado la oportunidad a lo largo de los años. Había vivido con parientes, en dos casas de acogida, en un orfanato, en una caravana, debajo de un paso elevado, en un albergue para personas sin hogar. Cuanto más escarbaba, más triste se volvía la historia de la familia. Una hora más tarde Jake ya había tenido suficiente.

Se despidió prometiéndoles que iría a ver cómo estaba Drew y que volvería a reunirse con ellas lo antes posible.

13

Los jueves a la hora de comer implicaban una visita rápida a la cafetería del colegio, donde invitaban a los padres a coger una bandeja y, por dos dólares, comer filetes de pollo a la parrilla o espaguetis con albóndigas. No era la comida preferida de Jake, pero eso no le importaba si podía sentarse a comer con Hanna y varias de sus amigas de cuarto. A medida que iban pasando las semanas y que las niñas crecían, Jake constataba consternado que cada vez dedicaban más tiempo a hablar de chicos. Estaba dándole vueltas a varias maneras de poner fin a la situación, pero hasta el momento no se le había ocurrido nada. Carla solía pasarse a charlar un momento con ellos, pero sus alumnos de sexto tenían un horario distinto.

La madre de Mandy Baker, Helen, iba de vez en cuando. Jake conocía a la familia, aunque nunca habían tenido una relación estrecha. Se sentaron el uno frente al otro en los taburetes bajos y, divertidos, escucharon mientras las chicas intentaban hablar todas a la vez. Al cabo de unos instantes, las niñas se olvidaron de que sus padres estaban allí y aumentaron el volumen de la charla. Cuando se abstrajeron del todo, Helen dijo:

—¿No te parece increíble lo de Stuart Kofer?

—Una tragedia —contestó Jake mientras masticaba el pollo.

La familia del marido de Helen era propietaria de una cadena de gasolineras de autoservicio y se rumoreaba que les iba muy bien. Vivían en el club de campo, y Jake evitaba a la mayor parte de esa gente. Se daban aires de superioridad y les gustaba mirar a los demás por encima del hombro; él no tenía paciencia para esas cosas.

Helen iba a comer una vez al mes, y Jake supuso que había elegido aquel día para decir lo que estaba a punto de decir. Por eso, cuando lo dijo, Jake estaba preparado. Se inclinó un poco hacia él y lo soltó:

—Me cuesta creer que seas capaz de representar a un asesino así, Jake. Creía que eras uno de los nuestros.

Bueno, quizá Jake solo creía que estaba preparado. El «uno de los nuestros» lo pilló desprevenido y enseguida lo llevó a pensar en varias réplicas hirientes y bruscas que no harían sino empeorar la situación. Las dejó pasar y, en lugar de eso, contestó:

—Necesita un abogado, Helen. No puedes mandar al chico a la cámara de gas si no tiene abogado. No me cabe duda de que lo entiendes.

—Ya, supongo. Pero hay muchos abogados por aquí, ¿por qué has tenido que meterte tú?

—¿A quién elegirías tú, Helen?

—Ah, no sé. ¿Qué tal a alguno de los de la ACLU de Memphis, o incluso de Jackson? Ya sabes, uno de esos que son verdaderas hermanitas de la caridad. No puedo ni imaginarme lo que tiene que ser ganarse así la vida, representando a asesinos, violadores de niños y demás.

—¿Sueles leerte la Constitución muy a menudo? —le preguntó con más brusquedad de la que había pretendido.

—Vamos, Jake, no me vengas con esas historias legales.

—No, Helen; la Constitución, según la interpreta el Tribunal Supremo, dice que una persona acusada de un delito grave debe tener un abogado. Y esa es la ley vigente.

—Supongo. Es solo que no entiendo por qué has tenido que meterte.

Jake se mordió la lengua para evitar recordarle que ni ella, ni su marido ni ningún otro miembro de su familia había recurrido jamás a sus servicios legales. Entonces, ¿por qué ahora le preocupaba tanto su carrera profesional?

163

No era más que una cotilla que ahora podría presumir ante sus amigas de que se había encontrado con Jake Brigance y lo había increpado en público por defender a un asesino tan despreciable. Haría circular la historia, sin duda; se pasaría un mes repitiéndola durante el almuerzo y se ganaría la admiración de sus amigas.

Por suerte, Carla apareció en ese momento y se acomodó en la silla infantil contigua a la de Jake. Saludó a Helen afectuosamente y le preguntó si su tía Euna iba recuperándose de su caída. El tema del asesinato quedó relegado al olvido en cuanto la conversación derivó hacia el inminente concurso de talentos de los de cuarto.

Con las mandíbulas unidas por alambres, a Josie le resultaba imposible masticar la comida, así que el último alimento que tomó en el hospital consistió en otro batido de chocolate bebido con pajita. Después de tomárselo, le pidieron que se sentara en una silla de ruedas. Una vez acomodada en ella la empujaron hacia el exterior de la habitación y pasillo abajo. Al cabo de unos instantes, Kiera y ella, junto con dos celadores, salieron por la puerta principal del edificio y se subieron al coche de la señora Carol Huff, que se había ofrecido voluntaria para llevarlas porque tenía un Pontiac de cinco puertas. El pastor Charles McGarry y su esposa, Meg, también estaban allí y siguieron a la señora Huff en su cochecito de importación mientras salía de Tupelo en dirección al condado de Ford.

La Iglesia Bíblica del Buen Pastor tenía un santuario angosto, bonito y atemporal. Años después de su construcción, una de las numerosas congregaciones añadió un ala de dos pisos en la parte trasera, un anexo muy poco atractivo con aulas para la catequesis en el piso de arriba y un pequeño salón parroquial y una reducida cocina en la planta baja, al lado del despacho donde el pastor McGarry preparaba sus sermones y aconsejaba a su rebaño. El predicador había decidido que la iglesia ofrecería el uso de una de las aulas a Kiera y a Josie a modo de apartamento para salir del paso, con acceso al cuarto de baño y la cocina de la planta baja. Los diáconos y él se habían reunido en tres ocasiones desde el lunes, en sesiones extraordinarias, para intentar encontrarle a la familia un sitio donde vivir, y un aula en la parte trasera de la iglesia era lo mejor que podían ofrecer. Un feligrés era propietario de una casa que quizá quedara libre al cabo de más o menos un mes, pero ese feligrés dependía de los ingresos de ese alquiler. Un granjero tenía un cobertizo/casa de invitados, pero necesitaba algunas reparaciones. Alguien ofreció una caravana, pero McGarry la rechazó. Hacía poco que Josie y los niños habían sobrevivido un año en una de esas.

La iglesia no contaba con feligreses acaudalados, de esos que son propietarios de varias casas. La congregación estaba formada por jubilados, pequeños granjeros y trabajadores de clase media a los que les iba lo bastante bien para ir tirando. Aparte de amor y comida caliente, tenían poco que ofrecer.

Josie y Kiera no tenían ningún otro sitio al que ir ni familia a la que recurrir. Marcharse de la zona quedaba descartado debido a Drew y sus problemas. Josie no tenía cuenta corriente y llevaba varios años sobreviviendo con muy poco dinero. Kofer le exigía doscientos dólares mensuales en concepto de alquiler y comida, y ella siempre había ido con retraso en los pagos. El acuerdo original se había basado en mucho sexo y compañía a cambio de comida y alojamiento, pero las relaciones íntimas no habían durado mucho tiempo. Josie no tenía tarjetas de crédito ni historial crediticio. Su último sueldo del lavadero de coches ascendía a cincuenta y un dólares, y una tienda de alimentación le debía otros cuarenta. No estaba segura de cómo cobrarlos, ni siquiera de si seguía disponiendo de un empleo allí, aunque prefería ponerse en lo peor. Había perdido con toda seguridad dos de sus tres empleos a jornada parcial, y el médico le había dicho que no podría trabajar durante al menos dos semanas. Tenía parientes en el sur de Mississippi y en Luisiana, pero hacía años que ni siquiera le cogían el teléfono.

Charles les enseñó sus nuevas dependencias. La atmósfera estaba cargada, olía a madera recién cortada y a pintura reciente. Habían instalado unas estanterías encima de las literas y una televisión portátil descansaba en un estante inferior. Había una alfombra en el suelo y un ventilador en la ventana. El armario estaba lleno de ropa de segunda mano: camisas, pantalones, vaqueros, blusas y dos chaquetas que la iglesia había recolectado, limpiado y planchado. Había una nevera pequeña, ya provista de agua fresca y zumos de frutas. En una cajonera barata encontraron ropa interior nueva, calcetines, camisetas y pijamas.

Abajo, en la cocina, la señora Huff les mostró el frigorífico grande, atestado de comida y botellas de agua y té, todo a su disposición. Les enseñó dónde estaban la cafetera y los filtros. Charles le dio a Josie una llave de la puerta trasera y las invitó a ambas a sentirse como en casa. Los diáconos habían decidido que dos o tres hombres harían guardia por las noches para asegurarse de que estaban a salvo. Las mujeres habían montado un calendario de comidas para la semana siguiente. Una profesora jubilada, la señora Golden, se había ofrecido voluntaria para darle clases a Kiera varias horas al día en la iglesia hasta que se pusiera el día y hasta que tomaran la decisión —no se sabía muy bien quién— de que volviera al instituto. La mitad de los diáconos consideraba que tenía que regresar al instituto de Clanton. La otra mitad creía que eso sería demasiado traumático y que debía recibir clases en la iglesia. A Josie todavía no le habían preguntado su opinión.

La señora Golden se sirvió de sus contactos en el instituto para conseguir un lote extra de libros de texto para Kiera. Los anteriores o los había quemado Earl Kofer, según él mismo aseguraba, o seguían en la casa y no podían recuperarse. Necesitaban unos nuevos. Kiera estaba en el segundo año de instituto, un curso por debajo del que le correspondería, y aun así tenía dificultades para seguir el ritmo de sus compañeros. Sus profesores la consideraban una chica inteligente, pero había perdido demasiados días de clase debido al caos de su familia y a su pasado inestable.

Drew estaba en su tercer año de instituto, con dos cursos de retraso, y no parecía mejorar mucho. Detestaba ser el más mayor de su clase y a menudo se negaba a revelar su verdadera edad. No era consciente de la suerte que tenía de no haber llegado aún a la pubertad y no aparentar más edad que el resto de los chicos. La señora Golden había hablado con el director del instituto acerca del dilema académico de Drew. Estaba claro que el chico no podía recibir clases en la cárcel y el instituto no tenía profesores particulares en nómina. Cualquier intento de intervenir requeriría una orden judicial. Decidieron dejar que fueran los abogados quienes se preocuparan por ello. La señora Golden se percató de la reticencia del director a hacer cualquier cosa que pudiera servir de ayuda al acusado.

Al salir de la iglesia, Charles y Meg prometieron recoger a Kiera y a Josie al día siguiente a las nueve de la mañana para llevarlas a la ciudad. Tenían que recuperar su coche y estaban desesperadas por ver a Drew.

Josie y Kiera dieron profusamente las gracias a todo el mundo y se despidieron. Se acercaron a una mesa de pícnic situada junto al cementerio y se sentaron. Una vez más, su diminuta familia estaba separada y a un paso de convertirse en sintecho. Si no fuera por la bondad de los demás, estarían pasando hambre y durmiendo en el coche.

Sentado a su escritorio, Jake miraba una pila de papeles rosas con los recados telefónicos que Portia y Bev habían apuntado aquella mañana. Hasta el momento, esa semana había dedicado unas dieciocho horas a trabajar en la representación de Drew Gamble. Rara vez cobraba por horas, porque sus clientes eran personas trabajadoras y acusados sin recursos que no podían pagarle, con independencia de a cuánto ascendiera la factura, pero él, como la mayoría de los abogados, había aprendido lo importante que era contabilizar su tiempo.

No mucho después de que Jake empezara a trabajar para Lucien, un abogado del otro lado de la plaza, un tipo simpático llamado Mack Stafford, representó a un adolescente que había resultado herido en un accidente de coche. El caso no era complicado y Mack no se molestó en ir anotando sus horas, ya que su contrato le proporcionaba unos honorarios de contingencia de un tercio de la indemnización. La compañía de seguros accedió a un acuerdo por el que pagaría ciento veinte mil dólares, así que Mack estaba convencido de que se llevaría unos honorarios de cuarenta mil dólares, una rareza no solo en el condado de Ford, sino en cualquier lugar del sur rural. Sin embargo, como el cliente era menor, el acuerdo tenía que ser ratificado por el tribunal de equidad. El juez Reuben Atlee le pidió a Mack en audiencia pública que justificara unos honorarios tan generosos por un caso bastante sencillo. Mack no disponía de un registro de sus horas y fracasó estrepitosamente al intentar convencer al juez de que se merecía ese dinero. Regatearon durante un rato y, al final, Atlee le dio una semana a Mack para que reconstruyera y presentara su plantilla horaria. Sin embargo, para entonces ya desconfiaba del abogado. Mack aseguró que cobraba a sus clientes cien dólares por hora y que había invertido cuatrocientas horas en el caso. Ambas cifras estaban infladas. Atlee las dividió por la mitad y le concedió a Mack veinte mil dólares. Este se puso tan furioso que apeló al Tribunal Supremo del estado y perdió por nueve a cero, porque el tribunal llevaba décadas decretando que los jueces de equidad en activo poseían discrecionalidad absoluta en casi todo. Al final, Mack cogió el dinero y no volvió a dirigirle la palabra al juez Atlee jamás.

Cinco años más tarde, quizá en el acto más legendario de mala praxis delictiva y ética llevado a cabo por un miembro del Colegio de Abogados de la zona, Mack robó medio millón de dólares a cuatro de sus clientes y huyó de la ciudad. Por lo que Jake tenía entendido, nadie, ni siquiera la exmujer de Mack ni sus dos hijas, había vuelto a saber nada de él. En los días verdaderamente horribles, Jake, al igual que muchos otros abogados de la ciudad, soñaba con ser Mack y estar tostándose al sol en alguna playa con una bebida fresquita al lado.

En cualquier caso, los abogados de la zona aprendieron bien la lección y la mayor parte de ellos contabilizaba bien sus horas. Jake había trabajado más de mil en la demanda de Smallwood a lo largo de los catorce meses transcurridos desde que Harry Rex se había agenciado el caso y se había asociado con él. Eso suponía casi la mitad de su jornada y esperaba recibir una buena compensación por ello. El caso de Drew, por el contrario, seguramente consumiría grandes cantidades de tiempo y apenas generaría honorarios. Otra razón para desembarazarse de él.

El teléfono volvió a sonar y Jake esperó a que alguien contestara. Eran casi las cinco de la tarde y durante un instante se planteó bajar a tomarse una copa con Lucien, pero lo dejó pasar. Carla no veía con buenos ojos el consumo de alcohol, sobre todo los días laborables. Así que sus pensamientos se desviaron del alcohol de alta graduación para volver a Mack Stafford bebiendo cócteles con ron e inspeccionando bikinis, alejado de los clientes quejicas y los jueces cascarrabias, y, bueno, vuelta otra vez a lo mismo.

Portia le habló a través de intercomunicador:

—Hola, Jake. Es la doctora Rooker, de Tupelo.

—Gracias. —Dejó las notas de los recados telefónicos sobre la mesa y levantó el auricular—. Hola, doctora Rooker. Gracias una vez más por haber recibido hoy a Drew.

—Es mi trabajo, señor Brigance. ¿Tiene algún fax cerca?

—Más o menos, sí.

—Bien, voy a enviarle la carta que le he escrito al juez Noose y varias copias para usted. Échele un vistazo y, si le parece bien, se la enviaré al juez de inmediato.

—Parece urgente.

—Lo es, en mi opinión.

Jake bajó las escaleras a toda prisa y encontró a Portia de pie junto al fax. La carta decía:

Estimado juez Noose:

A petición del señor Jake Brigance, esta tarde he recibido y examinado a Drew Allen Gamble, de dieciséis años de edad. Lo han trasladado a mi consulta de Tupelo esposado y vestido con lo que parecía ser el mono naranja reglamentario que se proporciona a los reclusos en la cárcel del condado de Ford. En otras palabras, no iba vestido de forma adecuada y, por tanto, no era la situación ideal para iniciar una consulta. Todo lo que advertí a su llegada me hizo pensar que están tratando al chico como a un adulto y dando por supuesto que es culpable.

Observé a un adolescente muy bajo para su edad, que podría pasar sin problema por un niño varios años menor. No lo examiné físicamente, y tampoco se esperaba que lo hiciera, pero no detecté síntomas de la tercera o la cuarta etapa del desarrollo puberal.

Observé lo siguiente, todo lo cual es muy inusual para un chico de dieciséis años: (1) crecimiento escaso y ausencia de desarrollo muscular; (2) ausencia de vello facial; (3) ausencia de acné; (4) voz infantil sin rastro de profundidad.

Durante la primera de nuestras dos horas de visita, Drew se mostró poco dispuesto a colaborar y apenas habló. El señor Brigance me había dado cierta información acerca del pasado del chico y, sirviéndome de ella, al fin pude entablar con él una conversación que solo puede describirse como intermitente y dificultosa. Drew era incapaz de comprender incluso los conceptos más sencillos, como el de estar recluido en la cárcel y no poder marcharse cuando quiera. Afirma que a veces recuerda los acontecimientos y en otras ocasiones olvida esos mismos sucesos. Me ha preguntado al menos tres veces si es verdad que Stuart Kofer está muerto, pero no le he contestado. Se puso irritable y en dos ocasiones me dijo, no me pidió, que cerrara el pico. No se mostró agresivo ni enfadado, y se ha echado a llorar varias veces cuando no sabía contestar a una pregunta. En dos ocasiones ha comentado que le gustaría morirse y ha reconocido que piensa a menudo en el suicidio.

He descubierto que Drew y su hermana han sufrido abandono, maltrato físico y maltrato psicológico, y se han visto sometidos a violencia doméstica. No puedo decir, porque no lo sé, quiénes son todos los responsables de esto. Drew no se ha mostrado tan comunicativo. Tengo firmes sospechas de que ha habido mucho maltrato y de que Drew, y lo más probable es que también su hermana, ha sufrido a manos de diferentes personas.

La pérdida repentina y/o violenta de un ser querido puede provocar estrés traumático en los niños. El señor Kofer había maltratado a Drew y a su hermana. Ambos creían, con buenos motivos para ello, que este había matado a su madre y que estaba a punto de volver a hacerles daño a ellos. Esto es más que suficiente para provocar estrés traumático.

En los niños, el trauma puede generar diversas reacciones, entre ellas grandes oscilaciones en los sentimientos, episodios depresivos, ansiedad, miedo, incapacidad para comer o dormir, pesadillas, rendimiento académico bajo y muchos otros problemas que detallaré en mi informe completo.

Si no recibe tratamiento, Drew continuará sufriendo regresiones y los daños podrían volverse permanentes. El último lugar en el que le conviene estar ahora mismo es en una cárcel para adultos.

Recomiendo encarecidamente que Drew sea trasladado de inmediato al hospital psiquiátrico de Whitfield, donde hay instalaciones seguras para menores, para ser sometido a un examen exhaustivo y un tratamiento a largo plazo.

Concluiré mi informe y se lo enviaré por fax mañana por la mañana.

Atentamente,

Doctora Christina A. Rooker
Tupelo, Mississippi

Una hora más tarde, Jake seguía sentado a su escritorio, haciendo caso omiso del teléfono y con ganas de marcharse a casa. Portia, Lucien y Bev ya se habían ido. Oyó el conocido traqueteo del fax en el piso de abajo y, tras echarle un vistazo al reloj, se preguntó quién estaría todavía trabajando a las seis y cinco de la tarde de un jueves. Cogió su chaqueta y su maletín, apagó la luz y bajó a comprobar el fax. Era una sola hoja de papel con un encabezado oficial: «Audiencia Territorial del Condado de Ford, Mississippi». Justo debajo aparecía la designación del caso: «Estado de Mississippi contra Drew Allen Gamble». No había número de expediente porque no se había producido ninguna comparecencia oficial por parte del acusado ni se había formalizado la acusación. Alguien, quizá el propio juez Noose, había mecanografiado: «Por la presente, el tribunal ordena al sheriff del condado de Ford que traslade al arriba mencionado acusado al hospital psiquiátrico del estado con la mayor premura posible, a poder ser el viernes 30 de marzo de 1990, y allí encomendarle su persona al señor Rupert Easley, jefe de seguridad, hasta nueva orden de este tribunal. Así lo ordena y firma, juez Omar Noose».

Jake sonrió ante aquella noticia y dejó la orden sobre el escritorio de Portia. Había cumplido con su trabajo y protegido los intereses de su cliente. Casi alcanzaba a oír los chismorreos del juzgado, los murmullos de las cafeterías, las imprecaciones de los agentes de policía...

Y se dijo que ya le daba igual.

14

Hacía un tiempo perfecto para un funeral, aunque el marco dejaba algo que desear. El sábado, último día de marzo, el cielo estaba oscuro y amenazador y el viento era frío y cortante. Una semana antes, el último día de su vida, Stuart Kofer había ido al lago a pescar con unos amigos durante una tarde cálida y hermosa. Se pusieron camiseta y pantalones cortos y bebieron cerveza fría al sol, como si el verano hubiera llegado antes de tiempo. Pero las cosas habían cambiado mucho y ahora, el día de su entierro, un viento crudo azotaba la tierra y aumentaba la pesadumbre.

La celebración iba a ser en el cuartel de la guardia nacional, un insulso y aséptico edificio con forma de bloque de estilo años cincuenta diseñado para reunir a las tropas y celebrar acontecimientos comunitarios, pero no funerales. Tenía un aforo de trescientas personas, y la familia esperaba una asistencia numerosa. Aunque no eran practicantes, los Kofer vivían en aquel condado desde hacía un siglo y conocían a mucha gente. Stu era un agente de policía querido, tenía amigos, conocidos y compañeros con familia. Todos los funerales estaban abiertos al público y las muertes trágicas siempre atraían a los curiosos que tenían poco más que hacer y querían estar cerca del meollo. A la una de la tarde, una hora antes del funeral, llegó la primera furgoneta de un medio de comunicación, a la que pidieron que aparcara en una zona reservada. Había agentes de uniforme por todas partes, esperando a la multitud, a la prensa, la pompa y la ceremonia. La puerta principal del cuartel de la guardia nacional se abrió y el aparcamiento comenzó a llenarse. Llegó otro vehículo de una televisión y empezó a grabar. Permitieron que varios periodistas con cámara se congregaran cerca del mástil de la bandera.

Dentro, trescientas sillas alquiladas se habían colocado con gran esmero en forma de media luna en torno a un escenario y un púlpito provisionales. La pared de detrás estaba cubierta de decenas de arreglos florales y había más bordeando el resto de las paredes. Una enorme foto en color de Stuart Kofer descansaba sobre un trípode en un lateral. A la una y media, el salón de actos estaba casi lleno y varias mujeres habían comenzado ya a llorar. En lugar de los himnos decentes que preferían los verdaderos cristianos, alguien de la familia había seleccionado una lista de reproducción de canciones tristes interpretadas por un cantante de country, y sus berridos apenados se repetían a través de un par de altavoces baratos. Por suerte, el volumen no estaba muy alto, pero sí lo suficiente para contribuir a ensombrecer la atmósfera.

El público comenzó a entrar y las sillas no tardaron en ocuparse. Se pidió a los asistentes sin asiento que se quedaran de pie junto a las paredes. A las dos menos cuarto ya no cabía ni un alfiler, y se avisó a los que todavía intentaban entrar de que el funeral se retransmitiría en el exterior por medio de un sistema de altavoces.

La familia se reunió en una pequeña salita lateral para esperar al coche de la funeraria Megargel, la última empresa funeraria para blancos que quedaba en el condado de Ford. Había dos para negros, a los que enterraban en sus propios cementerios. A los blancos los enterraban en otros. A pesar de que corría el año 1990, los camposantos continuaban radicalmente segregados. Nadie había terminado descansando en el lugar equivocado.

Como se trataba de un funeral importante, con muchos asistentes y la posible presencia de cámaras de televisión, el señor Megargel había recurrido a sus amigos del gremio y había pedido prestados varios vehículos de mejor calidad. Cuando aparcó su elegante coche fúnebre negro en el acceso posterior del cuartel, había seis sedanes negros idénticos tras él. De momento estaban vacíos y aparcados en una hilera perfecta detrás del edificio. El señor Megargel bajó de su vehículo, seguido por su escuadrón de hombres vestidos con trajes sombríos, y empezó a organizar las cosas. Abrió la puerta trasera del coche fúnebre y llamó a los ocho portadores del féretro para que se acercaran. Despacio, sacaron el ataúd y lo colocaron sobre unas andas envueltas en terciopelo. La familia salió de la salita y se colocó junto a los portadores. Con Megargel al frente, el sucinto desfile dio la vuelta al edificio y se encaminó hacia la entrada delantera, donde los esperaba un impresionante batallón de hombres uniformados.

Ozzie se había pasado toda la semana al teléfono y sus peticiones habían sido atendidas con creces. Las tropas de una decena de condados, junto con las de la policía estatal y agentes municipales de varias ciudades, se colocaron en formación al paso del ataúd. Las cámaras disparaban y sus clics se oían por encima del silencio.

Harry Rex se encontraba entre el público del exterior. Más tarde le describiría la escena a Jake diciendo: «Joder, cualquiera habría pensado que a Kofer lo mataron en acto de servicio, luchando contra el crimen como un auténtico policía, en lugar de estando tan borracho que perdió el conocimiento después de pegarle una paliza a su novia».

El gentío abrió paso cuando los portadores del féretro entraron al cuartel por la puerta principal y cruzaron el pequeño vestíbulo. Cuando llegaron al pasillo central, el pastor se acercó al púlpito y pidió a voz en grito a los presentes que se pusieran en pie. La multitud se levantó con gran estruendo, pero volvió a sumirse en un silencio sepulcral mientras el féretro avanzaba por el pasillo con Earl y Janet Kofer caminando al compás. Los seguían alrededor de cuarenta miembros de la familia.

Se habían pasado una semana discutiendo acerca de la

cuestión del ataúd cerrado. No era extraño que el féretro se abriera durante el funeral para que los seres queridos, amigos y demás asistentes pudieran entrever un perfil del fallecido. Así se lograba que la situación fuera mucho más dramática y se maximizaba la pena, que era sin duda el objetivo, aunque nadie lo reconocería jamás. Los predicadores rurales preferían los ataúdes abiertos, porque facilitaban la exaltación de las emociones y hacían que los presentes se preocuparan más por sus pecados y su propia muerte. Era habitual incorporar unos cuantos comentarios dirigidos al difunto, como si este se fuera a levantar y gritar: «¡Arrepentíos!».

Earl había perdido a sus padres y un hermano, y los tres funerales habían sido «abiertos», a pesar de que los pastores que los habían oficiado apenas los conocían. Pero Janet Kofer sabía que el servicio ya sería absolutamente devastador sin necesidad de ver a su hijo muerto. Al final impuso su criterio y el ataúd permaneció cerrado.

Cuando el féretro llegó al lugar que le correspondía, desdoblaron una enorme bandera de Estados Unidos y lo cubrieron con ella. Más tarde, Harry Rex le diría a Jake: «Al muy capullo lo expulsaron del ejército, pero se comportaban como si lo estuvieran despidiendo con todos los honores».

Una vez que la familia se acomodó en las primeras filas, reservadas con unos postes de control de acceso unidos por cuerdas de terciopelo con las iniciales de Megargel, el predicador hizo un gesto para que los asistentes se sentaran y señaló con la cabeza a un tipo con una guitarra. El hombre llevaba un traje de color borgoña y sombrero negro de vaquero con las botas a juego. Se acercó a un micrófono de pie, rasgueó unas cuantas cuerdas y esperó a que todo el mundo se sentara. Cuando volvió el silencio, comenzó a cantar la primera estrofa de *The Old Rugged Cross*. Tenía una agradable voz de barítono y era hábil con la guitarra. Hacía tiempo había tocado con Cecil Kofer en un grupo de música folk, pero no había llegado a conocer a su difunto hermano.

Era poco probable que Stuart Kofer hubiera escuchado

alguna vez aquel clásico del góspel. Casi ninguno de sus apenados familiares lo conocía, pero era apropiado para una ocasión tan triste y cumplía con el propósito de intensificar las emociones. Cuando terminó la tercera estrofa, hizo un breve gesto se asentimiento con la cabeza y volvió a su sitio.

La familia había conocido al pastor dos días antes. Una de sus tareas más complicadas a lo largo de aquella terrible semana había sido dar con un hombre de Dios dispuesto a presidir el funeral de un completo desconocido. Había varios predicadores rurales que habían intentado acercarse a los Kofer a lo largo de los años, pero todos se habían negado a oficiar el funeral. Como grupo, les repelía la hipocresía de participar en la celebración de una familia que no quería relacionarse con ninguna iglesia. Al final, un primo había sobornado con trescientos dólares a un predicador pentecostal laico sin trabajo para que fuera el hombre del momento. Se llamaba Hubert Wyfong y era de Smithfield, en el sur del condado de Polk. El reverendo Wyfong necesitaba el dinero, pero también vio la oportunidad de actuar delante de una gran multitud. A lo mejor conseguía impresionar a alguien que supiera de una iglesia que estuviera buscando a un predicador a media jornada.

Pronunció una oración larga y florida y después le hizo un gesto a una preciosa adolescente que se acercó al micrófono con una Biblia y leyó el salmo 23.

Ozzie, sentado junto a su esposa, escuchaba y se asombraba de la diferencia que existía entre los funerales blancos y los negros. Sus hombres y él, acompañados de sus respectivas esposas, se habían sentado juntos en las tres hileras de sillas situadas a la izquierda de la familia, todos vestidos con su mejor uniforme, con las botas bien pulidas y las insignias relucientes. Las filas posteriores a las suyas estaban ocupadas por agentes del norte de Mississippi, todos hombres blancos.

Contando a Willie Hastings, Scooter Gifford, Elton Frye, Parnell Johnson y al propio Ozzie, además de a sus esposas, había exactamente diez personas negras entre los asistentes.

Y Ozzie sabía muy bien que solo eran bienvenidas por el puesto que ostentaba.

Wyfong pronunció otra oración, más breve, y se sentó cuando el sobrino de doce años de Stuart Kofer se acercó con nerviosismo al micrófono con una hoja de papel en la mano. Ajustó la altura del micrófono, miró a la multitud con expresión asustada y empezó a recitar un poema que había escrito acerca de ir a pescar con su tío favorito, el «tío Stu».

Ozzie lo escuchó un momento, pero enseguida se distrajo. El día anterior había llevado a Drew al hospital psiquiátrico de Whitfield, a tres horas al sur, y lo había entregado a las autoridades correspondientes. Cuando volvió a su despacho, la noticia ya se había propagado por todo el condado. El chico ya estaba fuera de la cárcel y fingía estar loco. Jake Brigance les estaba tomando el pelo otra vez, como había hecho cinco años antes al convencer al jurado de que Carl Lee Hailey estaba temporalmente enajenado. Hailey mató a dos hombres a sangre fría, en el juzgado, para más inri, y quedó libre. Libre como el viento. El viernes a media tarde, Earl Kofer se presentó en la cárcel y se encaró con Ozzie, que le enseñó una copia de la orden judicial firmada por el juez Noose. Kofer se marchó, blasfemando y jurando vengarse.

En aquel momento la multitud estaba llorando una muerte trágica, pero muchos de los que estaban sentados a su alrededor hervían de rabia.

El joven poeta tenía cierto talento y consiguió arrancar una carcajada. Su estribillo era: «Pero no con el tío Stu. Pero no con el tío Stu». Cuando al fin terminó, perdió la compostura y se alejó hecho un mar de lágrimas, algo que resultó contagioso, y más gente empezó a sollozar.

Wyfong se puso en pie con su Biblia y comenzó el sermón. Leyó del Libro de los Salmos y habló de las palabras consoladoras de Dios en un momento como la muerte. Ozzie escuchó con atención un momento antes de volver a distraerse. Había llamado a Jake a primera hora de la mañana para informarle de las últimas noticias sobre el funeral y avisarle de que los Kofer y sus amigos estaban cabreados. Jake le dijo que ya había hablado con Harry Rex, que le había llamado el viernes por la noche y le había dicho que los chismorreos estaban descontrolados.

Ozzie solo admitía ante sí mismo y ante su esposa que el chaval no estaba nada bien. Durante el largo trayecto hasta Whitfield no les había dicho ni una sola palabra ni a él ni a Moss Junior. Al principio habían intentado entablar una conversación informal con él, pero el chico no dijo nada. No los ignoraba para faltarles al respeto. Era sencillamente que no le llegaban las palabras. Con las manos esposadas delante del cuerpo, Drew pudo tumbarse y llevarse las rodillas al pecho. Y empezó con aquel puñetero zumbido. Se pasó más de dos horas zumbando, gruñendo, y a veces parecía que siseara. «¿Va todo bien ahí atrás?», le había preguntado Moss Junior cuando subió el volumen. El muchacho bajó el tono, pero no contestó. Cuando regresaban a Clanton sin el chaval, Moss Junior pensó que sería divertido imitarlo y se puso a hacer ruiditos. Ozzie le dijo que o paraba o se daba la vuelta y lo dejaba a él también en Whitfield. Se rieron un rato, que falta les hacía.

La única petición que Earl Kofer le había hecho al predicador era que no se enrollara mucho. Y Wyfong cumplió con un sermón de quince minutos que escaseó a todas luces en emoción y abundó en consuelo. Terminó con otra oración y después volvió a hacerle una señal al cantante para que interpretara un último tema. Fue una canción secular acerca de un vaquero solitario, y funcionó. Las mujeres empezaron a llorar otra vez y llegó el momento de marcharse. Los portadores del féretro ocuparon sus puestos en torno al ataúd y *You'll Never Walk Alone* empezó a sonar con suavidad por los altavoces. La familia siguió al féretro por el pasillo, con Earl sujetando a Janet con firmeza mientras la mujer sollozaba. La procesión avanzaba despacio y alguien subió el volumen de la música.

Fuera, dos filas de hombres de uniforme bordeaban el trayecto hasta el coche fúnebre, que esperaba con la puerta trasera abierta. Los portadores levantaron el ataúd y lo introdujeron con cuidado en el vehículo. Megargel y sus hombres indicaron a la familia que se dirigiera a los otros sedanes. Se formó un desfile tras ellos y, cuando todo el mundo hubo ocupado su sitio, el coche fúnebre empezó a alejarse, seguido por la familia. Detrás avanzaban hileras de agentes de policía a pie, con el contingente del condado de Ford a la cabeza. Todos los demás amigos, parientes y extraños que querían llegar caminando hasta el cementerio se situaron a continuación. La procesión se apartó despacio del cuartel y bajó por Wilson Street, donde se habían colocado vallas tras las que los niños observaban en silencio. Los vecinos de la ciudad se congregaban en las aceras, miraban desde los porches y presentaban sus respetos al héroe caído.

Jake odiaba los funerales y los evitaba siempre que le era posible. Los consideraba una gran pérdida de tiempo, dinero y, sobre todo, emociones. No se ganaba nada asistiendo a un funeral, solo la satisfacción de presentarse y de que la familia afectada te viera. ¿Y qué ventaja tenía eso? Después de que le dispararan durante el juicio de Hailey, había preparado un testamento nuevo y había dejado escritas instrucciones para que lo cremaran lo antes posible y lo enterraran en su ciudad natal, Karaway, con la única presencia de su familia. Era una idea drástica para el condado de Ford y a Carla no le gustaba. Ella disfrutaba bastante de la parte social de un buen funeral.

El sábado por la tarde salió de su despacho, cruzó la ciudad con el coche y lo aparcó en el estacionamiento de un centro recreativo municipal. Recorrió un sendero campestre, subió una pequeña colina y enfiló una pista de grava que llevaba hasta un claro. Allí se sentó en una mesa de pícnic con vistas al cementerio. Oculto entre los árboles, vio que el coche fúnebre se detenía en un mar de lápidas envejecidas. El gentío se abrió paso hasta una carpa funeraria morada con el logo de Megargel bordado en letras amarillo chillón. Los portadores del féretro cargaron con él durante al menos cien metros, seguidos de la familia.

Aquella situación le recordó a Jake una conocida historia de un abogado de Jackson que les robó el dinero a varios clientes, fingió su propia muerte y presenció su funeral sentado en un árbol. Cuando lo cogieron y lo arrastraron de vuelta a Jackson, se negó a dirigirles la palabra a los amigos que no habían asistido a su funeral y su entierro.

¿Hasta qué punto estaba enfadada aquella multitud? En aquel momento, el sentimiento prevalente era una pena intensa, pero ¿daría paso enseguida al resentimiento?

Harry Rex, que al parecer había decidido saltarse la parte del enterramiento, estaba convencido de que Jake había fastidiado por completo sus posibilidades en el caso Smallwood. Jake acababa de convertirse en el abogado más odiado del condado, y seguro que la empresa ferroviaria y su aseguradora se retiraban de cualquier posible negociación de un acuerdo. ¿Y si tenían que seleccionar un jurado? Estaba claro que en cualquier grupo de jurados potenciales habría gente que sabría que Jake representaba a Drew Gamble.

Jake estaba demasiado lejos para escuchar la música o lo que se decía en el entierro. Al cabo de unos minutos se marchó y volvió caminando al coche.

A media tarde, familia y amigos se reunieron en el enorme edificio de metal que albergaba el Cuerpo de Bomberos Voluntarios de Pine Grove. Ninguna despedida que se preciara estaba completa sin una gran comilona, y las mujeres de la comunidad habían llevado fuentes de pollo frito, cuencos de ensalada de patata y de col, bandejas de bocadillos y mazorcas de maíz, todo tipo de guisos, y pasteles y tartas. La familia Kofer se quedó de pie en un extremo de la sala, formando una fila para dar la bienvenida a la gente, y sufrió los prolongados pésames de sus amigos. Al pastor Wyfong le dieron las gracias y la enhorabuena por el magnífico funeral y el joven sobrino recibió palabras cariñosas en relación con su poema. El vaquero se llevó la guitarra y cantó unas cuantas canciones mientras la gente se llenaba el plato y comía en mesas y sillas plegables.

Earl salió fuera a fumar y se juntó con unos cuantos amigos cerca de un camión de bomberos. Un hombre sacó un litro de whisky y lo hizo circular entre el grupo. La mitad lo rechazó y la otra mitad bebió un trago. Earl y Cecil pasaron.

—Ese mierda no podrá alegar que está loco, ¿verdad? —dijo un primo.

—Ya lo ha hecho —contestó Earl—. Se lo llevaron ayer a Whitfield. Con Ozzie al volante.

—No le quedó más remedio, ¿no?

—No me fio de él.

—Esta vez Ozzie está de nuestra parte.

—Me han dicho que fue el juez quien ordenó que se llevaran al chico.

—Sí —confirmó Earl—, vi la orden judicial.

—Puñeteros jueces y abogados.

—Esto no está bien, ya te lo digo yo.

—Un abogado me ha dicho que lo tendrán encerrado hasta que cumpla los dieciocho y que después lo soltarán.

—Pues que lo suelten. Ya nos encargaremos nosotros de él.

—Brigance no es de fiar.

—¿Lo juzgarán, al menos?

—No si está loco. Eso es lo que me ha dicho el abogado.

—El sistema es una mierda, ya sabes. No está bien.

—¿Puede hablar alguien con Brigance?

—Claro que no. Luchará con todas sus fuerzas por el chaval.

—Es lo que hacen los abogados. Hoy en día el sistema está diseñado para proteger a los delincuentes.

—Brigance lo sacará con uno de esos tecnicismos de los que has oído hablar.

—Si viera a ese hijo de puta en la calle, le patearía el culo.

—Lo único que quiero es justicia —aseguró Earl—, pero no la vamos a conseguir. Brigance alegará locura y el chico saldrá libre, igual que Carl Lee Hailey.

—Eso no está bien, te lo digo yo. Simplemente no está bien.

15

Lowell Dyer veía venir un montón de futuros problemas en el condado de Ford. El domingo por la tarde recibió tres llamadas en su casa, todas de desconocidos que aseguraban que votaban por él, y escuchó sus quejas acerca de lo que estaba ocurriendo en el caso Gamble. Tras la tercera, desconectó el teléfono. El número de su despacho aparecía en todos los directorios del vigesimosegundo distrito judicial y, evidentemente, se pasó todo el fin de semana sonando. Cuando su secretaria lo comprobó el lunes por la mañana, vio que había más de veinte llamadas y que el buzón estaba lleno. Un fin de semana normal había unas cinco o seis llamadas, aunque no era extraño que no hubiera ninguna.

Mientras se tomaban un café, la secretaria, Lowell y el ayudante del fiscal del distrito, D. R. Musgrove, escucharon los mensajes. Algunas de las personas que llamaban daban su nombre y su dirección postal; otros se mostraban tímidos y parecían creer que estaban haciendo algo mal llamando al fiscal del distrito. Unos cuantos fanáticos recurrían a las blasfemias, no facilitaban su nombre y daban a entender que si el sistema judicial continuaba yéndose a pique tal vez tuvieran que solucionarlo ellos mismos.

Pero era unánime: el chico estaba fuera de la cárcel y fingía estar loco, y su puñetero abogado estaba volviendo a tomarles el pelo. Por favor, señor Dyer, haga algo, ¡haga su trabajo!

Lowell nunca había tenido un caso que atrajera tanto interés, así que se puso manos a la obra. Llamó al juez Noose, que estaba en casa «leyendo informes», lo que siempre aseguraba hacer cuando no estaba en los juzgados, y convinieron en que sería una buena idea convocar una reunión extraordinaria del gran jurado para abordar el caso. Como fiscal del distrito, Lowell controlaba hasta el último aspecto de «su» gran jurado y no necesitaba la aprobación de nadie para convocar una sesión. Sin embargo, dada la naturaleza sensacionalista del caso Gamble, quería mantener informado al juez de la sala. Durante su breve conversación, Noose dijo algo acerca de un «fin de semana largo» en su casa, y Lowell sospechó que su teléfono tampoco había parado de sonar.

Le pareció que estaba inseguro, incluso preocupado, y cuando llegó el momento de dar la conversación por finalizada Noose la prolongó diciendo:

—A ver, Lowell, hablemos un momento extraoficialmente y con calma.

Se hizo un silencio, como si le correspondiera a Lowell decir algo.

—Claro, juez.

—Me está costando muchísimo encontrar otro abogado que defienda a ese chico. Nadie del distrito quiere el caso. Peter Habbeshaw, de Oxford, tiene tres casos de pena capital entre manos en estos momentos y no puede hacerse cargo de otro. Rudy Thomas, de Tupelo, está con quimioterapia. He hablado incluso con Joe Frank Jones, de Jackson, y se ha negado rotundamente. No puedo obligar a alguien de fuera de mi jurisdicción a aceptar el caso, como ya sabes, así que lo único que podía hacer era recurrir a esos nombres, y no he conseguido nada. ¿Se te ocurre algo? Conoces bien a nuestros abogados.

En efecto, Lowell los conocía bien y no habría contratado a ninguno de ellos aunque se estuviera jugando el cuello. Había unos cuantos buenos letrados en el distrito, pero la mayoría de ellos evitaban los juicios, sobre todo los que implicaban a un delincuente sin recursos. Para ganar algo de tiempo, Lowell contestó:

—No sé, juez. ¿Quién se encargó del último caso de pena capital del distrito?

El último caso de ese tipo en el vigesimosegundo había tenido lugar tres años antes en el condado de Milburn, y más en concreto en la ciudad de Temple. El fiscal había sido Rufus Buckley, que todavía estaba escocido por su crucial derrota en el caso de Carl Lee Hailey. Había conseguido un veredicto favorable sin mucha dificultad porque los hechos habían sido horribles: un drogadicto de veinte años había matado a sus abuelos por ochenta y cinco dólares para comprar más crack. Ahora estaba en el corredor de la muerte de Parchman. Noose había presidido el juicio y la labor del abogado local que él mismo había metido en el caso no lo había impresionado.

—No nos servirá —respondió—. Ese chico, como se llame, Gordy Wilson, no era muy bueno, y tengo entendido que prácticamente ha cerrado el chiringuito. ¿A quién contratarías tú si te enfrentaras a esos cargos? ¿A qué abogado del vigesimosegundo distrito?

Por razones egoístas y obvias, Lowell quería a un pelele sentado a la mesa de la defensa, pero sabía que era algo improbable y poco inteligente. Un abogado defensor débil o incompetente no haría más que fastidiar el caso y darle mucho trabajo a los tribunales de apelación a lo largo de la década siguiente.

—Lo más probable es que optara por Jake.

—Igual que yo —dijo Noose sin dudarlo ni un segundo—. Pero será mejor que no le contemos esta conversación.

—Desde luego

Lowell se llevaba bien con Jake y no quería roces con él. Si Jake llegaba a enterarse de alguna forma de que el fiscal del distrito y el juez se habían confabulado para mantenerlo vinculado al caso, se lo tomaría muy mal.

A continuación, Lowell llamó a Jake y lo encontró en su despacho. El propósito de la llamada no era comunicarle la noticia de que le tocaba cargar con Gamble hasta el final, sino algo más profesional.

—Jake —empezó—, solo llamaba para decirte que mañana por la tarde convocaré al gran jurado en el juzgado.

Él se alegró, pensó que era un buen detalle.

—Gracias —contestó—, estoy seguro de que será una reunión breve. ¿Te importa si asisto?

—Sabes que no es posible, Jake.

—Era una broma. ¿Te importa darme un telefonazo cuando se anuncie la acusación?

—Te llamaré.

El detective jefe de Ozzie era, en aquellos momentos, su único investigador, aunque en realidad tampoco buscaba a otro. Se llamaba Kirk Rady, todo un veterano del departamento y un agente muy respetado. Ozzie era capaz de investigar los hechos mejor que la mayor parte de los sheriffs y, junto con Rady, se encargaba de todos los delitos graves del condado.

A las cuatro en punto del lunes por la tarde, ambos entraron en el bufete de Jake y saludaron a Portia en el mostrador de recepción. Ella se mostró tan profesional como siempre y les pidió que esperaran un momento.

Aunque en esos momentos batallaba contra Jake, Ozzie se sintió orgulloso de ver a una joven negra, inteligente y ambiciosa trabajando en uno de los bufetes de la plaza. Conocía a Portia y a su familia y sabía que su intención era convertirse en la primera abogada negra del condado, y con Jake como mentor y sostén lo conseguiría con toda certeza.

Portia volvió y les hizo un gesto para que se acercaran a una puerta del pasillo. Cuando entraron, la sala ya estaba ocupada. Jake les dio la bienvenida estrechándoles la mano y luego presentó al sheriff y a Rady a Josie y Kiera Gamble y a su pastor, Charles McGarry. Estos ocupaban un lado de la mesa, y Jake ofreció a los policías un par de asientos en el otro lado. Portia cerró la puerta y se sentó junto a Kiera, frente a Ozzie. A juzgar por las libretas abiertas, las tazas de café y las botellas de agua a medio beber, los bolígrafos desperdigados y la corbata aflojada de Jake, resultaba bastante evidente que el abogado ya llevaba un rato con las testigos.

Ozzie no había vuelto a ver a Josie desde su rápida visita al hospital el día posterior al asesinato, hacía una semana. Jake le había contado que la operación había ido bien y que se recuperaba según lo previsto. Todavía tenía el ojo izquierdo hinchado, negro azulado, y la mandíbula izquierda inflamada. Tenía dos apósitos visibles. La mujer intentó sonreír y ser educada, pero no lo consiguió.

Tras una breve charla incómoda, Jake apretó un botón de la grabadora colocada en el centro de la mesa y preguntó:

—¿Te importa si lo grabo?

Ozzie se encogió de hombros.

—Es tu bufete.

—Cierto, pero es tu interrogatorio. No sé si soléis grabar estas cosas habitualmente.

—A veces sí y a veces no —dijo Rady como un idiota—. Por lo general no hablamos con los testigos en el despacho de un abogado.

—Fue Ozzie quien me llamó y me pidió que concertara esta entrevista —replicó Jake—. Podéis hacerla en otro sitio, si lo preferís.

—No pasa nada —zanjó el sheriff—. Puedes grabar lo que te venga en gana.

Jake habló en dirección a la grabadora, dijo la fecha, el lugar y el nombre de todos los presentes en la sala.

—Bueno —dijo Ozzie—, me gustaría saber qué papel desempeña aquí cada uno. Nosotros somos agentes de la ley investigando un delito. Ellas dos son testigos potenciales. Pastor McGarry, ¿cuál es su papel?

—Yo solo soy el chófer —respondió Charles con una sonrisa.

—Muy bien. —Ozzie miró a Jake y preguntó—: ¿Tiene que estar presente?

Esta vez fue Jake quien se encogió de hombros.

—Tú decides. No es mi interrogatorio, yo solo he gestionado el encuentro.

—Me sentiría mejor si se marchara.

—Ningún problema.

Charles sonrió y abandonó la sala.

—¿Y tú qué papel desempeñas aquí, Jake? Porque no representas a estas señoras, ¿verdad?

—Técnicamente, no. Me han designado para representar a Drew, no a la familia. Sin embargo, si damos por sentado que algún día se celebrará un juicio, Josie y Kiera serán testigos relevantes; puede que sean llamadas a declarar por la acusación, puede que por la defensa. Es posible que yo sea el abogado defensor. Su testimonio podría ser crucial. Por lo tanto, me interesa mucho lo que te digan.

Ozzie no era abogado y no tenía ninguna intención de ponerse a discutir sobre estrategias judiciales y procedimientos penales con Jake Brigance.

—¿Podemos interrogarlas sin ti?

—No. Ya les he aconsejado que no cooperen salvo que yo esté presente. Como ya sabes, no puedes obligarlas a hablar. Puedes citarlas para que suban al estrado en el juicio, pero ahora mismo no puedes obligarlas a hablar. Solo son testigos potenciales.

El tono de Jake era más agresivo; sus palabras, más cortantes. La tensión había aumentado de manera considerable.

Mientras tomaba notas, Portia pensó en las ganas que tenía de convertirse en abogada.

Todo el mundo respiró hondo. Ozzie esbozó su mejor sonrisa de político.

—De acuerdo —aceptó—, sigamos adelante.

Rady abrió su libreta y le dedicó a Josie una sonrisa tan empalagosa que a Jake le entraron ganas de darle un guantazo. Empezó diciendo:

—En primer lugar, señorita Gamble, me gustaría preguntarle si es capaz de hablar y, en caso de que la respuesta sea afirmativa, durante cuánto tiempo. Tengo entendido que la operaron hace solo unos días.

Josie asintió con nerviosismo.

—Gracias. Estoy bien —contestó—. Esta mañana me han quitado los puntos y los alambres, así que puedo hablar un poco.

—¿Le duele?

—No demasiado.

—¿Está tomando analgésicos?

—Solo ibuprofeno.

—De acuerdo. ¿Podemos empezar hablando de usted y de su vida anterior, de ese tipo de cosas?

Jake lo interrumpió de inmediato:

—Probemos lo siguiente: nosotros estamos trabajando en lo que esperamos que sea un bosquejo biográfico completo de la familia Gamble. Fechas y lugares de nacimiento, casas, direcciones, matrimonios, empleos, parientes, antecedentes criminales, lo bueno, lo malo, lo feo... Recuerdan algunas cosas, pero otras no están tan claras. Lo necesitamos para nuestra defensa y Portia se está encargando de ello, es prioritario. Cuando lo haya terminado, os daremos una copia. Sin ocultaros nada. Podréis leerla y, si entonces queréis volver a interrogar a estas testigos, lo hablamos. De esta manera hoy nos ahorraremos al menos una hora y no habrá lagunas. ¿Os parece bien?

Rady y Ozzie intercambiaron una mirada escéptica.

—Probaremos —aceptó el sheriff.

Rady pasó una página de su libreta y continuó:

—Bien, volvamos al sábado por la noche, el 24 de marzo, hace poco más de una semana. ¿Puede contarnos qué ocurrió? Cuéntenos su versión de aquella noche.

Josie bebió un poco de agua con una pajita y miró con nerviosismo a Jake, quien le había dado instrucciones estrictas acerca de qué incluir y qué dejar a un lado.

—Bueno, era tarde y Stu no estaba en casa —empezó.

Tal como le habían indicado, habló despacio y dando la sensación de forcejear con cada una de sus palabras. La hinchazón no ayudaba. Describió cómo era esperarlo, y esperarlo imaginando lo peor. Ella estaba en la planta baja. Los niños estaban en la de arriba, en su habitación, despiertos, esperando, asustados. Por fin, Stu llegó a casa alrededor de las dos, muy borracho y agresivo, como de costumbre, y discutieron. Él la golpeó y Josie se despertó en el hospital.

—Ha dicho «borracho como de costumbre». ¿Stu solía llegar borracho a casa?

—Sí, estaba descontrolado. Llevábamos alrededor de un año viviendo allí, y su alcoholismo era un verdadero problema.

—¿Sabe dónde había estado aquella noche?

—No, nunca me decía adónde iba.

—Pero usted sabía que iba a bares y sitios así, ¿no?

—Sí, claro. Incluso fui con él unas cuantas veces, al principio, pero dejé de acompañarlo porque se metía en peleas.

Rady se mostró cauteloso aquí porque en el departamento del sheriff seguían buscando los documentos. Josie había llamado a la centralita en dos ocasiones e informado de que Stuart Kofer la estaba maltratando físicamente. Pero cuando los agentes acudían se negaba a presentar cargos. Los informes se archivaron y después desaparecieron. Era probable que Jake terminara enterándose de ello, y Ozzie no esperaba con ansia las preguntas que suscitaría. Documentos perdidos, encubrimiento, el departamento del sheriff mirando hacia otro lado mientras uno de los suyos caía en una espiral de descontrol. Jake los destrozaría en la sala del tribunal.

—¿No se conocieron en un bar?

—Así es.

—¿En alguno de por aquí?

—No, fue en un club cerca de Holly Springs.

Rady se quedó callado y bregó con sus notas. Cualquier pregunta desacertada provocaría la ira de Jake.

—Entonces, ¿no recuerda el disparo?

—No.

Josie negó con la cabeza y clavó la mirada en la mesa.

—¿No oyó nada?

—No.

—¿Ha hablado con su hijo desde el momento del disparo?

La mujer respiró hondo y se esforzó por mantener la compostura.

—Hablamos por teléfono ayer por la noche, la primera vez. Está en Whitfield, pero seguro que eso ya lo saben. Me dijo que el sheriff lo había llevado el viernes.

—¿Cómo se encuentra, si no le importa que se lo pregunte?

Josie se encogió de hombros y apartó la mirada. Jake le echó una mano.

—Solo para que lo sepáis, he hablado con los terapeutas del hospital. Josie y Kiera irán a Whitfield mañana, las llevará el predicador, para ver a Drew y conocer a las personas que lo están tratando. Parece que es muy importante que los médicos hablen con la familia y conozcan los antecedentes.

Ozzie y Rady asintieron. El detective pasó otra página y repasó sus notas.

—¿Stu se llevó a Drew de caza alguna vez?

Josie hizo un gesto de negación.

—Se lo llevó una vez a pescar, pero no fue bien.

Un silencio prolongado. No iba a darles más detalles.

—¿Qué pasó? —preguntó Rady.

—Drew estaba usando una de las cañas de Stu y pescó un pez grande, pero el pez tenía mucha fuerza, tiró y le arrancó la caña de las manos. Se la llevó. Stu había estado bebiendo cerveza y se cabreó un montón, pegó a Drew y lo hizo llorar. Esa fue su única salida de pesca.

—¿Se lo llevó a cazar?

—No. Tienen que entender que, para empezar, Stu ni siquiera quería a mis hijos en la casa, y, cuanto más tiempo seguían en ella, más los detestaba. La situación estaba llegando poco a poco a un punto insostenible. Su alcoholismo, mis hijos, discusiones por el dinero... Los niños me pedían que nos marcháramos, pero no teníamos adonde ir.

—Que usted supiera, ¿Drew había disparado algún arma antes?

La mujer guardó silencio un instante para recuperar el aliento.

—Sí. Una vez Stu se lo llevó a la parte de atrás del cobertizo y dispararon contra varias dianas. No sé qué arma utilizaron. Stu tenía un montón, ya saben. No salió demasiado bien, porque a Drew le daban miedo las armas y no fue capaz de dar en ningún blanco, así que Stu se rio de él.

—Ha dicho que Stuart pegó a Drew. ¿Ocurrió en más de una ocasión?

Josie fulminó a Rady con la mirada y contestó:

—Señor, ocurría a todas horas. Nos pegaba a los tres.

Jake se inclinó hacia delante e intervino:

—Chicos, hoy no vamos a profundizar en el maltrato físico. Era muy frecuente y lo detallaremos todo en nuestro informe. Puede que sea un factor que debamos tener en cuenta en el juicio, o puede que no. Pero de momento nos lo vamos a saltar.

A Ozzie le pareció bien. Lo que se presentara a modo de prueba en el juicio era cosa del fiscal del distrito, no del sheriff. Pero pensó que iba a convertirse en un proceso muy feo.

—A ver, como es nuestra primera visita, vayamos directamente a los puntos clave y sigamos adelante —propuso—. Hemos establecido que usted, Josie, estaba inconsciente cuando se produjo el disparo. No conocíamos ese dato, y ahora ya sí, así que hemos avanzado algo. Le haremos unas cuantas preguntas a Kiera y con eso acabamos, ¿de acuerdo?

—Me parece bien —accedió Jake.

Rady esbozó otra sonrisa empalagosa y se dirigió a Kiera:

—Muy bien, señorita, ¿podría contarnos su versión? ¿Qué ocurrió aquella noche?

La historia de Kiera fue mucho más detallada, puesto que ella lo recordaba todo: el pavor de otro sábado por la noche, la espera hasta la madrugada, el destello de los faros del coche, el altercado en la cocina, los gritos, el ruido de la carne golpeando contra la carne, el horror de escuchar los pasos tambaleantes de las botas de Stu subiendo las escaleras, sus jadeos, sus palabras casi ininteligibles, su forma de llamarla como si estuviera de broma, el tope improvisado contra la puerta, el forcejeo con el picaporte, los golpes contra la puerta, más gritos, el miedo desbordante mientras los hermanos se aferraban el uno al otro...; luego, el silencio, el ruido de Stu alejándose escaleras abajo y, lo peor de todo, no saber nada de su madre. Sabían que la había matado. La casa permaneció en silencio durante una eternidad y con el transcurso de los minutos la certeza de que su madre estaba muerta aumentaba. De lo contrario, habría intentado protegerlos.

Kiera consiguió narrar la historia sin perder el ritmo mientras se enjugaba las lágrimas. Tenía pañuelos de papel en ambas manos y hablaba con emoción, pero no se le rompía la voz. Jake seguía sin tener la más mínima intención de acercarse siquiera al juicio de Drew Gamble, pero el abogado litigante que llevaba dentro no pudo evitar valorarla como testigo. Se quedó impresionado con su fortaleza, con su madurez y su determinación. A pesar de ser dos años menor que su hermano, parecía ir varios años por delante de él.

Pero la parte acerca de su madre muerta la ralentizó hasta el punto de necesitar agua. Bebió un trago de una botella, se secó las mejillas, le lanzó una mirada dura a Rady y prosiguió: la encontraron en el suelo de la cocina, inconsciente, sin pulso, y se habían echado a llorar. Al final, Drew llamó a la policía. Dio la sensación de que pasaban horas. Drew cerró la puerta de la habitación. Kiera oyó un disparo.

Rady preguntó:

—Entonces, ¿viste a Stu en la cama antes de que le dispararan?

—No.

Según Jake, las respuestas a las preguntas directas debían ser breves.

—¿Viste a Drew con un arma?

—No.

—¿Te dijo algo Drew después de que oyeras el disparo?

Jake intervino enseguida:

—No contestes a eso. Podría considerarse un testimonio de referencia y no admitirse en el juicio. Estoy seguro de que más adelante tendremos que pelearnos por esto, pero no ahora.

Ozzie ya había escuchado lo suficiente, tanto de las dos testigos como del abogado. Se levantó de golpe.

—No necesitamos nada más —dijo—. Gracias por dedicarnos este rato, señoras. Jake, nos mantendremos en contacto. O no. Seguro que no tardas en tener noticias del fiscal del distrito.

Jake se puso en pie mientras salían de la habitación. Se sentó en cuanto se marcharon y Portia cerró la puerta.

—¿Cómo hemos estado? —quiso saber Josie.

—Fantásticas.

16

Aquel día tan largo comenzó al amanecer, cuando la luz de los faros del coche de Charles McGarry se reflejó en la parte trasera de su pequeña iglesia rural. Las luces de la cocina estaban encendidas, así que supo que Josie y Kiera estaban despiertas y listas para marcharse. Las recogió junto a la puerta, intercambiaron un saludo breve, puesto que tenían horas para hablar en el coche, y cerraron la iglesia tras ellos. Kiera tuvo que encoger sus largas piernas para acomodarse en el asiento trasero del pequeño coche de los McGarry, y Josie se sentó delante, en el asiento del pasajero. Charles señaló el reloj digital del salpicadero.

—Las seis y cuarenta y seis. Recordad la hora, se supone que se tardan tres horas.

Su esposa tenía pensado ir con ellos, pero en realidad el coche era demasiado pequeño para que cuatro personas se sentaran codo con codo durante un trayecto largo. Y una abuela que había prometido hacerles de canguro se había puesto enferma.

—Meg envía unos hojaldres con salchicha, están en esa bolsa de ahí atrás —anunció el pastor.

—Voy a vomitar —dijo Kiera.

—No se encuentra bien —explicó Josie.

—Voy a vomitar, mamá —repitió la niña.

—¿En serio? —preguntó McGarry.

—Pare, deprisa.

Habían avanzado menos de medio kilómetro y casi veían la iglesia a sus espaldas. Charles pisó el frenó y se detuvo en el arcén. Josie ya estaba abriendo la puerta y sacando fuera a su hija. La muchacha vomitó en la cuneta y continuó con arcadas durante varios minutos mientras el pastor permanecía atento a los otros coches e intentaba no oírla. Kiera se echó a llorar, se disculpó con su madre y comentaron algo. Cuando volvieron al coche, ambas lloraban y nadie dijo nada durante mucho rato.

Al final, Josie dejó escapar una risa falsa y dijo:

—Siempre se ha mareado muchísimo en el coche. Nunca he visto nada igual. Esta niña es capaz de vomitar antes de que arranque el motor.

—¿Vas bien ahí atrás? —preguntó Charles, volviendo la cabeza por encima del hombro.

—Sí —murmuró Kiera.

Llevaba la cabeza echada hacia atrás, los ojos cerrados y los brazos cruzados sobre el estómago.

—¿Y si pongo música? —preguntó el pastor.

—Perfecto —respondió Josie.

—¿Te gusta el góspel?

«No mucho», pensó ella.

—¿Qué me dices, Kiera, te apetece escuchar música góspel?

—No.

Charles encendió la radio y sintonizó la emisora de country mientras salían de Clanton. Superaron los límites de la ciudad y enfilaron la carretera principal hacia el sur. A las siete empezaron las noticias; primero, el tiempo y después, una crónica acerca de que el fiscal del distrito, Lowell Dyer, había confirmado que el gran jurado del condado de Ford se reuniría aquel mismo día para trabajar en su lista de casos pendientes. Y, sí, tratarían el asesinato del agente Stuart Kofer. Charles estiró la mano y apagó la radio.

Kiera se mareó otra vez unos cuantos kilómetros al sur de Clanton, esta vez en una carretera congestionada por el tráfico matutino. Charles hizo girar el coche hacia un camino de grava, la chica bajó a toda prisa del vehículo y evitó el desastre por los pelos. Cuando volvió al coche, Josie dijo:

—A lo mejor es el olor de los hojaldres. ¿Podemos meterlos en el maletero?

A Charles le apetecía mucho comerse uno para desayunar, pero decidió no correr el riesgo. Se desabrochó el cinturón, cogió la bolsa del asiento de atrás, abrió el maletero y guardó el desayuno. Meg se había levantado a las cinco de la mañana para freír las salchichas y descongelar el hojaldre.

De nuevo en la carretera, Charles miraba por el retrovisor a cada minuto. Kiera estaba pálida y tenía la frente sudorosa. Mantenía los ojos cerrados e intentaba dormir.

Josie lo notó nervioso y se dio cuenta de que Charles estaba preocupado por su hija.

—Ayer por la noche hablamos con Drew —dijo para distraerlo—. Gracias por dejarnos utilizar el teléfono de la iglesia.

—No hay de qué. ¿Cómo está?

—No lo sé, es complicado. Está en un sitio más agradable, en una habitación pequeña con un compañero de celda que tiene diecisiete años y que de momento parece buen chico. Y Drew dice que la gente, los médicos, son majos y se preocupan por él de verdad. Han empezado a medicarlo con un antidepresivo y dice que se encuentra mejor. Ayer tuvo visita con dos médicos distintos y solo le hicieron un montón de preguntas generales.

—¿Sabes más o menos cuánto tiempo pasará allí?

—No. De momento no han comentado nada de eso. Pero él prefiere quedarse donde está a volver a la cárcel de Clanton. Jake dice que no hay manera de librarlo. Dice que ningún juez del condado fijaría una fianza en un caso como este.

—Estoy seguro de que Jake sabe de lo que habla.

—Nos gusta mucho cómo trabaja. ¿Lo conoces bien?

—No. Recuerda que soy nuevo por aquí, como vosotros. Me crie en el condado de Lee.

—Sí, es verdad. Debo confesar que es un consuelo que un

hombre como Jake sea nuestro abogado. ¿Se supone que tenemos que pagarle?

—No creo. ¿No le ha asignado el caso el tribunal?

Josie asintió y masculló algo, como si de repente se hubiera acordado de otra historia. Kiera consiguió hacerse un ovillo en el asiento trasero y quedarse dormida. Unos cuantos kilómetros después, Josie se volvió para mirarla y susurró:

—Eh, cariño, ¿estás bien?

Kiera no contestó.

Tardaron una hora en cumplir con los trámites. Primero los acompañaron a un edificio y después a otro, donde los metieron en una sala de espera con dos guardias que llevaban armas a la altura de la cadera. Una de ellas se acercó desde el fondo con una carpeta negra en la mano y se dirigió a Charles. La mujer consiguió esbozar una sonrisa forzada y preguntó:

—¿Ha venido a ver a Drew Gamble?

Charles señaló a Kiera y a Josie y dijo:

—Yo no, ellas. Son su familia.

—Síganme, por favor.

Todas las puertas tenían un timbre que zumbaba y, a medida que iban adentrándose en el laberinto, los pasillos se volvían más amplios y limpios. Se detuvieron ante una puerta de metal sin ventana.

—Lo siento, pero solo puede entrar la familia —dijo la guardia.

—No hay problema —contestó Charles.

Apenas conocía a Drew y no tenía ganas de pasar la siguiente hora con él. Josie y Kiera entraron y se encontraron al chico sentado en la pequeña habitación sin ventanas. Los tres se abrazaron con fuerza y se echaron a llorar. Charles los vio a través de la puerta abierta y sintió una pena inmensa por ellos. La guardia salió de la habitación y cerró la puerta a su espalda.

—Una terapeuta quiere hablar con usted —dijo a continuación.

—De acuerdo.

¿Qué iba a decir si no?

La terapeuta estaba de pie junto a la puerta de un despacho pequeño y desordenado en otra ala distinta. Se presentó como la doctora Sadie Weaver y le explicó que le habían prestado el despacho para celebrar aquella reunión. Se embutieron en el interior de la sala y la mujer cerró la puerta.

—¿Así que usted es su pastor? —empezó sin considerar siquiera los prolegómenos. Todo en ella transmitía la sensación de que estaba ocupadísima.

—Bueno, más o menos, digamos que sí. No son oficialmente feligreses de mi iglesia, pero podría decirse que los hemos adoptado. No tienen ningún otro sitio al que ir ni familiares en la zona.

—Ayer pasamos unas cuantas horas con Drew. Parece que la familia lo ha pasado bastante mal en la vida. Él no ha visto nunca a su padre, por ejemplo. También he hablado con su abogado, el señor Brigance, y con la doctora Christina Rooker, de Tupelo, que fue quien vio a Drew el jueves pasado y solicitó al juez que lo ingresara para evaluarlo, así que conozco parte de la historia. ¿Dónde están viviendo?

—En nuestra iglesia. Están a salvo y bien alimentadas.

—Menos mal. Parece que la madre y la hermana están bien cuidadas. Yo, como no podría ser de otra manera, estoy más preocupada por Drew. Pasaremos esta tarde y el día de mañana con él y con su madre y su hermana. Supongo que usted les hace de chófer.

—En efecto.

—¿Cuánto tiempo puede dejarlas aquí?

—Soy flexible. No tengo planes.

—Bien, digamos veinticuatro horas; recójalas mañana.

—Vale. ¿Cuánto tiempo tendrán aquí a Drew?

—Es complicado saberlo. Semanas, pero no meses. Por norma general, están mucho mejor aquí que en la cárcel del condado.

—Así es. Quédenselo todo el tiempo que puedan. Las cosas están bastante tensas en el condado de Ford.

—Lo comprendo.

Charles salió del edificio y se encaminó hacia su coche. Superó todos los controles y antes del mediodía estaba de nuevo en la carretera, esta vez en dirección norte. Se compró un refresco en una tienda, sacó sus hojaldres del maletero y disfrutó de la soledad con su desayuno tardío y su música góspel.

El gran jurado del condado de Ford se reunía dos veces al mes. Su lista de casos pendientes solía ser bastante insulsa: pequeñas redadas antidroga, robos de coches, un apuñalamiento o dos en clubes y tugurios... El último asesinato se había producido en un tiroteo al estilo del salvaje Oeste tras un funeral negro en el que dos familias negras enfrentadas empezaron a disparar. Mataron a un hombre, pero resultó imposible determinar quién había disparado a quién. El gran jurado acusó al sospechoso más probable de homicidio involuntario y el caso todavía estaba pendiente de juicio, puesto que nadie presionaba para que se celebrara. El hombre estaba en libertad bajo fianza.

El gran jurado lo formaban dieciocho miembros, todos ellos votantes registrados en el condado, que el juez Noose había seleccionado hacía dos meses. Se reunían en la pequeña sala del tribunal que se encontraba en el mismo pasillo que la principal, y sus reuniones eran privadas. Sin público, sin prensa y sin rastro de la habitual cuadrilla aburrida del juzgado en busca de un poco de drama.

Por lo general, a lo largo de más o menos el primer mes, tener el honor de formar parte del gran jurado era algo de lo que merecía la pena presumir, pero al cabo de unas cuantas sesiones la tarea se tornaba tediosa. Solo escuchaban una versión de la historia, la que ofrecían los agentes de la ley, y casi nunca surgía disensión alguna. Hasta el momento, no habían dejado de cursar ninguna de las acusaciones que se les habían presentado. Fueran conscientes de ello o no, enseguida se habían convertido en poco más que un sello oficial para la policía y los fiscales.

Las sesiones extraordinarias eran poco frecuentes, y, cuando se reunieron el martes por la tarde, el 3 de abril, los dieciséis que se presentaron sabían exactamente para qué los habían convocado. Faltaron dos, pero no hubo dificultades para alcanzar el quorum.

Lowell Dyer les dio la bienvenida, volvió a agradecerles su presencia —como si hubieran tenido elección— y les explicó que tenían un asunto muy grave entre manos. Les proporcionó los detalles básicos del asesinato de Kofer y le pidió al sheriff Walls que ocupara el sitio de los testigos al final de la mesa. Ozzie juró decir toda la verdad y comenzó su narración: fecha y hora, elenco de personajes, llamada a la policía, la escena cuando el subjefe de policía Moss Junior Tatum llegó en primer lugar... Describió la habitación y el colchón ensangrentado e hizo circular varias fotografías ampliadas y en color de Stuart con parte de la cabeza volada por los aires. Varios de los miembros del gran jurado echaron un vistazo, reaccionaron y después desviaron la mirada. El arma de servicio estaba junto al cuerpo. La causa de la muerte resultaba bastante obvia. Un solo tiro en la cabeza, a quemarropa.

—El chico estaba en el salón y le dijo al agente Tatum que Stuart Kofer estaba en su habitación y que creía que estaba muerto. Tatum se dirigió al dormitorio, vio el cadáver y le preguntó al chico, Drew, qué había ocurrido, pero no obtuvo respuesta. La chica, Kiera, estaba en la cocina, y, cuando Tatum le preguntó qué había pasado, le contestó: «Drew le ha disparado». Es un caso sencillo.

Dyer no había dejado de caminar de un lado a otro de la sala mientras Ozzie hablaba.

—Gracias, sheriff —dijo tras detenerse—. ¿Alguna pregunta?

La sala permaneció en silencio mientras los miembros del gran jurado acusaban el peso de aquel terrible delito. Al final, la señorita Tabitha Green, de Karaway, levantó la mano.

—¿Qué edad tienen esos chicos? —le preguntó a Ozzie.

—El chico, Drew, tiene dieciséis años. Su hermana, Kiera, catorce.

—¿Y estaban solos en casa?

—No. Estaban con su madre.

—¿Quién es su madre?

—Josie Gamble.

—¿Y qué relación mantenía con el fallecido?

—Era su novia.

—Perdóneme, sheriff, pero no nos está diciendo gran cosa sobre los hechos. Me siento como si tuviera que sacarle la información a la fuerza, y eso me hace volverme muy suspicaz.

La señorita Tabitha miró a su alrededor mientras hablaba en busca de apoyo. Hasta el momento nadie se lo había mostrado.

Ozzie miró a Dyer como si necesitara ayuda.

—Su madre se llama Josie Gamble —explicó—, y sus dos hijos y ella llevaban alrededor de un año viviendo con Stuart Kofer.

—Gracias. ¿Y dónde estaba la señorita Gamble cuando se produjo el tiroteo?

—En la cocina.

—¿Y qué estaba haciendo?

—Bueno, según dicen, estaba inconsciente. Cuando Stuart Kofer llegó a su casa aquella noche, discutieron y está claro que Josie resultó herida y estaba inconsciente.

—¿Él la había dejado sin conocimiento?

—Eso parece ser lo que ocurrió.

—Bueno, sheriff, ¿y eso por qué no nos lo había dicho? ¿Qué está intentando ocultarnos?

—Nada, nada en absoluto. Drew Gamble disparó y mató a Stuart Kofer, simple y llanamente, y estamos aquí para acusarlo de ello.

—Entendido, pero no somos críos de parvulario. Quiere que acusemos a una persona de asesinato en primer grado, y eso podría conllevar la cámara de gas. ¿No le parece lógico que queramos conocer todos los datos?

—Supongo que sí.

—Nada de suposiciones, sheriff. Esto ocurrió un domingo

a las dos de la madrugada. ¿Es prudente dar por supuesto que Stuart Kofer no estaba lo que podría llamarse sobrio cuando llegó a su casa y le pegó una paliza a su novia?

Ozzie se revolvió en su asiento y pareció todo lo culpable que podría parecer un hombre inocente. Volvió a mirar a Dyer y dijo:

—Sí, es prudente darlo por supuesto.

El señor Norman Brewer acudió al rescate de la señorita Tabitha. Era un barbero jubilado que vivía en un barrio antiguo de Clanton.

—¿Hasta qué punto estaba borracho? —preguntó.

Una pregunta capciosa. Si hubiera preguntado solo «¿Estaba borracho?», Ozzie podría haber contestado que sí y evitado los detalles feos.

—Estaba bastante ebrio —respondió.

El señor Brewer continuó:

—O sea que volvió a casa «bastante ebrio», según sus palabras, y le pegó un puñetazo a su novia, la dejó inconsciente y después el sospechoso le disparó. ¿Es eso lo que ocurrió, sheriff?

—Básicamente, sí.

—¿Básicamente? ¿Me he equivocado en algo?

—No, señor.

—¿Maltrató físicamente a los niños?

—No dieron parte de ello.

—¿En qué estado se encontraba Kofer cuando recibió el disparo?

—Bueno, creemos que estaba tumbado en su cama, dormido. Está claro que no hubo ningún forcejeo con Drew.

—¿Dónde estaba el arma?

—No lo sabemos con exactitud.

El señor Richard Bland, de Lake Village, intervino en ese momento:

—Entonces, sheriff, parece que el señor Kofer estaba durmiendo la borrachera y no despierto cuando el chaval le disparó, ¿es así?

—No sabemos si Stu estaba dormido o despierto cuando le dispararon, señor.

A Lowell no le estaba gustando la dirección que había tomado el interrogatorio e intentó recuperar el control.

—Me gustaría recordarles que ni el estado del fallecido ni el del acusado son relevantes para este gran jurado. Las alegaciones de defensa propia, de enajenación mental o de cualquier otra cosa que puedan presentar los abogados de la defensa deberá valorarlas el jurado del juicio, no ustedes.

—Ya están alegando enajenación mental, por lo que tengo entendido —dijo el señor Bland.

—Puede ser, pero lo que hayan oído en la calle no es importante en el interior de esta sala —zanjó Lowell en tono de reprimenda—. Aquí debemos ceñirnos a los hechos. ¿Alguna pregunta más?

—¿Ha tenido alguna vez una acusación de asesinato en primer grado, Lowell? —quiso saber la señorita Tabitha—. Para nosotros es la primera, claro.

—No, no he tenido ninguna, y doy las gracias por ello.

—Es que parece todo muy rutinario —continuó la mujer—. Igual que cualquier otro de los casos que tramitamos aquí. Se nos presentan unos cuantos datos, los imprescindibles, se nos limita el debate, y votamos. No hacemos más que aprobar automáticamente lo que usted quiere. Pero esto es otra cosa. Este es el primer paso de un caso que podría mandar a un hombre, o a un chico, al corredor de la muerte en Parchman. Todo esto me resulta demasiado fácil, demasiado repentino. ¿Hay alguien más que tenga la misma sensación?

Miró a su alrededor, pero encontró poco apoyo.

—Lo entiendo, señorita Green —dijo Dyer—. ¿Qué más querría saber? Es un caso sencillo. Han visto el cadáver. Tenemos el arma del crimen. Además de la víctima, había otras tres personas en la casa, en el lugar de los hechos. Una estaba inconsciente; otra era un chico de dieciséis años cuyas huellas dactilares aparecieron en el arma del crimen, y la tercera persona, su hermana, le dijo al agente Tatum que su hermano había disparado a Stuart Kofer. No hay más. Fácil y claro.

La señorita Tabitha respiró hondo y se recostó contra el respaldo de su asiento. Lowell esperó y les dio mucho tiempo para pensar.

—Gracias, sheriff —dijo por fin.

Sin añadir ni una sola palabra más, Ozzie se levantó y salió de la sala.

Benny Hamm miró a la señorita Tabitha, sentada frente a él, y preguntó:

—¿Qué problema hay? Hay muchas pruebas. ¿Qué más quiere hacer?

—Bueno, nada. Es solo que me parece demasiado precipitado, no sé si me explico.

—Señorita Tabitha —intervino Lowell—, le aseguro que habrá tiempo más que suficiente para debatir todos los detalles de este caso. Una vez que presente la acusación, mi oficina investigará y se preparará para un juicio en toda regla. La defensa hará lo mismo. El juez Noose insistirá en que el juicio se celebre pronto, así que dentro de no mucho tiempo tanto usted como cualquier otro de los miembros de este gran jurado podrá acudir a la sala principal del tribunal situada en este mismo pasillo y ver qué ocurre.

—Votemos —propuso Benny Hamm.

—Sí, mejor —dijo alguien.

—Votaré a favor de la acusación —aseguró la señorita Tabitha—. Es solo que me parece demasiado mecánico, ¿entienden a qué me refiero?

Los dieciséis miembros del gran jurado votaron y la acusación se aprobó por unanimidad.

17

Las tensiones disminuyeron considerablemente en el Coffee Shop cuando los agentes encontraron otro lugar donde desayunar. Desde hacía años, Marshall Prather, Mike Nesbit y varios agentes más llegaban a primera hora para comer bollos y avivar los chismorreos, pero no todas las mañanas. Tenían otros establecimientos favoritos y, como sus turnos iban cambiando, variaban las rutinas. Jake, por el contrario, llevaba años yendo allí seis días a la semana y siempre le había gustado relacionarse con los agentes. Pero ahora lo estaban boicoteando. Cuando quedó claro que Jake no tenía ninguna intención de alterar su ritual, se fueron a otro sitio, cosa que no le supuso ningún problema al abogado. Los saludos forzados, las miradas crispadas y la sensación de que las cosas ya no eran como antes hacían que se sintiera incómodo. Habían perdido a un compañero, y ahora Jake estaba en el bando contrario.

Intentó convencerse de que eran gajes del oficio. Casi se creía que algún día no muy lejano todos dejarían atrás el caso Gamble, y Ozzie, sus hombres y él volverían a ser amigos. Pero aquel distanciamiento le molestaba sobremanera y no era capaz de librarse de esa sensación.

Dell lo mantenía al corriente de los últimos rumores. Sin dar nombres, le informaba de que la clientela del día anterior a la hora de comer no paraba de comentar la inminente acusación ni de especular acerca de cuándo y dónde podría celebrarse el juicio. O de que después de que Jake se hubiera marchado aquella mañana un par de granjeros se habían puesto a dar voces criticando al juez Noose, el sistema y sobre todo a Jake. O de que tres señoras a las que Dell llevaba años sin ver se habían sentado a comer junto a la ventana y hablado en susurros de Janet Kofer y su crisis nerviosa. Existía un miedo palpable a que Jake Brigance estuviera a punto de volver a hacer el truco de la enajenación mental y «librara al chaval». Y así estaban las cosas. Dell lo oía todo, lo recordaba todo y le confiaba parte de ello a Jake cuando este se pasaba a última hora y la cafetería estaba vacía. Estaba preocupada por él y su creciente impopularidad.

La mañana después de que se formalizara la acusación, Jake llegó a las seis y se unió a la habitual clientela de granjeros, policías y algún que otro operario de fábrica, la mayoría hombres que madrugaban y fichaban. Jake era prácticamente el único cliente habitual con un trabajo de oficina, y lo admiraban por ello. A menudo ofrecía consejo legal gratuito; comentaba las resoluciones del Tribunal Supremo y otras curiosidades, y se reía como el que más con los chistes de abogados corruptos.

Al otro lado de la plaza, en el Tea Shoppe, los oficinistas se congregaban más avanzada la mañana para hablar de golf, política nacional y el mercado bursátil. En el Coffee Shop se hablaba de pesca, fútbol americano y delitos locales, por pocos que hubiera.

Tras los «buenos días» reglamentarios, un amigo le dijo:

—¿Has visto esto?

Le tendió un ejemplar de *The Ford County Times*. Se publicaba todos los miércoles y había conseguido incluir una noticia de última hora del martes por la tarde. Un titular gritaba: GAMBLE ACUSADO DE ASESINATO EN PRIMER GRADO.

—Sorpresa, sorpresa —dijo Jake, a pesar de que Lowell Dyer lo había llamado la noche anterior para confirmarle la noticia.

Dell apareció con una cafetera y le llenó la taza.

—Buenos días, guapa —la saludó Jake.

—Cuidadito que las manos van al pan —le espetó ella y se largó.

Ya había cinco o seis clientes habituales en la cafetería y a las seis y cuarto estaría hasta los topes.

Jake bebió un trago de café y releyó el artículo de portada, aunque no descubrió nada nuevo. El periodista, Dumas Lee, había llamado a su despacho el día anterior a media tarde intentando conseguir algún comentario, pero Portia no le había dicho nada. Le aseguró que el señor Brigance estaba en el juzgado.

—No mencionan tu nombre —dijo Dell—. Ya lo he mirado yo.

—Hay que jorobarse. Necesito la publicidad.

Jake dobló el periódico y lo devolvió. En ese momento llegó Bill West, encargado de la fábrica de zapatos, y ocupó su sitio de siempre. Hablaron del tiempo durante cinco minutos mientras esperaban a que les llegara el desayuno. Cuando al fin se lo sirvieron, Jake le preguntó a Dell:

—¿Por qué habéis tardado tanto?

—La cocinera está perezosa. ¿Quieres ir a hablar con ella?

La cocinera era una mujer corpulenta, pendenciera, con mal genio y la manía de lanzar espátulas. Por algo la tenían siempre en la cocina.

Mientras Jake se ponía tabasco en la sémola, West se dirigió a él:

—Ayer estuve a punto de meterme en una pelea por tu culpa. Un tío de la fábrica me dijo que se había enterado de que ibas por ahí presumiendo de que tendrías a ese chaval fuera de la cárcel antes de que cumpliera los dieciocho.

—¿Le diste un puñetazo?

—No, es bastante más fuerte que yo.

—Y bastante tonto, también.

—Eso mismo le dije yo. Le dije que, para empezar, Jake no va sacando la lengua a pasear por ahí de esa manera y, en segundo lugar, que no intentarías jugársela al sistema por un asesino de policías.

—Gracias.

—¿Lo intentarías?

Jake se untó mermelada de fresa en la tostada integral y le dio un bocado. Masticó y respondió:

—No. No lo haría. Sigo tratando de librarme del caso.

—Eso me dices siempre, Jake —dijo Bill—, pero sigues en el caso, ¿no?

—Sí, eso me temo.

Un operador de grúas llamado Vance pasó junto a la mesa, se detuvo y se quedó mirando a Jake. Le señaló con un dedo y dijo en voz bien alta:

—Van a freír a ese chico, Jake, da igual lo que hagas.

—Vaya, buenos días, Vance —contestó él. Los clientes empezaron a volverse hacia el alboroto—. ¿Cómo está tu familia?

Vance iba por la cafetería un día a la semana y era bastante conocido entre los habituales.

—No te hagas el listo conmigo. No pintas nada en el juzgado con ese chico.

—Eso es asunto de otra persona, Vance. Tú ocúpate de los tuyos y yo me ocuparé de los míos.

—Un agente de policía muerto es asunto de todo el mundo. Si haces uno de tus truquitos y lo libras por uno de esos tecnicismos, pagarás las consecuencias.

—¿Es una amenaza?

—No. Es una promesa.

Dell se plantó delante de Vance.

—O te sientas o te largas —le siseó.

El hombre volvió a su mesa gruñendo y durante unos minutos la cafetería permaneció más silenciosa.

—Supongo que estarás teniendo muchos encontronazos de este tipo últimamente —le preguntó Bill West al final.

—Sí —reconoció Jake—, pero forma parte de mi trabajo. ¿Desde cuándo los abogados son admirados allí donde van?

Le encantaba su bufete a las siete de la mañana, antes de que comenzara la jornada y el teléfono empezara a sonar, antes de que Portia llegara a las ocho con una lista de las cosas que debía hacer y de las preguntas que debía contestar, antes de que Lucien se presentara a media mañana y subiera las escaleras con su taza de café, alborotando para interrumpir lo que fuera que Jake estuviese haciendo.

Encendió las luces de la planta baja y revisó todas las salas; después se dirigió a la cocina y preparó la primera cafetera. Subió a su despacho y se quitó la chaqueta. En el centro de su escritorio había una moción de dos páginas que Portia había preparado el día anterior. Era una solicitud por parte de la defensa para que se transfiriera el caso de Drew Gamble al tribunal de menores. Cuando se presentara daría el pistoletazo de salida a otra ronda de chismorreos desagradables.

La moción era una formalidad y Noose ya le había adelantado que la rechazaría. Pero, como abogado defensor oficial, a Jake no le quedaba otro remedio. Si les concedían la moción, algo imposible, el cargo de asesinato se juzgaría ante un juez del tribunal de menores y sin jurado. Cuando lo declararan culpable, enviarían a Drew a algún centro de menores del estado y allí se quedaría hasta que cumpliera dieciocho años, cuando el tribunal de menores cedía la jurisdicción. En ese momento, no había ningún mecanismo procesal que permitiera que la Audiencia Territorial asumiera dicha jurisdicción. En otras palabras, Drew podría recuperar la libertad. Tras menos de dos años entre rejas. Aquella ley no era nada justa, pero Jake no podía cambiarla. Y precisamente por eso Noose se quedaría el caso.

Jake no podía ni imaginarse las reacciones de la gente si su cliente saliera en libertad tras cumplir una sentencia tan corta y, la verdad, él tampoco estaba a favor de que sucediera algo así. No obstante, sabía que Noose lo protegería al mismo tiempo que protegía la integridad del sistema.

Portia había adjuntado un informe de cuatro páginas que Jake leyó con admiración. Como siempre, había sido exhaustiva y comentaba alrededor de una decena de casos previos en los que había menores implicados, uno de los cuales se remontaba hasta la década de 1950. Argumentaba de manera convincente que los menores no son tan maduros como los adultos y no poseen las mismas capacidades de toma de decisiones, etcétera. No obstante, todos los casos que citaba habían acabado de la misma forma: el menor continuaba en la Audiencia Territorial. Mississippi tenía una larga tradición de someter a los menores a juicio por delitos graves.

Era un esfuerzo admirable. Jake corrigió la moción y el informe, y cuando llegó Portia comentaron los cambios. A las nueve, Jake cruzó la calle y presentó el papeleo. La secretaria lo aceptó sin decir nada y él se marchó sin su habitual flirteo. Hasta la oficina del registro parecía un lugar más frío últimamente.

Harry Rex siempre encontraba algún motivo para marcharse de la ciudad por trabajo, lejos del alboroto de su conflictivo bufete de abogados y de su beligerante esposa. Se escabulló por la puerta trasera de su despacho a media tarde y disfrutó del largo y tranquilo trayecto hasta Jackson. Fue al Hal & Mal's, su restaurante favorito, ocupó una mesa en una esquina, pidió una cerveza y se dispuso a esperar. Diez minutos más tarde pidió otra.

Durante sus días en la facultad de Derecho de Ole Miss se había tomado muchas cervezas con Doby Pittman, un alocado chico de la costa que había terminado siendo el primero de su promoción y había optado por la ruta de los grandes bufetes de Jackson. Ahora era socio en una agrupación de cincuenta abogados a la que le iba muy bien representando a empresas de seguros en casos de grandes daños. Pittman no participaba en el caso Smallwood, pero su bufete llevaba la representación principal. Otro socio, Sean Gilder, les había conseguido el caso.

Un mes antes, mientras se tomaban unas cervezas en aquel

mismo restaurante, Pittman le había soplado a su viejo compañero de correrías que quizá la empresa ferroviaria abordara a Jake para comentar la posibilidad de un acuerdo. El caso empezaba a asustar a ambos equipos. Cuatro personas habían fallecido en un paso a nivel complicado cuyo mantenimiento había sido descuidado por la adjudicataria. Los Smallwood despertarían una gran simpatía. Y Jake había impresionado a la defensa con su agresividad y su exigencia de un juicio. No había mostrado reparo alguno a la hora de presionar con todas sus fuerzas durante el intercambio de pruebas ni de acudir corriendo a Noose cuando le pareció que la defensa estaba dilatando el caso. Harry Rex y él habían contratado a dos grandes expertos en pasos a nivel y a un economista que le diría al jurado que las cuatro vidas perdidas valían millones. El peor miedo de la empresa ferroviaria, según le había comentado Doby en el bar, era que Jake era ambicioso y estaba deseando apuntarse otra gran victoria en la sala del tribunal.

Por otro lado, la defensa confiaba en ser capaz de ir menguando la compasión que despertaba todo aquello y demostrar lo obvio: que Taylor Smallwood se había estampado contra el decimocuarto vagón sin tocar el freno.

Ambos bandos podían sufrir una gran derrota o triunfar a lo grande. Un acuerdo era la ruta más segura para unos y otros.

Harry Rex quería un acuerdo, por supuesto que sí. Los litigios eran caros, y Jake y él habían pedido prestados, hasta el momento, cincuenta y cinco mil dólares al Security Bank para financiar el pleito. Era probable que hubiera más gastos. Ningún abogado del lado del demandante tenía esa cantidad de dinero a su disposición.

Pittman no sabía lo del préstamo, claro. No lo sabía nadie, salvo el banquero y Carla Brigance. Harry Rex no le contaba a su esposa, la cuarta, nada que tuviera que ver con su trabajo.

Doby no se disculpó por llegar media hora tarde. A Harry Rex no le preocupó el retraso. Se tomaron una cerveza, pidieron alubias pintas con arroz e intercambiaron opiniones sobre el aspecto de varias jóvenes que rondaban por allí. Después empezaron a hablar de sus respectivos trabajos. Doby nunca había logrado entender la decisión de su amigo de especializarse en divorcios en una ciudad tan pequeña y rural como Clanton, y a Harry Rex le repugnaban la rutina ardua y la política de un bufete grande en el centro de Jackson. Pero los dos estaban hartos del derecho y querían dejarlo, sentimiento que compartían con la mayor parte de sus amigos abogados.

Cuando llegó la comida estaban muertos de hambre. Tras unos cuantos bocados, Doby comentó:

—Parece que tu amigo se ha metido en un buen lío allá arriba.

Harry Rex se lo esperaba.

—Todo irá bien en cuanto se libre del caso —respondió.

—No es eso lo que me han dicho.

—Pitt, deja de marear la perdiz y dime qué información sacada de las terribles calles de Clanton os ha transmitido Walter Sullivan. Seguro que os llama todos los días para contaros los últimos cotilleos del juzgado, la mitad de los cuales, para empezar, son invención suya. Nunca ha sido una fuente fiable de noticias de última hora. Yo sé mucho más y corregiré sus errores.

Doby se echó a reír y se metió en la boca un pedazo de *andouille*. Se limpió los labios con una servilleta y bebió.

—Ya sabes que el caso no es mío, así que yo no hablo con él. No sé gran cosa, me entero de algo a través de uno de los pasantes que trabaja en mi pasillo. Gilder mantiene sus expedientes en secreto en el bufete.

—Entiendo. ¿Y qué se rumorea por ahí, entonces?

—Que Brigance tiene cabreada a toda la ciudad porque va a ir por el lado de la enajenación mental. El chico ya está en Whitfield.

—No es cierto. Está en Whitfield, sí, pero solo para que lo sometan a una evaluación inicial. Nada más. Puede que la enajenación mental se trate más adelante, en el juicio, pero Jake ya no tendrá nada que ver con el caso.

—Bueno, pero ahora mismo sí está relacionado con él. Gilder y su gente han pensado que es posible que a Jake le cueste seleccionar un jurado propicio en el caso del tren.

—¿Los del ferrocarril se han echado atrás con lo del acuerdo?

—Eso parece. Y no tienen prisa por llegar a juicio. Van a retrasarlo todo lo posible con la esperanza de que Jake no consiga librarse del chico. El juicio por asesinato podría ponerse feo.

—¿Lo van a retrasar? Madre mía, nunca había visto algo así en un bufete encargado de la defensa.

—Es una de nuestras muchas especialidades.

—El problema es el siguiente, Pitt. El juez Noose maneja su lista de casos pendientes con mano de hierro y ahora mismo está muy en deuda con Jake. Si Jake quiere que el juicio se celebre cuanto antes, eso será lo que ocurra.

Doby masticó su comida durante unos segundos y después la tragó con ayuda de un trago.

—¿Jake tiene alguna cifra?

—Dos millones —respondió Harry Rex con la boca llena y sin titubeos.

Como abogado defensor veterano, Doby esbozó la misma mueca de dolor que si le hubieran dicho dos mil millones. Ambos continuaron comiendo en silencio y pensando en los números. El contrato que Harry Rex había negociado con los familiares de los Smallwood le concedía un tercio si se llegaba a un acuerdo y el cuarenta por ciento si el caso iba a juicio. Jake y él habían convenido repartirse los honorarios al cincuenta por ciento. Con alubias y cervezas en la mesa, los cálculos resultaban sencillos. Sería el acuerdo más importante de la historia del condado de Ford, y los dos abogados de la demandante lo necesitaban desesperadamente. Harry Rex no se estaba gastando ya el dinero, pero sin duda soñaba con él. Todas las posesiones de Jake estaban hipotecadas. Además, estaba el asunto del préstamo bancario para cubrir los gastos del litigio.

—¿Cuánto es la cobertura del seguro? —preguntó Harry Rex con una sonrisa.

Doby le devolvió el gesto y respondió:

—No puedo contestar a eso. Mucho.

—Cifras. Jake le pedirá al jurado mucho más de dos millones.

—Pero es el condado de Ford, y allí nunca se ha visto un veredicto de un millón de dólares.

—Tiene que haber una primera vez para todo, Pitt. Estoy seguro de que encontraremos a doce personas que no sepan nada del asesinato.

Doby se echó a reír y Harry Rex se vio obligado a imitarlo.

—Me cago en la leche, Harry Rex, no hay ni dos personas que no hayan oído hablar de él.

—Puede. Pero investigaremos a fondo. Noose nos dará bastante tiempo para seleccionar al jurado.

—Seguro. Mira, Harry Rex, quiero que te lleves un buen pastón, un pellizco de ese dinero sucio de la aseguradora, ¿vale? Un acuerdo decente que te quite la presión de encima. Pero para eso Brigance tiene que librarse del chaval. Ahora mismo ese caso es un lastre, al menos en la cabeza de Sean Gilder y Walter Sullivan.

—Estamos en ello.

18

Era bien sabido que el oficio de la ley alcanzaba su culmen el viernes a mediodía y después dejaba de funcionar. Los abogados que por lo general congestionaban los pasillos del juzgado se desvanecían después de comer. La mayoría de ellos le decían una mentirijilla a su secretaria, se marchaban a alguna tienda rural a comprar cervezas frescas y merodeaban por las carreteras secundarias en dichosa soledad. Con el teléfono en silencio y el jefe desaparecido, las secretarias también solían escaparse. Un viernes por la tarde no pillarían a ningún juez que se preciara con la toga puesta. La mayoría se iban a pescar o a jugar al golf. Las secretarias del registro, que por lo general se paseaban por ahí cargadas de documentos importantes, salían a hacer un recado al otro lado de la calle y no volvían, sino que se desviaban hacia los salones de belleza y las tiendas de comestibles. Antes de media tarde, los mecanismos de la justicia se detenían por completo.

Jake tenía pensado llamar a Harry Rex para plantearle la posibilidad de tomar algo y ponerse al día con todo lo que tenían entre manos. A las tres y media había dado carpetazo a la semana y rumiaba la excusa que le pondría a Portia para marcharse sin parecer un vago. Seguía creyendo que era importante predicar con el ejemplo, y Portia era bastante influenciable. Sin embargo, después de dos años trabajando allí, la joven ya se conocía sus horarios y sus torpes excusas.

A las cuatro menos veinte, Portia lo llamó por el intercomunicador y le dijo que había alguien esperando para verlo. No, la persona no había concertado una cita. Sí, sabía que era viernes por la tarde, pero era el pastor Charles McGarry y decía que se trataba de un asunto urgente.

Jake lo recibió en su despacho y se sentaron en un rincón, Charles en el viejo sofá de cuero y él en un sillón que tenía por lo menos cien años. El pastor rechazó su invitación a café o té; estaba claramente angustiado. Le contó que había llevado a Kiera y a Josie a Whitfield el martes, que las había dejado allí y había ido a recogerlas al día siguiente. Jake ya estaba informado de todo eso. Había hablado dos veces por teléfono con la doctora Sadie Weaver y sabía que la familia había dedicado casi siete horas a tres sesiones distintas.

—Cuando íbamos hacia allí el martes por la mañana —dijo Charles—, a Kiera se le revolvió el estómago y vomitó dos veces. Josie me dijo que la niña se mareaba con mucha facilidad en el coche. No le di más importancia. Cuando volví a Whitfield el miércoles para recogerlas, una de las enfermeras me dijo que Kiera se había encontrado mal aquella mañana, náuseas, vómitos, esas cosas. Me pareció raro, porque esa mañana no se había subido a ningún coche, tenían una habitación en las instalaciones. Cuando volvimos el miércoles por la tarde no se mareó. Ayer por la mañana, la señora Golden, la mujer que le está dando clases en la iglesia, me dijo que Kiera había vuelto a encontrarse mal y había vomitado. Y que no era la primera vez. Se lo conté a mi mujer, Meg, y, bueno, ya sabes que las mujeres suelen ser mucho más listas que nosotros. El caso es que Meg y yo tenemos un hijo y saldrá de cuentas del segundo dentro de dos meses. Estamos muy felices e ilusionados. A Meg le había sobrado un test de embarazo del año pasado.

Jake asintió. Había comprado varios desde la llegada de Hanna, y el resultado siempre había sido negativo, para gran disgusto de la pareja.

—Meg accedió a ir a hablar con Josie. Kiera se hizo el test y es positivo. Esta mañana las he llevado a un médico de Tupelo.

Está de tres meses. Se ha negado a decirles nada sobre el padre tanto al médico como a la enfermera.

Jake se sintió como si acabaran de arrearle una coz en la boca del estómago.

El predicador había cogido carrerilla:

—Cuando volvíamos de Tupelo se ha mareado otra vez y ha vomitado en mi coche. Menudo lío. Pobre muchacha. La hemos llevado a la iglesia y Josie la ha metido en la cama. Meg y ella han hecho turnos para acompañarla hasta que se ha encontrado mejor. Ha comido algo de sopa y luego, cuando estábamos todos juntos sentados en la cocina, la niña ha empezado a hablar, ya sabes. Nos ha dicho que Kofer empezó a abusar sexualmente de ella más o menos en Navidad, que lo hizo unas cinco o seis veces y que la amenazó con matarla si se lo decía a alguien. No se lo contó a Josie y, claro, eso ha destrozado por completo a su madre. Hoy ha habido muchas lágrimas, Jake. También mías. ¿Te lo imaginas? ¿Tener catorce años y que te viole un matón que te tiene aterrorizada? Tenía tanto miedo que no se lo dijo a nadie. No sabía cuándo terminaría aquello. Nos ha dicho que pensó en suicidarse.

—¿Drew lo sabía? —preguntó Jake.

Las consecuencias de la respuesta podían ser inmensas.

—No lo sé. Tendrás que preguntárselo tú, Jake. Tienes que hablar con Josie y con ella. Están fatal, como te puedes imaginar. A ver, piensa en todo lo que han pasado en las dos últimas semanas. El disparo, la operación, hospitales, Drew en la cárcel, ir y volver a Whitfield, perder todo lo que tenían...; no era mucho, pero es que ahora están viviendo en la parte trasera de nuestra iglesia. Y todo el mundo diciendo que van a mandar a Drew a la cámara de gas. Están en un estado lamentable, Jake, y está claro que necesitan tu ayuda. Confían en ti y quieren que las aconsejes. Yo estoy haciendo cuanto está en mi mano, pero no soy más que un predicador novato que ni siquiera llegó a la universidad. —Se le rompió la voz y los ojos se le llenaron de lágrimas. Apartó la mirada, negó con la cabeza y combatió sus emociones—. Lo siento. Ha sido una día muy largo con las dos mujeres, Jake. Muy largo. Y necesitan hablar contigo.

—Muy bien, muy bien.

—Y hay otra cosa, Jake. La primera reacción de Josie ha sido querer llevarla a abortar. Está bastante convencida, al menos de momento. Yo no estoy a favor, por razones obvias. De hecho, estoy totalmente en contra. Josie parece tener unas ideas muy firmes al respecto. Yo también. Si Kiera se somete a un aborto, tendrá que marcharse de mi iglesia.

—Ya nos preocuparemos por eso más adelante, Charles. ¿Has dicho que la has llevado a un médico de Tupelo?

—Sí. A Josie le cae bien el hombre que la operó, así que llamó a su enfermera. Esta llamó a otro médico y el hombre les hizo un favor y le ha hecho un hueco. Ha dicho que Kiera está sana y demás, pero que no es más que una cría.

—¿Y Meg sabe todo esto?

—Meg estaba en la habitación, Jake. Está allí con ellas.

—De acuerdo. Es muy importante mantener esto lo más en secreto posible. Le estoy dando vueltas en la cabeza a todas las potenciales ramificaciones. Sé lo rápido que vuelan los rumores en una iglesia pequeña.

—Cierto, es verdad.

Casi tan rápido como vuelan en una cafetería.

—¿Se le nota? —preguntó Jake.

—No sabría decirte. Es decir, he intentado no fijarme, pero yo diría que no. ¿Por qué no vienes a verlo con tus propios ojos, Jake? Te están esperando en la iglesia.

Kiera estaba descansando en el piso de arriba cuando Jake entró por la puerta de atrás, que daba a la cocina. En un extremo de una mesa larga había una pila de libros de texto y cuadernos, prueba de que la alumna estaba recibiendo algún tipo de formación. Meg y Josie estaban sentadas a la mesa, concentradas en un puzle de gran tamaño. El hijo de cuatro años de los McGarry, Justin, jugaba tranquilo en un rincón.

Josie se puso de pie y abrazó a Jake como si llevaran años siendo amigos íntimos. Meg se acercó a la encimera y fregó la cafetera para volver a cargarla. Aunque tenían las ventanas abiertas y las cortinas se mecían con la brisa, el ambiente de la habitación estaba cargado e impregnado del olor de la tragedia de una larga jornada.

Jake había tardado veintidós minutos en llegar desde la plaza de Clanton hasta la Iglesia Bíblica del Buen Pastor, y durante ese breve lapso había intentado en vano identificar todos los nuevos problemas legales, primero, y, después, desembrollarlos. Dando por hecho que Kiera estuviera embarazada de verdad y que Kofer fuese el padre, ¿cómo se expondría eso en el juicio de Drew? Dado que la niña estaba presente en el momento del disparo, no cabía duda de que la fiscalía la citaría como testigo. ¿Podía mencionarse su embarazo? ¿Y si su madre insistía en que abortara? ¿Se enteraría el jurado de ello? Si Drew sabía que Kofer estaba violando a su hermana, ¿no influiría eso gravemente en su defensa? Lo mató para que parara. Lo mató por venganza. Con independencia de por qué lo hubiera matado, Lowell Dyer podría argüir de forma convincente que sabía muy bien lo que estaba sucediendo. ¿Cómo podían demostrar que el bebé era de Kofer? ¿Y si el padre era otro? Con los complicados antecedentes de Kiera, ¿no era posible que hubiera empezado a mantener relaciones sexuales de forma temprana? ¿Habría un novio en algún sitio? ¿Estaba Jake obligado a informar a Lowell Dyer de que el fallecido había dejado embarazada a su testigo estrella? Dependiendo de cuándo se celebrara el juicio, ¿sería inteligente hacerla subir al estrado cuando el embarazo resultara obvio? Si demostraba las violaciones y el maltrato físico, ¿no estaba Jake sometiendo a Stuart Kofer a juicio, en realidad? Si Kiera decidía abortar, ¿quién iba a pagarlo? Si no lo hacía, ¿qué le ocurriría al bebé? ¿Permitirían que se lo quedara sin tener una casa donde vivir?

Mientras conducía, había decidido que aquellas preguntas requerían de un equipo completo. Abogado, pastor, al menos dos psiquiatras, unos cuantos psicólogos...

Jake miró a Josie, sentada frente a él, y le preguntó a bocajarro:

—¿Sabía Drew que Kofer estaba violando a Kiera?

Las lágrimas brotaron al instante, las emociones estaban a flor de piel, a duras penas contenidas.

—No ha querido decírmelo —respondió Josie—, y eso me hace pensar que sí. De lo contrario, ¿por qué no iba a decirme que no? Yo no lo sabía. Pero me cuesta creer que a Drew sí se lo contara y a mí no.

—¿No tenías la menor idea?

Josie negó con la cabeza y empezó a sollozar. Meg le sirvió a Jake un café en una taza de porcelana amarronada por décadas de uso. Como todo lo demás en aquella habitación, parecía bastante desgastada, pero limpia.

Josie se enjugó la cara con una servilleta de papel antes de volver a hablar.

—¿Cómo afectará esto al caso de Drew?

—Por un lado, ayuda, pero, por el otro, hace daño. Algunos miembros del jurado podrían identificarse con Drew por haber tomado cartas en el asunto para proteger a su hermana, si es que fue eso lo que se le pasó por la cabeza. Aún no lo sabemos. Los fiscales abundarán en el hecho de que mató a Kofer para detenerlo y, por lo tanto, Drew sabía bien lo que estaba haciendo y no puede alegar enajenación mental. La verdad es que no sé decirte qué ocurrirá. Recuerda que yo solo estoy en el caso de manera temporal. Hay bastantes probabilidades de que el juez Noose designe a otra persona para el juicio.

—No puedes dejarnos, Jake —dijo Josie.

«Ya lo creo que sí —pensó él—. Y más ahora».

—Ya veremos. —Tratando de encontrar un tema algo menos deprimente, siguió—: Me han dicho que has podido pasar unas horas con Drew.

La mujer asintió.

—¿Cómo está?

—Todo lo bien que cabría esperar. Está tomando medicación, antidepresivos, y dice que ahora duerme mejor. Le caen bien los médicos, dice que allí se come bien. Prefiere seguir allí que volver a la cárcel de aquí. ¿Por qué no puede salir, Jake?

—Ya hemos tenido esta conversación, Josie. Lo han acusado de asesinato en primer grado. Nadie sale bajo fianza en estos casos.

—Pero ¿y el instituto? Ya lleva dos años de retraso, y la brecha sigue aumentando cada día que pasa ahí sin hacer nada. En Whitfield no lo meten en ninguna clase porque es un riesgo para la seguridad y porque solo va a estar allí de forma temporal. Si vuelven a traerlo aquí a la espera de juicio, en la cárcel ni siquiera hay tutores. ¿Por qué no lo mandan a algún centro de menores? A algún sitio donde al menos lo obliguen a ir a clase.

—Porque no se le está tratando como a un menor. En este momento es un adulto.

—Ya, ya lo sé. ¿Adulto? Menuda gracia. No es más que un crío que ni siquiera se afeita todavía. Una de las terapeutas de Whitfield me ha dicho que nunca había visto a un chico de dieciséis años tan físicamente inmaduro como Drew. —Guardó silencio mientras se secaba las mejillas enrojecidas—. Su padre era igual, poco más que un crío.

Jake miró a Meg, que miró a Charles. El abogado decidió hurgar un poco más.

—¿Quién es su padre?

Josie se echó a reír, se encogió de hombros y habría dicho «¿Qué coño importa?» de no estar en una iglesia, así que contestó:

—Un tipo llamado Ray Barber. Vivía en mi calle y podría decirse que nos criamos juntos. Cuando teníamos catorce años empezamos a tontear un día, una cosa llevó a la otra y lo hicimos. Lo hicimos una y otra vez, nos lo pasábamos bien. No teníamos ni idea de métodos anticonceptivos ni de biología básica, no éramos más que un par de tontos haciendo travesuras. Me quedé embarazada a los quince años y Ray quiso casarse. Le daba miedo que lo repudiaran. Mi madre me mandó a vivir a Shreveport con una tía para que tuviera allí al bebé. No recuerdo que se hablara de interrumpir el embarazo. Tuve al niño y quisieron que lo diera en adopción, y debería haberlo hecho. Está claro que debería haberlo hecho. Lo que les he hecho pasar a mis hijos no puede considerarse más que un pecado. —Respiró hondo y después bebió un trago de agua de una botella—. Como sea, recuerdo que a Ray le preocupaba que los demás chicos ya estuvieran afeitándose y tuvieran vello en las piernas y él no. Le asustaba ser de desarrollo tardío, como su padre. Lo que está claro es que otras cosas le funcionaban la mar de bien.

—¿Qué pasó con Ray? —preguntó Jake.

—No lo sé. Ya no volví a casa. Cuando me negué a dar al niño en adopción, mi tía me echó a la calle. ¿Sabes una cosa, Jake? Quedarme embarazada a los quince ha sido el peor fallo que he cometido en mi vida. Cambió mi mundo, y no para mejor. Quiero a Drew, igual que quiero a Kiera, pero cuando una chica tiene un hijo a una edad tan temprana todo su futuro se va a la mierda. Perdonadme la expresión. Lo más seguro es que esa chica no termine el instituto. Que no se case decentemente. Que no encuentre un buen trabajo. Lo más seguro es que haga lo mismo que hice yo: ir saltando de un mal hombre a otro. Por eso Kiera no va a tener ese bebé, ¿lo entiendes, Jake? Si tengo que robar un banco para conseguir el dinero para un aborto, lo haré. No va a destrozarse la vida. Joder, ella ni siquiera quería mantener relaciones sexuales, no como yo. Siento hablar así.

Charles negó con la cabeza y se mordió el labio inferior, pero no dijo nada. Era evidente, no obstante, que tendría mucho que decir respecto a un aborto.

—Lo entiendo —dijo Jake con calma—, pero este tema puede discutirse más adelante. Ahora tengo que hacerte una pregunta que alguien tiene que hacer. Kiera dice que el padre es Kofer. ¿Cabe la posibilidad de que pudiera ser otro?

Nada alteraba a Josie, ni siquiera la sugerencia de que su hija pequeña pudiera haber estado acostándose con cualquiera. Dijo que no con la cabeza.

—Se lo he preguntado. Como ya te habrás fijado, su desarrollo es normal, es mucho más madura que su hermano. Sé por experiencia de lo que son capaces de hacer las chicas de su edad, así que le pregunté si había habido alguien más. La pregunta le sentó fatal, me dijo que rotundamente no. Que Kofer fue el primero en tocarla ahí abajo.

—¿Y el abuso empezó en torno a Navidad?

—Sí. Me dijo que un sábado que estaba sola en casa, justo antes de Navidad.

—Debe de referirse al 23 de diciembre —intervino Charles.

—Yo estaba trabajando. Drew estaba en casa de un amigo. Stu llegó pronto a casa y decidió subir a la habitación de Kiera. Le dijo que quería hacerlo y ella le contestó que no, que no, por favor. Él la forzó, pero tuvo la precaución de no dejarle marcas visibles. Cuando terminó, Stuart le dijo que la mataría, y también a Drew, si alguna vez contaba algo. Incluso le preguntó si le había gustado. ¿Te lo imaginas? Esto se repitió varias veces más, cinco o seis en total, cree. Kiera dice que estaba esperando el momento adecuado para decírmelo. Ha dicho que no podía seguir así, que incluso había pensado en el suicidio. Todo esto es culpa mía, Jake. ¿Ves lo que les he hecho a mis hijos? Todo culpa mía.

Josie volvía a sollozar.

Jake se acercó al fregadero y vertió el café frío. Se rellenó la taza y caminó hasta la puerta para mirar hacia el exterior. Cuando Josie recuperó la compostura, volvió a sentarse a la mesa y la miró.

—¿Unas preguntas más?

—Sí. Te contaré lo que quieras.

—¿Drew y Kiera saben que son hijos de padres distintos?

—No. Nunca se lo he dicho. Supuse que terminarían dándose cuenta, porque no se parecen en nada.

—¿Kofer maltrataba físicamente a Drew?

—Sí, le pegaba bofetones, igual que a Kiera, pero nunca con los puños. A mí me pegó palizas varias veces, siempre cuando estaba borracho. Sobrio, Stu no era un mal hombre, ¿sabes? Pero cuando se emborrachaba se volvía loco. En cualquier caso, sobrio o borracho siempre resultaba muy intimidante.

—¿Serás capaz de subir al estrado y hablarle al jurado del maltrato físico?

—Supongo. Imagino que tendré que hacerlo, ¿no?

—Es lo más probable. ¿Y Kiera?

—No lo sé. Ahora mismo la pobrecita está destrozada.

Justo en aquel instante, la muchacha apareció en la puerta y se acercó a la mesa. Tenía los ojos hinchados y el pelo alborotado. Llevaba unos vaqueros holgados y una sudadera, y Jake no pudo evitar mirarle el vientre. No vio nada sospechoso. La chica le sonrió, pero no habló. Tenía una sonrisa bonita de dientes perfectos, y Jake intentó imaginarse el horror de ser una chica de catorce años que acababa de enterarse de que su cuerpo estaba gestando un bebé con el que ella no quería tener nada que ver. ¿Por qué la biología permite que las niñas tengan niños?

—Volviendo al tema del juicio —dijo Charles—. ¿Alguna idea de cuándo se celebrará?

—Ni la más mínima. Aún es demasiado pronto, el proceso acaba de empezar. Sé que en el caso de los menores a los que se juzga como adultos los tribunales tienden a moverse bastante deprisa. Quizá este verano, pero no estoy seguro.

—Cuanto antes, mejor —intervino Josie—. Quiero que todo este lío acabe.

—No terminará con el juicio.

—Bueno, eso ya lo sé, Jake —replicó—. En mi vida los líos nunca se acaban. Todo es un caos, siempre lo ha sido y supongo que siempre lo será. Siento mucho todo esto. Los niños no paraban de pedirme que dejara a Stu, y yo quería hacerlo. Si hubiera sabido lo que le estaba haciendo a Kiera, me habría escapado en plena noche. No me preguntes adónde, pero nos habríamos ido. Lo siento muchísimo.

Se hizo otro largo silencio mientras todos —Jake, Charles, Meg e incluso Kiera— intentaban que se les ocurriera algo que pudiera consolarla.

—No pretendo ser borde, Jake. Por favor, entiéndelo —siguió Josie.

—Lo entiendo. Es imprescindible que este embarazo se mantenga en el más absoluto secreto. Estoy seguro de que todos lo comprendéis, pero la pregunta es cómo lo logramos. Kiera no está yendo al instituto, así que no tenemos que preocuparnos por que sus amigas comiencen a sospechar. ¿Qué me decís de la gente de la iglesia?

—Bueno, tendremos que decírselo a la señora Golden, su tutora, que ya lo sospecha.

—¿Puedes encargarte de ello?

—Claro.

—Bueno, una vez que aborte, ya no tendremos que preocuparnos por ello, ¿verdad? —soltó Josie.

Charles ya no pudo seguir mordiéndose la lengua.

—Mientras sigáis viviendo en esta iglesia, el aborto está descartado —le espetó—. Si Kiera aborta, tendréis que marcharos.

—Siempre nos marchamos. Jake, ¿dónde está la clínica de abortos más cercana?

—En Memphis.

—¿Cuánto cuesta una intervención así hoy en día?

—No lo sé por experiencia, pero tengo entendido que ronda los quinientos dólares.

—¿Me prestarías quinientos dólares?

—No.

—De acuerdo, nos buscaremos otro abogado.

—No tengo claro que encontréis uno.

—Ahí fuera hay muchos abogados.

—A ver, que todo el mundo respire hondo —pidió Charles—. Ha sido un día muy largo y estamos desquiciados.

Transcurrió un instante. Jake bebió un último sorbo de café, se levantó y volvió al fregadero. Luego se acercó a un extremo de la mesa y dijo:

—Tengo que irme, pero quiero que pienses en una situación que es difícil de imaginar. Si hay un aborto, y que conste que no estoy a favor, pero no es decisión mía, no solo destruiréis una vida, sino también pruebas valiosas. Kiera tendrá que testificar durante el juicio. Si ha abortado, no se le permitirá mencionarlo en el estrado, y tampoco le convendría hacerlo, porque despertaría resentimiento entre los miembros del jurado. Podrá contarles que Stuart Kofer la violó repetidamente, pero no podrá demostrarlo, solo tendrá su palabra. Nunca llamó a la policía. Sin embargo, si es obvio que está embarazada o si ya ha dado a luz, el bebé será una potente prueba de las violaciones de Kofer. Y Kiera suscitará una gran simpatía no solo hacia sí, sino también hacia su hermano, lo cual es aún más importante. Gestar al bebé jugará muy a favor de Drew en el juicio.

—O sea que debe tener al bebé para salvar a su hermano, ¿no? —preguntó Josie.

—Debe tener al bebé porque es lo que debe hacerse —contestó Jake—. Y el bebé no salvará a Drew por sí solo, pero desde luego podría ayudar en una causa muy desesperada.

—Es demasiado pequeña para comerse el marrón de criar a un bebé —afirmó Josie rotunda.

—Hay muchas parejas desesperadas que podrían hacerlo —señaló Jake—. Llevo tres o cuatro adopciones privadas al año y son mis casos favoritos.

—¿Y qué hay del padre? No sé si yo querría esos genes.

—¿Desde cuándo se nos permite escoger a nuestros padres?

Pero Josie negó con la cabeza, en desacuerdo y asqueada. Mientras Jake se alejaba en su coche, revivió los destellos de mezquindad que Josie había mostrado de manera instintiva. No se lo reprochaba. Se había vuelto dura tras una vida de malas decisiones y estaba desesperada por ofrecerles algo mejor a sus hijos. Seguro que ella misma había optado por el aborto en algún momento y estaba secretamente agradecida por tener solo dos hijos de los que preocuparse. Dos ya estaban resultando ser más que suficiente.

Estuvo a punto de parar en una tienda de carretera a comprarse una cerveza, solo una para el camino, una lata de medio litro de algo helado que podría saborear durante unos veinte minutos. Entonces le sonó el teléfono del coche. Era Carla, que le recordó en tono cortante que, en principio, en media hora tendrían que estar saliendo de casa para ir a cenar con los Atcavage. Jake se había olvidado por completo. Carla llevaba una hora llamándolo. ¿Dónde había estado?

—Luego te lo cuento todo —dijo y colgó.

Cuando tenía casos delicados siempre dudaba de cuánto contarle a su esposa. En teoría, divulgar cualquier detalle era una violación ética, pero todo ser humano, incluidos los abogados, necesitaba a alguien en quien confiar. Carla siempre le ofrecía una perspectiva diferente, sobre todo cuando había mujeres implicadas, y nunca titubeaba si debía poner objeciones a algo. Los últimos acontecimientos de aquella historia ya de por sí trágica le provocarían sentimientos bastante intensos.

Cuando entró en Clanton y estaba a punto de llegar a su casa, decidió que esperaría un día, quizá más, antes de decirle a Carla que Kiera estaba embarazada porque Stuart Kofer la había violado. El mero hecho de decirlo para sí mismo ya le revolvía el estómago. Costaba imaginar la rabia y la ira que se acumularían en la sala del tribunal cuando Jake detallara, si es que lo hacía, los pecados de Stuart Kofer. Un policía muerto que no podía defenderse.

Hanna se había ido a dormir con una amiga y la casa estaba tranquila. Carla estaba enfadada porque llegaban tarde, pero Jake no le dio tanta importancia. Era viernes por la noche y habían quedado con unos amigos para hacer una cena informal con un barril de cerveza en el patio de su casa. Se quitó el traje y se puso unos vaqueros, luego se sentó a la mesa de la cocina y esperó a su mujer.

—Bueno, ¿dónde has estado? —le preguntó Carla una vez en el coche.

—En la Iglesia Bíblica del Buen Pastor, visitando a Josie y a su gente de allí.

—No lo tenías planeado.

—No, ha surgido de repente. Charles McGarry se ha presentado en el bufete a las tres y media y me ha dicho que necesitaban hablar, que estaban angustiadas y les vendría bien que las tranquilizara un poco. Es parte de mi trabajo.

—Cada vez estás más atrapado en este caso, ¿no?

—Es como las arenas movedizas.

—Hemos recibido otra llamada amenazante hace más o menos una hora. Ha llegado el momento de cambiar el número.

—¿Ha dado su nombre y dirección?

—Dudo que tenga dirección, lo más seguro es que viva en la jungla. Era un chiflado rarito que se ha puesto a desvariar a gritos por teléfono. Me ha dicho que si el chico sale en libertad durará menos de cuarenta y ocho horas en la calle. Y que su abogado, menos de veinticuatro.

—¿O sea que me matarán a mí primero?

—No tiene gracia.

—No me estoy riendo. Cambiaremos el número.

—¿Vas a llamar a Ozzie?

—Sí, aunque no servirá de mucho. Deberíamos retomar la conversación acerca de contratar seguridad privada.

—O a lo mejor tendrías que decirle a Noose que ya estás harto.

—¿Quieres que dimita? Creía que estabas preocupada por Drew.

—Estoy preocupada por Drew. Y también por Hanna, por ti y por mí, y por sobrevivir en esta ciudad tan pequeña.

Stan Atcavage vivía en las afueras, junto al club de campo, en una urbanización boscosa formada por casas construidas aquí y allá en torno al único campo de golf de todo el condado. Era el director del Security Bank y gestionaba la mayor parte de las hipotecas de Jake, así como la nueva línea de crédito para financiar los gastos del litigio del caso Smallwood. Al principio Stan se había opuesto a ese tipo de préstamo tan innovador, igual que Jake y Harry Rex, pero a medida que el caso fue avanzando se dieron cuenta de que no les quedaba más remedio que pedir dinero prestado. Después de tres divorcios y ahora casado por cuarta vez, el estado de las cuentas de Harry Rex era tan poco impresionante como el de las de Jake, aunque en aquellos momentos solo tenía una hipoteca sobre su casa. A los cincuenta y un años, a Harry Rex le inquietaba mirar hacia el futuro. Jake tenía solo treinta y siete, pero tenía la sensación de que cuanto más tiempo llevaba practicando la abogacía más dinero debía.

Stan era un buen amigo, pero Jake no soportaba a su mujer, y Carla tampoco. Se llamaba Tilda y procedía de una antigua familia de Jackson que ella misma solía describir como «rica», cosa que causaba rechazo en la mayoría de los habitantes de Clanton. La ciudad era sin duda demasiado pequeña para Tilda y sus gustos caros. En busca de mejores árboles a los que arrimarse, había obligado a Stan a unirse al Club de Campo de Tupelo, un símbolo de estatus en la zona y un lujo que a duras penas podían permitirse. Además bebía demasiado, gastaba demasiado y presionaba demasiado a su marido para que ganara más. Siendo banquero en una ciudad pequeña, Stan estaba acostumbrado a decir poco, pero había confiado en Jake lo suficiente como para comentarle que su matrimonio no iba bien. Por suerte, cuando llegaron, media hora más tarde de lo acordado, Tilda ya les llevaba varias copas de ventaja y había dejado atrás su habitual pomposidad.

Había cinco parejas, todas ellas de treinta y muchos o cuarenta y pocos años, con hijos de entre los tres y los quince. Las mujeres formaron un corrillo en un extremo del patio, junto a una barra de bar donde servían vino, y se pusieron a hablar de sus hijos; los hombres se reunieron en torno al barril de cerveza y charlaron de otros asuntos. El primero fue el mercado bursátil, un tema que aburría a Jake porque él no tenía dinero que jugarse y, aunque le hubiera sobrado, creía que sabía lo suficiente para evitarlo. A continuación, pasaron al salaz rumor de que un médico al que todos conocían había entrado en crisis y se había fugado con una enfermera. La enfermera también era bastante conocida, ya que era toda una belleza y una de las mujeres más deseadas de todo el condado, soltera o casada. Jake no se había enterado del rumor; no conocía a la mujer, el médico le caía mal e intentó evitar los chismorreos.

Carla siempre había pensado que los hombres, al contrario de lo que solía creerse, eran mucho más cotillas que las mujeres. A Jake le costaba discrepar. Se sintió aliviado cuando la conversación derivó hacia los deportes, y todavía más cuando Stan anunció que la cena estaba lista. Nadie había mencionado el asesinato de Kofer.

Cenaron costillas ahumadas, mazorcas de maíz y ensalada de col. Hacía una perfecta noche de primavera, con la temperatura justa para poder cenar al aire libre y disfrutar de los cerezos silvestres en flor. La decimocuarta calle del campo de golf estaba a cincuenta metros de allí, y, tras comerse la tarta de coco comprada que se sirvió de postre, los cinco hombres se encendieron un puro y se fueron dando un paseo hasta el campo de golf para fumárselo. El Masters de Augusta estaba en pleno apogeo en el National Golf Club y ese acontecimiento acaparó la conversación. Nick Faldo y Raymond Floyd tenían opiniones encontradas, y Stan, que era muy buen golfista, se mostraba generoso con su análisis. Como era el anfitrión y no tendría que conducir, estaba bebiendo demasiado.

Jake tenía poca experiencia con los puros y aun menos con el golf, así que mientras los escuchaba con el mejor de los ánimos, se distrajo y volvió a pensar en la escena de la iglesia y en la mirada de miedo y desesperación de los ojos de la joven Kiera. Se sacudió la imagen de la cabeza, pero le entraron ganas de irse a casa y hacerse un ovillo en la cama.

Stan, por el contrario, quiso terminar la noche con un digestivo, un buen brandi que le había regalado alguien. De vuelta en el patio, sirvió cinco generosos chupitos y los chicos se acercaron a fastidiar a las chicas.

Carla miró el vaso que Jake llevaba en la mano y le susurró:

—¿No has bebido ya bastante?

—Estoy bien.

Una de las parejas había contratado a una canguro y tuvo que marcharse. Otra tenía un cachorrito nuevo al que habían dejado solo. Eran casi las once de un viernes por la noche y la mayoría estaba deseando levantarse tarde al día siguiente. Se intercambiaron agradecimientos y despedidas y los invitados se marcharon.

Cuando llegaron al Saab rojo de Jake, Carla preguntó:

—¿Estás bien para conducir?

—Sí, sin problema.

—¿Cuántas copas te has tomado? —insistió cuando entraron en el coche.

—No sabía que tuviera que contarlas. No las suficientes.

Carla apretó los dientes, apartó la mirada y no dijo nada más. Jake estaba decidido a demostrarle que estaba sobrio, así que condujo despacio y con cuidado.

—Bueno, ¿de qué habéis estado hablando las chicas? —dijo para intentar romper el hielo.

—De lo de siempre. Los niños, el colegio, las suegras... ¿Te han contado lo del doctor Freddie y la enfermera?

—Uf, sí, todos los detalles. Siempre lo he evitado.

—Es muy desagradable, y su mujer no es mucho mejor. Controla la velocidad.

—La controlo perfectamente, Carla, gracias.

Jake se enfadó y se concentró en la carretera. Giró hacia la circunvalación del este de la ciudad y las brillantes luces de Clanton aparecieron justo ante ellos. Le echó un vistazo al retrovisor y masculló:

—¡Mierda! Un poli.

El coche patrulla se había materializado de la nada y de repente estaba pegado a su parachoques, con las luces azules destellando y una sirena que se oía a kilómetros de distancia. Jake supo de inmediato que era un coche de la policía del condado. Los límites de la ciudad de Clanton estaban a un kilómetro y medio de allí.

Carla se volvió horrorizada y vio las luces muy cerca.

—¿Por qué nos hace parar? —preguntó.

—¿Y yo qué sé? Iba por debajo del límite de velocidad.

Jake frenó y consiguió detenerse en una parte ancha del arcén.

—¿Tienes chicles? —le preguntó a su mujer.

Carla abrió su bolso, que, siguiendo la moda del momento, era tan grande como para tener que facturarlo como equipaje en un aeropuerto. Que encontrara algún chicle o caramelo allí dentro, a oscuras y bajo presión, parecía poco probable. Por suerte, el agente de policía no tenía prisa. Carla encontró los chicles y Jake se metió dos de golpe en la boca.

Era Mike Nesbit, un agente al que Jake conocía bien. A fin de cuentas, los conocía a todos, ¿no? El agente iluminó el interior del habitáculo con su linterna.

—Jake —dijo—, ¿me enseñas el carnet de conducir y los papeles del coche, por favor?

—Sí, claro. ¿Cómo estás, Mike? —preguntó mientras se los entregaba.

—Muy bien. —Nesbit estudió los papeles y dijo—: Un momento.

Volvió tranquilamente a su coche y entró justo cuando un Audi verde los adelantaba por el centro de la carretera. Jake no estaba seguro, pero creía que era el de los Janeway. Y, como Jake era el propietario del único Saab rojo en ochenta kilómetros a la redonda, no cabía mucha duda respecto a quién había parado la policía.

—¿Llevas agua? —le preguntó a su esposa.

—No suelo llevar agua encima.

—Gracias.

—¿Has bebido demasiado?

—No, no lo creo.

—¿Cuánto has bebido?

—No he llevado la cuenta, pero no demasiado. ¿Parece que estoy borracho?

Carla se volvió hacia el otro lado y no contestó. Daba la sensación de que las luces policiales estaban a punto de estallar, pero por suerte Nesbit había apagado la sirena. Pasó otro coche, despacio. Jake llevaba al menos un cargo de conducción bajo los efectos del alcohol al mes, y llevaba haciéndolo años. La gran pregunta siempre era la misma: «¿Acepta someterse a un test de alcoholemia o se niega?». ¿Aceptarlo o negarse? Si aceptas someterte al test y el resultado es demasiado alto, te espera una condena segura. Si aceptas y el resultado del test está justo por debajo del límite, te libras. Si te niegas, el agente te lleva directamente a la cárcel. Pagas la fianza, sales, contratas a un abogado y lo peleas en el tribunal, donde tienes una probabilidad decente de ganar. El consejo más sabio, que siempre se daba a posteriori y demasiado tarde para que sirviera de algo, era que te sometieras al test si solo te habías tomado un par de copas. Si sabes que estás borracho, niégate y acepta la excursión a la cárcel.

¿Aceptarlo o negarse? Mientras Jake permanecía allí sentado intentando aparentar que no estaba en absoluto preocupado, se dio cuenta de que le temblaban las manos. ¿Cuál de las dos humillaciones sería mayor: que lo esposaran y se lo llevaran a la cárcel delante de su esposa o enfrentarse a las consecuencias de un test fallido y a la vergüenza de perder el carnet de conducir? ¿Podría conllevar incluso una queja del Colegio de Abogados? Había representado a tantos conductores borrachos que había perdido cualquier resquicio de compasión que pudiera despertarle una persona a punto de enfrentarse a un fin de semana en la cárcel. Si bebes y conduces, te mereces el castigo.

No obstante, ahora que habían fijado un límite tan bajo, de 0,10, incluso unos cuantos tragos a lo largo de la tarde eran demasiado. ¿Aceptarlo o negarse?

Nesbit volvió. Se acercó y enfocó con la linterna a la cara de Jake.

—Jake, ¿has bebido?

Otra pregunta fundamental que nadie estaba preparado para contestar nunca. Si dices que sí e intentas demostrar que ha sido poco, lo más seguro es que el agente dé el siguiente paso hacia el camino de la desgracia. Si dices que no y mientes, tendrás que enfrentarte a las consecuencias cuando huela el alcohol. Si dices algo como «¡Qué va! ¡Yo no bebo!» y cabreas de veras al agente arrastrando las palabras y trabándote al hablar.

—Sí, señor —contestó Jake—. Volvemos de una cena con amigos y he bebido un poco de vino. Pero no mucho. No estoy borracho, Mike. Estoy bien. ¿Puedo preguntarte qué he hecho mal?

—Dar bandazos.

Lo cual, como Jake bien sabía, podía significar exactamente eso o cualquier otra cosa. O nada.

—¿Dónde he dado bandazos?

—¿Aceptas someterte a un test de alcoholemia aquí mismo?

Jake estaba a punto de decir que sí cuando otras luces azules aparecieron en lo alto del cambio de rasante. Era otro agente que se dirigía hacia ellos. Redujo la velocidad, pasó de largo, dio la vuelta y aparcó detrás de Nesbit, que se alejó para charlar con él.

—No me lo puedo creer —dijo Carla.

—Ni yo, cariño. Tú tranquila.

—Uy, estoy tranquilísima. No te haces una idea de lo tranquila que me hace estar todo esto.

—Preferiría no discutir en un arcén de la carretera. ¿Puedes esperar hasta que lleguemos a casa?

—¿Tú vas a venir a casa, Jake? ¿O te irás a otro sitio?

—No lo sé. No he bebido tanto, te lo juro. No noto ni el más mínimo mareo.

Retirada del carnet, pena de cárcel, una multa severa, aumento de la cuota del seguro... Jake se acordó de la terrible lista de sanciones que le había recitado a un centenar de clientes. Como abogado, siempre podía jugársela al sistema, al menos con los que cometían aquella infracción por primera vez. Como él. Podía evitar la cárcel, hacer servicios a la comunidad, reducir la multa, justificar sus honorarios de quinientos dólares.

Pasaban los minutos y las luces azules seguían centelleando en silencio. Pasó otro coche, redujo la velocidad para echar un buen vistazo y continuó. Jake se prometió que cuando tuviera capacidad económica para comprarse un coche nuevo, si llegaba a tenerla, no sería un exótico vehículo sueco de un color chillón. Sería un Ford o un Chevrolet.

Nesbit se acercó por tercera vez.

—Jake —dijo—, ¿podrías salir del coche, por favor?

Él asintió y se recordó que debía caminar con cuidado y hablar con claridad. Las pruebas de alcoholemia sin etilómetro estaban diseñadas para que todos los conductores las fallaran, tras lo cual los agentes podían ejercer más presión para que se sometieran al alcoholímetro. Jake se dirigió a la parte trasera de su coche, donde lo esperaba el segundo agente. Era Elton Frye, un veterano a quien conocía desde hacía años.

—Buenas noches, Jake —lo saludó Frye.

—Hola, Elton. Siento estar causando tantas molestias.

—Mike dice que has bebido.

—Durante la cena. Mírame, Elton, está claro que no estoy borracho.

—¿Eso quiere decir que harás el test?

—Pues claro que lo haré.

Los dos agentes intercambiaron una mirada, como si no estuvieran muy seguros de cuál debía ser su siguiente movimiento.

—Stu era amigo mío, Jake —dijo Nesbit—. Un gran hombre.

—A mí también me caía bien Stu, Mike. Siento lo que le ha pasado. Sé que está siendo difícil para vosotros.

—Y más difícil que será si ese camorrista se va de rositas. Sería lo que se llama echar sal en unas heridas bastante abiertas.

El abogado respondió a tamaña estupidez con una sonrisa bastante bobalicona. En aquel momento sería capaz de decir casi cualquier cosa con tal de ganar unos cuantos puntos.

—No se va a ir de rositas, eso os lo puedo prometer. Además, yo solo me estoy haciendo cargo de este caso temporalmente. El tribunal designará a otro abogado para el juicio.

A Mike le gustó aquella respuesta y le hizo un gesto con la cabeza a Frye, que tendió una mano y le devolvió a Jake el carnet de conducir y los papeles del coche.

—Hemos llamado a Ozzie —añadió el agente—. Nos ha pedido que te sigamos hasta casa. Ve con calma, ¿vale?

Jake exhaló y se le relajaron los hombros.

—Gracias, chicos. Os debo una.

—Se la debes a Ozzie, no a nosotros.

Se metió en el coche, se abrochó el cinturón de seguridad, arrancó el motor, miró por el retrovisor e ignoró a su mujer, que parecía estar rezando. Cuando comenzaron a circular, Carla le preguntó:

—¿Qué ha pasado?

—Nada. Eran Mike Nesbit y Elton Frye, y los dos se han dado cuenta de que no estoy borracho. Han llamado a Ozzie, se lo han contado y él les ha dicho que nos sigan hasta casa. Todo solucionado.

Los dos coches patrulla siguieron al Saab rojo hasta Clanton con las luces azules apagadas. Dentro del coche no se pronunció una sola palabra más.

El teléfono de la cocina indicaba que había recibido tres mensajes de voz durante la noche. Carla lavó la cafetera para prepararla para el día siguiente y Jake se sirvió un vaso de agua helada y apretó el botón. El primer mensaje era de alguien que se había equivocado de número, un despistado que buscaba una pizzería. La segunda llamada era de un periodista de Jackson. La última era de Josie Gamble. En cuanto lo hizo, Jake se arrepintió de haber pulsado el botón REPRODUCIR. El mensaje decía: «Hola, Jake, soy Josie y siento molestarte llamando a tu casa. Lo siento muchísimo, pero Kiera y yo hemos estado hablando, ha sido un día muy largo, como podrás imaginarte, y estamos hartas de tanto hablar, pero el caso es que quiero disculparme por haberte hablado así esta tarde y haberte pedido dinero para un aborto. Me he pasado de la raya y me siento fatal por ello. Ya nos veremos. Buenas noches».

Carla tenía en la mano la cafetera llena de agua y se había quedado boquiabierta. Jake presionó el botón BORRAR y miró a su mujer. Era complicado proteger la privacidad de una clienta cuando la propia clienta dejaba sus secretos grabados en un contestador.

—¿Un aborto? —preguntó Carla.

Su marido respiró hondo.

—¿Tenemos descafeinado?

—Creo que sí.

—Pues vamos a preparar una cafetera. Voy a pasarme la noche en vela de todas maneras. Entre haber estado a punto de ir a la cárcel por conducir borracho y una embarazada de catorce años, no dormiré mucho.

—¿Kiera?

—Sí. Hacemos el café y te lo cuento todo.

19

La capital del condado de Van Buren era la provinciana ciudad de Chester. Según el censo de 1980, tenía una población de cuatro mil cien habitantes, unos mil menos que en el censo de 1970, y no cabía duda de que el siguiente recuento arrojaría un resultado aún menor. Tenía más o menos la mitad del tamaño de Clanton, pero su aspecto era mucho más desolado. Clanton tenía una plaza llena de vida, con cafeterías, restaurantes, oficinas ajetreadas y tiendas de todo tipo. Sin embargo, en Chester la mitad de los escaparates de la calle principal estaban clausurados y suplicando inquilinos a gritos. Puede que el signo más evidente del declive económico y social fuera que todos los abogados excepto cuatro se habían marchado a ciudades más grandes, varios de ellos a Clanton. En otros tiempos, cuando el joven Omar Noose abrió su propio despacho, había veinte abogados en el condado.

De los cinco juzgados del vigesimosegundo distrito judicial, el de Van Buren era el peor con diferencia. Tenía al menos un siglo de antigüedad, y su diseño anodino e insulso era una prueba clara de que los fundadores del condado no podían permitirse un arquitecto. Comenzaba como una construcción de tablas blancas, desgarbada y con tres plantas, con hileras de despachos diminutos que albergaban a todo el mundo, desde jueces hasta sheriffs, pasando por distintos tipos de funcionarios e incluso el inspector de cultivos del condado. A lo largo de las décadas, y en los tiempos en los que el condado experimentaba un modesto crecimiento, se añadieron varios anexos y componentes aquí y allá como tumores, y el juzgado del condado de Van Buren cobró cierta fama de ser el más feo del estado. No era una distinción oficial, y quienes lo definían así eran sobre todo los abogados que iban y venían y odiaban aquel lugar.

El exterior resultaba desconcertante, pero el interior era totalmente disfuncional. Nada iba bien. La calefacción apenas rebajaba el frío en invierno, y en verano los aparatos de aire acondicionado devoraban la electricidad, pero producían un escasísimo y preciado aire fresco. Todos los sistemas —el de tuberías, el de electricidad, el de seguridad— colapsaban con regularidad.

A pesar de las quejas, los contribuyentes se habían negado a pagar una reforma. El remedio más obvio habría sido tan sencillo como prenderle fuego, pero provocar incendios seguía siendo un delito.

Había unos cuantos reaccionarios que aseguraban que apreciaban las extravagancias y el carácter del edificio, y el honorable Omar Noose, juez decano del vigesimosegundo distrito, era uno de ellos. Llevaba años siendo el amo y señor de la primera planta, donde gobernaba como un rey en su enorme y anticuada sala del tribunal. Además, prácticamente vivía en el despacho situado detrás de ella. En el mismo pasillo mantenía una sala más pequeña para los asuntos más livianos. Su secretaria, su taquígrafa judicial y su asistente legal ocupaban despachos cercanos al suyo.

La mayor parte de la gente de Chester creía que, de no ser por Omar Noose y su considerable influencia, hacía años que habrían demolido el edificio.

Ahora que se acercaba a los setenta, prefería desplazarse menos a sus otros cuatro condados, a pesar de que, en realidad, él no conducía. Eran su taquígrafa o su asistente legal quienes se encargaban de llevarlo en coche a Clanton, Smithfield, Gretna o Temple, donde se encontraba el juzgado más lejano, el del condado de Milburn, a casi dos horas de distancia. Había cogido la molesta costumbre de pedirles a los abogados de esas ciudades que fueran a visitarlo si tenían algún asunto entre manos cuando tenía un mal día. Por ley, no le quedaba más remedio que presidir las temporadas de sesiones jurídicas de los cinco condados, pero estaba demostrando ser todo un experto en encontrar formas de escurrir el bulto.

El lunes, Jake recibió una llamada en la que le pidieron que se reuniera con Noose el martes a las dos de la tarde «en su despacho». Los cinco juzgados tenían despachos para los jueces, pero cuando Noose decía «en mi despacho» quería decir «mueve el culo y ven a la preciosa ciudad de Chester, Mississippi». Jake le explicó a la secretaria del juez que tenía citas concertadas para el martes por la tarde, cosa que era cierta, pero la mujer le informó de que el juez Noose esperaba que las cancelase.

Así que el martes a primera hora de la tarde condujo por las tranquilas calles de Chester y volvió a dar las gracias por no vivir allí. Clanton había sido trazada de forma eficiente por un general después de la guerra civil. La mayoría de sus calles formaban una cuadrícula perfecta y el precioso juzgado se erguía con majestuosidad en el centro de la plaza. Chester, por el contrario, había ido cobrando vida por fases a lo largo de las décadas sin prestar mucha atención a la simetría o el diseño. No tenía plaza ni una calle principal como es debido. Su zona comercial era un grupo de calles que se cruzaban en extraños ángulos y que habrían causado verdaderos problemas de tráfico si lo hubiera habido.

Lo más raro de aquella ciudad era que el juzgado no se encontraba dentro de sus límites. Se alzaba solo, aislado y aparentemente dispuesto a derrumbarse en cualquier momento en una carretera estatal a tres kilómetros hacia el este. Cinco kilómetros más allá en la misma dirección se encontraba el pueblo de Sweetwater, el eterno rival de Chester. Tras la guerra, en el condado habían quedado muy pocas cosas por las que pelearse, pero las dos ciudades se las habían ingeniado para enzarzarse en hostilidades durante décadas, y en 1885 no consiguieron ponerse de acuerdo en cuál de las dos sería nombrada capital del condado. Hubo unos cuantos disparos y una o dos víctimas, pero el gobernador, que nunca había estado en el condado de Van Buren ni tenía intención de visitarlo, eligió Chester. Para apaciguar a los exaltados de Sweetwater, el juzgado se construyó junto a un pantano, casi a mitad de camino entre las dos ciudades. A principios del siglo siguiente, una epidemia de difteria arrasó la mayor parte de Sweetwater y ahora no quedaban en pie más que un par de iglesias agonizantes.

A las afueras de Chester, Jake encontró el solitario juzgado con varios coches aparcados a su alrededor. Habría jurado que una de las alas del edificio se estaba inclinando para apartarse de la estructura central. Aparcó, entró y subió las escaleras hasta la primera planta, donde encontró la sala principal del tribunal oscura y vacía. La atravesó, dejó atrás los viejos y polvorientos bancos para el público, cruzó la barandilla y se detuvo para contemplar los desvaídos retratos al óleo de políticos y jueces muertos, todos ellos blancos y viejos. No quedaba ni un centímetro que no estuviera cubierto de una capa de polvo, y nadie había vaciado las papeleras.

Abrió una puerta al fondo y saludó a la secretaria. La mujer esbozó una sonrisa e hizo un gesto con la cabeza en dirección a una puerta situada en un lateral. «Sigue caminando, te está esperando». Dentro, «en su despacho», el juez Noose se hallaba tras su escritorio de roble cuadrado. El tablero estaba cubierto de pulcras montañas de papeles y daba la sensación de que, por desorganizado que pareciera todo, Noose podría localizar cualquier documento al instante.

—Pasa, Jake —le invitó con una sonrisa, pero sin levantarse para recibirlo.

Un cenicero tan grande que parecía un plato hondo contenía cinco o seis pipas, y el ambiente de la habitación estaba cargado de su olor rancio. Había dos enormes ventanas abiertas unos veinte centímetros cada una.

—Buenas tardes, juez —saludó Jake mientras se acercaba

esquivando una mesita de café, un revistero repleto de ediciones viejas, pilas de libros de derecho que deberían estar en las estanterías y no en el suelo, y a dos perros labradores casi tan viejos como su dueño.

Jake estaba seguro de que los animales eran cachorros la primera vez que había visitado a Noose, hacía más de diez años. No cabía duda de que los perros y su señoría habían envejecido, pero todo lo demás era intemporal.

—Gracias por venir hasta aquí, Jake. Como sabes, me operaron de la espalda hace dos meses y todavía me estoy recuperando. Sigo teniendo bastante rigidez en la parte baja, ¿sabes?

Debido a su complexión desgarbada y a su larga y pronunciada nariz, hacía tiempo que a Noose le habían puesto el mote de Ichabod. El apodo arraigó, y cuando Jake empezó a ejercer la abogacía era tan popular que ya lo usaba todo el mundo, a espaldas del juez, por supuesto. Pero con el tiempo «Ichabod» había perdido popularidad. En aquel momento, sin embargo, Jake recordó algo que Harry Rex había dicho hacía años: «A nadie le gusta tanto la mala salud como a Ichabod Noose».

—No hay de qué, juez.

—Tenemos que comentar unos cuantos temas —siguió Noose, que cogió una pipa, la golpeó contra el borde del cenicero y después la encendió con un pequeño lanzallamas que estuvo a punto de chamuscarle las pobladas cejas.

«¿De verdad? —pensó Jake—. ¿Para qué iba a convocarme si no?».

—Sí, señor, varios temas.

Noose chupó la boquilla e infló las mejillas.

—Antes de nada —continuó mientras exhalaba—, ¿cómo está Lucien? Nos conocemos desde hace una eternidad, ¿sabes?

—Sí, señor. Lucien está... Bueno, es Lucien. No ha cambiado mucho, pero se pasa más por el bufete.

—Dile que he preguntado por él.

—De acuerdo.

Lucien detestaba a Omar Noose, y Jake jamás le daría el recado.

—¿Cómo le va a ese chico, al señor Gamble? ¿Sigue en Whitfield?

—Sí, señor. Hablo con su terapeuta casi todos los días y dice que definitivamente el chico está sufriendo por culpa del trauma. Según ella, va mejorando un poco, pero el daño es muy profundo y no solo por culpa del disparo. Llevará bastante tiempo.

Jake habría tardado una hora en informar al juez de todo lo que la doctora Sadie Weaver le había contado, y no disponían de ese tiempo. Ya mantendrían esa conversación más adelante, cuando recibiera un informe escrito.

—Me gustaría que volviera a la cárcel de Clanton —anunció Noose al mismo tiempo que expulsaba una bocanada de humo.

Jake se encogió de hombros; no tenía ningún tipo de control sobre el encarcelamiento de Drew. No obstante, le había dicho a la doctora Weaver que su cliente estaba mucho mejor en un ala de menores que en una cárcel del condado.

—Puede hablar con ellos, juez. Fue usted quien lo envió allí, y estoy seguro de que los médicos del chico hablarían con usted.

—Tal vez lo haga. —Soltó la pipa y entrelazó las manos a la altura de la nuca—. Debo confesar que no consigo que nadie acepte el caso. Bien sabe Dios que lo he intentado. —De pronto, estiró un brazo, cogió una libreta y la lanzó hacia la parte delantera de su escritorio, como si Jake debiera echarle un vistazo—. He llamado a diecisiete abogados, ahí están todos sus nombres. Qué demonios, conoces a la mayoría; diecisiete abogados de todo el estado con experiencia en casos de pena capital. He hablado por teléfono con todos ellos, Jake, y con algunos más que con otros. He rogado, suplicado, lisonjeado y habría amenazado, pero no tengo jurisdicción fuera del vigesimosegundo distrito, ya lo sabes. Y nada. Ni uno solo. Nadie está dispuesto a hacerlo. He llamado a todas las ONG: al Fondo para la Defensa de los Niños, a la Iniciativa para la Justicia Juvenil, a la ACLU y a otras. Ahí están todos los nombres. Se muestran muy comprensivas y les gustaría ayudar, y de hecho puede que ayuden, pero ahora mismo nadie puede prescindir de un abogado litigante para que defienda a este chico. ¿Se te ocurre algo?

—No, pero me lo prometió, juez.

—Lo sé, y fui sincero al hacerlo, pero en aquel momento estaba desesperado. Estoy a cargo del sistema judicial en estos condados, Jake, y toda la responsabilidad de asegurarme de que alguien cuidara de ese chico desde el punto de vista legal recayó sobre mí. Sabes por lo que tuve que pasar. No tuve otra opción. Tú fuiste lo bastante hombre para dar un paso al frente cuando todos los demás se escondieron bajo su escritorio y huyeron del teléfono. Ahora te pido que te lo quedes, que te quedes el caso y te encargues de que este acusado tenga un juicio justo.

—Es evidente que tiene intención de denegar mi solicitud de trasladarlo al tribunal de menores.

—Por supuesto. Voy a conservar la jurisdicción del caso por muchos motivos. Si va al tribunal de menores, estará en la calle en cuanto cumpla los dieciocho. ¿Crees que es justo?

—No, en teoría no. En absoluto.

—Bien, entonces estamos de acuerdo. Se queda en la Audiencia Territorial y tú eres su abogado.

—Pero no voy a permitir que este caso me lleve a la quiebra. Ejerzo en solitario y cuento con una plantilla limitada. Hasta el momento, desde que recibí su primera llamada el 25 de marzo, he invertido cuarenta y una horas en este caso y el trabajo acaba de empezar. Como sabe, las leyes del estado imponen un límite de mil dólares para los honorarios del abogado en los casos que defienda de oficio. Cuesta creerlo, juez, pero unos honorarios de mil dólares para la defensa de un asesinato en primer grado son un chiste. Necesito que se me pague.

—Me aseguraré de que se te pague.

—Pero ¿cómo? El estatuto es bastante claro.

—Lo sé, lo sé, créeme que lo entiendo, Jake. Es una ley indignante y he escrito cartas a nuestros legisladores. Tengo una idea, algo que no se ha hecho nunca, al menos en el vigesimo-segundo distrito. Tú contabiliza todas las horas y, cuando el caso termine, le presentas una factura al condado. Cuando los supervisores se nieguen a pagarla, los denuncias en el tribunal de la Audiencia Territorial. Me haré cargo del caso y fallaré a tu favor. ¿Qué te parece?

—Sin duda, es una idea novedosa. Nunca había oído hablar de algo así.

—Funcionará porque yo haré que funcione. Celebraremos un juicio rápido sin jurado y me encargaré de que se te pague.

—Pero para eso faltan meses.

—Es lo mejor que podemos hacer. La ley es la ley.

—O sea que ahora me dan mil dólares y rezo para que más adelante me paguen el resto.

—Es lo mejor que podemos hacer.

—¿Y qué pasa con los expertos?

—¿Qué tienen que ver los expertos?

—Venga ya, juez. La fiscalía tendrá todo tipo de psiquiatras y profesionales de la salud mental a su disposición para que testifiquen.

—¿Insinúas una defensa de enajenación mental?

—No, no estoy insinuando nada. Todavía no puedo creerme que vaya a comerme el marrón de este puñetero caso.

—¿La familia no tiene nada de dinero?

—¿Lo dice en serio? No tienen casa. Llevan ropa de segunda y de tercera mano. Sus parientes, dondequiera que estén, hace años que se lavaron las manos, y ahora mismo se estarían muriendo de hambre si no fuera por la generosidad de una iglesia.

—De acuerdo, de acuerdo, tenía que preguntarlo. Ya me imaginaba que la cosa estaba así. Haré lo que pueda para asegurarme de que se te pague.

—Con eso no basta, juez. Quiero que me prometa que se me pagará mucho más de mil dólares.

—Prometo que haré cuanto esté en mi mano para encargarme de que se te pague por una buena defensa.

Jake respiró hondo y se dijo que había llegado el momento

de aceptar que el caso Gamble era suyo. Noose toqueteó otra pipa y llenó el hornillo de tabaco oscuro. Sonrió a Jake enseñándole los dientes marrones y dijo:

—Haré la oferta más atractiva.

—¿Smallwood?

—Smallwood. Fijaré la fecha del juicio para dentro de una semana a partir del lunes, el 23 de abril. No toleraré las tonterías de Sean Gilder e insistiré en que escojamos el jurado esa misma mañana temprano. Llamaré a Gilder y a Walter Sullivan ahora mismo. ¿Qué te parece?

—Gracias.

—¿Estás preparado para ir a juicio, Jake?

—Desde hace tiempo.

—¿Hay posibilidad de que se llegue a un acuerdo?

—Ahora mismo parece poco probable.

—Quiero que ganes ese caso. No me malinterpretes, seguiré siendo un árbitro imparcial cuya tarea es garantizar un juicio justo. Pero me encantaría verte machacar a Gilder, a Sullivan y a esa empresa ferroviaria con un buen veredicto.

—A mí también me gustaría, juez. Lo necesito.

Noose soltó el humo y mordisqueó la boquilla.

—Ahora mismo la gente no nos tiene mucho cariño, a juzgar por este montón de cartas del condado de Ford que he recibido y por las llamadas telefónicas, algunas anónimas. Creen que ya hemos declarado mentalmente enajenado a este chico y que hemos dejado que se vaya de rositas. ¿Te preocupa esto de cara a la selección del jurado?

—Bueno, sí. Harry Rex y yo lo hemos comentado. Él está más preocupado que yo, porque yo aún creo que podemos encontrar a doce personas con la mente abierta.

—Yo también. Nos tomaremos el tiempo que haga falta y los investigaremos a conciencia. Sacaremos al chico de Whitfield para que los exaltados sepan que está de vuelta en la cárcel a la espera de juicio y que no va a salir en libertad por algún tipo de tecnicismo. Creo que eso apaciguará a algunos. ¿Estás de acuerdo?

—Sí —contestó Jake, aunque no tenía claro si era una respuesta sincera.

Noose tenía razón en una cosa: si Drew volvía a la cárcel de Ozzie a esperar el juicio, puede que los lugareños se tranquilizaran un poco.

—Llamaré a la secretaria para que la lista del jurado se publique mañana. Creo que con un centenar de nombres será suficiente, ¿te parece?

—Sí, señor.

Cien nombres era más o menos la media para un caso civil.

Noose dedicó un rato a limpiar otra pipa. Añadió más tabaco con gran cuidado, la encendió, saboreó la calada y después se puso en pie, despegando su cuerpo larguirucho de la silla con cierta dificultad. Se acercó a una ventana y miró hacia el exterior como si estuviera contemplando un bello paisaje.

—Otra cosa, Jake —dijo, sin llegar a darse la vuelta, por encima del hombro—, algo extraoficial, ¿de acuerdo?

Parecía abrumado por un pensamiento desagradable.

—Por supuesto, juez.

—Hace tiempo me ganaba la vida como político y se me daba bastante bien. Luego los votantes me mandaron a casa y tuve que acatar la legalidad y ganarme la vida honradamente. Me he esforzado mucho en mi trabajo como juez y me gusta pensar que soy bueno en mi trabajo. Llevo dieciocho años aquí, nunca he tenido un verdadero oponente. Mi reputación es bastante sólida, ¿no?

Se volvió y lo miró por encima de su larga nariz.

—Yo diría que muy sólida, juez.

Noose chupó la pipa y observó las volutas de humo que se arremolinaban cerca del techo.

—He llegado a despreciar las elecciones judiciales. La política debería mantenerse al margen del poder judicial en todos los niveles. Sé que para mí es fácil decirlo, porque llevo mucho tiempo en el estrado. Ostentar el cargo tiene sus ventajas. Pero me resulta en cierto modo indecoroso que los jueces se vean forzados a estrechar manos, besar a bebés y arañar votos, ¿no estás de acuerdo?

—Sí, señor. Es un mal sistema.

Por malo que pareciera, la verdad era que rara vez se desafiaba a los jueces y que casi nunca se los vencía. La mayor parte de los abogados ambiciosos consideraban que presentarse contra un juez en activo y perder era un suicidio económico. Jake sospechaba que Noose estaba pensando en Rufus Buckley.

—Parece que el año que viene sí tendré un contrincante —continuó.

—He oído los rumores.

—Tu viejo amigo Buckley.

—Sigo detestándolo, juez. Supongo que lo detestaré siempre.

—Me culpó a mí de la absolución de Hailey. Y a ti. A todo el mundo menos a él. Lleva cinco años hirviendo de rabia, preparando la venganza. Cuando perdió las elecciones a fiscal del distrito hace tres años, se deprimió tanto que tuvo que buscar ayuda, al menos según mis fuentes de Smithfield. Ahora ha vuelto y está sacando la lengua a pasear. Cree que el público necesita que él ocupe mi estrado. El viernes pasado se puso a parlotear en el Rotary Club sobre el caso Kofer; dijo que habías vuelto a embaucar al tribunal y que me habías convencido para que soltara al chico.

—No me preocupan los chismorreos del Rotary Club de Smithfield.

—Claro que no, pero porque tu nombre no aparecerá en la papeleta de las elecciones, ¿verdad?

—Mire, la última vez que Buckley se presentó perdió en cuatro de los cinco condados, y Lowell Dyer era un desconocido.

—Lo sé, lo sé. No estuvo reñido.

Jake estaba sorprendido de que la conversación hubiera virado tan rápidamente de los asuntos legales a la política. Noose nunca había bajado así la guardia ni había tratado temas tan personales. Resultaba obvio que estaba inquieto por una campaña para la que faltaban meses y que quizá ni siquiera llegara a producirse.

—El condado de Ford tiene más votantes que los otros cuatro —señaló Jake—, y allí su reputación es estelar. El Colegio de Abogados lo respalda sin fisuras por muchos y buenos motivos, y, además, allí odian con todas sus fuerzas a Buckley. Le irá bien, juez.

Noose volvió a su escritorio y añadió la pipa a la colección del plato hondo. No se sentó, sino que se frotó las manos como diciendo: «Listo».

—Gracias, Jake. Tendremos que seguir vigilando a Buckley.

Jake se levantó.

—Lo haré. Le veré en una semana a partir del lunes, a primera hora de la mañana.

Se estrecharon la mano y Jake se marchó a toda prisa. En el coche llamó a Harry Rex, consiguió embaucar a dos secretarias maleducadas y por fin le transmitió la maravillosa noticia de que la fecha del juicio estaba fijada y de que al cabo de veinticuatro horas conocerían los nombres de los potenciales miembros del jurado.

Harry Rex soltó un bramido lo bastante estruendoso para que lo oyera todo su bufete y después se echó a reír junto al auricular del teléfono.

—Ya tengo la lista.

20

Un buen pellizco de los fondos del préstamo para el litigio del banco de Stan se había dedicado a pagar los honorarios de un sofisticado experto en selección de jurados llamado Murray Silerberg. Era el dueño de una empresa con sede en Atlanta y presumía de haber conseguido magníficos veredictos a lo largo de los últimos veinte años. Jake lo había oído hablar en un congreso de abogados litigantes y había quedado muy impresionado. Harry Rex no quería gastarse ese dinero y aseguraba que él era capaz de escoger un jurado mejor que cualquier otra persona del estado. Jake tuvo que recordarle a su amigo que llevaba diez años sin elegir un jurado, justo desde que se dio cuenta de que no caía bien a los jurados. Habían dedicado un día a ir a Atlanta a reunirse con Murray Silerberg, tras lo cual Harry Rex había terminado accediendo a regañadientes. Los honorarios ascenderían a veinte mil dólares, más los gastos de viaje.

Jake llamó a Stan y le pidió que echara mano de la línea de crédito. Stan volvió a decirle que estaba loco, a lo cual Jake respondió, a la manera de un verdadero abogado litigante: «Hay que gastar dinero para ganar dinero». Era cierto: los préstamos para litigios se estaban volviendo muy populares en todo el país, y los abogados litigantes, siempre deseosos de alardear de sus veredictos, habían empezado a presumir también de lo mucho que pedían prestado y gastaban en convencer a los jurados.

La empresa de Silerberg estudiaba todos los veredictos civiles del país, con especial interés en los del sur profundo y Florida. La mayoría de sus clientes, y de sus veredictos, eran de esa zona. Un socio hacía un seguimiento de las sentencias en zonas urbanas, mientras que Silerberg estaba fascinado con las ciudades y los condados pequeños, donde los jurados eran mucho más conservadores.

Cuando Jake le dio luz verde, empezó a sondear inmediatamente a los votantes rurales del norte de Mississippi para evaluar su actitud hacia los tribunales, los abogados y las demandas. El sondeo fue amplio e incluyó casos hipotéticos relacionados con padres e hijos que morían en accidentes de tráfico.

Al mismo tiempo, un equipo de investigadores que trabajaba para Silerberg comenzó a indagar sobre el pasado de los nombres incluidos en la preciada lista. La sala del caso Smallwood había sido un espacio de almacenaje grande y vacío durante años, pero cuando Jake presentó la demanda trece meses antes se convirtió en una sala de guerra. Los investigadores la invadieron y no tardaron en llenar las cuatro paredes de papeles y fotos ampliadas clavadas con chinchetas. Había imágenes de las casas, caravanas, apartamentos, coches, camionetas y lugares de trabajo de los jurados potenciales. Analizaron registros de propiedades, archivos y listas de casos de los juzgados, cualquier cosa que fuera de dominio público. Fueron precavidos e intentaron pasar desapercibidos, pero varios jurados potenciales se quejaron más tarde de que habían visto a extraños con cámaras en su barrio.

De los noventa y siete nombres, enseguida se confirmó que ocho estaban muertos. Jake solo conocía a siete de los que aún vivían y, mientras estudiaba la lista, se sorprendió una vez más de los pocos nombres que reconocía. Llevaba toda su vida viviendo en el condado de Ford, con una población de treinta y dos mil habitantes, y creía tener muchos amigos. Harry Rex decía conocer a unos veinte de los posibles jurados.

El primer sondeo fue bastante poco alentador. Como cabía esperar, Murray Silerberg sabía que los jurados del sur rural desconfían de los veredictos cuantiosos y son tacaños con el dinero, incluso cuando pertenecía a grandes empresas. Resultaba extremadamente difícil convencer a personas trabajadoras de que entregaran un millón de dólares cuando ellas apenas llegaban a final de mes. Jake era muy consciente de ello. Nunca le había pedido siete cifras a un jurado, pero aun así había salido escaldado. El año anterior se había entusiasmado demasiado y le había exigido cien mil dólares a un jurado en un caso que valía menos de la mitad de esa cifra. Sin alcanzar la unanimidad, el jurado le había concedido solo veintiséis mil dólares y hubo que apelar. Harry Rex estuvo presente durante las conclusiones finales y opinaba que Jake había perdido a parte del jurado al pedir tanto.

Los abogados y su carísimo experto conocían los peligros de parecer codiciosos.

En secreto, no obstante, Jake y Harry Rex estaban encantados con la lista. Había más candidatos por debajo de los cincuenta años que por encima, y eso debería traducirse en padres más jóvenes con más empatía. Los jurados viejos y blancos eran los más conservadores. En el condado había un veintiséis por ciento de negros, y en la lista también, una cifra alta. En la mayoría de los condados blancos, el número de negros que se registraba para votar era menor. También se sabía que se identificaban más con el pobre hombre que se enfrentaba a la gran empresa. Y Harry Rex aseguraba conocer a dos «submarinos», hombres a los que se podía convencer de que vieran las cosas desde el punto de vista del acusado.

La atmósfera del bufete de Jake había cambiado de forma espectacular. Las preocupaciones por defender a Drew Gamble y encargarse de aquella tragedia habían desaparecido, y fueron rápidamente sustituidas por la emoción de un juicio importante y sus interminables preparativos.

Pero el caso Gamble no iba a desaparecer. Por motivos más relacionados con la superpoblación que con los cuidados adecuados, Drew tenía que dejar Whitfield. Tras dieciocho días, su médica, la doctora Sadie Weaver, recibió la orden de mandarlo de vuelta a Clanton, porque había otro menor que necesitaba su cama. La doctora llamó al juez Noose, a Jake y al sheriff Walls. Ozzie estaba encantado de que el muchacho regresara a su cárcel y le dio el chivatazo a Dumas Lee, el de *The Ford County Times*. Cuando el acusado llegó en el asiento trasero de un coche patrulla, Dumas estaba esperándolo y captó imágenes del momento. Al día siguiente, en portada, se publicó una fotografía grande bajo un titular destacado: EL SOSPECHOSO DEL CASO KOFER DE NUEVO EN LA CÁRCEL DE CLANTON.

Dumas informaba de que, según Lowell Dyer, el fiscal del distrito, al acusado se le había notificado su imputación y estaban a la espera de una primera comparecencia en el juzgado. No se había fijado fecha para el juicio. El artículo citaba a Jake para decir que no había hecho declaraciones, al igual que ocurría con el juez Noose. Una fuente anónima (Jake) le había dicho a Dumas que no era en absoluto inusual que, en los casos graves, se sometiera al acusado a un examen médico en Whitfield. Otra voz anónima predecía que el juicio tendría lugar a mediados de verano.

A las ocho de la mañana del sábado, Jake se reunió con un grupo de personas junto a la puerta de atrás del juzgado, que estaba cerrado. Utilizó una llave prestada para abrirlo y los guio por una escalera de servicio hasta la sala principal del tribunal, donde su equipo los estaba esperando con las luces encendidas. Los sentó a todos, trece en total, en la tribuna del jurado y después les presentó a Harry Rex, Lucien Wilbanks, Portia Lang, Murray Silerberg y uno de sus ayudantes. La sala del tribunal estaba cerrada y, por supuesto, no había público.

Pronunció trece nombres, les dio las gracias por dedicarles su tiempo y repartió trece cheques de trescientos dólares cada uno (otros tres mil novecientos dólares salidos de su préstamo para el litigio). Explicó que era habitual utilizar jurados de prueba en los casos civiles importantes y que esperaba que la experiencia les resultara agradable. El simulacro de juicio les ocuparía casi toda la jornada y dentro de unas horas disfrutarían de una buena comida.

De los trece, siete eran mujeres, cuatro eran negros y cinco eran menores de cincuenta años. Eran amigos y antiguos clientes de Jake y Harry Rex. Una de las mujeres negras era la tía de Portia.

Lucien ocupó su asiento en el estrado y, durante un instante, dio la sensación de disfrutar en el papel de juez. Harry Rex se trasladó a la mesa de la defensa. Jake comenzó el juicio con una versión reducida de su alegato inicial. Todo se abreviaría para ganar tiempo. Tenían un día para finalizar el juicio de prueba. Se esperaba que el de verdad durara al menos tres.

En una pantalla grande, mostró fotografías de Taylor y Sarah Smallwood con sus tres hijos mientras explicaba lo unida que estaba la familia. Mostró fotos del lugar del accidente, del coche destrozado y del tren. Un policía del estado había vuelto al lugar al día siguiente y había sacado una serie de fotografías de las señales luminosas. Jake se las enseñó al jurado y varios de los miembros negaron con incredulidad al ver las deficiencias del mantenimiento del sistema.

Para concluir, Jake sembró la semilla de un veredicto generoso planteando el tema del dinero. Explicó que, por desgracia, en los casos de muerte la única medida de los daños era el dinero. En otros casos podía obligarse a los acusados a realizar acciones correctivas. Pero en este no. No había más forma de compensar a los herederos de los Smallwood que con un veredicto económico.

Harry Rex, que por primera y última vez en su carrera interpretaba el papel del abogado defensor de una aseguradora, lo siguió con su alegato inicial. Empezó mostrando con gran teatralidad una enorme foto en color del decimocuarto vagón, contra el que se estrellaron los Smallwood. Medía cuatro metros y medio de alto y doce de largo e iba equipado, como todos los vagones de tren, con una serie de tiras reflectantes que emitían un destello amarillo chillón cuando recibían la luz de los faros de un coche que se veía a trescientos metros de distancia. Nadie sabría jamás qué había visto o qué había dejado de ver Taylor Smallwood en aquel último segundo crucial, pero lo que debería haber visto resultaba bastante obvio.

Harry Rex era un buen abogado defensor, lo bastante receloso del caso de la demandante, y la mayor parte de los miembros del jurado lo escucharon con atención.

El primer testigo fue Hank Grayson, interpretado por el ayudante de Murray Silerberg, Nate Feathers. Hacía ocho meses que le habían tomado declaración al señor Grayson en el despacho de Jake, y había asegurado, bajo juramento, que estaba unos cien metros por detrás de los Smallwood en el momento en que se produjo la colisión. Durante una milésima de segundo había dudado de lo que ocurría, y cuando pisó el freno estuvo a punto de embestir el coche de la familia, que había salido disparado por los aires y dado un giro de ciento ochenta grados. El tren seguía avanzando. Y, lo que era aún más importante, las señales luminosas rojas no funcionaban.

A Jake siempre le había preocupado Grayson. Creía que el hombre decía la verdad —no ganaba nada mintiendo—, pero era inseguro, incapaz de mantener el contacto visual y tenía una voz chillona. En otras palabras, no transmitía veracidad. Además, la noche en cuestión había bebido.

Harry Rex abundó en ese dato durante el interrogatorio. Grayson se atuvo a su versión de haberse tomado solo tres cervezas en un bar de aquella misma carretera. Distaba mucho de estar borracho, sabía con exactitud lo que había visto y habló con varios agentes de policía después del accidente. Ni uno solo de ellos le preguntó si había bebido.

En el simulacro del juicio, Nate Feathers, el ayudante del experto en jurados, fue mucho mejor testigo de lo que el Grayson auténtico lo sería jamás.

El siguiente testigo fue un experto en pasos a nivel, interpretado por Silerberg, que tenía en las manos una copia de la declaración del experto que habían contratado y conocía bien su testimonio. Con la ayuda de fotos ampliadas, Jake demostró con gran detalle que la empresa Central & Southern había descuidado sobremanera el mantenimiento del cruce. Los cristales que cubrían las luces rojas e intermitentes estaban cubiertos de mugre, y algunos de ellos incluso rotos. Uno de los postes estaba torcido. La pintura de alrededor de las señales luminosas estaba descascarillada. Durante su turno, Harry Rex rebatió unos cuantos argumentos, pero no consiguió darles la vuelta.

Hasta el momento, Lucien apenas había dicho nada y daba la impresión de estar dormitando, igual que un juez de verdad.

El siguiente testigo fue otra experta en seguridad ferroviaria, interpretada por Portia Lang. Le explicó al jurado los varios sistemas de señalización que utilizaban ahora los ferrocarriles en sus pasos a nivel. El que usaba Central & Southern tenía al menos cuarenta años de antigüedad y estaba totalmente obsoleto. Describió sus deficiencias con gran detalle.

A las diez en punto, el juez Lucien se despertó lo suficiente para ordenar un descanso. Repartieron café y dónuts entre los miembros del jurado mientras todo el mundo se relajaba. Tras el receso, Lucien le pidió a Jake que prosiguiera. Este llamó al estrado al doctor Robert Samson, profesor de Economía en Ole Miss, interpretado nada más y nada menos que por Stan Atcavage. Stan habría preferido estar en el campo de golf, pero Jake se había negado a aceptar un no por respuesta. Tal como Jake le había explicado, si tan preocupado estaba por el préstamo para el litigio, debería hacer cualquier cosa para contribuir a la causa. Stan estaba a todas luces preocupado por el préstamo. El auténtico doctor Samson iba a cobrar quince mil dólares por su testimonio en el juicio de verdad.

El testimonio fue aburrido y contuvo demasiadas cifras. La conclusión del experto era que Taylor y Sarah Smallwood habrían ganado dos millones doscientos mil dólares si hubieran trabajado otros treinta años. Harry Rex se anotó unos cuantos puntos en su interrogatorio al señalar que Sarah siempre había tenido trabajos de jornada parcial y que Taylor cambiaba de ocupación con frecuencia.

El siguiente testigo fue Nate Feathers de nuevo, esta vez en el papel del policía estatal que investigó el accidente. Tras él volvió Portia, convertida en la médica que declaró la muerte de la familia.

Jake decidió dar por finalizado el caso de la demandante en ese momento. En el juicio, tenía pensado llamar al estrado a dos parientes cercanos para humanizar a la familia y, con un poco de suerte, despertar algo de compasión hacia ella, pero algo así resultaría difícil con un jurado de prueba.

Lucien, que antes del mediodía ya estaba más que aburrido de la vida en el estrado, dijo que tenía hambre y Jake decidió hacer un descanso para comer. Condujo a todo el grupo hacia el exterior del juzgado y cruzaron la calle hasta el Coffee Shop, donde Dell tenía preparada una mesa larga con té helado y bocadillos. Jake les había pedido a los miembros del jurado que no comentaran el caso hasta el momento de la deliberación, pero ni él, ni Harry Rex ni Silerberg pudieron contenerse. Se sentaron a un extremo de la mesa y repasaron el testimonio y las reacciones del jurado. Silerberg estaba encantado con el alegato inicial de Jake. Había observado con atención a todos y cada uno de los miembros del jurado y creía que todos estaban de su parte. Sin embargo, le preocupaba la simplicidad de la defensa: ¿cómo es posible que un conductor alerta no vea un tren en marcha y cubierto de luces reflectantes? Estuvieron dándole vueltas al asunto mientras los jurados charlaban entre ellos y disfrutaban de una comida gratis.

Su señoría se fue a casa a comer y volvió de mejor humor, sin duda animado por un par de cócteles. Llamó a la sala al orden y el juicio se reanudó a la una y media.

Para la defensa, Harry Rex llamó al estrado al maquinista del tren. Portia interpretó el papel y leyó la declaración jurada que le habían tomado hacía ocho meses. Testificó que contaba con veinte años de experiencia en la Central & Southern y nunca se había visto implicado en un accidente. Una de las rutinas más importantes de su trabajo era comprobar las señales luminosas de todos los pasos a nivel cuando la locomotora pasaba ante ellas. En la noche en cuestión, estaba absolutamente seguro de que las luces rojas e intermitentes funcionaban de forma correcta. No, no vio ningún vehículo que se acercara por la carretera. Notó una sacudida, supo que había ocurrido algo, detuvo el tren, activó la marcha atrás, vio el desastre y después apartó el tren para que los equipos de rescate pudieran acceder al lugar del accidente desde ambos lados.

Durante su turno de preguntas, Jake recurrió de nuevo a las fotografías ampliadas y en color de las luces y su mantenimiento deficiente y le preguntó al maquinista si esperaba que el jurado se creyera que funcionaban «a la perfección».

Harry Rex llamó al estrado a un experto (Murray Silerberg otra vez) que no solo había inspeccionado el sistema del paso a nivel, sino que además lo había probado unos días después del accidente. Como cabía esperar, todo funcionaba correctamente. Daba igual lo antiguo que fuera, no existía ningún motivo para que no funcionara. Le mostró al jurado un vídeo que explicaba el sistema de circuitos y la instalación eléctrica, y todo encajaba. Sí, a las luces y los postes les habrían ido bien algunas mejoras, o incluso que los sustituyeran, pero que fueran viejos no quería decir que no funcionaran. Puso otro vídeo del paso a nivel por la noche con un tren parecido pasando por él. El brillo de los reflectores casi cegó al jurado.

Durante el juicio, a Central & Southern se le exigiría que sentara a un directivo a la mesa de la defensa para que representara a la empresa. Jake estaba impaciente por cogerlo por banda. Durante el intercambio de pruebas había obtenido una pila de memorandos e informes internos que documentaban cuarenta años de accidentes salvados por los pelos en el paso a nivel. Había habido quejas de conductores. Los vecinos contaban historias de colisiones evitadas en el último segundo. Milagrosamente, nadie había muerto, pero había habido al menos tres accidentes desde 1970.

Jake planeaba masacrar al directivo delante del jurado, en lo que Harry y él creían que sería la parte más transcendental del juicio. Sin embargo, durante el simulacro no podían crear la atmósfera adecuada, así que había decidido preparar unos cuantos datos estipulados que su señoría se limitaría a leer. Lucien por fin tenía algo que hacer y pareció disfrutar del momento. Un accidente nocturno en 1970 en el que el conductor del automóvil aseguró que las señales luminosas no funcionaban. Otro en 1982, sin heridos. Otro en 1986; en esta ocasión un conductor alerta evitó por poco la colisión dando un volantazo hacia la cuneta para esquivar el tren en marcha. Seis memorandos que detallaban quejas de otros conductores. Tres más con quejas de personas que vivían cerca del paso a nivel.

Los datos resultaban bastante condenatorios incluso recitados con voz monótona desde el estrado del juez. Algunos de los miembros del jurado negaban con la cabeza sin dar crédito a lo que oían mientras Lucien leía sin ninguna entonación.

En su alegato final, Jake insistió en lo anticuado del sistema del ferrocarril y en su mantenimiento «extremadamente» negligente. Agitó en el aire los memorandos e informes internos que demostraban la «arrogancia» de una empresa a la que no le importaba nada la seguridad. Con delicadeza, le pidió dinero al jurado, y mucho. Era imposible cuantificar en dólares el valor de una vida humana, pero no tenían otra opción. Propuso un millón de dólares por cada uno de los Smallwood y pidió cinco millones de indemnización por daños y perjuicios para sancionar a la empresa ferroviaria y forzarla a actualizar, al fin, el paso a nivel.

Harry Rex discrepó. Dijo que nueve millones de dólares era una cifra inaceptable que no ayudaría a nadie de ninguna forma. Desde luego, no devolvería a la familia a la vida. La empresa ferroviaria ya había renovado el paso a nivel.

A Jake le pareció que Harry Rex perdía algo de ímpetu hacia la mitad de su alegato final, y seguro que se debía a que deseaba con todas sus fuerzas los nueve millones y se sentía tonto intentando menospreciarlos.

Cuando se sentó, el juez Wilbanks les leyó varias instrucciones a los miembros del jurado y les pidió que prestaran especial atención al concepto legal de negligencia comparativa. Si se inclinaban por fallar en contra de la empresa ferroviaria, entonces su fallo podría reducirse debido a la negligencia de Taylor Smallwood, en caso de que considerasen que este había tenido algún tipo de culpa. Les informó de que en un juicio real no había ninguna limitación de tiempo para las deliberaciones del jurado, pero que ellos solo dispondrían de una hora. Portia los acompañó a la sala del jurado y se aseguró de que tuvieran café.

Jake, Harry Rex, Murray Silerberg y Nate Feathers se reunieron en torno a la mesa de la defensa y analizaron el juicio. Lucien ya estaba harto y se marchó. Puede que a los miembros del jurado les estuvieran pagando trescientos dólares por la jornada, pero él no iba a cobrar nada.

Cuarenta y cinco minutos más tarde, Portia volvió con el jurado. El portavoz dijo que estaban divididos: nueve a favor de la demandante, dos a favor de la compañía ferroviaria y dos indecisos. La mayoría concedería la indemnización de cuatro millones y luego la reduciría un cincuenta por ciento, porque pensaban que Taylor Smallwood también había sido negligente. Solo tres de los nueve concederían la indemnización por daños y perjuicios.

Jake invitó a todos los miembros del jurado a participar en el debate, pero también les dijo que podían marcharse. Se habían ganado el cheque y les estaba agradecido. Al principio no se marchó nadie y todos estaban ansiosos por hablar. Jake les explicó que, en un caso civil con doce jurados, solo nueve tenían que ponerse de acuerdo para alcanzar un veredicto. En los casos penales se exigía un veredicto por unanimidad. Un jurado preguntó si la empresa ferroviaria estaba obligada a que uno de sus directivos asistiera al juicio. Jake contestó que sí, que habría uno sentado a aquella misma mesa y que lo llamarían al estrado.

Otro dijo que no había entendido muy bien el testimonio

sobre la pérdida económica del doctor Samson. Harry Rex dijo que él tampoco y les arrancó una carcajada.

Otro quiso saber qué cantidad de cada veredicto iba a parar a los abogados. Jake intentó soslayar la pregunta diciendo que su contrato con la familia era confidencial.

Otro preguntó cuánto cobraban los expertos y quién se hacía cargo de ese gasto.

Otro planteó la cuestión de si la empresa ferroviaria tenía un seguro que la cubriera. Jake contestó que sí, pero que eso no podía revelarse en el tribunal.

En aquel momento se marcharon un par de miembros del jurado, pero los demás prefirieron quedarse charlando. Jake había prometido apagar las luces a las cinco de la tarde, y al final Portia le dijo que era hora de marcharse. Bajaron por la escalera trasera y, una vez fuera, Jake volvió a darles las gracias por su tiempo y por las molestias que se habían tomado. Casi todos parecían haber disfrutado de la experiencia.

Media hora más tarde, Jake franqueó la puerta trasera del edificio del bufete de Harry Rex y se lo encontró en la sala de reuniones, con una cerveza fría en la mano. Jake cogió otra del frigorífico y ambos se acomodaron en la biblioteca. Estaban entusiasmados por los resultados del día y del veredicto.

—Hemos obtenido nueve votos de dos millones de dólares —dijo Jake, saboreando el simulacro de victoria.

—Les has caído bien. Se les notaba en la cara, en cómo te seguían por la sala del tribunal con la mirada.

—Y nuestros expertos son mejores que los suyos, en carne y hueso, y la hermana de Sarah Smallwood hará llorar a todo el mundo con su testimonio.

—Eso más un buen vapuleo al directivo de la empresa ferroviaria y puede que saquemos más de dos.

—Me conformo con dos.

—Leches, Jake, yo ahora mismo me conformaría con un cochino millón.

—Un cochino millón. En este condado nunca se ha visto un veredicto de un millón.

—No seas codicioso. ¿Cuánto debemos ahora mismo?

—Sesenta y nueve mil.

—Pongamos que ofrecen un millón. Los gastos salen del bruto. El cuarenta por ciento del resto son, ¿qué, trescientos setenta mil? La mitad para ti, la otra mitad para mí, unos ciento ochenta y cinco mil cada uno. ¿Tú cogerías ahora mismo ciento ochenta y cinco mil dólares y te los llevarías tranquilamente?

—No, me los llevaría a la carrera.

—Yo también.

Se echaron a reír y continuaron bebiendo cerveza. Harry Rex se enjugó la boca y dijo:

—Esto tiene que saberse en Jackson. ¿Qué haría Sean Gilder si supiera que un jurado de prueba en Clanton, en la misma sala del tribunal, nos ha concedido dos millones de dólares?

—Me encanta. ¿A quién se lo vas a decir?

—Utilizaremos a Walter Sullivan. Dejaremos que lo averigüe, porque se cree que es el amo del cotarro por aquí. La noticia se propagará enseguida.

—En esta ciudad no.

21

La colisión de un coche pequeño que pesaba mil cuatrocientos kilos contra un vagón cargado que pesaba setenta y cinco toneladas creaba una escena del accidente bastante fea. Parte de la urgencia se redujo una vez que los primeros servicios de emergencia determinaron que los cuatro ocupantes estaban muertos mientras los equipos se encargaban de la penosa tarea de seccionar y extraer los cuerpos. En el lugar del accidente había más de veinticinco agentes de policía y miembros del personal de rescate, además de otros civiles que se toparon con el siniestro y no pudieron seguir adelante. Un policía estatal sacó una serie de fotografías y un voluntario del cuerpo de bomberos local gastó cuatro carretes durante el rescate y la limpieza.

Al principio del intercambio de pruebas, Jake obtuvo copias de todas las imágenes y las amplió. A lo largo de un periodo de tres meses, recopiló con meticulosidad los nombres de todos los participantes en el rescate y de los extraños que los observaban trabajar. Identificar a los bomberos, los policías y los sanitarios fue sencillo. Visitó tres cuarteles de bomberos voluntarios desperdigados por el condado, así como dos de la ciudad de Clanton. Al parecer, todo el mundo había acudido a la llamada.

Unir los nombres con las caras de los desconocidos fue un reto mucho mayor. Estaba buscando testigos, cualquiera que pudiera haber visto algo. Hank Grayson, el único testigo ocular conocido, dijo en su declaración que creía que había un coche detrás del suyo, aunque dejó claro que no estaba seguro. Jake repasó todas y cada una de las fotografías y, poco a poco, reunió los nombres de las personas presentes en la escena. La mayoría eran del condado de Ford, y algunos reconocieron que se presentaron allí cuando oyeron la noticia en sus escáneres policiales. Al menos diez eran viajeros nocturnos que se habían quedado atrapados en la carretera durante las tres horas que tardaron en sacar los cuerpos y despejar el lugar. Jake los localizó a todos. Ni uno solo de ellos había presenciado el accidente; de hecho, la mayoría llegaron mucho después de que se hubiera producido.

Pero en seis de las fotos había un hombre blanco y calvo que parecía fuera de lugar. Tenía unos cincuenta años y llevaba un traje oscuro, camisa blanca y corbata oscura, demasiado bien vestido para un viernes por la noche en la parte rural del condado de Ford. Formaba un grupo con otros espectadores y observaba mientras los bomberos cortaban y serraban para sacar los cuatro cadáveres. Nadie lo conocía. Jake les preguntó por él a los servicios de emergencia, pero nadie lo había visto nunca. En el mundo de Jake, se convirtió en el desconocido misterioso, el hombre del traje oscuro.

Melvin Cochran vivía a cuatrocientos metros del paso a nivel y aquella noche lo despertaron las sirenas. Se vistió, salió, vio la escena carnavalesca en la parte baja de la pendiente y cogió su videocámara. Mientras se acercaba a la escena con la cámara encendida, empezó a dejar atrás coches aparcados en el arcén, todos orientados hacia el este. Cuando llegó al lugar de los hechos, grabó durante al menos una hora, hasta que se quedó sin batería. Jake tenía una copia del vídeo y lo había visto, fotograma a fotograma, durante horas. El hombre del traje oscuro aparecía en varias escenas, observando la tragedia, en ocasiones con aire de estar aburrido y deseando poder marcharse.

Mientras Melvin se acercaba al lugar del accidente pasó junto a un total de once vehículos aparcados. Jake pudo identificar la matrícula de siete de ellos. Las otras quedaban ocultas. Cinco de las siete eran del condado de Ford, otra era del condado de Tyler y la última era de Tennessee. Las investigó como un sabueso y al final consiguió vincularlas con la cara y el nombre de sus respectivos propietarios.

En una pared de una sala de trabajo, Jake cortó, pegó y ensambló un enorme rompecabezas de la escena con cartelitos con los nombres de veintiséis miembros de los equipos de rescate y treinta y dos espectadores. Todo el mundo estaba identificado, excepto el hombre del traje oscuro.

El vehículo de Tennessee estaba a nombre de una empresa de representación y distribución de alimentos de Nashville, así que Jake no disponía de un nombre concreto. Durante un mes pensó que se trataba de un callejón sin salida, y tampoco le preocupaba. Supuso que, si el hombre misterioso hubiera visto algo relevante, habría hablado con un agente de policía en el lugar de los hechos. Pero no podía quitarse aquel asunto de la cabeza. El hombre tenía una apariencia extraña, y Jake perseguía hasta el último detalle. Aquel caso podía ser el más importante de su carrera y estaba resuelto a saberlo todo sobre él.

Más tarde maldeciría su curiosidad.

Al final le pagó doscientos cincuenta dólares a un detective privado de Nashville y le proporcionó una foto del hombre misterioso. Dos días más tarde, el detective le envió por fax un informe que al principio Jake quiso destruir. Decía:

Fui a la dirección de la empresa con la fotografía y pregunté a varias personas. Me dirigieron hacia el despacho del señor Neal Nickel, una especie de representante regional. Estaba claro que era el hombre de la fotografía y se la enseñé. Le sorprendió que lo hubiera encontrado y me preguntó cómo lo había hecho. Le dije que trabajaba para algunos de los abogados implicados en el caso, pero no le facilité ningún nombre. Hablamos durante tal vez quince minutos. Un buen hombre, sin nada que ocultar. Me dijo que el día del accidente había asistido a la boda de un familiar en Vicksburg y que estaba volviendo a su casa. Vive en un barrio residencial de Nashville. Dijo que no conocía bien la autopista 88, pero que pensó que le ahorraría algo de tiempo. Cuando entró en el condado de Ford, empezó a seguir a una camioneta que iba dando bandazos, así que redujo la velocidad para darle espacio al conductor, que obviamente estaba borracho. Cuando bajaban una pendiente, vio las señales que indicaban que se aproximaba un paso a nivel. Entonces vio las señales luminosas rojas que destellaban al final de la cuesta. Oyó un estruendo. Al principio pensó que había sido una explosión o algo así. Después la camioneta que llevaba delante dio un frenazo e hizo un viraje. N. N. se detuvo en la carretera y se dirigió a toda prisa hacia la escena, a pie. El tren seguía pasando. Las señales luminosas rojas seguían destellando. La señal acústica seguía sonando. El conductor de la camioneta le gritaba. Del coche accidentado salían vapor y humo. Vio a unos niños pequeños aplastados en el asiento de atrás. El tren se detuvo, luego dio marcha atrás y despejó el paso. Para entonces ya se habían detenido más conductores y, no mucho después, llegaron el primer policía y la primera ambulancia. La carretera estaba bloqueada y no podía seguir, así que no le quedó más remedio que quedarse por allí y ver lo que ocurría. Durante tres horas. Dijo que fue bastante horrible ver cómo extraían cuatro cadáveres del coche, sobre todo cuando sacaron a los dos niños. Me contó que sufrió pesadillas durante semanas, que le gustaría no haberlo visto.

Me aseguré de que tenía claro lo de las señales luminosas. Dijo que oyó al conductor de la camioneta decirle a un policía estatal que las luces no funcionaban y que él empezó a decir algo, pero al final decidió no implicarse. También se niega a implicarse ahora. No quiere tener nada que ver con el caso. Le pregunté por qué y me contestó que hace años se vio implicado en un accidente de tráfico grave y le echaron la culpa a él. Tuvo que ir a juicio y siente aversión hacia los abogados y los juzgados. Además, a N. N. le da mucha pena la familia y no quiere dañar su caso.

Nota interesante: dijo que hace unos meses estaba en la zona, cerca de Clanton, y se pasó por el juzgado para ver si podía ver el documento de la demanda. Le dijeron que era de dominio público, así que leyó una parte y le hizo gracia que el testigo, el conductor de la camioneta, el señor Grayson, siguiera diciendo que las señales luminosas no funcionaban.

N. N. no tiene la menor duda de que quiere mantenerse al margen de esto.

Cuando tuvo claro que no iba a vomitar, Jake consiguió caminar con cuidado hasta el sofá y tumbarse. Se colocó los dedos en el puente de la nariz, cerró los ojos y vio cómo se esfumaba su fortuna.

Nickel no solo era un testigo mucho más creíble, sino que además podía confirmar que Hank Grayson, su testigo estrella, estaba bebido aquella noche.

Cuando al fin pudo moverse, Jake guardó el informe en un sobre sin ningún tipo de marca, resistió la tentación de quemarlo y lo escondió en un grueso manual de derecho donde tal vez se desvaneciera. O a lo mejor él lo olvidaba sin más.

Si Nickel quería ahorrarse el juicio, no sería Jake quien le pusiera problemas. Los dos guardarían el mismo secreto.

Su miedo, sin embargo, era la defensa. Siete meses después de la demanda, Sean Gilder había mostrado poco interés en el caso y había hecho lo justo y necesario durante el intercambio de pruebas. Había presentado una lista de preguntas estándar y había solicitado los documentos básicos. Habían acordado tomarles declaración a unos cuantos testigos fundamentales. Jake calculaba que él había invertido el triple de horas que los abogados defensores, a quienes sí les pagaban por horas.

Si Neal Nickel se empeñaba en pasar desapercibido, había bastantes probabilidades de que ninguna de las personas que trabajaban para la empresa ferroviaria o su compañía de seguros lo descubriera. Y, excepto que sufriera repentinos remordimientos de conciencia, se le concedería su deseo de mantenerse alejado de cualquier tipo de demanda.

Entonces, ¿por qué Jake se pasó los tres días siguientes con un nudo en el estómago? La gran duda era Harry Rex. ¿Debería enseñarle el informe y ver cómo perdía la cabeza? ¿O debía limitarse a enterrarlo, junto con cualquier información sobre el misterioso testigo? El dilema mantuvo el mundo de Jake en vilo durante días, pero al final consiguió meterlo en otro compartimento y concentrarse en el resto del caso.

Dos meses más tarde, el 9 de enero de 1990, para ser exactos, el problema volvió con más fuerza. Sean Gilder presentó una segunda lista de preguntas cuyas respuestas, en su mayoría, ya tenía. Una vez más, se mostraba indiferente y totalmente carente de imaginación. Jake y Harry Rex se habían convencido de que Gilder no estaba aparentando saber menos de lo que sabía, una técnica de defensa habitual. Más bien daba la sensación de que estaba demasiado confiado, debido a que Taylor Smallwood se había empotrado contra un tren en marcha. Fin del caso.

Pero el último ítem de la lista, el número treinta en un conjunto de treinta, era letal. Era una pregunta que se utilizaba a menudo, sobre todo en el caso de los abogados perezosos o demasiado ocupados. Decía: «Facilite una lista con los nombres y apellidos, la dirección completa y el número de teléfono de todas las personas con conocimiento de los supuestos hechos de este caso».

También conocida como «rebañar», era una táctica muy odiada y debatida que penalizaba a los abogados que trabajaban horas extra e investigaban los hechos a fondo. Según las normas del intercambio de pruebas, se suponía que en los juicios no debían tenderse emboscadas. Ambas partes se pasaban toda la información y esta se presentaba de manera transparente delante del jurado. Esa era la teoría en cualquier caso, el objetivo. Pero las nuevas normas creaban prácticas injustas, y la táctica de rebañar se consideraba de lo más despreciable. Venía a decir, en otras palabras: «Trabaja con diligencia para averiguar todos los datos y luego sírveselos a la otra parte en bandeja de plata».

Dos días después de recibir la segunda lista de preguntas, Jake al fin puso el informe del detective sobre el escritorio grande y desordenado, delante de Harry Rex. Este lo cogió, lo leyó, lo dejó caer y, sin rastro de duda, dijo:

—Ahí va la demanda. Ahí va el caso. ¿Por qué encontraste a este payaso?

—Solo hacía mi trabajo.

Mientras Jake le contaba la historia de cómo había encontrado a Nickel, Harry Rex se echó hacia atrás en su silla y clavó la mirada en el techo.

—Devastador —masculló en más de una ocasión.

Cuando Jake terminó, le mencionó la última lista de preguntas.

—No vamos a mencionar a este tío —aseguró Harry Rex sin pensarlo—. Nunca. ¿Vale?

—Por mí de acuerdo. Siempre y cuando comprendamos los riesgos.

Tres meses más tarde, el hombre del traje oscuro volvió.

Mientras la secretaria reunía y organizaba al grupo de potenciales miembros del jurado, y mientras los abogados, con su traje de sala del tribunal, se colocaban en torno a sus respectivas mesas y se preparaban para la batalla, y mientras los habituales de la sala del tribunal ocupaban su asiento en los bancos y charlaban animadamente sobre el gran juicio, Sean Gilder se acercó a Jake y le susurró:

—Tenemos que ver al juez. Es importante.

Jake medio se esperaba la típica maniobra de último momento y no se alarmó.

—¿De qué se trata?

—Te lo explicaré allí.

Jake le hizo un gesto al señor Pate, el anciano oficial del juzgado, y le dijo que necesitaban ver a Noose, que aún estaba en su despacho. Siete abogados siguieron al señor Pate hacia el exterior de la sala. Se congregaron ante el juez Noose, que se estaba poniendo la toga negra y parecía impaciente por empezar con el gran juicio. Echó un vistazo a la cara adusta de Sean Gilder, Walter Sullivan y los demás abogados.

—Buenos días —saludó—, caballeros. ¿Qué problema hay?

Gilder llevaba unos cuantos papeles en la mano e hizo un amago de blandirlos ante su señoría.

—Señoría, esto es una moción de aplazamiento que presentamos ahora mismo y que solicitamos que el tribunal apruebe.

—¿Con qué motivo?

—Puede que tardemos un rato. Tal vez deberíamos sentarnos.

Noose señaló con torpeza las sillas que rodeaban su mesa de reuniones y todos los presentes ocuparon una.

—Adelante.

—Verá, señoría, el viernes pasado mi asociado, el señor Walter Sullivan, fue abordado por un hombre que aseguró ser un testigo importante del accidente. Se llama Neal Nickel y vive cerca de Nashville. ¿Señor Sullivan?

Walter intervino con vehemencia:

—El hombre entró en mi despacho y me dijo que necesitaba hablarme del caso con urgencia. Nos tomamos un café y me contó que vio el impacto del coche de los Smallwood contra el tren aquella noche terrible. Lo vio todo, es el testigo ocular perfecto.

A Jake se le pararon el corazón y los pulmones y le entraron ganas de vomitar. Harry Rex fulminó a Sullivan con la mirada y pensó que ojalá tuviera una pistola.

—Una cuestión fundamental en este caso es si las señales luminosas funcionaban de forma correcta o no. Los dos empleados de la empresa ferroviaria que iban en el tren juran que estaban encendidas. Un testigo dice que no. El señor Nickel está seguro de que sí funcionaban. Sin embargo, por razones que puede explicar, no se acercó a ningún policía aquella noche y, hasta ahora, no le había hablado a nadie del incidente. Sin duda, es un testigo importante y deberíamos tener derecho a tomarle declaración.

—El intercambio de pruebas ha terminado —respondió Noose sin rodeos—. El plazo concluyó hace meses. Yo diría que deberían haber encontrado antes a ese testigo.

Gilder tomó el relevo:

—Cierto, su señoría, pero hay otro problema. Durante el intercambio de pruebas presentamos, dentro del plazo, una lista de preguntas, y en uno de los ítems se solicitaban los nombres de todos los testigos. Cuando el señor Brigance presentó sus respuestas, no mencionó a Neal Nickel. Ni una palabra sobre él. Sin embargo, el señor Nickel le dirá que el pasado noviembre recibió la visita de un detective privado que trabajaba para un abogado de Clanton, Mississippi. No tenía su nombre, pero desde luego no se trataba de Walter Sullivan. No tardamos en encontrar al detective, que nos confirmó que Jake Brigance lo había contratado. Le envió un informe de dos páginas resumiendo lo que el señor Nickel le había contado.

Gilder guardó silencio, con un aire bastante arrogante, y miró a Jake, que estaba intentando con todas sus fuerzas sacarse de la manga una mentira creíble que lo librara de aquella catástrofe. Pero se le había paralizado el cerebro y todos sus esfuerzos creativos fracasaban con estrépito.

—Así que es obvio —continuó Gilder para hundir aún más el puñal— que Jake Brigance había encontrado al testigo, señoría, y que cuando se dio cuenta de que el testimonio del señor Neal Nickel no era en absoluto favorable, sino más bien del todo adverso a su causa, intentó olvidarse de él, muy oportunamente. Violó nuestras normas de intercambio de pruebas intentando ocultar a un testigo fundamental.

Harry Rex era mucho más taimado y retorcido que Jake, así que se volvió hace él y dijo:

—Creía que habías complementado las respuestas.

Era el mejor recurso, y tal vez el único, que podía interponerse. Era habitual que las respuestas a las listas de preguntas se modificaran y complementasen a medida que se iba disponiendo de más información.

Pero Harry Rex era abogado de divorcios y, como tal, estaba acostumbrado a tirarse faroles delante de los jueces. Jake, por el contrario, era un novato.

—Yo también lo creía —consiguió balbucir, pero fue un intento patético y en absoluto creíble.

Sean Gilder y Walter Sullivan se echaron a reír, y los otros tres trajes oscuros que los acompañaban se sumaron al terrible despliegue de humor. El juez Noose cogió la moción y miró a Jake con incredulidad.

—Ya, claro, estoy seguro de que querías complementar las respuestas y entregarnos a Neal Nickel —continuó Sean Gilder—, pero se te olvidó y ya llevas cinco meses olvidándote. Buen intento, caballeros. Juez, tenemos derecho a tomarle declaración a ese hombre.

El juez Noose levantó una mano y exigió silencio. Durante un minuto, o puede que fueran dos o tres, o tal vez una hora para Jake, leyó la moción de aplazamiento y comenzó a negar despacio con la cabeza. Por fin miró a Jake y dijo:

—Esto parece un intento bastante obvio de esconder un testigo por parte de los abogados de la demandante. ¿Jake?

Jake estuvo a punto de decir algo así como «En absoluto, señoría», pero se mordió la lengua. Si el detective era tan ruin como para revelar el nombre del abogado que lo había contratado, entonces era probable que le hubiera enviado a Gilder una copia de su informe. Cuando Gilder lo sacara, el golpe sería tremendo. Otra vez.

Se encogió de hombros y respondió:

—No lo sé, juez. Creía que habíamos complementado las respuestas. Debe de haber sido un descuido.

Noose frunció el ceño.

—Cuesta creerlo, Jake. ¿Un descuido con un testigo tan importante? No me cuentes cuentos. Encontraste un testigo que desearías no haber encontrado y después violaste una norma del intercambio de pruebas. Estoy horrorizado.

Ni siquiera Harry Rex pudo salvarlo con una réplica rápida. Los cinco abogados de la defensa sonreían como idiotas mientras Jake se hundía cada vez más en su silla.

Noose lanzó la moción sobre la mesa.

—Sin duda, tienen derecho a tomarle declaración al testigo. ¿Alguna idea de dónde puede estar?

Sullivan contestó a toda prisa:

—Se marchó a México el sábado, estará allí dos semanas.

—¿Por cortesía de Central & Southern? —le espetó Harry Rex.

—Claro que no. Son sus vacaciones. Y dijo que no piensa prestar declaración mientras esté allí.

Noose sacudió una mano.

—Basta. Esto complica el asunto, caballeros. Voy a permitir que se le tome declaración a este testigo en un momento que resulte conveniente para todos, así que voy a aprobar la moción de aplazamiento.

—Juez, también he preparado una moción de sanciones —saltó Gilder—. Esto es una intolerable violación de la ética por parte de los abogados de la demandante, y reunirse con el señor Nickel para charlar con él costará dinero. Se les debería exigir que lo paguen y cubran los gastos.

Noose se encogió de hombros.

—Pero ustedes van a cobrar de todas formas.

—Facturadles el doble por vuestros servicios —propuso Harry Rex—. Como siempre.

Jake perdió la calma.

—¿Por qué se nos exige que os entreguemos una información que no habríais descubierto ni contratando al FBI? Os pasasteis los siete primeros meses sin mover un dedo, ¡no hicisteis nada! ¿Y ahora queréis que os facilitemos el resultado de nuestro trabajo?

—¿O sea que reconoces que has ocultado un testigo? —preguntó Gilder.

—No. El testigo estaba ahí, en el lugar del accidente y en su casa de Nashville. Pero vosotros habéis sido incapaces de encontrarlo.

—¿Y tú no violaste la norma del intercambio de pruebas?

—Es una mala norma y lo sabes. Lo aprendimos en la facultad de Derecho. Protege a los abogados perezosos.

—Me ofendes, Jake.

Noose levantó ambas manos para tranquilizar el ambiente. Se frotó la mandíbula y, tras pensarlo seriamente, dijo:

—Bueno, está claro que hoy no podemos seguir adelante, no con un testigo tan importante fuera del país. Pospondré el juicio y les concederé tiempo para completar el intercambio de pruebas. Pueden irse, caballeros.

—Pero, juez, al menos deberíamos... —empezó Jake.

Noose lo interrumpió.

—No, Jake, no quiero saber más. Ya he oído bastante. Márchense, por favor.

Los abogados se pusieron en pie, unos más rápido que otros, y salieron en fila india del despacho. En la puerta, Walter Sullivan le dijo a Harry Rex:

—¿Qué planes tienes para ese veredicto de dos millones de dólares?

Sean Gilder se echó a reír.

Jake consiguió interponerse entre ambos antes de que a Harry Rex le diera tiempo a lanzar un puñetazo.

22

Tendría que haberse quedado y al menos haber intentado ofrecerle una explicación a Steve Smallwood, el hermano de Taylor y portavoz de la familia. Tendría que haberle dado instrucciones a Portia, que estaba perpleja. Tendría que haberse reunido con Harry Rex y decidido cuándo volverían a verse para maldecir y lanzar cosas. Tendría que haber dicho: «Adiós, nos vemos» a Murray Silerberg y su equipo, diseminado por toda la sala del tribunal. Tendría que haber vuelto al despacho de Noose y quizá disculparse o intentado arreglar las cosas. Sin embargo, huyó hacia una puerta lateral y salió del juzgado antes de que la mayor parte de los miembros potenciales del jurado hubieran abandonado la sala del tribunal. Se metió en su coche, se alejó a toda prisa de la plaza y cogió la primera carretera que salía de la ciudad. Se detuvo en una gasolinera a las afueras de Clanton y se compró unos cacahuetes y un refresco. Llevaba horas sin comer. Se sentó junto a los surtidores de gasolina, se arrancó la corbata y después se quitó el abrigo y se quedó escuchando cómo sonaba el teléfono de su coche. Era Portia, desde el bufete. Estaba seguro de que lo llamaba por algo de lo que no tenía ganas de ocuparse.

Continuó conduciendo hacia el sur y no tardó en llegar al lago Chatulla. Aparcó en un área de descanso sobre un acantilado y contempló el gran lago turbio. Miró la hora: las diez menos cuarto; calculó que Carla estaría en clase. Tenía que llamarla, pero no sabía muy bien qué decirle.

«Bueno, cariño, he intentado esconder a un testigo fundamental cuyo testimonio acabaría con nuestro caso».

O: «Bueno, cielo, esos puñeteros abogados del seguro han vuelto a ser más listos que yo y me han pillado haciendo trampas con el intercambio de pruebas».

O: «Bueno, cariño, he violado las reglas y ahora se ha pospuesto el caso. ¡Y estamos jodidos!».

Condujo sin rumbo fijo, hacia el este y hacia el oeste por las carreteras estrechas y umbrías que serpenteaban por el condado. Al final llamó al bufete y Portia le informó de que Dumas Lee había estado merodeando por allí, como si se oliera la noticia, y de que Steve Smallwood se había pasado por el despacho en busca de respuestas y estaba de un humor de perros. Lucien no estaba, y Jake le ordenó a su secretaria que cerrara la puerta con llave y dejara el teléfono descolgado.

Volvió a jurar que se desharía del Saab rojo. Era demasiado llamativo, como llevar pintada una diana, y en aquel momento lo último que quería era llamar la atención. Quería tomar otro desvío y seguir conduciendo hacia el sur durante horas hasta llegar al Golfo. Y entonces tal vez se limitase a seguir hacia delante por un embarcadero y lanzarse al mar. No recordaba ningún otro momento de su vida en el que hubiera sentido una necesidad tan desesperada de escapar. De desaparecer.

El teléfono lo sobresaltó. Era Carla. Lo cogió y saludó.

—Jake, ¿dónde estás? ¿Estás bien? Acabo de hablar con Portia.

—Estoy bien, solo he salido a despejarme con el coche para intentar evitar el bufete.

—Me ha dicho que el caso se ha retrasado.

—Exacto, se ha pospuesto.

—¿Puedes hablar?

—Ahora no. La cosa está mal y tardaré bastante en explicarte los detalles. Cuando llegues esta tarde estaré en casa.

—Vale, pero ¿estás bien?

—No voy a suicidarme, Carla, si es eso lo que te preocupa.

Puede que se me haya pasado por la cabeza, pero lo tengo controlado. Esta tarde nos vemos y te lo explico todo.

Era una conversación que le encantaría evitar. «Sí, cielo, he hecho trampas, a lo grande, y me han pillado».

Los abogados se reunirían un día para tomarle declaración a Neal Nickel, aunque Sean Gilder, una vez más, lo postergaría lo máximo posible. Ahora que llevaba la delantera, y que Jake no pediría un juicio a gritos, pasarían meses antes de que se le tomara declaración al testigo. Y no cabía duda de que Nickel sería un testigo excelente, bien vestido, elocuente y totalmente creíble. Desacreditaría a Hank Grayson, respaldaría el testimonio del maquinista y conferiría gran credibilidad a la teoría de la empresa ferroviaria, según la cual Taylor Smallwood estaba o dormido o muy distraído cuando se abalanzó contra el tren.

El caso había acabado, así de sencillo. El caso de su vida, o al menos de su carrera, acababa de irse al garete, impulsado por las ambiciones y la avaricia de un abogado que se había saltado las normas de forma deliberada y que había tenido la arrogancia de creer que no lo pillarían.

El préstamo para el litigio iba por setenta mil dólares.

Miró su reloj. Las diez y cinco. En ese momento tendría que haber estado delante del grupo de jurados potenciales. Aquella mañana se habían presentado ochenta, y Jake se había aprendido los ochenta nombres, sabía dónde vivían, trabajaban, iban a la iglesia. Sabía dónde habían nacido varios de ellos, dónde estaban enterrados algunos de sus familiares. Conocía su edad, su color de piel, a los hijos de unos cuantos. Harry Rex, Murray Silerberg y él habían pasado horas encerrados en el despacho memorizando todos los datos que había reunido el equipo.

No tenía ningún otro caso decente en el bufete y se estaba retrasando en los pagos. Estaba en guerra con el Servicio de Impuestos Internos.

Una señal de tráfico apuntaba hacia Karaway, su ciudad natal. Giró en dirección contraria por miedo a que su madre lo viera conducir sin rumbo en aquella bonita mañana de un lunes de finales de abril.

Y ahora no podía librarse de Drew Gamble y su caso perdido, que no haría sino consumir tiempo y dinero, por no hablar de la animadversión que despertaba en la ciudad.

No tenía intención de cruzar Pine Grove, pero terminó pasando por el asentamiento, y, antes de darse cuenta, estaba al lado de la Iglesia Bíblica del Buen Pastor. Entró en el aparcamiento de grava con la idea de dar la vuelta, pero atisbó a una mujer sentada a una mesa de pícnic junto al pequeño cementerio que había detrás de la iglesia. Era Josie Gamble y estaba leyendo un libro. Entonces apareció Kiera y se sentó junto a su madre.

Jake paró el motor y decidió charlar un rato con dos personas que no sabían nada de su desastre matutino y tampoco le habrían dado importancia. Las dos sonrieron cuando lo vieron acercarse; era evidente que se alegraban de verlo. Aunque, claro, se alegrarían de ver a cualquiera que fuera a visitarlas, pensó Jake.

—¿Qué te trae por aquí? —preguntó Josie.

—Me pillaba de camino —contestó mientras se sentaba frente a ella—. ¿Cómo te encuentras, Kiera?

—Estoy bien —dijo la muchacha, que se sonrojó enseguida.

No se apreciaban indicios de embarazo bajo su amplia sudadera.

—Nunca había conocido a nadie a quien Grove Pine le pillara de camino —comentó Josie.

—Para todo hay una primera vez. ¿Qué estás leyendo?

La mujer dobló una página del libro de bolsillo y respondió:

—Una historia de la antigua Grecia. Muy emocionante. Digamos que la biblioteca de la iglesia es bastante pequeña.

—¿Lees mucho?

—Creo que te conté que pasé dos años en la cárcel en Texas. Setecientos cuarenta y un días. Me leí setecientos treinta libros. Cuando me soltaron pregunté si podía quedarme dos semanas más para llegar a la media de un libro al día. Me dijeron que no.

—¿Cómo lees un libro al día?

—¿Has estado alguna vez en la cárcel?

—Todavía no.

—Bueno, también hay que decir que la mayoría no eran muy gruesos ni complicados. Un día me leí cuatro novelas infantiles de misterio de la detective Nancy Drew.

—Aun así son muchos libros. ¿Tú lees, Kiera?

La chica negó con la cabeza y apartó la mirada.

—Cuando entré —continuó Josie—, apenas sabía leer, pero tenían un programa educativo decente. Me saqué el título de educación general y empecé a leer. Cuanto más leía, más rápida era. Ayer vimos a Drew.

—¿Y qué tal fue?

—Estuvo bien. Nos dejaron sentarnos a los tres en una salita, así que pudimos abrazarlo y darle besos, al menos yo. Hubo muchas lágrimas, pero también conseguimos reírnos un poco, ¿a que sí, Kiera?

Su hija asintió y sonrió, pero no dijo nada.

—Nos vino muy bien. Nos dejaron visitarlo durante más de una hora, luego nos echaron. No me gusta nada esa cárcel.

—Se supone que no tiene que gustarte.

—Ya, claro. Ahora no paran de hablar del corredor de la muerte. No pueden mandarlo allí sin más, ¿verdad?

—Lo intentarán, sin duda. Lo vi el jueves pasado.

—Sí, nos dijo que llevabas unos días sin pasarte por allí, que tenías un juicio importante a la vuelta de la esquina. ¿Cómo te ha ido?

—¿Se está tomando la medicación?

—Dice que sí y que se encuentra mucho mejor. —Se le quebró la voz y se tapó los ojos durante unos segundos—. Parece tan pequeñito, Jake... Lo tienen vestido con un mono naranja desgastado que tiene escrito CÁRCEL DEL CONDADO tanto en la parte de delante como en la de detrás; le han dado el más pequeño que tenían y aun así le queda enorme. Lleva las mangas y las perneras remangadas. Es como si esa cosa fuera a tragárselo, y parece un niño pequeño porque eso es justo lo que es, solo un crío. Y ahora quieren meterlo en la cámara de gas. No me lo puedo creer.

Jake miró de soslayo a Kiera, que también se estaba enjugando las mejillas. Pobrecitas.

En aquel momento, otro coche entró en el aparcamiento. Josie lo miró y dijo:

—Es la señora Golden, la tutora. Ahora viene cuatro días a la semana; dice que Kiera se está poniendo al día.

La joven se levantó y sin decir una sola palabra se dirigió hacia la puerta de la iglesia y abrazó a la señora Golden, que los saludó con la mano. Entraron y cerraron la puerta.

—Lo que está haciendo es todo un detalle —comentó Jake.

—Es increíble lo buenos que son en esta iglesia, Jake. Vivimos aquí gratis. Nos están dando de comer. El señor Thurber, que es encargado en la fábrica de piensos, lo ha arreglado todo para que trabaje entre diez y veinte horas a la semana. Se cobra el salario mínimo, pero no es la primera vez que trabajo con esas condiciones.

—Es una buena noticia, Josie.

—Si tengo que coger cinco trabajos y hacer ochenta horas a la semana, te juro que las haré, Jake. Kiera no va a tener a ese bebé y a fastidiarse la vida.

Jake levantó las manos para dar a entender que se rendía.

—Ya tuvimos esa conversación y no tengo ganas de repetirla.

—Lo siento.

Permanecieron en silencio durante un buen rato. Jake apartó la vista hacia las colinas situadas al otro lado del cementerio. Josie cerró los ojos y pareció reflexionar.

Al final Jake se puso de pie.

—Tengo que irme ya —dijo.

Josie abrió los ojos y le dedicó una bonita sonrisa.

—Gracias por pasarte por aquí.

—Creo que Kiera necesita terapia.

—Caray, pues como todos.

—Le han pasado muchas cosas. La han violado repetidamente y ahora está pasando por otra pesadilla. Su situación no va a mejorar.

—¿Mejorar? ¿Cómo vamos a mejorarla? A ti te resulta fácil decirlo.

—¿Te importa si hablo con la doctora Rooker, la psiquiatra de Tupelo que examinó a Drew?

—¿Para qué?

—Para que vea a Kiera.

—¿Quién va a pagarlo?

—No lo sé. Deja que lo piense.

—Piénsalo bien, Jake.

En el bufete no le esperaba nada agradable, y además Jake quería evitar la plaza a toda costa. Si se topaba con Walter Sullivan, a lo mejor se le escapaba un puñetazo. Y para entonces hasta el último abogado de la ciudad estaría al corriente del cotilleo, de que a Brigance lo habían echado del tribunal y de que, a saber cómo, se las había ingeniado para fastidiar el caso Smallwood, el que todos ellos habían querido agenciarse. Solo dos o tres de los aproximadamente treinta se entristecerían de verdad por la noticia. Algunos se alegrarían con todas sus ganas, y a Jake le daba igual, porque él también los despreciaba. Perdido por las carreteras secundarias, llamó a Lucien.

Aparcó en el camino de entrada, detrás del Porsche Carrera de 1975 con un millón de kilómetros encima, y subió por la acera hasta los escalones del viejo y extenso porche que rodeaba toda la planta baja de la casa. La había construido el abuelo de Lucien justo antes de la Gran Depresión con el objetivo de tener la casa más espléndida de la ciudad. Se erguía sobre una colina, a menos de un kilómetro del juzgado, y Lucien se pasaba el día en el porche delantero, desde el que miraba a sus vecinos con desprecio. La había heredado, junto con el bufete, en 1956, cuando su padre murió de repente.

Lo esperaba meciéndose, siempre leyendo un grueso volumen de no ficción, siempre con un vaso en la mesa contigua. Jake se dejó caer sobre una polvorienta mecedora de mimbre al otro lado de la mesa.

—¿Cómo puedes empezar el día con Jack Daniel's? —preguntó.

—El secreto está en el ritmo, Jake. He hablado con Harry Rex.

—¿Está bien?

—No. Está preocupado por ti, pensaba que iban a encontrarte en el bosque con el motor en marcha y una manguera de jardín metida en el tubo de escape.

—Me lo estoy pensando.

—¿Quieres una copa?

—No, no me apetece. Pero gracias.

—Sallie va a preparar chuletas de cerdo a la parrilla y tenemos maíz fresco del huerto.

—No quería que cocinara.

—Es su trabajo, y yo como todos los días. ¿Qué narices se te pasó por la cabeza?

—Yo creo que nada, y ese es el problema.

Sallie apareció por detrás de una esquina y se acercó caminando hacia ellos con su habitual seguridad, como si el tiempo no importara lo más mínimo y ella fuera la dueña de la casa porque llevaba más de una década acostándose con el jefe. Llevaba uno de aquellos vestidos cortos y blancos con los que le sacaba el máximo partido a sus piernas largas y marrones. Siempre iba descalza. Lucien la había contratado como asistenta cuando tenía dieciocho años y poco después la había ascendido.

—Hola, Jake —lo saludó con una sonrisa. Nadie la consideraba una mera asistenta doméstica, y Sallie llevaba años sin pronunciar las palabras «señor» o «señora»—. ¿Quieres tomar algo?

—Gracias. Un poco de té helado, sin azúcar.

La mujer desapareció.

—Soy todo oídos —dijo Lucien.

—A lo mejor no quiero hablar de ello.

—Bueno, pues a lo mejor yo sí. ¿De verdad creíste que podías ocultar un testigo en un pleito tan importante?

—No esperaba tanto ocultarlo como que se mantuviera al margen.

Lucien asintió y dejó el libro sobre la mesa. Levantó su copa y bebió un sorbo. Parecía totalmente sobrio, no tenía ni la nariz ni los ojos rojos. Jake estaba seguro de que tenía las entrañas maceradas en alcohol, pero Lucien era un bebedor casi mítico, capaz de tolerar cualquier bebida. Chascó los labios y dijo:

—Harry Rex me ha dicho que tomasteis la decisión juntos.

—Es muy generoso por su parte.

—Creo que yo habría hecho lo mismo. Es una norma injusta que los abogados siempre han odiado.

A Jake no le cabía la menor duda de que Lucien se habría reído de la lista de preguntas de Sean Gilder y se habría negado a identificar a cualquier testigo problemático. La diferencia era que Lucien ni siquiera habría localizado a alguien como Neal Nickel. Jake había dado con él porque había sido demasiado exhaustivo.

—¿Tienes un «mejor de los casos»? Harry Rex me ha dicho que no.

—La verdad es que no. A lo mejor le tomamos declaración al testigo y no es tan sólido como nos tememos, y entonces iremos a juicio, más o menos dentro de unos seis meses. Hemos pagado a los expertos, así que seguirán en el equipo. El tío del jurado nos costará otra pasta, si lo utilizamos. Los datos no han cambiado, aunque un par de ellos se han modificado un poco. El paso a nivel es peligroso. El sistema de señales luminosas estaba anticuado y el mantenimiento era deficiente. La empresa ferroviaria sabía que había un problema y no quiso arreglarlo. Murieron cuatro personas. Llegaremos al jurado y nos la jugaremos.

—¿Cuánto debes?

—Setenta mil.

—Es broma, ¿no? ¿Setenta mil dólares en gastos para un pleito?

—No es tan raro hoy día.

—Yo nunca pedí prestado ni un centavo para un litigio.

—Eso es porque tú heredaste un dineral, Lucien. La mayoría no tenemos tanta suerte.

—Mi bufete, aunque era una locura, siempre dio beneficios.

—Me has preguntado por el mejor de los casos. ¿Ves alguna otra opción?

Sallie volvió con un vaso alto de té helado con limón.

—La comida estará dentro de media hora —anunció antes de volver a marcharse.

—Todavía no me has pedido consejo.

—De acuerdo, Lucien, ¿tienes algún consejo?

—Tienes que ir a por el nuevo testigo. Hay una razón por la que no quería saber nada de esto y una razón para que haya dado un paso al frente.

—Le dijo al detective que una vez lo habían demandado y que odiaba a los abogados.

—Ve a por él. Descubre todo lo relacionado con aquella demanda. Encuentra los trapos sucios. Tienes que aplastar a ese tío delante del jurado.

—No quiero ir al juzgado. Me gustaría estar pescando truchas en un recóndito riachuelo de montaña. Es lo único que quiero.

Lucien bebió otro sorbo y dejó el vaso de nuevo sobre la mesa.

—¿Has hablado con Carla?

—No, todavía no. Se lo contaré cuando llegue a casa. Va a ser divertido contarle a mi esposa, a la que adoro, que me han pillado haciendo trampas y me han echado del juzgado.

—A mí nunca se me han dado bien las esposas.

—¿Crees que la empresa ferroviaria querrá llegar a un acuerdo?

—No pienses así, Jake. Nunca muestres debilidad. Puedes

salir de esta devolviéndoles el golpe con fuerza, friendo a Noose hasta que fije otra fecha para el juicio y arrastrando a esos capullos de vuelta a la sala del tribunal. Ataca al nuevo testigo, escoge un buen jurado. Tú puedes con esto. No se te ocurra hablar de acuerdos.

Por primera vez desde hacía horas, Jake consiguió sonreír.

Hocutt House se había construido unos cuantos años antes que la casa de Lucien. Por suerte, al viejo Hocutt no le gustaba la jardinería, así que eligió un pequeño terreno en la ciudad para construir su precioso hogar. A Jake tampoco le gustaba la jardinería, pero durante el buen tiempo, una vez a la semana, sacaba el cortacésped y la desbrozadora y sudaba durante un par de horas.

El lunes por la tarde le pareció un buen momento, de modo que, cuando sus chicas volvieron del colegio, se lo encontraron trabajando en la parte de atrás de la casa. Nunca llegaba antes que ellas, así que Hanna se alegró muchísimo de ver a su padre en casa tan pronto. Jake había metido unas latas de limonada en una nevera. Se sentaron en el patio y hablaron del colegio hasta que Hanna se aburrió de los adultos y entró en la casa.

—¿Estás bien? —le preguntó Carla muy preocupada.

—No.

—¿Quieres hablar?

—Solo si me prometes que me perdonarás.

—Siempre.

—Gracias. Esta vez será difícil.

Carla sonrió y dijo:

—Estoy de tu lado, ¿vale?

23

De los tres guardias que pasaban por su celda con comidas e instrucciones, registros de cuarto y órdenes de que apagara la luz, y, de vez en cuando, una palabra amable, el señor Zack era su favorito, porque parecía que le importaba. Su voz nunca era áspera como la de los demás. El sargento Buford era el peor. Una vez le había dicho a Drew que más le valía disfrutar de la cárcel del condado, porque el corredor de la muerte era un sitio horroroso y allí era adonde mandaban a morir a todos los asesinos de polis.

El señor Zack llegó temprano con una bandeja de comida: huevos revueltos y una tostada. La dejó junto a la litera y volvió con una bolsa de la compra.

—Tu predicador te ha traído esto —le dijo—. Es ropa, ropa de verdad que tienes que ponerte para ir bien vestido.

—¿Por qué?

—Porque hoy tienes que ir al juzgado. ¿No te lo ha dicho tu abogado?

—A lo mejor. No me acuerdo. ¿Qué voy a hacer en el juzgado?

—¿Y yo qué leches sé? Yo solo me encargo de la cárcel. ¿Cuánto hace que no te duchas?

—No lo sé, no me acuerdo.

—Creo que fue hace dos días. No pasa nada. No hueles tan mal.

—El agua estaba helada. No quiero ducharme.

—Pues desayuna y vístete. Vendrán a por ti a las ocho y media.

Cuando el guardia se marchó, Drew mordisqueó la tostada y pasó de los huevos, que también estaban tan fríos como siempre. Abrió la bolsa de la compra y sacó un par de vaqueros, una camisa a cuadros gruesa, dos pares de calcetines blancos y un par de zapatillas deportivas blancas y rozadas. Estaba claro que todo era ropa usada, pero olía mucho a detergente. Se quitó el mono naranja y se vistió. Las prendas le quedaban razonablemente bien y le gustó volver a llevar ropa de verdad. Tenía una muda en una caja de cartón debajo de la litera, donde guardaba sus otros objetos de valor.

Cogió una bolsa de cacahuetes salados que le había llevado su abogado y se los comió despacio, uno a uno. Se suponía que tenía que leer una hora todas las mañanas, instrucciones estrictas de su madre. Le había hecho llegar dos libros; uno era una historia del estado que Drew había trabajado en clase y que le había parecido aburridísima. El otro era una novela de Charles Dickens que su profesora de Literatura le había enviado por medio de su predicador. Drew tenía poco interés en leer cualquiera de ellos.

El señor Zack volvió a por la bandeja.

—No te has comido los huevos.

Drew no le hizo caso y se tumbó en la litera de abajo para dormir otro rato. Unos minutos más tarde, la puerta de la celda se abrió de golpe.

—Arriba, chaval —gruñó un agente corpulento.

Drew se puso en pie con dificultad mientras Marshall Prather le ponía unas esposas en las muñecas. Después el agente lo agarró por el codo y lo condujo hacia el exterior de la celda y pasillo abajo hasta la puerta de atrás. Al otro lado lo esperaba un coche patrulla con DeWayne Looney al volante. Prather metió a Drew de un empujón en el asiento trasero y arrancaron a toda velocidad. El prisionero miró por la ventanilla para ver si había alguien mirando.

Poco después se detuvieron delante de la puerta trasera del

juzgado, donde los esperaban dos hombres con cámaras. Prather sacó a Drew del coche con un poco más de suavidad y se aseguró de que quedara de frente a la cámara para que le sacaran buenos primeros planos de la cara. Luego entraron y subieron por una escalera estrecha y oscura.

Jake estaba sentado a un lado de la mesa; Lowell Dyer, al otro. El juez Noose ocupaba la cabecera, sin toga, con una pipa sin encender sujeta entre los dientes. Los tres hombres tenían el ceño fruncido y parecían disgustados. Cada uno por sus propios motivos.

Noose dejó unos cuantos papeles sobre la mesa y se frotó los ojos. Jake estaba exasperado por el mero hecho de estar allí. La convocatoria no era más que una primera comparecencia para varios acusados recientemente imputados, y Jake había intentado que Drew se librara de ella. Sin embargo, su señoría quería que se le viese haciendo su trabajo, ejerciendo su autoridad sobre los delincuentes y manteniéndolos encerrados. Se esperaba una gran afluencia de público, y Jake pensaba, con cinismo, que Noose quería quedar bien ante los votantes.

Él, por supuesto, no estaba preocupado por los votantes y había aceptado el hecho de que estaba a punto de quedar mal pasara lo que pasase. Se sentaría al lado del acusado, se levantaría junto a él, consultaría con él, hablaría por él, etcétera. La clara y evidente culpabilidad de Drew Gamble estaba a punto de contagiar a su abogado.

—Señoría —empezó Jake—, necesito contratar a un psiquiatra para mi cliente, y el estado no puede esperar que se lo pague yo.

—Acaba de volver de Whitfield, ¿no vio allí a varios expertos?

—Sí. Sin embargo, esos expertos trabajan para el estado, y el estado va a llevar a mi cliente a los tribunales. Necesitamos nuestro propio psiquiatra privado.

—Como yo —masculló Lowell.

—¿Eso significa que vas a basar la defensa en la enajenación mental?

—Es probable, pero ¿cómo voy a tomar esa decisión sin consultar con nuestro propio psiquiatra? Estoy seguro de que Lowell podrá ponerlos en fila en la sala del tribunal y presentar a varios expertos de Whitfield que dirán que el muchacho sabía exactamente lo que estaba haciendo cuando apretó el gatillo.

Lowell se encogió de hombros y asintió.

Noose se quedó perplejo y dijo:

—Ya lo hablaremos luego. Quiero que comentemos cómo vamos con los tiempos y que fijemos al menos una fecha provisional para el juicio. Se acerca el verano, y eso suele complicarnos la agenda. Jake, ¿qué idea tienes tú?

Uf, muchas. Para empezar, su testigo estrella estaba embarazada, aunque aún lo disimulaba bien. Jake no tenía ninguna obligación de informar a nadie de ello. De hecho, lo más seguro era que el estado llamara a Kiera al estrado antes de que lo hiciera él. Tras conversar largo y tendido con Portia y con Lucien, Jake había decidido que la mejor estrategia era presionar para que el juicio se celebrara a finales de verano, puesto que así el embarazo de Kiera sería evidente cuando testificara. El factor que lo complicaba era la amenaza del aborto. Josie tenía dos empleos con el salario mínimo y un coche en propiedad. Nada le impedía coger a su hija y llevársela a Memphis para que abortara. La cuestión era tan sensible que no se estaba hablando de ella.

En segundo lugar, el pequeño Drew Gamble por fin estaba creciendo. Jake lo observaba con atención, igual que su madre, y los dos se habían fijado en que le habían salido algunos granitos en las mejillas y un rastro de pelusilla sobre el labio superior. También le estaba cambiando la voz. Comía más y, según el guardia, había ganado un par de kilos.

Jake quería a un niño pequeño sentado en la silla del acusado durante el juicio, no a un adolescente desgarbado intentando parecer mayor.

—Cuanto antes, mejor. A finales de verano, tal vez.

—¿Lowell?

—No requiere mucha preparación, juez. No hay muchos testigos. En un par de meses deberíamos estar listos.

Noose consultó su lista de casos pendientes.

—Pongamos el lunes 6 de agosto, y reservaos toda la semana.

Faltaban tres meses. Kiera estaría de siete. Jake seguía sin poder imaginarse el drama en la sala del tribunal cuando testificara que, en efecto, estaba embarazada y que Kofer era el padre porque la había violado reiteradamente.

Qué juicio tan terrible.

Drew estaba esposado a una silla de madera en una salita de detención oscura junto con otros dos delincuentes, dos hombres adultos negros a los que les hacían gracia la edad y el tamaño de su nuevo compañero. Sus delitos parecían insignificantes, mediocres.

—Oye, tío —dijo uno de ellos—, ¿le pegaste un tiro a ese agente?

El abogado de Drew había insistido en que no dijera nada, pero en presencia de otros hombres esposados se sentía a salvo.

—Sí.

—¿Con su propia pistola?

—Con la única pistola que encontré.

—Pues sí que te cabreó.

—Pegó a mi madre. Creí que la había matado.

—Van a freírte en la silla eléctrica.

—Creo que lo mandarán a la cámara de gas —terció el otro.

Drew se encogió de hombros, como si no lo tuviera claro. Entonces se abrió la puerta y un alguacil dijo:

—Bowie.

Uno de los hombres se puso de pie y el alguacil lo agarró por el codo y se lo llevó.

Cuando se cerró la puerta, la sala volvió a quedarse a oscuras y Drew preguntó:

—¿Por qué te arrestaron?

—Robé un coche. Ojalá le hubiera pegado un tiro a un poli.

Pequeñas manadas de abogados merodeaban por el edificio mientras se procesaba a los acusados. Algunos estaban allí por motivos laborales, otros formaban parte de la cuadrilla del juzgado que nunca se perdía un espectáculo. Corrían rumores de que el chaval al fin asistiría a su primera comparecencia pública, y eso los atraía como la carroña a los buitres.

Cuando Jake salió del despacho de Noose, le impresionó el número de personas que había acudido a presenciar las vistas preliminares, algo que apenas tenía importancia en el camino hacia la justicia. Josie y Kiera estaban sentadas muy juntas en la primera fila, junto a Charles y Meg McGarry; los cuatro parecían aterrorizados. Al otro lado del pasillo había un grupo formado por los Kofer y sus amigos, todos furiosos. Dumas Lee husmeaba aquí y allá en compañía de otro periodista.

El juez Noose pronunció el nombre de Drew Allen Gamble y el señor Pate se marchó a buscarlo. Entraron por una puerta lateral situada junto al estrado del jurado y se detuvieron un momento para quitarle las esposas. Drew miró a su alrededor e intentó absorber la enormidad de la sala y a toda la gente que lo miraba embobada. Vio a su madre y a su hermana allí sentadas, pero estaba demasiado aturdido para sonreír. El señor Pate lo acompañó hasta delante del estrado, donde Jake se reunió con él y ambos levantaron la vista hacia el juez.

Jake medía más de un metro ochenta. El señor Pate medía por lo menos uno ochenta y cinco, y ambos le sacaban al menos treinta centímetros al acusado.

Noose bajó la mirada y dijo:

—Usted es Drew Allen Gamble.

El chico asintió y puede que incluso dijera algo.

—Por favor, hable más alto, señor —casi gritó Noose por el micrófono.

Jake miró a su cliente.

—Sí, señor.

—Y lo representa el honorable Jake Brigance, ¿no es cierto?

—Sí, señor.

—Y el gran jurado del condado de Ford lo ha acusado del asesinato del agente Stuart Kofer, ¿verdad?

Según la opinión parcial de Jake, Noose estaba siendo exageradamente teatral e intentando ganarse el favor del público con aquel espectáculo. Qué narices, toda aquella primera comparecencia podría haberse despachado con una firma.

—Sí, señor.

—¿Y tiene una copia de la acusación?

—Sí, señor.

—¿Entiende los cargos?

—Sí, señor.

Cuando Noose se puso a revolver unos papeles, a Jake le entraron ganas de decirle algo como «Venga, juez, ¿cómo no va a entender los cargos? Lleva encerrado más de un mes». Casi sentía las miradas que le taladraban la espalda a través de su bonita chaqueta gris, y sabía que aquel día, el 8 de mayo, era el día en que lo coronaban de forma extraoficial como el abogado más odiado de la ciudad.

Su señoría preguntó:

—¿Se declara culpable o inocente?

—Inocente.

—De acuerdo. Permanecerá en prisión preventiva bajo la custodia del departamento del sheriff a la espera del juicio por el asesinato de Stuart Kofer. ¿Algo más, señor Brigance?

«¿Algo más? ¡Si ni siquiera necesitábamos esto!».

—No, señor.

—Llévenselo.

Josie intentó controlarse. Jake volvió a la mesa de la defensa y lanzó sobre ella una libreta inútil. Miró de soslayo al pastor McGarry y luego directamente al grupo de los Kofer.

Dos semanas antes, Lowell Dyer había informado a Jake de que a su investigador y a él les gustaría reunirse con Josie y con Kiera para hacerles unas preguntas. Era un gesto bastante profesional, porque Dyer no necesitaba el permiso de Jake para hablar con nadie salvo con el acusado. Jake representaba a Drew, no a su familia, y si cualquiera que trabajara para los cuerpos de seguridad o para la fiscalía quería charlar con un testigo potencial, estaba claro que podía hacerlo.

Al contrario que en los pleitos civiles, en los que todos los testigos se daban a conocer y sus declaraciones se investigaban mucho antes del juicio, en los litigios penales a ninguna de las dos partes se le exigía que revelara gran cosa. En teoría, en un sencillo caso de divorcio se contaba hasta el último dólar, pero en un juicio por asesinato en primer grado, con una vida humana en la cuerda floja, la defensa no tenía derecho a saber qué podrían decir los testigos de la acusación ni qué argumentarían los expertos.

Jake accedió a concertar una reunión en su bufete e invitó también a Ozzie y a Rady, su investigador. Quería que la sala estuviera llena de gente para que Josie y Kiera experimentaran la tensión de tener que hablar de lo ocurrido con público delante.

Noose hizo un receso para comer a las once y media. Jake y Portia se llevaron a Josie y a Kiera al otro lado de la calle, y Dyer y su investigador los siguieron. Volvieron a encontrarse en la sala de reuniones principal, donde Bev había servido brownies y café. Jake distribuyó a todo el mundo en torno a la mesa y sentó a Josie sola en un extremo, como si estuviera en el estrado de los testigos.

Lowell Dyer se mostró cariñoso y agradable y empezó dándole las gracias a Josie por dedicarle aquel tiempo. Tenía el informe completo del investigador Rady y sabía mucho sobre su pasado. Josie respondió con frases cortas.

El día anterior Jake había pasado dos horas en la iglesia,

preparándolas tanto a ella como a su hija. Incluso les había escrito unas instrucciones para que las repasaran, joyas como: «Que las respuestas sean breves. No deis ninguna información que no os pidan. Si no sabéis algo, no hagáis conjeturas. No dudéis en pedirle al señor Dyer que repita la pregunta. Decid lo mínimo posible sobre el maltrato físico (nos lo reservamos para el juicio). Y lo más importante: recordad siempre que es el enemigo y que está intentando mandar a Drew al corredor de la muerte».

Josie era dura y tenía mucho mundo. Superó las preguntas sin mostrar emoción y ofreciendo los mínimos detalles sobre las palizas.

Después le tocó a Kiera. Para la ocasión, y a petición de Jake, llevaba unos vaqueros y una blusa ajustada. Teniendo como tenía catorce años, nadie habría sospechado que estaba embarazada de cuatro meses. Jake había accedido de inmediato a la reunión porque quería que Lowell Dyer tuviera la oportunidad de evaluar a la testigo antes de que se le empezara a notar su estado. En su lista de instrucciones, Portia había mecanografiado en negrita: «No menciones tu embarazo. No menciones las violaciones. Si te preguntan por el maltrato físico, échate a llorar y no contestes. Jake intervendrá».

A Kiera se le rompió la voz casi de inmediato y Dyer no la presionó. Era una cría asustada, frágil, que ahora llevaba en secreto en el vientre a otra criatura, y parecía totalmente abrumada.

Jake esbozó una mueca, se encogió de hombros y le dijo a Dyer:

—Puede que en otra ocasión.

—Claro.

24

Jake había tenido mucho cuidado de no dejarse fotografiar cerca del juzgado. Como no podía ser de otra manera, el director del *Times* había recurrido al archivo y seleccionado una de las cien imágenes del juicio de Carl Lee Hailey, celebrado cinco años antes. La plantó en la portada, junto a una fotografía de Drew esposado al salir del coche patrulla el día anterior. El asesino de policías y su abogado, el uno al lado del otro. Ambos igual de culpables. Jake se sirvió una taza de café en su cocina y leyó el reportaje de Dumas Lee. Una fuente anónima decía que el juicio se había fijado para el 6 de agosto en Clanton.

El dato sobre la ubicación del juicio era interesante. Jake tenía pensado hacer cuanto estuviera en su mano para conseguir un cambio de juzgado y que el juicio se celebrara lo más lejos posible de Clanton.

Volvió a la portada. Recordaba la fotografía y que, cuando se la hicieron, le había gustado bastante. El pie que la acompañaba decía: «Jake Brigance, abogado de la defensa». En ella mostraba una actitud concentrada y profesional, con un ceño que transmitía la seriedad del momento. Quizá pareciera estar algo más delgado entonces, pero él sabía que pesaba lo mismo. Habían pasado cinco años y cada vez tenía menos pelo.

Oyó un trueno y recordó que se esperaban lluvias, otra tanda de tormentas primaverales. No tenía ninguna cita concertada aquel día y no le apetecía ir a desayunar al Coffee Shop, así que lo mando todo a paseo y regresó a su habitación, se quitó la ropa y se metió bajo las sábanas, donde encontró el cuerpo cálido de su mujer.

La avalancha de buenas noticias continuó. El juez Noose le envió a Jake por fax copias de dos cartas, con una diferencia de quince minutos. La primera decía:

Estimado juez Noose:

Como abogado de la junta de supervisores del condado de Ford, me han pedido que conteste a su petición sobre los honorarios de Jake Brigance como abogado en el caso de Stuart Kofer. Como bien sabe, la sección 99-15-17 del Código de Mississippi establece con claridad que la cantidad máxima que puede pagar el estado por la representación de personas sin recursos acusadas de asesinato en primer grado es de mil dólares. No hay manera de interpretar dicho estatuto que le confiera a la junta la posibilidad de pagar más. Debería haberla y ambos sabemos que el límite no es suficiente. Sin embargo, he debatido esta cuestión con los cinco miembros de la junta y su posición es que la compensación máxima será de mil dólares.

Conozco bien a Jake y estaré encantado de comentar este asunto con él.

Saludos cordiales,

TODD TANNEHILL
Abogado

La segunda carta era de Sean Gilder, el abogado de la empresa ferroviaria, y rezaba:

Estimado juez Noose:

Con gran pesar le escribo para informarle de que uno de nuestros expertos, el doctor Crowe Ledford, murió de forma repentina la semana pasada, apenas unos instantes después de completar la maratón de Cayo Hueso. Se sospecha que la causa fue un paro cardiaco. El doctor Ledford era profesor en la Universidad de Emory y un respetado experto en el campo de la seguridad vial y ferroviaria. Su testimonio iba a ser la piedra angular de nuestra defensa.

Aunque todavía no se ha fijado ninguna fecha para el juicio, es obvio que necesitaremos un tiempo adicional para encontrar y contratar a un experto que sustituya al doctor Ledford.

Nuestras disculpas al tribunal. Me pondré en contacto con el señor Brigance para comunicarle esta terrible noticia.

Con un cordial saludo,

Sean Gilder

Jake lanzó la carta sobre su escritorio y miró a Portia.

—Un experto muerto les hará ganar otros seis meses.

—Jefe, tenemos que hablar —dijo ella.

Jake miró hacia la puerta de su despacho.

—Está cerrada, ¿qué pasa?

—Bueno, llevo casi dos años trabajando aquí.

—¿Y ya estás preparada para convertirte en socia?

—No, todavía no, pero tengo intención de hacerme con el poder cuando termine la carrera.

—Todo tuyo.

—El caso es que me preocupa el bufete. He consultado los registros telefónicos de los primeros tres meses de este año y los he comparado con los de las seis últimas semanas. Jefe, el teléfono no suena.

—Ya lo sé, Portia.

—Y, aún peor, han empezado a entrar muchos menos clientes. De media abrimos un expediente nuevo al día, cinco a la semana, veinte al mes, y mantenemos activos unos cincuenta. A lo largo de las seis últimas semanas hemos abierto siete expedientes nuevos, la mayoría cosas sin importancia, como hurtos en tiendas y divorcios no contenciosos.

—Es a lo que suelo dedicarme.

—En serio, Jake, estoy preocupada.

—Gracias, Portia, pero no quiero que te preocupes. Ese es mi trabajo. En este oficio aprendes pronto que hay épocas en las que no das abasto y otras en las que te pasas el día mano sobre mano.

—¿Cuándo llega lo de no dar abasto?

—Nos pagarán mil pavos por lo de Gamble.

—En serio, Jake.

—Agradezco tu preocupación, pero deja que me encargue yo. Tú tienes la vista puesta en empezar la facultad en agosto y con eso ya tienes bastante.

Portia respiró hondo e intentó sonreír.

—Creo que la ciudad se ha vuelto en tu contra, Jake.

Su jefe guardó silencio el tiempo suficiente para admitirlo y luego dijo:

—Es temporal. Sobreviviré al caso Gamble y luego resolveré el caso Smallwood. Pasará un año y todo el mundo se peleará por mis servicios. Te lo prometo, Portia, cuando te licencies seguiré aquí, demandando a gente.

—Gracias.

—Y ahora, por favor, vete a preocuparte por otra cosa.

Con su madre trabajando horas sueltas tanto en la fábrica de piensos como en la planta de procesamiento avícola, Kiera se aburría por las tardes y pasaba el rato en la casa parroquial cuidando de Justin, el hijo de cuatro años de los McGarry. Meg, que ya estaba embarazada de ocho meses, asistía a clase en una escuela de oficios y agradecía que le hiciera de canguro. A menudo, cuando estaba en casa salían a dar largos paseos por un camino de grava que había detrás de la iglesia, con Justin delante de ellas, montado en su pequeña bicicleta. Les gustaba detenerse en un puente que salvaba el Carter's Creek y ver al niño jugar en la orilla.

Kiera adoraba a Meg y hablaba con ella de cosas que su madre no entendería. El aborto había sido un tema tabú durante una temporada, pero Meg y Charles estaban atentos al calendario y sabían que el tiempo se estaba convirtiendo en un factor fundamental. Kiera había llegado al ecuador del embarazo y había que tomar una decisión.

Un día, sentadas al borde del puente y con los pies colgando hacia el agua, Meg preguntó:

—¿Josie sigue queriendo que abortes?

—Dice que sí, pero no podemos pagarlo.

—¿Y tú que quieres?

—Yo no quiero tener un bebé, eso está claro. Pero tampoco quiero tener que pasar por un aborto. Mi madre dice que no es para tanto. ¿Puedo contarte un secreto?

—Puedes contarme lo que quieras.

—Lo sé. Mi madre dice que ella abortó una vez, después de que Drew y yo naciéramos, y que no es nada.

Meg intentó disimular la impresión que le produjo que una madre le contara un secreto así a su hija de catorce años.

—Eso no es cierto, Kiera, en absoluto. Abortar voluntariamente es algo terrible y el daño persiste durante años. Como cristianos, consideramos que la vida comienza en el momento de la concepción. Las dos criaturas que tú y yo estamos gestando ahora mismo son seres vivos, pequeños regalos de Dios. Abortar es acabar con una vida.

—¿Crees que es un asesinato?

—Sí. Sé que es un asesinato.

—No quiero hacerlo.

—¿Te está presionando?

—A todas horas. Tiene miedo de que le toque criar a otro niño. ¿Puede obligarme a abortar?

—No. ¿Puedo contarte yo un secreto?

—Claro, es lo que estamos haciendo, ¿no?

—Es verdad. Hablé con Jake de forma extraoficial y le pregunté qué ocurriría si Josie te llevara a una clínica de Memphis y tú te opusieras. Me contestó que ninguna clínica, ningún médico, llevará a cabo un aborto si la madre se niega. No dejes que te obligue a hacerlo, Kiera.

La chica le agarró la mano y se la apretó. Justin gritó y señaló una rana al borde del agua.

—Eres demasiado joven para preocuparte de criar un hijo, por eso la adopción es la mejor alternativa. Hay muchas parejas jóvenes que desean desesperadamente un hijo. Charles conoce a otros pastores, no le costará nada encontrar un hogar perfecto para tu bebé.

—¿Y qué me dices de un hogar para nosotras? Estoy cansada de vivir en una iglesia.

—Algo encontraremos. Y ahora que mencionas la iglesia, tenemos que hablar de otro asunto, también con tu madre. Se te está empezando a notar, pero estamos intentando mantenerlo en secreto, ¿verdad?

—Eso dijo Jake.

—Puede que haya llegado el momento de que dejes de asistir a los servicios.

—Pero me gustan los servicios. Todo el mundo es muy amable.

—Es verdad, y les gusta mucho hablar, como en cualquier iglesia pequeña. Si se dan cuenta de que estás embarazada, la noticia correrá como la pólvora.

—¿Y qué se supone que voy a hacer durante los próximos cuatro meses? ¿Esconderme en la cocina de la iglesia?

—Lo hablaremos con tu madre.

—Mi madre solo me dirá que aborte.

—Eso no va a pasar, Kiera. Vas a tener un bebé sano y a hacer muy feliz a una pareja joven.

Cuando Hanna se quedó dormida, Jake fue a su coche, cogió una botella de vino tinto, la descorchó en la encimera de la cocina, encontró dos copas que rara vez se usaban, entró en la sala de estar y le dijo a su esposa:

—Te espero en el patio.

Ya fuera, Carla vio la botella sobre la mesa y preguntó:

—¿Qué celebramos?

—Nada bueno. —Jake llenó las dos copas, le pasó una a su mujer, las entrechocaron y se sentaron—. Por nuestra quiebra inminente.

—Por ella, supongo.

Jake bebió un trago largo; Carla, un sorbo mucho más razonable.

—Acaban de retrasar varios meses el caso Smallwood —empezó Jake—. El condado se niega a pagarme más de mil dólares por la defensa de un asesinato en primer grado. El teléfono ha dejado de sonar en el bufete. Josie necesita trescientos dólares al mes para alquilar una casa. Y el remate es que Stan Atcavage me ha llamado hoy y su jefe quiere un pago por nuestro préstamo para el pleito.

—¿Un pago de cuánto?

—La mitad los dejaría satisfechos. La mitad de setenta mil dólares. Por supuesto, es un préstamo sin garantía y para empezar ni siquiera querían concedérnoslo. Stan dice que nunca han participado en el negocio de los litigios y que les da miedo. No puedo reprochárselo.

—Creía que habían accedido a esperar hasta que se resolviera el caso.

—Stan sí, verbalmente, pero su jefe lo está presionando. Recuerda que un banco más grande de Jackson los compró hace tres años. Stan no lleva bien algunas de las decisiones que se toman allí.

Carla bebió otro sorbo y respiró hondo.

—De acuerdo. Creía que el juez Noose tenía un plan para asegurarse de que te pagaran.

—Lo tiene, pero es un mal plan. Se supone que tengo que esperar a que el juicio termine y luego demandar al condado por mi tiempo y mis gastos. Me ha prometido fallar a mi favor y obligar al condado a pagarme.

—¿Qué tiene eso de malo?

—Todo. Significa que no recibiré ni un centavo durante meses, nada con lo que pagar los gastos generales mientras el bufete se hunde y la ciudad me boicotea. Cuando me vea obligado a demandar al condado, la noticia saldrá en los periódicos, así que más mala publicidad. Y en realidad no hay forma de que Noose obligue al condado a pagarme más de mil dólares. Si los supervisores meten las narices, que lo harán, estamos jodidos.

Carla asintió como si lo entendiera y bebió otro sorbo de vino.

—Maravilloso —dijo por fin.

—Sí. Noose cree que es un plan muy inteligente, pero lo cierto es que está desesperado por tener un abogado que represente al chaval.

—¿Puedo preguntarte cuánto dinero tenemos ahora?

—No mucho. Cinco mil en la cuenta del bufete. Ocho mil en nuestro fondo de inversión. Algo más de diez mil ahorrados. —Bebió más vino—. Bastante patético, si lo piensas bien. Doce años de abogado y solo dieciocho mil dólares ahorrados.

—Tenemos una buena vida, Jake. Los dos trabajamos. Vivimos mejor que la mayoría. Y la casa es nuestra, ¿no? Eso tiene un valor.

—Algo hay. Tendremos que exprimirlo al máximo para pagar a Stan.

—¿Una segunda hipoteca?

—No hay más remedio.

—¿Qué ha dicho Harry Rex?

—Bueno, cuando dejó de insultarme llamamos a Stan y se pusieron a discutir. Harry Rex mantiene que es una línea de crédito sin fecha de vencimiento, de manera que el banco tendrá que aguantarse y esperar. Entonces fue Stan el que se puso a echar pestes y dijo que nos reclamaría el préstamo entero. Cuando colgué seguían diciéndose barbaridades.

—Qué lamentable.

Durante un instante se dedicaron a escuchar el chirrido de los grillos. La calle estaba en silencio, salvo por el zumbido de los insectos y el ladrido distante de un perro.

—¿Josie te ha pedido dinero? —preguntó Carla.

—No, pero necesita largarse de la iglesia. Están cansadas

de vivir allí, y no se les puede echar en cara. Kiera está casi de cinco meses y se le empieza a notar. No podrá seguir ocultándolo mucho más tiempo. Ya te imaginas lo mucho que se divertirán los metomentodo cuando se den cuenta de que está embarazada.

—¿Josie ha encontrado algún sitio donde mudarse?

—Dice que está buscando, pero ahora también trabaja a tiempo parcial en un par de sitios. Solo puede permitirse gastar unos cien dólares al mes en el alquiler. Además, no tienen ni un solo mueble.

—¿Así que también vamos a pagarles el alquiler?

—Todavía no, pero estoy seguro de que tendremos que ayudarlas. Y tiene una montaña de facturas médicas que la obligarán a declararse insolvente.

—¿Y la asistencia sanitaria de Kiera?

—Ah, claro, eso también.

Tras un silencio prolongado, Carla dijo:

—Tengo una pregunta.

—Adelante.

—¿Has comprado más de una botella de vino?

25

Tres días después de que terminaran las clases y Hanna y Carla fueran libres para el resto del verano, los Brigance y su perro se subieron al coche y pusieron rumbo a la playa para sus vacaciones anuales. Los padres de Carla se habían medio jubilado en la zona de Wilmington y tenían un apartamento muy espacioso en primera línea de la playa de Wrightsville. A Hanna y a Carla les encantaban la arena y el sol. Jake agradecía el alojamiento gratuito.

Al padre de Carla, que todavía era el señor McCullough para Jake, le gustaba referirse a sí mismo como «inversor» y era capaz de aburrir a cualquiera con los últimos informes de beneficios. También escribía una columna para una revista financiera de poca monta a la que Jake una vez, hacía mucho tiempo, se había suscrito en un esfuerzo vano por comprender a qué se dedicaba el hombre. Su auténtica razón para suscribirse había sido intentar averiguar si su suegro tenía dinero de verdad. De momento, el valor neto de los McCullough continuaba siendo un misterio, pero resultaba evidente que su esposa y él vivían con bastante comodidad. La señora McCullough era una agradable mujer de unos sesenta y cinco años que llevaba una vida activa en todo tipo de clubes de jardinería, salvadores de tortugas y voluntarios de hospital.

El verano anterior y el anterior a aquel, los Brigance habían cogido un vuelo desde Memphis hasta Raleigh, donde habían alquilado un coche para las vacaciones. Hanna quería volver a montar en avión y se había llevado una desilusión cuando se enteró de que aquel año viajarían por carretera. Doce horas de trayecto. Era demasiado pequeña para entender que tenían que apretarse el cinturón, así que sus padres se mostraron cuidadosos con sus palabras y sus acciones. Planearon el viaje como una gran aventura y mencionaron unos cuantos lugares turísticos que podrían visitar por el camino. La verdad era que harían turnos para conducir y que esperaban que su hija durmiera buena parte del trayecto.

El Saab se quedó en casa. El coche de Carla también tenía sus años, pero no tantos, además de muchos menos kilómetros. Jake le compró neumáticos nuevos y lo llevó a que le hicieran una buena revisión.

Se pusieron en camino a las siete de la mañana, con Hanna apenas despierta bajo las mantas del asiento trasero y acurrucada con el perro. Jake encontró una emisora de éxitos de los años sesenta a la salida de Memphis y Carla y él se pusieron a tararear los viejos éxitos mientras el sol salía ante ellos. Habían prometido mantener un ambiente relajado, no solo por su bien, sino también por el de Hanna. El bufete se desmoronaba ante sus ojos. El banco quería el dinero. El caso Smallwood, su gallina de los huevos de oro, se había convertido en otro tipo de trágico accidente. El juicio de Gamble se celebraría al cabo de dos meses y se cernía en el horizonte como la fecha de su propia ejecución. A medida que sus ingresos menguaban, sus deudas aumentaban hasta parecerle insalvables.

Pero estaban decididos a sobrevivir. Todavía no habían cumplido los cuarenta, gozaban de buena salud y tenían una casa preciosa y muchos amigos, además de un bufete que Jake seguía pensando que podía convertir en algo más grande. Aquel sería un año difícil en lo económico, pero lo superarían y saldrían reforzados.

Hanna dijo que tenía hambre y Carla la retó a escoger un buen sitio para desayunar. La niña eligió un restaurante de comida rápida junto a la carretera interestatal e hicieron un pedido para llevar desde la ventanilla del coche. Iban bien de tiempo y Jake quería llegar antes de que anocheciera. La señora McCullough había prometido que la cena les estaría esperando en la mesa.

Jugaron a todo tipo de juegos: de coches, de cartas, de escoger la mejor valla publicitaria, de contar vacas...; a cualquier tipo de juego que pudiera ocurrírsele a Hanna, y cantaron las canciones de la radio. Cuando Hanna se adormilaba, Carla sacaba un libro y se hacía el silencio. Comieron una hamburguesa también para llevar en otro restaurante seleccionado por Hanna y antes de reanudar la marcha hicieron un cambio de conductor. Carla condujo una hora antes de que le entrara sueño. A Jake no le gustaba mucho cómo conducía su esposa, así que volvieron a cambiarse el sitio. Una vez en el asiento del pasajero, Carla se espabiló y no pudo dormir. Eran casi las dos de la tarde y todavía les quedaban varias horas de viaje.

Carla echó un vistazo para asegurarse de que Hanna estaba profundamente dormida y dijo:

—Vale, sé que habíamos quedado en no hablar de esto, al menos delante de ella, pero no puedo quitármelo de la cabeza.

—Yo tampoco —contestó Jake con una sonrisa.

—Bien, pues aquí va una pregunta importante: ¿dónde estará Drew Gamble dentro de un año?

Jake dedicó más de un kilómetro a reflexionar sobre ello.

—Hay tres respuestas posibles, todas ellas determinadas por lo que ocurra en el juicio. La primera: lo declaran culpable de asesinato en primer grado, lo cual es probable, puesto que no hay duda respecto a lo sucedido, y lo envían a Parchman a esperar su ejecución. En ese caso, a lo mejor se pueden mover unos cuantos hilos y conseguir que lo pongan en algún tipo de régimen penitenciario preventivo debido a su edad y tamaño, pero aun así será un lugar horrible. Yo creo que lo meterían en el corredor de la muerte, porque estar confinado en solitario es lo único que garantizaría su seguridad.

—¿Y las apelaciones?

—Serán eternas. Si lo condenan, sospecho que seguiré redactando informes para él cuando Hanna esté en la universidad. La segunda: lo declaran inocente por enajenación mental, lo cual es poco probable. Si es así, lo más seguro es que lo manden a alguna institución a tratarse durante un tiempo indeterminado y terminen soltándolo. Estoy seguro de que los Gamble se marcharían de la zona de Clanton, y puede que nosotros tengamos que irnos detrás.

—Eso tampoco me parece justo. Es fantástico para ellos. Terrible para los Kofer. Estamos entre dos aguas.

—Así es.

—No quiero que el chico se pase en la cárcel el resto de su vida, pero tampoco es justo que se vaya de rositas después de lo que hizo. Debería haber un término medio, una manera de que reciba un castigo menor.

—Estoy de acuerdo, pero ¿cuál?

—No lo sé, pero sí sé algo sobre la defensa basada en la enajenación mental gracias al juicio de Carl Lee. Él no estaba loco y se libró. Drew parece mucho más traumatizado y desconectado de la realidad que Carl Lee.

—Vuelvo a estar de acuerdo. Carl Lee sabía muy bien lo que estaba haciendo cuando mató a aquellos dos. Lo planeó con esmero y lo ejecutó a la perfección. Su defensa no se basó en su estado mental, sino en la empatía del jurado. Todo dependerá del jurado, como siempre.

—¿Y cómo haces que el jurado empatice con él?

Jake echó un vistazo hacia atrás. Hanna y Mully seguían dormidos.

—La hermana embarazada —respondió en voz baja.

—¿Y la madre muerta?

—La madre muerta será un elemento impactante y lo utilizaremos de forma constante. Sin embargo, no estaba muerta. Seguía respirando, tenía pulso, y la fiscalía lo explotará todo lo posible. Los chicos tendrían que haberse dado cuenta de que Josie no estaba muerta.

—Venga ya, Jake. Dos críos aterrorizados, seguramente histéricos porque su madre estaba inconsciente y no reaccionaba después de que un bestia hubiera vuelto a pegarle. Yo diría que pensar que estaba muerta fue bastante lógico.

—Eso es lo que le diré al jurado.

—Vale, ¿cuál es el tercer escenario posible? ¿Un jurado indeciso?

—Sí. Unos cuantos miembros sienten compasión y se niegan a aceptar el asesinato en primer grado. Quieren algo menos, pero la mayoría no da su brazo a torcer y quiere la cámara de gas. Las deliberaciones se convierten en una batalla campal, el jurado entra en un callejón sin salida y se bloquea por completo. Al cabo de unos cuantos días, Noose no tiene más remedio que declarar la nulidad del juicio y mandar a todo el mundo a casa. Drew vuelve a su celda y espera a que se celebre un nuevo juicio.

—¿Y qué probabilidades hay de que eso ocurra?

—Dímelo tú. Ponte en el lugar del jurado. Ya conoces los hechos, no son muchos.

—¿Por qué siempre me haces ponerme en el lugar del jurado?

Jake sonrió. Era culpable, otra vez.

—Un jurado que no alcanzara un veredicto mayoritario sería un gran triunfo. El veredicto de culpabilidad es el más probable. El veredicto de inocencia por enajenación mental es una posibilidad remota.

Carla miró hacia las montañas que iban dejando atrás. Estaban en una carretera interestatal, en algún rincón de Georgia, y ella no había terminado de decir lo que tenía que decir. Se volvió otra vez hacia atrás para mirar a Hanna y después continuó en voz baja:

—Josie te ha prometido que no habrá aborto, ¿no?

—Sí, a regañadientes. Además, ya es demasiado tarde.

—O sea que, si la naturaleza colabora, el bebé nacerá en septiembre. Y parece que Kiera se encuentra bien y tiene asistencia médica.

—Sí, y una parte la estamos pagando nosotros.

—Y ha accedido a darlo en adopción.

—Estabas allí cuando lo hizo. Josie lo exige. Sabe quién terminaría haciéndose cargo de la criatura y ahora mismo apenas puede mantenerse a sí misma y a Kiera.

Carla respiró hondo y miró a su marido.

—¿Has pensado en adoptar al bebé?

—¿Como abogado?

—No, como padre.

Jake estuvo a punto de gritar y dio un ligero volantazo. La miró, absolutamente atónito, y negó con la cabeza.

—Bueno, no, no lo había pensado, pero está claro que tú sí.

—¿Podemos hablarlo?

—¿Alguna vez ha habido algo de lo que no podamos hablar?

Ambos se volvieron para mirar a Hanna.

—Bueno —dijo Carla en ese tono que indicaba que la conversación que estaban a punto de mantener sería complicada. Jake clavó la mirada en la carretera y repasó su propia lista de complicaciones—. Hace años que comentamos la posibilidad de la adopción y luego, por algún motivo que ni siquiera recuerdo, dejamos de hablar de ello. Hanna era pequeña. Los médicos nos habían dicho que habíamos tenido mucha suerte de que me quedara embarazada de ella, después de varios intentos fallidos, y que no volvería a ocurrir. Queríamos como mínimo uno más, tal vez dos.

—Lo recuerdo. Yo también estaba allí.

—Supongo que nos dejamos llevar por el ajetreo de la vida y que al final aprendimos a ser felices con una hija única.

—Muy felices.

—Pero el bebé necesitará un buen hogar, Jake.

—Estoy seguro de que encontrarán uno. Me encargo de varias adopciones privadas a lo largo del año y siempre hay demanda de bebés.

—Partiríamos con ventaja, ¿no crees?

—Creo que este asunto tiene al menos dos problemas. El más importante, ¿estamos preparados para ampliar la familia? A tus treinta y siete años, ¿quieres otro bebé?

—Creo que sí.

—¿Qué me dices de Hanna?, ¿cómo reaccionará?

—Estará encantadísima de tener un hermanito.

—¿Hermanito?

—Sí, hace un par de días que Kiera le dijo a Meg que es un niño.

—¿Y por qué no me han informado?

—Son charlas de chicas, Jake, y tú siempre estás demasiado ocupado. Piénsatelo, un pequeñito con una hermana casi diez años mayor.

—¿Por qué de pronto estoy pensando en pañales y en paseítos nocturnos?

—Esa fase se pasa. La peor parte de tener un hijo es parirlo.

—Yo lo disfruté bastante.

—Claro, para ti fue fácil. Ahora podemos saltarnos toda esa parte.

Guardaron silencio durante varios kilómetros mientras ambos planeaban sus siguientes pasos. Jake estaba aturdido e intentaba organizar sus pensamientos. Carla había planeado el ataque y estaba preparada para plantar cara a cualquier tipo de resistencia.

Jake pareció relajarse y sonrió a su adorable esposa.

—¿Cuándo empezaste a pensar en esto?

—No lo sé. Llevo un tiempo dándole vueltas. Al principio me pareció una idea absurda y pensé en todas las razones que teníamos para no hacerlo. Eres el abogado *de facto* de la familia. ¿Qué impresión daría que utilizaras esa posición para quedarte con el bebé? ¿Cómo reaccionaría la ciudad?

—Eso es lo que menos me preocupa.

—En caso de tenerla, ¿qué tipo de relación mantendría el bebé con Kiera y Josie? ¿Y qué hay de los Kofer? Estoy segura de que se quedarán horrorizados cuando se enteren de que Stuart les ha dejado un nieto. Dudo que quieran tener nada que ver con el niño, pero nunca se sabe. Se me han ocurrido un montón de problemas y un montón de razones para no hacerlo. Pero no soy capaz de sacarme al niño de la cabeza. Alguien, una pareja afortunada de a saber dónde, recibirá una llamada de teléfono mágica. Irán al hospital y saldrán de allí con un pequeñín. Será todo suyo. ¿Por qué no podemos ser nosotros, Jake? Estamos tan capacitados para ello como cualquier otra pareja.

Desde el asiento de atrás les llegó una vocecita dulce y adormilada:

—¿Alguien ha pensado en ir parando para hacer pipí?

—Ahora sí —contestó Jake de inmediato y empezó a mirar los carteles de salida de la autopista.

Estaban en la playa al atardecer, paseando por la orilla. Hanna no paraba de saltar y charlar, agarrada de la mano de sus abuelos. Jake y Carla también iban cogidos de la mano y se quedaron un poco rezagados, felices de ver a su hija rodeada de amor. Carla quería hablar, pero Jake no estaba preparado para otra conversación acerca de aumentar la familia.

—Tengo una idea —dijo ella.

—Y estoy seguro de que estás a punto de compartirla conmigo.

Sin hacerle caso, Carla continuó:

—Drew está todo el día en la cárcel sin hacer nada, retrasándose cada vez más con los estudios. Lleva allí desde finales de marzo sin recibir ningún tipo de educación. Y Josie nos dijo que ya iba dos años por detrás de lo que le correspondería.

—Como mínimo.

—¿Podrías organizarlo para que yo vaya a la cárcel dos o tres días a la semana y le dé clases particulares?

—¿Tienes tiempo para eso?

—Tengo el verano, Jake, y siempre puedo sacar el tiempo necesario. Podemos pedirle a tu madre que se quede con Hanna, nunca nos dice que no, y también podemos buscar una canguro que nos eche una mano.

—O puedo hacer yo de canguro, porque, al ritmo al que se está hundiendo mi bufete, me sobrará mucho tiempo.

—En serio. Puedo coger los libros de texto del colegio y al menos marcarle algún tipo de horario.

—No lo sé. Ozzie tendría que aprobarlo y no es que esté muy cooperativo de un tiempo a esta parte. Tal vez debería pedírselo al juez Noose.

—¿Sería seguro? No he estado nunca en la cárcel.

—Tienes suerte. No sé si me gusta la idea. Estarías cerca de unos cuantos personajes peligrosos y de varios policías que ahora no son precisamente mis mejores amigos. Ozzie tendría que tomar algunas precauciones, así que seguro que se opone.

—¿Hablarás con él?

—Sí, si es lo que quieres.

—¿Es imposible que Drew salga de la cárcel unas cuantas horas a la semana para que nos veamos en otro sitio?

—Totalmente imposible.

Hanna y sus abuelos habían dado la vuelta y estaban cada vez más cerca.

—¿Qué tal si os tomáis una copa de vino mientras preparo la cena? —preguntó la señora McCullough.

—Buena idea —contestó Jake—. Hoy hemos comido dos veces en el coche y me apetece comida de verdad.

26

Tras cinco días paseando por la playa, nadando, leyendo, levantándose tarde, echándose la siesta y recibiendo unas palizas terribles al ajedrez por parte del señor McCullough, Jake necesitaba un descanso. El 31 de mayo a primera hora de la mañana abrazó a Carla, se despidió de sus suegros y se marchó tan contento en el coche, deseando pasarse las siguientes cinco horas en dichosa soledad.

La Fundación para la Defensa del Menor tenía un despacho en la calle M, cerca de Farragut Square, en el centro de Washington. El edificio era un bloque de ladrillo gris, al estilo de los años setenta, con cinco plantas y poquísimas ventanas. En el vestíbulo, el directorio incluía los nombres de decenas de asociaciones, ONG, coaliciones, federaciones, hermandades y demás, desde los Productores de Pasas Estadounidenses hasta los Carteros Rurales Discapacitados.

Jake se bajó del ascensor en la cuarta planta y encontró la puerta que buscaba. Entró en una estrecha zona de recepción donde un pulcro y diminuto caballero de unos setenta años lo saludó con una sonrisa desde detrás del ordenado escritorio al que estaba sentado.

—Usted debe de ser el señor Brigance, que viene nada más y nada menos que desde Mississippi.

—Sí, ese soy yo —respondió Jake, que dio un paso al frente con la mano extendida.

—Soy Roswell, el jefe de todo esto. —El hombre se levantó. Llevaba una minúscula pajarita roja y una camisa blanca impoluta—. Encantado de conocerlo.

Se estrecharon la mano. Jake, con sus pantalones y su camisa informales, sin corbata y sin calcetines, dijo:

—Lo mismo digo.

—Ha venido desde la playa, ¿no?

—Sí.

Jake echó un vistazo a su alrededor y se fijó en la decoración. Las paredes estaban cubiertas de fotografías enmarcadas de jóvenes con uniformes y monos carcelarios, algunos posando tras los barrotes, otros esposados.

—Bienvenido a nuestro cuartel general —dijo Roswell con otra sonrisa alegre—. Menudo caso se trae entre manos. He leído los sumarios. Libby siempre espera que nos lo leamos todo. —Señaló una puerta mientras hablaba—. Lo está esperando.

Jake lo siguió hasta un pasillo y se detuvieron ante la primera puerta.

—Libby, ha llegado el señor Brigance —anunció Roswell—. Señor Brigance, le presento a la auténtica jefa, Libby Provine.

La señorita Provine, que lo esperaba delante de su escritorio, le tendió la mano en el acto.

—Un placer, señor Brigance. ¿Le importa si le llamo Jake? Aquí solemos ser bastante informales.

Tenía un marcado acento escocés. A Jake le costó entenderla la primera vez que hablaron por teléfono.

—Para nada, tutéame. Encantado de conocerte.

Roswell desapareció y la mujer señaló una mesa de reuniones situada en un rincón del despacho.

—Pensé que te apetecería comer algo. —En la mesa había dos sándwiches sobre sendos platos de papel y varias botellas de agua—. El almuerzo está servido —dijo.

Ambos se sentaron a la mesa, pero ninguno tocó la comida.

—¿Has tenido buen viaje?

—Tranquilo. Tenía ganas de alejarme de la playa y de los suegros.

Libby Provine tenía unos cincuenta años y el pelo rizado y rojo entreverado de canas; llevaba unas elegantes gafas de diseño que la hacían parecer casi atractiva. Gracias a sus investigaciones, Jake sabía que había fundado aquella ONG hacía veinte años, no mucho después de licenciarse en Derecho en Georgetown. La FDM, como se la conocía, disponía de una plantilla de varios pasantes y cuatro abogados, todos contratados. Su misión era colaborar en la defensa de adolescentes juzgados por delitos graves y, más en concreto, intentar salvarlos mientras cumplían condena una vez que los declaraban culpables.

Tras unos minutos de charla intrascendente, durante los que ninguno de los dos tocó los sándwiches a pesar de que Jake estaba muerto de hambre, Libby le preguntó:

—¿Esperas que la acusación siga adelante con el cargo de asesinato en primer grado?

—Sí, desde luego. Dentro de dos semanas tenemos una vista al respecto, pero no espero ganarla. La fiscalía va a por todas.

—¿Aunque Stuart Kofer ni siquiera estuviera de servicio?

—Ese es el problema. Ya sabes que el estatuto se cambió hace dos años y que es difícil hacer caso omiso del nuevo.

—Sí, lo sé. Un cambio de legislación totalmente innecesario. ¿Cómo se llamaba?, ¿Ley de Agravantes de la Pena de Muerte? Como si el estado necesitara más autoridad en su cruzada por llenar el corredor de la muerte. Menuda basura.

Libby lo sabía todo. Jake había hablado con ella por teléfono dos veces y le había enviado un informe de cuarenta páginas que Portia y él habían redactado juntos. Jake también había hablado con otros dos abogados, uno de Georgia y otro de Texas, que habían confiado en la FDM en sendos juicios y sus opiniones eran deslumbrantes.

—Solo Mississippi y Texas permiten la pena de muerte por el asesinato de un agente de la ley sin tener en cuenta si este estaba de servicio o no —continuó Libby—. No tiene sentido.

—Allí seguimos librando esa guerra. Me muero de hambre.

—¿Ensalada de pollo o pavo y queso?

—Me quedo con el de ensalada de pollo.

Desenvolvieron los sándwiches y probaron un bocado, Libby uno mucho más pequeño que el de Jake.

—Desenterramos unos cuantos reportajes periodísticos sobre el caso Hailey. Parece que fue todo un espectáculo.

—Podrías llamarlo así.

—Da la sensación de que la defensa por enajenación mental funcionó para un hombre que no estaba enajenado.

—Se centró todo en la raza, algo que no tendrá cabida en el caso Gamble.

—¿Y su experto, el doctor Bass?

—No me atrevería a volver a utilizar sus servicios. Es un borracho y un mentiroso, recurrí a él solo porque trabajaba gratis. Tuvimos suerte. ¿Has encontrado un experto adecuado para este caso?

Libby mordisqueó la corteza de su sándwich y asintió.

—Necesitarás al menos dos expertos, uno para la defensa por enajenación mental, que creo que es la única posibilidad que tienes, y otro para la sentencia, suponiendo que lo condenen. Ahí es donde podemos ayudarte. Casi todos nuestros clientes son culpables, y algunos de sus delitos son bastante terribles. Nosotros solo intentamos mantenerlos con vida y fuera de la cárcel durante el resto de su vida.

Jake tenía la boca llena, así que se limitó a asentir. Por lo visto, Libby era de poco comer. Prosiguió:

—Algún día, en esta gran nación, el Tribunal Supremo dictaminará que enviar a un menor al corredor de la muerte es un castigo cruel e inusual, pero todavía no hemos llegado ahí. También puede que el Tribunal vea la luz y dictamine que sentenciar a un adolescente a cadena perpetua sin posibilidad de libertad condicional es lo mismo que una sentencia de muerte. De nuevo, aún no hemos llegado a ese punto. Así que seguimos luchando.

Por fin Libby le dio otro bocado a su sándwich.

Jake le había pedido dinero y recursos humanos. Dinero para los testimonios de los expertos y los gastos del pleito. Y quería la ayuda de otro abogado con experiencia durante el juicio. La ley exigía que hubiera un segundo abogado por parte de la defensa, pero a Noose le estaba costando encontrarlo.

Jake le había presentado esas peticiones por escrito y las habían comentado por teléfono. Los abogados de la FDM estaban desbordados de trabajo. Los fondos escaseaban. Jake había conducido cinco horas para asistir a aquella reunión y transmitirle a Libby Provine la urgencia del caso de Drew. Quizá un encuentro cara a cara la animara a colaborar.

Había presentado otras dos solicitudes a organizaciones similares, pero los resultados no parecían muy prometedores.

—Hemos utilizado los servicios de un psiquiatra infantil de Míchigan en varios casos, el doctor Emile Jamblah. Es el mejor hasta ahora. Es sirio, tiene la piel algo oscura, se le nota el acento. ¿Eso puede suponer un problema allá abajo?

—Uf, sí. Podría ser un problema muy gordo. ¿Tienes a alguien más?

—Nuestra segunda opción sería un médico de Nueva York.

—¿No tienes a nadie con el acento adecuado?

—Quizá, hay uno que es profesor en Baylor.

—Eso me gusta más. Ya sabes cómo funciona lo de los expertos en la sala del tribunal. La persona en cuestión tiene que ser de otro estado, porque cuanto más largo haya sido el trayecto que ha tenido que hacer para llegar hasta allí más lista le parece al jurado. Por otro lado, la gente del sur reacciona de forma negativa a los acentos extraños, sobre todo a los del norte.

—Lo sé. Hace diez años participé en un juicio en Alabama. ¿Me imaginas dirigiéndome a un jurado de Tuscaloosa? El resultado no fue bueno. El muchacho tenía diecisiete años. Ahora tiene veintisiete y sigue en el corredor de la muerte.

—Creo que he leído sobre ese caso.

—¿Qué aspecto tendrá tu jurado?

—Aterrador. Un pelotón uniforme. Es la zona rural del norte de Mississippi. Intentaré cambiar la jurisdicción a otro condado solo por la notoriedad del caso. Pero, vayamos adonde vayamos, la demografía será más o menos la misma. Un setenta y cinco por ciento de blancos. Unos ingresos medios familiares de treinta mil dólares. Imagino que serán nueve o diez blancos, dos o tres negros, siete mujeres, cinco hombres, edades comprendidas entre los treinta y los sesenta y todos cristianos, al menos de boquilla. De los doce, puede que cuatro llegaran a la universidad. Cuatro no terminaron el instituto. Una persona que gana cincuenta mil al año. Dos o tres en paro. Almas temerosas de Dios que creen en la ley y el orden.

—Ya he visto a ese jurado. ¿La fecha del juicio sigue siendo el 6 de agosto?

—Sí, y no creo que se retrase.

—¿Por qué tan pronto?

—¿Por qué no? Y tengo una buena razón para querer que el juicio se celebre en agosto. Ahora te la explico.

—Vale. ¿Cómo crees que se desarrollará?

—De una forma bastante rutinaria, hasta cierto punto. Comenzará la acusación, por supuesto. El fiscal es competente, pero tiene poca experiencia. Arrancará con los peritos forenses, las fotos del lugar de los hechos, la causa de la muerte, la autopsia, etcétera. Los hechos son claros, inequívocos, y las fotos, horribles, así que se meterá al jurado en el bolsillo nada más empezar. La víctima era veterano del ejército, un buen agente de policía, siempre había vivido en la zona, todo eso. La verdad es que el caso no es muy complicado. En cuestión de minutos, el jurado conocerá a la víctima y a su asesino y habrá visto el arma homicida. Durante mi turno de preguntas, indagaré sobre la autopsia y sacaré a relucir el hecho de que, en el momento de su muerte, el señor Kofer estaba borracho como una cuba. Ahí empezará el desagradable proceso de someterlo a él a juicio, y la cosa no hará más que empeorar. A algunos miembros del jurado no les parecerá bien. Otros se llevarán una sorpresa. Lo más probable es que en algún momento la acusación llame a declarar a Kiera, la hermana. Es una testigo importante, y se esperará que diga que oyó el disparo y que su hermano admitió haber matado a Kofer. El fiscal del distrito intentará demostrar que las acciones y los movimientos de Drew antes del momento del disparo muestran que el chaval sabía lo que estaba haciendo. Fue venganza. Creyó que su madre estaba muerta y quiso vengarse.

—Parece creíble.

—Así es. Pero el testimonio de Kiera podría ser aún más dramático. Cuando suba al estrado, el jurado y todos los presentes en la sala del tribunal se darán cuenta enseguida de que está embarazada. De más de siete meses. ¿A que no adivinas quién es el padre?

—¿Kofer?

—Sí. Le pediré que identifique al padre y testificará, sospecho que de forma bastante emotiva, que Kofer la violaba regularmente. Cinco o seis veces en total, la primera poco antes de Navidad. Cada vez que se quedaban solos la violaba y tras cada ataque la amenazaba con matarlos a su hermano y a ella si se lo contaba a alguien.

Libby se quedó sin palabras. Empujó su sándwich para apartarlo de ella unos cuantos centímetros y cerró los ojos.

—¿Cómo es que la acusación va a llamarla a declarar si está embarazada? —preguntó al cabo de un instante.

—Porque no lo saben.

La mujer respiró hondo, echó su silla hacia atrás, se puso de pie y caminó hasta el otro extremo de su despacho.

Siguió desde detrás de su escritorio:

—¿No estás obligado a informar al fiscal?

—No. Kiera no es mi testigo. No es mi clienta.

—Lo siento, Jake, pero me está costando procesar todo esto. ¿Estás intentando ocultar que está embarazada?

—Digamos que no quiero que la otra parte lo sepa.

—Pero ¿el fiscal del distrito y sus investigadores no se reunirán con sus testigos antes del juicio?

—Sí, es lo habitual. La decisión deben tomarla ellos. Pueden reunirse con Kiera cuando quieran; de hecho, ya hablaron con ella hace un par de semanas en mi bufete.

—¿La chica está escondida? ¿Tiene amigos?

—No muchos y, sí, podría decirse que está escondida. Les expliqué a Kiera y a Josie que sería mejor que nadie supiera que está embarazada, pero siempre cabe la posibilidad de que alguien lo descubra. También cabe la posibilidad de que el fiscal del distrito se entere. Pero Kiera va a testificar en el juicio, ya sea para la acusación o para la defensa, y si el juicio se celebra en agosto estará de siete meses.

—¿Se...? ¿Se le nota?

—Muy poco. Su madre le ha dicho que solo puede ponerse prendas amplias. Siguen viviendo en la iglesia, pero estoy intentando encontrarles otro sitio, un apartamento en otra ciudad. Hace un par de semanas que dejaron de asistir a los servicios de la iglesia y que intentan evitar a la gente.

—Por recomendación tuya, claro.

Jake sonrió y asintió. Libby volvió hasta la mesa y se sentó. Bebió agua de su botella y exclamó:

—¡Uau!

—Pensé que te gustaría. El sueño de un abogado defensor. Una emboscada absoluta del testigo de la fiscalía.

—Sé que en el sur el intercambio de pruebas tiene sus limitaciones, pero esto me parece algo extremo.

—Como comentaba en mi informe, en los casos penales el intercambio de pruebas es prácticamente inexistente. Como en la mayor parte del país.

Libby lo sabía. Le dio un bocado a su sándwich y masticó despacio, aunque la cabeza le iba a mil por hora.

—¿Y si el juicio se declara nulo? Está claro que la fiscalía pondrá el grito en el cielo por la sorpresa y querrá un nuevo juicio.

—La acusación no suele conseguir que los juicios se declaren nulos. Nos hemos retrotraído a hace ochenta años y hemos investigado centenares de casos en los que hubo juicios nulos. A la fiscalía solo se le concedieron tres y los tres tuvieron que ver con testigos importantes que no comparecieron ante el tribunal. Y yo argumentaré que declararlo nulo es innecesario, porque la chica testificará con independencia de cuál de las dos partes la llame como testigo.

—¿Hay alguna posibilidad de que Kofer no sea el padre?

—Lo dudo. Kiera tiene catorce años y jura que él fue el primero y el único.

Libby negó con la cabeza y apartó la vista. Cuando volvió a mirarlo, Jake se dio cuenta de que tenía los ojos húmedos.

—No es más que una cría —dijo en voz baja.

—Una niña adorable que ha tenido una vida difícil.

—Verás, Jake, estos juicios son terribles. He participado en decenas de ellos en muchos estados distintos. Los adolescentes que comenten un asesinato no son como los adultos que cometen un asesinato. Su cerebro no está formado por completo. Se dejan influir con facilidad. Por lo general han sufrido abusos y maltrato y no pueden escapar de ese ambiente perjudicial. Sin embargo, son capaces de apretar el gatillo, igual que un adulto, y sus víctimas están igual de muertas. Y los que las sobreviven están igual de furiosos. Para ti es el primero, ¿no?

—Sí, y ni siquiera lo quería.

—Lo sé. A pesar de lo horribles que son estos casos, este es mi trabajo, mi vocación, y todavía me sigue suponiendo un desafío. Adoro la sala del tribunal, Jake, y no quiero perderme el momento en que Kiera suba al estrado por nada del mundo. Será un drama de primer orden.

—¿Eso significa...?

—Quiero estar allí. Tengo un juicio en Kentucky a principios de agosto, pero pediremos un aplazamiento. El resto de nuestros abogados tienen esas fechas ocupadas. A lo mejor, solo a lo mejor, logro despejar mi agenda e intervenir en el caso.

—Serías de gran ayuda. —Jake no pudo reprimir una sonrisa—. ¿Qué hay del dinero?

—Estamos sin blanca, como siempre. Cubriremos mis horas y mis gastos y aportaremos al experto cuando se determine la condena, en caso de que lleguemos a ese punto. Me temo que tendrás que apañártelas solo para encontrar al experto adecuado en el tema de la enajenación.

—¿Alguna sugerencia?

—Sí, claro —contestó—. Conozco a muchos. Blancos, negros, latinos, hombres, mujeres, jóvenes y viejos. Elige. Encontraré al que más te convenga, solo tendré que pensarlo un poco.

—Blanco, por supuesto; quizá mujer, ¿no te parece? Nuestra mayor esperanza de despertar algo de piedad reside en las mujeres. En alguien a quien un borracho le haya pegado una paliza. En alguien que cargue con el oscuro secreto de haber sufrido una agresión sexual. En alguien que tenga una hija adolescente.

—Tenemos un buen archivo con los mejores expertos.

—No te olvides de lo del acento.

—Claro que no. De hecho, hace tres años contratamos a una psiquiatra de Nueva Orleans. Yo no estuve presente en la sala, pero nuestros abogados quedaron impresionados. Y el jurado también.

—¿Cuánto me costaría esa experta?

—Veinte mil, más o menos.

—No tengo veinte mil dólares.

—Veré qué puedo hacer.

Jake le tendió una mano.

—Bienvenida al condado de Ford —dijo—, aunque esperemos que el juicio se celebre en otro sitio.

Libby se la estrechó y contestó:

—Trato hecho.

27

El investigador del fiscal del distrito era un exagente de policía del condado de Tyler llamado Jerry Snook. Llegó a las oficinas del fiscal del distrito en el juzgado de Gretna un lunes por la mañana y empezó a planificar su semana de trabajo. Quince minutos más tarde, Lowell Dyer lo llamó a su despacho, que estaba en la puerta de al lado.

Su jefe ya estaba de mal humor.

—Acabo de hablar por teléfono con Earl Kofer, que me llama un mínimo de tres veces a la semana —dijo Dyer—. Quería saber lo que siempre quiere saber: ¿cuándo es el juicio? Le he dicho que el 6 de agosto, igual que la última vez que llamó. La fecha está fijada y no se cambiará. Quería saber si el juicio se celebrará en el condado de Ford. Le he contestado que no lo sé, porque Brigance quiere trasladarlo. Me ha preguntado que por qué. Porque cree que el caso es demasiado conocido en Clanton y está buscando un juzgado más cordial. Quiere un jurado que no esté familiarizado con el caso. A Earl no le ha hecho ninguna gracia y ha empezado a echar pestes; me ha dicho que el sistema siempre está amañado para proteger al delincuente. Le he explicado que nos opondremos a cualquier intento de trasladar el juicio, pero que la decisión dependerá del juez Noose. Se ha puesto a despotricar sobre Brigance y el caso de Carl Lee Hailey y a decir que el sistema no es justo porque Hailey se libró diciendo que estaba loco, y que Brigance volverá a hacer lo mismo. Le he recordado que el juez Noose se negó a trasladar aquel juicio a otro juzgado y que hace mucho que no traslada ningún otro. Le he explicado que en Mississippi es muy raro que un juez acepte un cambio de juzgado y todo eso. Pero Earl no escucha y está muy cabreado, cosa que entiendo. Quiere que le garantice que condenarán al chaval y que lo mandarán al corredor de la muerte, y también me ha preguntado cuándo se producirá la ejecución. Me ha dicho que ha leído en no sé dónde que Mississippi tiene a muchos hombres en el corredor de la muerte, pero que parece que no termina de llevarlos a la cámara de gas. Que, de media, suelen pasarse allí dieciocho años. Me ha dicho que él no puede esperar tanto tiempo, que su familia está destrozada, etcétera, etcétera. La misma conversación que tuvimos el viernes pasado.

—Lo siento, jefe —dijo Snook.

Dyer movió unos cuantos papeles en su escritorio.

—Ya, bueno, supongo que es parte de mi trabajo.

—Querías hablar de la madre y la hermana.

—Sí, sobre todo de la hermana. Tenemos que hablar con ellas, y cuanto antes. Ya nos hemos hecho una idea aproximada de lo que Josie dirá en el juicio, pero no la llamaremos a declarar. La chica, en cambio, tiene que testificar. Hay que dar por hecho que el acusado no subirá al estrado, así que tenemos que llamar a su hermana. ¿Qué sabes de ellas a día de hoy?

—Siguen viviendo en la iglesia. Josie tiene al menos dos empleos a tiempo parcial. No sé a qué se dedica la chavala. Es una cría y el instituto ya ha acabado.

—No podemos hablar con ella si la madre no está presente. Es decir, en teoría sí podríamos, pero nos traería complicaciones. Brigance se entrometería y montaría un escándalo. Parece que la madre y la hermana hacen todo lo que él les dice.

—No me importa presentarme allí cuando Josie no esté.

Dyer negó con la cabeza.

—Se asustará y llamará a su madre. Es demasiado arriesgado. Llamaré a Brigance y concertaré una cita.

—Que tengas suerte.

—Faltan dos meses para el juicio. ¿Estás preparado?

—Lo estaré.

—¿Cuándo te marchas al condado de Ford?

—Mañana.

—Pásate a saludar a Earl Kofer. Tenemos que tranquilizar a la familia.

—Lo haré encantado.

Jake y Carla aparcaron delante de la cárcel y entraron por la puerta principal. Él llevaba su maletín. Ella iba cargada con una bolsa de tela llena de libros de texto y cuadernos. Una vez dentro, Jake charló con dos agentes a los que conocía, pero no les presentó a su esposa. El ambiente se tensó de inmediato y los saludos resultaron incómodos. Guio a Carla hacia la puerta tras la que se encontraba la cárcel y, cuando la cruzaron, se detuvo ante el mostrador, donde los esperaba el sargento Buford.

—Ozzie nos dijo que estuviéramos aquí a las nueve —explicó—. Órdenes del juez Noose.

Buford miró su reloj de pulsera, como si Jake no supiera leer la hora.

—Tengo que echarle un vistazo a eso —dijo señalando el maletín.

Jake lo abrió para que pudiera inspeccionarlo. Satisfecho, pero no contento con aquel encuentro, Buford miró la bolsa de Carla y preguntó:

—¿Qué hay ahí dentro?

Ella la abrió.

—Libros de texto y cuadernos —contestó.

El agente hurgó en la bolsa sin sacar nada.

—Seguidme —gruñó.

Aunque Jake la había tranquilizado, Carla tenía un nudo en el estómago. Nunca había estado en el interior de la cárcel y se había imaginado que vería a delincuentes de verdad lanzándole miradas lascivas a través de los barrotes. Pero no había celdas, solo un pasillo estrecho y húmedo con una moqueta desgastada y puertas a ambos lados. Pararon delante de una de ellas y Buford la desbloqueó con una de las muchas llaves que llevaba en una argolla.

—Ozzie ha dicho que dos horas. Volveré a las once.

—A mí me gustaría marcharme dentro de una hora —dijo Jake.

Buford se encogió de hombros, como si no pudiera importarle menos, y abrió la puerta. Con un gesto de la cabeza, les indicó que entraran y cerró la puerta tras ellos.

Drew estaba sentado a una mesita, vestido con el mismo mono descolorido que llevaba todos los días. No se puso de pie ni los saludó. No tenía las manos esposadas y había estado jugando con una baraja de cartas.

—Drew, esta es mi esposa, la señora Brigance —presentó Jake—, pero puedes llamarla señorita Carla.

El chico sonrió, porque era imposible no sonreírle a Carla. Se sentaron en unas sillas de metal al otro lado de la mesa estrecha.

Carla también sonrió.

—Encantada de conocerte, Drew.

—Bien, como te expliqué ayer, la señorita Carla vendrá a verte dos veces a la semana y planificará tus tareas escolares —continuó Jake.

—Vale.

—Jake me ha dicho que el año pasado estabas en el tercer curso de secundaria, ¿no?

—Ajá.

—Drew, quiero que te acostumbres a decir «Sí, señora» y «No, señora» —dijo Jake con una sonrisa—. Lo de «Sí, señor» y «No, señor» tampoco estaría mal. ¿Lo intentarás?

—Sí, señor.

—¡Muy bien!

—He hablado con tus profesores y me han dicho que tus asignaturas eran Historia de Mississippi, Introducción al Álgebra, Lengua y Literatura, y Ciencias —continuó Carla—. ¿Es así?

—Supongo que sí.

—¿Tienes alguna asignatura favorita?

—La verdad es que no. No me gusta ninguna. Odio el instituto.

Los profesores le habían confirmado que era cierto. Todos estaban de acuerdo en que Drew se mostraba indiferente hacia sus estudios, conseguía los aprobados por los pelos, tenía pocos amigos, era reservado y, en general, parecía infeliz en el instituto.

La primera impresión de Carla fue parecida a la de Jake. Costaba creer que aquel muchacho tuviera dieciséis años. De haber tenido que adivinar su edad, ella habría apostado por trece. Era frágil, muy delgado y tenía una pelambrera rubia que necesitaba un buen corte con urgencia. Era desmañado, tímido y evitaba el contacto visual. Resultaba muy difícil imaginar que hubiera cometido un asesinato tan atroz.

—Bueno, muchos chicos odian el instituto —dijo Carla—, pero no puedes dejarlo. Pensemos que esto no es el instituto, sino unas clases particulares. Lo que quiero hacer es dedicarle alrededor de media hora a cada asignatura y luego dejarte deberes.

—Pues lo de los deberes es como en el instituto —dijo Drew, y se echaron a reír.

Para Jake, aquello supuso un pequeño avance, el primer intento de ser gracioso que había visto por parte de su cliente.

—Supongo que tienes razón. ¿Por dónde te gustaría empezar?

El chico se encogió de hombros.

—Me da igual. La profesora es usted.

—De acuerdo, empezaremos con las matemáticas.

Drew frunció el ceño y Jake masculló:

—Tampoco era mi asignatura favorita.

Carla metió la mano en su bolsa, sacó un cuaderno y lo dejó sobre la mesa. Lo abrió y arrancó una hoja de papel.

—Ahí tienes diez problemas de matemáticas básicas que quiero que me resuelvas.

Le pasó un lápiz. Los problemas eran sumas sencillas que cualquier alumno de quinto de primaria habría solucionado en cuestión de minutos.

Para aligerar la presión, Jake sacó un expediente de su maletín y no tardó en perderse en sus cosas de abogado. Carla sacó un libro de texto de historia y se puso a hojearlo. Drew empezó a trabajar y no aparentó tener dificultades.

Su progreso académico había sido irregular, por decirlo con suavidad. En su corta vida había asistido a clase en al menos siete centros educativos de distritos y estados distintos. Había dejado los estudios como mínimo dos veces y había pedido el traslado en numerosas ocasiones. Había vivido en tres casas de acogida, un orfanato, con dos familiares diferentes y en una autocaravana prestada; había pasado cuatro meses en un centro de menores por robar bicicletas y durante algunas etapas había vivido en la calle y no había asistido a ningún colegio. Su periodo más estable había sido entre los once y los trece años, cuando su madre estuvo en la cárcel y a Kiera y a él los habían mandado a un orfanato baptista de Arkansas, donde les proporcionaron estructura y seguridad. Cuando le concedieron la libertad condicional, Josie reclamó a sus hijos y la familia continuó su caótico viaje sin destino.

Con el consentimiento por escrito de Josie, Portia había rastreado tenazmente los distintos historiales académicos de Drew, así como los de Kiera, y reconstruido su breve y triste biografía.

Mientras fingía leer con gran concentración, Jake en realidad pensaba en lo lejos que había llegado su cliente a lo largo de las últimas once semanas. Del estado catatónico de sus primeros encuentros, pasando por sus primeras palabras, las dos semanas que había vivido en Whitfield, su aceptación forzosa del aislamiento individual y la monotonía de la vida en una celda, al punto en que se hallaba ahora, en el que era capaz de mantener una conversación decente y preguntar por su futuro. No cabía duda de que los antidepresivos estaban cumpliendo su función. También ayudaba que al señor Zack, otro de los guardias, le cayera bien el chico y pasara algo de tiempo con él. Le llevaba brownies de chocolate que le preparaba su esposa y cómics, y le había regalado a Drew una baraja de cartas con la que le había enseñado a jugar al gin rummy, al póquer y al blackjack. Cuando no había mucho trabajo, el señor Zack bajaba a la celda de Drew para jugar una o dos manos. El contacto humano era fundamental para todo el mundo, y el señor Zack detestaba el concepto de aislamiento individual.

Jake pasaba a verlo casi todos los días. Solían jugar a las cartas y hablaban del tiempo, las chicas, los amigos, los juegos a los que Drew había jugado alguna vez. De cualquier cosa menos del asesinato y el juicio.

Jake seguía sin estar preparado para formularle a su cliente la pregunta más importante: ¿sabía que Kofer estaba violando a Kiera? Y la razón era que Jake no estaba preparado para la respuesta. Si era «sí», entonces entraba en juego la venganza, y la venganza significaba que Drew había actuado de forma deliberada para proteger a su hermana. Eso equivalía a premeditación, y la premeditación conllevaba la pena de muerte.

Tal vez no le hiciera la pregunta nunca. Seguía teniendo serias reservas respecto a la conveniencia de sentar a Drew en el estrado para que se enfrentara a un interrogatorio avasallador por parte del fiscal del distrito.

Jake lo observó mientras hacía los problemas de matemáticas y fue incapaz de imaginarse dejando que sacrificaran al muchacho delante del jurado. Era una decisión que todo abogado defensor tenía derecho a reservarse hasta el último momento. El estado de Mississippi no exigía que la defensa revelara antes del juicio si el acusado iba a testificar o no. Jake les había insinuado tanto al juez Noose como a Lowell Dyer que Drew no lo haría, pero eso formaba parte de una estratagema para obligar a la fiscalía a citar a Kiera como testigo. Aparte de su hermano, era la única testigo ocular posible.

—Ya está —dijo Drew, y le entregó a Carla la hoja de papel.

Ella sonrió y le pasó otra hoja.

—Vale, ahora prueba con esto.

Era otra serie de sumas algo más difíciles.

Mientras él las hacía, Carla corrigió la primera hoja. Había fallado cuatro de diez. Tenían mucho trabajo por delante.

Buford volvió al cabo de una hora, cuando Jake ya estaba listo para marcharse. Este le pidió a Drew que se pusiera de pie, le estrechara la mano con firmeza y se despidiera de él. Carla estaba preparando una breve clase sobre los nativos americanos que una vez habían vivido en su estado.

Jake salió de la cárcel y recorrió a pie las tres manzanas que lo separaban de la plaza para dirigirse a una reunión que quería evitar. Entró en el Security Bank, esperó cinco minutos en el vestíbulo y no tardó en ver que Stan Atcavage le hacía gestos para que se acercara a su espacioso despacho. Se saludaron como los buenos amigos que eran, pero ambos se sentían incómodos por lo que estaban a punto de discutir.

—Vayamos al grano, Stan —dijo Jake al fin.

—De acuerdo. A ver, como ya te he dicho otras veces, este banco no es el mismo que hace dos años. En aquel entonces éramos un banco local y Ed me daba bastante carta blanca. Podía hacer casi lo que me diera la gana. Pero, como sabes, Ed vendió el banco y ahora ya no está, y la gente de Jackson hace las cosas de otra manera.

—Ya hemos tenido esta conversación.

—Y vamos a volver a tenerla. Hace muchos años que somos amigos y haría cuanto estuviera en mi mano por ayudarte, pero ya no manejo tanto el cotarro.

—¿Cuánto quieren?

—No les gusta este crédito, Jake, prestar dinero para litigios. Lo llaman «dinero de picapleitos» y al principio dijeron que no. Los convencí de que sabías lo que hacías y de que estabas seguro de que el caso Smallwood sería una mina de oro. Ahora que el caso ha saltado por los aires, creen que tenían razón. Quieren la mitad de los setenta mil dólares y la quieren ya.

—Y eso nos lleva a mi solicitud de refinanciación. Si el banco me concede una segunda hipoteca sobre mi casa y me extiende el crédito, tendré algo de efectivo para salir adelante. Puedo pagar el préstamo del litigio y seguir en activo.

—Bueno, tu modelo de negocio les preocupa. Han repasado tu historial financiero y no les ha causado una gran impresión.

Que un puñado de peces gordos del banco hubiera metido las narices en su economía y mirado sus ingresos con malos ojos hizo que le hirviera la sangre. Odiaba los bancos y, una vez más, se juró que encontraría la manera de sacarlos de su vida. Sin embargo, en aquel momento le parecía algo totalmente imposible.

Stan continuó:

—El año pasado tuviste unos ingresos brutos de noventa mil y te quedaron limpios cincuenta mil antes de los impuestos.

—Ya lo sé. Créeme que lo sé. Pero el año anterior tuve unos ingresos brutos de ciento cuarenta mil. Ya sabes cómo es conseguir clientes que paguen en una ciudad pequeña. A excepción de los Sullivan, todos los demás abogados de la plaza tenemos altibajos.

—Cierto, pero el año anterior te forraste a cuenta de los honorarios de la disputa del testamento de Hubbard.

—De verdad que no quiero discutir contigo, Stan. Hace dos años que le compré la casa a Willie Trainer por doscientos cincuenta mil, mucho dinero para Clanton, pero es que es mucha casa.

—Y yo aprobé la hipoteca sin dudarlo un instante. Pero la gente de Jackson se muestra escéptica respecto a tu tasación.

—Los dos sabemos que la tasación es alta. Apuesto a que esos capullos de Jackson viven en casas que cuestan mucho más de trescientos mil.

—Eso no es relevante, Jake. Se niegan a concederte una nueva hipoteca. Lo siento. Si dependiera de mí, la aprobaría con solo tu firma, sin aval.

—Tampoco te vengas arriba, Stan, que a fin de cuentas trabajas en un banco.

—Soy tu amigo y me duele tener que darte la mala noticia. Nada. No hay segunda hipoteca. Lo siento.

Jake exhaló un suspiro de derrota y casi sintió pena por su amigo. Se quedaron mirándose un instante. Al final Jake dijo:

—De acuerdo, intentaré conseguirla en otro sitio. ¿Cuándo quieren el dinero?

—Dentro de dos semanas.

Jake negó con la cabeza, como si no diera crédito a lo que oía.

—Supongo que tendré que zambullirme en la ya escasa charca de mis ahorros.

—Lo siento, Jake.

—Ya lo sé, y sé que tú no querías esto. No te fustigues por ello. Sobreviviré. No sé cómo, pero sobreviviré.

Se estrecharon la mano y Jake salió del banco lo más deprisa que pudo.

Utilizó los callejones traseros para evitar a la gente y pocos minutos más tarde entró en su bufete, donde le esperaban más malas noticias.

Josie estaba sentada con Portia en la recepción. Estaban tomándose un café y parecían absortas en una conversación agradable. Josie no se había tomado la molestia de concertar una cita y Jake no estaba de humor para gestionar más dramas, pero no podía negarse. La mujer lo siguió hasta su despacho del piso de arriba y se sentó al otro lado del abarrotado escritorio de Jake. Hablaron acerca de Drew unos instantes y Jake le comentó que en ese momento Carla estaba en la cárcel haciéndose cargo de su primera sesión de clases particulares. Exageró un poco y dijo que parecía que a Drew le estaba gustando recibir ese tipo de atención. Después hablaron sobre Kiera y Josie le contó que su hija se sentía sola y estaba aburrida y asustada. La señora Golden, su tutora de la iglesia, iba a verla tres veces a la semana para darle clases. Le ponía muchos deberes y así mantenía a Kiera más o menos entretenida. Charles y Meg McGarry se pasaban por allí cada dos días para ver cómo estaba. Josie había dejado de ir a la iglesia porque Kiera ya no podía acompañarla. Empezaba a notársele un poquito y tenían que proteger su secreto.

Josie sacó varias cartas de su bolso y se las pasó a Jake.

—Dos de los hospitales, el de aquí y el de Tupelo, y otra del médico de allí —anunció—. Un total de dieciséis mil dólares y pico, y, por supuesto, con amenazas incluidas. ¿Qué se supone que debo hacer, Jake?

Jake revisó los números y, una vez más, se asombró ante el coste de la sanidad.

—Ahora tengo tres empleos a tiempo parcial —continuó Josie—, todos por el salario mínimo, y conseguimos mantenernos a duras penas, pero no puedo pagar esas facturas. Además, tengo que cambiarle la transmisión al coche. Si deja de funcionar, estamos jodidas, simple y llanamente.

—Podemos declararte insolvente —dijo Jake.

Por lo general esquivaba aquel tipo de trabajos con el mismo entusiasmo con que esquivaba los divorcios, pero de vez en cuando se metía en el fango con los clientes que pasaban por aprietos graves.

—Pero necesito a mi médico, Jake. No puedo declararme insolvente y no pagarle. Además, ya lo solicité en Luisiana hace dos años, y era la segunda vez. ¿No hay un límite para el número de veces que se puede solicitar?

—Me temo que sí.

Jake supuso que, con sus problemas económicos, sus condenas y sus divorcios, Josie conocía la ley mejor que muchos abogados. A pesar de que admiraba sus agallas y su determinación por sobrevivir y proteger a sus hijos, tuvo que hacer un esfuerzo para no juzgarla con dureza por sus errores.

—Entonces, no puedo volver a pedirlo. ¿Qué me sugieres?

Le entraron ganas de sugerirle que se buscara a otro abogado. Él ya estaba muy ocupado con el caso de su hijo, que además iba a hacer que él también terminara arruinado. Nunca había accedido a representarla a ella. Más bien al contrario: lo habían obligado incluso a defender a Drew. Pero ahora era el abogado de la familia y no había manera de escapar de ello.

Harry Rex la habría mandado a paseo, la habría echado de su despacho sin mostrar compasión alguna. Lucien la habría aceptado como clienta y luego habría soltado sus problemas sobre el escritorio de algún asociado modesto mientras él montaba una defensa sonada para su hijo. Jake no podía permitirse esos lujos. Y la verdad era que rara vez decía que no a un cliente insolvente en apuros. A veces parecía que la mitad de su trabajo fuese gratuito, bien porque hubiera accedido a ello desde el principio, bien porque terminara dándose cuenta meses más tarde, cuando daba sus honorarios por perdidos.

Y, para complicar las cosas, el reloj no dejaba de correr. A Kiera le faltaban más o menos tres meses para dar a luz. Jake aún tenía sus conversaciones con Carla frescas en la memoria.

—De acuerdo, llamaré a los hospitales y a los médicos y hablaré con ellos.

Josie estaba enjugándose los ojos.

—¿Alguna vez te han embargado el sueldo, Jake?

«¿Qué sueldo?».

—No, nunca.

—Es horrible. Te matas a trabajar en un sitio de mierda y, cuando por fin te pagan, hay un aviso amarillo en el sobre. Alguna empresa de tarjetas de crédito, o una financiera, o un vendedor de coches chanchullero, ha cogido tu sueldo y lo ha dividido por la mitad. Es terrible. Así vivo yo, Jake, siempre escalando una montaña, intentando poner comida en la mesa, y siempre con alguien que va a por mí. Que me manda cartas crueles. Que contrata abogados para cobrar las deudas. Que me amenaza, siempre hay alguien amenazándome. No me importa trabajar a destajo, pero solo intento mantenerme a flote, sobrevivir. Ni siquiera puedo pensar en salir adelante.

Era fácil pensar que Josie se había buscado todos sus problemas, que se había autoinfligido esos daños, pero Jake se preguntó si en algún momento habría tenido una oportunidad de verdad. Había vivido treinta y dos años muy duros. Si se le ofrecía la posibilidad, podía resultar atractiva, y estaba claro que eso la había llevado a tener problemas graves con malos hombres. Quizá la hubieran maltratado. O puede que Josie siempre hubiera tomado malas decisiones.

—Haré esas llamadas y ganaré algo de tiempo —dijo, porque no se le ocurría nada más que decir y necesitaba ponerse a trabajar, con un poco de suerte en algo por lo que le pagaran.

—Necesito ochocientos dólares para cambiarle la transmisión al coche, Jake —le espetó ella de pronto—. Por una de segunda mano. ¿Puedes hacerme un préstamo?

No era una petición inusual en la vida de un abogado en una ciudad pequeña. Jake había aprendido por las malas a no prestar dinero a los clientes sin blanca. La respuesta estándar y de confianza era «Lo siento, pero prestarte dinero supondría una falta de ética».

«¿Por qué?».

¿Por qué? Porque las probabilidades de recuperar el dinero son bastante bajas. ¿Por qué? Porque la gente de la asociación de ética del Colegio de Abogados del Estado se dio cuenta hace décadas de que tenía que proteger a sus miembros, que en su mayoría son abogados de ciudades pequeñas, de tales peticiones.

En aquel momento, Jake tenía unos cuatro mil dólares en la cuenta del bufete, un dinero que sería muy necesario a lo largo de los siguientes meses para poder mantener su negocio abierto. Pero ¿qué narices? Josie necesitaba el dinero mucho más que él, y, si se quedaba sin coche, Jake heredaría aún más problemas a los que no tenía ganas de enfrentarse. Él podía trabajar más horas, captar más clientes, pedirle a Noose que le asignara casos de insolventes en los que pudiera conseguir acuerdos con la fiscalía. Se sentía orgulloso de ser un abogado que atendía todo tipo de causas, al contrario que los abogados trajeados de los grandes bufetes, y siempre había sido capaz de buscar trabajo extra cuando estaba en apuros.

Sonrió, asintió y dijo:

—Eso puedo arreglarlo. Te pediré que firmes un pagaré

con fecha de vencimiento para dentro de un año. Es una especie de formalidad, por razones éticas.

Josie sollozó durante un rato mientras Jake fingía apuntar algo.

—Lo siento, Jake —balbuceó cuando por fin dejó de llorar—. Lo siento mucho.

Él esperó hasta que la mujer recuperó la compostura, al menos en parte.

—Josie, tengo una idea —le dijo entonces—. Estáis hartas de vivir en la iglesia. El pastor McGarry y sus feligreses se han portado muy bien con Kiera y contigo y os han apoyado de una manera increíble, pero no podéis seguir allí. No tardarán en darse cuenta de que está embarazada y entonces empezarán los rumores. No puedes pagar estas facturas, y es poco realista pensar que los hospitales y los médicos vayan a dejarte en paz. Quiero que desaparezcáis, que os mudéis, que os larguéis de esta zona.

—No puedo marcharme, no con Drew en la cárcel y a la espera de juicio.

—Ahora mismo no puedes ayudar a Drew. Mudaos a algún sitio que no esté muy lejos e intentad pasar desapercibidas hasta el juicio.

—¿Adónde?

—A Oxford. Está a solo una hora. Es una ciudad universitaria con muchos apartamentos baratos. Buscaremos uno amueblado. El verano ya está aquí y los estudiantes se han marchado. Tengo un par de amigos abogados allí, les pediré que te ayuden a encontrar uno o dos empleos. Olvídate de estas facturas, los cobradores no te encontrarán.

—Es la historia de mi vida, Jake, siempre huyendo.

—No tienes ninguna razón para quedarte aquí, ni familia ni amigos de verdad.

—¿Y el médico de Kiera?

—En Oxford hay un buen hospital regional con muchos buenos médicos. Nos aseguraremos de que la cuiden bien. Esa es la prioridad.

Las lágrimas habían desaparecido y tenía la mirada despejada.

—Necesitaré otro préstamo para que podamos instalarnos.

—Hay otro motivo, Josie. Kiera tendrá el bebé en septiembre, después del juicio y de que todo Clanton se entere de su embarazo. Si da a luz en Oxford, habrá muy poca gente de aquí que lo sepa. Muy poca. Incluidos los Kofer. Se quedarán conmocionados cuando se enteren de que van a tener un nieto y seguramente no quieran tener nada que ver con él. Sin embargo, a estas alturas ya he aprendido que es imposible predecir cómo va a reaccionar la gente. Cabe la posibilidad de que quieran mantener algún contacto con la criatura. Eso no puede ocurrir.

—Eso no ocurrirá.

—Nos encargaremos de los trámites de la adopción allí, en otro distrito judicial. Kiera estará en un instituto distinto y sus nuevos compañeros no sabrán nada de su embarazo. Mudaros es lo mejor para ella, y para ti también.

—No sé qué hacer.

—Eres una superviviente, Josie. Lárgate de este sitio. A tu hija y a ti no os ocurrirá nada bueno si os quedáis en este condado. Créeme.

Josie se mordió el labio inferior e intentó contener más lágrimas.

—Vale —accedió al final en voz baja.

La hermosa y vieja casa del juez Reuben Atlee estaba a dos manzanas de la de Jake, en el centro de Clanton. Era tan antigua como para tener nombre propio, Maple Run, y el magistrado vivía allí desde hacía décadas. A media tarde, Jake aparcó detrás de un Buick enorme y llamó a la puerta mosquitera. Atlee era un reconocido tacaño que se negaba a instalar aire acondicionado

Una voz lo invitó a pasar y Jake entró en el vestíbulo húmedo y bochornoso. El juez Atlee apareció con dos vasos llenos de un líquido marrón, su habitual whisky caliente para terminar otra dura jornada. Le pasó uno a Jake y dijo:

—Vamos a sentarnos en el porche.

Una vez fuera, donde la atmósfera era mucho más ligera, se sentaron en sendas mecedoras.

El juez Atlee llevaba mucho tiempo presidiendo el tribunal de equidad y metiendo discretamente las narices en casi todos los asuntos del condado. Su jurisdicción era el derecho de familia: divorcios, adopciones, impugnaciones de testamentos, disputas sobre terrenos, temas de zonificación..., una larga lista de cuestiones legales que casi nunca incluía los juicios con jurado. Era un hombre sabio, justo, severo y no tenía paciencia con los abogados miedosos o vagos.

—Ya veo que te han endilgado el caso Gamble —dijo.

—Eso me temo.

Jake le dio un sorbo al whisky, que no era su bebida favorita, y se preguntó cómo iba a explicarle aquello a Carla. No sería tan complicado. Si el juez Atlee te tendía una copa y te decía que te sentaras en el porche, ningún abogado podía negarse.

—Noose me llamó para pedirme consejo. Le dije que no había ningún otro abogado en el condado que pudiera hacerse cargo del caso.

—Gracias por nada.

—Es parte de ser abogado, Jake. No siempre puedes elegir a tus clientes.

¿Por qué no? ¿Por qué no podían él o cualquier otro abogado negarse a aceptar un cliente?

—Pues me lo han endosado.

—Supongo que optarás por la enajenación.

—Es lo más probable, pero le disparó a sangre fría.

—Qué pena. Es una tragedia. Qué desperdicio de vida, tanto para el agente como para el chaval.

—Dudo que el chico vaya a despertar mucha empatía.

Atlee bebió un sorbo y contempló los tejados de la ladera. El de Hocutt House se atisbaba a lo lejos.

—¿Cuál es la pena justa, Jake? No me gusta la idea de someter a críos a un juicio por asesinato en primer grado, pero el agente está igual de muerto apretara quien apretase el gatillo. El asesino tiene que recibir un castigo, y severo.

—Esa es la gran pregunta, ¿no? Pero en realidad no importa. La ciudad quiere un veredicto de pena de muerte y la cámara de gas. Mi trabajo es luchar contra ello.

Atlee asintió y volvió a beber.

—Me dijiste que necesitabas un favor.

—Sí, señor. No creo que sea justo juzgar al muchacho en este condado. Será imposible seleccionar un jurado imparcial, ¿no cree?

—Yo no trato con jurados, Jake, ya lo sabes.

También sabía que, con la excepción de un puñado de personas, el juez Atlee sabía más sobre el caso que cualquiera.

—Pero conoce el condado, señoría, mejor que nadie. Tengo intención de pedir un cambio de juzgado, pero necesito su ayuda.

—¿En qué puedo ayudarte?

—Hable con Noose. Ustedes se comunican de una forma que pocas personas conocen. Acaba de decirme que Noose le llamó para pedirle consejo acerca de a quién asignarle el caso. Presiónele para que traslade el juicio.

—¿Adónde?

—A cualquier juzgado menos a este. Noose mantendrá la jurisdicción, porque el caso es suyo y, además, es mediático. No quiere perderse la diversión. Y, por si eso fuera poco, es posible que el año que viene tenga un contrincante, así que quiere quedar bien

—¿Buckley?

—Ese es el rumor. Buckley está haciendo ruido por ahí abajo.

—Buckley es tonto, y en las últimas elecciones a las que se presentó lo machacaron.

—Cierto, pero ningún juez en funciones quiere tener que pasar por unas elecciones.

—Yo nunca he tenido que ir —dijo con algo más de arrogancia de la esperada.

Ningún abogado con dos dedos de frente desafiaría a Reuben Atlee.

—Noose se negó a trasladar el juicio de Carl Lee Hailey —continuó Jake—, y su razonamiento fue que el caso era tan conocido que todo habitante del estado conocería los detalles. Probablemente tuviera razón, pero esto es distinto. Un poli muerto es una gran historia. Es una tragedia y todo eso, pero pasa. Los titulares terminan por desaparecer. Apuesto lo que sea a que la gente del condado de Milburn no está hablando de ello.

—Estuve allí la semana pasada. Ni una palabra.

—Aquí es distinto. Los Kofer tienen muchos amigos. Ozzie y sus chicos están cabreados. Harán que las cosas sigan revueltas.

Su señoría estaba asintiendo. Bebió otro trago y dijo:

—Hablaré con Noose.

28

Tras otra ronda de insultos por parte de Harry Rex, Stan consiguió convencer a su jefe de Jackson para que redujera el pago a veinticinco mil dólares. Jake saqueó sus ahorros y firmó un cheque por la mitad de esa cantidad. Harry Rex encontró algo de dinero e hizo lo propio, aunque él también adjuntó una nota manuscrita en la que prometía no volver a hablarle a Stan en su vida. Le faltó poco para amenazar con pegarle un puñetazo la próxima vez que se lo cruzara en la plaza.

Harry Rex seguía confiando en que sacarían algo del caso Smallwood, aunque solo fuera una indemnización por perjuicios que le ahorrara a la compañía ferroviaria los costes de defenderse en un gran juicio. Lo que nadie sabía era cuándo se celebraría ese juicio. Sean Gilder y los chicos de la empresa ferroviaria seguían con su obvia estrategia dilatoria y aseguraban que seguían buscando al experto adecuado. Noose llevaba mucho más de un año presionándolos, pero desde la debacle de Jake en el intercambio de pruebas había perdido el interés en un juicio rápido. El socio de Gilder, Doby Pittman, le había confiado que era posible que la empresa ferroviaria se planteara una indemnización por perjuicios para quitarse el caso de encima. «Alrededor de cien mil dólares», susurró mientras tomaban copas en Jackson.

En el improbable caso de que la ferroviaria y su compañía de seguros terminaran en efecto firmando un cheque, lo primero que se reembolsaría serían los gastos del litigio —que en

aquel momento ascendían a setenta y dos mil dólares y pico—.
Lo que quedara se dividiría, y dos tercios irían a parar a Grace
Smallwood y el otro tercio a Jake y Harry Rex. Los honorarios serían irrisorios, pero al menos habrían esquivado la bala
del condenado «préstamo de picapleitos».

Sin embargo, Doby Pittman no era el que llevaba la batuta
en aquel caso y ya se había equivocado antes. Sean Gilder no
mostraba señal alguna de dar marcha atrás y parecía seguro de
conseguir una gran victoria en la sala del tribunal.

El viernes 8 de junio, Lowell Dyer y Jerry Snook, acompañados de Ozzie y su investigador, Kirk Rady, se acomodaron en
la sala de reuniones principal del bufete de Jake, que los recibió sentado al otro lado de la mesa, con Josie a un costado y
Kiera al otro.

Para aquel encuentro, la chica se había puesto unos vaqueros anchos y una sudadera gruesa. A pesar de que hacía más de
treinta grados, nadie pareció fijarse en que la sudadera estaba
fuera de lugar. Jake y Josie daban por sentado que todos los
presentes en la sala sabían que la familia llevaba ropa de segunda mano que les habían donado. Kiera estaba embarazada de
seis meses y la barriguita quedaba bien disimulada.

Tras un intento de intercambiar unos cuantos saludos incómodos, Dyer comenzó explicándole a Kiera que, dado que
había sido testigo del delito, era posible que la fiscalía la llamara a declarar.

—¿Lo entiendes? —preguntó con cierta delicadeza.

La chica asintió y respondió en voz baja:

—Sí, lo entiendo.

—¿Te ha explicado el señor Brigance lo que ocurrirá en la
sala del tribunal?

—Sí, hemos hablado de ello.

—¿Te ha dicho lo que tienes que decir?

Kiera se encogió de hombros y pareció desconcertada.

—Supongo.

—Bueno, ¿y qué te ha dicho que digas?

Jake, que tenía ganas de discutir, lo interrumpió:

—¿Por qué no le preguntas qué pasó?

—De acuerdo. Kiera, ¿qué pasó aquella noche?

Evitando el contacto visual en todo momento y con la mirada clavada en una libreta que había sobre la mesa, la muchacha contó su historia: despierta a las dos de la mañana esperando a que Stuart Kofer volviera a casa; escondida en su habitación con Drew mientras su madre esperaba en la planta baja; incapaces de dormir por culpa del miedo; sentada en su cama en la oscuridad, con su hermano al lado y la puerta atrancada; ver las luces de los faros; oír el coche; oír la puerta de la cocina que se abría y se cerraba de golpe; oír la voz de su madre y la de Kofer mientras discutían otra vez; luego gritos más fuertes cuando él la llamó puta y mentirosa; el estruendo de la nueva paliza que estaba recibiendo su madre; luego silencio durante unos minutos mientras continuaban esperando; los pasos pesados de Kofer al subir las escaleras, llamándola por su nombre mientras se acercaba; el forcejeo con el picaporte; los golpes en la puerta mientras Drew y ella lloraban, contenían la respiración y rezaban pidiendo ayuda; el silencio momentáneo cuando Kofer decidió dejarlos en paz; el ruido que hizo al bajar las escaleras; el horror de saber que su madre estaba herida, porque de lo contrario habría peleado para protegerlos; el largo y terrible silencio mientras esperaban...

Se le quebró la voz y se secó las mejillas con un pañuelo de papel.

—Sé que es difícil —dijo Dyer—, pero intenta terminar, por favor. Es muy importante.

Kiera asintió y apretó los dientes con determinación. Miró a Jake y este le hizo un gesto con la cabeza.

Drew bajó las escaleras a hurtadillas y encontró a su madre inconsciente. Volvió a subir corriendo y, entre lágrimas, le dijo que Josie estaba muerta. Fueron a la cocina, donde Kiera le suplicó a su madre que se despertara; luego se sentó y se colocó la cabeza de Josie en el regazo. Uno de ellos, no se acordaba de cuál de los dos, dijo que tenían que llamar a emergencias. Drew hizo la llamada mientras Kiera continuaba sosteniendo a su madre, que no respiraba. Sabían que estaba muerta. Ella le sujetaba la cabeza, le acariciaba el pelo y le susurraba. Drew se movía de un lado a otro, pero Kiera no tenía claro qué estaba haciendo. Su hermano le dijo que Kofer estaba inconsciente en su cama. Drew cerró la puerta del dormitorio y Kiera oyó el disparo.

La chica empezó a sollozar y los adultos de la sala evitaron el contacto visual. Al cabo de uno o dos minutos, Kiera volvió a secarse las mejillas y miró a Dyer.

—¿Qué dijo Drew después del disparo? —le preguntó este.

—Dijo que había disparado a Stu.

—¿O sea que en realidad tú no lo viste hacerlo?

—No.

—Pero oíste el disparo.

—Sí.

—¿Drew dijo algo más?

Kiera se quedó callada, lo pensó y al final respondió:

—No recuerdo nada más de lo que dijo.

—Bien, ¿qué pasó después?

Otro silencio.

—No lo sé. Yo solo abrazaba a mi madre y no podía creer que estuviera muerta.

—¿Recuerdas al agente de policía que llegó al lugar de los hechos?

—Sí.

—¿Dónde estabas cuando viste al agente?

—Seguía en el suelo, abrazada a mi madre.

—¿Recuerdas si el agente te preguntó qué había pasado?

—Creo que sí. Sí.

—¿Y qué contestaste?

—Dije algo como «Drew ha disparado a Stuart».

Dyer esbozó una sonrisa sensiblera y dijo:

—Gracias, Kiera. Sé que esto no es fácil. Mientras le sostenías la cabeza a tu madre, ¿respiraba?

—No, yo creía que no. Estuve mucho rato abrazada a ella y estaba segura de que estaba muerta.

—¿Intentaste tomarle el pulso?

—Creo que no. Estaba demasiado asustada. Cuesta un poco pensar cuando pasa algo así.

—Lo entiendo. —Dyer guardó silencio y tomó unas cuantas notas antes de continuar—: Bien, creo que has utilizado la expresión «otra vez» cuando has dicho que oísteis a Stuart Kofer y a tu madre discutiendo y peleándose en la planta baja, ¿es así?

—Sí, señor.

—Entonces, ¿había ocurrido antes?

—Sí, señor. Muchas veces.

—¿Alguna vez viste esas peleas con tus propios ojos?

—Sí, pero yo no las llamaría peleas. Mi madre solo intentaba protegerse mientras él le pegaba.

—¿Y tú estabas delante?

—Una vez, sí. Stuart volvió a casa tarde y borracho, como de costumbre.

—¿Os pegó alguna vez a Drew o a ti?

—No va a contestar a eso —intervino Jake.

—¿Por qué no? —preguntó Dyer desde el otro lado de la mesa.

—Porque durante tu interrogatorio en la sala del tribunal no se lo preguntarás. Kiera será tu testigo en ese momento.

—Tengo derecho a saber cuál será su testimonio.

—Durante tu interrogatorio, cuando sea tu testigo. No tienes derecho a saber lo que dirá en el contrainterrogatorio.

Dyer ignoró a Jake, miró a Kiera y volvió a formular la pregunta.

—¿Stuart Kofer os pegó alguna vez a Drew o a ti?

—No contestes —dijo Jake.

—No eres su abogado, Jake.

—Pero será mi testigo durante el contrainterrogatorio. Dejémoslo en que su testimonio durante el contrainterrogatorio no será beneficioso para la acusación.

—Te estás equivocando con esto, Jake.

—Pues entonces lo hablaremos con el juez Noose.

—Te estás extralimitando.

—Ya veremos, pero Kiera no va a contestar a esa pregunta hasta que el juez se lo ordene. Ya tienes lo que querías, ahora olvídate del tema.

—No pienso hacerlo. Presentaré una moción para obligarla a responder a mis preguntas.

—Muy bien. Y nosotros rebatiremos tu moción delante del juez.

Dyer volvió a ponerle el capuchón a su bolígrafo y recogió sus notas con todo el dramatismo que pudo. La reunión había acabado.

—Gracias por tu tiempo, Kiera —dijo.

Jake, Kiera y Josie no se movieron mientras todos los demás abandonaban la sala. Cuando cerraron la puerta tras ellos, Jake le dio unas palmaditas en la espalda a Kiera.

—Buen trabajo —dijo.

Una magnífica interpretación de una chica de catorce años.

A pesar de sus apuros económicos, Jake quería celebrar una fiesta con barbacoa en el jardín. El viernes por la tarde encendió la parrilla en el patio, marinó pechugas y muslos de pollo y asó perritos calientes y mazorcas de maíz mientras Carla preparaba una jarra enorme de limonada.

Los primeros en llegar fueron los Hailey, Carl Lee y Gwen con sus cuatro hijos: Tonya, que ya tenía diecisiete años y aparentaba veinte, y los tres chicos, Carl Lee Junior, Jarvis y Robert. Siempre llegaban un poco cohibidos, porque eran invitados en una casa elegante de la parte blanca de la ciudad, algo extraño en Clanton. Jake nunca había ido a una barbacoa, a una fiesta ni a una boda en las que hubiera invitados negros. Desde hacía cinco años, cuando se celebró el juicio de Carl Lee, Carla y él estaban decididos a cambiar esa situación. Habían recibido muchas veces a los Hailey, así como a Ozzie y su familia, en el patio de su casa. Y habían ido a casa de los Hailey a participar en pícnics y reuniones con su extensa familia en las que eran los únicos invitados blancos. Para los negros del condado de Ford, era imposible que Jake hiciera nada mal. Era su abogado. El problema era que no les sobraba el dinero para pagar sus honorarios y la mayoría de sus problemas legales entraban en la categoría de *pro bono*, la especialidad de Jake.

Habían invitado a Ozzie, pero este había puesto una excusa para no asistir.

Josie y Kiera llegaron con Charlie y Meg McGarry. Meg estaba embarazada de nueve meses y se pondría de parto en cualquier momento. Kiera estaba de cuatro meses menos y seguía llevando la misma sudadera gruesa, a pesar del calor.

Harry Rex siempre estaba invitado, junto con su esposa del momento, pero por lo general rechazaba la invitación porque no estaba permitido beber cerveza. Lucien aparecía de vez en cuando y una vez incluso había llevado a Sallie, la única que se los había visto juntos por la ciudad. Pero, igual que Harry Rex, Lucien no era capaz de disfrutar de una barbacoa sin alcohol. Eso y que se enorgullecía de ser enormemente antisocial.

Antes, Stan Atcavage solía estar incluido en la lista, pero rara vez aparecía. A su mujer, Tilda, no le gustaba relacionarse con la clase baja.

Mientras los pequeños jugaban al bádminton y las mujeres formaban un corrillo alrededor de Meg y lanzaban exclamaciones sobre la fecha en que salía de cuentas, Jake y Carl Lee se sentaron a la sombra, en unas hamacas, para beber limonada y ponerse al día de las últimas noticias. El tema de Lester siempre terminaba por salir. Era el hermano pequeño de Carl Lee y vivía en Chicago, donde ganaba mucho dinero trabajando en la industria metalúrgica. Sus problemas con las mujeres eran una constante fuente de relatos absurdos y humor sin fin.

Mientras los demás estaban distraídos, Carl Lee le dijo:

—Parece que te has metido en otro lío.

—Es una forma de decirlo, sí —convino Jake con una sonrisa.

—¿Cuándo es el juicio?

—En agosto, faltan dos meses.

—¿Por qué no me pones en el jurado?

—Serías la última persona a la que pondrían en mi jurado.

Disfrutaron del momento de paz. Carl Lee seguía trabajando en un aserradero, donde ahora era encargado. Tenía en propiedad su casa y las dos hectáreas que la rodeaban, y Gwen y él criaban a sus hijos en un ambiente estricto con muchas normas. Iglesia todos los domingos, muchas tareas domésticas, deberes, buenas notas y respeto por los mayores. La madre de Carl Lee vivía a menos de un kilómetro y veía a sus nietos todos los días.

—A Willie no le caía bien Kofer —comentó Carl Lee.

Willie Hastings era primo segundo de Gwen y el primer agente negro que Ozzie había contratado.

—No me sorprende.

—A Kofer no le gustaban los negros. Le lamía el culo a Ozzie por razones obvias, pero tenía un lado oscuro. Muy oscuro. Willie cree que se desquició en el ejército. Lo expulsaron, ¿lo sabías?

—Sí. Por conducta deshonrosa. Pero a Ozzie le caía bien y era un buen policía.

—Willie dice que Ozzie sabía más de lo que da a entender. Dice que todo el departamento sabía que Kofer había perdido el control, que bebía, se drogaba, se metía en peleas en los bares...

—Eso se rumorea.

—No es ningún rumor, Jake. ¿Has oído alguna vez la expresión «limpiar la barra»?

—No.

—Es un juego estúpido en el que un grupo de borrachos entra en un garito que no es de los suyos e inmediatamente comienzan una pelea, empiezan a darle puñetazos a la gente, a machacar a todo el que se encuentren allí dentro, y después cogen la puerta y se largan. Se supone que es divertido porque nunca sabes lo que te vas a encontrar en el garito; puede que unos cuantos viejos que no puedan plantar cara, o puede que un montón de tipos duros de los que rompen botellas y palos de billar.

—¿Y a Kofer le iba ese rollo?

—Uf, sí. Sus amigos y él eran conocidos por limpiar barras, por lo general en tugurios de fuera del condado. Hace unos cuantos meses, no mucho antes de su muerte, entraron en un antro de negros del condado de Polk, justo al otro lado de la frontera. Supongo que Kofer, al ser un distinguido agente de la ley, no quería que lo pillaran en el condado de Ford.

—¿Atacaron un bar de negros?

—Sí, según Willie. El sitio se llama Moondog.

—He oído hablar de él. Hace años tuve un cliente al que atacaron en una pelea a navajazos en ese bar. Un sitio peligroso.

—Exacto. Siempre organizan partidas de dados los sábados por la noche. Kofer y otros cuatro tíos blancos cruzaron la puerta lanzando puñetazos y dándole patadas a la gente. Interrumpieron la partida de dados. Una pelea de mil demonios, Jake. Aquello estaba lleno de tipos duros.

—¿Y escaparon con vida?

—Por los pelos. Alguien sacó una pistola y disparó contra las paredes. Los blancos consiguieron escabullirse y escapar.

—Menuda locura.

—Una locura absoluta. Tuvieron suerte de no salir todos rajados o con un tiro.

—¿Y Willie lo sabía?

—Sí, pero es policía, así que no va a delatar a otro poli. No creo que Ozzie se enterara.

—Es de locos.

—Bueno, es que Kofer estaba loco y se juntaba con malas compañías. ¿Vas a utilizarlo en el juicio?

—No lo sé. Espera.

Jake se levantó y se acercó a la parrilla para darle la vuelta al pollo y añadir más salsa. El pastor McGarry, ansioso por escapar de las mujeres, se unió a él allí y lo siguió hasta la sombra, donde Carl Lee los esperaba. La conversación viró de Stuart Kofer hacia el partido de bádminton en el que Hanna y Tonya, a un lado de la red, lo estaban pasando mal contra los tres chicos Hailey, situados al otro lado. Al final Tonya llamó a su padre para que fuera a jugar con ellas y equilibrara las cosas, y Carl Lee cogió encantado una raqueta y se sumó a la diversión.

Al anochecer, se reunieron en torno a una mesa de pícnic y cenaron pollo, perritos calientes y ensalada de patata. Charlaron acerca de cosas veraniegas: excursiones al lago, pesca, partidos de béisbol y sóftbol, reencuentros familiares...

El inminente juicio por asesinato parecía muy lejano.

29

Cuatro días más tarde, el 12 de junio, Meg McGarry dio a luz a un bebé sano en el hospital del condado de Ford. Después del trabajo, Jake y Carla se pasaron por allí para hacerle una visita rápida. Le llevaron flores y una caja de bombones, aunque no necesitaba más comida. Los feligreses de la Iglesia Bíblica del Buen Pastor habían invadido el hospital a mitad del parto y la sala de espera estaba a rebosar de guisos y tartas.

Tras una breve visita a Meg y de entrever un momento al bebé en los brazos de su madre, Jake y Carla se vieron obligados a tomar café y tarta con las mujeres de la iglesia. Se quedaron más rato del que tenían pensado, sobre todo porque Jake estaba entre personas que lo apreciaban.

Al día siguiente, Libby Provine, de la Fundación para la Defensa del Menor, llegó desde Washington, acompañada de un psiquiatra de primera categoría de la Universidad de Baylor. El doctor Thane Sedgwick trabajaba en el campo del comportamiento delictivo adolescente y tenía un currículum de dos centímetros y medio de grosor. Dejando a un lado sus méritos, se había criado en una zona rural de Texas, cerca de Lufkin, y hablaba con un acento nasal que jamás llamaría la atención en el norte de Mississippi. Su tarea consistía, en primer lugar, en pasar unas horas con Drew y, después, elaborar un perfil. Durante el juicio, lo mantendrían en la reserva hasta el momento de la sentencia y lo subirían al estrado en el probable caso de que Drew fuera declarado culpable y la defensa estuviera luchando por su vida.

Según su currículum, el doctor Sedgwick había testificado en veinte juicios a lo largo de los últimos treinta años, siempre en un último intento por evitar que el cliente acabara en el corredor de la muerte. A Jake le cayó bien de inmediato. Era un hombre jovial, incluso gracioso, despreocupado, y su acento era fantástico. El hecho de que, por algún motivo, el deje de Texas no hubiera desaparecido mientras Sedgwick obtenía cuatro licenciaturas y desarrollaba una larga carrera en el mundo académico maravillaba a Jake.

Con Portia pegada a ellos, se dirigieron a la cárcel, donde encontraron a Drew en lo que ahora era su aula. Tras media hora de charla informal, Jake, Portia y Libby salieron de la sala y el doctor Sedgwick se puso manos a la obra.

A las dos de la tarde, cruzaron la calle y entraron en la sala principal del tribunal. Lowell Dyer y su ayudante ya estaban allí, con un montón de papeles esparcidos sobre la mesa de la fiscalía. Jake presentó a Libby al resto de los abogados. Dyer se mostró cordial a pesar de que se había opuesto a la petición de Jake para que le permitieran que Libby lo ayudara en el juicio. Había sido una objeción estúpida, en opinión de Jake, porque el juez Noose, como cualquier otro juez de lo penal del estado, permitía la participación de profesionales de otros estados de manera excepcional siempre y cuando se asociaran debidamente con un abogado local.

Mientras charlaban, Jake le echó un vistazo a la sala y se sorprendió del número de espectadores. El grupo sentado detrás de la acusación estaba formado por los Kofer y varios amigos. Jake reconoció a Earl Kofer por una foto que Dumas Lee había publicado en el periódico no mucho después del asesinato. A su lado había una mujer con aspecto de llevar un año llorando sin parar. No cabía duda de que era la madre, Janet Kofer.

Earl lo fulminaba con miradas de puro odio que Jake fingía no notar. Sin embargo, desviaba la vista hacia ellos una y otra vez, porque quería quedarse con las caras de los hermanos y los primos Kofer.

El juez Noose ocupó el estrado a las dos y media y ordenó que todo el mundo permaneciera sentado. Carraspeó, se acercó el micrófono y anunció:

—Estamos aquí para debatir varias mociones, pero, antes, un asunto agradable. Señor Brigance, creo que tiene que presentarme a alguien.

—Sí, señoría. La señora Libby Provine, de la Fundación para la Defensa del Menor, se sumará a los esfuerzos de la defensa. Tiene licencia para ejercer en Washington, Virginia y Maryland.

Libby se puso de pie con una sonrisa y le hizo un gesto con la cabeza a su señoría.

—Bienvenida a la lid, señora Provine. He revisado su solicitud y su currículum y me complace saber que está más que cualificada para colaborar con la defensa.

—Gracias, señoría.

Libby se sentó y Noose cogió unos cuantos papeles.

—Vayamos directos a la petición de cambio de juzgado de la defensa. Señor Brigance.

Jake se acercó al atril y se dirigió al juez.

—Sí, su señoría. Junto con la moción presenté declaraciones juradas de varias personas que coinciden en afirmar que será difícil, sino imposible, encontrar en este condado a doce personas que sean imparciales. Cuatro son abogados de la zona a los que el tribunal conoce bien. Uno es el anterior alcalde de la ciudad de Karaway. Otro es el pastor de la iglesia metodista de esta ciudad. Otro es un inspector de educación retirado que vive en Lake Village. Otro es un granjero de la comunidad de Box Hill. El último es un trabajador social especializado en organización comunitaria.

—He leído las declaraciones juradas —dijo Noose con brusquedad.

Todos los que no eran abogados eran antiguos clientes a los que Jake había presionado bastante, y todos ellos habían accedido a hacer la declaración jurada con la condición de no tener que comparecer ante el juez. Muchas de las personas a las que Jake había abordado se habían negado rotundamente a involucrarse, y no podía reprochárselo. Había una gran reticencia a hacer cualquier cosa que pudiera interpretarse como ayudar a la defensa.

Todas las declaraciones juradas decían lo mismo: los testigos vivían en el condado desde hacía mucho tiempo, conocían a mucha gente; sabían mucho sobre el caso, lo habían comentado con familiares y amigos, la mayoría de los cuales ya tenían una opinión formada, y dudaban de que en el condado de Ford pudiera encontrarse un jurado justo, imparcial y desinformado.

—¿Tiene pensado llamar hoy a estas personas al estrado? —preguntó Noose.

—No, señor. Sus declaraciones son claras e incluyen todo lo que podrían decir ante el tribunal.

—También he leído el larguísimo escrito que ha redactado para acompañarlas. ¿Tiene algo que añadir a ese documento?

—No, señor, ya está todo ahí.

Noose, igual que el juez Atlee, odiaba malgastar el tiempo con abogados que sentían la necesidad de repetir durante los argumentos todo lo que ya habían presentado por escrito. Jake, por tanto, no tenía ninguna intención de volver a abundar en los mismos aspectos. El escrito era una obra maestra de treinta páginas a la que Portia había dedicado semanas de trabajo. En él trazaba la historia de los cambios de juzgado no solo en Mississippi, sino también en estados más progresistas. El traslado de casos era muy poco frecuente, y Portia argumentaba que no se hacía lo suficiente y que el resultado era la celebración de juicios injustos. Sin embargo, el Tribunal Supremo del estado casi nunca cuestionaba a los jueces de lo penal.

Lowell Dyer tenía una opinión distinta. Como respuesta a

la moción de Jake, había presentado su propia montaña de declaraciones juradas, dieciocho en total, que constituían una auténtica nómina de acérrimos defensores de la ley y el orden cuyo tono estaba más a favor de un veredicto de culpabilidad que de un jurado imparcial. Su escrito de seis páginas se limitaba a los precedentes y no añadía nada creativo. La ley estaba de su lado y Dyer lo dejaba claro.

—¿Tiene pensado llamar a declarar a algún testigo, señor Dyer? —quiso saber Noose.

—Solo en caso de que lo haga la defensa.

—No es necesario. Estudiaré el asunto y emitiré un fallo en un futuro próximo. Pasemos a la siguiente moción, señor Brigance.

Dyer se sentó mientras Jake volvía al atril.

—Su señoría, hemos presentado una moción para desestimar la acusación de asesinato en primer grado basándonos en que viola la prohibición de imponer castigos crueles e inusuales contenida en la Octava Enmienda. Esta acusación no habría sido posible hasta hace dos años, porque el asesinato de Stuart Kofer no se produjo mientras estaba de servicio. Como sabe, en 1988 nuestra estimada asamblea legislativa, en un desacertado esfuerzo por perseguir aún más el crimen y acelerar más las ejecuciones, aprobó la Ley de Agravantes de la Pena de Muerte. Hasta ese momento, el asesinato de un agente de las fuerzas de seguridad solo era en primer grado si dicho agente estaba de servicio. Treinta y seis estados contemplan la pena de muerte y en treinta y cuatro de ellos el agente debe estar de servicio para que quepa tal cargo. Mississippi, con la intención de imitar a Texas y aumentar las ejecuciones, decidió ampliar el alcance de los delitos penados con la muerte. No se requiere solo un asesinato, sino un asesinato más algo. Asesinato más violación, robo o secuestro. Asesinato de un niño. Asesinato por encargo. Y ahora, según este nuevo y desacertado estatuto, asesinato de un agente que no está de servicio. Un agente de la ley que no está de servicio tiene el mismo estatus que cualquier otro ciudadano. Ampliarlo, como ha hecho ahora Mississippi, viola la Octava Enmienda.

—Pero el Tribunal Supremo de Estados Unidos todavía no ha emitido un fallo al respecto —le recordó Noose.

—Cierto, pero un caso como este bien podría llevar al tribunal a derogar la nueva ley.

—No estoy seguro de estar en posición de derogarla, señor Brigance.

—Lo entiendo, señoría, pero está claro que ve que es una ley injusta, y tiene la capacidad de invalidar la acusación basándose en ello. Entonces la fiscalía tendrá que volver a imputarlo con un cargo menor.

—¿Señor Dyer?

Lowell se levantó junto a su mesa y dijo:

—La ley es la ley y está escrita, señoría. Así de sencillo. La asamblea legislativa tiene la potestad de aprobar lo que considere apropiado, y nuestra responsabilidad es seguir sus dictados. Hasta que un tribunal superior modifique o derogue la ley, no tenemos alternativa.

—Usted eligió la formulación de la acusación y el estatuto bajo el que lo imputa —dijo Jake—. Nadie lo obligó a acusarlo de asesinato en primer grado.

—Es asesinato en primer grado, señor Brigance. Asesinato a sangre fría.

—La expresión «asesinato a sangre fría» no aparece en ningún punto del estatuto, señor Dyer. No es necesario recurrir al sensacionalismo.

—Caballeros —intervino Noose con voz potente—. He leído los escritos acerca de esta cuestión y no estoy dispuesto a anular la acusación. Se corresponde con el estatuto, estemos de acuerdo con él o no. Moción denegada.

No supuso una sorpresa para Jake. Pero para poder presentar este argumento durante las apelaciones, tras una condena, estaba obligado a plantearlo ahora. Hacía tiempo que había aceptado la realidad de que pasaría años presentando apelaciones en nombre de Drew, y gran parte del trabajo preliminar debía formularse antes del juicio. La validez del estatuto no se había llevado a examen ante el Tribunal Supremo, pero parecía destinada a terminar allí.

Noose removió unos cuantos papeles y le preguntó a Jake:

—¿Qué toca ahora?

Portia le pasó un documento a su jefe y este volvió al estrado.

—Señoría, solicitamos al tribunal que traslade al acusado a un centro de menores hasta el momento del juicio. Ahora mismo, y desde hace dos meses y medio, está encerrado aquí, en la cárcel del condado, que no es lugar para un chico de dieciséis años. En un centro de menores al menos estará alojado con otras personas de su edad y se le facilitará un contacto limitado. Y, lo que es aún más importante, tendrá acceso a cierto nivel de formación educativa. Lleva al menos dos años de retraso en cuanto a su nivel escolar.

—Creía que había aprobado que se le dieran clases particulares —rebatió Noose mirándolo por encima de las gafas que tenía perpetuamente colocadas en la mismísima punta de la larga y prominente nariz.

—Unas horas a la semana, señoría, y con eso no basta. Conozco muy bien a la tutora y opina que el acusado necesita clases diarias. Apenas consigue seguir el ritmo y cada vez se quedará más retrasado. He hablado con el director del centro de menores de Starkville y me ha asegurado que el acusado estará a buen recaudo y confinado. Es imposible que escape.

Noose tenía el ceño fruncido. Miró al fiscal del distrito.

—Señor Dyer.

Lowell se puso de pie junto a su mesa.

—Señoría, he hablado con los directores de todos los centros de menores de este estado y no hay un solo acusado de asesinato en primer grado en ninguno de ellos. Nuestro sistema no funciona así, sencillamente. En este tipo de delitos, el acusado permanece siempre retenido en el condado donde se cometió el delito. El señor Gamble será juzgado como un adulto.

—Los adultos han concluido su educación, señoría —intervino Jake—. Puede que los que estén en la cárcel necesiten más, pero han superado la edad escolar. Ese no es el caso de este acusado. Incluso si lo envían a Parchman tendrá acceso a algún tipo de educación, aunque estoy seguro de que no será la apropiada.

—Y su celda estará en la zona de máxima seguridad, que es donde alojan a los culpables de asesinato en primer grado —replicó Dyer.

—Todavía no lo han condenado. ¿Por qué no enviarlo con otros menores y al menos darle la oportunidad de sentarse en un aula? La ley no contiene nada que lo impida. Es cierto que por lo general estos acusados permanecen retenidos en el condado donde viven, pero no porque lo marque la ley. Depende del criterio del tribunal.

—Es algo que no se ha hecho nunca —arguyó Dyer—, así que ¿por qué hacer una excepción ahora?

—Caballeros —repitió Noose para atajar el debate—, no tengo intención de trasladar al acusado. Está imputado como un adulto y se le juzgará como tal. De manera que recibirá el mismo trato que un adulto. Moción rechazada.

Aquello tampoco supuso una sorpresa para Jake. No le cabía la menor duda de que el juez Noose presidiría un juicio justo y no favorecería a ninguna de las partes, así que pedirle favores a aquellas alturas era una pérdida de tiempo.

—¿Qué viene ahora, señor Brigance?

—La defensa no tiene nada más de momento, señoría. El señor Dyer ha presentado una moción *in limine* que sugiero que discutamos en su despacho.

—Estoy de acuerdo, señoría —aceptó Dyer—. Es una moción de carácter delicado y no debería debatirse en audiencia pública, al menos de momento.

—Muy bien. Levantamos la sesión y la retomaremos en mi despacho.

Mientras volvía a su mesa, Jake no pudo evitar lanzarles una mirada de soslayo a los Kofer. Si Earl hubiera tenido un arma, habría abierto fuego.

Noose se quitó la toga y se dejó caer en su trono a la cabecera de la mesa. Jake, Libby y Portia se sentaron a un lado. Frente a ellos estaban Lowell Dyer y su ayudante, D. R. Musgrove, un fiscal experimentado. La taquígrafa judicial estaba algo apartada, con su estenógrafo y su grabadora.

Noose encendió su pipa sin pensar en abrir una ventana. Inhaló una gran bocanada de humo mientras hojeaba el escrito que tenía delante. Exhaló y dijo:

—Esto es muy preocupante.

Era Dyer quien había presentado la moción, así que él fue el primero en hablar:

—Señoría, queremos limitar parte de los testimonios durante el juicio. Es evidente que este asesinato se produjo tras una fuerte pelea entre Josie Gamble y Stuart Kofer. Nosotros no la llamaremos a testificar, pero está claro que la defensa sí lo hará. Por lo tanto, se le harán preguntas acerca de la pelea, las peleas anteriores y, tal vez, sobre otras agresiones físicas por parte del fallecido. Esto podría convertirse en un verdadero circo cuando, en realidad, a quien la defensa someta a juicio sea a Stuart Kofer. Él no estará presente para defenderse. Es sencillamente injusto. La acusación requiere un fallo del tribunal, anterior al juicio, para que las declaraciones sobre cualquier supuesto maltrato físico se restrinjan todo lo posible.

Noose estaba hojeando la moción y el documento justificativo adjunto que había presentado Dyer, aunque ya lo había leído.

—Señor Brigance.

Libby se aclaró la garganta y dijo:

—¿Me permite, señoría?

—Por supuesto.

—La reputación del fallecido siempre es materia válida de discusión, sobre todo en situaciones como esta, en las que interviene la violencia. —Se mostraba precisa, con una dicción impecable a la que su acento escocés confería autoridad—. En nuestro informe, recorremos la historia de esta cuestión en este estado durante muchas décadas. Las declaraciones acerca de la reputación violenta del fallecido no se han excluido casi nunca, y menos cuando el acusado también era objeto de las agresiones.

—¿Maltrataba al chico? —preguntó Noose.

—Sí, pero no lo incluimos en el documento porque entonces quedaría registrado públicamente. En al menos cuatro ocasiones, Stuart Kofer abofeteó a Drew, aparte de amenazarlo muchas veces. Vivía con miedo a Kofer, igual que Josie y Kiera.

—¿De qué consideración era el maltrato físico?

Deslizándola por la mesa, Libby le pasó una foto a color de veinte por veinticinco en la que se veía a Josie en el hospital con la cara vendada.

—Bueno —continuó—, podemos empezar por Josie en la noche en cuestión. La golpeó en la cara y la dejó sin conocimiento y con una mandíbula fracturada que requirió una intervención quirúrgica.

Noose miró la foto boquiabierto. Dyer frunció el ceño ante su copia.

—Josie testificará que las palizas eran habituales y cada vez ocurrían con más frecuencia —prosiguió Libby—. Quería marcharse y había amenazado con hacerlo, pero no tenía adonde ir. La familia, señoría, vivía en un estado de miedo más que justificado. Drew recibía golpes y amenazas. Y Kiera estaba siendo víctima de abusos sexuales.

—¡Venga ya! —siseó Dyer.

—No esperaba que le gustara, señor Dyer, pero es la verdad y debe discutirse durante el juicio.

—¡Ese es justo el problema, señoría! —exclamó Dyer enfadado—, y por eso he presentado una moción para apremiar a la chica a declarar. Jake no le permitió contestar a mis preguntas. Tengo derecho a saber lo que dirá durante el juicio.

—¿Una moción de apremio en un caso penal? —preguntó Noose.

—Sí, juez. Es lo justo. Nos están tendiendo una emboscada.

A Jake le encantó la palabra «emboscada». «Pues espera a verle la barriga».

—Pero si la llama a declarar, será su testigo. No tengo claro que pueda apremiar la declaración de su propia testigo.

—Me veré forzado a llamarla —contestó Dyer—. Había tres testigos en el lugar de los hechos. La madre estaba inconsciente y no oyó el disparo. Es poco probable que el acusado testifique. Solo queda la chica. Y ahora me entero de que estaban abusando sexualmente de ella. No es justo, señoría.

—No voy a concederle la moción de apremio para obligarla a declarar.

—Bien, entonces no la llamaremos al estrado.

—Pues lo haremos nosotros —intervino Jake.

Dyer le lanzó una mirada asesina, se desplomó contra el respaldo de su silla y se cruzó de brazos. Derrotado. Hirviendo por dentro, guardó silencio durante un instante mientras la tensión aumentaba.

—No es justo —insistió después—. No puede permitir que este juicio se rebaje hasta convertirse en un festival de difamaciones unilaterales contra un agente de policía muerto.

—Los hechos son los hechos, señor Dyer —dijo Jake—. No podemos cambiarlos.

—No, pero sin duda el tribunal puede limitar parte de ese testimonio.

—Es una idea excelente, señor Dyer. Estudiaré su solicitud y emitiré un fallo durante el juicio, cuando vea hacia dónde van las cosas. Puede renovarla entonces y, por supuesto, puede protestar contra cualquier declaración.

—Será demasiado tarde —gruñó Dyer.

«Y tanto que lo será», pensó Jake.

Carla metió en el horno una bandeja de muslos de pollo con tomates cherry y setas colmenillas y cenaron en el patio cuando ya había anochecido. Una tormenta pasajera se había llevado con ella la mayor parte de la humedad.

Evitaron hablar de asesinatos y juicios a delincuentes adolescentes e intentaron con todas sus fuerzas ceñirse a temas más agradables. Libby les contó historias de su infancia y juventud en Escocia. Se había criado en una ciudad pequeña cerca de Glasgow. Su padre era un abogado de renombre y la había animado a estudiar Derecho. Su madre era profesora de Literatura en una universidad cercana y quería que fuera médica. Una profesora estadounidense la había alentado a estudiar en aquel país y nunca lo había abandonado. Mientras estudiaba Derecho en Georgetown, había asistido al devastador juicio de un chico de diecisiete años con un coeficiente intelectual bajo y una historia desgarradora. Lo habían condenado a cadena perpetua sin libertad condicional. Una sentencia de muerte. Basta de esas cosas. Su siguiente historia fue sobre su primer marido, que ahora aparecía en las listas de candidatos de todo el mundo para ser nominado al Tribunal Supremo.

El doctor Thane Sedgwick había pasado tres horas con Drew en su celda y prefería hablar de otros temas. A la mañana siguiente volvería a pasar otras dos horas con él y después elaboraría un extenso perfil. El doctor era un gran anecdotista. Su padre había sido dueño de un rancho en una zona rural de Texas y él se había pasado la infancia encaramado a una silla de montar. Una vez, su bisabuelo había disparado contra dos ladrones de ganado, había cargado los cadáveres en su carro y se los había entregado al sheriff tras dos horas de trayecto. El sheriff le había dado las gracias.

Avanzada la velada, Libby le dijo a Sedgwick:

—Dudo que te necesitemos en este juicio.

—Ah, ¿no? Estáis muy seguros, ¿no?

—No —intervino Jake—. No tenemos ningún motivo para estar seguros.

—Yo veo un juicio que será difícil de ganar para ambas partes —explicó Libby.

—No conoces a estos jurados —insistió Jake—. A pesar

de todo lo que has oído hoy, el fallecido despertará mucha simpatía y no pocos resentimientos contra nosotros por cómo vamos a presentarlo durante el juicio. Debemos tener cuidado.

—Cambiemos de tema —pidió Carla—. ¿Quién quiere pastel de melocotón?

30

El sábado siguiente, Jake y Carla llevaron a Hanna a Karaway para que pasara el día con sus abuelos. La niña veía a los padres de Jake todas las semanas, pero nunca era suficiente. Tras tomarse un café rápido y charlar un rato, se marcharon sin su hija y sin saber quién estaba más emocionado, si Hanna o el señor y la señora Brigance.

Se dirigieron a Oxford, una ciudad a la que siempre le tendrían cariño por su época de estudiantes. Se habían conocido en la fiesta de una fraternidad cuando estaban en tercero y ya no habían vuelto a separarse. Una de sus salidas favoritas era pasar un sábado en un partido de fútbol americano de Ole Miss y comer y beber en los alrededores del estadio con sus viejos amigos de la universidad. Varias veces al año hacían el trayecto de una hora hasta allí sin más razón que la de salir de la ciudad, aparcar en la pintoresca plaza, visitar la librería y disfrutar de un almuerzo largo en uno de los muchos buenos restaurantes de Oxford antes de volver a Clanton.

En el asiento de atrás llevaban los regalos de inauguración de la casa: una tostadora y una bandeja de las galletas con pepitas de chocolate caseras de Carla. Esta había querido llevar regalos para el bebé porque Kiera no tenía nada, pero Jake no se lo había permitido. Como abogado, había visto con sus propios ojos el daño que podía hacerse una vez que una madre joven veía a su bebé, lo cogía en brazos y se vinculaba a él de inmediato. A menudo cambiaban de opinión y se negaban a seguir adelante con la adopción. Jake sabía que Josie no permitiría que eso ocurriera. Aun así, insistió en que no hicieran nada que pudiera despertar los poderosos sentimientos de la maternidad.

Hacía dos años, había pasado un día entero en el hospital de Clanton esperando con los papeles en la mano mientras una madre de quince años intentaba tomar una decisión respecto a su última firma. Sus clientes, una pareja de poco más de cuarenta años y sin hijos, aguardaban en su bufete con la mirada clavada en el teléfono. A última hora del día, el gerente del hospital había informado a Jake de que, sintiéndose tan indecisa, la chica no podía firmar. El gerente tenía la sensación de que la madre de la muchacha, la reciente abuela, estaba coaccionando a la chica y de que la decisión no se estaba tomando libremente. Como Jake no se marchaba, terminaron por decirle que habían tomado una decisión y que la criatura no sería dada en adopción.

Volvió a su bufete y les transmitió la noticia a sus clientes. Recordar la escena seguía resultándole doloroso.

Carla y él todavía no habían llegado a una decisión definitiva sobre aumentar la familia. Lo habían hablado durante horas y habían acordado seguir debatiéndolo. Tenían un amigo médico en Clanton al que le sonó el teléfono a las cuatro de la mañana. Su esposa y él se fueron corriendo a Tupelo y volvieron a casa al mediodía con un bebé de tres días, su segunda adopción. Su decisión había sido instantánea, pero en verdad llevaban mucho tiempo buscando. Sabían lo que querían y estaban decididos. Jake y Carla no estaban aún en ese punto. Antes de Kiera, llevaban muchos años sin pensar en adoptar.

La idea conllevaba muchas complicaciones. Aunque Jake aseguraba que no le preocupaban ni la ciudad ni dar una apariencia de deshonestidad, sabía que algunos los criticarían por aprovechar la oportunidad para quedarse con el bebé de una clienta. Carla replicaba a eso con el convencimiento de que toda crítica sería temporal y desaparecería a medida que los años pasaran y la criatura creciera en un buen hogar. Además, ¿no estaban condenando ya bastante a Jake? Que hablaran. Su familia y sus amigos se alegrarían mucho por ellos y cerrarían filas a su alrededor. ¿Quién más importaba?

A Jake le preocupaba criar a un hijo en una comunidad donde podría llegar a conocerse su verdadero ADN. Sería el resultado de una violación. Su padre biológico había muerto asesinado. Su madre biológica no era más que una cría. Carla contraatacaba con el argumento de que el niño nunca lo sabría. «Nadie elige a sus padres», le gustaba repetir. El pequeño estaría tan protegido y sería tan querido como cualquier otra criatura con suerte, y con el tiempo la gente de Clanton lo aceptaría por lo que era. El ADN no podía cambiarse.

A Jake no le gustaba el hecho de que los Kofer fueran a estar siempre cerca. Dudaba de que mostraran cualquier interés en el niño, pero no lo sabía con seguridad. Carla creía que no querrían saber nada de él. Además, ni Jake ni ella habían coincidido jamás con los Kofer. Vivían en otra parte del condado y sus caminos nunca se cruzaban. La adopción privada se llevaría a cabo en Oxford, en un distrito judicial diferente, y por medio de un procedimiento cerrado en el que el expediente podría sellarse. Había muchas posibilidades de que la mayoría de los habitantes de Clanton, las mismas personas de las que ahora Jake afirmaba que no le importaban en absoluto, no conocieran nunca los detalles.

Aunque evitara comentarlo, Jake también estaba preocupado por los gastos. Hanna tenía nueve años y todavía no habían empezado a ahorrar para que fuera a la universidad. De hecho, acababan de saquear sus escasos ahorros y su futuro financiero tenía mala pinta. Incorporar otro miembro a la familia requeriría que Carla se quedara en casa durante al menos uno o dos años, y necesitaban su sueldo.

Los Gamble podían llevarlo a la quiebra. Pese al rocambolesco plan de Noose para conseguir que lo compensaran por el juicio, Jake esperaba cobrar muy poco. Su primer préstamo a Josie había sido de ochocientos dólares y una transmisión nueva para el coche. El segundo, de seiscientos para cubrir la fianza del apartamento, el primer mes de alquiler y dar de alta los servicios. El casero quería un contrato de seis meses que Jake había firmado a su nombre. Igual que en el caso del teléfono, el gas y la luz. No había nada a nombre de Josie, y Jake le había aconsejado que buscara empleo de camarera y trabajara a cambio de efectivo y de las propinas. A los cobradores de deudas les costaría dar con ella. No había nada de ilegal en aquella solución, pero Jake no terminaba de sentirse cómodo con ella. En aquellas circunstancias, sin embargo, no tenía otra opción.

Cuando Josie se marchó del condado de Ford dos semanas antes, tenía tres empleos a jornada parcial y había demostrado ser una experta en matarse a trabajar por salarios ínfimos. Prometía que le devolvería hasta el último centavo, pero Jake tenía sus dudas. El alquiler costaba trescientos dólares al mes y estaba decidida a pagar al menos la mitad.

El siguiente préstamo sería para cubrir la atención médica de Kiera. Estaba casi de siete meses y hasta el momento no había habido complicaciones. Jake no tenía ni idea de cuánto le costaría.

Otro punto preocupante era que Josie le había mencionado por teléfono el problema del dinero para la adopción. Jake le había explicado que los padres adoptivos siempre cubren los gastos del parto y los honorarios del abogado, que ella no tendría que pagar nada. Entonces Josie se había ido por las ramas durante unos instantes y al final le había preguntado:

—¿La madre saca algo del acuerdo?

En otras palabras, que si recibía dinero a cambio del bebé. Jake se lo esperaba.

—No —contestó—, eso no es admisible.

Aunque sí lo era. Él mismo había gestionado hacía años una adopción en la que los futuros padres habían accedido a pagarle cinco mil dólares extra a la joven madre, algo que no era insólito en las adopciones privadas. Las agencias cobraban por sus servicios y parte del dinero se destinaba a la madre de forma discreta. Sin embargo, lo último que necesitaba Jake era que a Josie se le metieran ideas raras en la cabeza y quisiera sacar provecho. Le había asegurado que el pastor McGarry y él le encontrarían un buen hogar al bebé. No hacía falta que ella empezara a ofrecérselo al mejor postor.

Aparcaron en la plaza y dieron una vuelta mirando los escaparates de las tiendas que habían conocido cuando estudiaban en la universidad. Echaron un vistazo en la librería Square Books y se tomaron un café en la terraza del piso de arriba mientras contemplaban el césped de delante del juzgado, donde Faulkner se había sentado una vez a solas a observar la ciudad. A mediodía fueron a una cafetería y se compraron un sándwich para comer.

El bloque de apartamentos estaba a unas cuantas manzanas de la plaza, en una calle secundaria atestada de pisos de estudiantes. Jake había vivido cerca de allí durante tres años, mientras estaba en la facultad de Derecho.

Josie les abrió la puerta con una enorme sonrisa dibujada en la cara, sin duda encantada de ver a alguien conocido. Los invitó a pasar y, muy orgullosa, les enseñó su cafetera nueva, regalo de las mujeres del Buen Pastor. Cuando Charles McGarry les había anunciado que Josie y Kiera iban a dejar la iglesia para mudarse a su propio apartamento, todos los miembros de la iglesia hicieron una colecta de objetos de segunda mano: sábanas, toallas, platos, más ropa y unos cuantos pequeños electrodomésticos. El apartamento estaba amueblado con los elementos más básicos: sofás, sillas, camas y mesas que habían sufrido el maltrato de universitarios caídos en el olvido.

Cuando se sentaron a la mesa de la cocina para tomarse un café, Kiera apareció y les dio un abrazo. Llevaba unos pantalones cortos y una camiseta y su embarazo comenzaba a ser obvio, aunque Carla dijo que se le notaba poco para estar tan avanzada. Les dijo que se encontraba bien y que se aburría sin televisión, pero que estaba leyendo un montón de libros de bolsillo que les habían donado en la iglesia.

No les sorprendió que Josie ya hubiera encontrado un trabajo de camarera en una casa de comidas del norte de la ciudad. Veinte horas a la semana, pago en efectivo más propinas.

Carla había pasado cuatro horas con Drew aquella semana y les habló de sus progresos con gran entusiasmo. Tras un comienzo lento, empezaba a mostrar interés en las asignaturas de Ciencias e Historia de Mississippi, aunque aborrecía las matemáticas. Hablar de su hijo entristeció a Josie e hizo que los ojos se le llenaran de lágrimas. Tenía pensado coger el coche e ir a la cárcel a hacerle una visita larga el domingo.

Los cuatro coincidieron en que tenían hambre. Kiera se cambió y se puso unos vaqueros y unas sandalias, y luego fueron en coche hasta el campus de Ole Miss, que, como cabía esperar en un sábado de junio, estaba desierto. Aparcaron cerca del Grove, un espacio sombreado parecido a un parque que se consideraba el corazón del campus. Encontraron una mesa de pícnic bajo un viejo roble y Carla sacó sándwiches, bolsas de patatas y refrescos. Mientras comían, Jake señaló la facultad de Derecho, el centro de estudiantes, que no estaba muy lejos, y les describió el Grove durante un día de partido, cuando se llenaba de decenas de miles de personas haciendo pícnic. Y allí, bajo aquel árbol cerca del escenario, fue donde él sorprendió a su novia con un anillo de compromiso y le pidió que se casara con él. Por suerte, le dijo que sí.

A Kiera le encantó la historia y quiso conocer todos los detalles. Estaba claro que la idea de tener un futuro así la fascinaba: ir a la universidad, que un chico guapo le pidiera que se casara con él, tener una vida muy diferente de la que había conocido hasta entonces. Carla pensó que, cada vez que la veía, Kiera estaba más guapa. El embarazo no deseado le sentaba bien, al menos por fuera. También se preguntó si la muchacha habría puesto los pies en un campus universitario antes de aquel momento. Adoraba a Kiera, y todo lo que aquella niña estaba pasando le partía el corazón. El miedo de dar a luz, de entregar a su bebé, el estigma de haber sido violada y estar embarazada a los catorce años. Necesitaba terapia, y mucha, pero no la estaba recibiendo. El escenario más beneficioso era que diera a luz a finales de septiembre y que después comenzara a estudiar en el Instituto Oxford como si no hubiera pasado nada. Un amigo de la facultad de Jake era el fiscal de la ciudad y les facilitaría las cosas.

Después de comer dieron un largo paseo por el campus. Jake y Carla se alternaban en el papel de guía turístico. Pasaron por el estadio de fútbol americano, el liceo, la capilla y se compraron un helado en el centro de estudiantes. Desde la acera de Sorority Row, Carla señaló la casa de Phi Mu, donde había vivido durante el segundo y el tercer año de universidad. Kiera le preguntó en un susurro:

—¿Qué es una fraternidad?

A lo largo de aquel plácido paseo, Carla se preguntó en varias ocasiones qué ocurriría si adoptaban al niño. ¿Se verían obligados a olvidarse de Josie y Kiera? Jake era de la firme opinión de que eso era justo lo que tendrían que hacer. Creía que las adopciones más seguras eran aquellas en las que se erradicaba todo contacto con la madre biológica. No obstante, al mismo tiempo se temía que los Gamble continuarían formando parte de su vida durante años. Si condenaban a Drew, Jake se pasaría una eternidad ligado a las apelaciones. Un jurado indeciso provocaría la celebración de otro juicio, y después quizá otro. Lo único que los libraría de la familia sería una absolución, y era muy improbable que eso ocurriera.

Todo era muy complicado e impredecible.

El domingo por la mañana, la familia Brigance se vistió con sus mejores galas y se marchó a la iglesia. A las afueras de la ciudad, Hanna preguntó desde el asiento de atrás:

—Oye, ¿adónde vamos?

—Hoy vamos a visitar otra iglesia —contestó Jake.

—¿Por qué?

—Porque siempre dices que los sermones son aburridos. La mitad de las veces te quedas dormida. Hay al menos mil iglesias por aquí cerca, así que hemos pensado probar otra.

—Pero yo no he dicho que quisiera ir a otro sitio. ¿Qué pasa con mis amigas de la catequesis?

—Bueno, ya volverás a verlas —dijo Carla—. ¿Dónde está tu sentido de la aventura?

—¿Ir a la iglesia es una aventura?

—Tú espera. Creo que este sitio te va a gustar.

—¿Dónde está?

—Ya lo verás.

Hanna no dijo nada más y permaneció enfurruñada el resto del trayecto por el campo. Cuando entraron en el aparcamiento de grava contiguo al Buen Pastor, dijo:

—¿Es esta? Es muy pequeña.

—Es una iglesia rural —le explicó Carla—. Siempre son más pequeñas.

—No me gusta.

—Si te portas bien —le dijo Jake—, te llevaremos a comer a casa de la abuela.

—¿A casa de la abuela? ¡Vale!

La madre de Jake había llamado aquella mañana con la invitación que siempre esperaban con ansia. Había recogido maíz y tomates frescos de su huerto y le apetecía cocinar.

Unos cuantos hombres apuraban su cigarrillo a la sombra de un árbol en el lateral del edificio. Varias mujeres charlaban ante la puerta principal. Una ujier recibió a los Brigance en el vestíbulo, una mujer que los saludó con gran amabilidad y les entregó un folleto sobre el servicio a cada uno. Un pianista tocaba en el interior del atractivo santuario mientras la familia se acomodaba en un banco acolchado, más o menos hacia la mitad del templo. Charles McGarry los vio enseguida y se acercó a saludarlos con cariño. Meg se había quedado en casa con el bebé, que estaba acatarrado, pero que por lo demás iba muy bien. Les dio las gracias por ir y se alegró sinceramente de verlos.

Como gente de ciudad, enseguida fueron conscientes de que iban demasiado arreglados, pero a nadie pareció importarle. Jake solo vio otro traje oscuro en los bancos. No pudo evitar darse cuenta de que la gente los miraba. Se había corrido la voz de que el señor Brigance estaba en la iglesia y otros feligreses comenzaron a acercarse para ofrecerles una calurosa bienvenida.

A las once, un pequeño coro vestido con túnicas azules entró por una puerta lateral y el pastor McGarry subió al púlpito para iniciar el servicio. Pronunció una oración breve y después dio paso al director del coro, que les pidió a todos que se pusieran de pie. Después de tres estrofas, se sentaron y escucharon un solo.

Cuando comenzó el sermón, Hanna se trasladó a un sitio más cómodo entre sus padres y pareció dispuesta a echarse una siesta, decidida a demostrar que era capaz de dormirse durante cualquier servicio. Para ser un predicador tan joven y poco experimentado, Charles se sentía como pez en el agua en el púlpito. Su sermón procedía de la epístola de Pablo a Filemón y versaba sobre el perdón. Nuestra capacidad para perdonar a otros, incluso a aquellos que no se lo merecen, es indicativa del perdón que recibimos de Dios a través de Cristo.

Jake disfrutaba de los sermones y de cualquier otro tipo de discursos. Siempre los cronometraba, sin excepción. Lucien le había enseñado que con cualquier cosa que superara los veinte minutos, sobre todo en el caso de las recapitulaciones finales ante un jurado, te arriesgabas a perder a tu público. En el primer juicio con jurado de Jake, un robo a mano armada, su alegato final había durado solo once minutos. Y había funcionado. Su ministro de la iglesia presbiteriana, como la mayoría de los predicadores, tendía a alargarse demasiado, y Jake había sufrido demasiado sermones que perdían fuerza y se volvían aburridos.

Charles terminó en dieciocho minutos y concluyó su sermón con elegancia. Cuando se sentó, un coro de niños alegró la iglesia con una canción animada. Hanna se espabiló y disfrutó de la música. Luego Charles volvió al púlpito y les pidió a los feligreses que compartieran sus alegrías y preocupaciones.

Estaba claro que era un tipo de servicio distinto, mucho menos rígido, mucho más acogedor y con mucho más humor. Tras la bendición, los miembros de la iglesia rodearon a Jake y Carla, porque querían asegurarse de que se sentían suficientemente bien acogidos.

31

En lo que parecía ser una sarta interminable de días horribles, el lunes prometía ser uno de los peores. Jake, incapaz de concentrarse, estuvo mirando el reloj hasta las diez menos cinco y después salió del bufete para dar un paseo rápido hasta el otro lado de la plaza.

En Clanton había tres bancos. Stan, que trabajaba en el Security, ya le había dicho que no. Los Sullivan no solo dirigían el mayor bufete de abogados del condado, sino que además unos primos suyos eran los accionistas mayoritarios del banco más grande. Jake no se sometería a la humillación de tener que pedirles dinero. Le dirían que no de todas formas, y con recochineo. Pasó por delante del despacho de los Sullivan y los maldijo, y después volvió a maldecirlos cuando pasó por delante de su banco.

El tercer banco, el Peoples Trust, estaba a cargo de Herb Cutler, un viejo cascarrabias y rechoncho al que Jake siempre había evitado. No era un mal tipo, solo un banquero tacaño que exigía un aval demasiado alto para cualquier préstamo. Menudo valor. Para que Herb te prestara dinero, tenías que presentar avales suficientes como para demostrar que en realidad no necesitabas ningún préstamo.

Jake entró en el vestíbulo como si le estuvieran apuntando con un arma a la cabeza. La recepcionista le señaló una esquina y el abogado entró en un despacho enorme y desordenado justo a las diez en punto. Herb, con sus habituales tirantes de color rojo chillón, lo esperaba detrás de su escritorio y no se levantó. Se estrecharon la mano e intercambiaron los típicos comentarios preliminares, aunque Herb no desperdiciaba mucha saliva y era conocido por su brusquedad.

Ya estaba negando con la cabeza cuando fueron al grano.

—Jake, no tengo nada claro lo del préstamo, esa propuesta de refinanciarte la hipoteca. Esta tasación me parece altísima; a ver, ¿trescientos mil dólares? Sé que pagaste doscientos cincuenta por la casa hace dos años, pero yo diría que Willie Trainer te timó.

—Qué va, Herb, hice un buen trato. Además, mi mujer tenía muchas ganas de comprarla. Puedo hacer frente a una nueva hipoteca.

—¿De verdad? ¿Trescientos mil en treinta años al diez por ciento? Eso es una cuota mensual de dos mil quinientos dólares.

—Lo sé, y no es ningún problema.

—La casa no vale ese dinero, Jake. Estás en Clanton, no en el norte de Jackson.

Eso también lo sabía.

—Si le sumas los impuestos y el seguro, te plantas en tres mil al mes. No fastidies, Jake, es una hipoteca altísima para cualquier habitante de esta ciudad.

—Herb, todo eso ya lo sé, y puedo asumirlo.

Aquella cifra le daba náuseas, y sospechaba que no lo estaba disimulando muy bien. Durante el mes de mayo, los ingresos brutos de su pequeño y tranquilo bufete habían ascendido a menos dos mil dólares. En junio iban camino de ingresar aún menos.

—Bueno, tengo que ver algo que lo demuestre. Tu contabilidad, las declaraciones de impuestos..., esas cosas. Aunque no estoy seguro de que pueda fiarme de ellas, porque desde luego no me fío de tu tasación. ¿Cuáles van a ser tus ingresos brutos este año?

La humillación era abrumadora. Sufrir por el capricho de otro banquero que quería meter las narices en sus cuentas.

—Ya sabes cómo son las cosas en este oficio, Herb. Es imposible predecir lo que te entrará por la puerta. Lo más probable es que llegue a los ciento cincuenta mil.

Al ritmo que llevaba, la mitad de eso sería una buena cifra.

—Bueno, no lo sé. Preséntame unos cuantos papeles y les echaré un vistazo. ¿Qué tienes ahora mismo entre manos?

—¿A qué te refieres?

—Mira, trato con abogados a todas horas. ¿Cuál es el mejor caso que tienes en el bufete?

—Los homicidios por negligencia de los Smallwood, contra la empresa ferroviaria.

—¿En serio? Me he enterado de que ese te estalló en la cara.

—Para nada. El juez Noose nos asignará una nueva fecha de juicio en otoño. Todo está encarrilado, por decirlo de alguna forma.

—Ja, ja. ¿Y el siguiente mejor caso?

No lo había. La madre de Jesse Turnipseed se había resbalado con el líquido de unos pepinillos en el suelo del supermercado y se había roto el brazo. Se había recuperado sin ningún problema. La compañía de seguros le ofrecía siete mil dólares. Jake no podía amenazarlos con llevarlos a juicio porque la mujer tenía la costumbre de caerse en tiendas con buenos seguros cuando no la veía nadie.

—El habitual surtido de accidentes de tráfico y demás —contestó con una apreciable falta de convicción.

—Basura. ¿Algo de valor?

—La verdad es que no. Al menos ahora.

—¿Y qué hay del resto de tus activos? Me refiero a los que no valgan una mierda.

Uf, cómo odiaba a los banqueros. Había arrasado con su insignificante cuenta de ahorros para pagar a Stan.

—Algunos ahorros, un par de coches..., ya sabes.

—Ya, ya sé. ¿Tienes otras deudas? ¿Estás empeñado hasta las cejas, como la mayor parte de los abogados de por aquí?

Tarjetas de crédito, la letra mensual del coche de Carla. No se arriesgaría a mencionar el préstamo para el litigio, porque Herb se pondría furioso. Menuda idea pedir prestado tanto dinero para financiar un pleito. Desde luego, en aquel momento parecía una estupidez.

—Lo normal, nada grave, nada de lo que no me esté haciendo cargo.

—A ver, vayamos al grano, Jake. Haz unos cuantos números y tráemelos para que los vea, pero puedo decirte desde ya que trescientos mil no van a ser. Qué narices, ni siquiera tengo claro que doscientos cincuenta no sean demasiado.

—Me bastará. Gracias, Herb. Nos vemos pronto.

—De nada.

Jake salió disparado del despacho, con su odio hacia los bancos más reforzado que nunca. Derrotado, volvió a esconderse en su bufete.

La siguiente reunión sería aún más dolorosa. Tres horas más tarde, Harry Rex pateó las escaleras mientras subía, abrió la puerta y dijo:

—Vámonos.

Hicieron el mismo camino que Jake había hecho aquella mañana, pero esta vez se detuvieron en el bufete Sullivan. Una atractiva secretaria los acompañó hasta una sala de reuniones grande y majestuosa donde ya los estaban esperando. Walter Sullivan estaba sentado a un lado de la mesa junto con Sean Gilder y uno de sus muchos asociados. Los dos abogados de la empresa ferroviaria también estaban con ellos. Los apretones de manos les llevaron un rato y todo el mundo se comportó con educación. Había una taquígrafa judicial presente en la sala, junto a la silla reservada para el testigo.

El señor Neal Nickel llegó en ese momento y saludó a todo el mundo. La taquígrafa judicial le tomó juramento y el hombre ocupó su silla. Era Gilder quien iba a tomarle declaración, así que enseguida se puso al mando, dándole instrucciones al testigo y haciéndole una larga lista de preguntas preliminares. Como cobraba por horas, fue lento y meticuloso.

Jake estudió el rostro de Nickel y se sintió como si lo conociera de toda la vida. Lo había visto muchas veces en las fotografías de la escena del accidente. Seguía llevando un traje oscuro y se mostraba coherente, educado y en absoluto intimidado.

La terrible verdad no tardó en salir a la luz. La noche del accidente, Nickel iba detrás de una vieja camioneta que a duras penas se mantenía en la carretera por los bandazos que daba de un arcén al otro. Nickel se quedó rezagado para darle espacio. Cuando coronó una pendiente, vio las señales luminosas rojas que destellaban al fondo. Estaba pasando un tren. Los faros de la camioneta y del coche que circulaba delante de ella se reflejaban en la banda reflectante amarilla adherida a todos los vagones. De repente se produjo una explosión. La camioneta frenó en seco, al igual que Nickel. Salió de su coche, bajó corriendo hacia el cruce y vio que el coche había dado un giro de ciento ochenta grados y estaba mirando hacia él, con el morro convertido en un amasijo de hierros. El tren seguía pasando, traqueteando a una velocidad razonable como si no hubiera pasado nada. El conductor de la camioneta, un tal señor Grayson, gritaba y agitaba los brazos en el aire mientras corría alrededor del coche. El interior de este era un caos. El conductor, que era un hombre, y su pasajero, una mujer, estaban aplastados, machacados, sangrando. En el asiento de atrás había un niño y una niña pequeños destrozados y, según parecía, muertos. Nickel se acercó a unos arbustos y vomitó cuando el tren al fin terminó de pasar. Se detuvo otro coche, y luego otro, y cuando se arremolinaron alrededor del coche siniestrado se dieron cuenta de que no podían hacer nada. El tren se detuvo y comenzó a dar marcha atrás despacio. «Están muertos, están todos muertos», repetía una y otra vez Grayson mientras daba vueltas en torno al vehículo. El resto de los conductores estaban tan horrorizados como Nickel. Luego llegaron las sirenas, muchísima sirenas. Los sanitarios se dieron cuenta enseguida de que no había ninguna urgencia: los cuatro estaban muertos. Nickel quiso marcharse, pero la carretera estaba bloqueada. No era de la zona y no conocía las carreteras secundarias, así que esperó y se quedó mirando junto al resto de los espectadores. Se pasó tres horas allí de pie, viendo a los bomberos cortar, serrar y extraer los cuerpos. Fue una escena terrible, algo que nunca olvidaría. Había tenido pesadillas.

Con aquel hermoso regalo en la mano, Gilder guio lenta y meticulosamente a Nickel a lo largo de todo su testimonio una vez más, haciendo hincapié hasta en el último detalle. Le pasó fotos ampliadas de las señales luminosas del paso a nivel, pero el testigo dijo que no se le ocurrió fijarse en ellas entre tanto caos. En el momento de la colisión estaban encendidas, y eso era lo único que importaba.

Por desgracia, al menos para los demandantes, Nickel resultaba mucho más creíble que Hank Grayson, quien seguía defendiendo que las luces no funcionaban y que él tampoco vio el tren hasta que estuvo a punto de estrellarse contra el coche de los Smallwood.

Gilder, que se estaba divirtiendo de lo lindo, pasó entonces a los acontecimientos que tuvieron lugar meses después del accidente. En concreto, al encuentro de Nickel con un detective privado en su oficina de Nashville. Al testigo le sorprendió que alguien lo hubiera encontrado. El detective le dijo que trabajaba para un abogado de Clanton, pero no le dio su nombre. Él colaboró sin reservas y le contó la misma historia que acababa de declarar bajo juramento, sin obviar ningún detalle. El detective le dio las gracias, se marchó y Nickel no volvió a saber de él. En febrero tuvo que hacer un viaje cerca de Clanton y decidió pasarse por el juzgado. Preguntó por la demanda y le dijeron que el expediente era de dominio público. Dedicó un par de horas a leerlo y se dio cuenta de que Hank Grayson se atenía a su versión original. Aquello inquietó a Nickel, pero seguía sin querer involucrarse porque le daban pena los Smallwood. Sin embargo, con el tiempo se sintió obligado a dar la cara.

En el juego de las declaraciones juradas, algunos abogados mostraban todas sus cartas y sacaban a relucir hasta el último detalle. Su objetivo era ganar la declaración. Gilder se movía en ese terreno. Los abogados que eran mejores que él se contenían y no desvelaban sus estrategias. Se reservaban sus mejores bazas para el juicio. Los abogados estelares a veces incluso se saltaban la declaración por completo y urdían contrainterrogatorios brutales.

Jake no tenía preguntas para el testigo. Podría haberle preguntado a Nickel por qué, como testigo ocular, no le había dicho nada a la policía. La escena del accidente estaba infestada de agentes del condado y había dos oficiales estatales controlando a la multitud, pero Nickel no había abierto la boca. Se había mantenido callado y al margen. Su nombre no aparecía en ninguno de los informes.

Podría haberle hecho una pregunta que era más que obvia y que, sin embargo, Gilder y su equipo habían pasado por alto hasta el momento. El tren superó el paso a nivel, se detuvo y después volvió hacia atrás porque el maquinista había oído un impacto. Los trenes circulaban en ambos sentidos sobre la vía. Entonces, ¿por qué las luces no funcionaron cuando el tren se aproximó desde la dirección contraria, circulando marcha atrás? Jake tenía las declaraciones de una decena de testigos que juraban que las señales luminosas no estaban en marcha cuando el tren se detuvo en las proximidades y se estaba llevando a cabo el rescate. Gilder, o demasiado seguro de sí mismo o simplemente perezoso, no había hablado con esos testigos.

Jake podría haberle preguntado por su pasado. Nickel tenía cuarenta y siete años. A los veintidós se había visto implicado en un terrible accidente de tráfico en el que tres adolescentes habían perdido la vida. Estaban bebiendo cerveza, dándose una vuelta con un coche robado y circulando a gran velocidad por una carretera del condado un viernes por la noche cuando se estamparon de cara contra el coche que conducía Nickel. Resultó que todo el mundo estaba borracho. Nickel dio 0,1 y lo arrestaron por conducir bajo los efectos del alcohol. Se habló de imputarlo por homicidio imprudente, pero al final las autoridades decidieron que el accidente no había sido culpa suya. Aun así, las tres familias lo demandaron y el caso se prolongó durante cuatro años, hasta que la compañía aseguradora de Nickel negoció una indemnización por perjuicios. De ahí su reticencia a involucrarse en el caso Smallwood.

Esos valiosos antecedentes los había descubierto un detective privado que le había cobrado a Jake tres mil quinientos dólares, otro pellizco al préstamo de picapleitos que les esperaba en la oficina de Stan. Jake tenía los trapos sucios. Al parecer, Gilder no, porque no los mencionó durante la declaración. Jake saboreaba el momento de plantárselo delante de las narices a Nickel ante el jurado y masacrarlo con ello. Su credibilidad quedaría empañada, pero su pasado no cambiaría los hechos del caso Smallwood.

Jake y Harry Rex habían discutido por la estrategia. Harry Rex quería un ataque frontal durante la declaración para asustar a la defensa y ablandar a Gilder, porque así quizá, y solo quizá, se decidiera a hablar de un acuerdo. Necesitaban el dinero con desesperación, pero Jake seguía soñando con un veredicto cuantioso en la sala del tribunal. Y no presionaría para que el juicio se celebrara pronto. Tenía que pasar un año para que las cosas se calmaran. El juicio de Gamble tenía que quedar atrás, y con él toda su carga.

Harry Rex opinaba que era un sueño estúpido. Esperar todo un año parecía imposible.

32

Ese lunes Jake trabajó hasta tarde y salió del bufete cuando ya había oscurecido. Ensimismado, ya casi estaba en casa cuando se acordó de que Carla quería que pasara por la tienda a comprar leche, huevos, dos latas de salsa de tomate y café. Dio la vuelta y fue a un supermercado del este de la ciudad. Dejó su Saab rojo en el aparcamiento casi vacío, entró, llenó su cesta, pagó, guardó su compra en una bolsa y ya estaba casi en el coche cuando las cosas se complicaron. Una voz arisca dijo a su espalda:

—Eh, Brigance.

Jake se volvió y, durante una milésima de segundo vio una cara que le resultó vagamente familiar. Con la bolsa de la compra entre los brazos, no pudo agacharse a tiempo de esquivar el puñetazo sorpresa. Le impactó de lleno en la nariz, se la partió y lo tumbó contra el asfalto al lado de su coche. Perdió la visión durante un instante. Una bota pesada lo golpeó en la oreja derecha mientras intentaba incorporarse. Palpó una lata de salsa de tomate y la lanzó a toda prisa contra el hombre; lo alcanzó en la cara.

—¡Serás hijo de puta! —gritó el hombre, y le asestó otra patada.

Jake estaba casi de pie cuando un segundo individuo lo embistió por la espalda. Volvió a caer de golpe contra el asfalto y consiguió agarrar del pelo al hombre que lo había atacado. La misma bota pesada volvió a patearlo en la frente, y Jake quedó demasiado aturdido para poder defenderse. Soltó el pelo que tenía agarrado e intentó levantarse, pero lo tenían sujeto por la espalda. El segundo atacante, un tipo grueso y pesado, le aporreó la cara con los puños, sin dejar de insultarlo y gruñir, mientras el primero le daba patadas en las costillas, el vientre y cualquier otro lugar en el que lograra estampar una bota. Cuando le pateó los testículos, Jake gritó y perdió el conocimiento.

Dos disparos estrepitosos restallaron en el aire.

—¡Parad! —gritó alguien.

Los dos matones se sobresaltaron y huyeron de la escena. La última vez que se los vio fue doblando la esquina de la tienda a la carrera. El señor William Bradley se acercó corriendo con su pistola.

—¡Dios mío! —exclamó.

Jake estaba inconsciente y su cara era un amasijo sanguinolento.

Cuando Carla llegó a la sala de urgencias, a Jake le estaban haciendo radiografías.

—Respira por sí solo y está más o menos despierto —le dijo una enfermera—, eso es lo único que sé de momento.

Los padres de su marido llegaron media hora más tarde y Carla se los encontró en la sala de espera. El señor William Bradley estaba en una esquina hablando con un policía municipal de Clanton, contándole su versión.

Un médico, Mays McKee, al que conocían de la iglesia, se pasó por allí por segunda vez para darles las últimas noticias.

—Ha sido una paliza bastante fuerte —les explicó en tono grave—. Pero Jake está despierto y estable y no corre ningún peligro. Tiene unos cuantos cortes y magulladuras y la nariz rota. Seguimos haciéndole radiografías y le estamos administrando morfina. Tiene muchos dolores. Volveré enseguida.

Se alejó y Carla se sentó con sus suegros.

Un agente del condado, Parnell Johnson, llegó y pasó unos

minutos con ellos. Luego se acercó al señor Bradley y el policía municipal y finalmente se sentó a una mesita de café frente a Carla.

—Al parecer eran dos —le contó—. Se abalanzaron sobre Jake cuando estaba a punto de llegar a su coche en el aparcamiento del supermercado. El señor Bradley acababa de aparcar, vio la paliza y cogió su revólver. Disparó dos veces y los ahuyentó. Vio una camioneta GMC verde salir a toda velocidad por una calle secundaria de detrás de la tienda. Ni idea de quiénes eran, al menos de momento.

—Gracias —dijo Carla.

Pasó más de una hora antes de que el doctor McKee volviera. Les dijo que habían trasladado a Jake a una habitación privada y que quería ver a Carla. A sus padres no se les permitiría entrar aquella noche, pero podrían visitarlo al día siguiente. El doctor McKee y Carla subieron a la tercera planta y se detuvieron ante una puerta cerrada. El médico le susurró:

—Tiene un aspecto horrible y está bastante grogui. Tiene la nariz rota, dos costillas fracturadas y le faltan dos dientes. Le han abierto tres cortes en la cara que han requerido un total de cuarenta y un puntos, pero le he pedido al doctor Pendergrast que se los diera él. Es el mejor y no espera que le queden cicatrices significativas.

Carla respiró hondo y cerró los ojos. Al menos estaba vivo.

—¿Puedo pasar la noche aquí?

—Claro. Te traerán una cama plegable.

El médico empujó la puerta y entraron. Carla estuvo a punto de desmayarse cuando vio a su marido. De las cejas para arriba lo envolvía un grueso vendaje. También tenía vendada la mayor parte de la barbilla. Una línea de pequeñas puntadas negras le atravesaba la nariz. Tenía los ojos fatal, cerrados por culpa de la hinchazón, dos bultos saltones del tamaño de dos huevos cocidos. Tenía los labios engrosados, inflados y rojos. Un tubo serpenteaba hasta el interior de su boca y dos goteros colgaban sobre él. Carla tragó saliva con dificultad y lo cogió de la mano.

—Jake, cariño, estoy aquí.

Lo besó con suavidad en la mejilla, en un pequeño fragmento de piel despejada. Jake gruñó e intentó sonreír.

—Eh, cielo, ¿estás bien?

Carla se vio obligada a sonreír también, a pesar de que Jake no veía nada.

—Ahora mismo no tenemos que preocuparnos por mí. Estoy aquí y vas a ponerte bien.

Jake masculló algo incomprensible. Luego movió una pierna y gimió.

—Le dieron una patada bastante fuerte en la entrepierna y tiene los testículos muy hinchados —le explicó el doctor—. Y continuarán hinchándose.

Jake los oyó y dijo con extraordinaria claridad:

—Eh, cariño, ¿te apetece que tonteemos un rato?

—No, no me apetece. Tendremos que esperar un par de días.

—Porras.

Se hizo el silencio mientras Carla le apretaba la mano y contemplaba los vendajes. Las lágrimas asomaron y no tardaron en empezar a rodarle por las mejillas. Jake se adormiló y el doctor McKee le señaló la puerta a Carla.

—Tiene una conmoción cerebral que quiero controlar —le dijo cuando estuvieron en el pasillo—, así que estará ingresado un par de días. No creo que sea grave, pero hay que vigilarla. Quédate si quieres, pero en realidad no es necesario. No puedes hacer nada y creo que él pasará la mayor parte del tiempo dormido.

—Voy a quedarme. Los padres de Jake se llevarán a Hanna.

—Como prefieras. Siento muchísimo todo esto, Carla.

—Gracias, doctor McKee.

—Se pondrá bien. Lo pasará bastante mal durante una semana más o menos, pero está de una pieza.

—Gracias.

Harry Rex se presentó en el hospital e insultó a la enfermera que no lo dejó pasar. Cuando salía por la puerta, amenazó con demandarla.

A medianoche, Jake llevaba más de una hora sin hacer un solo ruido. Carla, descalza y aún en vaqueros, estaba sentada con la espalda apoyada contra las almohadas en su endeble cama plegable y hojeaba revistas a la luz tenue de una lámpara de mesa. Intentaba no pensar en quiénes serían los matones, pero sabía que la paliza estaba relacionada con Kofer. Hacía cinco años, el Klan les había quemado la casa e intentado disparar a Jake delante del juzgado durante el caso Hailey. Durante tres años vivieron con pistolas y seguridad extra, porque las amenazas continuaban. No podía creerse que la violencia hubiera vuelto.

¿Qué tipo de vida estaban llevando? Ningún otro abogado se enfrentaba a ese grado de intimidación. ¿Por qué ellos? ¿Por qué se involucraba su marido en casos peligrosos por los que no le pagaban nada? Llevaban doce años trabajando mucho, intentando ahorrar y soñando con construir algo para el futuro. Jake tenía una enorme capacidad de trabajo y estaba decidido a triunfar y convertirse en un abogado litigante de renombre. Era ambicioso en extremo y soñaba con cautivar a jurados y obtener veredictos importantes. Un día el dinero llegaría a raudales, estaba convencido de ello.

Y mira cómo estaban ahora. Su marido, hecho papilla tras una paliza; su bufete, hundiéndose, y sus deudas, aumentando con cada semana que pasaba.

El mes pasado, en la playa, su padre le había comentado una vez más, con discreción y cuando Jake no lo oía, que podía encontrarle un puesto de trabajo a su yerno en el mundo de las finanzas. Tenía varios amigos inversores, la mayoría de ellos medio jubilados, que se estaban planteando montar un fondo para invertir en hospitales y empresas de aparatos médicos. Carla no tenía muy claro qué significaba todo aquello y no le había dicho una sola palabra al respecto a Jake. Pero conllevaba mudarse a la zona de Wilmington y que su marido le diera un giro radical a su carrera. Su padre incluso había mencionado la posibilidad de hacerles un préstamo para facilitarles las cosas. Ay, si supiera lo cuantiosas que eran sus deudas.

Desde luego, en la playa estarían más seguros.

Alguna vez habían hablado de la monotonía de vivir en una ciudad pequeña. Las mismas rutinas, los mismos amigos, la ausencia de vida social que mereciera la pena. Para asistir a eventos artísticos o deportivos tenían que coger el coche y conducir una hora hasta Tupelo o hasta Oxford. Carla se lo pasaba bien con sus amigos, pero había una competición constante por ver quién tenía la casa más grande, los mejores coches, las vacaciones más espectaculares. En una ciudad pequeña todo el mundo estaba dispuesto a ayudar, pero, por otro lado, todo el mundo estaba enterado de tus asuntos. Hacía dos años habían pagado demasiado por Hocutt House, y Carla había notado una innegable frialdad por parte de algunas de sus amigas. Como si los Brigance estuvieran ascendiendo demasiado deprisa y dejando atrás a los demás. Si ellas supieran...

Las enfermeras iban y venían, impidiéndole dormir. Los monitores destellaban y parpadeaban. Los opiáceos parecían estar cumpliendo su función.

¿Sería aquel el momento que les cambiaría la vida? ¿La gota que colmaba el vaso y liberaba a Jake del yugo de ser un abogado con casos de tres al cuarto al que le costaba pagar las facturas todos los meses? Todavía no habían cumplido los cuarenta; tenían mucho tiempo por delante y aquel era el momento perfecto para cambiar de rumbo y avanzar hacia algo mejor, para salir de Mississippi y buscar un lugar más tranquilo. Ella podría encontrar trabajo de maestra en cualquier sitio.

Soltó las revistas y cerró los ojos. ¿Por qué no terminar con el juicio de Gamble en agosto, adoptar al bebé de Kiera en septiembre y marcharse de Clanton? El incierto futuro de Drew recaería sobre las espaldas de otro abogado, había muchos. ¿No sería más seguro e inteligente mudarse a mil seiscientos kilómetros de allí? Estarían cerca de sus padres, que se desvivirían por ayudarlos a cuidar del bebé. Jake empezaría una nueva carrera profesional, una que le garantizara un sueldo todos los meses, y pasarían todo el año en la playa.

Tenía los ojos abiertos como platos cuando, a la una y media, una enfermera entró y le dio un somnífero.

Jake desayunó un brik de zumo de manzana con una pajita. Le dolía todo el cuerpo y se quejaba de molestias en todas partes. Una enfermera le aumentó la dosis de morfina y se quedó dormido.

A las siete, el doctor McKee entró para decirle a Carla que quería someter a Jake a un escáner cerebral y hacerle más radiografías. Le sugirió que se marchara a casa unas cuantas horas, que fuera a ver a Hanna y descansara un poco.

Ya en casa, llamó a los padres de Jake para ponerlos al día y les pidió que le llevaran a Hanna. Llamó a Harry Rex y le contó lo poco que sabía. No, no le había preguntado a Jake si sabía quién le había pegado la paliza. Llamó a Portia, a Lucien, a Stan Atcavage y al juez Noose; todos tenían preguntas, pero Carla no dejó que las conversaciones se alargaran. Volvería a llamarlos más tarde. Dio de comer al perro, limpió la cocina, lavó un montón de ropa y se sentó en el patio con una taza de café para intentar recomponerse. Una de sus preocupaciones era qué decirle a Hanna. Jake no podía esconderse de su hija y tendría un aspecto horrible durante bastantes días. La niña se quedaría horrorizada cuando viera a su padre y era imposible que empezara siquiera a entender lo que había pasado. Saber que ahí fuera había malas personas que querían hacerle daño a su padre la aterrorizaría.

El café no la ayudó con los nervios y al final llamó a su madre y le contó lo que estaba ocurriendo.

El señor y la señora Brigance llegaron a las once con Hanna, que corrió hacia Carla envuelta en lágrimas y le preguntó cómo estaba su padre. Carla la abrazó y le dijo que Jake estaba en el hospital, pero que iba mejorando. Hanna pasaría el día con Becky, así que tenía que darse una ducha rápida y cambiarse de ropa. A regañadientes, la niña salió de la cocina.

—¿Qué le habéis dicho? —le preguntó Carla a su suegra cuando Hanna se marchó.

—No mucho, solo que su padre se había hecho daño y estaba en el hospital, pero que no tardaría en volver a casa y que todo iba bien.

—No teníamos muy claro qué decirle, pero sabe que ocurre algo —intervino el señor Brigance.

—No debe verlo durante unos días —dijo Carla—. Sería demasiado para ella.

—¿Cuándo podremos verlo nosotros? —preguntó la señora Brigance.

—Hoy. Nos marcharemos enseguida.

La sala de espera empezaba a llenarse. Al llegar se encontraron con Portia, Harry Rex, Stan, la esposa de este y su ministro, el doctor Eli Proctor. Carla los abrazó a todos y dijo que iría a ver a Jake y saldría a informarles. En aquel momento apareció el doctor McKee, que le hizo un gesto a Carla para que se acercara a él. Entraron en la habitación de Jake. Se lo encontraron incorporado y discutiendo con una enfermera que quería ponerle compresas frías en la cara. Carla habló con él y lo cogió de la mano.

—Vámonos de aquí —le pidió él.

—No tan rápido, Jake —dijo el doctor McKee—. Los escáneres y las radiografías están bien, pero no vas a salir de aquí hasta dentro de unos días.

—¿Días? ¿Estás de broma?

Movió una pierna y el dolor agudo lo hizo estremecerse.

—¿Te duele? —preguntó Carla.

—Solo cuando respiro.

—¿Dónde te duele?

—Elige tú misma. Tengo las pelotas como pomelos.

—No seas ordinario, Jake. Tu madre entrará en cualquier momento.

—Venga ya, no fastidies. No los dejes pasar por ahora, ¿vale? Ni siquiera los veré, no veo nada.

Carla sonrió y miró al doctor McKee.

—Creo que ya está mejor.

—Se pondrá bien. La conmoción cerebral es leve y todo lo demás sanará, aunque requerirá tiempo.

—Entonces, ¿no hay más daños cerebrales?

—Ninguno en absoluto.

—Gracias, cariño —dijo Jake—. ¿Dónde está Hanna?

—En casa de los Palmer, jugando con Becky.

—Bien. Que siga allí. No quiero que se asuste de este zombi.

—Voy a por tus padres, ¿vale?

—No quiero ver a nadie.

—Relájate, Jake. Están muertos de preocupación y solo estarán aquí un minuto.

—Lo que tú digas.

Carla y el doctor McKee salieron de la habitación mientras la enfermera se acercaba de nuevo con las compresas frías.

—Vamos a intentarlo otra vez —dijo la mujer con dulzura.

—Tóqueme y la demando.

A media tarde, Jake se estaba echando una siesta cuando el doctor McKee lo sacudió con suavidad agarrándolo del brazo.

—Jake, tienes visita.

Intentó incorporarse, se estremeció de dolor y masculló:

—Estoy cansado de visitas.

—Es el sheriff Walls. Yo me marcho.

Los dejó a solas y cerró la puerta. Ozzie y Moss Junior se acercaron al borde de la cama e intentaron ignorar el impacto que les produjo su cara.

—Hola —lo saludó Ozzie.

Jake gruñó.

—¿Qué te trae por aquí? —preguntó a continuación.

—Hola, Jake —intervino Moss Junior.

—¿Qué tal? No veo nada, pero estoy seguro de que tenéis la misma cara de tontos de siempre.

—Bueno, es probable —respondió Ozzie—, pero no haremos ningún comentario sobre las pintas que tienes tú ahora mismo.

—Una paliza bastante decente, ¿no te parece?

—De las mejores que he visto últimamente —contestó Ozzie entre risas—. Bueno, la pregunta obvia es quién fue. ¿Pudiste verlos?

—Eran por lo menos dos. Al segundo no lo vi en ningún momento, pero el primero era uno de los hermanos Kofer. O Cecil o Barry. No estoy seguro de cuál de los dos era porque no los conozco de nada, solo los vi en el juzgado la semana pasada.

Ozzie miró a Moss Junior, que asentía con la cabeza. No le sorprendía.

—¿Estás seguro? —preguntó Ozzie.

—¿Por qué iba a mentir?

—De acuerdo, les haremos una visita.

—Cuanto antes, mejor. Le acerté con una lata de salsa de tomate de medio kilo. Le di en plena cara, así que supongo que le habrá dejado alguna marca, pero se le quitará pronto.

—Bien hecho.

—Se abalanzaron sobre mí, no tuve otra alternativa.

—Claro que no.

—Me habrían matado si alguien no se hubiera puesto a pegar tiros.

—William Bradley aparcó, lo vio y enseguida sacó su pistola.

Jake negó con la cabeza en silencio.

—Me salvó la vida. Dile que le daré las gracias cuando pueda.

—Lo haré.

—Y pregúntale por qué no disparó contra ellos.

—Iremos a ver a los Kofer.

33

A pesar de lo incómodas que eran, las compresas frías estaban funcionando, así que al final Jake dejó de quejarse. El miércoles por la mañana, la hinchazón había disminuido lo suficiente como para que pudiera abrir los ojos y distinguir imágenes borrosas. La primera fue la preciosa cara de su esposa, quien, aunque difuminada, estaba más guapa que nunca. Jake la besó por primera vez desde hacía una eternidad y le dijo:

—Me voy a casa.

—No, qué va. Tienes varias visitas médicas esta mañana: primero, el oculista; luego, un dentista; luego, unos cuantos médicos más, y después, un fisioterapeuta para la rehabilitación.

—Me preocupan más mis testículos.

—A mí también, pero no se puede hacer mucho más que aguantar. Les eché un vistazo anoche mientras roncabas e impresionan bastante. El doctor McKee dice que, aparte de tomar analgésicos y rezar para que un día vuelvas a caminar como un hombre, no hay nada que hacer.

—¿Qué especialista se encarga de los testículos?

—El urólogo. Se pasó por aquí cuando estabas grogui y sacó unas cuantas fotos.

—No me mientas.

—No lo hago. Yo le sujeté la sábana y él apretó el disparador.

—¿Para qué necesitaba fotos?

—Me dijo que le gusta ampliarlas y colgarlas en las paredes de su sala de espera.

Jake consiguió echarse a reír, pero su carcajada se cortó en seco cuando una punzada de dolor le atravesó las costillas como un cuchillo candente y lo hizo encogerse. El dolor sería su forma de vida durante días y estaba resuelto a no mostrarlo, al menos no delante de su esposa.

—¿Cómo está Hanna?

—Bien. Está con tus padres y se lo están pasando en grande.

—Me alegro. ¿Qué le has dicho?

—Bueno, no toda la verdad. Le he contado que tuviste un accidente, sin especificar de qué tipo, que te habías hecho daño y que tenías que pasar unos días en el hospital. Está muy preocupada y quiere verte.

—Aquí no. Yo también tengo ganas de verla, pero no quiero pegarle un susto de muerte. Mañana me iré a casa y celebraremos una pequeña reunión familiar.

—¿Quién te ha dicho que te irás a casa mañana?

—Yo. Estoy harto de este sitio. Tengo los huesos soldados y las heridas cerradas. Puedo recuperarme en casa y tenerte de enfermera a tiempo completo.

—Me muero de ganas. Mira, Jake, hay un montón de gente preocupada por ti. Lucien quiere venir a verte, pero le he dicho que espere. Harry Rex no para de llamar.

—He visto a Harry Rex y lo único que ha hecho ha sido reírse de mí por haberme llevado una paliza. Lucien puede esperar. He hablado con Portia y está dándoles largas a nuestros clientes. Creo que nos quedan unos tres.

—Ha llamado el juez Noose.

—Qué menos. Él me metió en este lío.

—Está muy preocupado. También han llamado Dell, el juez Atlee, el doctor Proctor, el pastor McGarry..., un montón de gente.

—Pueden esperar. No estoy de humor para ver a nadie, si puedo evitarlo. Nos vamos a casa, cerramos las puertas a cal y canto y me tomo un tiempo para recuperarme. Algunos solo quieren cotillear, ya sabes.

—Y otros están muy preocupados.

—Estoy vivo, Carla, y me recuperaré bastante rápido. No necesito que nadie venga a darme la manita.

Cecil Kofer era el capataz de una cuadrilla de asfaltadores que estaba trabajando en un canal cerca del lago. A última hora de la mañana, Moss Junior y Mick Swayze aparcaron junto a su camioneta y entraron en el remolque que hacía las veces de oficina de la obra. Cecil estaba de pie, hablando por teléfono con alguien; su casco descansaba sobre la mesa. Una secretaria levantó la vista y los saludó:

—Buenos días.

Moss Junior la fulminó con la mirada y le espetó:

—Largo.

—Perdone, ¿cómo ha dicho?

—He dicho que largo. Tenemos que hablar con tu jefe.

—No tiene por qué ser tan borde.

—Tienes cinco segundos para salir de aquí.

La mujer se levantó y salió del remolque resoplando. Cecil colgó el teléfono cuando los agentes se le plantaron delante.

—Hola, Cecil. Este es Mick Swayze. Nos envía Ozzie —dijo Moss Junior.

—Un verdadero placer, caballeros.

Cecil tenía treinta y un años, era corpulento y le sobraban al menos veinte kilos. Por alguna razón, había dejado de afeitarse y lucía una barba roja y desaliñada que no mejoraba precisamente su aspecto.

Moss Junior se acercó hasta tenerlo al alcance de los puños y le preguntó:

—¿Fuiste a la ciudad el lunes por la noche?

—No me acuerdo.

—Ha pasado mucho tiempo. Esa GMC verde de ahí fuera es tuya, ¿no?

—Supongo.

—Número de matrícula 442ECS. Alguien la vio alejarse a toda prisa del supermercado Kroger alrededor de las nueve de la noche del lunes. Seguro que la conducía otra persona, ¿verdad?

—Puede que se la prestara a un amigo.

—¿Cómo se llama ese amigo?

—No me acuerdo.

—Qué chichón tan feo tienes en la frente. ¿Qué tienes debajo de la tirita, unos cuantos puntos?

—Eso es.

—¿Qué te ha pasado?

—Me di contra una estantería en el garaje de mi casa.

—Dichosas estanterías, siempre en medio. Mick, ¿eso te parece otro golpe con una estantería?

Swayze dio un paso al frente y examinó la frente de Cecil.

—No, yo diría que parece uno de esos chichones que hacen las latas de salsa de tomate de medio kilo. Los vemos a todas horas.

—Sin duda —dijo Moss Junior.

Despacio, desabrochó el par de esposas que llevaba en el cinturón y las agitó haciendo todo el ruido posible. Cecil respiró hondo y se quedó mirando las esposas.

—La línea que separa la simple agresión de la agresión con agravantes es muy fina —continuó Moss Junior—. Por agresión te caen hasta dos años en el trullo; por agresión con agravantes te caen veinte.

—Es bueno saberlo.

—Anótalo, porque tienes una memoria de mierda. Dos contra uno con la intención de provocar lesiones corporales graves se considera agresión con agravantes. En Parchman. ¿Quién va a cuidar de tu esposa y tus tres hijos mientras tú no estés?

—Yo no voy a ir a ningún sitio.

—Eso ahora escapa a tu control, hijo. Jake te ha identificado y el hombre de la pistola vio tu camioneta escapando del lugar de los hechos.

Se le hundieron los hombros un poco y miró a su alrededor en busca de algo.

—Ni siquiera me conoce.

—Te vio en el juicio, nos dijo que había sido el Kofer de la barba cutre y roja. Hemos hablado con Barry, pero su barba cutre es morena, no roja. ¿Por qué no os compráis unas cuantas cuchillas de afeitar?

—Tomo nota.

Moss Junior continuó machacándolo:

—El juez que determinará la pena será Omar Noose. Le tiene bastante cariño a Jake y está muy disgustado porque a uno de sus abogados le hayan pegado una paliza tremenda por culpa de un caso pendiente en su sala. Te va a meter un buen puro.

—No sé de qué me estás hablando.

—Le presentaremos el informe a Ozzie y mañana nos mandará de vuelta para arrestarte. ¿Quieres hacerlo aquí o en tu casa, delante de tus hijos?

—Me buscaré un abogado.

—No encontrarás ningún abogado en este condado. Ninguno querrá tocarle las narices al juez Noose. ¿Aquí o en tu casa?

Se le hundieron aún más los hombros y la pose de tipo duro se fue al garete.

—¿Para qué?

—Para arrestarte. Te llevaremos a la cárcel, te ficharemos y te meteremos en una celda. La fianza rondará los diez mil dólares, así que si juntas unos mil en efectivo podrás salir. ¿Aquí o en tu casa?

—Aquí, supongo.

—Hasta mañana.

La fisioterapeuta era una mujer fuerte y mandona llamada Marlene que de entrada quería echarles un vistazo a las pelotas de Jake. Este se negó en redondo. A Marlene le parecía gracioso y Jake se preguntó si no estaría todo el personal del hospital partiéndose de risa a su costa. ¿Existía la privacidad en los hospitales?

Con Carla tirando de él con delicadeza por un lado, consiguió girarse despacio y sentarse con los pies colgando de la cama.

—No te irás de aquí hasta que puedas ir y volver caminando hasta esa puerta —le desafió Marlene.

Le metió una mano por debajo de una axila y Carla hizo lo mismo con la otra. Jake se fue deslizando hacia abajo, hasta tocar el frío suelo de linóleo con los pies descalzos, y esbozó una mueca cuando cientos de punzadas de dolor le atravesaron la entrepierna y las costillas y le recorrieron el cuello y el cráneo. Se mareó y titubeó un instante, con los ojos cerrados y los dientes apretados. Dio un pasito, luego otro, y después dijo:

—Soltadme.

Obedecieron y Jake empezó a arrastrar los pies. Los gigantescos testículos le dolían y le impedían adoptar un paso o una postura ni remotamente parecidos a los habituales, así que anduvo como un pato patizambo hasta la puerta y tocó el picaporte. Luego se dio la vuelta con gran orgullo y dio los ocho pasos que lo separaban de su cama.

—Listo. Ya puedes darme el alta.

—No tan rápido, vaquero. Repítelo.

Tenía las piernas débiles e inestables, pero caminó hasta la puerta y volvió. A pesar de lo doloroso que le resultaba andar, se sentía animado por haberse levantado de la cama y por estar haciendo una actividad que se acercaba, aunque fuera poco, a lo normal. Tras el cuarto paseíto, Marlene le preguntó:

—¿Por qué no vas a hacer un pis?

—No tengo ganas de hacer pis.

—Hazlo de todas formas. Tenemos que comprobar si eres capaz de ir solo al baño.

—¿Quieres venir a mirar?

—La verdad es que no.

Jake fue hasta el baño con sus andares de pato, entró y cerró la puerta tras él. Se levantó el camisón y se metió el dobladillo debajo de la barbilla. Despacio, bajó la vista hacia sus monstruosas partes íntimas y se echó a reír de pura incredulidad. Un aullido, penoso y alegre a la vez, que hizo que Carla llamara a la puerta.

El miércoles por la tarde, Jake estaba incorporado en su cama del hospital con Carla a los pies. Estaban viendo las noticias de la televisión por cable cuando alguien llamó a la puerta. Ya se estaba abriendo cuando Jake invitó a quien fuera a pasar.

Ozzie y Moss Junior habían vuelto. Carla silenció la televisión.

—El médico dice que te vas mañana por la mañana —dijo Ozzie.

—No veo la hora —replicó Jake.

—Me alegra oírte decir eso. ¿Te encuentras mejor?

—Al cien por cien.

—Sigues teniendo una pinta horrorosa —apuntó Moss Junior.

—Gracias. Tardaré un poco en recuperarme.

—Venga, chicos —intervino Carla, que rodeó la cama y se colocó delante de los dos hombres.

Ozzie señaló con la cabeza a Moss Junior, que dijo:

—Esta mañana hemos ido a hacerle una visita a Cecil Kofer en el trabajo. Tiene un buen chichón y un corte en la frente. Como no podía ser de otra manera, lo niega todo, pero fue él. Lo detendremos mañana.

—No voy a presentar cargos —anunció Jake.

Ozzie miró a Carla, que ya estaba diciendo que no con la cabeza. Estaba claro que habían hablado de aquel asunto y que la decisión estaba tomada.

—Venga ya —protestó Ozzie—. No podemos dejar que esto quede impune. Podrían haberte matado.

—Pero no lo hicieron. No voy a presentar cargos.

—¿Por qué no?

—No quiero más problemas, Ozzie. Ya tengo bastantes cosas encima ahora mismo. Además, esa familia ya ha sufrido suficiente. Me recuperaré por completo y me olvidaré de todo esto.

—Lo dudo. En Memphis me atacaron una vez, unos cuantos tipos malos me dieron una buena tunda. Todavía me acuerdo de todos y cada uno de los puñetazos.

—He tomado una decisión. No habrá denuncia.

—Sabes que puedo arrestarlo igual, ¿no?

—No lo hagas. Además, no se le puede condenar si no testifico. Limítate a decirles a los Kofer que me dejen en paz. Se acabaron las llamadas de teléfono, las amenazas, las intimidaciones. Como vuelvan siquiera a mirarme con el ceño fruncido, presentaré una declaración jurada sobre esto y denunciaré. Dejemos la pelota en su tejado, ¿vale?

Ozzie se encogió de hombros. No tenía sentido discutir con Jake.

—Si es lo que quieres...

—Es lo que quiero. Y dile a la familia que llevo armas y tengo la licencia que me permite usarlas. No volverán a cogerme así de desprevenido, pero si se acercan demasiado pagarán las consecuencias.

—Vamos, Jake —murmuró Carla.

Jake pasó solo su tercera y última noche en el hospital. Carla estaba harta de aquella cama plegable que le destrozaba la espalda, así que Jake la convenció para que se fuera a buscar a su hija y pasaran una noche tranquila en casa. Lo llamaron a las nueve para darle las buenas noches.

Pero los somníferos no funcionaron, y los analgésicos tampoco. Le pidió algo más fuerte a una enfermera, pero le dijeron que ya no podía tomar nada más. El segundo somnífero le produjo el efecto contrario al deseado y a las dos de la mañana estaba totalmente despierto. El impacto físico de la agresión y la hinchazón iban desapareciendo, pero Jake se sentiría agarrotado y frágil y continuaría retorciéndose de dolor durante mucho tiempo. Sin embargo, los huesos y los músculos se le curarían. No tenía tan claro si se recuperaría del miedo, del horror de haber sido violentado de esa manera. Cuando sucedió era el de siempre: sano y ocupado, con la cabeza llena de asuntos importantes. Un instante después, estaba tirado de espaldas en el suelo, aturdido, sangrando y recibiendo un golpe tras otro en la cara mientras lo vapuleaban. Cuarenta y ocho horas más tarde, seguía pareciéndole surrealista. Había tenido la misma pesadilla dos veces, un recuerdo terrible de la cara llena de odio del hombre que tenía encima dándole golpes. Seguía sintiendo la dureza del asfalto bajo la cabeza, puñetazo tras puñetazo.

Volvió a pensar en Josie y se preguntó cómo podía un ser humano tolerar la realidad del peligro físico constante. Jake medía más de un metro ochenta, pesaba ochenta kilos y, si hubiera tenido la oportunidad, podría haber asestado unos cuantos puñetazos antes de derrumbarse. Josie apenas pesaba cincuenta y cinco kilos y no tenía la más mínima posibilidad contra un animal como Kofer. E imagina el horror que habían tenido que soportar sus hijos mientras oían que su madre recibía una paliza... otra vez.

34

Cuando el doctor McKee hizo su ronda por la mañana temprano, Jake estaba de pie en el centro de su habitación, con las manos medio levantadas por encima de la cabeza. Su bata estaba tirada encima de la cama y llevaba puestos una camiseta y unos pantalones de chándal anchos, los más grandes que Carla había encontrado. Se había calzado unas zapatillas de deporte, como si estuviera a punto de salir a echar una carrerita matutina.

—¿Qué estás haciendo? —preguntó McKee.

—Estirar. Me voy. Firma los papeles.

—Siéntate, Jake.

Retrocedió hasta la cama y se sentó en el borde. Con cuidado, el médico le quitó la venda de la cabeza y le examinó los puntos.

—Bueno, te los quitaremos dentro de una semana o así —dijo después—. En la nariz no se te puede hacer mucho más, aparte de esperar a que se cure. Se te ha recolocado bien y no te quedará muy curvada.

—No me apetece nada tener la nariz torcida, doctor.

—Te dará un aspecto más rudo —contestó McKee con voz de listillo mientras terminaba de quitarle las vendas—. ¿Qué tal las costillas?

—Ahí siguen.

—Ponte de pie y bájate los pantalones. —Jake obedeció y apretó los dientes mientras McKee le examinaba los testículos con bastante delicadeza—. Siguen creciendo.

—¿Cuándo podré mantener relaciones sexuales?

—Espera a llegar a casa.

—En serio.

—Dentro de un par de años, quizá. Te daré el alta, pero tienes que tomarte las cosas con calma. No va a ser una recuperación rápida.

—¿Que me tome las cosas con calma? ¿Y qué iba a hacer si no? Si casi no puedo andar con estas cosas.

Carla entró en la habitación cuando Jake estaba subiéndose los pantalones.

—Me largo de aquí —le dijo con orgullo a su mujer.

—Llévatelo a casa —confirmó McKee—. Pero tiene que pasarse los tres próximos días en la cama, y lo digo en serio. Sin hacer ningún tipo de actividad física. Y vamos a reducir la dosis de opioides, son adictivos. Quiero verte el lunes.

Cuando McKee se marchó, Carla le entregó a Jake un periódico, el *Times* del día anterior. Un titular proclamaba en grandes letras: BRIGANCE AGREDIDO Y HOSPITALIZADO.

—Otra vez en primera página —dijo Carla—. Justo donde quieres estar.

Jake se sentó en el borde de la cama y leyó el sensacionalista relato de la paliza que había escrito Dumas Lee. No se había identificado a ningún sospechoso. No había comentarios de la víctima, ni de sus familiares ni de los trabajadores de su bufete. Ozzie solo había dicho que la investigación continuaba abierta. Había una fotografía de archivo de Jake entrando en el juzgado durante el caso Hailey.

Una enfermera le llevó unos papeles y un bote de los opioides adictivos.

—Solo dos al día durante los próximos cinco días. Luego se acabó —dijo al entregarle el bote a Carla.

Se marchó y al poco volvió con un batido de frutas y una pajita, el desayuno habitual de Jake. Una hora más tarde, un celador entró por la puerta empujando una silla de ruedas y le pidió que se sentara. Este se negó, alegando que quería salir por su propio pie. El celador le contestó que no, que el protocolo del hospital exigía que todos los pacientes salieran de allí en una silla de ruedas. ¿Y si un paciente se caía y volvía a lesionarse? Seguro que los denunciaba, ¿no? Sobre todo siendo abogado.

—Siéntate ya, Jake —le espetó Carla. Le dio una gorra y sus gafas de sol y continuó—: Yo iré a por el coche.

El celador lo sacó en silla de ruedas de la habitación y, mientras recorrían el pasillo, Jake fue despidiéndose de las enfermeras y dándoles las gracias por su ayuda. Bajó en el ascensor y, al llegar al vestíbulo, vio a Dumas Lee merodeando junto a la puerta con una cámara. Dumas se le acercó sonriendo.

—Hola, Jake, ¿tienes tiempo para hacer alguna declaración?

Jake mantuvo la calma y contestó:

—Dumas, si me sacas una foto en este momento, te juro que jamás volveré a hablar contigo.

Dumas no tocó la cámara, pero preguntó:

—¿Alguna idea sobre quién lo hizo?

—¿Quién hizo qué?

—Agredirte.

—Ah, eso. No, ni idea y sin comentarios. Déjame en paz, Dumas.

—¿Crees que está relacionado con el caso Kofer?

—Sin comentarios. Piérdete. Y no toques esa cámara.

Un guardia de seguridad apareció de la nada y se interpuso entre Jake y el periodista. Jake cruzó la gran puerta principal en la silla de ruedas y vio que Carla lo estaba esperando junto a la acera. El celador y ella lo ayudaron a sentarse en el asiento del pasajero, cerraron la portezuela y, cuando el coche empezó a alejarse, Jake le enseñó el dedo corazón a Dumas.

—¿Era realmente necesario? —le preguntó Carla.

Jake no contestó.

—Mira, sé que tienes muchos dolores —prosiguió su mujer—, pero estás siendo muy maleducado con la gente y no me gusta. Estamos a punto de encerrarnos juntos en casa y vas a tratarme bien. Y a Hanna también.

—¿A qué viene esto?

—A que lo digo yo. La jefa. Relájate y pórtate bien.

—Sí, señora —respondió Jake entre risas.

—¿Qué te hace tanta gracia?

—Nada. No tengo claro que estés hecha para ser enfermera.

—Ya te digo yo que no.

—Tú mantén la cuña caliente y los analgésicos a mano y me portaré superbién. —Guardaron silencio durante un rato mientras se acercaban a la plaza—. ¿Quién hay en casa? —preguntó al final.

—Tus padres y Hanna. Nadie más.

—¿Está preparada para esto?

—Diría que no.

—Esta mañana he cometido el error de mirarme al espejo. Mi niñita va a llevarse un susto horrible cuando vea a su padre. Los ojos morados e hinchados. Cortes y magulladuras. La nariz del tamaño de una patata.

—Tú no te quites los pantalones.

Jake se echó a reír y al mismo tiempo le entraron ganas de llorar por el dolor de costillas. Cuando consiguió parar, dijo:

—La mayoría de las enfermeras son muy compasivas. No siento lo mismo en estos momentos.

—No soy enfermera. Soy la jefa y harás lo que yo te diga.

—Sí, señora.

Aparcó en el camino de entrada y lo ayudó a bajarse del coche. Mientras Jake cruzaba el patio con andares de pato, la puerta de atrás se abrió y Hanna salió corriendo hacia él. Jake quería agarrarla, achucharla y dar vueltas con ella en brazos, pero solo se agachó para darle un beso en la mejilla. La niña estaba advertida y no intentó abrazarlo.

—¿Cómo está mi niña? —preguntó.

—Muy bien, papá. ¿Y tú?

—Mucho mejor. Dentro de una semana estaré como nuevo.

Hanna lo agarró de la mano y lo acompañó al interior de la casa. Sus padres estaban esperándolo en la cocina. Ya estaba agotado, así que se acomodó en una silla del rincón del desayuno, cuya mesita estaba cubierta de tartas, pasteles, fuentes de galletas y flores de todo tipo. Hanna acercó una silla a la de él y le cogió la mano. Jake charló con sus padres durante unos minutos mientras Carla servía café.

—¿Vas a quitarte las gafas de sol? —preguntó Hanna.

—No, hoy no. A lo mejor mañana.

—Pero ¿ves algo aquí dentro?

—Veo muy bien esa cara tan bonita que tienes, y eso es lo único que importa.

—Esos puntos dan asco. ¿Cuántos tienes? Tim Bostick se hizo un corte en el brazo el año pasado y le dieron once. Estaba muy orgulloso.

—Bueno, a mí me han dado cuarenta y uno, así que le gano.

—Mamá me ha dicho que has perdido dos dientes. Enséñamelos.

—Hanna, ya basta —la regañó Carla—. Ya te dije que no íbamos a hablar de esto.

El juez Noose estaba en el condado de Tyler, en el juzgado de Gretna, sufriendo otra aburrida vista de casos pendientes, mirando una lista de casos activos que ningún otro juez de ningún otro lugar querría presidir. Los abogados de los demandantes presionaban con escaso ímpetu para fijar los juicios, mientras que los abogados de la defensa utilizaban las habituales tácticas dilatorias. Ordenó un receso y se retiró a su despacho, donde Lowell Dyer lo estaba esperando con un ejemplar de *The Ford County Times*.

Noose se quitó la toga y se sirvió una taza de café pasado. Leyó el artículo y preguntó:

—¿Has hablado con Jake?

—No, ¿y usted?

—No, lo llamaré esta tarde. He hablado con su esposa y también con la pasante de su bufete, Portia Lang. ¿Alguna idea de quién está detrás de esto?

—He hablado con Ozzie. Me ha hecho jurar que no se lo

contaría a nadie. Dice que han sido un par de los Kofer, pero que Jake se niega a presentar cargos.

—No me extraña, viniendo de Jake.

—Yo pediría la pena de muerte.

—Pero tú eres fiscal. ¿Cómo afecta esto al cambio de juzgado?

—¿Me lo pregunta a mí? El juez es usted.

—Lo sé, y estoy intentando tomar una decisión. Creo que Jake tiene razón. Mis fuentes de Clanton me dicen que es un tema candente, así que escoger un jurado podría ser difícil. ¿Por qué correr el riesgo de una apelación? ¿De verdad le importa tanto al estado dónde se celebre el juicio?

—No lo sé. ¿Adónde lo trasladaría?

—Bueno, sin duda lo mantendría dentro del vigesimosegundo distrito. Podrías elegir el mismo jurado en los otros cuatro condados. Pero el de Ford me preocupa.

—Trasládelo aquí.

Noose se echó a reír.

—Menuda sorpresa —dijo—. Te gustaría jugar en casa, ¿verdad?

Dyer reflexionó sobre el comentario del juez y bebió un sorbo de café.

—¿Y qué pasa con los Kofer? Se enfadarán si lo traslada.

—Pero no son ellos los que mandan, ¿verdad? Y van a enfadarse por todo lo que pase. Tengo que decirte, Lowell, que estoy muy afectado por lo que le ha pasado a Jake. Lo obligué a aceptar el caso y ahora le han pegado tal paliza que han estado a punto de matarlo. Si toleramos algo así, todo el sistema empieza a resquebrajarse.

Con los condados de Ford y Tyler eliminados de las posibilidades, quedaban los de Polk, Milburn y Van Buren. El último lugar en el que Dyer quería que se celebrara un caso tan importante era el viejo juzgado de Chester, el hogar de Noose. Sin embargo, tenía la corazonada de que allí era adonde iría a parar todo aquello.

—Jake estará un tiempo fuera de juego, señoría. ¿Cree que

pedirá más tiempo, que querrá un aplazamiento? Faltan siete semanas para el juicio.

—No lo sé, se lo preguntaré esta tarde. ¿Te opondrás si solicita más tiempo?

—No, no teniendo en cuenta las circunstancias. Pero el juicio no será tan complicado. Quiero decir, no hay duda respecto a quién apretó el gatillo. La única parte delicada es la del tema de la enajenación. Si Jake va a ir por ahí, necesito saberlo pronto para poder mandar al chico de vuelta a Whitfield para que lo evalúen. Jake tiene que tomar una decisión.

—Estoy de acuerdo. Se lo comentaré.

—Siento curiosidad por una cosa, juez. ¿Cómo convenció Jake al jurado de que Hailey estaba enajenado?

—No creo que los convenciera. Hailey no estaba enajenado, al menos no según nuestra definición. Planeó los asesinatos con gran detalle y sabía muy bien lo que estaba haciendo. No fue más que venganza, pura y dura. Jake ganó convenciendo a los miembros del jurado de que ellos habrían hecho lo mismo que Hailey si hubieran tenido la oportunidad. Fue magistral.

—Puede que esta vez le cueste conseguir algo así.

—Desde luego. Cada caso es un mundo.

Solo llevaba dos horas en casa y Jake ya estaba aburrido. Carla bajó las persianas del salón, desconectó el teléfono, cerró la puerta y le ordenó que descansara. Tenía un montón de las llamadas páginas rosas, copias anticipadas de los fallos del Tribunal Supremo del estado que todos los abogados aseguraban leerse diligentemente en cuanto se publicaban, pero era incapaz de fijar la vista y le dolía la cabeza. Le dolía todo, y los opioides le estaban resultando menos efectivos. De vez en cuando se adormilaba, pero no era el sueño profundo que necesitaba. Cuando su enfermera se asomó para ver cómo estaba, reclamó su derecho de ir a la sala de estar a ver la tele. Carla accedió a regañadientes y Jake cambió un sofá por otro. Cuando Hanna pasó por allí y le vio la cara sin gafas de sol, se agachó para examinarlo de cerca y se echó a llorar.

No tardó en entrarle hambre y se empeñó en comer un cuenco de helado que compartió con Hanna. Alguien llamó al timbre mientras veían una película del Oeste. Carla fue a abrir y dijo que era un vecino, al que apenas conocían y rara vez veían, que quería saludar a Jake.

Mucha gente quería pasarse a verlo, pero él se negaba en redondo. La hinchazón de los ojos le duraría días y los colores irían pasando del morado al negro y el azul. Lo había visto en los vestuarios de los equipos de fútbol americano, y también varias veces en sus clientes acusados de peleas en tugurios. Un deprimente abanico de colores oscuros e inquietantes se le iba extendiendo por la cara, y el espectáculo continuaría durante un par de semanas.

Una vez que se recuperó del susto, Hanna se acurrucó junto a su padre bajo la colcha y se pasaron horas viendo la tele.

Después de mucho debatir, al final se tomó la decisión —Ozzie tomó la decisión— de que lo mejor sería que el encuentro lo gestionaran dos hombres blancos. Envió a Moss Junior y a Marshall Prather, el amigo más íntimo de Stuart dentro del cuerpo. Llamaron para avisar, así que Earl Kofer los estaba esperando fuera, bajo el oxidendro, aquel jueves a media tarde. Cuando todos se hubieron encendido un cigarrillo, Earl preguntó:

—Bueno, ¿qué ocurre?

—Cecil —contestó Moss Junior—. Jake lo ha identificado. Una maniobra bastante estúpida, Earl, y os complica las cosas a tu familia y a ti.

—No sé de qué me estás hablando. No es que Brigance sea el tipo más listo de la ciudad, así que está claro que se está equivocando.

Prather sonrió y miró hacia otro lado. Moss Junior sería el encargado de hablar, así que continuó:

—Vale. Lo que tú digas. Un delito de lesiones con agravantes conlleva una pena de veinte años de cárcel; no sé si conseguirían que la acusación tuviera efecto, pero, qué narices, hasta un simple delito de lesiones puede suponerle un año en la cárcel del condado. El juez Noose está muy cabreado por lo que ha pasado y seguramente aplicaría todo el peso de la ley.

—¿A quién se lo aplicaría?

—Cierto. Jake no va a presentar cargos, al menos por ahora, pero siempre podría hacerlo más adelante. El plazo de prescripción es de alrededor de cinco años. Además, puede demandar en una sala de lo civil, de nuevo el juez Noose, y reclamar dinero para cubrir sus gastos médicos, un dinero que estoy seguro de que Cecil no tiene.

—¿Se supone que debería estar poniéndome nervioso?

—Yo lo estaría. Si Jake decide apretar el gatillo, Cecil acaba en la cárcel y, para colmo, arruinado. No es muy inteligente buscarle así las vueltas a un abogado, Earl.

—¿Os apetece tomar algo, chicos?

—Estamos de servicio. Por favor, transmítele este mensaje a tu hijo, a tus dos hijos, a los primos, a todo el clan. Se acabaron las jugarretas, ¿entendido, Earl?

—No tengo nada más que deciros.

Se dieron la vuelta y volvieron a su coche patrulla.

35

El viernes a la hora de comer, Jake consiguió tragarse un cuenco de puré de guisantes. Masticar seguía resultándole molesto, así que los alimentos sólidos quedaban descartados. Después, Carla y Hanna se marcharon para pasar una tarde de compras y haciendo cosas de chicas. En cuanto desaparecieron, Jake llamó a Portia y le pidió que fuera a verlo. De inmediato. La joven llegó cuarenta y cinco minutos más tarde y, una vez superada la impresión que le produjo la cara destrozada de su jefe, lo siguió hasta el comedor, donde extendieron la pila de expedientes que Portia había llevado con ella. Repasaron los casos actuales y sus próximas comparecencias en el juzgado e hicieron planes para apañarse durante la breve ausencia de Jake.

—¿Algo nuevo? —preguntó, aunque temía la respuesta que pudiera darle.

—La verdad es que no, jefe. El teléfono ha sonado bastante, pero eran sobre todo amigos y antiguos compañeros de la facultad para preguntar qué tal estabas. Tienes unos amigos muy majos, Jake. Muchos de ellos quieren venir hasta aquí a verte.

—Ahora no. Que esperen un poco. La mayoría solo quiere ver lo maltrecho que me han dejado.

—Bastante, diría yo.

—Sí, no fue una gran pelea.

—¿Y no vas a presentar cargos?

—No. Esa decisión ya está tomada.

—¿Por qué no? A ver, he hablado con Lucien y con Harry Rex largo y tendido, y los tres estamos de acuerdo en que tendrías que ir a por esos matones, darles una lección.

—Mira, Portia, eso ya es agua pasada. Ahora mismo no tengo la energía mental ni física necesarias para perseguir a Cecil Kofer. ¿Te has pasado por la cárcel?

—No, esta semana no.

—Me gustaría que fueras un día sí y otro no y pasaras una hora con Drew. Le caes bien y necesita un amigo. No le hables del caso, solo juega a las cartas o a cualquier otra cosa con él y anímalo a hacer los deberes. Carla dice que está estudiando algo más.

—De acuerdo. ¿Cuándo vas a volver al bufete?

—Muy pronto, espero. Mi enfermera es una nazi y mi médico, duro de pelar, pero creo que me dará el alta la semana que viene, cuando me quite los puntos. Ayer estuve un buen rato hablando con Noose y me está presionando para que tome una decisión sobre lo de la enajenación. Me inclino a notificarles tanto a él como a Dyer que nuestra intención es optar por las normas M'Naghten y argumentar que nuestro cliente no apreciaba la naturaleza de sus acciones. ¿Tú qué opinas?

—Ese ha sido el plan desde el principio, ¿no?

—Más o menos. Sin embargo, está el problema del dinero para el experto. He hablado con ese hombre de Nueva Orleans esta mañana y me gusta mucho. Ha testificado muchas veces y sabe de lo que habla. Sus honorarios son de quince mil dólares y le he dicho que imposible. Es un caso de oficio y el condado no pagará tanto por un experto para la defensa. Así que tiene que salir de mi bolsillo por adelantado y dudo que se me vaya a reembolsar todo. Me ha dicho que lo haría por diez. Sigue siendo demasiado. Le he dado las gracias y le he dicho que nos lo pensaríamos.

—¿Qué hay de Libby Provine? Creía que la FDM estaba intentando encontrar algo de dinero.

—Está en ello y conoce a muchos médicos. Cuento con que lo consiga. Noose me preguntó si queríamos un aplazamiento, me dijo que nos daría más tiempo si lo necesitábamos, que Dyer no se opondría. Le respondí que no, gracias.

—¿Por Kiera?

—Por Kiera. El 6 de agosto estará de siete meses y medio y la quiero embarazada cuando suba al estrado.

Portia dejó caer una libreta sobre la mesa y negó con la cabeza.

—Tengo que decírtelo, eso no me gusta nada. No me parece justo ocultar el hecho de que está embarazada. ¿No te parece que el juez Noose se cogerá un berrinche enorme cuando se entere, al mismo tiempo que todos los demás, de que Kiera está embarazada y de que Kofer es el padre?

—Mi cliente no es ella, sino Drew. Y si la acusación la llama a declarar, es su testigo.

—No paras de repetir eso, pero Dyer pondrá el grito en el cielo y puede que toda la sala del tribunal salte por los aires. Piensa en los Kofer y en su reacción al hecho de que su hijo haya dejado atrás a una criatura de la que no sabían nada.

—Por raro que parezca, ahora mismo los Kofer me importan un comino, y me da igual si Noose se coge un berrinche y a Dyer le da una embolia. Piensa en los miembros del jurado, Portia. El jurado es lo único que importa. ¿Cuántos se sentirán conmocionados y rabiosos cuando la verdad salga a la luz?

—Los doce.

—Quizá. Dudo que nos ganemos a los doce, pero con tres o cuatro será suficiente. Un jurado indeciso será una victoria.

—¿Esto va de ganar, Jake, o va de verdad y justicia?

—¿Qué es la justicia en este caso, Portia? Estás a punto de marcharte a la facultad de Derecho, donde, a lo largo de los tres próximos años, no pararán de repetirte que los juicios deberían girar en torno a la verdad y la justicia. Y así es. Pero también tienes edad suficiente para formar parte de un jurado. ¿Qué harías con este chico?

Portia reflexionó durante unos instantes y contestó:

—No lo sé. No dejo de pensarlo y te juro que no tengo la

respuesta. Ese muchacho hizo lo que consideraba correcto. Creía que su madre estaba muerta y...

—Y pensó que seguían en peligro. Pensó que Kofer podía levantarse en cualquier momento y continuar con su arrebato. Qué puñetas, ya les había pegado y amenazado de muerte otras veces. Drew sabía que Kofer estaba borracho, pero no tenía ni idea de que iba tan hasta arriba de alcohol que estaba en coma. En ese momento, Drew creía que estaba protegiendo a su hermana y protegiéndose a sí mismo.

—¿Así que estuvo justificado?

Jake intentó sonreír. La señaló y dijo:

—Exacto. Olvídate de la enajenación. Fue un homicidio justificado.

—Entonces, ¿por qué quieres seguir el curso de una vista M'Naghten?

—No lo haremos. La solicitaré y obligaré a Dyer a trabajar un poco. Mandarán a Drew a Whitfield para que sus médicos lo examinen y encontrarán a alguno que declare que el chaval sabía muy bien lo que estaba haciendo. Luego, antes de la vista, retiraré la solicitud. Solo los fastidiaré un poquito.

—¿Es un juego?

—No, es una partida de ajedrez, pero una partida en la que las reglas no siempre son vinculantes.

—Creo que me gusta. No tengo claro que un jurado se trague la idea de que un chico de dieciséis años estaba enajenado. Sé que la enajenación no es un diagnóstico médico y todo eso y sé que los adolescentes pueden tener todo tipo de problemas de salud mental, pero no termina de sonarme bien lo de alegar que un chico de esa edad estaba loco.

—Bueno, me alegra saberlo. Puede que mañana cambie de opinión. Estoy tomando medicación para el dolor y no siempre pienso con claridad. Terminemos con estos expedientes para que puedas largarte antes de que vuelva mi enfermera. Se supone que no debo trabajar, y si nos pilla me cortará el suministro de helado. ¿Cuánto dinero hay en el banco?

—No mucho. Algo menos de dos mil dólares.

Jake cambió de postura, esbozó una mueca y combatió una ola de dolor en las costillas y la entrepierna.

—¿Estás bien, jefe?

—Perfectamente. Ayer cuando hablé con Noose me dijo que me asignaría más casos de oficio en los cinco condados. Los honorarios no son muy altos, pero al menos nos aportarán algo de dinero.

—Oye, quiero que de momento te olvides de pagarme. Estoy viviendo en casa y puedo permitirme un pequeño periodo de permiso.

Esbozó otra mueca de dolor y cambió de postura.

—Gracias, pero me aseguraré de que cobres. Necesitas todo el dinero posible para la universidad.

—Podemos permitirnos pagarla, Jake, gracias a ti y al viejo Hubbard. Mi madre tiene la vida solucionada y te estará eternamente agradecida por ello.

—Tonterías. Estás haciendo un gran trabajo y tienes que cobrar por él.

—Lucien me ha dicho que te olvides del alquiler durante unos cuantos meses.

Jake intentó sonreír y también reírse. Miró al techo y probó a negar con la cabeza.

—Después del juicio de Hailey, por el que me pagaron la friolera de novecientos dólares, estaba tan arruinado como ahora, y Lucien me dijo que me olvidara del alquiler durante unos meses.

—Está preocupado por ti, Jake. Me ha contado que, en sus tiempos, era el abogado más odiado de Mississippi, que recibía amenazas de muerte y tenía pocos amigos, que los jueces lo despreciaban y los abogados lo evitaban, y que le encantaba, que disfrutaba siendo el abogado radical, pero que nunca le pegaron una paliza.

—En mi caso es la primera y la última, espero. He hablado con Lucien y sé que está preocupado. Vamos a sobrevivir, Portia. Tú rómpete los cuernos hasta que termine el juicio y luego te vas a la facultad de Derecho.

El viernes a media tarde, Jake estaba paseando por el patio con sus andares de pato, vestido con una camiseta vieja y unos pantalones de deporte anchos, descalzo, esforzándose cuanto podía por mantenerse en movimiento y activo y estirar las piernas, como le había pedido la fisioterapeuta, cuando oyó que la portezuela de un coche se cerraba de golpe en el camino de entrada. Su primer impulso fue volver dentro a toda prisa para que nadie lo viera. Ya estaba casi en la puerta cuando una voz conocida lo saludó:

—Eh, Jake. —Carl Lee Hailey apareció por detrás del seto—. Eh, Jake. Soy yo, Carl Lee —dijo.

—¿Qué haces aquí? —preguntó Jake, intentando sonreír. Se estrecharon la mano.

—Solo he venido a ver qué tal estabas —contestó Carl Lee. Jake señaló la mesa de mimbre y lo invitó a sentarse.

—Tienes una pinta horrible —dijo Carl Lee cuando se acomodaron.

—Sí, es verdad, pero al menos no me encuentro tan mal como parece. Una buena paliza de las de toda la vida.

—Eso me han dicho. ¿Estás bien?

—Claro, ya me estoy recuperando. ¿Qué te trae por la ciudad?

—Me he enterado de lo que te ha pasado y estoy preocupado por ti.

Jake se sintió conmovido y no supo muy bien qué decir. Muchos amigos le habían llamado, le habían enviado flores y tartas y querían acercarse a visitarlo, pero no se le había pasado por la cabeza que pudiera tener noticias de Carl Lee.

—Me pondré bien. Gracias por preocuparte.

—¿Está Carla?

—Está dentro con Hanna, ¿por qué?

—Vale. Mira, Jake, iré directo al grano. Cuando me enteré de todo esto me disgusté mucho, sigo estándolo, apenas he dormido esta semana.

—Pues ya somos dos.

—Se rumorea que sabes quién lo hizo pero que no vas a presentar cargos, ¿es así?

—Venga, Carl Lee. No vamos a ir por ahí.

—Las cosas están así: te debo la vida y nunca he podido hacer gran cosa para agradecértelo. Pero esto me cabrea de verdad. Tengo unos cuantos amigos, y podemos equilibrar la balanza.

Jake estaba negando con la cabeza. Se acordaba de las muchas horas que había pasado con Carl Lee en la cárcel mientras esperaban su juicio, y de lo sobrecogido e intimidado que se había sentido al estar en presencia de un hombre capaz de una violencia tan cruda. Carl Lee había disparado y asesinado a los dos paletos blancos que habían violado a su hija, y luego se había marchado pisando la sangre de ambos y había vuelto a su casa en coche para esperar a que Ozzie fuera a buscarlo. Quince años antes lo habían condecorado en Vietnam.

—Nada de eso, Carl Lee. Lo último que necesitamos es más violencia.

—No me pillarán, y te juro que no mataré a nadie. Solo le daremos a ese tío un poco de su propia medicina, nos aseguraremos de que no vuelva a ocurrir.

—No va a volver a ocurrir, y tú no vas a involucrarte en todo esto. Créeme, eso solo complicaría las cosas.

—Dime cómo se llama y no sabrá ni a cuento de qué le vienen.

—No. La respuesta es no.

Carl Lee apretó la mandíbula y asintió con cara de desaprobación. Estaba a punto de insistir cuando Carla abrió la puerta y lo saludó.

El domingo, el viejo Mazda con la transmisión reparada se detuvo en el aparcamiento junto a la cárcel y Josie se bajó del coche. A pesar de las ganas que tenía de ver a su hermano, Kiera sabía que ella no podía entrar. Bajó las ventanillas y se concentró en un libro que la señora Golden le había dado dos días antes.

Josie se registró en el mostrador, donde el señor Zack le dio la bienvenida una vez más. Lo siguió por el pasillo y el guardia abrió la puerta de la celda de Drew. Cuando Josie entró, el hombre cerró la puerta tras ella. El acusado estaba sentado a su mesita, con los libros de texto formando una montaña ordenada en el centro. Se puso de pie de un salto y abrazó a su madre. Se sentaron y Josie abrió una bolsa de papel y sacó un paquete de galletas y un refresco.

—¿Dónde está Kiera? —preguntó Drew.

—Fuera, en el coche. Ya no puede entrar aquí.

—¿Porque está embarazada?

—Eso es. Jake no quiere que nadie lo sepa.

Drew abrió el refresco y mordisqueó una galleta.

—Es increíble que vaya a tener un bebé, mamá. Solo tiene catorce años.

—Lo sé. Yo te tuve a ti a los dieciséis y ya era demasiado joven, créeme.

—¿Qué pasará con el bebé?

—Lo daremos en adopción. Una bonita pareja se llevará a un niñito precioso y lo criará en un buen hogar.

—Qué suerte la suya.

—Sí, qué suerte la suya. Ya iba siendo hora de que algún miembro de esta familia tuviera un golpe de suerte.

—Pero en realidad el bebé no es parte de la familia, ¿verdad, mamá?

—Supongo que no. Lo mejor es que nos olvidemos de él. Kiera se recuperará sin problemas, quedará como nueva y empezará el instituto en Oxford. Allí nadie sabrá jamás que ha tenido un bebé.

—¿Yo podré verlo en algún momento?

—Creo que no. Jake sabe mucho de adopciones y cree que es mejor que no veamos al bebé, dice que eso solo complica las cosas.

Drew bebió un sorbo y pensó en ello.

—¿Quieres una galleta?

—No, gracias.

—¿Sabes, mamá? Tampoco sé si quiero ver al bebé. ¿Y si se parece a Stuart?

—No se parecerá a él. Será tan guapo como Kiera.

Otro trago, otro silencio prolongado.

—Una cosa, mamá, sigo sin arrepentirme de haberle disparado.

—Vaya, pues yo sí me arrepiento de que lo hicieras. Así no estarías aquí encerrado.

—Y así a lo mejor estábamos todos muertos.

—Quiero hacerte una pregunta, Drew, algo a lo que llevo mucho tiempo dándole vueltas en la cabeza. Jake también quiere saber la respuesta, pero no te lo ha preguntado, al menos de momento. Kiera dice que no sabías que Stuart la estaba violando. ¿Es verdad?

El chico negó con la cabeza y respondió:

—No lo sabía. Kiera no se lo contó a nadie. Si lo piensas, supongo que Stuart esperaba a que no hubiera nadie en casa para hacerlo. Si lo hubiera sabido, le habría disparado antes.

—No digas eso.

—Es verdad, mamá. Alguien tenía que protegernos. Stuart iba a matarnos a todos. Mierda, esa noche pensé que estabas muerta y supongo que me volví loco. No tuve elección, mamá.

Le temblaba el labio y se le llenaron los ojos de lágrimas. Josie empezó a enjugarse los ojos mientras miraba a su pobrecito hijo. A qué tragedia, a qué desastre, a qué vida tan jodida había arrastrado a sus hijos. Josie cargaba con el peso de un centenar de malas decisiones y sufría la culpa de ser una madre tan terrible.

Al final, Drew dijo:

—No llores, mamá. Algún día saldré de aquí y volveremos a estar juntos, solos los tres.

—Eso espero, Drew. Rezo todos los días pidiendo un milagro.

36

Ocho días después de la paliza, Jake pasó una tarde muy larga apresado en el sillón de un cirujano maxilofacial que martilleó, taladró y le vertió en la boca lo que parecía hormigón para arreglarle los dientes. Acabó grogui y dolorido, con unas fundas temporales, y tendría que volver al cabo de tres semanas para que le pusieran las coronas definitivas. Al día siguiente, el doctor Pendergrast le quitó los puntos y admiró su obra. Las cicatrices serían minúsculas y le añadirían «personalidad» a la cara de Jake. La nariz había encogido hasta alcanzar un tamaño casi normal, pero la inflamación de los ojos se le había coloreado de un horrible tono amarillo oscuro. Como su enfermera lo había martirizado con constantes bolsas de hielo sobre todo aquello que estuviera hinchado, la mayoría de las partes de su cuerpo habían recuperado un tamaño normal. El urólogo, que toqueteó con suavidad, estaba impresionado con la reducción.

Jake planeó su regreso al bufete: aparcaría en un callejón y entraría por la puerta trasera. Lo último que quería era que lo vieran arrastrando los pies por la acera y escondiéndose bajo una gorra y detrás de unas gafas de sol enormes. Consiguió llegar sano y salvo; le dio un abrazo rápido a Portia; saludó a Bev, la fumadora en serie, que estaba en su pequeño cubil atestado de nicotina detrás de la cocina; y subió las escaleras con cuidado hasta su despacho. Cuando consiguió sentarse, le faltaba el aire. Portia le llevó una taza de café recién molido, le entregó una larga lista de abogados, jueces y clientes a los que tenía que llamar, y lo dejó a solas.

Era 28 de junio y faltaban cinco semanas para el juicio por asesinato en primer grado de Drew Allen Gamble. Por lo general, a aquellas alturas ya habría mantenido una discusión con el fiscal del distrito acerca de la posibilidad de llegar a un acuerdo, un trato que anularía el juicio y todos los preparativos que este conllevaba. Pero esa conversación no iba a tener lugar. Lowell Dyer no podía ofrecer nada que no fuera una declaración total de culpabilidad, y ningún abogado defensor permitiría que su cliente se arriesgara a aceptar una condena a muerte. Si Drew hacía esto último, su sentencia quedaría al arbitrio del juez Omar Noose, que podía enviarlo a la cámara de gas, o a la cárcel de por vida sin libertad condicional, o asignarle una condena menor. Jake todavía no había comentado nada de esto con Noose y no sabía si lo haría. El juez no quería cargar con la presión añadida de tener que dictar la sentencia. Eso se lo dejaba a los doce jurados, buenas personas que no tenían que preocuparse por la reelección. Si se añadía la política a la mezcla, Jake dudaba de que Noose mostrara mucha compasión por un asesino de policías. La indulgencia quedaba descartada, con independencia de los hechos.

¿Y qué sugeriría Jake? ¿Treinta y cinco años? ¿Cuarenta? Ningún chaval de dieciséis años era capaz de pensar en esos términos. Jake dudaba de que Josie y Drew accedieran a una declaración de culpabilidad. ¿Qué consejo iba a darle a su cliente? ¿«Déjalo todo al azar y juégatela con el jurado»? Solo se necesitaba un elemento discordante decidido a no dar su brazo a torcer para que tiraran la toalla. ¿Sería capaz de encontrar a una persona así? Un jurado indeciso significaba otro juicio, y otro... Un panorama deprimente.

Miró la lista con el ceño fruncido y descolgó el teléfono.

Cuando Portia se marchó al terminar su jornada laboral, entró Lucien, sin llamar a la puerta, y se dejó caer en un sillón de cuero frente a Jake. Por sorprendente que resultara, solo estaba bebiendo café, a pesar de que ya eran casi las cinco. Siempre sarcástico y mordaz, estaba de buen humor y se mostró casi solidario. Habían hablado dos veces por teléfono durante la convalecencia. Tras un rato de charla trivial, Lucien fue al grano.

—Llevo una semana viniendo a diario y es obvio que el teléfono no suena todo lo que debería. Me preocupa tu bufete.

Jake se encogió de hombros e intentó sonreír.

—No eres el único. Portia ha abierto cuatro expedientes nuevos en el mes de junio. Este sitio se está yendo a pique.

—Me temo que la ciudad se ha vuelto en tu contra.

—Eso y que, como sabes, para mantenerse en el negocio se necesita dedicar cierta cantidad de tiempo a captar clientes. No lo he hecho mucho últimamente.

—Jake, nunca me has pedido dinero.

—Ni siquiera se me ha pasado por la cabeza.

—Voy a contarte un secreto. Mi abuelo fundó el First National Bank en 1880 y lo convirtió en el banco más grande del condado. Le gustaba la banca, no le interesaba el derecho. Cuando mi padre murió en 1965, yo heredé la mayor parte de las acciones. Odiaba el banco y a los hombres que lo dirigían, así que las vendí en cuanto pude. Se las vendí al banco Commerce, que está en Tupelo. No soy empresario, pero hice una cosa inteligente, una cosa que todavía me sorprende. No acepté dinero en efectivo, porque no lo necesitaba. El bufete iba viento en popa y trabajaba muchísimo, justo ahí, en esa mesa. El Commerce era un banco típico; lo vendieron, lo fusionaron y todas esas cosas, y yo me aferré a las acciones. Ahora se llama Third Federal y soy el segundo mayor accionista. Los dividendos me llegan todos los cuatrimestres y me mantienen a flote. No tengo deudas y no gasto mucho. Te he oído comentar algo acerca de refinanciar tu hipoteca para tener liquidez. ¿El proceso sigue abierto?

—No. Los bancos de aquí me lo han denegado. No me he aventurado fuera del condado.

—¿Cuánto?

—Tengo una tasación, una de esas tasaciones favorables de Bob Skinner, de trescientos mil dólares.

—¿Cuánto debes?

—Dos veinte.

—Eso es mucho para Clanton.

—Sí, es verdad. Pagué un precio demasiado alto por la casa, pero queríamos comprarla a toda costa. Podría ponerla a la venta, pero dudo que se vendiera. Y supongo que a Carla no le haría ninguna gracia.

—No, no se la haría. No la vendas, Jake. Llamaré a la gente del Third Federal para que te la refinancien.

—¿Así, sin más?

—Es fácil. Leches, soy el segundo mayor accionista. Me harán ese favor.

—No sé qué decir, Lucien.

—No digas nada. Pero será un préstamo aún mayor. ¿Puedes hacerle frente?

—Lo más seguro es que no, pero no tengo otra opción.

—No vas a quedarte sin trabajo, Jake. Eres el hijo que nunca tuve, y a veces tengo la sensación de que vivo indirectamente a través de ti. Este bufete no cerrará.

Una oleada de emoción invadió a Jake y lo dejó sin habla. Los dos hombres miraron hacia otro lado durante un largo instante. Al final Lucien rompió el silencio:

—Vamos a sentarnos en el porche y a tomarnos una copa. Tenemos que hablar.

Jake contestó con la voz quebrada:

—Vale, pero yo solo tomaré café.

Lucien salió y Jake caminó arrastrando los pies hasta la puerta y fue a la veranda, que tenía una vista espectacular de la plaza y el juzgado. Lucien volvió con un whisky con hielo y se sentó a su lado. Contemplaron el tráfico de la tarde y a los mismos viejos que tallaban con cuchillo y escupían tabaco de mascar bajo un anciano roble junto al cenador.

—Has dicho que era un secreto. ¿Por qué? —preguntó Jake.

—¿Cuántas veces te he dicho que no gestiones tus asuntos

bancarios en esta ciudad? Hay demasiada gente que ve lo que haces y conoce tus cuentas. Si consigues un acuerdo en un caso importante o te pagan unos buenos honorarios, alguien verá un depósito cuantioso en el banco. La gente habla, sobre todo por aquí. Pasas un bache de unos cuantos meses y tus cuentas bajan, y hay demasiada gente que se entera. Te he aconsejado que tengas un banco de fuera de la ciudad.

—En realidad no tenía elección. En el Security me conceden los créditos porque conozco al director.

—No voy a discutir. Pero un día, cuando te hayas recuperado de este mal momento, lárgate lo más lejos posible de estos bancos.

Jake tampoco estaba de humor para discutir. Lucien estaba agitado y quería hablar de algo importante. Siguieron mirando el tráfico un momento, y al final dijo:

—Sallie me ha dejado, Jake. Se ha ido.

Jake se sorprendió, pero tampoco mucho.

—Lo siento, Lucien.

—Ha sido una especie de ruptura de mutuo acuerdo. Tiene treinta años y la he animado a buscarse otro hombre, un marido, y a formar una familia. Vivir conmigo no era una gran vida para ella, ¿verdad? Se mudó a mi casa cuando tenía dieciocho años, comenzó como chica de la limpieza y una cosa llevó a la otra. Le cogí mucho cariño, como ya sabes.

—Lo siento. Me cae bien Sallie, pensaba que siempre estaría contigo.

—Le compré un coche, le firmé un buen cheque y le dije adiós con la manita. Desde entonces hay un silencio terrible en ese puñetero sitio. Pero seguro que encuentro a otra persona.

—Seguro que sí. ¿Adónde se ha ido?

—No me lo quiso decir, pero sospecho que ya ha encontrado a otro, y estoy intentando convencerme de que es algo bueno. Necesita una familia, un marido de verdad, hijos. Era incapaz de soportar la idea de que tuviera que hacerse cargo de mí durante mi declive. Llevarme al médico, repartir pastillas, catéteres, cuñas.

—Venga, Lucien, todavía no estás preparado para el final. Te quedan unos cuantos años buenos.

—¿Para qué? Me encantaba el derecho y echo de menos mis días de gloria, pero estoy demasiado viejo y demasiado aferrado a mis costumbres para volver a ejercer. ¿Te imaginas a un tío viejo como yo intentando aprobar el examen de acceso a la abogacía? Lo suspendería y eso me mataría.

—Podrías intentarlo, al menos —dijo Jake, aunque sin convicción, porque lo último que necesitaba era a Lucien con un nuevo título de Derecho dando guerra en el bufete.

Lucien levantó la copa.

—Demasiado de esto, Jake, y el cerebro no es el que solía ser. Hace dos años me puse a hincar los codos y estaba decidido a aprobar el examen, pero no me funciona la memoria. No me acordaba de los estatutos de una semana para otra. Ya sabes lo difícil que es.

—Sí, lo sé —contestó Jake, que recordaba con horror la presión de aquel examen; su mejor amigo de la facultad lo suspendió dos veces y se mudó a Florida para vender apartamentos. Un gran movimiento profesional.

—Mi vida no tiene sentido. Lo único que hago es entretenerme un poco aquí y pasarme la mayor parte del día en el porche leyendo y bebiendo.

Conocía a Lucien desde hacía doce años y nunca lo había oído autocompadecerse así. De hecho, Lucien nunca se quejaba de sus problemas. Podía pasarse horas rabiando por las injusticias, y por el Colegio de Abogados del Estado, y por sus vecinos, y por las carencias de los abogados y los jueces, y de vez en cuando sufría un ataque de nostalgia y deseaba poder volver a demandar a la gente, pero nunca bajaba la guardia ni demostraba sus sentimientos. Jake siempre había pensado que la herencia de Lucien lo había afianzado bien; que se consideraba más afortunado que la mayoría.

—Siempre eres bienvenido en el bufete, Lucien. Valoro mucho tu orientación y tus opiniones.

Lo cual era cierto solo en parte. Dos años antes, cuando

Lucien empezó a dar la lata con que lo readmitieran, Jake no se había alegrado de ello. Sin embargo, con el tiempo, cuando el estudio se le complicó demasiado, Lucien dejó de hablar del examen de acceso a la abogacía y adoptó la rutina de pasarse varias horas por el bufete la mayor parte de los días.

—No me necesitas, Jake, tienes una larga carrera por delante.

—Portia ha llegado a respetarte, Lucien.

Tras unos inicios complicados, ambos habían alcanzado una tregua precaria, pero a lo largo de los seis últimos meses incluso habían disfrutado trabajando juntos. Portia ya era, sin la ayuda de la facultad de Derecho, una excelente investigadora, y Lucien le estaba enseñando a escribir como los abogados. Estaba encantado con su sueño de convertirse en la primera abogada negra de la ciudad y la quería en su antiguo bufete.

—Puede que «respeto» sea una palabra demasiado fuerte. Además, se marcha dentro de dos meses.

—Volverá.

Lucien agitó los hielos de la copa y bebió un trago.

—¿Sabes qué es lo que más echo de menos, Jake? La sala del juzgado. Me encantaba, con un jurado en un estrado y un testigo en el otro, con un buen abogado en la otra parte y, con suerte, un juez experimentado arbitrando una lucha justa. Me encantaba el drama de la sala del juzgado. En un juicio público la gente habla de cosas que ni siquiera mencionaría en ningún otro lugar. No les queda otro remedio. No siempre quieren hacerlo, pero están obligados porque son testigos. Me encantaba la presión de influir en el jurado, de convencer a unas personas escépticas de que estás en el lado correcto de la ley y de que deberían seguirte. ¿Sabes a quién van a seguir, Jake?

En aquel momento, Jake fue capaz de contar el número de veces que había recibido aquel pequeño sermón. Asintió y lo escuchó como si fuera la primera vez.

—Los miembros del jurado no seguirán a un pijo con traje de marca. No seguirán a un orador con piquito de oro. No seguirán a un chico listo que se ha memorizado todas las normas al dedillo. No, señor. Seguirán al abogado que les diga la verdad.

Palabra por palabra, como siempre.

—Bien, ¿y cuál es la verdad en el caso de Drew Gamble? —preguntó Jake.

—La misma que en el de Carl Lee Hailey. Algunas personas tienen que matar.

—No fue eso lo que le dije al jurado.

—No, no con esas palabras. Pero los convenciste de que Hailey hizo justo lo mismo que habrían hecho ellos si se les hubiera dado la oportunidad. Fue brillante.

—Últimamente no me siento tan brillante. No tengo más opción que someter a juicio a un hombre muerto, a un tío que no puede defenderse. Será un juicio terrible, Lucien, pero no veo forma de evitarlo.

—Es que no hay forma de evitarlo. Quiero estar en esa sala cuando la niña suba al estrado. Embarazada de casi ocho meses, y Kofer es el padre. Eso sí que es un buen drama, Jake. Nunca he visto nada igual.

—Imagino que Dyer pondrá el grito en el cielo pidiendo que el juicio se declare nulo.

—Por supuesto que lo hará.

—¿Y qué hará Noose?

—No se alegrará, pero es raro que la acusación consiga una declaración de nulidad. Dudo que se la conceda. La niña no es tu cliente, y si Dyer la llama primero entonces el error será suyo, no tuyo.

Jake bebió un sorbo de café frío y contempló el tráfico.

—Carla quiere adoptar al bebé.

Lucien agitó los hielos y lo pensó.

—¿Y tú también lo quieres?

—No lo sé. Ella está convencida de que es lo correcto, pero le preocupa que dé la sensación de ser... Cómo expresarlo, ¿oportunista?

—Alguien se quedará con el bebé, ¿no?

—Sí. Kiera y Josie van a seguir la vía de la adopción.

—Y te preocupa la imagen que dé.

—Sí.

—Ese es tu problema, Jake. Te preocupas demasiado de esta ciudad y todos los chismosos. Al carajo con ellos. ¿Dónde están ahora? ¿Dónde están todas esas personas maravillosas cuando las necesitas? Todos tus amigos de la iglesia. Todos tus coleguitas de los clubes cívicos. Todas esas personas importantes del Coffee Shop que antes pensaban que eras el niño bonito pero ahora pasan de ti. Son todos unos veleidosos y no tienen ni idea, y ninguno de ellos sabe lo que supone ser un auténtico abogado, Jake. Llevas aquí doce años y estás en la ruina porque te preocupa lo que diga esa gente. No importan nada.

—Entonces, ¿qué importa?

—Ser valiente, no tener miedo de aceptar casos impopulares, luchar con uñas y dientes por las personas que no tienen a nadie que las proteja. Cuando te ganes la reputación de ser un abogado que se enfrenta a cualquier persona y a cualquier cosa, al Gobierno, a las grandes empresas, a las estructuras de poder, entonces estarás solicitado. Tienes que alcanzar un nivel de confianza que te permita entrar en una sala de juzgado sin sentirte ni remotamente intimidado por ningún juez, ningún fiscal ni ningún abogado defensor de un gran bufete, y ajeno por completo a lo que la gente pueda decir de ti.

Otro minisermón que había oído cien veces.

—No suelo rechazar clientes.

—Anda, ¿no me digas? No querías el caso Gamble, intentaste librarte de él con todas tus fuerzas. Recuerdo tus lloriqueos cuando Noose te obligó a aceptarlo. Todos los demás abogados de la ciudad salieron corriendo a esconderse y tú te cabreaste porque te tocó cargar con él. Este es justo el tipo de caso al que me refiero, Jake. Aquí es donde un abogado de verdad da un paso al frente y dice que al carajo con lo que murmure la gente, y entra en la sala del juzgado orgulloso de estar defendiendo a un cliente que nadie más quería. Y hay casos como este a lo largo y ancho de todo el estado.

—Bueno, no puedo permitirme ofrecerme voluntario para muchos de ellos.

Una vez más, Jake se dio de bruces con la realidad de que Lucien disponía de los medios para ser un abogado radical. Nadie más era dueño de la mitad de un banco.

Lucien vació su vaso y continuó:

—Tengo que irme. Es miércoles y Sallie siempre asaba una gallina los miércoles. Lo echaré de menos. Supongo que echaré de menos muchas cosas.

—Lo siento, Lucien.

Este se puso de pie y estiró las piernas.

—Llamaré al tipo del Third Federal para que te prepare el papeleo.

—Gracias. No te haces una idea de lo que significa esto para mí.

—Significa mucha más deuda, Jake, pero te recuperarás.

—Sí. No me queda otro remedio.

37

En el año 1843, un inestable tornero escocés llamado Daniel M'Naghten creía que el primer ministro británico Robert Peel y el resto de los miembros del partido conservador lo estaban siguiendo y acosando. Vio a Peel paseando por una calle de Londres y le pegó un tiro en la nuca que acabó con su vida. Se equivocó de hombre. Su víctima fue Edward Drummond, secretario personal de Peel y funcionario público desde hacía mucho tiempo. En su juicio por asesinato, ambas partes estuvieron de acuerdo en que M'Naghten sufría de delirios y otros problemas mentales. El jurado lo declaró inocente por causas de enajenación. Su caso se hizo famoso y sirvió de base para una defensa por enajenación ampliamente aceptada en Inglaterra, Canadá, Australia, Irlanda y en la mayoría de los estados de Estados Unidos, Mississippi entre ellos.

Las normas M'Naghten dicen: «Para establecer una defensa sobre el fundamento de la enajenación mental, debe demostrarse con claridad que, en el momento de la comisión del acto, la parte acusada estaba actuando bajo tal defecto de razón por enfermedad de la mente que no conocía la naturaleza ni la condición del acto que estaba llevando a cabo o, si la conocía, no sabía que lo que estaba haciendo estaba mal».

Durante décadas, las normas M'Naghten suscitaron feroces debates entre los eruditos del derecho y, en algunas jurisdicciones, se modificaron y rechazaron de pleno. Pero en 1990 seguían siendo el estándar en la mayoría de los estados, incluido Mississippi.

Jake presentó una solicitud M'Naghten y, para apoyarla, adjuntó un informe de treinta páginas en el que Portia y él, así como Lucien, habían trabajado durante dos semanas. El 3 de julio, Drew fue trasladado de nuevo al hospital psiquiátrico del estado, en Whitfield, para que sus médicos lo examinaran; más adelante, uno de ellos sería seleccionado para testificar contra el muchacho en el juicio. La defensa no tenía dudas de que Lowell Dyer encontraría un psiquiatra, si no más, dispuesto a decir que Drew no estaba enajenado, no sufría ninguna enfermedad mental y sabía lo que estaba haciendo cuando apretó el gatillo.

Y la defensa no argumentaría lo contrario. Hasta el momento, en el perfil de Drew no había nada que sugiriera que sufría una enfermedad mental. Jake y Portia habían conseguido copias de sus expedientes del tribunal de menores, de sus documentos de admisión y de alta, de sus registros de encarcelación, de sus historiales escolares y de las evaluaciones de la doctora Christina Rooker en Tupelo y de la doctora Sadie Weaver en Whitfield. Vistos como un todo, describían a un adolescente inmaduro a nivel físico, emocional y mental, cuyos primeros dieciséis años habían sido alarmantemente caóticos. Stuart Kofer lo había traumatizado y amenazado de forma repetida, y la noche en cuestión el chico estaba seguro de que había matado a su madre. Pero no sufría ninguna enfermedad mental.

Jake sabía que existía la posibilidad de encontrar y contratar a un experto que dijera lo contrario, pero no quería embarcarse en una guerra sobre la enajenación que no podía ganar en la sala del tribunal. Presentar a Drew como un chico perturbado y no responsable de sus actos resultaría contraproducente con el jurado. Tenía intención de continuar con la treta de M'Naghten durante las siguientes semanas y después abandonarla antes del juicio. Aquello era, a fin de cuentas, una partida de ajedrez, y no había nada de malo en señalarle una dirección equivocada a Lowell Dyer.

Stan Atcavage estaba sentado a su escritorio cuando Jake lo interrumpió pidiéndole un minuto de su tiempo.

Stan se alegró sinceramente de verlo. Había ido a visitarlo la semana anterior, en cuanto Carla le había dado permiso para hacerlo, y se habían tomado un vaso de limonada en el patio.

—Qué alegría volver a verte en acción —dijo.

Diecisiete días después de la paliza, Jake había recuperado la normalidad casi por completo. Las cicatrices eran pequeñas pero visibles, y tenía los ojos perfectos, salvo por un resto de contusión en la parte inferior.

—Yo también me alegro —reconoció mientras le entregaba unos papeles—. Un regalito para ti y para los chicos de Jackson.

—¿Qué es?

—La cancelación de mi hipoteca. El Security Bank ha recibido el pago completo.

Stan miró la primera página. Tenía estampado un sello que decía CANCELADA.

—Felicidades —dijo Stan, sorprendido—. ¿Cuál es el afortunado banco?

—El Third Federal de Tupelo.

—Fantástico. ¿Cuánto te han prestado?

—Eso ya no es de tu incumbencia, ¿no crees? Y también voy a trasladar allí todas mis cuentas. Por exiguas que sean.

—Venga, Jake.

—No, en serio, son gente muy maja y no tuve que rogarles. Han reconocido el valor completo de mi preciosa casa y confían en mi capacidad para pagarles. Toda una novedad.

—Venga, Jake. Si hubiera dependido de mí, ya sabes...

—Pero no depende de ti, ya no. Ahora de lo único que tienes que preocuparte es del préstamo para el litigio. Dile a tu gente de Jackson que se relaje y que se lo pagaré muy pronto.

—Seguro que sí. No me cabe duda. Pero no tienes que trasladar todo lo relacionado con el bufete. Ostras, Jake, te hemos gestionado todas las cuentas y préstamos desde el principio.

—Lo siento, Stan, pero este banco no pudo ayudarme cuando más lo necesitaba.

Stan dejó caer el papeleo sobre la mesa y se chascó los nudillos.

—Vale, vale. ¿Seguimos siendo amigos?

—Siempre.

El viernes 6 de julio, Jake se despertó en plena noche por culpa de una pesadilla y se dio cuenta de que estaba empapado en sudor. El sueño era el mismo: su cabeza aplastada contra el asfalto caliente mientras un matón descomunal, sin rostro, le machacaba la cara. Tenía el corazón desbocado y le faltaba el aire, pero consiguió tranquilizarse sin moverse ni despertar a Carla. Le echó un vistazo al reloj; las 4.14. Se fue calmando poco a poco y su respiración recuperó la normalidad. Permaneció inmóvil durante mucho tiempo, temeroso de mover cualquier músculo por el dolor que todavía le provocaban, y clavó la mirada en el techo negro mientras intentaba sacudirse la pesadilla de encima.

Faltaba un mes para el juicio, y, una vez que empezara a pensar en ello, no conseguiría volver a dormir. A las cinco consiguió apartar las sábanas con delicadeza y sacar las piernas agarrotadas por un lado de la cama.

—¿Adónde te crees que vas? —dijo Carla cuando se puso en pie.

—Necesito un café. Vuelve a dormirte.

—¿Estás bien?

—¿Por qué no iba a estarlo? Estoy bien, Carla, duérmete.

Fue a la cocina en silencio, preparó el café y salió al patio, donde el aire cálido del día anterior aún perduraba y no haría sino calentarse todavía más con el paso de las horas. Seguía empapado por el sudor y el café no lo ayudó precisamente a refrescarse, pero lo necesitaba, porque era un viejo amigo y le resultaba impensable empezar el día sin él. Pensar, esa era su maldición desde hacía un tiempo. Demasiadas cosas en las que pensar. Se obsesionaba con Cecil Kofer y la paliza, y con las ganas que tenía de presentar cargos y demandar por daños y perjuicios para, al menos, conseguir algo de justicia, por no hablar de algo de dinero para cubrir sus gastos médicos. Pensaba en Janet, en Earl Kofer y en su trágica pérdida, y, como padre, intentaba identificarse con ellos con todas su fuerzas. Pero los pecados de su hijo habían causado un sufrimiento inconmensurable que persistiría durante décadas. No podía sentir empatía. Intentaba imaginárselos sentados en la sala del tribunal y asimilando un golpe tras otro mientras Jake sometía a su hijo a juicio, pero los hechos no se podían cambiar. Pensaba en Drew y, por enésima vez, intentaba definir la justicia, pero era algo que quedaba fuera de su alcance. El asesinato debe castigarse, pero también puede justificarse. Se embarcó en su debate diario acerca de hacer subir a Drew al estrado de los testigos. Para demostrar que el delito estaba justificado sería necesario oírlo de labios del acusado, recrear el horror del momento, que el jurado visualizara el absoluto terror que se respiraba en la casa mientras la madre del acusado yacía inconsciente y Kofer merodeaba en busca de los chicos. Jake estaba casi convencido de que podría preparar bien a su cliente con muchas horas de práctica antes de que subiera a declarar.

Necesitaba una larga ducha caliente para librarse del sudor seco y aliviar los dolores. Bajó al sótano para no hacer ruido. Cuando volvió a la cocina en albornoz, Carla estaba sentada a la mesa del desayuno en pijama, bebiendo café y esperando. La besó en la mejilla, le dijo que la quería y se sentó frente a ella.

—¿Una mala noche? —le preguntó ella.

—Estoy bien. Unas cuantas pesadillas.

—¿Cómo te encuentras?

—Mejor que ayer. ¿Tú has dormido bien?

—Como siempre. Jake, quiero ir mañana a Oxford, una excursión de sábado, tú y yo solos. Podemos hacer un pícnic con Kiera y con Josie, y quiero pedirles al bebé.

Sonaba raro, como pedir un favor, un consejo, una receta o incluso algo más tangible, como un libro prestado. Carla tenía los ojos húmedos y Jake buceó en ellos durante un largo rato.

—¿Te has decidido?

—Sí. ¿Y tú?

—No estoy seguro.

—Jake, ha llegado el momento de tomar una decisión, porque no puedo seguir así. O decimos que sí o nos olvidamos del tema. Lo pienso todos los días, a todas horas, y estoy convencida de que es lo correcto. Mira hacia el futuro, hacia dentro de un año, de dos, de cinco, cuando todo esto haya quedado atrás, cuando Drew esté dondequiera que vaya a estar, cuando los chismorreos hayan desaparecido y la gente lo haya aceptado, cuando este lío haya acabado, y tendremos un precioso niñito que será nuestro para siempre. Alguien va a quedárselo, Jake, y yo quiero que se críe en esta casa.

—Si seguimos teniéndola.

—Venga. Tenemos que tomar la decisión esta noche.

La decisión ya estaba tomada y Jake lo sabía.

A las seis en punto de la mañana, Jake entró en el Coffee Shop por primera vez desde hacía semanas. Dell lo recibió en la entrada.

—Vaya, buenos días, guapetón —saludó con picardía—. ¿Qué has andado haciendo?

Jake le dio un abrazo rápido y saludó a los habituales con un gesto de la cabeza. Ocupó su antiguo sitio, donde Bill West estaba leyendo el periódico de Tupelo y bebiendo café.

—Vaya, vaya, mira quién se ha dignado a aparecer. Me alegro de verte.

—Buenos días —contestó Jake.

—Nos dijeron que estabas muerto —dijo Bill.

—No puedes creerte nada de lo que se dice por aquí. Los chismorreos son terribles.

Bill lo miró de hito en hito.

—Parece que tienes la nariz un poco torcida.

—Deberías haberla visto la semana pasada.

Dell le sirvió café y preguntó:

—¿Lo de siempre?

—¿Para qué cambiar después de diez años?

—Solo intentaba ser amable.

—Déjalo. No te pega. Y dile a la cocinera que se dé prisa. Estoy muerto de hambre.

—¿Quieres que vuelvan a pegarte una paliza?

—No, la verdad es que no.

Desde una mesa más allá, un granjero llamado Dunlap le preguntó:

—Oye, Jake, nos hemos enterado de que viste bien a esos tíos. ¿Tienes alguna idea de quiénes eran?

—Profesionales enviados por la CIA para silenciarme.

—En serio, Jake. Dinos quiénes fueron y mandaré a nuestro amigo Willis, aquí presente, a devolvérsela.

Willis tenía ochenta años y le faltaban un pulmón y una pierna.

—Bien dicho —aplaudió Willis al mismo tiempo que golpeaba el suelo con el bastón—. Les daré su merecido a esos cabrones.

—Esa boca —gritó Dell desde el otro lado del local mientras rellenaba tazas de café.

—Gracias, chicos, pero no tengo ni idea —dijo Jake.

—Pues a mí no me han dicho eso —insistió Dunlap.

—Bueno, si te lo dijeron aquí, no puede ser cierto.

El día anterior, Jake se había escapado un momento a la cafetería a última hora de la jornada para ponerse al día con Dell. Había hablado dos veces por teléfono con ella cuando su enfermera lo mantenía secuestrado en casa, así que sabía lo que sus habituales compañeros de desayuno decían de él. Al principio se habían mostrado consternados y enfadados; después, preocupados. La creencia general era que la paliza estaba relacionada con el caso Kofer, y la sospecha se vio conformada cuatro días después de la agresión, cuando surgió el rumor de que había sido uno de los hijos de Earl Kofer. Al día siguiente, el cotilleo era que Jake se negaba a presentar cargos. Alrededor de la mitad de los parroquianos lo admiraba por ello, mientras que los demás querían justicia.

Le sirvieron la sémola y la tostada de trigo integral y la conversación se desvió hacia el fútbol. Se habían publicado las revistas de la pretemporada y Ole Miss ocupaba un puesto más alto del esperado en la clasificación. Esto alegraba a unos y disgustaba a otros, pero Jake se sintió aliviado de que las cosas fueran volviendo a la normalidad. La sémola pasaba con facilidad, pero la tostada tenía que masticarla. Lo hizo despacio, con cuidado de que no se notara que seguía doliéndole la mandíbula ni que estaba evitando las coronas provisionales. Una semana antes estaba alimentándose a base de batidos de fruta bebidos con pajita.

A media tarde, Harry Rex llamó para ver qué tal estaba.

—¿Has visto los legales del *Times*? —le preguntó su amigo.

Todos los abogados de la ciudad consultaban los avisos legales semanales para ver quién había sido arrestado, quién había presentado una solicitud de divorcio o de declaración de quiebra, qué patrimonio de qué persona muerta estaba validándose y a quién se le estaba embargando un terreno. Los avisos estaban al final, con los anuncios clasificados, todos en letra pequeña.

Jake iba rezagado con sus lecturas.

—No, ¿qué ha pasado?

—Échales un vistazo. Están validando el patrimonio de Kofer. Murió sin testamento y tienen que transferir el terreno a sus herederos.

—Gracias, me lo miraré.

Harry Rex estudiaba los avisos legales con lupa para mantenerse al día de las noticias y los cotilleos. Jake, por lo general, solo los ojeaba, pero no se le pasó por alto la propiedad de Stuart Kofer. El condado valoraba la casa y las cuatro hectáreas de terreno en ciento quince mil dólares, y no había ni hipotecas ni gravámenes. El título de propiedad estaba libre de cargas, y todos los acreedores potenciales tenían noventa días, a partir del 2 de julio, para presentar sus reclamaciones a cuenta del patrimonio. Kofer llevaba muerto más de tres meses y Jake se preguntaba por qué habían tardado tanto, aunque no era un retraso fuera de lo común. La ley estatal no establecía un plazo para iniciar el proceso de validación.

Se le ocurrieron al menos dos posibles demandas. Una en nombre de Josie por sus facturas médicas, que ya superaban los veinte mil dólares (aunque los cobradores de deudas no la encontraban). La segunda podía presentarse en nombre de Kiera, para la manutención del bebé. Y no se olvidaba de su propia demanda contra Cecil Kofer por la paliza y las facturas que le había generado, de las cuales el seguro de salud básico de Jake solo cubría la mitad.

Pero demandar a los Kofer a aquellas alturas podía resultar contraproducente. Su compasión hacia la familia se había disipado en el aparcamiento del supermercado, pero ya habían sufrido bastante. De momento. Esperaría a que el juicio de Drew terminara y entonces reevaluaría la situación. Lo último que necesitaba era más mala prensa. Al carajo con Lucien.

38

A principios de julio, en cuanto Jake se vio físicamente capaz de ello, el juez Noose empezó a asignarle casos penales de oficio por todo el vigesimosegundo distrito. No era raro que un abogado de un condado se encargara de casos del condado vecino, y Jake ya lo había hecho en otras ocasiones a lo largo de su carrera. Los abogados locales no se quejaban porque, para empezar, la mayoría de ellos no quería ese tipo de trabajos. Los honorarios no eran gran cosa —cincuenta dólares por hora—, pero al menos estaban garantizados. Además, era una práctica habitual en todo el estado inflar los casos de oficio con unas cuantas horas extra para cubrir los gastos de desplazamiento de un juzgado a otro. Noose incluso agrupó los casos de Jake para que el trayecto de noventa minutos hasta la ciudad de Temple, en el condado de Milburn, le saliera más o menos a cuenta cuando trasladaban a cuatro nuevos acusados al juzgado para su primera comparecencia. Jake no tardó en empezar a viajar a Smithfield, en el condado de Polk, y al desvencijado juzgado del condado de Van Buren, a las afueras de la ciudad de Chester, el hogar de Noose. Le asignaron hasta el último caso de oficio en el condado de Ford.

Sospechaba, pero por supuesto jamás podría demostrarlo, que el juez Reuben Atlee había intervenido con una de sus charlas «solo para jueces» y le había susurrado a Noose algo parecido a «Le endosaste a Gamble, ahora ayúdalo».

Dos semanas antes del juicio de Gamble, Jake estaba en

Gretna, sede del condado de Tyler, para encargarse de la primera comparecencia de tres ladrones de coches recién imputados, con Lowell Dyer como representante de la acusación. Tras una larga mañana haciendo avanzar la pesada rueda de la justicia, Noose los llamó a ambos al estrado.

—Caballeros —les dijo—, comeremos juntos en mi despacho. Tenemos que comentar varias cosas.

Como el despacho de Dyer estaba justo al final del pasillo, el fiscal le pidió a su secretaria que encargara unos sándwiches. Jake lo pidió de ensalada de huevo, el más fácil de masticar. Cuando llegó la comida, se quitaron la chaqueta, se aflojaron la corbata y empezaron a comer.

—¿Qué queda pendiente en el caso Gamble?

Noose sabía perfectamente qué asuntos debían quedar resueltos antes del juicio, pero aquel encuentro era informal y extraoficial, así que dejó que los abogados escogieran el orden del día improvisado.

—Bueno, en qué juzgado va a celebrarse, para empezar —contestó Jake.

—Sí, y creo que tienes razón, Jake —dijo Noose—. Es posible que resulte complicado elegir un jurado imparcial en Clanton. Voy a trasladar el caso. ¿Lowell?

—Juez, hemos presentado nuestra objeción y los afidávits que la sustentan. No hay más que decir.

—Bien. Me han informado de todo ello y lo he pensado mucho.

«Y también has recibido un buen sermón del juez Atlee», pensó Jake.

—El juicio se celebrará en Chester —anunció Noose.

Para la defensa, cualquier lugar que no fuera Clanton era una victoria. Pero que el caso se trasladara al ruinoso juzgado del condado de Van Buren no suponía una gran mejora. Jake asintió e intentó parecer satisfecho. Un juicio en agosto, en aquella vieja sala polvorienta, llena de público hasta la bandera, sería como darse de puñetazos en una sauna. Casi deseó no haber insistido en el cambio de localización. El condado de

Polk contaba con un juzgado moderno, con váteres en los que hasta funcionaba la cisterna. ¿Por qué no celebrarlo allí? Y el juzgado del condado de Milburn estaba recién reformado.

—Puede que no sea tu juzgado favorito —dijo Noose, poniéndole palabras a lo obvio—, pero lo adecentaré. Ya he encargado unos cuantos aparatos de aire acondicionado para que se esté fresco.

La única manera de mejorar la sala favorita de Noose era prenderle fuego. Sería todo un reto interrogar a los testigos por encima del estruendo de unos aparatos de aire acondicionado funcionando a máxima potencia.

Noose siguió hablando, intentando justificar una decisión basada más en la comodidad del juez que en el provecho de los litigantes.

—Faltan dos semanas para el juicio y lo tendré todo a punto.

Jake sospechaba que su señoría quería brillar delante de sus paisanos. Daba igual. Aquello le concedía una ligera ventaja a Jake, pero la fiscalía podría juzgar el caso en cualquier lugar y seguir llevando las de ganar.

—Estaremos preparados —aseguró Dyer—. Me preocupa el experto psiquiátrico de la defensa, su señoría. Hemos solicitado su nombre y currículum en dos ocasiones y no hemos recibido nada.

—No voy a seguir con la defensa por enajenación y voy a retirar la solicitud M'Naghten —anunció Jake.

Dyer se sobresaltó.

—¿No has encontrado ningún experto? —soltó.

—Qué va, expertos hay muchos —contestó Jake con tranquilidad—. Es solo un cambio de estrategia.

Noose también estaba sorprendido.

—¿Cuándo lo has decidido?

—A lo largo de los últimos días.

Comieron en silencio durante un instante mientras pensaban en lo que acababa de ocurrir.

—Bueno, eso debería hacer que el juicio fuera aún más corto —comentó el juez, a todas luces encantado.

Ninguna de las partes quería enzarzarse en una guerra con unos testimonios de expertos que pocos miembros del jurado conseguirían entender. La enajenación se utilizaba en menos del uno por ciento de todos los juicios penales y, aunque rara vez funcionaba para la defensa, nunca dejaba de despertar sentimientos intensos en el jurado y de confundir a sus miembros.

—¿Alguna sorpresa más, Jake? —preguntó Lowell.

—Ahora mismo, no.

—No me gustan las sorpresas, caballeros —apuntó Noose.

—A ver, juez, hay un asunto importante todavía en suspenso, y no supone una sorpresa para nadie —dijo Dyer—. Resulta obviamente injusto que la acusación permita que este juicio se convierta en una campaña de difamación contra la víctima, un buen agente de la ley que no puede estar presente para defenderse. Habrá alegaciones de maltrato físico, incluso de abusos sexuales, y no hay manera de saber la verdad sobre tales acusaciones. Los únicos tres testigos son Josie Gamble y sus dos hijos, suponiendo que Drew actúe como testigo, cosa que dudo, pero esas tres personas tendrán la oportunidad de decir casi cualquier cosa acerca de Stuart Kofer. ¿Cómo voy a llegar a la verdad?

—Estarán bajo juramento —le recordó Noose.

—Sí, claro, pero tendrán todos los motivos del mundo para exagerar, e incluso mentir e inventar. A Drew le va la vida en el juicio, y no dudo ni por un segundo que tanto él como su madre y su hermana presentarán a la víctima como un ser despreciable. Sencillamente, no es justo.

Jake abrió enseguida una carpeta y sacó dos fotografías a color ampliadas de Josie tumbada en la cama del hospital con la cara hinchada y vendada. Le pasó una a Dyer por encima de la mesa y le entregó la otra a su señoría.

—¿Por qué iban a mentir? —preguntó—. Esto habla por sí solo.

Dyer ya había visto las fotografías.

—¿Tienes pensado presentar esto como prueba?

—Por supuesto que sí, cuando Josie suba a declarar.

—Me opondré a que el jurado vea esta imagen y todas las demás.

—Oponte todo lo que quieras, pero sabes que se admitirán.

—Esa decisión la tomaré durante el juicio —terció Noose, para recordarles quién estaba al mando.

—¿Y qué me dices de la chica? —preguntó Dyer—. Doy por hecho que testificará que Kofer la agredió sexualmente.

—Correcto. La violó en repetidas ocasiones.

—Pero ¿cómo lo sabemos? ¿Se lo contó a su madre? ¿Se lo contó a alguien? Sabemos que no llamó a las autoridades.

—Porque Kofer la amenazó con matarla si lo hacía.

Dyer levantó las manos hacia el techo.

—Entonces, señoría, ¿cómo sabemos que la violaron?

«Tú espera —pensó Jake—. No tardarás en descubrirlo». Dyer continuó:

—No es justo. Pueden decir lo que les plazca sobre Stuart Kofer y no tenemos manera de responder.

—Los hechos son los hechos, Lowell —insistió Jake—. Estaban viviendo una pesadilla y les daba miedo contarlo. Esa es la verdad, y no podemos ocultarla ni cambiarla.

—Quiero hablar con la chica —insistió Dyer—. Tengo derecho a saber lo que dirá en el estrado, suponiendo que me vea obligado a llamarla a testificar.

—Si no la llamas tú, lo haré yo.

—¿Dónde está?

—No soy libre de decirlo.

—Venga ya, Jake. ¿Estás ocultando otro testigo?

Jake respiró hondo y se mordió la lengua. Noose levantó las manos y dijo:

—No vamos a ponernos a discutir, caballeros. Jake, ¿sabes dónde están?

Jake fulminó a Dyer con la mirada.

—Golpe bajo —le dijo. Entonces miró a Noose y continuó—: Sí, lo sé, y es secreto profesional, señoría. No están lejos y estarán presentes en su sala cuando comience el juicio.

—¿Están escondiéndose?

—Sí, podría decirse que sí. Cuando me agredieron, se pusieron nerviosas y abandonaron la zona. No se les puede echar en cara. Eso y que, además, a Josie la persiguen varios cobradores de deudas, así que ha pasado a la clandestinidad. No es ninguna novedad para ella, en realidad, porque lleva la mayor parte de su vida huyendo. Ha dado más tumbos por ahí que nosotros tres juntos. Estarán presentes en la sala cuando comience el juicio, se lo aseguro. Serán testigos, y tienen que estar allí para apoyar a Drew.

—Sigo queriendo hablar con ella —insistió Dyer.

—Ya has hablado con ella dos veces, en mi bufete. Me pediste que preparara el encuentro y lo hice.

—¿Vas a subir al acusado al estrado? —quiso saber Dyer.

—Todavía no lo sé —contestó Jake con una sonrisa tonta, porque no tenía que contestar a la pregunta—. Esperaré a ver cómo va el juicio.

Noose le dio un bocado a su sándwich y masticó durante un rato.

—No me gusta la idea de someter a juicio al fallecido. Sin embargo, está claro que se produjo un encuentro violento con la madre instantes antes de que Kofer muriera. Existen acusaciones de maltrato a los hijos y de amenazas para que mantuvieran la boca cerrada. Visto en conjunto, no creo que haya forma de mantener al jurado al margen de ellas. Me gustaría que presentarais informes al respecto y volviéramos a hablarlo antes del juicio.

Ya habían presentado informes al respecto y no tenían nada que añadir. Noose estaba dándoles largas y buscando la manera de esquivar una decisión difícil.

—¿Algo más? —preguntó.

—¿Qué hay de la lista de jurados potenciales? —preguntó Jake.

—Os la enviarán por fax a vuestros respectivos despachos el próximo lunes a las nueve de la mañana. Estoy trabajando en ella ahora mismo. El año pasado se purgaron las listas de votantes registrados, bajo mi mando, y este condado está en buena forma. Convocaremos a alrededor de cien personas para la selección del jurado. Y os advierto a ambos que os mantengáis alejados de los candidatos. Jake, según recuerdo, hubo muchos rumores sobre contactos con los candidatos durante el juicio de Hailey.

—No por mi parte, señoría. Rufus Buckley estaba descontrolado y la fiscalía acosaba a la gente.

—Da igual. Este es un condado pequeño y conozco a la mayoría de la gente. Si contactáis con alguien, me enteraré.

—Pero podemos llevar a cabo nuestras investigaciones habituales, ¿no, juez? —preguntó Dyer—. Tenemos derecho a reunir la mayor cantidad de información posible.

—Sí, pero sin contacto directo.

Jake ya estaba pensando en Harry Rex y preguntándose a quién conocería en el condado de Van Buren. Y Gwen Hailey, la esposa de Carl Lee, era de Chester y se había criado no muy lejos del juzgado. Y, hacía años, Jake le había llevado un litigio por unos terrenos a una buena familia del condado y lo había ganado. Y Morris Finley, uno de los pocos abogados que quedaban en Chester, era un viejo amigo suyo.

Al otro lado de la mesa, los pensamientos de Dyer Lowell no eran muy distintos. En la carrera para encontrar los trapos sucios de los jurados potenciales, la ventaja sería suya, porque Ozzie recurriría al sheriff local, un veterano que conocía a todo el mundo. La carrera había empezado.

Al salir del juzgado de Gretna, Jake llamó a Harry Rex y le dijo que el juicio se celebraría en Chester. Su amigo soltó un taco y preguntó:

—¿Por qué en ese vertedero?

—Esa es la pregunta del día. Seguramente porque Noose quiere tenerlo cerca para poder irse a comer a casa. Ponte manos a la obra.

Acababa de entrar en el condado de Ford cuando se le encendió una luz de advertencia roja cerca del cuentakilómetros. El motor de su coche estaba perdiendo energía y se detuvo delante de una iglesia rural desde la que no se veía ningún otro coche. Por fin había ocurrido. Jake y su adorado Saab de 1983 habían recorrido cuatrocientos treinta y cinco mil kilómetros juntos y su viaje había llegado al final. Llamó al bufete y le pidió a Portia que le enviara una grúa. Se sentó en los escalones sombreados de la iglesia durante una hora y contempló su posesión más preciada.

Era un coche genial cuando se lo compró nuevo, en Memphis, tras alcanzar un acuerdo en un caso de indemnizaciones laborales. Destinó los honorarios a la entrada, pero las letras mensuales se habían prolongado durante cinco años. Tendría que haberlo cambiado dos años antes, cuando tenía dinero de la impugnación del testamento de Hubbard, pero no había querido gastárselo. Y tampoco había querido despedirse del único Saab rojo de todo el condado. Pero el coste de las reparaciones se había vuelto inaceptable, porque ningún mecánico de Clanton quería tocar aquel dichoso trasto. Las revisiones requerían de una visita de día completo a Memphis, algo que no echaría de menos. El coche llamaba demasiado la atención. Aquella noche al salir de casa de Stan, cuando Mike Nesbit le dio el alto y estuvo a punto de denunciarlo por conducir bajo los efectos del alcohol, había resultado sencillo identificarlo. Y no le cabía la menor duda de que la paliza que le habían dado en el supermercado había sido posible gracias a que el Saab rojo era fácil de seguir.

El conductor de la grúa se llamaba C. B. Jake se sentó a su lado en la cabina en cuanto su coche estuvo enganchado y arrancaron. El abogado nunca había ido de pasajero en una grúa.

—¿Te molesta si te pregunto a qué corresponden las iniciales C. B.? —preguntó mientras se aflojaba la corbata.

El hombre tenía la boca llena de tabaco y escupió en una vieja botella de Pepsi.

—A Cargador de Baterías.

—Me gusta. ¿Cómo te ganaste el mote?

—Bueno, cuando era pequeño me gustaba robarles la batería a los coches. Me las llevaba a la gasolinera del señor Orville Gray, me colaba a escondidas por la noche, las recargaba a tope y luego las vendía por diez dólares. Beneficio neto, sin gastos estructurales.

—¿Te pillaron alguna vez?

—No, era muy escurridizo. Pero mis amigos lo sabían y de ahí viene el apodo. Deja que te diga que ese de ahí atrás es un coche muy raro.

—Sí, es bastante raro.

—¿Dónde lo llevas a arreglar?

—A ningún sitio cercano. Llevémoslo a Chevrolet.

En Goff Motors, Jake le pagó a C. B. cien dólares y le entregó varias tarjetas de visita.

—Repártelas en el siguiente accidente de tráfico —le dijo con una sonrisa.

C. B. conocía el juego y preguntó:

—¿Cuánto me llevo yo?

—Un diez por ciento del acuerdo.

—Me gusta.

Se guardó el dinero y las tarjetas en el bolsillo y se marchó en la grúa. Jake le echó un vistazo a una hilera de Chevrolet Impala nuevos y se fijó en uno gris de cuatro puertas. Cuando se acercó a mirar la pegatina, un vendedor sonriente salió de la nada y le tendió una mano amistosa. Cumplieron con el ritual acostumbrado y luego Jake dijo:

—Me gustaría entregar mi viejo coche a cambio.

Señaló el Saab con un gesto de la cabeza.

—¿Qué coche es?

—Un Saab de 1983 con muchísimos kilómetros.

—Creo que lo he visto por la ciudad. ¿En cuánto está valorado?

—En cinco mil y poco.

El vendedor frunció el ceño.

—Quizá sea demasiado.

—¿Puedo financiarlo con General Motors?

—Alguna solución encontraremos, sí.

—Me gustaría mantenerme al margen de los bancos de la zona.

—Sin problema.

Con una deuda aún mayor a sus espaldas, Jake se alejó de allí una hora más tarde conduciendo un Impala de *leasing* de un color gris que se camuflaba bien entre el tráfico. Era un buen momento para pasar desapercibido.

39

A las nueve de la mañana del lunes, Jake y Portia estaban de pie junto al fax tomando café y esperando con nerviosismo a que el juez Noose les enviara la lista del jurado. Llegó diez minutos más tarde: tres hojas de papel con noventa y siete nombres en orden alfabético. Nombre, dirección postal, edad, raza, género y nada más. No existía un formato estándar para la publicación de la lista de candidatos de un jurado, así que variaba a lo largo del estado.

Como era de esperar, Jake no reconoció ni un solo nombre. El condado de Van Buren tenía una población de diecisiete mil personas, la más baja de cualquiera de los cinco que formaban el vigesimosegundo distrito judicial, y en sus doce años como abogado Jake apenas había pasado tiempo en él. No había tenido ningún motivo para ello. Se preguntó, y no por primera vez, si habría cometido un error al insistir en que se trasladara el juicio. En el condado de Ford al menos habría reconocido unos cuantos nombres. Y a Harry Rex le sonarían aún más.

Portia hizo diez copias, se quedó con una, se despidió y se dirigió al juzgado de Chester, donde pasaría los tres días siguientes estudiando con detenimiento los registros públicos de transacciones de terrenos, divorcios, testamentos, préstamos automovilísticos y acusaciones penales. Jake le envió una copia por fax a Harry Rex y otra a Hal Fremont, un colega abogado del otro lado de la plaza que se había mudado a Clanton hacía unos años, después de que su bufete de Chester se fuera a pique. Por último, le mandó otra copia a Morris Finley, el único abogado que conocía en el condado de Van Buren.

A las diez se reunió con Darrel y Rusty, dos hermanos que trabajaban de policías municipales en Clanton y se sacaban un extra como detectives privados. Como acostumbraba a ocurrir en las jurisdicciones pequeñas, la policía municipal estaba a la sombra del departamento del sheriff del condado y no existía un gran aprecio entre las dos fuerzas del orden. Darrel conocía a Stuart Kofer de vista; Rusty no lo conocía de nada. No importaba: por cincuenta dólares la hora cada uno, se mostraron encantados de que les encargara el trabajo. Jake les dio la lista y firmes instrucciones de no llamar la atención mientras husmeaban por el condado de Van Buren. Esperaba de ellos que encontraran y fotografiaran, siempre y cuando fuera posible, las casas, los coches y los barrios de los jurados potenciales. Cuando se marcharon, Jake masculló para sí: «Seguro que ganan más dinero que yo con este caso».

La sala de guerra del caso Smallwood, en el piso de abajo, se había convertido en el improvisado cuartel general para el jurado del caso Gamble. En una pared había un gran mapa del condado, y Jake y Portia habían marcado en él todas y cada una de las iglesias, los colegios, las autopistas, las carreteras del condado y las tiendas rurales. Otro mapa de gran tamaño mostraba las calles de la ciudad Chester. Sirviéndose de la lista, Jake empezó a localizar la mayor cantidad de direcciones postales posible y a memorizar nombres.

Casi podía visualizar al jurado. Blanco, puede que dos o tres negros. Con suerte más mujeres que hombres. Una edad media de cincuenta y cinco años. Rural, conservador, religioso.

Quizá el alcohol fuera un factor importante en el juicio. Van Buren seguía siendo un condado «seco», extremadamente seco. La última votación respecto a la venta de bebidas espirituosas se había celebrado en 1947 y la derrota de los bebedores había sido aplastante. Desde entonces, los baptistas habían acabado con cualquier intento de repetir la votación. Cada condado controlaba sus leyes sobre el alcohol y la mitad del estado seguía considerándolo ilegal. Como siempre, el negocio de los contrabandistas iba viento en popa en las áreas secas, pero Van Buren tenía fama de albergar a verdaderos abstemios.

¿Cómo reaccionarían esos defensores de la sobriedad al testimonio de que Stuart Kofer estaba borracho como una cuba la noche en que murió? ¿De que tenía tanto alcohol en la sangre que casi lo había matado? ¿De que se había pasado la tarde bebiendo cerveza y había rematado la faena consumiendo alcohol destilado de manera ilegal mientras sus amigos iban desmayándose a su alrededor?

Sin duda, los miembros del jurado se escandalizarían y no lo verían con buenos ojos, pero también serían lo bastante conservadores como para adorar a los hombres de uniforme. Matar a un agente de la ley exigía la pena de muerte, un castigo venerado en esas zonas.

A mediodía, Jake salió de la ciudad y condujo veinte minutos hasta llegar a una serrería en las profundidades del condado. Vio a Carl Lee Hailey comiéndose un bocadillo con sus hombres a la sombra de un pequeño pabellón y esperó en su irreconocible coche nuevo. Cuando terminaron de comer, Jake se acercó caminando y lo saludó. Carl Lee se sorprendió al verlo y al principio pensó que había algún tipo de problema. Jake le explicó lo que buscaba. Le entregó a Carl Lee la lista de los jurados potenciales y le pidió que Gwen y él estudiaran los nombres y preguntaran por ellos con discreción. La mayor parte de la numerosa familia de Gwen seguía viviendo en el condado de Van Buren, y no lejos de Chester.

—No es ilegal, ¿verdad? —preguntó mientras pasaba una página.

—¿Te pediría que hicieras algo ilegal?

—Supongo que no.

—Es algo bastante típico en un juicio con jurado. Que no te quepa ninguna duda de que en el tuyo también lo hicimos.

—Pues funcionó —reconoció Carl Lee entre risas. Pasó

otra página y dejó de reírse—. Jake, este tío de aquí está casado con una prima de Gwen por parte de padre.

—¿Nombre?

—Rodney Cote. Lo conozco bastante bien. Estuvo en la sala durante mi juicio.

Jake estaba entusiasmado, pero intentó que no se le notara.

—¿Es un hombre razonable?

—¿Qué quiere decir eso?

—Quiere decir... ¿Puedes hablar con él? A escondidas, ya sabes, de manera extraoficial... Mientras os tomáis una cerveza.

Carl Lee sonrió.

—Ya lo pillo.

Iban camino del coche de Jake.

—¿Y esto? —preguntó Carl Lee.

—Unas ruedas nuevas.

—¿Qué le ha pasado a ese chisme rojo tan raro que tenías?

—Se ha jubilado.

—Ya era hora.

Jake volvía a la ciudad eufórico. Con suerte, y tal vez con algo de orientación por parte de Carl Lee, Rodney Cote sobreviviría al bombardeo de preguntas eliminatorias que les lanzarían a los candidatos durante la selección. ¿Estaba emparentado con Drew Gamble? Obviamente no. ¿Conocía a algún miembro de la familia del acusado? No. Nadie conocía a los Gamble. ¿Conocía al fallecido? No. ¿Conocía a alguno de los abogados, ya fuera de la fiscalía o de la defensa? Aquí, Rodney tendría que ser cuidadoso. Aunque nunca le habían presentado a Jake, estaba claro que sabía quién era, lo cual no lo descalificaría de por sí. En las ciudades pequeñas era inevitable que los jurados potenciales conocieran a alguno de los abogados. En ese momento Rodney tendría que guardar silencio. «Ese hombre de ahí, el señor Brigance, ejerce el derecho de forma privada. ¿Se ha encargado alguna vez de algún asunto legal en su nombre o en el de algún miembro de su familia?» Una vez más, Rodney no debería levantar la mano. Jake había representado a Carl Lee, no a Gwen. Estar casado con una pariente no consanguínea no era suficiente para justificar un examen más exhaustivo, al menos en opinión de Jake.

Estaba repentinamente obsesionado con conseguir que Rodney Cote formara parte del jurado, pero necesitaría algo de suerte. El lunes siguiente, cuando entraran por primera vez en la sala del juzgado, sentarían a los jurados de forma aleatoria, no por orden alfabético. A cada uno de ellos se le asignaría un número extraído de un sombrero. Si Rodney se encontraba entre los primeros cuarenta o así, había bastantes probabilidades de que quedara entre los doce finales, con la ayuda de cierto grado de hábil manipulación por parte de Jake. Un número más alto significaría que no podría contar con él.

El problema sería Willie Hastings, primo de Gwen por parte de madre y el primer agente negro contratado por el sheriff Walls. No le cabía ni la menor duda de que Ozzie ya estaría trabajando para la defensa, consultando a sus agentes, y, si Willie daba la voz de alarma acerca de Rodney Cote, lo recusarían con causa justificada.

A lo mejor Ozzie no sondeaba a Hastings. A lo mejor Hastings no conocía a Cote, aunque esto último era poco probable.

Jake estuvo a punto de darse la vuelta para volver a hablar con Carl Lee, pero decidió hacerlo más adelante. Pronto, en cualquier caso.

Cuando llegó el miércoles, las paredes de la sala del jurado estaban cubiertas de más mapas y más nombres enganchados a los mapas con chinchetas de colores. También había decenas de fotografías ampliadas, fotos de coches y camionetas viejas, de casas pulcras en la ciudad y de caravanas en el campo, de granjas, de iglesias, de caminos de entrada sin asfaltar y ninguna casa a la vista, de tiendecitas donde trabajaba la gente y de fábricas donde pagaban poco y se producían zapatos y lámparas. Los ingresos medios de los hogares del condado eran de treinta y un mil dólares al año, apenas suficiente para sobrevivir, y aquellas imágenes lo dejaban entrever. La prosperidad había pasado de largo por el condado de Van Buren y su población estaba disminuyendo, una triste tendencia que no era extraña en las zonas rurales de Mississippi.

Harry Rex había identificado siete nombres. Morris Finley añadió otros diez. Hal Fremont solo reconoció unos cuantos nombres de la lista. A pesar de lo pequeño que era el condado, localizar a noventa y siete personas de diecisiete mil seguía siendo una batalla ardua. Darrel y Rusty habían conseguido hacerse con once directorios parroquiales en los que aparecían los nombres de veintiún jurados potenciales. Sin embargo, había al menos un centenar de iglesias y la mayoría eran demasiado pequeñas para imprimir los nombres de sus feligreses. Portia seguía investigando los registros públicos, pero no había encontrado apenas nada de valor. Cuatro de los componentes de la lista se habían divorciado a lo largo de los diez últimos años. Uno había comprado un terreno de ochenta hectáreas el año anterior. Dos habían sido arrestados por conducir bebidos. Al equipo se le escapaba cuál podía ser la posible utilidad de aquellos chismorreos.

El jueves, Jake y Portia empezaron a jugar al juego de los nombres mientras trabajaban. Él escogía un nombre de la lista y lo pronunciaba en voz alta y ella, de memoria, repetía del tirón la poca información de la que disponían o admitía que no tenían nada. Después era Portia la que elegía un nombre y Jake recitaba de memoria la edad, la raza, el género y cualquier otra cosa de la persona en cuestión que hubieran descubierto. Trabajaban hasta tarde por las noches, cruzando sus datos, poniéndoles motes a los jurados y memorizándolo todo. El proceso de selección podía resultar lento y tedioso, pero también habría momentos en los que Jake tendría que reaccionar con rapidez y decir sí o no tras reflexionar solo un instante para después pasar al siguiente candidato. Como se trataba de un caso de asesinato en primer grado, Noose no tendría prisa. Puede que incluso permitiera que los abogados se reunieran en privado con alguna persona de la lista para investigar aún más a fondo. Cada parte dispondría de doce recusaciones sin causa o perentorias, es decir, que podría rechazar a doce jurados sin dar ningún tipo de explicación. Si a Jake no le gustaba la expresión de la cara de una persona, podía descartarla porque sí. Sin embargo, estas recusaciones eran muy valiosas y había que utilizarlas con criterio.

Cualquier jurado podía ser recusado con causa. Si tu marido era agente de policía, hasta luego. Si guardabas parentesco con la víctima, ahí tenías la puerta. Si no eras capaz de plantearte el veredicto de pena de muerte, adiós, muy buenas. Si habías sido víctima de violencia doméstica, era mejor que no prestaras servicio como jurado. Las luchas más encarnizadas siempre tenían que ver con a quién recusar con causa. Si el juez estaba de acuerdo con que una persona podría no ser imparcial con causa, entonces la descartaba sin que ninguna de las dos partes tuviera que gastar una recusación perentoria.

La experiencia de Jake le decía que la mayoría de la gente, una vez que había recibido la citación y se había tomado la molestia de asistir a la selección, en realidad quería que la eligieran para formar parte del jurado. Esto era especialmente cierto en las áreas rurales, donde los juicios eran escasos y ofrecían un poco de dramatismo a la vida. Sin embargo, cuando la pena de muerte entraba en juego, casi nadie quería acercarse siquiera al estrado del jurado.

Cuanto más miraba la lista, más se convencía de que podría lanzar unos dardos y escoger doce nombres al azar. Siempre y cuando el de Rodney Cote estuviera entre ellos.

Harry Rex irrumpió en la sala el viernes por la tarde y les dijo que necesitaban un descanso. Portia estaba agotada y Jake la mandó a casa. Luego cerró el bufete con llave e insistió en conducir. Harry Rex y él se subieron a su reluciente Impala nuevo y, sin parar a comprar cerveza, se acercaron a Chester para reconocer un poco la zona. Por el camino discutieron la estrategia y los posibles escenarios del juicio. Harry Rex se había convencido de que seguro que Noose declaraba el juicio nulo en cuanto Kiera le contara al jurado quién la había dejado embarazada, suponiendo que pillaran a Dyer por sorpresa. Jake no estaba de acuerdo, aunque tampoco tenía del todo claro que pudiera tenderle la emboscada. En algún momento del lunes por la mañana, seguro que antes de que comenzaran con la selección del jurado, Dyer querría reunirse con Kiera para repasar una vez más su declaración. La chica estaba embarazada de más de siete meses y resultaría imposible ocultarlo.

Debatieron acerca de subir a Drew al estrado. Jake había pasado horas con el muchacho y seguía sin estar seguro de si sería capaz de aguantar el brutal interrogatorio de la fiscalía. Harry Rex estaba del todo convencido de que el acusado no debía testificar bajo ninguna circunstancia.

Era viernes y el juzgado empezaba a quedarse vacío. Se quitaron la chaqueta y la corbata y subieron a la sala del tribunal sin que nadie reparara en ellos. Una vez dentro, les sorprendió sentir aire fresco. Los nuevos aparatos de aire acondicionado de Noose funcionaban a plena potencia y sin hacer demasiado ruido. Probablemente, se pasarían el fin de semana haciendo horas extra. Habían limpiado la sala a fondo y no había ni una mota de polvo ni suciedad en ningún sitio. Dos pintores trabajaban a toda máquina para añadir una capa de esmalte blanco, mientras que un tercer hombre arrodillado aplicaba un barniz nuevo a la madera que rodeaba el estrado.

—Me cago en la leche —murmuró Harry Rex—. Este sitio nunca había tenido tan buen aspecto.

Habían retirado los desvaídos retratos al óleo de jueces y políticos muertos —seguro que los habían mandado al sótano, que era el lugar que les correspondía— y las paredes desnudas y recién pintadas estaban resplandecientes. Habían barnizado los viejos bancos. En el estrado del jurado había doce sillas nuevas con cómodos cojines. Los armarios archivadores y las cajas abandonadas que abarrotaban la gran galería en voladizo habían desaparecido, y aquel espacio estaba ahora ocupado por dos hileras de sillas alquiladas.

—Noose se está gastando una pasta en este sitio —susurró Jake.

—Ya era hora. Supongo que este también es su gran momento. Parece que espera mucho público.

No tenían ganas de encontrarse con el juez, así que al cabo de unos minutos se encaminaron hacia la puerta. Jake se detuvo para echarle otro vistazo a la sala y se dio cuenta de que tenía un nudo en el estómago.

Antes de su primer juicio con jurado, Lucien le había dicho: «Si no estás nervioso de narices cuando entres en esa sala, entonces es que no estás preparado». Cuando el juicio de Hailey estaba a punto de empezar, Jake se había encerrado en un baño contiguo a la sala del jurado y había vomitado.

Harry Rex entró en unos baños del pasillo y cuando salió unos minutos más tarde exclamó:

—¡Me cago en la leche! Las cisternas funcionan. Yo diría que el viejo Ichabod ha puesto a la gente firme por aquí.

Salieron de Chester y pusieron rumbo al este, sin prisa por llegar a ningún sitio. Cuando entraron en el condado de Ford, Jake se detuvo en la primera tienda que encontraron y Harry Rex entró a comprar unas cervezas. Continuaron hasta el lago Chatulla y encontraron una mesa de pícnic a la sombra de un árbol junto a un acantilado, un escondite que ambos habían visitado con anterioridad, juntos y solos.

40

Lunes, 6 de agosto. Jake durmió dando breves cabezadas interrumpidas por largos lapsos de preocupación insomne acerca de todas las cosas que podían salir mal. Su sueño era convertirse en un gran abogado litigante, pero, como le ocurría siempre la primera mañana, se preguntó por qué alguien querría vivir con ese estrés. La meticulosa preparación previa al juicio era tediosa y desquiciante, pero nada en comparación con la verdadera batalla. En la sala del tribunal, delante del jurado, un abogado tiene al menos diez cosas en la cabeza, todas ellas fundamentales. Debe concentrarse en el testigo, ya sea suyo o de la parte contraria, y escuchar hasta la última de las palabras de su declaración. ¿Debería protestar? ¿Con qué motivo? ¿Ha incluido todos los hechos? ¿Están escuchando los miembros del jurado? En caso afirmativo, ¿creen al testigo? ¿Les cae bien el testigo? Si no están prestando atención, ¿es una ventaja o una desventaja? Debe observar hasta el último de los movimientos de su oponente y predecir hacia dónde va. ¿Cuál es su estrategia? ¿Ha cambiado a medio camino o está tendiendo una trampa? ¿Quién era el siguiente testigo? ¿Y dónde estaba? Si el siguiente testigo era desfavorable, ¿hasta qué punto sería efectivo? Si era un testigo de la defensa, ¿estaba preparado? ¿Estaba en el juzgado? ¿Y listo? La ausencia de intercambio de pruebas en los juicios penales no hacía sino aumentar el nerviosismo, porque los abogados no siempre estaban seguros de lo que el testigo podía decir. Y el juez... ¿estaba en buena forma? ¿Escuchando? ¿Dormitando? ¿Hostil, amistoso o neutral? ¿Estaban las pruebas bien preparadas y a punto? ¿Se produciría una pelea para que se admitieran como tales y, en ese caso, se conocía el abogado las normas de admisión de pruebas al dedillo?

Lucien le había sermoneado acerca de la importancia de mostrarse relajado, tranquilo, sereno, imperturbable, con independencia de cómo estuviera yendo el juicio. A los jurados no se les escapaba nada y se fijaban en todos los movimientos que hacía el abogado. Saber actuar era importante: fingir incredulidad ante una declaración dañina, mostrar compasión cuando era necesario, a veces proyectar rabia en los momentos oportunos. Pero sobreactuar podía resultar devastador si rayaba en la hipocresía. El humor podía ser letal, porque en las situaciones tensas todo el mundo necesitaba una buena carcajada, pero debía usarse muy poco. La vida de un hombre estaba en juego, y un comentario hecho con demasiada ligereza podía ser contraproducente. Observar a los jurados de forma constante pero sin pasarse, no dejar que te pillen intentando descifrar sus pensamientos.

¿Se han presentado todas las mociones correctamente? ¿Estaban listas las instrucciones del jurado? La recapitulación final solía ser uno de los momentos más dramáticos, pero prepararla con anticipación era complicado, porque aún no se había escuchado al testigo. Jake había conseguido la absolución de Hailey con un argumento final deslumbrante. ¿Conseguiría hacerlo de nuevo? ¿Qué palabras o frases mágicas podía sacarse de la chistera para salvar a su cliente?

Su momento más importante sería el de la emboscada que le tendería al estado con el embarazo de Kiera, y había perdido horas de sueño pensando en ello. ¿Cómo podía proteger el secreto aquella misma mañana, dentro de apenas unas horas, cuando todos los actores se reunieran en la atestada sala del tribunal?

Volvió a adormilarse y, cuando se despertó tras un instante de sueño profundo, percibió un distante olor a beicon frito.

Eran las cinco menos cuarto y Carla estaba delante de los fogones. Le dio los buenos días, la besó, sirvió café y le dijo que iba a darse una ducha rápida.

Comieron en silencio en el rincón del desayuno —beicon y huevos revueltos con tostadas—. Jake había comido poco a lo largo del fin de semana y no tenía apetito.

—Me gustaría volver a repasar mi plan, si no te importa —dijo Carla.

—Claro. Básicamente harás de canguro.

—Me alegro de ser tan necesaria.

—Te lo aseguro, tu papel es fundamental. Adelante.

—Kiera, Josie y yo hemos quedado a las diez en la puerta del juzgado. Luego las llevaré al pasillo de la primera planta y allí esperaremos a que empiece el proceso de selección del jurado. ¿Qué se supone que tengo que hacer si Dyer quiere hablar con ellas?

—No lo sé muy bien. Dyer tendrá muchas cosas en la cabeza esta mañana. Como yo, estará muerto de preocupación por el tema del jurado, pero si pregunta por Kiera y Josie le diré que están de camino. La selección se prolongará a lo largo de toda la mañana, y es probable que de todo el día. Te mandaré instrucciones. Y si tengo un descanso iré a buscaros. Han recibido una citación, así que tienen que estar cerca.

—¿Y si Dyer nos encuentra?

—Tiene derecho a hablar con Kiera, no con Josie. Lo más probable es que se dé cuenta de que está embarazada, pero dudo que tenga agallas de preguntar quién es el padre. Ten en cuenta que lo único que Dyer quiere de ella es que declare que Drew disparó a Kofer. Eso es lo que necesita, y dudo que vaya mucho más allá.

—Lo haré bien —aseguró Carla nerviosa.

—Por supuesto que sí. Habrá una multitud revoloteando por el juzgado, así que solo tienes que intentar camuflarte entre ella. En un momento dado, te pediré que entres en la sala del tribunal, cuando reduzcamos el número de candidatos y empecemos a elegir a los doce miembros.

—¿Y qué quieres que haga allí dentro exactamente?

—Que estudies a los jurados, sobre todo a los de las cuatro primeras filas. Y en especial a las mujeres. —Unos bocados más tarde, dijo—: Tengo que irme, nos vemos allí.

—Tienes que comer, Jake.

—Lo sé, pero seguro que termino echándolo de todas formas.

Le dio un beso en la mejilla y salió de casa. Ya en el coche, sacó una pistola de su maletín y la escondió debajo del asiento. Aparcó delante de su bufete, abrió la puerta y encendió las luces. Portia llegó media hora más tarde y Libby Provine hizo su entrada a las siete, ataviada con un ajustado vestido rosa de marca, tacones altos y un llamativo pañuelo con estampado de cachemir. Había llegado a Clanton el domingo a última hora de la tarde y habían estado trabajando hasta las once.

—Vaya, estás impresionante —comentó Jake, con ciertas reservas.

—¿Te gusta? —le replicó ella.

—No sé. Es bastante atrevido. Dudo que hoy veamos algún otro vestido rosa en la sala del tribunal.

—Me gusta que se fijen en mí —canturreó con su mejor acento escocés—. Sé que es bastante poco tradicional, pero he descubierto que a los jurados, en especial a los hombres, les gusta ver un poco de moda entre tanto traje oscuro. Tú estás muy guapo.

—Gracias, supongo. Mi traje de abogado más nuevo.

Portia no dejaba de mirar el vestido rosa.

—Espera a que me oigan hablar —dijo Libby.

—Lo más probable es que no entiendan ni una palabra.

Libby no hablaría mucho, al menos al principio. Su papel consistía en ayudar a Jake tras la declaración de culpabilidad, en la segunda fase del juicio, y no decir gran cosa hasta entonces. Si condenaban a Drew por asesinato en primer grado, desempeñaría un papel más relevante durante la lucha por la sentencia. El doctor Thane Sedgwick estaba en Baylor, preparado por si tenía que acudir a toda prisa para intentar salvar la vida del muchacho. Jake rezaba para que no fuera necesario, pero estaba casi seguro de que lo sería. Esa mañana no tenía tiempo para preocuparse por ello.

Jake la miró y dijo:

—Háblame de Luther Redford.

—Hombre blanco, sesenta y dos años, vive en el campo, en Pleasant Valley Road, cría pollos ecológicos y los vende a los mejores restaurantes de Memphis —contestó Libby de inmediato—. Casado desde hace cuarenta años con la misma mujer, tres hijos adultos, desperdigados, un montón de nietos. De la Iglesia de Cristo.

—¿Y qué quiere decir «de la Iglesia de Cristo»?

—Piadoso, gregario, conservador, básico, firme con la ley y el orden y ve con malos ojos los delitos violentos. Casi seguro abstemio y sin el más mínimo aprecio por el alcohol y la ebriedad.

—¿Te lo quedarías?

—Seguramente no, pero quizá estuviera a punto. Hace dos años defendimos a un chico de diecisiete años en Oklahoma y el abogado defensor evitó a todos los miembros de la Iglesia de Cristo, así como a muchos baptistas y pentecostales.

—¿Y?

—Culpable. Era un delito terrible, pero el jurado no se puso de acuerdo en la sentencia y conseguimos cadena perpetua sin libertad condicional, que supongo que es una victoria.

—¿Tú te lo quedarías, Portia?

—No.

—Podemos jugar a esto en el coche. ¿Cuántos jurados son un misterio absoluto?

—Diecisiete —respondió Portia.

—Son muchos. Oye, yo cargaré el coche mientras vosotras dos repasáis la lista negra de todos los jurados que recusaremos con causa.

—Ya lo hemos hecho, al menos dos veces —dijo Portia—. He memorizado la lista.

—Memorízala otra vez.

Jake salió de su despacho, bajó al piso de abajo y cargó tres grandes cajas de documentos en el maletero de su Impala, que era mucho más espacioso que el del viejo Saab. A las siete y media, el equipo de la defensa salió de Clanton con Portia al volante y Jake en el asiento de atrás recitando los nombres de unas personas a las que no habían visto nunca, pero a las que estaban a punto de conocer.

Josie aparcó en la cárcel y le pidió a Kiera que se quedara en el coche. Sobre el asiento de atrás, extendidos con cuidado, había una chaqueta azul marino, una camisa blanca, una corbata de clip y unos pantalones de vestir grises, todo ello bien colocado en una percha. Josie cogió la ropa que había reunido a lo largo de la semana anterior buscando en tiendas de saldos de Oxford y sus alrededores. Jake le había dado instrucciones estrictas acerca de qué comprar y la mujer había dedicado el día anterior a lavar y planchar el conjunto que Drew luciría durante el juicio. Los zapatos no importaban, había dicho Jake. Quería que su cliente tuviera un aspecto decente y respetable, pero no demasiado pijo. Las deportivas de segunda mano de Drew serían perfectas.

El señor Zack la estaba esperando en el mostrador de la cárcel y la acompañó por el pasillo hasta la celda de menores.

—Se ha duchado, pero no quería hacerlo —le dijo en voz baja mientras abría la puerta.

Josie entró y el guardia cerró la puerta tras ella.

El acusado estaba sentado a su mesa, jugando al solitario. Se puso de pie y abrazó a su madre. Se fijó en que Josie tenía los ojos rojos.

—¿Estás llorando otra vez, mamá? —preguntó.

Ella no le contestó, se limitó a colocar la ropa sobre la litera de abajo. En la de arriba vio una bandeja intacta de huevos con beicon.

—¿Por qué no has comido?

—No tengo hambre, mamá. Supongo que este es mi gran día, ¿no?

—Sí. Venga, vamos a vestirnos.

—¿Tengo que ponerme todo eso?

—Sí, señor. Vas al juzgado y tienes que estar guapo, como dijo Jake. Dame el mono.

Ningún chico de dieciséis años quería desnudarse delante de su madre, fueran cuales fuesen las circunstancias, pero Drew sabía que no podía protestar. Se quitó el traje carcelario naranja y Josie le pasó los pantalones de vestir.

—¿Dónde has encontrado estas cosas? —preguntó mientras los cogía y se los ponía a toda prisa.

—Aquí y allá. Tienes que ponerte esta ropa todos los días. Órdenes de Jake.

—¿Cuántos días? ¿Cuánto va a durar esto?

—Casi toda la semana, creo.

Lo ayudó a ponerse la camisa y se la abotonó. Drew se la metió por dentro de los pantalones.

—Creo que me queda un poco grande —dijo.

—Lo siento, es lo mejor que he podido encontrar. —Cogió la corbata, se la enganchó por encima del primer botón, la toqueteó un poco y preguntó—: ¿Cuándo fue la última vez que te pusiste corbata?

Drew negó con la cabeza y quiso quejarse, pero ¿de qué serviría?

—Nunca he llevado corbata.

—Creía que sí. Estarás en la sala del tribunal con muchos abogados y personas importantes y tienes que estar guapo, ¿vale? Jake me ha dicho que el jurado te mirará de arriba abajo y que las apariencias son importantes.

—¿Quiere que parezca un abogado?

—No, quiere que parezcas un jovencito decente. Y no te quedes mirando a los miembros del jurado.

—Lo sé, lo sé. He leído las instrucciones cien veces. Tengo que sentarme recto, prestar atención, no mostrar mis sentimientos. Si me aburro, me pongo a garabatear en un papel.

Toda la familia tenía páginas de instrucciones escritas por su abogado.

Josie lo ayudó a ponerse la chaqueta azul marino, otra prenda que se ponía por primera vez, y dio un paso atrás para admirarlo.

—Estás muy guapo, Drew.

—¿Dónde está Kiera?

—Fuera, en el coche. Está bien.

No era cierto, Kiera estaba fatal, igual que su madre. Tres almas perdidas a punto de entrar en la guarida de un león sin tener ni la menor idea de qué iba a pasarles a ninguno de ellos. Le alborotó el pelo rubio a su hijo y pensó que ojalá tuviera unas tijeras. Luego lo agarró y lo abrazó con todas sus fuerzas.

—Lo siento muchísimo, cariño —dijo—. Lo siento mucho. Fui yo la que hizo que nos metiéramos en este lío. Es todo culpa mía. Culpa mía.

Su hijo permaneció tieso como un palo y esperó a que pasara el momento. Cuando Josie por fin lo soltó, Drew la miró a los ojos húmedos y dijo:

—Ya hemos hablado de esto, mamá. Hice lo que hice y no me arrepiento de ello.

—No digas eso, Drew. No lo digas ahora y no lo digas en el juzgado. No se lo digas nunca a nadie, ¿entendido?

—No soy tonto.

—Ya lo sé.

—¿Y los zapatos?

—Jake me dijo que te pusieras tus deportivas.

—Bueno, la verdad es que no pegan con el resto de la ropa, ¿no?

—Tú haz lo que diga Jake. Siempre, Drew, tú haz lo que te diga. Estás muy guapo.

—Tú también estarás en la sala, ¿verdad, mamá?

—Claro que sí. En la primera fila, justo detrás de ti.

41

Los jurados potenciales empezaron a llegar al viejo juzgado a las ocho y media de la mañana. Allí los recibió la imagen de tres furgonetas de noticiarios pintadas de colores chillones: una del canal de Tupelo, otra de una filial de Jackson y otra de Memphis. Los miembros de los respectivos equipos estaban montando las luces y las cámaras lo más cerca de la puerta de entrada que les permitía un agente de policía. La aldea de Chester nunca se había sentido tan importante.

A los jurados, cada uno con su correspondiente citación para justificar su presencia, les daba la bienvenida en la puerta un funcionario muy educado que comprobaba sus papeles, hacía algún tipo de anotación en la lista de referencia y les pedía que subieran las escaleras hasta el primer piso, donde recibirían más instrucciones. La sala del tribunal estaba cerrada con llave y vigilada por unos hombres de uniforme que les pidieron que esperaran unos minutos. El pasillo se llenó enseguida de jurados agitados y curiosos que intercambiaban comentarios y susurros. Las citaciones no mencionaban el asunto que los llevaba allí, pero circulaban todo tipo de sospechas. No tardó en difundirse el rumor de que se trataba de un caso relacionado con un agente de policía asesinado en el condado de Ford.

Harry Rex, que llevaba una gorra de la marca de tractores John Deere y vestía como el típico hombre rústico de los valles, además de sujetar una hoja de papel que podía pasar por una citación, se mezcló con los lugareños y prestó atención a los cotilleos. No conocía a casi nadie de la zona y ninguno de los jurados lo había visto en su vida, pero aun así se mantuvo alerta, por si Lowell Dyer o cualquier otra persona que trabajara para él se aventuraba a salir al pasillo. Empezó a charlar con una mujer que le dijo que ella no tenía tiempo para hacer de jurado porque la necesitaban en su casa para cuidar de su madre anciana. Oyó que un hombre mayor decía algo parecido a que no tenía ningún escrúpulo respecto a la pena de muerte. Le preguntó a una mujer más joven si era verdad que se trataba del caso de Clanton en el que habían matado a un agente de policía allá por marzo. Le contestó que no lo sabía, pero se mostró horrorizada ante la posibilidad de tener que participar en el juicio de un asunto tan terrible. Cuando el gentío creció demasiado, dejó de hablar y se limitó a escuchar, al acecho de una palabra aquí o allá que le revelara algo fundamental, algo que tal vez no pudiera reconocerse en la sesión abierta del proceso de selección.

Los espectadores se sumaron a los jurados, y cuando Harry Rex vio llegar a los Kofer se metió en un baño y se quitó la gorra.

A las nueve menos cuarto abrieron la puerta y un funcionario les pidió a los citados que entraran en la sala del tribunal y se sentaran a la izquierda. Recorrieron el pasillo en fila, asombrados ante la vastedad de aquella sala enorme y recién pintada, un lugar que solo unos pocos habían visto antes. Otro funcionario señaló los bancos que les correspondían. Los de la derecha permanecerían vacíos durante un rato más.

Estaba claro que Noose había dado la orden de que los aparatos de aire acondicionado funcionaran a toda potencia durante el fin de semana, por lo que el ambiente se había refrescado bastante. Estaban a 6 de agosto y la temperatura máxima prevista era de treinta y cinco grados, pero, por sorprendente que pareciera, aquella sala renovada resultaba agradable.

Jake, Portia y Libby estaban de pie en torno a la mesa de la defensa, susurrando sobre cuestiones importantes mientras estudiaban a los candidatos. A escasos metros de distancia, Lowell Dyer y D. R. Musgrove charlaban con su investigador, Jerry Snook, mientras los funcionarios y los alguaciles se paseaban por delante del estrado.

Dyer se acercó y le dijo a Jake:

—Supongo que la señora Gamble y su hija están aquí.

—Estarán, Lowell, te di mi palabra.

—¿Les has entregado las citaciones?

—Sí.

—Me gustaría charlar con Kiera en algún momento a lo largo de la mañana.

—Perfecto.

Dyer estaba nervioso e inquieto; sin duda acusaba el estrés de su primer gran juicio. Jake estaba haciendo un gran esfuerzo por aparentar que era un veterano curtido, pero, aunque tenía más experiencia en la sala que su oponente, tenía el estómago encogido. Dyer no contaba con un historial de grandes condenas a lo largo de su carrera como fiscal, pero aun así disponía de todas las ventajas concedidas al estado: el bien por encima del mal, las fuerzas de la ley por encima de los delincuentes y abundancia de recursos frente a una defensa de oficio.

Con Ozzie al volante, el acusado llegó en el asiento de atrás del limpio y reluciente coche patrulla del sheriff. En beneficio de la prensa, aparcaron delante del juzgado, donde Ozzie y Moss Junior, con cara de pocos amigos, abrieron una de las portezuelas de atrás y sacaron al supuesto asesino, esposado y con cadenas en los tobillos, pero bastante bien vestido. Lo cogieron por los brazos esqueléticos y lo guiaron despacio hasta la puerta del juzgado, prácticamente exhibiéndolo mientras las cámaras disparaban y grababan. Dentro, lo hicieron cruzar a toda prisa una puerta que llevaba a uno de los muchos apéndices del edificio y no tardaron en llegar a la sala de reuniones de la junta de supervisores del condado de Van Buren.

—Le he reservado este sitio, sheriff —le dijo a Ozzie el agente local que les abrió la puerta.

La sala no tenía ventanas ni una gran instalación de aire acondicionado. Le dijeron a Drew que se sentara en una silla en concreto y después lo dejaron solo. Ozzie y Moss Junior salieron y cerraron la puerta tras ellos.

Pasarían tres horas antes de que volviera a abrirse.

A las nueve y cuarto todos los candidatos estaban sentados en un lado de la sala del tribunal; el otro seguía vacío mientras el público esperaba en el pasillo. Un alguacil llamó al orden y pidió a todo el mundo que se pusiera de pie. Cuando lo hicieron, el honorable Omar Noose salió por una puerta situada detrás del estrado. Los abogados se colocaron en sus respectivas mesas y los funcionarios ocuparon sus puestos.

Noose bajó del estrado y se acercó a la barandilla que dividía la sala del tribunal, con su larga toga negra ondeando a su espalda. Jake, sentado a apenas un par de metros, le susurró a Libby:

—Oh, no, es el Número de la Toga Ondeante.

Ella lo miró sin entenderlo.

De vez en cuando, y sobre todo cuando se acercaban las elecciones, a los jueces de lo penal les gustaba acercarse a las masas, a los votantes, y saludarlos no desde su elevada posición en el estrado, sino desde el suelo, a su nivel, justo desde detrás de la barandilla.

Noose se presentó a sus paisanos y les ofreció una cálida bienvenida, agradeciéndoles su presencia. Como si hubieran tenido elección. Dedicó unos momentos a perorar sobre la importancia de la labor del jurado para el correcto funcionamiento de la justicia. Esperaba que no les resultara pesado. Sin entrar en detalles, describió la naturaleza del caso y explicó que pasarían gran parte del día seleccionando al jurado. Le echó un vistazo a una hoja de papel y añadió:

—El funcionario me ha informado de que hay tres miembros de la lista que no se han presentado. El señor Robert Giles, el señor Henry Grant y la señora Inez Bowen. Todos ellos recibieron la citación correspondiente, pero no se han tomado la molestia de acudir al juzgado esta mañana. Le pediré al sheriff que los localice.

Miró con expresión seria al sheriff, que estaba sentado cerca del estrado del jurado, y asintió con la cabeza, como si la cárcel fuera realmente una opción en un caso así.

—Bien, tenemos a noventa y cuatro candidatos en la sala, y nuestro primer punto del orden del día es comprobar quién podría estar exento. Si tienen sesenta y cinco años o más, la legislación del estado les permite excusarse de las funciones de jurado. ¿Alguien que desee solicitar la exención?

Noose y el funcionario ya habían cribado a los mayores elegidos en las listas de votantes registrados, pero aun así había ocho candidatos de entre sesenta y cinco y setenta años. Sabía por experiencia que no todos ellos solicitarían la exención.

Un hombre de la primera fila se puso de pie de un salto, agitando una mano en el aire.

—¿Y usted es?

—Harlan Winslow. Tengo sesenta y ocho años y cosas mejores que hacer.

—Puede marchase, señor.

Winslow salió casi corriendo por el pasillo. Vivía en pleno campo y llevaba una pegatina de la Asociación Nacional del Rifle en el parachoques de la camioneta. Jake tachó su nombre encantado. Adiós muy buenas.

Otras tres personas se excusaron y salieron de la sala del tribunal. Quedaban noventa.

—A continuación —dijo Noose—, consideraremos a los que tengan problemas de salud. Si alguien tiene un justificante médico, que se acerque, por favor.

Los bancos crujieron y chirriaron cuando varios candidatos se pusieron en pie y formaron una fila en el pasillo, delante del juez. Once en total. El primero de ellos, un joven perezoso que padecía obesidad mórbida, tenía pinta de estar a punto de desplomarse en cualquier momento. Le entregó al juez un papel que Noose estudió con detenimiento antes de sonreír y decir:

—Puede marcharse, señor Larry Sims.

El joven le devolvió la sonrisa y se dirigió con sus andares pesados hacia la puerta.

Mientras Noose se ocupaba metódicamente de aquellas penalidades, los abogados repasaban sus notas, tachaban nombres y observaban a los candidatos restantes.

De entre los once con justificante médico, dos estaban en la lista de absolutos misterios de Jake, así que se alegró de que se marcharan. Tras cuarenta tediosos minutos, los once habían desaparecido. Quedaban setenta y nueve.

—Bien, el resto de ustedes cumplen con los requisitos para que se los examine durante el proceso de selección —informó Noose—. Lo haremos pronunciando los nombres en orden aleatorio. Cuando los llamemos, siéntense en este lado, por favor, empezando por la primera fila.

Señaló los bancos vacíos que quedaban a su izquierda. Un funcionario se acercó a él y le entregó una cajita de cartón que Noose dejó sobre la mesa de la defensa.

Aquella especie de lotería era la parte más importante del proceso de selección. Lo más probable era que los doce jurados finales salieran de las cuatro primeras filas, los primeros cuarenta nombres extraídos de la caja.

Los abogados trasladaron enseguida su silla al otro lado de las mesas para sentarse de cara a los candidatos, dándole la espalda al estrado. Noose sacó una tira de papel doblada y dijo:

—Señor Mark Maylor.

Un hombre se puso de pie con muchas dudas y salió de su banco arrastrando los pies hasta el pasillo.

Maylor. Hombre blanco, cuarenta y ocho años, profesor de Álgebra en el único instituto del condado desde hacía mucho tiempo. Dos años en una escuela de oficios, licenciado en Matemáticas por la Southern Miss. Aún casado con su primera esposa, tres hijos, el más pequeño todavía en casa. Chaqueta elegante y una de las pocas corbatas de entre todos los candidatos. Primera Iglesia Baptista de Chester. Jake lo quería.

Cuando se sentó en el extremo más alejado de la primera fila, Noose pronunció el nombre de Reba Dulaney. Mujer blanca, cincuenta y cinco años, ama de casa que vivía en la ciudad y tocaba el órgano en la iglesia metodista. Se sentó junto a Mark Maylor.

El número tres fue Don Coben, un granjero de sesenta años cuyo hijo era policía en Tupelo. Jake lo recusaría con causa, y, si eso no funcionaba, gastaría una de sus recusaciones perentorias para librarse de él.

La cuarta fue May Taggart, la primera negra elegida. Tenía cuarenta y cuatro años y trabajaba en el concesionario de Ford. La opinión colectiva del equipo de la defensa, incluidos Harry Rex y Lucien, era que los negros eran preferibles porque era probable que mostraran menos compasión hacia un agente de policía blanco. Dyer, sin embargo, podría recusarlos sin los habituales problemas raciales porque tanto el acusado como la víctima eran blancos.

Tras una hora de pie, su señoría empezó a sentir algunas molestias en la parte baja de la espalda. Cuando se llenó la primera fila, se retiró al estrado, a su cómodo sillón con cojines gruesos.

Jake estudió a los diez primeros candidatos. Había dos que se quedaría sin duda y tres que no. Sobre los demás debatirían más tarde. Noose metió la mano en su caja y sacó el primer nombre de la segunda fila.

Carla entró en el juzgado a las diez y se encontró el vestíbulo lleno de hombres vestidos de uniforme. Saludó a Moss Junior y a Mike Nesbit y reconoció a unos cuantos más. Jake había citado a todo el departamento de Ozzie.

Se alejó de ellos y se dirigió hacia un anexo de la planta baja donde se encontraba el despacho de la asesora fiscal del condado. Dentro, sentadas en sillas de plástico y con aspecto de estar totalmente sobrepasadas, estaban Josie y Kiera. Se alegraron mucho de ver una cara conocida y la abrazaron de inmediato. Salieron del edificio y la siguieron hasta su coche.

Una vez dentro, Carla les preguntó:

—¿Habéis hablado con Jake esta mañana?

No, no habían hablado con él.

—No hemos hablado con nadie —respondió Josie—. ¿Qué está pasando?

—Solo es la selección del jurado. Lo más seguro es que dure todo el día. ¿Os apetece un café?

—¿Podemos marcharnos?

—Sí, Jake me ha dicho que no pasa nada. ¿Habéis visto al señor Dyer o a alguien que trabaje para él?

Josie negó con la cabeza. Arrancaron el coche y unos minutos más tarde se detuvieron en la calle principal de Chester.

—¿Habéis desayunado? —preguntó Carla.

—Estoy muerta de hambre —soltó Kiera—. Lo siento.

—Jake dice que esta es la única cafetería de la ciudad. Vamos.

En la acera, Carla pudo fijarse bien en Kiera por primera vez. Llevaba un sencillo vestido veraniego de algodón que se le ajustaba a la cintura y evidenciaba su embarazo. Pero un chaleco ligero, mullido y enorme lo escondía hasta cierto punto. Si se lo abrochaba, tal vez lo ocultara por completo. Carla dudaba que Jake hubiera elegido el conjunto, pero tenía clarísimo que lo había discutido con Josie.

Es posible que la llegada del mediodía se sintiera más en una sala del tribunal que en cualquier otro sitio. Después de tres horas de tensión, todo el mundo estaba mirando el reloj y necesitado de un descanso. Los calambres de hambre eran abrumadores y pocos jueces se atrevían a alargarse hasta entrada la tarde. Noose había sentado a los setenta y nueve en las ocho primeras filas y había escuchado las solicitudes de dispensa de tres de ellos. Una era una abuela que cuidaba de los hijos de su hija todos los días. Otra era una mujer de sesenta y dos años, pero que aparentaba veinte más, que era la única cuidadora de su marido moribundo. El tercero era un caballero con abrigo y corbata que decía que podía perder su trabajo. Noose los escuchó con consideración, pero no pareció conmoverse. Dijo que se plantearía sus peticiones durante el almuerzo. Hacía años que había aprendido a no conceder tales exenciones durante las sesiones públicas, delante de todo el mundo. Si se mostraba demasiado blando, muchos de los demás jurados potenciales levantarían enseguida la mano y alegarían todo tipo de dificultades.

Después de comer los excusaría con discreción a los tres.

El equipo de la defensa, acompañado de Harry Rex, se dirigió al bufete de Morris Finley, en la calle principal, su cuartel general mientras durara el juicio. Comieron a toda prisa los sándwiches y refrescos que Finley les había preparado.

Rodney Cote, el primo de Gwen Hailey, era el jurado número veintisiete, con posibilidades claras de llegar a formar parte de los doce elegidos. Jake sabía a ciencia cierta que Carl Lee se había reunido con él para comentar el caso. El abogado seguía obsesionado con el hecho de que Cote había estado presente en la sala del tribunal durante el juicio de Hailey. Lo que no sabía era si Willie Hastings le habría hablado a Ozzie de aquella conexión. A lo largo de la mañana, Jake había establecido varias veces contacto visual con Cote, que parecía intrigado, pero no comprometido. ¿Qué se suponía que debía hacer exactamente? ¿Guiñarle un ojo a Jake? ¿Levantar el pulgar en un gesto de aprobación?

Finley, que había estudiado dos cursos por delante de Jake en la facultad de Derecho de Ole Miss, se limpió la boca con una servilleta de papel antes de empezar a hablar:

—Señores y señoras, hemos encontrado un submarino.

—Me encanta —dijo Harry Rex.

—Cuéntanos —dijo Jake.

—Tal como me pediste, Jake, envié la lista del jurado a unos diez amigos abogados de los condados de los alrededores. Es una parte del proceso de rastreo; nunca funciona, pero, qué narices, todos lo hacemos. A lo mejor tienes suerte con uno o dos nombres. Pues bien, amigos, hemos tenido suerte. La jurado número quince es Della Fancher, blanca, cuarenta años, vive en una granja cerca de la frontera con el condado de Polk, con su segundo o tercer marido. Tienen dos hijos y parecen estables, aunque apenas se sabe nada de ellos. Un colega mío... Jake, ¿conoces a Skip Salter, de Fulton?

—No.

—Da igual. Skip le echó un vistazo a la lista y por algún motivo se detuvo al ver el nombre de Della Fancher. Della no es un nombre muy común, al menos por aquí, así que le entró curiosidad, consultó un expediente antiguo e hizo unas cuantas llamadas. Cuando él la conoció, hace unos quince años, se llamaba Della McBride y estaba casada con David McBride, un hombre del que estaba desesperada por alejarse. Skip presentó los papeles del divorcio en nombre de Della, y, cuando el agente le entregó los documentos al señor McBride, este le pegó una paliza tremenda a su todavía esposa, y no era la primera. La mandó al hospital. Se convirtió en un divorcio muy feo; no había mucho dinero por el que pelearse, pero él se puso violento, agresivo y amenazante. Se emitieron un montón de órdenes de alejamiento y esas cosas. Él la hostigaba y la acosaba en el trabajo. Skip por fin le consiguió el divorcio y Della se largó de aquella zona. Se instaló aquí y empezó una nueva vida.

—Me sorprende que se registrara como votante —comentó Jake.

—Esto podría ser importantísimo —intervino Harry Rex—. Una víctima acreditada de violencia doméstica sentada en el jurado.

—Quizá —dijo Jake, sin duda aturdido por la historia—. Pero todavía no hemos llegado a ese punto. Pensémoslo bien antes. Los candidatos están a punto de ser sometidos a un examen exhaustivo por mi parte, por la de Dyer y es probable que incluso por parte de Noose. Será largo y nos llevará toda la tarde. En algún momento las preguntas se centrarán en la cuestión de la violencia doméstica. Tengo claro que, si los demás no sacan el tema, lo haré yo. Si Della levanta la mano y cuenta su historia, la recusarán con causa y la mandarán a casa. Yo protestaré y todas esas cosas, pero se quedará fuera del jurado, sin ninguna duda. Sin embargo, ¿y si no dice nada? ¿Y si no levanta la mano porque piensa que nadie de este condado conoce su pasado?

—Significa que tiene algún tipo de interés personal, alguna cuenta que saldar, elige el tópico que quieras —respondió Morris.

—Perdonadme —intervino Libby—, pero ¿cuándo se les dará a los candidatos más información sobre el caso?

—Ahora, justo después de comer, cuando reanudemos la sesión —respondió Jake.

—O sea que Della sabrá que hay acusaciones de violencia doméstica antes de que empiecen las preguntas.

—Sí.

Los cuatro abogados sopesaron los distintos escenarios posibles durante unos instantes, en silencio y meditabundos.

—Perdonad —los interrumpió Portia—, no soy más que una modesta pasante a punto de empezar primero en la facultad de Derecho, pero ¿no tiene la obligación de contarlo?

Los cuatro asintieron a la vez.

—Sí —reconoció Jake—, por supuesto que tiene la obligación de contarlo, pero si se lo calla no es delito. Sucede constantemente. No puedes obligar a la gente a levantarse, contar sus secretos y revelar sus prejuicios durante la selección de un jurado.

—Pero está mal.

—En efecto, pero es raro que se desenmascare a un miembro del jurado después del juicio. Ten en cuenta que puede que tenga otros motivos. Puede que esté escondiéndose de su pasado y no quiera que la gente de por aquí se entere. Hace falta mucho valor para reconocer que has sido víctima de maltrato. Agallas. Pero, si no dice nada, a lo mejor es porque quiere formar parte del jurado, y ahí es donde la cosa se pone interesante. ¿Podría perjudicarnos?

—Imposible —contestó Libby—. Si quiere estar en el jurado es porque no sentirá simpatía ninguna por Stuart Kofer.

Otro largo silencio mientras se planteaban lo que podría ocurrir.

—Bueno —dijo Jake por fin—, no lo sabremos hasta que llegue el momento. Puede que se levante corriendo y huya de la sala a la menor oportunidad.

—Lo dudo —rebatió Libby—. Nos hemos mirado a los ojos un par de veces. Me apuesto lo que sea a que está con nosotros.

42

A la una y media, los jurados potenciales estaban de vuelta en sus asientos, setenta y seis en total ahora que un alguacil había informado con discreción a las tres últimas personas con dificultades de que podían marcharse. Una vez que los candidatos estuvieron sentados, las puertas se abrieron al público y la multitud entró en tropel. Varios reporteros corrieron hasta la primera fila del lado izquierdo, detrás de la mesa de la defensa. La familia Kofer y sus amigos, que llevaban varias horas deambulando por el húmedo pasillo, también entraron. Varias decenas de personas más competían por hacerse con un sitio. Harry Rex se sentó al fondo, tan lejos de los Kofer como pudo. Lucien tomó asiento en una de las filas del medio para observar a los candidatos. Se oyeron ruidos y crujidos en la galería superior cuando la abrieron al público y los espectadores comenzaron a ocupar las sillas plegables.

Carla encontró un asiento cerca de la parte delantera, no lejos de Jake. Había llevado a Kiera y a Josie al bufete de Finley, donde pasarían la tarde, esperando. Si Dyer quería hablar con Kiera, la chica estaba a una llamada de teléfono de distancia.

Cuando los abogados ocuparon su puesto, el juez Noose reapareció y se acomodó en el estrado. Paseó una mirada ceñuda por la sala para asegurarse de que todo estaba en orden y luego se acercó el micrófono.

—Veo que hay bastante público en la galería. Bienvenidos.

Durante este proceso judicial mantendremos el orden y el decoro, y cualquier persona que tenga un comportamiento reprochable será expulsada.

No había habido ningún tipo de comportamiento reprochable antes de la advertencia.

Miró a un alguacil y ordenó:

—Traiga al acusado.

Se abrió una puerta contigua al estrado del jurado y entró un agente de policía. Drew iba detrás, sin esposas en las manos ni grilletes en los pies. Al principio pareció intimidado por el tamaño de la sala, el público y todas aquellas personas que no le quitaban la vista de encima; luego agachó la cabeza y no dejó de mirar al suelo mientras lo conducían hasta la mesa de la defensa. Se sentó en una silla entre Jake y la señorita Libby, con Portia detrás de ellos, junto a la barandilla.

Noose se aclaró la garganta y comenzó:

—Bien, durante las próximas horas intentaremos seleccionar un jurado formado por doce miembros y dos suplentes. No será muy emocionante y no habrá declaraciones en vivo hasta mañana, suponiendo que para entonces ya tengamos elegido el jurado. Este es un caso penal del condado de Ford. Se llama «El estado de Mississippi contra Drew Gamble». Señor Gamble, ¿podría ponerse de pie y mirar hacia los candidatos, por favor?

Su abogado ya le había advertido que ocurriría algo así. Drew se levantó, se dio la vuelta y miró hacia la sala con expresión seria, ni un atisbo de sonrisa; luego asintió con la cabeza y volvió a sentarse. Jake se inclinó hacia él y le susurró:

—Me gustan la chaqueta y la corbata.

El chico asintió de nuevo, pero le daba miedo sonreír.

Noose continuó:

—No haremos hincapié en los hechos en este momento, pero sí les leeré un breve resumen de la acusación, el cargo oficial contra el acusado. Dice: «Que el 25 de marzo de 1990, en el condado de Ford, Mississippi, el acusado, Drew Allen Gamble, de dieciséis años de edad, disparó y mató voluntaria

480

y deliberadamente, y con evidente intención dolosa, al fallecido, Stuart Lee Kofer, agente de la ley. De acuerdo con la sección 97-3-19 del Código de Mississippi, el asesinato de un agente de la ley, esté de servicio o no, se considera asesinato en primer grado y puede penarse con la muerte». Por lo tanto, señores y señoras, estamos ante un caso de pena capital, y la fiscalía reclama la pena de muerte.

Al parecer, Noose le había sacado todavía más dinero al estado para un sistema de megafonía nuevo. Sus palabras se oyeron alto y claro, y la expresión «pena de muerte» retumbó en el techo durante unos segundos antes de caer como una losa sobre los jurados.

Noose presentó a los abogados y se extendió en exceso al hablar de cada uno de ellos. Anodino y aburrido por naturaleza, estaba intentando con todas sus fuerzas mostrar algo de personalidad y hacer que todos se sintieran como en casa en su sala del tribunal. Era un noble esfuerzo, pero el ambiente estaba muy tenso y tenían mucho trabajo por delante, así que todo el mundo quería ponerse manos a la obra cuanto antes.

Explicó a la sala que el proceso de selección se llevaría a cabo por fases. En primer lugar, él examinaría a los candidatos, y muchas de las preguntas que les haría venían exigidas por la ley. Instó a los potenciales jurados a ser sinceros, a no tener miedo de dar su opinión ni de dar a conocer sus pensamientos a todos los presentes. La única forma en que podían esperar encontrar un jurado justo e imparcial era mediante un intercambio sincero y franco. Después se lanzó a una serie de preguntas pensadas no tanto para generar debate como para dormir a la gente. Muchas de ellas tenían que ver con las funciones del jurado y sus requisitos, y Noose perdió un terreno que ya había ganado. Edad, limitaciones físicas, medicaciones, instrucciones médicas, restricciones alimentarias, adicciones. Después de media hora así, Noose no solo había conseguido que se levantara una única mano, sino también matarlos de aburrimiento.

Mientras los jurados miraban y escuchaban al juez, los abogados analizaban a los jurados. En la primera fila había nueve blancos y una mujer negra, May Taggart. En la segunda fila había siete mujeres blancas, incluida Della Fancher, con el número quince, y tres hombres negros. Cuatro personas negras entre las veinte primeras no era un mal porcentaje, y Jake se preguntó por enésima vez si su conjetura de que los negros serían más compasivos sería correcta. Lucien pensaba que sí, porque había un policía blanco implicado. Harry Rex tenía sus dudas, porque el delito era de blanco contra blanco y la raza no era un factor. Jake había argumentado que, en Mississippi, la raza siempre era un factor. Observando aquellos rostros, pensó que seguía prefiriendo como jurado a las mujeres jóvenes de cualquier color. Y dio por hecho que Lowell Dyer preferiría a los hombres blancos de mayor edad.

En la tercera fila había un negro, Rodney Cote, con el número veintisiete.

Mientras Noose seguía perorando, Jake lanzaba miradas esporádicas al público. Su preciosa esposa era con mucho la persona más atractiva de la sala. Harry Rex, con una camisa de cuadros, estaba sentado al fondo. Durante un segundo, su mirada se cruzó con la de Cecil Kofer, que no pudo contenerse y le dedicó una sonrisa arrogante desde detrás de su desaliñada barba roja. Como diciendo: «Te he reventado la cara una vez y estaría encantado de volver a hacerlo». Jake lo ignoró y volvió a sus notas.

Cuando su señoría terminó con las preguntas obligatorias, removió sus papeles y cambió de postura.

—El fallecido, la víctima de este caso, era un agente de la policía del condado llamado Stuart Kofer que tenía treinta y tres años en el momento de su muerte. Nació en el condado de Ford y sigue teniendo familia allí. ¿Alguno de ustedes lo conocía?

Ninguna mano alzada.

—¿Alguno de ustedes conoce a algún pariente suyo?

Se levantó una mano en la cuarta fila. Por fin, después de una hora, una reacción por parte de los candidatos. El número treinta y ocho era Kenny Banahand.

—Sí, señor. Por favor, póngase de pie, díganos su nombre y explique su relación con la familia.

Banahand se levantó despacio, como cohibido, y dijo:

—Bueno, señoría, en realidad no conozco a la familia, pero mi hijo trabajó una vez con Barry Kofer en la planta de distribución de cerca de Karaway.

Jake miró a Barry, que estaba sentado junto a su madre.

—Gracias, señor Banahand. ¿Conoció alguna vez en persona a Barry Kofer?

—No, señor.

—Gracias. Por favor, siéntese. ¿Alguien más? De acuerdo, ya les he presentado al acusado, Drew Allen Gamble. ¿Alguien lo conocía anteriormente?

Por supuesto que no. El viaje desde la cárcel era la primera incursión de Drew en el condado de Van Buren.

—Su madre se llama Josie Gamble y su hermana, Kiera. ¿Alguien las conoce?

Nadie.

Noose esperó un momento, luego continuó:

—Hay cuatro abogados implicados en este juicio, ya se los he presentado. Empezaré con el señor Jake Brigance. ¿Alguien lo conoce en persona?

Ninguna mano alzada. Jake había memorizado la lista y conocía la triste verdad de que su bufete en apuros y su escasa reputación no se habían extendido más allá del condado de Ford. Cabía la posibilidad de que unos cuantos candidatos reconocieran su nombre por el juicio de Hailey, pero la pregunta era si conocían a Jake en persona. No, no lo conocían. Aquel juicio se había celebrado cinco años antes.

—¿Se han visto implicados, ustedes o algún pariente inmediato suyo, en un caso en el que el señor Brigance fuera uno de los abogados?

No se levantó ninguna mano. Rodney Cote permaneció

inmóvil, incluso estoico, inexpresivo por completo. Si le interrogaban más adelante, podría alegar que la palabra «inmediato» lo confundió. Gwen Hailey, la esposa de Carl Lee, era una prima lejana, una de los muchos parientes que Rodney no consideraba inmediatos. Miró directamente a Jake y las miradas de ambos hombres se cruzaron.

Noose pasó a Libby Provine, una mujer escocesa de Washington que había pisado el condado de Van Buren por primera vez aquella misma mañana. Como cabía esperar, ninguno de los candidatos había oído hablar de ella en su vida.

Lowell Dyer era un funcionario electo que vivía en Gretna, en el condado de Tyler.

—Estoy seguro de que muchos de ustedes conocieron al señor Dyer durante su campaña de hace tres años —dijo Noose—, quizá durante un mitin o una barbacoa. Obtuvo el sesenta por ciento de los votos de este condado, pero ahora mismo supondremos que se llevó la mayoría de sus votos.

—El cien por ciento, juez —afirmó Lowell en el momento justo; todo el mundo se echó a reír.

Necesitaban desesperadamente un toque de humor.

—De acuerdo, digamos que el cien por ciento. Ahora la pregunta no es si conocen en persona al señor Dyer, sino si mantienen algún tipo de relación personal con él.

La señora Gayle Oswalt, la número cuarenta y seis, se levantó y anunció con orgullo:

—Mi hija y su esposa pertenecían a la misma hermandad en la Mississippi State. Conocemos a Lowell desde hace muchos años.

—De acuerdo. El hecho de conocerlo bien ¿afectaría a su capacidad de ser justa e imparcial?

—No lo sé, juez. No lo tengo claro.

—¿Cree que se inclinaría a creerlo a él antes que al señor Brigance?

—Bueno, no lo sé seguro, pero sí me creería cualquier cosa que Lowell dijera.

—Gracias, señora Oswalt.

Encima de su nombre, Jake garabateó «RP». Recusación perentoria.

El ayudante de Dyer, D. R. Musgrove, era fiscal en el condado de Polk y también resultó ser un desconocido tan lejos de su entorno.

—Señor Dyer, puede examinar a los candidatos —anunció Noose, e intentó relajarse en su asiento.

Lowell se puso de pie, se acercó a la barandilla y sonrió a la multitud.

—En primer lugar —empezó—, quiero darles las gracias a todos y cada uno de los presentes por haberme votado.

Más risas. Otra brecha en la tensión. Con todas las miradas clavadas en el fiscal, Jake pudo observar los rostros y el lenguaje corporal de las personas que ocupaban las cuatro primeras filas.

Tras romper un poco el hielo, Dyer comenzó preguntando si alguien había cumplido con las funciones de jurado con anterioridad; se levantaron unas cuantas manos. Preguntó a los voluntarios acerca de su experiencia. ¿Había sido en un caso penal o civil? Si había sido en un caso penal, ¿había habido condena? ¿Cuál fue su voto? Todos habían votado a favor de la culpabilidad del acusado. ¿Confía en el sistema de jurados? ¿Comprende su importancia? Preguntas de manual de Derecho en la facultad. Nada creativo, pero lo cierto era que la selección del jurado rara vez ofrecía grandes dramas.

¿Han sido alguna vez víctimas de un delito? Se alzaron unas cuantas manos: hurtos en casa, coches robados...; el índice delictivo del condado de Van Buren no era muy alto. ¿Algún miembro de su familia ha sido alguna vez víctima de un delito violento? El número sesenta y dos, Lance Bolivar, se levantó despacio.

—Sí, señor —contestó—. A mi sobrino lo asesinaron hace ocho años en el Delta.

Vaya, vaya, al final sí que habría algo de drama.

Dyer se concentró en él y, fingiendo demasiada pena, continuó interrogándolo con mucha educación. Se mantuvo alejado de los detalles del delito y preguntó acerca de la investigación y las consecuencias. El asesino fue declarado culpable y estaba cumpliendo cadena perpetua. La experiencia fue horrible, devastadora, y la familia había quedado marcada para siempre. No, el señor Bolivar no creía que pudiera ser un jurado imparcial.

A Jake no le preocupaba aquel hombre, porque ocupaba una posición demasiado alejada entre los candidatos.

Dyer pasó entonces a las preguntas sobre los defensores del orden público, como él los llamaba, y quiso saber si alguno de los candidatos había llevado uniforme alguna vez o tenía algún pariente policía. Una señora tenía un hermano que era policía estatal. Era la número cincuenta y uno y Jake escribió otro «RP» junto a su nombre, aunque dudaba que tuviera que usarla. El número tres, Don Coben, reconoció a regañadientes que su hijo era policía en Tupelo. Su reticencia era una señal clara, al menos para Jake, de que el hombre quería formar parte del jurado. Ya tenía el veredicto decidido.

Dyer no preguntó si alguien tenía antecedentes criminales. Era una pregunta potencialmente bochornosa y no merecía la pena correr ese riesgo. La mayoría de los delincuentes convictos no podían votar, y pocos de aquellos cuyos antecedentes se eliminaban se tomaban la molestia de registrarse para hacerlo. Sin embargo, el número cuarenta y cuatro, Joey Kepner, había sido condenado por un delito relacionado con las drogas hacía veinte años. Pasó dos años en la cárcel antes de desintoxicarse y de que le borraran los antecedentes. Portia había encontrado la antigua acusación y tenía un expediente sobre él. La pregunta era si lo sabía Dyer. Seguro que no, debido a la eliminación de los antecedentes. Jake deseaba con todas sus fuerzas tenerlo en el jurado. Había cumplido una condena dura por posesión de una pequeña cantidad de marihuana y lo más probable era que no tuviera en gran estima a las fuerzas policiales.

Los malos hábitos de Stuart Kofer no se mencionarían durante la selección del jurado. Jake dudaba de que Dyer se metiera en ese terreno, porque no le convenía debilitar su caso tan pronto. Él tampoco sacaría los trapos sucios. No tardarían en salir, y no quería que lo percibieran como un abogado defensor con un exceso de celo y demasiado impaciente por culpar a la víctima.

Dyer fue metódico, pero rápido y certero. Sonrió mucho cuando empezó a cogerle el tranquillo a la tarea y dio la sensación de conectar con los jurados. Se ciñó a su guion, no se fue por las ramas y no insistió en lo obvio. Cuando terminó, volvió a darles las gracias y se sentó.

Jake ocupó su sitio junto a la barandilla y luchó por controlar los nervios. Se presentó y dijo que llevaba doce años ejerciendo como abogado en el vecino condado de Ford. Presentó a Libby y describió su trabajo en una organización sin ánimo de lucro de Washington. Luego presentó a Portia como su pasante, solo para que los jurados supieran por qué estaba sentada con la defensa.

Dijo que a él nunca lo habían acusado de un delito, pero que había representado a muchas personas a las que sí. Resultaba aterrador e inquietante, sobre todo cuando la persona creía que no era culpable o que había actuado por causa justificada. Después preguntó si alguno de los candidatos había sido acusado alguna vez de un delito grave.

Joey Kepner no levantó la mano. Jake se sintió aliviado y supuso que Kepner consideraba que sus antecedentes habían desaparecido por completo. Eso y que tal vez opinara que estar en posesión de trescientos gramos de marihuana no era tan grave.

Jake explicó que en el juicio se incluirían acusaciones de violencia doméstica contra Stuart Kofer. Les advirtió que no iba a entrar en detalles en aquel momento; eso sería lo que intentarían hacer los testigos. No obstante, era importante saber si alguno de los jurados potenciales había sido víctima de violencia doméstica en algún momento. Jake no miró a Della Fancher, pero Libby y Portia estaban observando hasta el último de sus movimientos. Nada. Ni la más mínima reacción aparte de una ligera mirada hacia su derecha. Estaba con la defensa, o eso pensaron ellos.

Jake pasó a un tema aún más escabroso. Habló del asesinato y de sus diversas formas. Homicidio involuntario, homicidio por imprudencia, en defensa propia y asesinato claramente premeditado, el cargo contra su cliente. Pero ¿alguno de entre los candidatos creía que asesinar podía estar justificado en alguna ocasión? Dyer cambió de postura en su asiento; parecía estar a punto de protestar.

La pregunta era demasiado vaga para obtener respuestas. Sin conocer los detalles, era complicado que cualquier jurado alzara la voz e iniciara una conversación. Varios se agitaron en los bancos y miraron a su alrededor, y, antes de que nadie pudiera contestar, Jake dijo que sabía que era una pregunta difícil. No quería una respuesta. La semilla estaba plantada.

Dijo que la madre de Drew era Josie Gamble, una mujer con un pasado complejo. Sin entrar del todo en el tema, explicó que Josie testificaría y que cuando lo hiciera los jurados descubrirían que tenía antecedentes penales. Es algo que siempre se revela, en el caso de cualquier testigo. ¿Disminuiría ese hecho su credibilidad? Su pasado no tenía nada que ver con las circunstancias que rodearon la muerte de Stuart Kofer, pero, para no ocultarles nada, quería que los jurados supieran que Josie había cumplido condena en la cárcel.

No hubo reacción por parte de los candidatos.

¿No ocultarles nada? ¿Desde cuándo la selección del jurado era un buen momento para ser totalmente transparente?

Jake no se alargó con las preguntas y se sentó al cabo de treinta minutos. Dyer y él pronto tendrían la oportunidad de interrogar a los jurados por separado.

A continuación, Noose les pidió a los doce primeros que se trasladaran al estrado del jurado. Con un funcionario señalándoles sus asientos correspondientes, los ocuparon como si ya los hubieran elegido para escuchar los testimonios. No era tan rápido. No era ni mucho menos tan rápido. Noose les explicó que iniciarían el proceso de entrevistar en privado a los primeros cuarenta jurados aproximadamente. Los que tuvieran un número superior al cincuenta tenían permiso para abandonar la sala del tribunal durante una hora.

La sala del jurado era mucho más espaciosa y estaba mucho menos desordenada que el despacho del juez, así que Noose pidió a los abogados que esperaran allí. La taquígrafa judicial los siguió y se sentaron en torno a la mesa alargada en la que, a su debido tiempo, el jurado tomaría una decisión sobre el caso. Cuando Noose ocupó su asiento en un extremo, con la defensa a un lado y la fiscalía al otro, ordenó al alguacil que trajera al número uno.

—Juez, ¿me permite ofrecerle una sugerencia? —dijo Jake.

—¿De qué se trata?

Noose hacía muecas por el dolor de espalda mientras mordisqueaba la boquilla de una pipa sin encender.

—Son casi las tres y está bastante claro que las declaraciones no empezarán hoy. ¿Podemos eximir hasta mañana a los testigos que están aquí bajo citación?

—Buena idea. ¿Señor Dyer?

—Por mí no hay problema, señoría.

Una pequeña victoria para la defensa. Kiera podría marcharse de la ciudad por el momento.

Mark Maylor, cuyo apocamiento casi lo hacía parecer culpable de algo, se sentó en una vieja silla de madera. El juez tomó la palabra:

—Bien, señor Maylor, le recuerdo que está bajo juramento.

Su tono resultaba casi acusador.

—Soy consciente, su señoría.

—No tardaremos mucho. Los abogados y yo solo le haremos unas cuantas preguntas, ¿de acuerdo?

—Sí, señor.

—Como ya he dicho, este es un caso de pena capital, y, si la fiscalía prueba sus acusaciones, se le pedirá que considere votar para imponer la pena de muerte. ¿Será capaz de hacerlo?

—No lo sé. Nunca se me ha pedido que haga algo así.

—¿Qué opinión personal le merece la pena de muerte?

Maylor miró a Jake, luego miró a Dyer y al final contestó:

—Supongo que estoy a favor, pero creer en ella es una cosa. Que te pidan que envíes a alguien a la cámara de gas es otra. Y no es más que un crío.

A Jake le dio un vuelco el corazón.

—¿Señor Dyer?

Lowell sonrió y dijo:

—Gracias, señor Maylor. La pena de muerte, nos guste a usted y a mí o no, forma parte de la ley de este estado. ¿Cree que es capaz de seguir las leyes del estado de Mississippi?

—Sí, supongo que sí.

—Sus respuestas parecen un poco evasivas.

—Estoy un poco aturdido, señor Dyer. No estoy preparado para saber cómo podría actuar en uno u otro sentido. Pero, sí, intentaré con todas mis fuerzas seguir la ley.

—Gracias. ¿Y no sabe nada sobre este caso?

—Solo lo que nos han contado esta mañana. Bueno, recuerdo las noticias de los periódicos cuando ocurrió. Compramos el periódico de Tupelo y creo que apareció en la portada, pero el interés disminuyó enseguida. No he seguido el caso.

Noose miró a Jake y dijo:

—¿Señor Brigance?

—Señor Maylor, cuando leyó la noticia en marzo, ¿se dijo algo del estilo de «Bueno, seguro que es culpable»?

—Claro. ¿No es lo que hacemos todos cuando arrestan a alguien?

—Eso me temo. Pero entiende la presunción de inocencia, ¿verdad?

—Sí.

—Y, entonces, ¿cree en este momento que Drew Gamble es inocente hasta que se demuestre lo contrario?

—Supongo.

Jake tenía más preguntas, pero sabía que Maylor no pasaría a formar parte del jurado por sus reticencias acerca de la pena capital. Dyer quería una docena de defensores de la pena de muerte y la sala del tribunal estaba llena de ellos.

—Gracias, señor Maylor —dijo Noose—. Puede ausentarse durante una hora.

Maylor se puso de pie enseguida y desapareció. Esperando al otro lado de la puerta junto a un funcionario estaba la señora Reba Dulaney, la organista de la iglesia metodista. Era toda sonrisas y parecía comprender la importancia del momento. Noose le formuló unas cuantas preguntas acerca de la notoriedad del caso y ella aseguró no saber nada. Luego le preguntó si sería capaz de imponer la pena de muerte.

La pregunta la pilló por sorpresa.

—¿A ese chico de ahí fuera? —soltó—. No lo creo.

Jake se alegró de oír el comentario, pero supo de inmediato que, también en el caso de la señora Dulaney, aquella entrevista sería lo más cerca que llegaría a estar de formar parte del jurado. Le hizo unas cuantas preguntas pero no profundizó.

Noose le dio las gracias y llamó al número tres, Don Coben, un granjero rudo y mayor que aseguró no saber nada del caso y que creía firmemente en la pena de muerte.

La número cuatro era May Taggart, la primera negra, que tenía dudas respecto a la pena de muerte, pero resultó convincente en su certeza de que podía seguir la ley.

El desfile continuó con una eficacia ininterrumpida, dado que Noose limitó tanto sus preguntas como las de los abogados. Sus dos preocupaciones se hicieron obvias muy pronto: conocimiento del caso y reservas respecto a la pena de muerte. Cada vez que terminaban con un jurado y se le daba permiso para abandonar la sala, sacaban a otro de los candidatos de los bancos del público y le pedían que ocupara un asiento en el estrado del jurado de la sala del tribunal. Tras los primeros cuarenta, Noose decidió llamar también a los de la quinta fila. Jake sospechó que se debía a que había varios que mostraban recelos respecto a la pena de muerte y serían recusados con causa.

En la sala del tribunal, el público iba y venía, matando el tiempo como podía. La única persona que no se movía era Drew Gamble, que permanecía sentado a la mesa de la defensa con dos agentes de policía cerca, por si acaso decidía intentar escapar.

A las cinco menos cuarto, Noose tenía que tomarse su siguiente ronda de pastillas. Les dijo a los abogados que estaba decidido a terminar con la selección del jurado antes de la cena y a empezar con las declaraciones a primera hora de la mañana siguiente.

—Nos veremos a las cinco y cuarto en mi despacho y repasaremos la lista.

Morris Finley se apropió de una sala en el departamento del Registro de la Propiedad, en la planta baja, y allí fue a reunirse el equipo de la defensa. Carla, Harry Rex y Lucien se sumaron a Portia, Jake y Libby, y juntos repasaron los nombres a toda prisa. A Lucien no le gustaba ninguno.

—Seguro que Dyer elimina a todos los negros —comentó Harry Rex—, ¿no te parece?

—Esa es nuestra hipótesis. Y, dado que solo hay once negros en las cinco primeras filas, la perspectiva es que tendremos un jurado totalmente blanco.

—¿Puede hacerlo? —preguntó Carla—. ¿Basándose solo en la raza?

—Sí, claro que puede, y lo hará. Tanto la víctima como el acusado son blancos, así que no se aplica Batson.

Como estaba casada con un abogado defensor de causas penales, Carla sabía que el veredicto Batson prohibía la exclusión de jurados potenciales con la raza como única base.

—Sigue sin parecerme correcto —insistió.

—¿Qué opinas de Della Fancher? —le preguntó Jake a Libby.

—Me quedaría con ella.

—Debería haber levantado la mano —intervino Portia—. Creo que quiere estar en el jurado.

—Entonces me preocuparía —dijo Lucien—. Sospecho de

cualquiera que quiera estar en el jurado de un caso de pena capital.

—¿Morris? —preguntó Jake.

—Es nuestra submarino, ¿no? En realidad estoy de acuerdo con Lucien, pero, ostras, tenemos a una esposa maltratada que se ha negado a contarlo. Tiene que sentir compasión hacia Josie y los niños.

—No me da buena espina —apuntó Carla—. Tiene la mirada dura, un mal lenguaje corporal, no quiere estar aquí. Además, está ocultando algo.

Jake la miró con el ceño fruncido, pero no dijo nada. Se recordó que su esposa solía tener razón en la mayor parte de las cosas, sobre todo cuando se trataba de tomarles la medida a otras mujeres.

—¿Portia?

—No lo sé. Mi primer impulso es que nos la quedemos, pero instintivamente hay algo que me dice que no.

—Fantástico. Perderemos a Rodney Cote y Della Fancher, dos de nuestros tres submarinos. Eso nos deja a Joey Kepner y su condena por drogas.

—¿Das por supuesto que Dyer no lo sabe? —preguntó Lucien.

—Sí, y admito sin reservas que todas nuestras suposiciones podrían ser erróneas.

—Buena suerte, amigo —dijo Lucien—. Siempre es una lotería.

Sin toga, con la corbata aflojada y los botes de las pastillas guardados, su señoría acercó una llama a la cazoleta de su pipa, chupó la boquilla con fuerza, dejó escapar una nube de humo letal y dijo:

—¿Alguna recusación con causa, señor Dyer?

Lowell tenía tres nombres de los que quería librarse. Estuvieron dándoles vueltas durante veinte minutos, y era obvio que el fiscal los consideraba no aptos porque se mostraban blandos respecto a la pena de muerte. Jake batalló con ganas para quedárselos y no gastar sus recusaciones perentorias, que podían emplearse para eliminar a cualquier jurado, pero no para conservarlo.

—Eliminaremos a la organista —zanjó Noose—, la señora Reba Dulaney, porque resultó evidente que tendría dificultades con la pena de muerte. ¿Señor Brigance?

Jake quería eliminar a la señora Gayle Oswalt porque era amiga de Dyer, y Noose estuvo de acuerdo. Pidió que eliminaran a Don Coben, el número tres, porque su hijo era policía, y Noose volvió a estar de acuerdo. Pidió eliminar al número sesenta y tres, el señor Lance Bolivar, porque habían asesinado a su sobrino, y Noose aceptó. Pidió eliminar a Calvin Banahand, porque su hijo había trabajado una vez con Barry Kofer, pero Noose dijo que no.

Sin más recusaciones con causa, Dyer utilizó siete de sus recusaciones perentorias y presentó una lista de doce: diez hombres y dos mujeres, todos mayores y blancos. Las conjeturas de Jake eran correctas. Formó un corrillo con Libby y con Portia en su lado de la mesa y recusó a seis de ellos, incluida Della Fancher. Era un trabajo estresante: revisar los nombres que habían memorizado, intentar recordar sus caras, su lenguaje corporal, intentar averiguar el siguiente movimiento de Dyer y anticipar cuánto podría avanzar la lista de candidatos. Y el tiempo corría mientras su señoría esperaba y Dyer maquinaba y estudiaba sus propias listas manoseadas. Jake utilizó seis de sus valiosas recusaciones perentorias y pasó la pelota al tejado de Dyer.

El fiscal presentó su segunda lista de doce y se ciñó a su plan de juego de excluir a los negros y preferir a los hombres blancos de mayor edad. Había gastado diez de sus recusaciones perentorias, pero había utilizado una para Rodney Cote. Jake eliminó a tres. Dyer se reservó las dos últimas para dos mujeres jóvenes, una blanca y otra negra, y al hacerlo desveló que no sabía lo de la condena por drogas de Joey Kepner. Para llegar a él, Jake se vio obligado a excluir a dos mujeres a las que en realidad quería conservar. Kepner fue el último jurado elegido.

Doce blancos, siete hombres y cinco mujeres, con edades comprendidas entre los veinticuatro y los sesenta y un años.

Discutieron sobre la elección de dos suplentes, dos mujeres blancas, pero dudaban que fueran a necesitarlas. El juicio, una vez que comenzara, no duraría más de tres días.

43

El martes amaneció con cielos oscuros, una sucesión de tormentas e incluso una alerta de tornado para Van Buren y los condados circundantes. Las lluvias y los vientos intensos comenzaron a azotar el viejo juzgado una hora antes de que tuviera que reiniciarse el juicio. El juez Noose se acercó a su ventana con su pipa y se preguntó si debía posponerlo.

Mientras la sala del tribunal se iba llenando, llevaron a los miembros del jurado al estrado y les entregaron una chapa de latón redonda con la palabra JURADO grabada en gruesas letras rojas en el centro. Eso significaba no establecer contacto y mantener la distancia. Jake, Libby y Portia esperaron deliberadamente hasta las nueve menos cinco para entrar en la sala del tribunal y empezar a vaciar sus maletines. Jake le dio los buenos días a Lowell y lo felicitó por aquel jurado blanco tan bonito. El fiscal tenía mil cosas en la cabeza y no mordió el anzuelo. El sheriff Ozzie Walls y todos sus hombres, vestidos de uniforme, estaban sentados en las dos primeras filas detrás de la mesa de la acusación, una impresionante demostración de fuerza policial. Jake, que había hecho que los citaran a todos, ignoró a sus antiguos amigos e intentó hacer lo mismo con el resto del público. Los Kofer estaban apelotonados detrás de los agentes, preparados para la lucha. Harry Rex, vestido de manera informal, estaba tres filas por detrás de la mesa de la defensa, observándolo todo. Lucien, con la mirada despejada y fingiendo leer un periódico, se había sentado en la última fila del lado de la acusación. Carla, en vaqueros, llegó y se sentó en la tercera fila del lado de la defensa. Jake quería todos los ojos en los que pudiera confiar para observar a los jurados. A las nueve en punto, Drew entró en la sala del tribunal por una puerta lateral, con protección policial suficiente como para salvar al gobernador. Sonrió a su madre y a su hermana, que estaban sentadas en la primera fila, a menos de tres metros de él.

Lowell Dyer miró hacia el público, se fijó en Kiera, se acercó a Jake y le preguntó:

—¿Esa chica está embarazada?

—Sí, así es.

—Tiene solo catorce años —dijo desconcertado.

—Biología básica.

—¿Sabes quién es el padre?

—Esas cosas son íntimas, Lowell.

—Sigo queriendo hablar con ella durante el primer descanso.

Jake hizo un gesto vago en dirección al primer banco, como para decirle: «Habla con quien quieras, eres el fiscal».

Un rayo restalló cerca del juzgado y las luces titilaron. Un trueno hizo temblar el viejo edificio y durante un segundo se olvidaron del juicio.

—¿Crees que deberíamos pedirle a Noose que lo posponga? —le preguntó Dyer a Jake.

—Noose hará lo que le venga en gana.

La lluvia empezó a repiquetear contra las ventanas mientras las luces titilaban de nuevo. Un alguacil se puso en pie y llamó a la sala al orden. Todo el mundo se puso respetuosamente en pie cuando su señoría entró tambaleándose y ocupó su asiento. Se acercó el micrófono y dijo:

—Por favor, siéntense.

Las sillas y los bancos crujieron y los suelos rechinaron cuando todo el mundo volvió a sentarse.

—Buenos días —comenzó el juez—. Suponiendo que las condiciones atmosféricas lo permitan, seguiremos adelante con este juicio. Me gustaría repetirles a los jurados mi advertencia de que se abstengan de comentar cualquier cosa relacionada con el juicio mientras estén en los descansos. Si cualquier persona se acerca a ustedes o intenta llamar su atención de cualquier modo, quiero que se me informe de inmediato. Señor Brigance y señor Dyer, doy por hecho que quieren acogerse a la norma.

Ambos asintieron. La norma exigía que todos los testigos potenciales estuvieran ausentes de la sala del tribunal hasta después de haber testificado, y cualquiera de las dos partes podía recurrir a ella.

—Muy bien —prosiguió el juez—. Si han recibido una citación para declarar en este juicio, debo pedirles que salgan de la sala y esperen en el pasillo o en cualquier otro punto del edificio. Un alguacil irá a buscarlos cuando los necesitemos.

La confusión se apoderó de la sala cuando tanto Jake como Dyer dieron instrucciones a sus testigos para que se marcharan. Earl Kofer no quería hacerlo y se fue hecho una furia. Como Jake había citado a Ozzie y a sus trece agentes, insistió en que todos ellos salieran. Les susurró algo a Josie y a Kiera y ambas fueron a esconderse en el Registro de la Propiedad, en la planta baja. Los alguaciles y los funcionarios señalaban aquí y allá y guiaban a los testigos hacia el exterior.

Cuando las cosas se calmaron, su señoría miró al jurado.

—Bien, comenzaremos este juicio permitiendo que los abogados hagan unos breves comentarios iniciales. Y, dado que el estado de Mississippi tiene la responsabilidad de probar su causa, siempre irá en primer lugar. Señor Dyer.

La lluvia cesó y los truenos ya iban alejándose cuando Dyer se acercó al atril y miró a los jurados. Una gran pantalla blanca colgaba de la pared desnuda que había frente al jurado y, presionando un botón, Dyer mostró el atractivo rostro sonriente del difunto Stuart Kofer, vestido con su uniforme completo. La contempló durante un segundo y luego se dirigió a los jurados:

—Señores y señoras, este era Stuart Kofer. Tenía treinta y tres años cuando el acusado, Drew Gamble, lo asesinó. Stuart era un chico de por aquí, nacido y criado en el condado de

Ford, graduado en el instituto de Clanton, veterano del ejército, dos veces destinado a Asia, con una distinguida carrera como agente de la ley protegiendo a los ciudadanos. En la madrugada del 25 de marzo, mientras dormía en su propia cama, en su propia casa, el acusado, Drew Gamble, que está sentado justo ahí, le pegó un tiro y lo mató.

Señaló con el mayor dramatismo posible al acusado, que estaba sentado y encogido entre Jake y Libby, como si los jurados no estuvieran seguros de a quién se estaba juzgando exactamente.

—El acusado se hizo con el arma reglamentaria del propio Stuart, una Glock 9 milímetros. —Dyer se acercó a la mesa donde la taquígrafa judicial lo anotaba todo, cogió la prueba número uno de la acusación y se la mostró al jurado. Volvió a dejar la pistola en la mesa y prosiguió—: La cogió y, con voluntad deliberada e intenciones premeditadas, la apuntó contra la sien izquierda de Stuart y, desde una distancia de alrededor de dos centímetros, apretó el gatillo. —Dyer se señaló la sien izquierda para añadir aún más dramatismo—. Lo mató en el acto.

Dyer pasó una página de sus notas y pareció estudiar algo. Luego la lanzó sobre el atril y dio un paso hacia el estrado del jurado.

—Bien, Stuart tenía algunos problemas. La defensa intentará demostrar...

Jake estaba deseando interrumpirlo. Se puso en pie de un salto y dijo:

—Protesto, señoría. Este es el alegato inicial de la acusación, no el mío. El fiscal del distrito no puede opinar sobre lo que podríamos intentar probar.

—Admitida. Señor Dyer, cíñase a su caso. Esto es un alegato inicial, señores y señoras, y les advierto que nada de lo que cualquiera de los abogados diga en este momento está probado.

Dyer sonrió y asintió, como si el juez lo hubiera defendido de alguna forma. Continuó:

—Stuart bebía demasiado, y demasiado a menudo, y la noche anterior a su asesinato había estado bebiendo. Y no era un borracho simpático, sino tendente a la violencia y el mal comportamiento. Sus amigos estaban preocupados por él y estaban planteándose de qué forma ayudarlo, cómo intervenir. Stuart no era ningún santo y batallaba contra sus demonios. Pero todas las mañanas cumplía con su deber y acudía al trabajo. Jamás faltó un solo día y cuando estaba de servicio era uno de los mejores agentes del condado de Ford. El sheriff Ozzie Walls lo corroborará en su testimonio.

»El acusado estaba viviendo en casa de Stuart, junto con su madre y su hermana pequeña. Josie Gamble, su madre, y Stuart llevaban juntos alrededor de un año y su relación era, cuando menos, bastante caótica. Toda la vida de Josie Gamble ha sido caótica. Pero Stuart les proporcionó a sus hijos y a ella un buen hogar, un tejado, comida en abundancia, camas calientes, protección. Les dio seguridad, algo que apenas habían conocido. Los acogió en su casa y cuidó de ellos. En realidad él no quería hijos, pero los recibió y no le importó la carga económica añadida. Stuart Kofer era un hombre bueno y honesto cuya familia vive en el condado de Ford desde hace generaciones. Y su asesinato fue un sinsentido. Muerto, señores y señoras, Stuart Kofer fue asesinado con su propia pistola mientras dormía en su propia cama.

Dyer caminaba de un lado a otro y los jurados absorbían hasta la última de sus palabras.

—Cuando los testigos vayan subiendo al estrado, escucharán algunos testimonios terribles. Les pido que los escuchen, que los tengan en cuenta, pero que también tengan en cuenta de dónde proceden. Stuart no está aquí para defenderse, y quienes intentan deshonrar su buen nombre tienen todas las razones del mundo para describirlo como un monstruo. A veces podría resultar complicado no sospechar de sus motivos. Puede que incluso sientan compasión por ellos. Pero les pido que hagan una cosa mientras reflexionan sobre sus declaraciones. Háganse, una y otra vez, esta pregunta tan sencilla: en el momento crucial, ¿tenía el acusado que apretar el gatillo?

Dyer se apartó del estrado del jurado y dio un paso para acercarse a la mesa de la defensa. Señaló a Drew y preguntó:

—¿Tenía que apretar el gatillo?

Se dirigió a la mesa de la acusación y se sentó. Breve, directo y muy eficaz.

—Señor Brigance —llamó el juez.

Jake se puso de pie, se acercó al atril, cogió el mando a distancia, pulsó un botón y la cara sonriente de Stuart Kofer desapareció de la pared.

—Señoría —dijo después—, aplazaré mi alegato hasta que la acusación haya concluido.

Noose se llevó una sorpresa, al igual que Dyer. La defensa tenía la opción de abrir su caso en aquel momento o más adelante, pero era extraño que un abogado dejara pasar la oportunidad de sembrar las semillas de la duda nada más empezar. Jake se sentó y Dyer lo miró boquiabierto, confundido, preguntándose qué jugarreta estaría intentando hacerle.

—Muy bien —aceptó Noose—. Usted decide. Señor Dyer, por favor, llame a su primer testigo.

—Su señoría, la acusación llama al señor Earl Kofer.

Un alguacil que esperaba junto a la puerta salió al pasillo a buscar al testigo y Earl no tardó en aparecer. Lo condujeron hasta el estrado de los testigos, donde alzó la mano derecha y juró decir la verdad. Dio su nombre y su dirección y dijo que había vivido toda su vida en el condado de Ford. Tenía sesenta y tres años, llevaba casi cuarenta casado con Janet y tenía tres hijos y una hija.

Dyer apretó un botón y apareció una imagen enorme de un chico adolescente.

—¿Es este su hijo?

Earl la miró y contestó:

—Ese era Stuart cuando tenía catorce años. —Guardó silencio un momento y después añadió—: Ese es mi niño, mi hijo mayor.

Se le quebró la voz y bajó la mirada hacia el suelo.

Dyer se tomó su tiempo y al final volvió a apretar el botón.

La siguiente imagen era de Stuart vestido con el uniforme de fútbol del instituto.

—¿Cuántos años tenía Stuart en esta foto, señor Kofer?

—Diecisiete. Jugó dos años antes de fastidiarse la rodilla.

Gimió con fuerza ante el micrófono y se enjugó los ojos. Los jurados lo miraban con una pena tremenda. Dyer pulsó el botón y apareció la tercera fotografía de Stuart, esta vez la de un sonriente joven de veinte años con un impoluto uniforme del ejército.

—¿Durante cuánto tiempo sirvió Stuart a su país? —preguntó Dyer.

Earl rechinó lo dientes, volvió a secarse los ojos e intentó recuperar la compostura.

—Seis años —contestó con dificultad—. Le gustaba el ejército y habló de hacer carrera en él.

—¿Qué hizo después del ejército?

Earl cambió de postura, incómodo, y, midiendo muy bien las palabras, respondió:

—Volvió a casa, consiguió un par de trabajos en el condado y luego decidió entrar en la policía.

La foto del uniforme del ejército fue sustituida por la ya conocida de un sonriente Stuart engalanado con su uniforme de agente del departamento del sheriff.

—¿Cuándo fue la última vez que vio a su hijo, señor Kofer?

Earl se echó hacia delante y se derrumbó mientras las lágrimas le rodaban por las mejillas. Tras un lapso largo y doloroso, apretó las mandíbulas y dijo en voz alta, clara y amarga:

—En la funeraria, en su ataúd.

Dyer lo miró durante un instante para prolongar el dramatismo antes de anunciar que había terminado con el testigo.

Jake se había ofrecido a admitir durante las gestiones previas al juicio que Kofer estaba, efectivamente, muerto, pero Dyer se había negado. Noose opinaba que un juicio por asesinato como es debido debe empezar con unas cuantas lágrimas por parte de la familia de la víctima, y no era el único. Casi todos los jueces de lo penal del estado permitían aquellas declaraciones tan innecesarias, y el Tribunal Supremo había aprobado tal práctica décadas antes.

Jake se puso de pie y se dirigió al atril para iniciar la desagradable tarea de manchar la reputación de un hombre muerto. No tenía elección.

—Señor Kofer, en el momento de su muerte, ¿su hijo estaba casado?

Earl le lanzó una mirada de odio desenfrenado y se limitó a contestar:

—No.

—¿Estaba divorciado?

—Sí.

—¿Cuántas veces?

—Dos.

—¿Cuándo se casó por primera vez?

—No lo sé.

Jake se acercó a la mesa de la defensa y cogió unos papeles. Volvió al atril y preguntó:

—¿Es cierto que se casó con Cindy Rutherford en mayo de 1982?

—Si usted lo dice. Diría que es correcto.

—¿Y se divorciaron trece meses más tarde, en junio de 1983?

—Si usted lo dice.

—¿Y en septiembre de 1985 se casó con Samantha Pace?

—Si usted lo dice.

—¿Y se divorciaron ocho meses más tarde?

—Si usted lo dice.

Hablaba con gruñidos, arrojando veneno, evidentemente indignado con el señor Brigance. Sus mejillas, húmedas hacía solo unos instantes, se habían puesto rojas como el fuego y su rabia le estaba costando la compasión que había ganado.

—Bien, antes ha dicho que su hijo había hablado de hacer carrera en el ejército. ¿Por qué cambió de opinión?

—No lo sé, no me acuerdo bien.

—¿Podría ser porque lo expulsaron del ejército?

—Eso no es cierto.

—Tengo una copia de su licencia por conducta deshonrosa, ¿quiere verla?

—No.

—Nada más, señoría.

—Puede marcharse, señor Kofer —indicó Noose—. Puede sentarse por ahí. Señor Dyer, llame a su siguiente testigo.

—La acusación llama al agente Moss Junior Tatum.

Salieron al pasillo a buscar al testigo, que entró en una sala del tribunal abarrotada pero silenciosa, saludó a Jake con un gesto de la cabeza al pasar a su lado y se detuvo junto a la taquígrafa judicial. Estaba armado y vestido de uniforme.

—Agente Tatum —dijo Noose—, la ley estatal prohíbe que un testigo suba al estrado con una pistola. Por favor, déjela ahí, en la mesa.

Como si lo hubiera ensayado, Tatum dejó su Glock junto a la utilizada para el asesinato, a plena vista de los jurados. Juró decir la verdad, ocupó su asiento y contestó las preguntas preliminares de Dyer.

Llegaron a la noche en cuestión. El aviso de emergencias entró a las 2.29 de la mañana y lo enviaron al lugar de los hechos. Sabía que se trataba de la casa de Stuart Kofer, su amigo del cuerpo de policía. La puerta delantera estaba ligeramente entreabierta. Entró con cuidado y vio a Drew Gamble sentado en una silla de la sala de estar, mirando por la ventana. Habló con él y Drew le dijo: «Mi madre está muerta. La ha matado Stuart». Tatum le preguntó: «¿Dónde está tu madre?». «En la cocina», contestó él. Tatum siguió preguntándole: «¿Dónde está Stuart?». Drew le respondió: «Stuart también está muerto. Ahí atrás, en su habitación». Tatum se adentró en la casa, vio una luz en la cocina y vio a la mujer tendida en el suelo con la chica sujetándole la cabeza. Detrás de él, al final del pasillo, atisbó unos pies colgando de la cama. Se dirigió al dormitorio y encontró a Stuart tumbado en la cama, con su pistola a unos centímetros de la cabeza y sangre por todas partes.

Volvió a la cocina y le preguntó a la chica qué había ocurrido. Ella le contestó: «Ha matado a mi madre». Tatum le dijo: «¿Quién ha disparado a Stuart?».

Dyer guardó silencio y miró a Jake, que estaba poniéndose en pie. Como si también lo hubiera ensayado, el abogado de la defensa dijo:

—Señoría, protesto. Este es un testimonio de referencia.

El juez se lo estaba esperando.

—Tomo nota de su protesta, señor Brigance. Para que conste en acta, la defensa presentó una moción para limitar esta parte de la declaración. La acusación respondió y el 16 de julio presidí una vista sobre la moción. Tras un debate completo y acalorado por ambas partes, y con toda la información a su disposición, el tribunal dictaminó que este testimonio es admisible.

—Gracias, señoría —dijo Jake, y se sentó.

—Puede continuar, señor Dyer.

—Bien, agente Tatum, cuando le preguntó a la chica, la señorita Kiera Gamble, quién había disparado a Stuart, ¿qué le contestó?

—Respondió: «Ha sido Drew».

—¿Qué más dijo?

—Nada. Estaba agarrando a su madre, llorando.

—¿Qué hizo usted entonces?

—Fui a la sala de estar y le pregunté al chico, o sea, al acusado, si había disparado a Stuart. No me contestó. Se quedó allí sentado mirando por la ventana. Cuando me quedó claro que no iba a hablar, salí de la casa, me acerqué a mi coche patrulla y llamé para pedir refuerzos.

Jake observaba y escuchaba a su amigo, un hombre al que conocía desde los inicios de su carrera profesional, un habitual del Coffee Shop, un viejo aliado que haría cualquier cosa que le pidiera, y durante un instante se preguntó si alguna vez su vida volvería a ser la misma. Sin duda, a medida que los meses y los años fueran pasando, las cosas volverían a la normalidad y los policías dejarían de verlo como un defensor de culpables, un consentidor de delincuentes.

Jake se sacudió aquellos pensamientos de la cabeza y se dijo que no se preocuparía por el futuro hasta el mes siguiente.

—Gracias, agente Tatum —concluyó Dyer—. No tengo más preguntas.

—¿Señor Brigance?

Jake se levantó y se dirigió al atril. Les echó un vistazo a unas notas en una libreta y estudió al testigo.

—Entonces, agente Tatum, nada más entrar le preguntó a Drew qué había pasado.

—Eso he dicho.

—¿Y dónde estaba Drew exactamente?

—Como he contado, estaba en la sala de estar, sentado en una silla, mirando por la ventana delantera.

—¿Como si estuviera esperando a la policía?

—Supongo. No estoy seguro de a quién estaría esperando. Solo estaba allí sentado.

—¿Drew lo miró cuando le dijo que su madre y Stuart estaban muertos?

—No. Siguió mirando por la ventana.

—¿Estaba aturdido? ¿Asustado?

—No lo sé. No me paré a analizarlo.

—¿Estaba llorando, turbado?

—No.

—¿Estaba conmocionado?

Dyer se levantó y dijo:

—Protesto, señoría. No tengo claro que este testigo esté cualificado para emitir una opinión respecto al estado mental del acusado.

—Aceptada.

Jake continuó:

—Y entonces encontró los dos cuerpos, el de Josie Gamble y el de Stuart Kofer, y habló con la chica. Y luego volvió a la sala de estar y ¿dónde estaba el acusado?

—Como he dicho, seguía sentado junto a la ventana, mirando hacia fuera.

—Y le hizo una pregunta que no le respondió, ¿cierto?

—Eso he dicho.

—¿Lo miró?, ¿dio señales de percatarse de su pregunta, de su presencia?

—No. Solo siguió allí sentado, como ya he dicho.

—No hay más preguntas, señoría.

—¿Señor Dyer?

—Nada más, su señoría.

—Agente Tatum, puede marcharse. Por favor, coja su pistola y siéntese en la sala. ¿Quién es el siguiente?

—El sheriff Ozzie Walls.

La sala esperó unos instantes. Jake le susurró algo a Libby e hizo caso omiso de las miradas de los jurados. Ozzie, con los andares arrogantes de un antiguo futbolista profesional, recorrió el pasillo, cruzó la barandilla y llegó al estrado de los jurados, donde se desarmó y juró decir la verdad.

Dyer comenzó con las preguntas de rutina acerca de su historial profesional, su elección, su reelección y su formación. Como todos los buenos fiscales, fue metódico, casi tedioso. Nadie esperaba un juicio largo, así que no había prisa.

—De acuerdo, sheriff, ¿cuándo contrató a Stuart Kofer? —preguntó Dyer.

—En mayo del 85.

—¿Le preocupaba que el ejército lo hubiera licenciado por conducta deshonrosa?

—En absoluto. Lo hablamos y me quedó claro que le habían dispensado un trato injusto. Él tenía muchas ganas de formar parte del cuerpo de policía y yo necesitaba un agente.

—¿Y su formación?

—Lo mandé a la academia de policía de Jackson para que completara un programa de dos meses de duración.

—¿Cómo fue su desempeño?

—Extraordinario. Stuart terminó el segundo de su clase, sacó notas altísimas en todo, sobre todo en armas, tanto de fuego como en general.

Dyer ignoró sus notas, miró a los jurados y dijo:

—O sea que formó parte de su departamento durante unos cuatro años antes de su muerte, ¿correcto?

—Sí, así es.

—¿Cómo calificaría su trabajo como agente?

—Stuart era excepcional. Enseguida se convirtió en uno de los favoritos, un policía riguroso que nunca huía del peligro, siempre dispuesto a aceptar las peores tareas. Hace unos tres años recibimos el chivatazo de que un cártel de la droga de Memphis iba a hacer una entrega aquella noche en un lugar remoto, no muy lejos del lago. Stuart estaba de servicio y se ofreció voluntario para echar un vistazo. No esperábamos gran cosa, porque la fuente no era demasiado fiable, pero cuando Stuart llegó le tendieron una emboscada y unos tipos bastante peligrosos abrieron fuego contra él. En cuestión de minutos, tres de ellos estaban muertos y un cuarto se rindió. Stuart resultó herido leve, pero no faltó ni un solo día al trabajo.

Una historia dramática que Jake sabía que aparecería. Quiso protestar alegando falta de relevancia, pero sabía que lo más probable era que Noose no detuviera la acción. El equipo de la defensa lo había comentado largo y tendido y al final había llegado a la conclusión de que la historia heroica podría beneficiar a Drew. Adelante con que Dyer retratara a Stuart como un tipo durísimo y letal con las armas de fuego, un hombre peligroso al que había que temer, y más su novia y los hijos de esta, que estaban indefensos cuando llegaba a casa borracho y les pegaba.

Ozzie le contó al jurado que él se presentó en el lugar de los hechos unos veinte minutos después de la llamada del agente Tatum, que estaba esperando junto a la puerta delantera. Ya había llegado una ambulancia, y la mujer, Josie Gamble, estaba en una camilla en la que la estaban preparando para trasladarla al hospital. Sus dos hijos estaban sentados, el uno al lado del otro, en el sofá de la sala de estar. Tatum informó a Ozzie de lo ocurrido y entonces el sheriff entró en el dormitorio y vio a Stuart.

Dyer se quedó callado, miró a Jake y después dijo:

—Señoría, en este momento la acusación querría mostrarle al jurado tres fotografías del lugar de los hechos.

Jake se levantó.

—Señoría, la defensa renovará su objeción contra dichas fotografías aduciendo que son provocadoras, perjudiciales en extremo e innecesarias.

—Su protesta queda anotada —dijo Noose—. Para que conste en acta, la defensa presentó en su debido momento una objeción al respecto y el 16 de julio el tribunal celebró una vista sobre este asunto. Tras analizar toda la información, el tribunal decretó que tres de las fotografías son admisibles. Su protesta, señor Brigance, queda denegada. Como advertencia tanto para los jurados como para el público, diré que las fotos son explícitas. Señores y señoras del jurado, ustedes no tienen más opción que examinarlas. En cuanto a los demás, por favor, sigan su propio criterio. Continúe, señor Dyer.

Por muy impactantes y terribles que fueran, las fotografías del lugar de los hechos rara vez se excluían en los juicios por asesinato. Dyer le entregó una imagen en color de veinte por veinticinco a Ozzie.

—Sheriff Walls, esta es la prueba número dos de la acusación. ¿Puede identificarla?

Ozzie la miró y esbozó una mueca.

—Es una fotografía de Stuart Kofer, tomada desde la puerta de su dormitorio.

—¿Muestra con exactitud lo que usted vio?

—Me temo que sí.

Ozzie bajó la fotografía y miró hacia otro lado.

—Señoría, pido permiso para entregarles a los jurados tres copias de la misma imagen —dijo Dyer— y para mostrar la fotografía en la pantalla.

—Proceda.

Jake se había opuesto a proyectar la sangre y las vísceras en la pantalla grande. Noose había fallado en contra de su objeción. De repente, allí estaba Stuart, tendido en su cama, con los pies colgando por un lado, la pistola junto a la cabeza y con un charco de sangre rojo oscuro empapando las sábanas y el colchón.

Se oyeron gemidos y gritos ahogados por parte del público. Jake miró de soslayo a los jurados, varios de los cuales apartaron la vista de las fotografías y de la pantalla. Otros clavaron en Drew miradas de puro asco.

La segunda fotografía se había sacado desde algún lugar cercano a los pies de Stuart, una imagen mucho más directa de la cabeza y el cráneo despedazado, sesos, mucha sangre.

Una mujer sollozaba detrás de Jake. Era Janet Kofer.

Dyer se lo tomó con calma. Estaba jugando su mejor baza y sacándole el máximo provecho. La tercera foto estaba hecha desde una perspectiva más amplia y mostraba con claridad la sangre y las vísceras esparcidas sobre las almohadas, el cabecero de la cama y la pared.

La mayor parte de los jurados habían visto suficiente y se habían concentrado en mirarse los pies. Toda la sala del tribunal estaba estupefacta y se sentía como si les hubieran agredido. Noose, al percatarse de que todo el mundo estaba sobrepasado, ordenó:

—Suficiente, señor Dyer. Quite la imagen, por favor. Y vamos a hacer una pausa de quince minutos. Por favor, acompañen al jurado a su sala para que descanse un poco.

Dio un golpe con su mazo y desapareció.

Portia solo había encontrado dos casos en los últimos cincuenta años en los que el Tribunal Supremo hubiera revocado una condena por asesinato debido a fotografías espantosas y horripilantes del lugar de los hechos. Había argumentado que Jake debía protestar, pero solo para que constara en acta y sin afanarse demasiado. El exceso de sangre y vísceras podría incluso llegar a salvar a su cliente en la apelación. Jake, sin embargo, no estaba convencido. El daño estaba hecho y, en aquel momento, parecía irreparable.

Jake empezó el contrainterrogatorio de su examigo:

—Díganos, sheriff Walls, ¿cuenta su departamento con un protocolo de asuntos internos?

—Por supuesto que sí.

—Y si un ciudadano tiene una queja contra uno de sus hombres, ¿qué hace al respecto?

—La queja tiene que presentarse por escrito. Primero la reviso yo y mantengo una conversación privada con el agente. Después tenemos un comité de revisión formado por tres personas, un agente actual y dos exagentes. Nos tomamos las quejas muy en serio, señor Brigance.

—¿Cuántas quejas se presentaron contra Stuart Kofer durante el tiempo que fue agente en su departamento?

—Cero. Ninguna.

—¿Estaba usted al tanto de que Stuart Kofer tuviera algún tipo de problema?

—Tengo... Tenía catorce agentes, señor Brigance. No puedo involucrarme en los problemas de todos ellos.

—¿Estaba al tanto de que Josie Gamble, la madre de Drew, había llamado a emergencias pidiendo ayuda en dos ocasiones anteriores?

—No estaba al tanto de ello en aquel momento.

—¿Y por qué no?

—Porque no presentó cargos.

—De acuerdo. Cuando se envía a un agente a la escena de un altercado doméstico tras un aviso de emergencias, ¿presenta después un informe del incidente?

—Se supone que sí.

—El 24 de febrero de este año, ¿acudieron los agentes Pirtle y McCarver a un aviso de emergencias en casa de Kofer tras una llamada hecha por Josie Gamble, que le dijo a la operadora que Stuart Kofer estaba borracho y los amenazaba a ella y a sus hijos?

Dyer se levantó de un salto.

—Protesto, señoría, testimonio de referencia.

—Denegada. Continúe.

—¿Sheriff Walls?

—No estoy seguro.

—Bueno, tengo la grabación de emergencias. ¿Quiere escucharla?

—Confiaré en su palabra.

—Gracias. Y Josie Gamble hablará de ello en su declaración.

—He dicho que confiaría en su palabra.

—Entonces, sheriff, ¿dónde está el informe sobre el incidente?

—Bueno, tendré que buscar en el registro.

Jake se encaminó hacia tres enormes cajas de cartón apiladas junto a la mesa de la defensa. Las señaló y dijo:

—Aquí están, sheriff. Tengo copias de todas las notificaciones de incidentes que se han presentado en su departamento durante los últimos doces meses. Y no hay ninguna firmada por los agentes Pirtle y McCarver el 24 de febrero en respuesta a una llamada de Josie Gamble.

—Bueno, supongo que se ha extraviado. Tenga en cuenta, señor Brigance, que, si la parte denunciante no presenta cargos, en realidad no es algo tan importante. No podemos hacer gran cosa. A menudo contestamos a un aviso doméstico y las cosas se calman sin que se lleve a cabo ninguna acción oficial. El papeleo no siempre tiene tanta importancia.

—Supongo que no. Por eso ha desaparecido.

—Protesto.

—Admitida. Señor Brigance, por favor, absténgase de dar su propio testimonio.

—Sí, señoría. Bien, sheriff, el 3 de diciembre del año pasado, ¿acudió el agente Swayze a la misma casa tras una llamada a emergencias de Josie Gamble? ¿Otro altercado doméstico?

—Ahí tiene usted los registros, señor.

—Pero ¿y usted? ¿Tiene usted los registros? ¿Dónde está la notificación del incidente presentada por el agente Swayze?

—Se supone que está archivada.

—Pero no lo está.

Dyer se puso de pie.

—Protesto, señoría. ¿Pretende el señor Brigance presentar como prueba todos los registros?

Señaló las cajas con un gesto de la mano.

—Por supuesto, en caso de que sea necesario —contestó Jake.

Noose se quitó las gafas, se frotó los ojos y preguntó:

—¿Adónde quiere llegar con todo esto, señor Brigance?

La brecha perfecta.

—Señoría —respondió Jake—, demostraremos que existía un patrón de maltrato y violencia doméstica perpetrado por Stuart Kofer contra Josie Gamble y sus hijos, y que el departamento del sheriff lo ocultó para proteger a uno de los suyos.

—Señoría, no estamos juzgando al señor Kofer, que además no está aquí para defenderse —respondió Dyer.

—Lo haré parar aquí —terció Noose—. No estoy seguro de que haya establecido la relevancia de la cuestión.

—De acuerdo, juez —aceptó Jake—. Me limitaré a volver a llamar al sheriff al estrado durante nuestra defensa. No hay más preguntas.

—Sheriff Walls, puede retirarse, pero sigue estando bajo citación —le informó Noose—, así que tiene que salir de la sala del tribunal. Después de recoger su arma.

Ozzie fulminó a Jake con la mirada al pasar a su lado.

—Señor Dyer, llame a su siguiente testigo, por favor.

—La acusación llama al capitán Hollis Brazeale, de la Policía de Tráfico de Mississippi.

Brazeale parecía fuera de lugar, vestido con un elegante traje azul marino, camisa blanca y corbata roja. Repasó a toda prisa sus títulos y sus muchos años de experiencia e informó con gran orgullo al jurado de que había investigado más de un centenar de asesinatos. Habló acerca de su llegada al lugar de los hechos y quiso abundar en las fotografías, pero Noose y todos los demás ya habían tenido suficiente sangre. Brazeale narró cómo su equipo de peritos del laboratorio forense del estado estudió la escena con detenimiento, tomó fotografías y vídeos y recogió muestras de sangre y materia cerebral. El cargador de la Glock contenía quince balas cuando estaba lleno. Solo faltaba una, y la encontraron bien hundida en el colchón, cerca del cabecero de la cama. Las pruebas a las que la sometieron demostraron su coincidencia con la pistola.

Dyer le entregó una bolsita de plástico con cierre deslizante que contenía una bala y explicó que era la que se había encontrado en el colchón y provenía de la pistola. Y le pidió que la identificara. No cabía ninguna duda. Entonces Dyer apretó un botón y aparecieron unas fotografías ampliadas del arma y de la bala. Brazeale se embarcó en una miniconferencia acerca de lo que ocurre cuando se dispara una bala: la cápsula fulminante y la pólvora explotan dentro del cartucho y propelen la bala por el cañón. La explosión produce gases que escapan y aterrizan en las manos, y a menudo también en la ropa, de la persona que dispara. Los gases y las partículas de pólvora siguen a la bala y ofrecen pruebas de la distancia existente entre el cañón y la herida de entrada.

En este caso, sus análisis revelaron que la bala recorrió una distancia muy corta. En opinión de Brazeale, menos de cinco centímetros.

Se mostraba arrogantemente seguro de sus opiniones y el jurado lo escuchaba con atención. A Jake, sin embargo, le pareció que su testimonio se hacía largo y pesado. Echó algún que otro vistazo a los jurados, uno de los cuales miró a su alrededor como para decir: «Vale, vale, ya lo hemos pillado, está bastante claro lo que sucedió».

Pero Dyer siguió insistiendo para intentar cubrir todos los detalles. Brazeale dijo que, después de que levantaran el cadáver, se llevaron las sábanas, dos mantas y dos almohadas. La investigación fue rutinaria y no presentó complicaciones. La causa de la muerte era obvia. El arma del crimen estaba clara. Un sospechoso le había confesado el asesinato a otro testigo creíble. Más tarde, aquel mismo domingo por la mañana, Brazeale y dos peritos se desplazaron a la cárcel y le tomaron las huellas al sospechoso. También le tomaron muestras de las manos, los brazos y la ropa con hisopos para poder buscar residuos de pólvora.

Lo siguiente fue un simposio sobre las huellas dactilares en el que Brazeale presentó una serie de diapositivas y explicó que se hallaron cuatro huellas latentes en la Glock que, al compararlas, coincidieron con las parciales que se le habían tomado al sospechoso. Las huellas de cada persona son únicas y, señalando la de un pulgar con «arcos piramidales», aseguró que no cabía duda de que había sido el acusado quien había dejado las cuatro huellas —el pulgar y tres dedos más— en la pistola.

Después llegó un análisis técnico interminable de los análisis químicos empleados para detectar y medir los residuos de pólvora. Nadie se llevó una sorpresa cuando al final Brazeale llegó a la conclusión de que Drew había disparado el arma.

Cuando Dyer acabó con el testigo, a las doce menos diez, Jake se puso en pie, se encogió de hombros y dijo:

—La defensa no tiene preguntas, señoría.

Noose, como todos los demás, necesitaba un descanso. El juez miró al alguacil.

—¿Está preparada la comida de los jurados? —le preguntó.

El alguacil asintió.

—De acuerdo, haremos un receso hasta la una y media.

44

Cuando la sala del tribunal se vació, Drew se quedó solo sentado a la mesa, jugueteando con los pulgares bajo la mirada lánguida de un alguacil tullido. Entonces aparecieron Moss Junior y el señor Zack y le dijeron que era la hora de comer. Lo sacaron por una puerta lateral y subieron por un viejísimo tramo de escaleras desvencijadas hasta una sala del segundo piso que en su día albergó la biblioteca legal del condado. Aquella habitación también había conocido tiempos mejores y transmitía la impresión de que la investigación legal no era una prioridad en el condado de Van Buren. Había estanterías con libros polvorientos colocadas en ángulos extraños, algunas de ellas peligrosamente inclinadas, muy al estilo del propio juzgado. En una zona despejada había una mesa para jugar a las cartas con dos sillas plegables.

—Ahí —señaló Moss Junior, y Drew tomó asiento.

El señor Zack dejó sobre la mesa una bolsa de papel y una botella de agua. Drew sacó un sándwich envuelto en papel de aluminio y una bolsa de patatas fritas.

—Aquí debería estar a salvo —le dijo Moss Junior al señor Zack—. Estaré abajo.

Se marchó y los dos lo escucharon bajar las escaleras con pasos pesados.

El señor Zack se sentó frente a Drew y le preguntó:

—¿Qué opinas de tu juicio hasta el momento?

El chico se encogió de hombros. Jake lo había aleccionado para que no hablara con nadie vestido de uniforme.

—No parece que las cosas vayan muy bien.

El señor Zack resopló y sonrió.

—Y que lo digas.

—Lo que es raro es que hagan que Stuart parezca tan buen tío.

—Era un buen tío.

—Sí, con vosotros. Vivir con él era otra historia.

—¿Vas a comer?

—No tengo hambre.

—Venga, Drew. Apenas has desayunado. Tienes que comer algo.

—¿Sabes que no has parado de repetirme lo mismo desde que nos conocimos?

El señor Zack abrió su propia bolsa y le dio un bocado a un sándwich de pavo.

—¿Has traído las cartas? —preguntó Drew.

—Sí.

—Genial. ¿Un blackjack?

—Claro. En cuanto termines de comer.

—Me debes un dólar treinta, ¿no?

A tres kilómetros de allí, en el centro de Chester, el equipo de la defensa comía bocadillos en la sala de reuniones de Morris Finley. Morris, un abogado muy atareado, estaba en el tribunal federal ocupándose de unos asuntos. No podía permitirse el lujo de pasarse días enteros viendo el juicio de otro abogado. Harry Rex tampoco podía permitírselo, pero, a pesar de ser el único abogado que trabajaba en su estresante bufete, estaba ignorándolo por completo; no se habría perdido el juicio de Gamble por nada del mundo. Él, Lucien, Portia, Libby, Jake y Carla comieron deprisa y repasaron el caso de la acusación hasta aquel momento. La única sorpresa había sido la negativa de Noose a permitir que Brazeale recurriera de nuevo a las terribles fotografías del lugar de los hechos.

Ozzie había hecho un trabajo pasable, aunque había quedado mal intentando ocultar la desaparición del papeleo. Era un pequeño triunfo para la defensa, pero una victoria que no tardaría en ser olvidada. El hecho de que los agentes de la policía del condado no fueran precisamente exhaustivos a la hora de rellenar sus informes rutinarios no sería importante cuando el jurado debatiera la culpabilidad o la inocencia de Drew.

En general, la mañana había sido una gran victoria para la acusación, pero no podía decirse que los pillara por sorpresa. El caso era sencillo, claro, y no faltaban pruebas. El alegato inicial de Dyer había sido eficaz y había captado la atención de todo el jurado. Hablaron de los doce componentes, repasándolos nombre por nombre. Los seis primeros hombres estaban convencidos y dispuestos a votar culpable. Joey Kepner no había dejado entrever nada ni en su expresión facial ni en su lenguaje corporal. Las cinco mujeres no parecían mostrar mucha más compasión.

Dedicaron a Kiera la mayor parte de aquel descanso para comer. Dyer ya había demostrado más allá de toda duda razonable que Drew había cometido el asesinato. La acusación no necesitaba a la chica como testigo para apuntalar su caso, ya había probado su declaración ante Tatum de que el disparo lo había efectuado su hermano.

—Pero es el fiscal —arguyó Lucien—. Y ya se sabe que todos los fiscales, como especie, tienden a ser demasiado insistentes. Kiera es la única persona que puede testificar que escuchó el disparo y que oyó a su hermano admitir que había sido él. Claro que Drew también podría reconocerlo, pero para eso tendría que subir al estrado. Josie también estaba allí, pero inconsciente. Si Dyer no llama a Kiera al estrado, los jurados se preguntarán por qué. ¿Y qué me decís de la apelación? ¿Y si el Supremo dictamina que el testimonio de Tatum debería haberse excluido por considerarse de referencia? Iría de un pelo, ¿no?

—Puede que sí, puede que no —admitió Jake.

—Bien, supongamos que ganamos porque se considera de referencia. Quizá Dyer esté preocupado por ello y piense que le conviene redoblar y hacer que la chica también testifique.

—¿De verdad lo necesitan? —preguntó Libby—. ¿No consta ya en acta una gran abundancia de pruebas físicas?

—Eso parece, desde luego —respondió Jake.

—Dyer es tonto del culo si la sube al estrado —intervino Harry Rex—. Así de sencillo. Tiene el caso hecho, ¿por qué no darlo por concluido sin más y esperar a ver qué hace la defensa?

—La subirá a declarar, obtendrá su testimonio y después peleará con uñas y dientes cuando empecemos con el maltrato.

—El tema del maltrato va a salir, ¿no? —preguntó Libby—. No hay forma de dejarlo al margen.

—Dependerá de Noose —respondió Jake—. Tiene nuestro informe y hemos argumentado convincentemente, al menos en mi opinión, que el maltrato es relevante. Mantenerlo al margen sería un error que justificaría la revocación en la apelación.

—¿Nuestra intención es ganar el juicio o la apelación? —preguntó Carla.

—Ambos.

Continuaron debatiendo mientras comían unos pésimos bocadillos para mantener el hambre a raya.

El siguiente testigo de la acusación fue el doctor Ed Majeski, el forense contratado para realizar la autopsia. Dyer lo guio a través de la habitual lista de áridas preguntas para establecer su experiencia y destacó especialmente el hecho de que había llevado a cabo, a lo largo de treinta años de carrera profesional, más de dos mil autopsias, entre ellas alrededor de trescientas en las que había heridas por arma de fuego. Cuando se le ofreció la oportunidad de cuestionar las credenciales del experto, Jake la rechazó.

—Aceptamos la valía del doctor Majeski, señoría —dijo.

Entonces Dyer se acercó al estrado, junto con Jake, y le susurró al juez que a la acusación le gustaría presentar cuatro fotos tomadas durante la autopsia. No supuso ninguna sorpresa, porque Dyer ya había sacado las fotos en una vista previa al juicio. Noose, como de costumbre, había pospuesto la resolución hasta aquel momento. Volvió a mirar las fotos, negó con la cabeza y, apartado del micrófono, dijo:

—Creo que no. Este jurado ya ha visto suficiente sangre. Se acepta la objeción de la defensa.

Era evidente que su señoría estaba turbado por las fotografías del lugar de los hechos y su truculencia.

Dyer cambió a un diagrama bastante caricaturesco de un cadáver genérico y lo proyectó en la pantalla. Durante una hora, el doctor Majeski insistió en lo obvio. Utilizando sin duda demasiados términos y jerga médicos, aburrió a la sala del tribunal con un testimonio que demostraba, más allá de cualquier duda, que el fallecido murió por causa de un único disparo en la cabeza que le voló por los aires la mayor parte del lado derecho del cráneo.

Mientras el hombre hablaba sin parar, Jake no pudo evitar pensar en Earl y en Janet Kofer, sentados no muy lejos de él, y en su dolor al escuchar tantos detalles sobre la herida mortal de su hijo. Y, como siempre que pensaba en los padres, se recordó que estaba luchando por salvar a un crío de la cámara de gas. No era el momento de sentir compasión.

Cuando, gracias a Dios, Dyer terminó de interrogar al testigo, Jake se levantó y se acercó al atril.

—Doctor Majeski, ¿le extrajo una muestra de sangre al fallecido?

—Por supuesto. Es el procedimiento habitual.

—¿Y el análisis de sangre reveló algo significativo?

—¿Como por ejemplo?

—Como por ejemplo el nivel de alcohol que tenía en el organismo.

—Sí.

—De acuerdo, ¿podría explicar, por el bien del jurado y por el mío propio, cómo se mide el índice de alcoholemia de una persona?

—Por supuesto. La concentración de alcohol en sangre, también conocida como BAC por sus siglas en inglés, es la cantidad de alcohol que se detecta en el torrente sanguíneo, en la orina o en el aliento. Se expresa como el peso del etanol, o alcohol, en gramos por cada cien mililitros de sangre.

—Simplifiquemos, doctor. En Mississippi, el límite legal para que se considere que alguien está conduciendo borracho es de 0,10 BAC. ¿Qué significa eso?

—Significa 0,10 gramos de alcohol por cada cien mililitros de sangre.

—De acuerdo, gracias. ¿Y cuál era la BAC de Stuart Kofer?

—Era bastante elevado: 0,36 por cada cien mililitros.

—¿0,36?

—Correcto.

—¿O sea que el fallecido estaba tres veces y media por encima del límite permitido para conducir?

—Sí, señor.

El jurado número cuatro, un hombre blanco de cincuenta y cinco años, miró al jurado número cinco, un hombre blanco de cincuenta y ocho. La jurado número ocho, una mujer blanca, pareció escandalizarse. Joey Kepner sacudió la cabeza con ligera incredulidad.

—Bien, doctor Majeski, ¿cuánto tiempo llevaba muerto el señor Kofer antes de que le extrajeran la muestra de sangre?

—Aproximadamente unas doce horas.

—¿Y es posible que durante ese periodo de doce horas el índice de alcoholemia pudiera incluso haber disminuido?

—Es poco probable.

—¿Pero posible?

—Es poco probable, pero en realidad nadie lo sabe. Es bastante difícil de calcular, por razones obvias.

—De acuerdo, quedémonos con 0,36. ¿Pesó usted el cuerpo?

—Sí, como siempre. Es el procedimiento habitual.

—¿Y cuánto pesaba Stuart Kofer?

—Ochenta y nueve kilos.

—Tenía treinta y tres años y pesaba ochenta y nueve kilos, ¿verdad?

—Correcto, pero la edad no se tiene en cuenta.

—De acuerdo, dejemos la edad a un lado. Teniendo en cuenta su talla y ese nivel de alcohol, ¿cómo describiría su capacidad para conducir un vehículo?

Dyer se puso en pie para exclamar:

—¡Protesto, señoría! Esto queda fuera del ámbito de su testimonio. No creo que este experto esté cualificado para emitir tal opinión.

Su señoría bajó la mirada hacia el testigo.

—Doctor Majeski, ¿está usted cualificado para ello? —preguntó.

El hombre sonrió con arrogancia.

—Sí.

—Protesta denegada. Conteste la pregunta.

—Bueno, señor Brigance, tengo clarísimo que yo no habría querido subirme al coche con él.

Aquello arrancó unas cuantas breves sonrisas entre los jurados.

—Ni yo, doctor. ¿Lo describiría como completamente imposibilitado?

—No se trata de un término médico, pero sí.

—¿Y qué más efectos tiene un índice de alcoholemia así, en términos no médicos?

—Son devastadores. Pérdida de la coordinación física. Reflejos muy reducidos. Se necesitaría ayuda para caminar o incluso para ponerse de pie. Habla dificultosa o incomprensible. Náuseas, vómitos. Desorientación. Aumento grave del ritmo cardiaco. Respiración irregular. Pérdida del control de la vejiga. Pérdida de la memoria. Puede que incluso pérdida de la conciencia.

Jake pasó una página de su libreta para permitir que aquellos terroríficos efectos resonaran en la sala. Entonces se dirigió a la mesa de la defensa y cogió unos papeles. Despacio, volvió al atril y continuó:

—Doctor Majeski, ha dicho que ha llevado a cabo más de dos mil autopsias a lo largo de su distinguida carrera profesional.

—Así es.

—¿Cuántas de esas muertes han sido causadas por intoxicación etílica?

Dyer volvió a levantarse.

—Protesto, señoría, es irrelevante. Aquí no nos estamos ocupando de la muerte de otras personas.

—¿Señor Brigance?

—Señoría, esto es un contrainterrogatorio y se me concede un margen amplio. No cabe duda de que la ebriedad del fallecido es relevante.

—Lo permitiré por el momento, pero veremos adónde nos lleva. Puede contestar la pregunta, doctor Majeski.

El testigo cambió de postura en su asiento, pero estaba claro que estaba disfrutando de la oportunidad de demostrar su experiencia y conocimientos.

—No lo sé con exactitud, pero ha habido varias.

—El año pasado realizó la autopsia de un chico de una fraternidad de Gulfport. Se apellidaba Cooney. ¿La recuerda?

—Sí, la recuerdo, fue una pena.

Jake les echó un vistazo a sus papeles.

—Llegó a la conclusión de que la causa de la muerte fue intoxicación etílica aguda, ¿no es cierto?

—Sí, cierto.

—¿Recuerda la BAC del joven?

—No, lo siento.

—Tengo su informe aquí mismo. ¿Quiere verlo?

—No, basta con que me refresque la memoria, señor Brigance.

Jake bajó los papeles, miró al jurado y dijo:

—0,33.

—Parece correcto —señaló el doctor Majeski.

Jake volvió a su mesa, removió unos cuantos papeles, cogió algunos y regresó al atril.

—¿Recuerda una autopsia que llevó a cabo en agosto de 1987 a un bombero de Meridian llamado Pellagrini?

Dyer se levantó con los brazos extendidos.

—Señoría, por favor. Me opongo a esta línea de interrogatorio por considerarla irrelevante.

—Denegada. Conteste la pregunta.

Dyer se dejó caer con pesadez sobre su silla y su dramatismo le granjeó una mirada severa del juez.

—Sí, la recuerdo —contestó el doctor Majeski.

Jake recorrió con la mirada la primera página, a pesar de que había memorizado todos los detalles.

—Aquí dice que tenía cuarenta y cuatro años y que pesaba ochenta y siete kilos. Encontraron su cadáver en el sótano de su casa. Usted llegó a la conclusión de que la causa de la muerte era intoxicación etílica aguda. ¿Cree que estos datos son correctos, doctor?

—Sí, eso creo.

—¿Recuerda su BAC por casualidad?

—No, no exactamente.

Una vez más, Jake bajó los papeles, miró al jurado y anunció:

—0,32.

Miró de soslayo a Joey Kepner y vio el tenue inicio de una sonrisa.

—Doctor Majeski, ¿es prudente decir que Stuart Kofer estaba al borde de la muerte debido a su consumo de alcohol?

Dyer volvió a levantarse de un salto.

—¡Protesto, señoría! —exclamó enfadado—. Está pidiendo una opinión que es demasiado especulativa.

—En efecto, así es. Se admite la protesta.

Tras un calentamiento perfecto, Jake estaba listo para el remate final. Dio un paso hacia su mesa, se detuvo, miró al testigo y preguntó:

—¿No es posible, doctor Majeski, que Stuart Kofer ya estuviera muerto cuando recibió el disparo?

Dyer gritó:

—¡Protesto, señoría!

—Admitida. No conteste a la pregunta.

—No hay más preguntas —dijo Jake mirando al público.

Harry Rex estaba sonriendo. Desde la última fila, Lucien miraba con admiración a su protegido, no podría haber estado más orgulloso. La mayoría de los jurados parecían aturdidos.

Eran casi las tres y su señoría necesitaba otra ronda de medicamentos.

—Es un buen momento para que comencemos el descanso de la tarde y nos tomemos un café. Me gustaría ver a los abogados en mi despacho.

Lowell Dyer todavía estaba furioso cuando se reunieron en torno a la mesa. Noose se había quitado la toga y estaba alineando los botecitos de pastillas sobre su escritorio mientras estiraba los músculos. Se las tragó con ayuda de un vaso de agua y tomó asiento.

—Bien, caballeros —empezó con una sonrisa—, dado que no hay que pelearse por el tema de la enajenación, el juicio está avanzando sin problemas. —Miró al fiscal y preguntó—: ¿Quién es el siguiente testigo?

Dyer intentó disimular y aparentar tanta calma como su oponente. Respiró hondo y dijo:

—No lo sé, juez. Tenía pensado llamar a Kiera Gamble al estrado, pero ahora tengo algunas reticencias. ¿Por qué? Porque entraremos en el terreno del maltrato. Como ya he dicho en otras ocasiones, no es justo permitir que estas personas declaren sobre cuestiones que no puedo refutar de manera eficaz durante el contrainterrogatorio. No es justo permitir que difamen a Stuart Kofer.

—¿Que lo difamen? —exclamó Jake—. La difamación implica que el testimonio sea falso, Lowell.

—Pero no sabemos qué es falso y qué es cierto.

—Estarán bajo juramento —le recordó Noose.

—Sí, pero también tendrán muchísimas razones para exagerar el maltrato. No hay nadie que lo refute.

—Los hechos son los hechos —dijo Jake—. No podemos cambiarlos. La verdad es que estas tres personas vivían en una pesadilla porque los maltrataban y los amenazaban, y el maltrato fue un factor fundamental en el asesinato.

—¿O sea que fue por venganza?

—Yo no he dicho eso.

—Caballeros. Llevamos ya tiempo debatiendo esto y he recibido toda la información necesaria por ambas partes. Estoy convencido de que la jurisprudencia de este estado se inclina hacia la exploración de la reputación del fallecido, sobre todo en un marco fáctico como este. Por lo tanto, la permitiré hasta cierto punto. Si considero que los testigos están exagerando, como usted dice, señor Dyer, siempre podrá protestar y reconsideraré el asunto. Nos lo tomaremos con calma. Tenemos mucho tiempo y no hay prisa.

—Entonces la acusación da por concluido su turno, señoría. Hemos probado nuestro caso más allá de toda duda razonable. La ebriedad del fallecido, estuviera o no de servicio, no altera el hecho de que Drew Gamble lo asesinara.

—Qué ley tan absurda —masculló Jake.

—Es la legislación vigente. No podemos cambiarla.

—Caballeros. —Noose esbozó una mueca de dolor e intentó estirar—. Son casi las cuatro de la tarde. Tengo cita con el fisioterapeuta a las cinco y media. No quiero quejarme, pero mis lumbares necesitan un buen masaje. Me resulta difícil permanecer sentado durante más de dos o tres horas seguidas. Le diremos al jurado que puede retirarse, terminaremos la sesión temprano y la retomaremos mañana por la mañana a las nueve en punto.

Jake se alegró. Los miembros del jurado se retirarían con la imagen de Kofer desmayado por culpa del alcohol en la cabeza.

45

En el bufete de Jake la cena consistió en otra ronda de bocadillos, aunque mucho más sabrosos. Carla volvió corriendo a casa desde el juicio, recogió a Hanna y juntas cocinaron pollo a la parrilla y prepararon unos panini de estilo gourmet. Los llevaron al bufete y cenaron con Libby, Josie y Kiera. Portia había ido a casa a ver cómo estaba su madre y se reuniría más tarde con el resto del equipo para celebrar otra sesión de trabajo tardía. Harry Rex estaba en su bufete, apagando fuegos, mientras que Lucien se había excusado porque necesitaba una copa.

Mientras cenaban, repasaron los acontecimientos del día, desde el alegato inicial del fiscal hasta todos los demás testimonios. Como futuras testigos, Josie y Kiera seguían teniendo prohibido entrar en la sala del tribunal y estaban impacientes por enterarse de qué había ocurrido. Jake les aseguró que Drew estaba aguantando bien y que lo estaban cuidando. Estaban preocupadas por la seguridad del chico, pero Jake les dijo que estaba muy protegido. La sala del tribunal estaba llena de miembros y amigos de la familia Kofer, y no cabía duda de que soportar aquel espectáculo les resultaba doloroso, pero hasta el momento nadie se había comportado de forma inadecuada.

Hablaron de los jurados como si fueran viejos amigos. Libby creía que a la número siete, la señora Fife, le repugnaba especialmente el alcoholismo de Kofer. El número dos, el señor Poole, diácono en la Primera Iglesia Baptista y abstemio estricto, también parecía molesto por ello.

—Esperad a que oigan el resto de la historia —dijo Jake—. Lo de la bebida les parecerá un juego de niños.

Hicieron comentarios sobre los doce. A Carla no le gustaba la número once, la señorita Twitchell, de veinticuatro años, la más joven y la única soltera. Tenía una expresión de desprecio que no desaparecía nunca y no paraba de lanzarle miradas de furia a Drew.

A las ocho, Hanna se aburrió de lo que fuera que estuviesen haciendo los adultos en la sala grande y quiso irse a casa. Carla se marchó para meterla en la cama. A pesar del aburrimiento, la niña estaba disfrutando muchísimo del juicio, porque pasaba las largas jornadas con los padres de Jake.

Portia volvió y se metió en la biblioteca para investigar algo.

—Vale, Josie —dijo Jake—, tú eres la primera en subir mañana. Vamos a repasar tu testimonio otra vez, palabra por palabra. Libby desempeñará el papel del fiscal e intervendrá siempre que quiera.

—¿Otra vez? —preguntó Josie, cansada.

—Sí, una y otra vez. Y Kiera, tú eres la siguiente. Josie, ten en cuenta que después de testificar te darán permiso para quedarte en la sala del tribunal. Kiera será el siguiente testigo, así que quiero que escuches y observes todo lo que diga y haga mientras lo repasamos otra vez.

—Entendido. Manos a la obra.

Otra tormenta al amanecer hizo que se cortara la luz. El generador automático del juzgado no se puso en marcha y a las siete y media el anciano equipo de conserjes luchaba por resolver los problemas. Cuando el juez Noose llegó a las ocho y cuarto, las luces al menos titilaban, una señal esperanzadora. Llamó a la compañía eléctrica y puso el grito en el cielo, y media hora más tarde las luces se encendieron definitivamente. Los aparatos de aire acondicionado renquearon hasta cobrar vida y empezaron a esforzarse por combatir la espesa humedad de la sala del tribunal. Cuando se sentó en el estrado a las nueve en punto, Noose ya tenía el cuello de la toga empapado de sudor.

—Buenos días —saludó en voz bien alta junto al micrófono, que estaba puesto a todo volumen—. Parece que hace unas horas nos quedamos sin electricidad a causa de una tormenta. Ya está arreglado, pero me temo que el calor nos acompañará durante un tiempo.

Jake lo maldijo por haber elegido aquel edificio viejo, mal diseñado y ruinoso para un juicio en agosto, pero solo de pasada. Tenía cosas más importantes en la cabeza.

—Que pase el jurado —ordenó Noose.

Entraron en fila, ataviados con camisas de manga corta y vestidos de algodón. Mientras iban ocupando sus respectivos asientos, un alguacil les entregaba un abanico de pala —un trozo de cartón decorativo pegado a un palo—, como si agitarlo de un lado a otro delante de sus narices fuera a aliviarles aquel calor sofocante. Muchos de los espectadores ya los estaban ondeando.

—Señores y señoras del jurado —continuó Noose—, me disculpo por el corte de luz y por el calor, pero debemos seguir adelante. Los abogados tienen permiso para quitarse la chaqueta, pero, por favor, conserven la corbata. Señor Brigance.

Jake se puso de pie y sonrió mientras le daba la vuelta al atril para encararlo hacia el jurado.

—Buenos días, señores y señoras —comenzó, con la chaqueta aún puesta—. En estos momentos se me permite hacer unos cuantos comentarios acerca de lo que espero demostrar en la defensa de Drew Gamble. Bien, no voy a arriesgarme a perder mi credibilidad ante ustedes sugiriendo que podría haber dudas respecto a quién disparó a Stuart Kofer. Eso está bastante claro. El señor Lowell Dyer, nuestro magnífico fiscal del distrito, hizo ayer un trabajo magistral a la hora de probar el caso de la acusación. Ahora depende de la defensa contarles el resto de la historia. Y hay mucha más historia.

»Lo que intentaremos hacer es describir la pesadilla que

Josie Gamble y sus dos hijos estaban viviendo. —Con la mano cerrada en un puño, fue dando golpecitos sobre el atril al ritmo de sus siguientes palabras—: Era un infierno en vida. —Guardó silencio un instante y luego volvió a marcar el ritmo—. Tienen suerte de seguir vivos.

«Un pelo demasiado dramático», pensó Harry Rex.

«No está hablando tan alto como debería, ni mucho menos», se dijo Lucien.

—Hace más o menos un año, Josie y Stuart se conocieron en un bar, un ambiente habitual para ambos. Josie había pasado mucho tiempo en bares y tugurios, al igual que Stuart, así que no debería extrañarnos que se conocieran en uno. Josie le dijo que vivía en Memphis y estaba visitando a una amiga, aunque su amiga no estaba en el bar en aquel momento. Estaba sola. Era mentira. Josie y sus dos hijos estaban viviendo en una caravana prestada en los terrenos de un pariente lejano que les había pedido que se marcharan. No tenían adonde ir. Enseguida se estableció una especie de relación, ya que Josie sometió a Stuart a una persecución implacable en cuanto supo que tenía una casa en propiedad. Y era agente de la policía del condado de Ford, un hombre con un buen sueldo. Ella es una mujer atractiva, le gustan los vaqueros ajustados y otras prendas que podrían considerarse sugestivas, y Stuart se quedó prendado. La conocerán enseguida. Es nuestra primera testigo, la madre del acusado.

»Stuart cedió a la presión de Josie y la invitó a mudarse a su casa. No quería que también fueran sus hijos, porque, según él mismo reconocía, no estaba hecho para la paternidad. Pero los niños eran parte indispensable del trato. Por primera vez en dos años, los Gamble tenían un techo de verdad bajo el que vivir. Las cosas fueron bien durante más o menos un mes. La situación era tensa, pero soportable. Luego Stuart empezó a quejarse de lo caro que le estaba saliendo aquel acuerdo. Decía que los niños comían demasiado. Josie tenía dos empleos en los que le pagaban el salario mínimo, que es lo máximo que ha cobrado en su vida, y hacía cuanto podía para mantener a su familia.

»Entonces comenzaron las palizas y la violencia se convirtió en una forma de vida. Hasta ahora han oído hablar mucho de Stuart y del tipo de persona que era cuando estaba sobrio. Por suerte, así era la mayor parte del tiempo. Nunca faltaba al trabajo, nunca se presentaba borracho a su turno. El sheriff Walls ha declarado en esta sala que Kofer era un buen agente y que disfrutaba muchísimo siéndolo. Cuando no estaba borracho. Pero una vez que comenzaba a beber se convertía en un hombre cruel, malvado y violento. Le gustaban los tugurios, la vida nocturna y beber licores de alta graduación con sus amigos. Además, era un camorrista, le encantaba meterse en peleas a puñetazos y jugaba a los dados. Casi todos los viernes y los sábados por la noche se iba de bares después del trabajo y volvía a casa borracho. A veces se ponía agresivo y buscaba problemas, otras veces sencillamente se iba a la cama y perdía el conocimiento. Josie y sus hijos aprendieron a dejarlo en paz y a esconderse en su habitación, rezando para que no hubiera jaleo.

»Pero había jaleos, y muchos. Los niños le suplicaban a su madre marcharse de allí, pero no tenían adonde ir, adonde escapar. Cuando la violencia se agravó, Josie le suplicó a Stuart que buscara ayuda, que bebiera menos, que dejara de pegarles. Pero él había perdido el control. Josie lo amenazó con dejarlo en varias ocasiones, y eso siempre lo ponía furioso. La insultaba, la llamaba de todo delante de sus hijos, se reía de ella porque no tenía adonde ir, le decía que era carne de caravana.

Dyer se levantó.

—Señoría, protesto, es testimonio de referencia.

—Admitida.

Los jurados número tres y número nueve vivían en caravanas.

Jake pasó de Dyer y de Noose y se concentró en el rostro de esos dos jurados. Continuó:

—El sábado 24 de marzo por la noche, Stuart salió. De hecho, llevaba por ahí toda la tarde, así que Josie se esperaba lo peor. Las horas pasaban y ellos seguían esperando. Ya era más de medianoche. Los niños estaban en el piso de arriba, en la habitación de Kiera, escondidos, con las luces apagadas, deseando que su madre no volviera a resultar herida. Estaban en la habitación de Kiera porque la puerta era más robusta y la cerradura funcionaba mejor. Lo sabían por experiencia. Stuart había derribado la puerta anterior de una patada durante uno de sus arrebatos de rabia. Josie estaba en la planta baja, esperando a que los focos del coche aparecieran en el camino de entrada. —Se quedó callado un buen rato—. ¿Saben qué? —dijo por fin—. Dejaré que sean ellos quienes les cuenten la historia.

Se colocó detrás del atril, miró sus notas y se secó el sudor de la frente. Salvo por los abanicos de cartón y el zumbido constante de las máquinas de aire acondicionado, la sala estaba sumida en el silencio.

—Señores y señoras, este no es un caso claro de asesinato premeditado, ni mucho menos. Demostraremos que durante aquel aterrador momento, con su madre inconsciente en el suelo de la cocina, con Stuart borracho como una cuba y dando voces y golpes por la casa, con su hermana llorando y rogándole a su madre que se despertara, con los dos niños solos y vulnerables, con la historia de indescriptible violencia grabada a fuego en su alma asustada, con el convencimiento de que no estaban a salvo de aquel hombre y de que nunca lo estarían, lo que el pequeño Drew Gamble hizo estuvo del todo justificado.

Jake les hizo un gesto con la cabeza a los jurados y se volvió para mirar al juez.

—Señoría, estamos listos para nuestra primera testigo, Josie Gamble.

—Muy bien. Por favor, llámenla al estrado.

Nadie se movió cuando Josie entró en la sala. Jake la recibió junto a la barandilla, le abrió la puertecilla y le señaló el estrado de los testigos. Como la habían preparado estupendamente, Josie se detuvo junto a la taquígrafa judicial, le sonrió y juró decir la verdad. Para la ocasión se había puesto una sencilla blusa blanca sin mangas, metida por dentro de unos pantalones de lino negros, y unas sandalias marrones planas. Ninguna de aquellas prendas era ajustada o reveladora. Llevaba el pelo corto y rubio peinado hacia atrás. Nada de pintalabios, poco maquillaje. Carla se había encargado de su aspecto y, tras estudiar a las cinco mujeres del jurado, le había prestado la blusa y las sandalias y le había comprado los pantalones. El objetivo era que pareciera lo bastante atractiva como para complacer a los siete hombres del jurado, pero también lo bastante sencilla para que las mujeres no se sintieran amenazadas. Sus treinta y dos años habían sido duros y aparentaba al menos diez más, pero aun así era más joven que la mayoría de los jurados y estaba en mejor forma que casi cualquiera de ellos.

Jake comenzó con unas cuantas preguntas básicas, y durante el proceso salió a la luz el actual domicilio de Josie, que hasta entonces había sido una incógnita. Los acreedores no la habían localizado en Oxford y Jake había pensado mucho en qué dirección utilizar. Revisaron su pasado sin entrar en demasiados detalles: dos embarazos antes de los diecisiete años; sin título del instituto; dos matrimonios fallidos; la primera condena por posesión de drogas a los veintitrés años y un año en la cárcel del condado; la segunda condena por drogas en Texas y otros dos años de cárcel. Reconoció su pasado, dijo que no estaba orgullosa de él y que daría cualquier cosa por poder volver atrás y cambiarlo. Se mostró estoica y vulnerable a la vez. Consiguió sonreír a los jurados una o dos veces sin llegar a quitarle hierro a la situación. Su mayor pesar era lo que les había hecho a sus hijos, el terrible ejemplo que les había dado. Se le quebró ligeramente la voz al hablar de ellos y se enjugó los ojos con un pañuelo de papel.

A pesar de que todas y cada una de las preguntas y las respuestas formaban parte de un guion minucioso, la conversación parecía auténtica. La historia de Josie iba desplegándose con soltura unas veces, con dolor otras. Jake sujetaba una libreta en la mano como si necesitara los apuntes, pero habían memorizado y ensayado hasta la última palabra. Libby y Por-

tia también eran capaces de reproducir el intercambio al pie de
la letra.

Llegó el momento de cambiar de tema.

—De acuerdo, Josie —dijo Jake—. El 3 de diciembre del
año pasado llamaste a la centralita de emergencias del condado. ¿Qué ocurrió?

Dyer se puso de pie.

—Protesto, señoría. ¿Qué relevancia tiene esto para el asesinato del 25 de marzo?

—¿Señor Brigance?

—Señoría, esta llamada a emergencias ya se le ha presentado al jurado. El sheriff Ozzie Walls testificó ayer sobre ella. Es
relevante porque está relacionada con el maltrato, la violencia
y el miedo con el que estas personas vivían y que desembocó
en los acontecimientos del 25 de marzo.

—Denegada. Señor Brigance.

—Josie, cuéntanos qué pasó el 3 de diciembre —prosiguió
Jake.

La mujer titubeó y respiró hondo, como si temiera tener
que recordar otra mala noche.

—Era sábado, alrededor de medianoche, y Stuart volvió a
casa de un humor de perros, muy borracho, como de costumbre. Yo llevaba unos vaqueros y una camiseta, sin sujetador, y
empezó a acusarme de acostarme con cualquiera. Sucedía muy
a menudo. Le gustaba llamarme zorra y puta, incluso delante
de mis hijos.

Dyer volvió a interrumpir.

—Protesto. Es testimonio de referencia, señoría.

—Admitida —dijo el juez Noose, y bajó la mirada hacia la
testigo—: Señorita Gamble, debo pedirle que no repita afirmaciones concretas hechas por el fallecido.

—Sí, señor.

Había pasado justo lo que Jake había dicho que pasaría.
Pero el jurado no olvidaría sus palabras.

—Continúe.

—El caso es que se puso furioso y me dio un bofetón en la

boca —continuó Josie—, me reventó el labio y empezó a sangrar. Me agarró e intenté defenderme, pero era demasiado fuerte y estaba muy enfadado. Le dije que si volvía a pegarme me largaba, y eso empeoró las cosas. Conseguí escapar, me fui corriendo al dormitorio y eché el pestillo de la puerta. Pensé que iba a matarme. Llamé a emergencias y pedí ayuda. Me lavé la cara y me senté en la cama un rato. Mis hijos estaban en el piso de arriba, escondidos cada uno en su habitación. Agucé el oído por si Stuart los estaba molestando. Al cabo de unos minutos salí y fui a la sala de estar. Estaba en su butaca reclinable, un sillón que nosotros no podíamos tocar, tomándose una cerveza y viendo la tele. Le dije que la policía estaba en camino y se rio de mí. Sabía que la policía no haría nada, porque él los conocía a todos, eran amigos suyos. Me dijo que si presentaba cargos nos mataría a los niños y a mí.

—¿Acudió la policía?

—Sí, se presentó el agente Swayze. Para entonces Stuart ya se había calmado e hizo un buen trabajo fingiendo que todo iba bien. Dijo que no había pasado nada, solo una pequeña discusión doméstica. El agente me vio la cara. Tenía la mejilla y los labios hinchados y se dio cuenta de que tenía un poco de sangre en la comisura de la boca. Supo la verdad. Me preguntó que si quería presentar cargos y le dije que no. Salieron juntos de la casa y se quedaron fuera fumándose un cigarro, como dos viejos amigos. Yo subí al piso de arriba y pasé la noche con mis hijos en la habitación de Kiera. Stuart no vino a por nosotros.

Se enjugó los ojos con un pañuelo de papel y miró a Jake, preparada para seguir adelante.

—El 24 de febrero de este año —dijo su abogado—, volviste a llamar a emergencias. ¿Qué pasó?

Dyer se levantó y protestó. Noose lo fulminó con la mirada.

—Denegada. Continúe.

—Era sábado y aquella tarde un predicador, el hermano Charles McGarry, se había pasado por la casa a saludarnos. Habíamos asistido varia veces a su iglesia, que no nos quedaba lejos, pero a Stuart no le gustaba. Cuando el reverendo llamó a la puerta, Stuart cogió una cerveza y salió al jardín de atrás. Por alguna razón, aquella noche no salió, se quedó en casa viendo partidos de baloncesto. Y bebiendo. Me senté con él e intenté que charláramos. Le pregunté si quería acompañarnos a la iglesia al día siguiente. Me dijo que no. No le gustaban las iglesias y no le gustaban los predicadores, y me dijo que Mc-Garry no sería bienvenido en su casa nunca más. Siempre era «su casa», nunca «nuestra casa».

Charles y Meg McGarry estaban sentados dos filas por detrás de la mesa de la defensa, esperando a que Josie se sentara junto a ellos cuando concluyera su declaración.

—¿Por qué llamaste a emergencias? —preguntó Jake.

Josie se dio unos toquecitos suaves en la frente con un pañuelo de papel.

—Bueno, empezamos a discutir por lo de la iglesia y me dijo que no podía volver a ir. Le dije que iría a la iglesia siempre que quisiera. Empezó a gritar y yo no daba mi brazo a torcer, así que de pronto me tiró una lata de cerveza. Me dio en el ojo y me partió la ceja. Me empapó de cerveza y cuando fui corriendo al baño vi la sangre. Stuart no paraba de golpear la puerta, gritándome como un energúmeno, repitiéndome todos los insultos habituales. Me daba miedo salir y sabía que él estaba a punto de tirar la puerta abajo. Al final se cansó y se marchó. Lo oí en la cocina, así que salí corriendo hacia el dormitorio, eché el pestillo de la puerta y llamé a emergencias. Fue un error, porque sabía que la policía no haría nada contra él, pero estaba muerta de miedo y quería proteger a mis hijos. Me oyó hablar por teléfono y empezó a golpear la puerta de la habitación, me dijo que me mataría si aparecía la policía. Al cabo de unos minutos se calmó y me dijo que quería hablar. Yo no quería hablar con él, pero sabía que si volvía a estallar nos haría daño a los niños o a mí. Así que salí del dormitorio, fui a la sala de estar, que era donde estaba él, y, por primera y única vez, me dijo que lo sentía. Me suplicó que lo perdonara y me prometió que buscaría ayuda para su problema con la bebida.

Parecía sincero, pero solo estaba preocupado por la llamada a emergencias.

—¿Tú habías bebido, Josie?

—No; me tomo una cerveza de vez en cuando, pero nunca delante de mis hijos. La verdad es que no puedo permitirme beber.

—¿Cuándo llegó la policía?

—Alrededor de las diez. Cuando vi los faros del coche patrulla, salí a recibirlos. Les dije que estaba bien, que las cosas se habían calmado, que solo había sido un malentendido. Me estaba tapando la herida de la ceja con un trapo ensangrentado y me preguntaron qué me había pasado. Les dije que me había caído en la cocina y ellos se mostraron más que dispuestos a creérselo.

—¿Hablaron con Stuart?

—Sí, Stuart salió y yo entré. Los oí reírse mientras se fumaban un cigarrillo.

—¿Y no presentaste cargos?

—No.

Jake se dirigió a la mesa de la defensa y se quitó la chaqueta. Tenía las axilas empapadas de sudor y la espalda de la camisa Oxford azul claro pegada a la piel. Volvió al atril y preguntó:

—¿Qué medidas tomó Stuart para controlar sus problemas con el alcohol?

—Ninguna. No hicieron más que empeorar.

—La noche del 25 de marzo, ¿estabas en casa con tus hijos?

—Sí.

—¿Dónde estaba Stuart?

—Había salido. No sé dónde estaba. Llevaba fuera toda la tarde.

—¿A qué hora volvió a casa?

—Eran más de las dos de la mañana. Yo lo estaba esperando. Mis hijos estaban en el piso de arriba, se suponía que durmiendo, pero los oía moverse intentando no hacer ruido. Supongo que todos estábamos a la expectativa.

—¿Qué pasó cuando Stuart llegó a casa?

—Bueno, yo me había puesto un picardías que a él le gustaba pensando, no sé, que a lo mejor podía cambiarle el humor y engatusarlo de esa manera, cualquier cosa con tal de evitar más violencia.

—¿Funcionó?

—No. Estaba borracho como una cuba, le costaba caminar y mantenerse de pie. Tenía los ojos vidriosos y la respiración muy pesada. Lo había visto muy borracho otras veces, pero nunca de aquella manera.

—¿Qué ocurrió?

—Vio lo que llevaba puesto y no le gustó. Empezó con sus acusaciones. Yo no quería más peleas, por mis hijos. Por Dios, oyeron tantas cosas...

Se le quebró la voz y se derrumbó. Sus sollozos no formaban parte del guion, eran auténticos y llegaron en un momento perfecto. Cerró los ojos y se tapó la boca con el pañuelo mientras intentaba controlar el llanto.

Libby se fijó en que la número siete, la señora Fife, bajó la cabeza y apretó los dientes, al parecer a punto de derramar unas lágrimas solidarias.

Tras un momento doloroso y mudo, el juez Noose se inclinó hacia Josie.

—¿Necesita un descanso, señorita Gamble? —preguntó.

Ella sacudió la cabeza con firmeza, rechinó los dientes y miró a Jake, que tomó la palabra.

—Josie, sé que esto no es fácil, pero tienes que contarle al jurado lo que ocurrió.

La mujer asintió enseguida.

—Me dio un guantazo en la cara, con todas sus fuerzas —contestó—, y estuve a punto de caerme. Luego me agarró por detrás, me rodeó el cuello con el antebrazo y empezó a ahogarme. Supe que era el fin y solo podía pensar en mis hijos. ¿Quién iba a criarlos? ¿Adónde irían? ¿Les haría daño también a ellos? Todo ocurrió muy deprisa. Stuart gruñía y me insultaba, y me llegaba el olor apestoso de su aliento. Logré darle un codazo en las costillas y zafarme de él, pero antes de que me diera tiempo a escapar me pegó un puñetazo fortísimo. Eso es lo último que recuerdo. Me dejó inconsciente.

—¿No recuerdas nada más?

—Nada. Cuando me desperté, estaba en el hospital.

Jake se acercó a la mesa de la defensa, donde Libby le pasó una fotografía en color ampliada.

—Señoría, me gustaría acercarme a la testigo.

—Adelante.

El abogado le entregó la foto a Josie y le preguntó:

—¿Puedes identificar esta fotografía?

—Sí. Me la sacaron al día siguiente en el hospital.

—Señoría, solicito incluir esta fotografía en el acta como prueba número uno de la defensa.

Lowell Dyer, que tenía copias de ocho fotografías de Josie, se levantó y dijo:

—La acusación se opone por considerarla irrelevante para el caso.

—Denegada. Se admite como prueba.

—Señoría, me gustaría que el jurado la viera —pidió Jake.

—Proceda.

Jake cogió el mando a distancia, apretó un botón y la sobrecogedora imagen de una mujer destrozada ocupó la enorme pantalla de la pared opuesta al estrado del jurado. Todos los presentes en la sala la vieron. Josie en la cama del hospital, con el lado izquierdo de la cara grotescamente hinchado, el ojo izquierdo cerrado y un vendaje grueso tapándole la barbilla y rodeándole la cabeza. Un tubo metido en la boca. Otros colgando por encima de ella. Su rostro resultaba irreconocible.

Todos los jurados reaccionaron. Algunos cambiaron de postura, incómodos. Otros se inclinaron unos centímetros hacia delante, como si eso fuera a ofrecerles una mejor vista de lo que ya estaba del todo claro. El número cinco, el señor Carpenter, negó con la cabeza. La número ocho, la señora Satterfield, miraba la imagen boquiabierta, como si no diera crédito a lo que veía.

Harry Rex les diría más tarde que Janet Kofer había bajado la cabeza.

—¿Sabes a qué hora te despertaste? —preguntó Jake.

—Me dijeron que alrededor de las ocho de esa mañana. Estaban dándome analgésicos y otros medicamentos, así que estaba bastante adormilada.

—¿Cuánto tiempo estuviste ingresada?

—Eso fue el domingo. El miércoles me trasladaron al hospital de Tupelo para hacerme una operación de reconstrucción de la mandíbula. Estaba hecha pedazos. Me dieron el alta el viernes.

—¿Y te has recuperado por completo de tus lesiones?

Josie asintió.

—Estoy bien.

Jake tenía más fotografías de Josie en el hospital, pero en ese momento no eran necesarias. Tenía más preguntas, pero hacía años que Lucien le había enseñado a retirarse cuando llevaba ventaja. Una vez resaltados tus argumentos, debes dejar algo a la imaginación de los jurados.

—He terminado con la testigo —anunció.

—Nos tomaremos un descanso —decretó Noose—. Receso de quince minutos.

Lowell Dyer y su ayudante, Musgrove, se reunieron en un baño de la planta baja e intentaron decidir cuál debía ser su siguiente paso. Por lo general, los contrainterrogatorios de los exconvictos resultaban fáciles, porque su credibilidad era cuestionable. Pero Josie ya había hablado de sus condenas, así como de varios problemas más. Era una persona sincera, creíble, empática, y el jurado jamás olvidaría su fotografía del hospital.

Llegaron a la conclusión de que no les quedaba más remedio que atacar. Desde cualquier ángulo posible.

—Señorita Gamble —comenzó Dyer cuando Josie volvió a subir al estrado—, ¿cuántas veces ha perdido la custodia de sus hijos?

—Dos.

—¿Cuándo fue la primera?

—Hace aproximadamente diez años. Drew tenía más o menos cinco y Kiera, tres.

—¿Y por qué perdió la custodia?

—Me los quitó el estado de Luisiana.

—¿Por qué se los quitó?

—Bueno, señor Dyer, yo no era muy buena madre por aquel entonces. Estaba casada con un traficante de drogas de poca monta que vendía su mercancía en nuestro apartamento. Alguien presentó una queja y los servicios sociales vinieron, me quitaron a los niños y me llevaron ante los tribunales.

—¿Usted también vendía drogas?

—Sí, así es. No me enorgullezco de ello. Me gustaría poder cambiar muchas cosas, señor Dyer.

—¿Qué fue de sus hijos?

—Estuvieron en hogares de acogida, con buenas familias. Me dejaban verlos de vez en cuando. Rompí con aquel hombre, me divorcié y conseguí recuperar a mis hijos.

—¿Qué ocurrió la segunda vez?

—Estaba viviendo con un pintor de casas que también vendía drogas. Lo pillaron y llegó a un acuerdo para librarse de la condena diciéndoles a las autoridades que las drogas eran mías. Un mal abogado me convenció de que me declarara culpable para que la sentencia fuera menor y me mandaron a una cárcel de mujeres en Texas. Cumplí una condena de dos años. A Drew y a Kiera los mandaron a un orfanato baptista en Arkansas, donde los trataron muy bien.

«No reveles demasiados detalles», le había advertido Jake una y otra vez. En aquel momento, Josie se sentía como si supiera de antemano cualquier pregunta con la que Dyer pudiera hostigarla.

—¿Sigue consumiendo drogas?

—No, señor. Las dejé hace años, por el bien de mis hijos.

—¿Ha vendido drogas alguna vez?

—Sí.

—Así que reconoce que ha consumido drogas, que ha vendido drogas, que ha vivido con traficantes y que la han arrestado ¿cuántas veces?

—Cuatro.

—La han arrestado cuatro veces, la han condenado dos y ha estado en la cárcel.

—No estoy orgullosa de nada de eso, señor Dyer.

—¿Quién lo estaría? ¿Y espera que este jurado confíe en su credibilidad como testigo y se crea todo lo que ha testificado?

—¿Está llamándome mentirosa, señor Dyer?

—Las preguntas las hago yo, señorita Gamble. Su función es contestarlas.

—Sí, espero que el jurado se crea hasta la última palabra de lo que he dicho, porque es todo verdad. Puede que haya mentido en el pasado, pero le aseguro que mentir era el menor de mis pecados.

El movimiento más inteligente sería cortar la hemorragia. Josie se estaba anotando muchos más puntos que el fiscal. Brigance la había preparado al máximo y estaba lista para cualquier cosa.

Dyer era un hombre inteligente. Revolvió unos cuantos papeles y al final dijo:

—No hay más preguntas, señoría.

46

Kiera entró en la sala del tribunal con un alguacil pisándole los talones. Caminaba despacio, con la cabeza gacha para evitar las miradas. Llevaba un sencillo vestido de algodón de los que no necesitan plancharse que se le ajustaba en torno a la cintura. Cuando se detuvo delante de la taquígrafa judicial, todos los presentes en la sala estaban mirándole la barriga. Se oyeron susurros en la galería y varios de los jurados desviaron la mirada, como ruborizados por aquella pobre niña. Kiera se acercó a la silla de los jurados y se sentó con cuidado, sintiéndose claramente incómoda. Miró a los jurados como si le diera vergüenza, una cría aterrorizada a punto de enfrentarse a un desconcertante mundo de adultos.

—Eres Kiera Gamble, hermana del acusado, ¿correcto? —empezó Jake.

—Sí, señor.

—¿Cuántos años tienes, Kiera?

—Catorce.

—Es evidente que estás embarazada.

—Sí, señor.

Jake había representado aquella escena un millar de veces, había perdido horas de sueño por ella y la había comentado, debatido y diseccionado con su esposa y su equipo. No podía fastidiarla. Con tono calmado, preguntó:

—¿Cuándo sales de cuentas, Kiera?

—A finales del mes que viene.

—Y, Kiera, ¿quién es el padre de tu bebé?

Tal como lo habían ensayado, la chica se inclinó hacia delante para acercarse un poco más al micrófono y contestó:

—Stuart Kofer.

Se oyeron gritos contenidos y reacciones tumultuosas, y casi de inmediato Earl Kofer gritó:

—¡Eso es mentira! —Se puso de pie, señaló a Kiera y repitió—: ¡Eso es una mentira de mierda, juez!

A Janet Kofer se le escapó un chillido y enterró el rostro entre la manos.

—¡Menuda gilipollez! —exclamó Barry Kofer casi a voz en grito.

—¡Orden, orden! —gritó a su vez Noose, enfadado.

Golpeó varias veces con el mazo cuando Earl volvió a vociferar:

—¿Cuánta mierda más vamos a tener que tragar, juez? ¡Es una puta mentira!

—¡Orden en la sala! ¡Mantengan el decoro!

Dos alguaciles de uniforme se dirigían a toda prisa hacia Earl, que estaba sentado en la tercera fila detrás de la mesa de la acusación. El hombre señalaba con el dedo y gritaba.

—¡Esto no es justo, juez! Mi hijo está muerto y están diciendo mentiras sobre él. ¡Mentiras, mentiras, mentiras!

—Saquen a ese hombre de la sala —ladró Noose por el micrófono.

Cecil Kofer se levantó junto a su padre, preparado para iniciar una pelea. Los dos primeros alguaciles en llegar hasta ellos tenían setenta años y ya les faltaba el aliento, pero el tercero era un novato que medía dos metros, estaba musculado y ostentaba un cinturón negro. Levantó a Cecil metiéndoselo bajo una axila húmeda al mismo tiempo que agarraba a Earl por el codo. Gritaron y patalearon mientras los arrastraba hasta el pasillo, donde los esperaban más alguaciles y agentes. Los Kofer se dieron cuenta de la futilidad de continuar resistiéndose. Los llevaron a empujones hasta la puerta, donde Earl se detuvo para darse la vuelta y gritar:

—¡Me las pagarás por esto, Brigance!

Jake, al igual que todos los demás presentes en la sala, contemplaba y escuchaba la escena sumido en un silencio aturdido. Salvo el llanto de Janet Kofer y el zumbido de las máquinas de aire acondicionado, no se oyó ningún otro ruido hasta que todo acabó. Kiera seguía sentada en la silla de los testigos, secándose los ojos. Lowell Dyer fulminó a Jake con la mirada, como si estuviera a punto de darle un puñetazo. Los jurados parecían estar abrumados.

Su señoría recuperó la compostura rápidamente y le ladró a un alguacil:

—Llévese al jurado, por favor.

Salieron a toda prisa del estrado, como si les hubieran permitido marcharse para siempre.

—Señoría —dijo Dyer en cuanto la puerta se cerró tras ellos—, quiero presentar una moción, y debería escucharla en su despacho.

Noose miró a Jake como si estuviera planteándose inhabilitarlo allí mismo, luego cogió su mazo y dijo:

—Haremos un descanso. Quince minutos. Señorita Gamble, puede ir a sentarse con su madre un momento.

El aparato de aire acondicionado del despacho de Noose funcionaba a la perfección, así que la estancia estaba mucho más fresca que la sala del tribunal. El juez tiró su toga sobre una silla, encendió una pipa y se colocó detrás de su escritorio con los brazos cruzados, a todas luces molesto. Miró a Jake con cara de pocos amigos.

—¿Sabías que estaba embarazada? —exigió saber.

—Sí, y el fiscal del distrito también lo sabía.

—¿Lowell?

Dyer tenía la cara roja y estaba furioso, le caían gotas de sudor por el mentón.

—La acusación solicita la nulidad del juicio, señoría.

—¿Por qué motivo? —preguntó Jake con tranquilidad.

—Por el motivo de que nos has tendido una emboscada.

—Eso no va a colar, Lowell —aseguró Jake—. Ayer la viste en la sala y me comentaste que estaba embarazada. Sabías que había acusaciones de abuso sexual. Ahora hay pruebas.

—Jake, ¿tú sabías que Kofer era el padre? —preguntó Noose.

—Sí.

—¿Y cuándo te enteraste?

—Descubrimos que estaba embarazada en abril, y ella siempre ha mantenido que había sido Kofer. Está preparada para testificar que la violó en repetidas ocasiones.

—¿Y lo has mantenido en secreto?

—¿A quién iba a contárselo? Muéstreme un estatuto, una norma o un procedimiento que exija que le cuente a alguien que la hermana de mi cliente estaba sufriendo abusos sexuales por parte del fallecido. No hay ninguno. No tenía obligación de contárselo a nadie.

—Pero la has tenido escondida —insistió Dyer—. Lejos de todo el mundo.

—Me pediste dos veces que te organizara entrevistas con ella y lo hice, en mi despacho. Una vez el 2 de abril y otra el 8 de junio.

Noose acercó una llama a la cazoleta de su pipa y exhaló una bocanada de humo azul. No había ninguna ventana abierta. El tabaco lo relajó.

—No me gustan las emboscadas, Jake, ya lo sabes.

—Pues cambie las normas. En los casos civiles el intercambio de pruebas es ilimitado, pero en los casos penales apenas existe. Las emboscadas son el pan nuestro de cada día, sobre todo por parte de la fiscalía.

—Quiero la nulidad del juicio —insistió Lowell.

—¿Y por qué? —preguntó Jake—. ¿Quieres volver dentro de tres meses y repetirlo desde el principio? Por mí no hay problema. Traeremos al bebé y se lo enseñaremos al jurado, prueba número uno de la defensa. El análisis de sangre será la prueba número dos.

Dyer se quedó boquiabierto, estupefacto de nuevo.

—Se te da bastante bien esconder testigos, ¿no, Jake? —consiguió decir.

—Ese golpe bajo ya lo has usado. Búscate material nuevo.

—Caballeros. Debatamos cómo proceder. Me temo que todos estamos algo conmocionados. Primero, la testigo embarazada; luego, el arrebato de la familia. Me preocupa nuestro jurado.

—Mándelos a casa, juez —sugirió Dyer—. Volveremos a juzgarlo más adelante.

—No hay nulidad. Moción rechazada. Señor Brigance, doy por hecho que va a abordar el asunto de los abusos sexuales con su testigo.

—Tiene catorce años, señoría, demasiado joven para consentir. Él era veinte años mayor. Las relaciones sexuales entre ellos fueron ilegales, no consentidas y delictivas. Kiera está preparada para testificar que Kofer la violó en repetidas ocasiones y después amenazó con matarlos a ella y a su hermano, el acusado, si se lo contaba a alguien. Estaba demasiado aterrada para hablar.

—¿Podemos limitar parte del testimonio, señoría? —suplicó Dyer.

—¿Hasta qué punto pretende ser explícito, señor Brigance?

—No tengo pensado mencionar partes concretas del cuerpo, señoría. El cuerpo de Kiera habla por sí mismo. Los jurados son lo suficientemente inteligentes para entender lo que ocurrió.

Noose liberó otra nube de humo azul y la observó mientras ascendía hacia el techo.

—Las cosas podrían ponerse feas.

—Ya están feas, juez. Una niña de catorce años fue violada en repetidas ocasiones por un bruto que la dejó embarazada y se aprovechó de su situación. No podemos cambiar los hechos. Sucedió, y cualquier esfuerzo por su parte de limitar la declaración de Kiera nos proporcionará munición para la apelación. La ley es clara, señoría.

—No le he pedido que me imparta una clase, señor Brigance. «Ya, bueno, a lo mejor la necesitas».

Noose dedicó unos momentos a mordisquear la boquilla de la pipa y a espesar la niebla de encima de su mesa.

—No tengo claro cómo evaluar este estallido —dijo por fin—. Nunca había visto nada parecido. No sé qué impacto tendrá en el jurado.

—No veo que nos beneficie de ninguna forma —dijo Dyer.

—No beneficia a ninguna de las dos partes —señaló Jake.

—Nunca habían amenazado así a uno de mis abogados, Jake —apuntó Noose—. Me encargaré del señor Kofer después del juicio. Procedamos.

Ninguno de los presentes en el despacho quería volver a la sala a escuchar la declaración de Kiera.

Omar Noose estaba decidido a presidir un juicio eficaz y seguro en su terreno, así que había arengado al sheriff para que apostara a todos los agentes posibles —estuvieran contratados a jornada completa o por horas, estuvieran en la reserva o fueran voluntarios— dentro del juzgado y en los alrededores. Tras el arrebato y la amenaza de Earl, había aún más hombres presentes cuando los abogados ocuparon su puesto y el jurado volvió a la sala.

Kiera regresó al estrado con un pañuelo de papel y se preparó para lo que le esperaba.

—Bien, Kiera —empezó Jake desde el atril—, has dicho que Stuart Kofer es el padre de tu hijo, así que tengo que hacerte una serie de preguntas acerca de tus relaciones sexuales con él, ¿de acuerdo?

Ella se mordió el labio inferior y asintió.

—¿Cuántas veces te violó Stuart Kofer?

Dyer se levantó como una exhalación para protestar. Tendría que haberse callado.

—Protesto, señoría. Me opongo al uso de la palabra «violar», que implica...

Jake perdió los estribos. Se volvió hacia Dyer, dio un paso adelante y gritó:

—¡Por el amor de Dios, Lowell! ¿Cómo quieres que lo llame? Kiera tiene catorce años y él tenía treinta y tres.

—Señor Brigance —dijo Noose.

Jake lo ignoró y dio otro paso hacia Dyer.

—¿Quieres utilizar algo un poco más ligero que «violación», por ejemplo «agresión sexual», «acoso» o «abuso sexual»?

—Señor Brigance.

—Utiliza las palabras que quieras, Lowell. El jurado no es tonto. Lo que ocurrió es evidente.

—Señor Brigance.

Jake respiró hondo y miró al juez con rabia, como si estuviera dispuesto a atacarlo a él en cuanto terminara con el fiscal del distrito.

—Está alterando el orden de la sala, señor Brigance.

Jake no dijo nada; se limitó a seguir fulminándolo con la mirada. Tenía la camisa aún más mojada y remangada, como si estuviera preparado para empezar a soltar puñetazos.

—¿Señor Dyer?

El fiscal, de hecho, había retrocedido unos pasos y parecía atemorizado. Carraspeó y dijo:

—Señoría, simplemente me opongo a la palabra «violar».

—Protesta desestimada —decretó Noose en voz alta y clara, y sin dejar la menor duda de que Dyer debería permanecer en su asiento siempre que fuera posible—. Proceda.

Mientras regresaba al atril, Jake miró a Joey Kepner, el número doce, y vio su expresión de satisfacción.

—Kiera, ¿cuántas veces te violó Stuart Kofer?

—Cinco.

—De acuerdo, centrémonos en la primera. ¿Recuerdas la fecha?

La chica se sacó una hojita de papel doblada de un bolsillo y la miró. No era necesaria, porque Jake y ella, junto con Josie, Portia y Libby, habían repasado las fechas tantas veces que había memorizado todos los detalles.

—Fue un sábado, el 23 de diciembre.

Jake señaló al jurado con un gesto lento de la mano y dijo:

—Por favor, cuéntale al jurado lo que sucedió ese día.

—Mi madre estaba trabajando y mi hermano estaba en casa de un amigo. Estaba sola en el piso de arriba cuando Stuart llegó a casa. Le eché el pestillo a mi puerta. Me había dado cuenta de que me miraba mucho las piernas y no me fiaba de él. Yo no le tenía ningún cariño y él no nos tenía ningún cariño a nosotros, y, bueno, las cosas iban bastante mal en casa. Lo oí subir las escaleras y después llamó a la puerta, sacudió el picaporte. Le pregunté qué quería y me dijo que teníamos que hablar. Le contesté que no quería hablar y que quizá más tarde. Volvió a sacudir el picaporte y me dijo que quitara el pestillo, me dijo que aquella era su puerta, que era su casa, y que tenía que hacer lo que él me dijera. Pero, por una vez, estaba siendo amable, no estaba gritándome ni insultándome, y me dijo que quería hablar de mi madre, que estaba preocupado por ella. Así que abrí la puerta y entró. Ya se había desvestido y solo llevaba unos bóxer.

Se le rompió la voz y se le llenaron los ojos de lágrimas.

Jake esperó pacientemente. Nadie tenía la más mínima intención de forzar el ritmo de aquella declaración. Una buena llorera siempre ayudaba. Carla, Libby y Portia no les quitaban ojo a las jurados femeninas, pendientes de todas sus reacciones.

—Sé que esto es difícil, pero es muy importante —siguió Jake—. ¿Qué pasó después?

—Me preguntó si había mantenido relaciones sexuales alguna vez y le dije que no.

Dyer se puso en pie de mala gana y dijo:

—Protesto. Testimonio de referencia.

—Denegada —le espetó Noose.

—Me dijo que quería mantener relaciones sexuales y que quería que yo las disfrutara con él. Le dije que no. Tenía mucho miedo e intenté apartarme de él, pero era muy fuerte. Me agarró, me lanzó contra la cama, me arrancó la camiseta y los pantalones cortos y después me violó.

Rompió a llorar, le temblaba todo el cuerpo. Apartó el micrófono y lloró tapándose la boca con ambas manos.

La mitad de los jurados la observó mientras se derrumbaba; la otra mitad desvió la vista. La número siete, la señora Fife, y la número ocho, la señora Satterfield, se estaban enjugando los ojos. Por extraño que pareciera, el número tres, el señor Kingman, de quien la defensa pensaba que era uno de los protectores más acérrimos de la ley y el orden, miró a Libby con expresión curiosa y esta captó el inconfundible brillo de las lágrimas en su mirada.

Al cabo de unos instantes, Jake le preguntó a Kiera:

—¿Quieres que hagamos un descanso?

La pregunta estaba en el guion, al igual que la respuesta, un rápido:

—No.

Era una chica dura que había sobrevivido a un montón de cosas y que sobreviviría a aquello.

—De acuerdo, Kiera, ¿qué pasó una vez que Stuart terminó?

—Se levantó, se puso los calzoncillos y me dijo que dejara de llorar. Me dijo que más me valía acostumbrarme, porque íbamos a hacerlo a todas horas mientras siguiera viviendo en aquella casa.

Mientras se levantaba, Dyer dijo:

—Protesto. ¿Testimonio de referencia?

—Desestimada —respondió Noose sin mirar al fiscal.

Mientras se sentaba, Dyer lanzó sobre la mesa una libreta que se cayó de la mesa y aterrizó en el suelo. El juez también ignoró aquello.

Jake le hizo un gesto con la cabeza a Kiera y la chica prosiguió:

—Me preguntó si me había gustado y le contesté que no. Estaba llorando y temblando y pensé: «Pedazo de estúpido, ¿cómo has podido pensar que iba a gustarme?». Cuando ya se estaba marchando, yo seguía en la cama, tapada con una sábana, y se dio la vuelta, se acercó a mí y me pegó un guantazo, pero no muy fuerte. Y me dijo que si se lo contaba a alguien nos mataría a Drew y a mí.

—¿Qué pasó después?

—En cuanto se fue, me fui al baño y me metí en la bañera. Me sentía sucia y quería quitarme su olor de encima. Estuve allí sentada mucho rato, intentando dejar de llorar. Quería morirme, señor Brigance. Esa fue la primera vez en mi vida que pensé en el suicidio.

—¿Se lo contaste a tu madre?

—No.

—¿Por qué?

—Stuart me daba miedo, nos daba miedo a todos, y sabía que me haría daño si se lo contaba a alguien. Aquello siguió ocurriendo, y al final me di cuenta de que podía estar embarazada. Me encontraba mal por las mañanas, vomitaba en el instituto y sabía que tendría que decírselo a mi madre. Estaba preparándome para hacerlo cuando Stuart murió.

—¿Se lo contaste a Drew?

—No.

—¿Y por qué no?

Se encogió de hombros.

—Me daba demasiado miedo. ¿Qué iba a hacer mi hermano? Estaba asustada, señor Brigance, y no sabía qué hacer.

—¿Así que no se lo dijiste a nadie?

—A nadie.

—¿Cuándo tuvo lugar la siguiente violación?

Kiera miró su hojita de papel y respondió:

—Una semana más tarde, el 30 de diciembre. Fue como la primera, en casa, un sábado, cuando no había nadie más. Intenté escapar, pero Stuart era muy fuerte. No me pegó, pero volvió a amenazarme cuando terminó.

Con un fuerte gemido, casi un alarido, Janet Kofer estalló en otro ataque de llanto. Noose la señaló y se dirigió a un alguacil.

—Por favor, saque a esa señora de la sala del tribunal.

Dos agentes la acompañaron hasta la puerta. Jake observó el altercado y, cuando al fin terminó, miró a su testigo.

—Kiera, háblale al jurado de la tercera violación, por favor.

La muchacha estaba alterada por el tumulto y se secó las mejillas. «Tómate el tiempo que necesites —le había repetido Jake mil veces—. No hay ninguna prisa. Será un juicio corto y nadie tendrá prisa».

Se acercó al micrófono y continuó:

—Bueno, tenía que cambiar la situación de los sábados, así que le pedí a Drew que se quedará en casa conmigo y lo hizo. Stuart se marchó. Pasaron un par de semanas y conseguí mantenerme alejada de él. Entonces Stuart fue a recogerme al instituto una tarde. —Miró sus notas—. Fue el martes 16 de enero. Yo había tenido que quedarme hasta tarde ensayando una obra, un proyecto de teatro. Se ofreció a ir a buscarme en su coche patrulla y nos paramos a tomar un helado. Se estaba haciendo tarde y, a toro pasado, creo que solo estaba haciendo tiempo para que oscureciera. Cogimos el coche para volver a casa, pero se desvió por una carretera secundaria no muy lejos de la iglesia del Buen Pastor y se detuvo detrás de una vieja tienda rural que tenía pinta de llevar mucho tiempo cerrada. Fuera estaba muy oscuro, no había ninguna luz en ningún sitio. Me dijo que me sentara en el asiento de atrás. No tenía elección. Le supliqué que no lo hiciera y pensé en gritar, pero no me habría oído nadie. Dejó abierta una de las portezuelas traseras, recuerdo que hacía mucho frío.

—¿Iba de uniforme?

—Sí. Se quitó la pistola y solo se bajó los pantalones. Yo llevaba falda. Me la puso alrededor del cuello. Mientras volvíamos a casa, era incapaz de dejar de llorar, así que cogió su pistola, me la clavó en las costillas y me dijo que me callara, que me mataría si decía una sola palabra. Luego se echó a reír y me dijo que quería que entrara en casa como si no hubiera pasado nada, que quería ver lo buena actriz que era. Me fui a mi habitación y eché el pestillo de la puerta. Drew vino a ver si estaba bien.

A pesar de lo absorbente y morboso que era el testimonio de Kiera, Jake sabía que sería un error castigar a la testigo y al jurado con detalles de las cinco agresiones.

Ya habían aguantado bastante, y él tenía munición suficiente para el resto del juicio. Se acercó a la mesa de la defensa para coger unas notas, una libreta de atrezo, y miró a Carla, que estaba en la tercera fila. Como en perfecta sincronía, su esposa se pasó brevemente el dedo índice de lado a lado de la garganta. Esmalte rojo. Corta. Pasa al siguiente tema.

Volvió al atril y continuó.

—Kiera, la noche de la muerte de Stuart tú estabas en casa con Drew y con tu madre, ¿verdad?

—Sí, señor.

Dyer se puso en pie.

—Protesto, señoría. Es una pregunta capciosa.

Irritado, Noose contestó:

—Pues claro que es capciosa, señor Dyer, pero va a constar en acta de todas formas. Desestimada. Por favor, señorita Gamble, continúe.

—Bueno, estábamos en casa esperando, como de costumbre. Stuart había salido, era muy tarde y la situación en casa había empeorado mucho. Drew y yo no parábamos de pedirle a nuestra madre que nos marcháramos antes de que alguien resultara herido, y yo había tomado la decisión de contarle que había algo raro en mi cuerpo y que quizá estuviese embarazada, pero seguía teniendo miedo de él y además no teníamos ningún otro sitio adonde ir. Estábamos atrapados. Si mi madre hubiera sabido lo de las violaciones y todo eso, habría... Bueno, no sé qué habría hecho. Pero yo seguía teniendo miedo de Stuart. El caso es que, mucho después de medianoche, vimos los faros. Drew y yo estábamos acurrucados en mi cama, con la puerta atrancada para protegernos. Lo oímos entrar, mi madre estaba esperándolo en la cocina y empezaron a pelearse. Oímos que le pegaba, que ella chillaba y él la insultaba. Fue horrible.

Más lágrimas. Otro breve retraso mientras la testigo luchaba por contenerse.

Se enjugó los ojos y se acercó al micrófono.

—¿Subió Stuart al piso de arriba? —preguntó Jake.

—Sí. De pronto la planta de abajo se quedó en silencio y lo oímos en las escaleras, tropezándose, cayéndose. Claramente borracho. Subía dando zapatazos, repitiendo mi nombre, medio canturreándolo como un idiota. Se puso a darles golpes a las puertas, a gritarnos que abriéramos. Pasamos mucho miedo.

Se le rompió la voz y volvió a llorar un poco.

El terror que Drew y ella habían sentido en aquel momento se palpaba ahora en la sala del tribunal. Ver a aquella pobre chica llorar y secarse la cara e intentar ser fuerte después de todo lo que había pasado era desgarrador.

Jake insistió:

—Kiera, ¿quieres que nos tomemos un descanso?

Ella negó con la cabeza. «No, acabemos con esto de una vez».

En cuanto Stuart dio marcha atrás y volvió a la planta baja, Kiera y Drew supieron que a su madre le había ocurrido algo horrible. De lo contrario, le habría plantado cara a Kofer en las escaleras. Esperaron varios minutos en la oscuridad, los dos llorando y hechos un ovillo. Drew fue el primero en bajar; luego lo hizo Kiera, que se sentó en la cocina con su madre e intentó revivirla. Drew llamó a emergencias. Su hermano iba de un lado a otro por la casa, pero Kiera no sabía lo que estaba haciendo. Entonces Drew cerró la puerta del dormitorio y ella oyó el disparo. Cuando salió de la habitación, Kiera le preguntó qué había hecho, aunque ya lo sabía. Drew le contestó: «Le he disparado».

Jake la escuchaba con atención y consultaba sus notas de vez en cuando, pero se las ingeniaba para lanzarles alguna que otra mirada de soslayo a los jurados. Ellos no lo miraban a él. Todas las miradas estaban clavadas en la testigo.

—Una cosa, Kiera: cuando bajasteis las escaleras y encontrasteis a vuestra madre, ¿seguíais preocupados por Stuart?

La chica se mordió el labio inferior y asintió.

—Sí, señor. No sabíamos qué estaba haciendo. Cuando vimos a nuestra madre en el suelo, supusimos que nos mataría a nosotros también.

Jake respiró hondo, sonrió y dijo:

—Gracias, Kiera. Señoría, la defensa ha terminado con la testigo.

Se sentó y se aflojó el cuello de la camisa, que, como el resto de la prenda, estaba empapado en sudor.

Lowell Dyer se acercó al atril intranquilo. No podía atacar a una niña tan vulnerable y herida. Kiera se había ganado la simpatía sin reservas de todo el jurado y cualquier palabra fuera de tono por parte del fiscal no haría sino jugar en favor de la testigo. Comenzó un contrainterrogatorio desastroso.

—Señorita Gamble, ha mirado varias veces unas anotaciones que tiene ahí, ¿puedo preguntarle por ellas?

—Claro. —Kiera se sacó la hoja de papel doblada de debajo de la pierna—. Solo son mis notas sobre las cinco violaciones.

Jake fue incapaz de contener una sonrisa. Él había tendido la trampa y Dyer estaba cayendo de cabeza en ella.

—¿Y cuándo tomó esas notas?

—Trabajé en ellas durante un tiempo. Revisé el calendario y me aseguré de que las fechas eran las correctas.

—¿Y quién le pidió que lo hiciera?

—Jake.

—¿Le ha dicho Jake lo que tiene que decir aquí, en el estrado de los testigos?

Kiera estaba preparada para la pregunta.

—Hemos repasado mi declaración, sí, señor.

—¿La ha preparado diciéndole cómo tenía que testificar?

Jake se levantó.

—Protesto, señoría. Todo buen abogado prepara a sus testigos. ¿Qué sentido tiene la pregunta, señor Dyer?

—¿Señor Dyer?

—Solo estoy sondeando a la testigo, señoría. Es un contrainterrogatorio y se me permite cierta laxitud.

—Si es relevante, señoría —apuntó Jake.

—Desestimada. Continúe.

—¿Me dejaría echarles un vistazo a sus notas, señorita Gamble? —preguntó Dyer.

Estaba permitido solicitar ver los materiales escritos que los testigos consultaban en el estrado, y, en cuanto se dio cuenta de que la chica bajaba la mirada hacia ellos, Dyer supo que se los entregaría. Sin embargo, un instante después desearía haberlos ignorado.

Kiera estiró la mano como para tenderle las notas al fiscal.

—Señoría, ¿puedo acerarme a la testigo?

—Adelante.

El fiscal cogió la única hoja de papel y la desdobló. Jake dejó que el misterio que contenían quedara suspendido en el ambiente durante unos instantes y después se puso en pie de un salto.

—Si el tribunal está de acuerdo, estaremos encantados de estipular y admitir las notas de Kiera como prueba. Incluso tenemos copias preparadas para que las vea el jurado.

Agitó unos papeles en el aire.

Las notas, escritas del puño y letra de Kiera y con sus propias palabras, habían sido idea de Libby. Había visto aquel truco en una ocasión anterior, durante un juicio por violación en Missouri. Siguiendo las indicaciones del abogado de la defensa, la víctima había preparado unos pequeños recordatorios que la ayudaran a superar el calvario de la declaración. Un fiscal del distrito de métodos agresivos le había exigido verlas y había sido un error fatal.

Las descripciones escritas que Kiera había hecho de las cinco violaciones eran mucho más explícitas de lo que lo había sido su declaración. Había escrito sobre el dolor, el miedo, su cuerpo, el de él, el horror, la sangre y las ideaciones suicidas cada vez más frecuentes. Estaban numeradas, de la violación número uno a la número cinco.

Cuando Dyer tuvo en sus manos la hoja de papel y vio su contenido, se dio cuenta de que se había equivocado. Se la devolvió enseguida y dijo:

—Gracias, señorita Gamble.

Jake, aún en pie, insistió:

—Un momento, juez. Llegados a este punto, el jurado tiene derecho a ver las notas. La acusación las ha sacado a colación.

—La acusación tiene derecho a sentir curiosidad, juez —replicó Dyer—. Esto es un contrainterrogatorio.

—Claro que es un contrainterrogatorio —siguió Jake—. Señoría, el señor Dyer ha solicitado ver las notas porque estaba rebuscando para intentar probar que yo había preparado a la testigo diciéndole cómo tenía que declarar. Cuando vio las notas, creyó que nos había pillado. Ahora, sin embargo, se está echando atrás. Las notas están sobre la mesa y el jurado tiene derecho a verlas.

—Estoy de acuerdo, señor Dyer. Usted ha pedido verlas y no me parece justo ocultárselas al jurado.

—Discrepo, señoría —protestó Dyer desesperado, pero no pudo aportar ningún motivo.

Jake seguía agitando las copias en el aire.

—Presento las notas como prueba, señoría. No debemos ocultárselas al jurado.

—Basta, señor Brigance. Espere su turno.

Tras la cuarta violación, Kiera había escrito: «Me estoy acostumbrando al dolor, desaparece al cabo de un par de días. Pero hace dos meses que no tengo la regla y muchas veces me mareo por las mañanas. Si estoy embarazada, me matará. Y seguro que a mi madre y a Drew también. Es mejor que me muera. He leído un artículo acerca de una adolescente que se cortó las venas con hojas de afeitar. Voy a hacerlo. ¿Dónde se encuentran?».

Tembloroso, Dyer pidió un momento para deliberar con

Musgrove. Susurraron, ambos negando con la cabeza, como si no tuvieran la menor idea de qué hacer a continuación. Sin embargo, Dyer tenía que hacer algo para desacreditar a una testigo digna de compasión e intentar salvar un contrainterrogatorio desastroso. Tenía que proteger su caso de alguna forma. Al final le dedicó un gesto se asentimiento a Musgrove, como si uno de los dos hubiera conseguido dar en el clavo. Volvió al atril y esbozo otra sonrisa ñoña.

—De acuerdo, señorita Gamble, dice que el señor Kofer la agredió sexualmente en varias ocasiones.

—No, señor. He dicho que Stuart Kofer me violó —replicó Kiera con gelidez; otra respuesta guionizada por Libby y Portia.

—Pero ¿no se lo contó nunca a nadie?

—No, señor. No tenía a nadie a quien contárselo.

—¿Estaba sufriendo unas agresiones terribles y, sin embargo, nunca buscó ayuda?

—¿Ayuda de quién?

—¿Qué me dice de las fuerzas del orden? ¿La policía?

A Jake se le heló el corazón al oír la pregunta. Lo dejó perplejo, pero estaba preparado para contestarla, y su testigo, también. Con un ritmo y una dicción perfectos, Kiera miró a Dyer y respondió:

—Señor, era la policía quien me estaba violando.

A Dyer se le hundieron los hombros y se le descolgó la mandíbula mientras intentaba dar con una réplica rápida. No se le ocurrió ninguna, no hubo más que aire caliente deslizándose sobre un lengua acartonada. De repente se sintió avergonzado ante la posibilidad de lanzar otra bola justo a la altura del bate de la defensa y que aquella también terminara en la grada, junto con todas las demás. Así que se limitó a sonreír y darle las gracias, como si de verdad lo hubiera ayudado, y se retiró lo más rápido que cualquier fiscal podría haberse escabullido hacia la seguridad de su silla.

—Es casi mediodía —dijo Noose—. Nos tomaremos un descanso para comer y para que el aire acondicionado tenga tiempo de hacer su trabajo. Creo que el ambiente ya se ha refrescado un poco. Jurados, váyanse todos a comer y retomaremos la sesión a las dos en punto. Las precauciones habituales siguen vigentes: no comenten este caso con nadie. Empezamos el receso.

47

Josie había aparcado detrás del juzgado, en un pequeño solar de grava sombreado que había encontrado el lunes. Kiera y ella ya casi habían llegado al coche cuando un hombre armado se acercó a ellas. Tenía el tronco grueso y llevaba una camisa de manga corta, una corbata de nudo, botas de vaquero y una pistola negra a la altura de la cadera.

—¿Es usted Josie Gamble? —le preguntó.

Josie tenía muy vistos a los hombres como él, estaba segura de que era un inspector o un detective privado de una ciudad pequeña.

—Sí, soy yo. ¿Quién es usted?

—Me llamo Koosman. Estos documentos son para usted.

Le entregó un sobre lleno de papeles doblados.

—¿Qué es? —preguntó mientras aceptaba el sobre a regañadientes.

—Un montón de demandas. Lo siento.

Se dio la vuelta y se alejó. No era más que un agente judicial.

Al final la habían encontrado: los hospitales y los médicos, sus cobradores de deudas y abogados. Cuatro demandas por facturas sin abonar: seis mil trescientos cuarenta dólares al hospital de Clanton; nueve mil ciento veinte al hospital de Tupelo; mil ciento treinta y cinco a los médicos de Clanton; y dos mil cien dólares al cirujano de Tupelo que le reconstruyó la mandíbula. Un total de dieciocho mil ochocientos setenta y cinco dólares, más intereses y honorarios legales por una cantidad indeterminada. Todas ellas presentadas por el mismo abogado de gestión de deudas de Holly Springs.

El coche era una sauna y el aire acondicionado no funcionaba. Bajaron las ventanillas y se marcharon a toda prisa. Josie tuvo la tentación de coger las demandas y tirarlas a una zanja. Tenía cosas más importantes de las que preocuparse y no recordaba la cantidad de veces que algún taimado abogado de gestión de deudas había dado con su paradero.

—¿Cómo lo he hecho, mamá? —preguntó Kiera.

—Genial, cariño, has estado genial.

Genial fue también el veredicto del equipo de la defensa cuando se sentó a la mesa de la casi heladora sala de reuniones de Morris Finley. Para alivio de todos, la secretaria de Finley había puesto el termostato a la temperatura más baja posible. Comieron deprisa y saborearon la genialidad de Kiera y el derrumbe de la acusación. La victoria seguía siendo una posibilidad remota, pero la muchacha había despertado muchísima compasión entre los miembros del jurado. No obstante, el problema estaba claro: no era a Kiera a quien estaban juzgando.

Portia repartió un memorando con los nombres de once testigos y breves descripciones de lo que se esperaba que declararan. La primera era Samantha Pace, exesposa de Stuart Kofer. Ahora vivía en Tupelo y había aceptado de mala gana declarar contra su exmarido.

—¿Por qué quieres llamarla a declarar? —preguntó Harry Rex con la boca llena de patatas fritas.

—Para demostrar que la maltrataba —contestó Jake—. No lo tengo decidido, es solo un ejercicio para asegurarnos de que no se nos escapa nada. Esta es nuestra lista de testigos, la misma que presentamos antes del juicio. Sinceramente, no sé a quién llamar a declarar a continuación.

—Yo pasaría de ella.

—Estoy de acuerdo —dijo Libby—. Podría resultar impredecible y, además, ya has demostrado el maltrato.

Lucien negaba con la cabeza.

—Los siguientes son Ozzie y tres agentes. Pirtle, McCarver y Swayze podrían testificar acerca de las visitas a la casa tras las llamadas a emergencias. Vieron a una mujer maltrecha que se negaba a presentar cargos. Rellenaron informes que Ozzie no encuentra. Alguien, supongo que Kofer, robó los informes de los incidentes para ocultar su rastro.

—¿Portia?

—No lo sé, Jake. Eso ya está probado y, ahora mismo, yo no me fiaría de los policías. Puede que digan algo que no tengamos previsto.

—Muy buen instinto —aplaudió Lucien—. Déjalos en paz, no puedes fiarte de ellos en el estrado.

—¿Carla?

—¿Yo? Yo no sé nada de esto, ¡soy maestra!

—Pues imagínate que formas parte del jurado. Has escuchado todas las declaraciones.

—Ya has demostrado el maltrato doméstico, Jake. ¿Por qué volver a pasar por ello? Me refiero a que el jurado solo tiene que ver la foto de la cara de Josie. Una imagen vale más que mil palabras. Déjalo estar.

Jake le sonrió y después miró a Harry Rex.

—¿Y tú?

—Ahora mismo esos tíos están reunidos con Dyer, que está intentando encontrar algún modo de salvar su caso. Yo no me fiaría de ellos. Si no los necesitas, no los llames.

—¿Lucien?

—Mira, Jake, tu caso no va a fortalecerse más de lo que lo está en estos momentos. En esta lista no hay ningún testigo que pueda reforzarlo más, y, sin embargo, todos ellos son potencialmente dañinos.

—Entonces, ¿la defensa da su turno por concluido?

Lucien asintió despacio y todo el mundo asumió la situación. No habían debatido la estrategia de dar su turno por finalizado tras llamar tan solo a dos testigos, ni siquiera se la habían planteado. Y les daba miedo. La defensa acababa de anotarse un montón de puntos en el marcador y podía sumar aún más. Renunciar a llamar a más testigos parecía una retirada.

Jake miró el memorando y dijo:

—Los cuatro siguientes, empezando con Dog Hickman, son los compañeros de farra de Kofer, que ofrecerán los detalles sucios de su última borrachera gorda. Están todos aquí, bajo citación, perdiendo días de trabajo y cabreados. ¿Libby?

—Estoy convencida de que nos irían bien como alivio cómico, pero ¿de verdad los necesitamos? La declaración del doctor Majeski tiene mucha más fuerza. La BAC de 0,36 se ha quedado grabada a fuego en el cerebro de los jurados, no se les olvidará jamás.

—¿Harry Rex?

—Estoy de acuerdo. No podemos estar seguros de qué dirán esos payasos. Son bastante tontos y todavía creen que podrían verse involucrados. Además, siempre estarán a favor de su amigo. Yo los dejaría tranquilos.

Jake respiró hondo y miró la lista.

—Nos estamos quedando sin munición —dijo casi para sí.

—No la necesitas —repuso Lucien.

—La doctora Christina Rooker. Examinó a Drew cuatro días después de los hechos. Ya habéis leído su informe. Está dispuesta a testificar sobre el trauma del muchacho y sobre el pésimo estado mental y emocional en que se encontraba. He pasado muchas horas con ella y sería una testigo impactante. ¿Libby?

—No lo sé. En este caso sigo sin decidirme.

—¿Lucien?

—Hay un problema enorme...

Jake lo interrumpió:

—Y el problema es que, si sacamos a colación el estado mental de Drew, entonces Dyer podrá llamar a un regimiento de psiquiatras de Whitfield para rebatir cualquier cosa y declararlo perfectamente sano, tanto ahora como el 25 de marzo. Dyer tiene a tres en su lista de testigos; los hemos investigado, hemos buscado sus declaraciones anteriores. Siempre están alineadas con la fiscalía. Normal, trabajan para el estado.

Lucien sonrió.

—Exacto —dijo—. No puedes ganar esa batalla, así que no la inicies.

—¿Alguien más? —Paseó la mirada por la sala y la cruzó con la de todos y cada uno de los miembros de su equipo—. Carla, tú eres la jurado.

—Ya, pero no se me puede considerar muy imparcial que digamos.

—Pero ¿cuántos de los doce votarían para condenar a Drew ahora mismo?

—Varios, pero no todos.

—¿Portia?

—Estoy de acuerdo.

—¿Libby?

—Mi historial de predicción de veredictos es de todo menos espectacular, pero no veo una condena; tampoco una exoneración.

—¿Lucien?

Bebió un sorbo de agua y se puso de pie para estirar la espalda. Caminó hasta un extremo de la habitación mientras todos los demás lo observaban y esperaban.

—La declaración de esa chica es el momento más dramático que he presenciado en una sala del tribunal —dijo cuando se dio la vuelta—. Supera incluso a tus conclusiones finales en el juicio de Hailey. El caso es que si tú ahora llamas a más testigos, Dyer llama a otros cuantos para rebatirlos. Pasa el tiempo, los recuerdos empiezan a desvanecerse, el drama se va diluyendo. Te conviene que esta noche esos jurados se vayan a casa pensando en Kiera, en la jovencísima y embarazadísima Kiera, no en unos tarados que beben licor casero e ilegal, no en una psiquiatra elegante con un vocabulario elevado, no en un agente de la policía del condado intentando proteger a un compañero caído. Tienes a Dyer contra las cuerdas, Jake; no cometas el error de dejar que se libere.

La sala de reuniones se sumió en el silencio mientras todos sopesaban aquellas palabras.

—¿Alguien discrepa? —preguntó Jake al cabo de unos instantes.

Todos intercambiaron miradas mientras se estudiaban los unos a los otros, pero nadie dijo nada.

—Y si damos nuestro turno por concluido, la acusación también habrá acabado, porque no habrá nada que rebatir —dijo al final Jake—. Dyer se llevará una sorpresa. Pasaremos inmediatamente a las instrucciones para el jurado, que nosotros tendremos listas, pero él no. Entonces pronunciaremos nuestros alegatos finales, e imagino que él no estará preparado del todo. Dar nuestro turno por concluido tan pronto es otra emboscada.

—¡Me encanta! —exclamó Harry Rex.

—Pero ¿es justo? —preguntó Carla.

—A estas alturas, todo es justo —contestó Harry Rex entre risas.

—Sí, cariño, es justo. Ambas partes pueden concluir su turno sin advertírselo a la otra.

Lucien se sentó y Jake lo miró durante largo rato. Los demás esperaron mientras se terminaban las patatas fritas y el té y se preguntaban qué ocurriría a continuación.

Al final fue Jake quien rompió el silencio.

—¿Y a Drew? ¿Lo subiríais al estrado?

—Jamás —contestó Harry Rex.

—He pasado mucho tiempo con él, Harry Rex. Es capaz de hacerlo.

—Dyer se lo comería vivo, Jake, porque es culpable. Apretó el dichoso gatillo.

—Y no lo negará. Pero tiene una cuantas respuestas impactantes preparadas para Dyer, igual que su hermana. Porque, a ver, es posible que lo de «era la policía quien me estaba violando» pase a los anales de la historia. ¿Lucien?

—Casi nunca subo al acusado al estrado, pero este parece tan jovencito, tan inofensivo... La decisión es tuya, Jake. Yo no lo conozco, no he pasado nada de tiempo con él.

—Pues yo sí, muchas horas —intervino Carla—, y creo que Drew está listo. Su relato puede ser muy potente. No es más que un crío que ha tenido una vida complicada. Y creo que la mayoría de los jurados mostrarán algo de piedad.

—Estoy de acuerdo —añadió Libby en voz baja.

Sin más, Jake le echó un vistazo a su reloj de pulsera.

—Queda mucho tiempo. Tomémonos un descanso. Carla y yo tenemos un trayecto largo por delante. La reunión se ha acabado.

El juez Noose envió a su alguacil a hablar con Ozzie, que estaba esperando a que los Kofer volvieran al juzgado. Les propuso una reunión, y a las dos menos cuarto Earl, Janet, Barry y Cecil entraron en la sala del tribunal, vacía y algo más fresca, y se encontraron a su señoría sin toga y sentado no en su estrado, sino en el del jurado, meciéndose en una silla cómoda con su alguacil al lado. Ozzie les abrió la portezuela de la barandilla y todo el grupo se detuvo ante el juez.

Earl parecía enfadado, incluso beligerante. Janet aparentaba estar derrotada por completo, como si no pudiera seguir luchando y se hubiera rendido.

—Han alterado el orden de mi sala —dijo Noose con severidad—. Y eso es inaceptable.

—Bueno, juez, es que estamos hartos de todas esas mentiras de mierda, nada más —contestó Earl como si estuviera dispuesto a empezar una pelea.

Noose lo señaló con un dedo nudoso.

—Modere su lenguaje, señor. Ahora mismo no me preocupan ni los abogados ni los testigos. Es su comportamiento lo que me molesta. Ha provocado un altercado, han tenido que sacarlo escoltado de la sala y ha amenazado a uno de mis abogados. Podría acusarlo de desacato ahora mismo y meterlo en la cárcel. ¿Es consciente de ello?

No lo era. A Earl se le hundieron los hombros y su actitud chulesca desapareció. Había aceptado la invitación a aquella reunión porque tenía un par de cosas que decirle al juez, sin que la idea de la cárcel se le pasara siquiera por la cabeza.

Su señoría continuó:

—Quiero hacerles una pregunta. ¿Quieren presenciar el resto del juicio?

Los cuatro asintieron, sí. Janet volvió a secarse las lágrimas de las mejillas.

—De acuerdo. Esa tercera fila de ahí, la de detrás de la mesa de la acusación, estará reservada para ustedes. Señor Kofer, quiero que usted se siente al lado del pasillo. Si les oigo emitir un solo ruido o si interrumpen el proceso judicial de cualquier otra forma, volveré a expulsarlos, y esta vez habrá consecuencias. ¿Entendido?

—Por supuesto —dijo Earl.

—Sí, señor —gruñó Barry.

Janet se secó los ojos.

—Muy bien. Tenemos un trato. —Noose se echó hacia delante y se relajó. La parte difícil había terminado—. Dejen que les diga una cosa. Lamento muchísimo su pérdida y no he dejado de rezar por ustedes desde que me enteré de la noticia. No deberíamos tener que enterrar a nuestros hijos. Solo conocí a su hijo un día de pasada en el juzgado de Clanton, así que no puedo decir que fuéramos amigos, pero parecía un buen agente. A lo largo de este proceso he sufrido por ustedes, ahí sentados, escuchando las terribles historias que se estaban contando sobre él. Estoy seguro de que está siendo horrible. Sin embargo, no podemos cambiar los hechos ni las acusaciones. Los juicios a veces son complicados y desagradables. Y, por eso, lo siento.

No estaban preparados para contestarle y tampoco eran el tipo de personas capaces de pronunciar un sencillo «Gracias».

Cuando Jake y Carla entraron con disimulo por una puerta trasera del edificio principal del juzgado, Dumas Lee apareció de la nada.

—Hola, Jake, ¿tienes tiempo para una pregunta?

—Hola, Dumas —contestó Jake con educación. Hacía diez años que se conocían y el hombre solo estaba haciendo su trabajo—. Lo siento, pero no puedo hablar. El juez Noose nos ha pedido a los abogados que tengamos el pico cerrado.

—¿Ha decretado el secreto de sumario?

—No, ha decretado que cerremos el pico.

—¿Tu cliente va a declarar?

—Sin comentarios. Venga, Dumas.

La edición semanal del *Times* que había salido aquella mañana había desatendido todas las noticias del condado para centrarse en el juicio. Toda la primera página estaba cubierta de fotos: Jake entrando en el juzgado, Dyer haciendo lo propio, el acusado vestido con chaqueta y corbata y debidamente esposado saliendo de un coche patrulla. Dumas firmaba dos artículos largos, uno sobre el supuesto delito y todos los implicados y otro acerca de la selección del jurado. Para avergonzar al condado vecino, el editor había incluido hasta una mala fotografía del viejo juzgado. El pie que la acompañaba rezaba: «Construido el siglo pasado y necesitado de reformas».

—Más tarde, Dumas —dijo Jake mientras guiaba a Carla por un pasillo.

Las furgonetas de la prensa habían desaparecido. El periódico de Tupelo publicó un breve artículo de portada el martes. Jackson publicó el mismo artículo en la página tres. Memphis no mostraba ningún interés.

48

Cuando el juez llamó al orden a la sala a las dos y cinco, la estancia estaba por lo menos cinco grados más fresca y había mucha menos humedad. El juez Noose volvió a invitar a los abogados a trabajar sin chaqueta, pero ambos se la dejaron puesta. Luego miró a Jake.

—Llame a su siguiente testigo —ordenó.

El abogado defensor se puso en pie y anunció:

—Señoría, la defensa llama al estrado al señor Drew Gamble.

Se oyeron susurros entre la multitud ante aquella jugada inesperada. Lowell Dyer le lanzó a Jake una mirada suspicaz.

Drew se puso de pie y se acercó a la taquígrafa judicial, prestó juramento y se acomodó en la silla de los testigos. Aquella perspectiva completamente nueva de la sala lo alarmó. Jake ya le había advertido que le pasaría, le había dicho que al principio le resultaría chocante ver a todos aquellos adultos mirándolo. Las instrucciones que le había dado por escrito decían: «Mírame, Drew. Mírame a los ojos en todo momento. No mires a los jurados. No mires ni a tu madre ni a tu hermana. No mires a los otros abogados ni a la gente sentada en el público. Todo el mundo te estará mirando, así que tú pasa de ellos. Mírame a los ojos. No sonrías, no frunzas el ceño. No hables ni demasiado alto ni demasiado bajo. Comenzaremos con varias preguntas fáciles y cada vez te sentirás más cómodo. No tienes la costumbre de decir "Sí, señor" y "No, señor", pero HAZLO

SIEMPRE mientras estés en el estrado. Empieza a practicar ya conmigo y con los guardias de la cárcel».

Una noche, en su celda, Jake le había enseñado cómo tenía que sentarse y a mantener las manos quietas; le había explicado que tenía que colocarse a quince centímetros del micrófono, que tenía que fruncir el ceño cuando le hicieran una pregunta confusa, qué debía hacer si el juez se dirigía a él, a permanecer sentado sin hacer ni decir nada si los abogados se enzarzaban en un debate y a decir: «Señor, lo siento, pero no lo entiendo». Habían ensayado durante horas.

En efecto, las preguntas y respuestas sencillas lo ayudaron a calmar los nervios, pero lo cierto era que se había sentido extrañamente tranquilo desde el principio. Llevaba día y medio sentado entre sus abogados mientras los testigos iban y venían. Tal como le había pedido Jake, los había observado con gran atención. Algunos lo habían hecho bien, otros no. A Kiera se le había notado mucho el miedo, pero su miedo la había conectado con los jurados.

Drew había aprendido mucho sobre declaraciones solo estando allí.

No, señor, nunca había conocido ni a su padre ni a sus abuelos. No conocía a ninguno de sus tíos o primos.

—Bien, Drew, ¿cuántas veces te han arrestado? —preguntó Jake.

Era una pregunta extraña. Las condenas en el tribunal de menores quedaban fuera de los límites establecidos. La acusación, desde luego, no podía mencionarlas. Pero, como en el caso de Josie, Jake quería transparencia, sobre todo si beneficiaba a la defensa.

—Dos.

—¿Cuántos años tenías la primera vez?

—Doce.

—¿Qué ocurrió?

—Bueno, un amigo mío que se llamaba Danny Ross y yo robamos un par de bicicletas y nos pillaron.

—¿Por qué robasteis las bicicletas?

—Porque nosotros no teníamos.

—Vale, y ¿qué pasó cuando os pillaron?

—Fuimos a juicio y el juez dijo que éramos culpables, y lo éramos. Así que me metieron en un centro de internamiento de menores durante unos cuatro meses.

—¿Y dónde estaba?

—En Arkansas.

—¿Dónde estabais viviendo entonces?

—Bueno, señor, vivíamos... Vivíamos en un coche.

—¿Vivías con tu madre y tu hermana?

—Sí, señor. —Con un rápido gesto de asentimiento, Jake lo invitó a continuar—. Mi madre no se opuso a que fuera a la cárcel de menores porque así al menos me darían de comer.

Dyer se puso de pie.

—Protesto, señoría. Relevancia. Estamos juzgando un asesinato en primer grado, no el robo de unas bicicletas.

—Aprobada. Continúe, señor Brigance.

—Sí, señoría.

Pero Dyer no había pedido que la respuesta no constara en acta. El jurado había oído que los niños pasaban hambre y no tenían casa.

—¿Cuál fue el segundo arresto? —continuó Jake.

—Cuando tenía trece años y me pillaron con un poco de maría.

—¿Estabas intentando venderla?

—No, señor, no era mucha.

—¿Qué ocurrió?

—Me mandaron otra vez al mismo sitio durante tres meses.

—¿Ahora consumes drogas?

—No, señor.

—¿Bebes alcohol?

—No, señor.

—¿Has tenido algún problema con la ley en los tres últimos años?

—No, señor, ninguno aparte de este.

—De acuerdo, hablemos de este.

El abogado se apartó del atril y miró al jurado. Si Jake lo hacía, entonces no había problema en que Drew también echara un vistazo rápido. En aquel momento, los jurados estaban concentrados en Jake.

—¿Cuándo conociste a Stuart Kofer?

—El día en que nos mudamos a su casa. No recuerdo cuándo fue.

—¿Cómo te trató Stuart al principio?

—Bueno, lo que está claro es que no nos sentimos bienvenidos. Era su casa y tenía un montón de normas, y algunas se las inventaba en el momento. Nos obligaba a hacer muchas tareas domésticas. Nunca era amable con nosotros y enseguida supimos que no nos quería en su casa. Así que Kiera y yo intentábamos mantenernos alejados de él. No quería que nos sentáramos a la mesa cuando él comía, así que nos llevábamos el plato al piso de arriba o fuera.

—¿Dónde comía tu madre?

—Con él. Pero discutían mucho, ya desde el principio. Mi madre quería que fuéramos una familia de verdad, que hiciéramos cosas juntos, ya sabe. Cenar, ir a la iglesia..., ese tipo de cosas, Pero Stu no podía ni vernos. No nos quería. Nadie nos ha querido nunca.

«Afinadísimo —pensó Jake—. Y sin protesta por parte de Dyer». El fiscal se moría de ganas de levantarse y protestar por la naturaleza capciosa de las preguntas, pero en aquel momento los jurados estaban cautivados y la interrupción los molestaría.

—¿Stuart Kofer te agredió físicamente?

Drew se quedó callado, con una expresión confusa.

—¿A qué se refiere con que si me «agredió físicamente»?

—¿Te pegó?

—Ah, sí, me dio unos cuantos bofetones.

—¿Te acuerdas de la primera vez que lo hizo?

—Sí, señor.

—¿Qué pasó?

—Bueno, Stu me preguntó que si quería ir de pesca con él,

y la verdad es que no quería, porque ni él me caía bien a mí ni yo le caía bien a él. Pero mi madre le había estado dando la lata para que hiciera algo conmigo, ya sabe, como un padre de verdad, jugar al béisbol, ir a pescar o alguna cosa divertida. Así que cogió su barca y nos fuimos al lago. Empezó a beber cerveza y eso siempre era mala señal. Estábamos en medio del lago cuando un pez grande mordió mi anzuelo con fuerza y salió disparado. Yo no estaba preparado y no agarré la caña lo bastante rápido, así que la caña y el carrete desaparecieron bajo el agua. Stu se puso como loco. Se puso a soltar tacos como un energúmeno y me pegó dos bofetones en la cara, muy fuertes. Había perdido la cabeza, gritaba, me insultaba y decía que aquellos aparejos le habían costado más de cien dólares y que tenía que pagárselos. Pensé que iba a tirarme de la barca. Se enfadó tanto que arrancó el motor, condujo a toda velocidad hacia la rampa, sacó la barca y nos fuimos a casa. Seguía insultándome. Tenía un carácter horrible, sobre todo cuando bebía.

Dyer se levantó al fin.

—Señoría, protesto. Preguntas capciosas e irrelevantes. No tengo claro qué está sucediendo aquí, señoría, pero esto es un interrogatorio directo y a este testigo se le está permitiendo divagar sin parar.

Noose se quitó las gafas y mordisqueó una boquilla un instante.

—Estoy de acuerdo, señor Dyer, pero esta declaración va a constar de todas formas, así que dejemos que el testigo declare.

—Gracias, señoría —dijo Jake—. Drew, ¿qué ocurrió mientras volvíais a casa desde el lago?

—Pues que, cuando ya estábamos cerca de casa, no dejaba de mirarme y se dio cuenta de que tenía el ojo izquierdo hinchado del bofetón que me había pegado. Así que me pidió que no se lo contara a mi madre, que le dijera que me había resbalado y caído mientras estábamos cargando la barca.

Dyer se puso de nuevo en pie.

—Protesto. Testimonio de referencia.

—Desestimada. Continúe.

Jake le había dado instrucciones a Drew de seguir adelante en cuanto el juez dijera que continuase. «No esperes a los abogados. Termina la historia».

—Y amenazó con matarme —dijo Drew.

—¿Era la primera vez que te amenazaba?

—Sí, señor. Me dijo que nos mataría a Kiera y a mí si se lo contábamos a mi madre.

—¿Estaba maltratando físicamente a Kiera?

—Bueno, supongo que ahora ya sabemos que sí.

—Bien, Drew, antes de que muriera, ¿sabías que Stuart Kofer estaba abusando sexualmente de tu hermana?

—No, señor. No me lo contó.

Jake se quedó callado unos instantes y consultó unas notas en una libreta. El único ruido que se oía en la sala del tribunal era el de los aparatos de aire acondicionado. La temperatura iba mejorando y una capa de nubes comenzaba a tapar el sol.

Junto al atril, Jake continuó con sus preguntas:

—Drew, ¿Kiera y tú le teníais miedo a Stuart Kofer?

—Sí, señor.

—¿Por qué?

—Era un tío duro con muy mal genio, un borracho agresivo, tenía un montón de armas y además era agente de la policía del condado y le gustaba presumir de que podía irse de rositas hiciera lo que hiciese, incluso aunque asesinara a alguien. Entonces empezó a pegar a mi madre y las cosas se pusieron muy mal...

Se le fue apagando la voz y bajó la cabeza. De repente se había puesto a sollozar y a temblar mientras luchaba por no perder la compostura. Transcurrieron unos instantes dolorosos con todas las miradas clavadas en él.

—Hablemos de la noche de la muerte de Stuart —siguió Jake.

Drew respiró hondo, miró a su abogado y se secó las lágrimas de las mejillas con el dorso de una manga. Kiera y él habían recibido una preparación tan exhaustiva que sus versiones coincidían a la perfección hasta que llegaban al punto crítico en el que habían encontrado a su madre inconsciente y, según les pareció, muerta. A partir de aquel momento dejaron de pensar con claridad y, lógicamente, no recordaban sus palabras ni movimientos con exactitud. Ambos estaban llorando y, a ratos, histéricos. Drew recordaba moverse de un lado a otro por la casa, mirar a Stuart en la cama, mirar a Kiera abrazando a Josie en el suelo de la cocina, escucharla mientras le suplicaba a su madre que se despertara y esperar junto a la ventana delantera a que llegara ayuda.

Y entonces oyó algo. Una tos, una especie de resoplido y el chirrido del somier y el colchón. Stuart se estaba moviendo al fondo y, si se levantaba, como había hecho hacía un mes, volvería a ponerse furioso y seguro que los mataba a todos.

—Fui a la habitación y Stuart seguía en la cama.

—¿Se había movido? —preguntó Jake.

—Sí. Ahora tenía el brazo derecho por encima del pecho. No estaba roncando. Algo me decía que estaba a punto de levantarse. Así que saqué su pistola de la mesita donde la tenía siempre guardada y salí del dormitorio con ella.

—¿Por qué te llevaste la pistola?

—No lo sé. Supongo que me daba miedo que la cogiera él.

—¿Qué hiciste con la pistola?

—No lo sé. Volví a la ventana y esperé otro rato; solo seguí esperando las luces azules, o las luces rojas, o a alguien que viniera a ayudarnos.

—¿Estabas familiarizado con la pistola?

—Sí, señor. Un día Stuart me llevó al bosque para enseñarme a tirar al blanco. Utilizamos su arma oficial, su Glock.

—¿Cuántas veces la disparaste?

—Tres o cuatro. Stuart había puesto un blanco encima de unas balas de heno. Yo no acertaba y se rio de mí, me llamó maricón, entre otras cosas.

Jake señaló la prueba número uno, que descansaba sobre la mesa.

—¿Es esa la pistola, Drew?

—Eso creo. Desde luego se parece mucho.

—Entonces, tú estabas junto a la ventana esperando, con esa pistola de ahí en la mano, ¿y qué pasó después?

Con la mirada clavada en Jake, el chico contestó:

—Recuerdo oír a Kiera y recuerdo estar muy asustado. Sabía que Stuart iba a levantarse, que iba a venir a por nosotros, así que volví al dormitorio. Me temblaban tanto las manos que apenas podía sujetar la pistola. Y se la acerqué a la cabeza.

Se le volvió a quebrar la voz y se enjugó los ojos.

—¿Recuerdas haber apretado el gatillo? —preguntó Jake.

El chico negó con la cabeza.

—No, no me acuerdo. No estoy diciendo que no lo hiciera, solo digo que no me acuerdo. Recuerdo que cerré los ojos y que la pistola temblaba muchísimo, y recuerdo el ruido.

—¿Recuerdas haber soltado la pistola?

—No.

—¿Recuerdas haberle dicho a Kiera que habías disparado a Stuart?

—No.

—Entonces, Drew, ¿qué recuerdas?

—Lo siguiente que recuerdo es estar sentado en el coche de policía, esposado, circulando a toda velocidad por la carretera y preguntándome qué estaba haciendo allí y adónde iba.

—¿Kiera iba contigo en el coche de policía?

—No me acuerdo.

—No hay más preguntas, señoría.

Lowell Dyer no había creído ni por un momento que fuera a tener la oportunidad de someter al acusado a un contrainterrogatorio. En todos y cada uno de los pasos previos al juicio, Jake había dado a entender que Drew no testificaría, y los abogados defensores más hábiles solían mantener a sus clientes alejados del estrado de los testigos.

Dyer había dedicado poco tiempo a prepararse para el momento, y el hecho de que tanto Josie como Kiera hubieran estado tan preparadas que incluso hubiesen anotado más puntos que el fiscal del distrito durante sus respectivos contrainterrogatorios agravaba su inquietud.

Atacar al testigo por sus antecedentes delictivos no funcionaría. Drew ya los había confesado y, además, ¿a quién le importaban realmente una bici robada y unos cuantos gramos de maría?

Atacar cualquier cosa que formara parte del pasado del muchacho sería contraproducente, porque era poco probable que alguno de los miembros del jurado hubiera sobrevivido a una infancia tan dura.

Dyer miró al acusado con mala cara.

—Veamos, señor Gamble, cuando se trasladó a vivir a casa de Stuart Kofer, le asignaron su propia habitación, ¿verdad?

—Sí, señor.

No había nada en el aspecto de aquel muchacho de pelo enmarañado que sugiriera que el tratamiento de «señor» fuese apropiado. Sin embargo, Dyer tenía que hacerse el duro. Dispensarle un trato demasiado familiar sería una señal de debilidad. Tal vez utilizar aquella fórmula de cortesía hiciera que Drew pareciera mayor.

—Y su hermana estaba justo al otro lado del pasillo, ¿no es cierto?

—Sí, señor.

—¿Tenía comida suficiente para alimentarse?

—Sí, señor.

—¿Tenía agua caliente para ducharse, toallas limpias y esas cosas?

—Sí, señor. La colada nos la hacíamos nosotros.

—¿Iba al instituto todos los días?

—Sí, señor, casi todos los días.

—¿Y a la iglesia de vez en cuando?

—Sí, señor.

—Antes de mudarse a casa de Stuart Kofer, tengo entendido que vivía con su familia en una caravana prestada, ¿es eso cierto?

—Sí, señor.

—Y según las declaraciones que han ofrecido su madre y su hermana, sabemos que antes de la caravana vivió en un coche, en un orfanato, en hogares de acogida y en un centro de internamiento de menores; ¿en algún sitio más?

¡Qué error tan estúpido! «¡Machácalo, Drew!», le entraron ganas de gritar a Jake.

—Sí, señor. Una vez vivimos debajo de un puente durante un par de meses, y también hubo varios albergues para personas sin hogar.

—De acuerdo. Lo que quiero decir es que el hogar que Stuart Kofer le ofreció era el mejor en el que había vivido en su vida, ¿no es así?

Otro error. «¡A por él, Drew!».

—No, señor. Hubo un par de casas de acogida que eran mejores, y además allí no tenías que preocuparte de que fueran a darte un guantazo.

Dyer miró al juez e imploró:

—Señoría, ¿podría indicarle al testigo que conteste a las preguntas sin extenderse en sus respuestas?

Jake esperaba una respuesta rápida, pero Noose la sopesó un rato. Entonces se puso de pie y dijo:

—Señoría, con la venia. El fiscal ha descrito la casa de Kofer como «mejor» sin especificar a qué se refería. Me permito sugerir que cualquier hogar en el que un niño conviva con el maltrato y con la amenaza de más violencia es de todo menos «mejor».

Noose estuvo de acuerdo.

—Por favor, continúe.

Dyer estaba demasiado irritado para continuar. Se acercó a D. R. Musgrove y, una vez más, ambos intentaron encontrar una estrategia. Asintió con arrogancia, como si hubiera dado con el enfoque perfecto para el contrainterrogatorio, y volvió al atril.

—Señor Gamble, creo que ha dicho que a usted no le caía bien Stuart Kofer y que a él no le caía bien usted, ¿es así?

—Sí, señor.

—¿Diría que odiaba a Stuart Kofer?

—Podría ser. Sí, señor.

—¿Quería verlo muerto?

—No, señor. Lo único que quería era alejarme de él. Estaba cansado de que le diera palizas a mi madre y de que nos abofeteara. Estaba cansado de las amenazas.

—Entonces, cuando le disparó, lo mató para proteger a su madre y a su hermana y para protegerse a sí mismo, ¿verdad?

—No, señor. En aquel momento yo sabía que mi madre estaba muerta. Era demasiado tarde para protegerla.

—Entonces le disparó como venganza. Por haber matado a su madre, ¿no?

—No, señor. No recuerdo haber pensado en venganza. Estaba demasiado alterado tras haber visto a mi madre tirada en el suelo. Solo tenía miedo de que Stuart se levantara y viniera a por nosotros, como ya había hecho antes.

«Venga, Dyer, muerde el anzuelo». Jake no paraba de mordisquear el tapón de un bolígrafo de plástico.

—¿Antes? —preguntó Dyer, pero después se contuvo. Nunca hagas una pregunta si no conoces la respuesta—. Borre eso. ¿No es cierto, señor Gamble, que disparó deliberada e intencionadamente a Stuart Kofer con su propia pistola, un arma con la que usted estaba familiarizado, porque él maltrataba a su madre?

—No, señor.

—¿No es cierto, señor Gamble, que disparó y mató deliberada e intencionadamente a Stuart Kofer porque estaba abusando sexualmente de su hermana?

—No, señor.

—¿No es cierto, señor Gamble, que disparó y mató premeditadamente a Stuart Kofer porque lo odiaba y porque albergaba la esperanza de que si él moría su madre pudiera quedarse con su casa?

—No, señor.

—¿No es cierto, señor Gamble, que cuando se agachó y le colocó el cañón a escasos centímetros de la cabeza, que en ese momento crucial, Stuart Kofer estaba profundamente dormido?

—No sé si estaba profundamente dormido. Sé que se había estado moviendo porque lo había oído. Me daba miedo que se levantara y volviera a perder la cabeza. Por eso hice lo que hice. Para protegernos.

—Usted lo vio dormido en su cama, cogió su pistola, se la colocó a unos centímetros de la sien izquierda y apretó el gatillo, ¿no fue así, señor Gamble?

—Supongo que sí. No estoy diciendo que no lo hiciera. No sé muy bien en qué estaba pensando en aquel momento. Tenía mucho miedo y sabía que acababa de matar a mi madre.

—Pero se equivocaba, ¿no es verdad? Stuart Kofer no mató a su madre. Está sentada ahí mismo.

Dyer se dio la vuelta y señaló a Josie, que estaba sentada en la primera fila, con un dedo furioso.

Drew recurrió a su propia rabia y replicó:

—Bueno, hizo todo lo que pudo por matarla. Mi madre estaba tirada en el suelo, inconsciente, y, por lo que pudimos comprobar, no respiraba. A nosotros sí nos pareció que estaba muerta, señor Dyer.

—Pero os equivocabais.

—Y había amenazado con matarla muchas veces, y a nosotros también. Creí que era el final.

—¿Había pensado alguna vez en matar a Stuart Kofer?

—No, señor. Nunca he pensado en matar a nadie. No tengo armas. No me meto en peleas ni cosas por el estilo. Yo solo quería marcharme y alejarme de aquella casa antes de que nos hiciera daño. Volver a vivir en un coche era mejor que vivir con Stuart.

Otra de las frases de Jake, pronunciada en el momento justo.

—Entonces, cuando estuvo en la cárcel, ¿no se metió en peleas?

—No estuve en la cárcel, señor. Estuve en un centro de internamiento de menores. La cárcel es para los adultos. Debería saberlo.

Noose se inclinó hacia él.

—Por favor, señor Gamble, controle sus comentarios.

—Sí, señor. Lo siento, señor Dyer.

—¿Nunca se metió en peleas?

—Todo el mundo se metía en peleas. Había muchas.

Dyer había entrado en terreno pantanoso y se iba hundiendo poco a poco. Discutir con un chico de dieciséis años no solía ser muy productivo, y en aquel momento Drew le sacaba ventaja. Tanto Josie como Kiera habían machacado a Dyer, y el fiscal prefería evitar sufrir más daños con el acusado.

—No hay más preguntas, señoría —dijo mirando al juez.

—¿Señor Brigance?

—Nada más, señoría.

—Señor Gamble, puede bajar y volver a la mesa de la defensa. Señor Brigance, por favor, llame a su siguiente testigo.

En voz muy alta, Jake anunció:

—Señoría, la defensa ha terminado.

Noose dio un respingo y pareció sorprenderse. Más tarde, Harry Rex contaría que Lowell Dyer le había lanzado a Musgrove una mirada de desconcierto.

Los abogados se reunieron ante el estrado, donde su señoría apartó el micrófono y se dirigió a ellos susurrando.

—¿De qué va esto, Jake? —preguntó en tono severo.

El abogado se encogió de hombros.

—Hemos terminado. No hay más testigos —contestó.

—En tu lista de testigos aparecen por lo menos diez.

—No los necesito, juez.

—Me parece un poco repentino, eso es todo. ¿Señor Dyer? ¿Algún testigo de refutación?

—No, juez. Si la defensa ha terminado, nosotros también.

Noose consultó su reloj.

—Teniendo en cuenta que se trata de un juicio por asesinato en primer grado, las instrucciones para el jurado serán largas y no podemos hacerlas deprisa y corriendo. Suspenderé la sesión hasta mañana a las nueve de la mañana. Nos reuniremos en mi despacho dentro de quince minutos para negociar las instrucciones del jurado.

49

Lucien invitó a todo el equipo a cenar a su casa y se negó a aceptar un no por respuesta. Como Sallie ya no estaba y él no tenía la más mínima habilidad culinaria, había recurrido a Claude para que preparara sándwiches *po'boy* de bagre, alubias estofadas en salsa de tomate, ensalada de col y ensalada de tomate. Claude era el propietario de la única casa de comidas negra del centro de Clanton. Jake iba a comer allí casi todos los viernes, junto con otros cuantos liberales blancos de la ciudad. Treinta años antes, cuando abrió la cafetería, Lucien Wilbanks iba casi todos los días e insistía en sentarse junto a la ventana para que la gente blanca que pasara por allí lo viera. Claude y él compartían una larga y pintoresca amistad.

Aunque no sabía cocinar, servir copas se le daba muy bien, así que Lucien recibió a sus invitados en el porche delantero y los animó a sentarse en las mecedoras de mimbre mientras el sol terminaba de ponerse. Carla había conseguido encontrar una canguro en el último momento, porque rara vez la invitaban a cenar en casa de Lucien y no pensaba dejar escapar aquella oportunidad. Portia sentía la misma curiosidad, aunque en realidad quería irse a casa y dormir un poco. Harry Rex fue el único que se excusó, alegando que sus secretarias, curtidas en mil batallas, amenazaban con un motín.

El doctor Thane Sedgwick acababa de llegar desde Baylor por si lo necesitaban para testificar durante la fase de imposición de la sentencia. Libby lo había llamado el día anterior para avisarle de que el juicio estaba avanzando mucho más rápido de lo que habían previsto en un principio. Tras unos cuantos sorbos de whisky, parecía que le hubieran dado cuerda.

—Entonces le pregunté si mis servicios serían necesarios —dijo con su marcado acento de Texas—. Y me dijo que no. No cree que vayan a condenarlo. ¿Es la única?

—Yo no veo una condena —confirmó Lucien—. Tampoco una absolución.

—Al menos cuatro de las cinco mujeres están con nosotras —señaló Libby—. La señora Satterfield se ha pasado el día llorando, sobre todo mientras Kiera estaba en el estrado.

—¿La declaración de Kiera ha sido eficaz? —preguntó Sedgwick.

—Ni te lo imaginas —contestó Libby.

Aquello desembocó en un largo relato de la épica jornada que los Gamble habían vivido en el juzgado, de cómo Josie y sus hijos habían formado un gran equipo mientras luchaban por abrirse paso a través de su triste y caótica historia. Portia preparó el escenario para el dramático testimonio de Kiera sobre el padre de su bebé. Lucien se echó a reír al repetir la declaración de Drew acerca de las casas de acogida en las que no tenías que preocuparte de que te dieran guantazos. Libby estaba asombrada por la forma en que Jake había conseguido ir sacando poco a poco a la luz los detalles de todos los lugares terribles en los que la familia había vivido. En lugar de soltárselos todos de golpe al jurado durante el alegato inicial, había ido dejando caer una bomba tras otra con mucho cuidado y había logrado un gran efecto dramático.

Jake estaba sentado junto a Carla en un sofá viejo, rodeándole los hombros con un brazo, bebiendo vino y escuchando las diferentes perspectivas de lo que él había visto y oído en el tribunal. Hablaba poco y se distraía a menudo pensando en el reto de su alegato final. Le preocupaba haber dado por finalizado tan pronto su turno de argumentaciones, pero los abogados, Libby, Lucien y Harry Rex, estaban convencidos de que era el movimiento correcto. Había perdido horas de sueño dándole vueltas a la posibilidad de subir a su cliente al estrado, pero el joven Drew no había cometido ningún error. En general, estaba satisfecho con cómo había ido el caso hasta el momento, pero no dejaba de recordarse que su cliente era culpable de asesinar a Stuart Kofer.

Cuando oscureció, entraron en la casa y se sentaron en torno a la preciosa mesa de teca del comedor de Lucien. La casa era antigua, pero la decoración de los interiores era moderna, con mucho cristal, metal y accesorios extraños. Las paredes estaban adornadas con una desconcertante colección de arte contemporáneo, como si el rey de la casa rechazara todo lo antiguo y tradicional.

El rey estaba disfrutando del whisky, igual que Thane, y empezaron las batallitas, largas anécdotas de dramas judiciales sucedidas hacía años, con el narrador siempre convertido en héroe. Cuando Thane se dio cuenta de que lo más probable era que no lo necesitaran el jueves, se sirvió otra copa y se preparó para trasnochar.

Portia, como joven mujer negra que se había criado en el otro extremo de la ciudad, no pensaba quedarse atrás. Contó una historia sorprendente acerca de un asesinato militar en el que había trabajado en el ejército en Alemania. Y aquello le recordó a Thane un doble asesinato en un rincón de Texas, en el que el supuesto asesino tenía solo trece años.

A las diez y media Jake necesitaba irse a dormir. Carla y él se despidieron y se fueron a casa. A las dos de la madrugada seguía despierto.

Todos los presentes en la sala del tribunal se levantaron casi al unísono como muestra de respeto ante la aparición del juez Omar Noose, que enseguida les hizo un gesto con la mano y les dijo que se sentaran. Dio la bienvenida al público, hizo un comentario acerca de que la sala estaba más fresca, le dio los buenos días al jurado y preguntó, muy serio, si alguien había intentado contactar con alguno de ellos durante aquellas horas de receso. Los doce negaron con la cabeza. No.

Omar había presidido más de mil juicios, y ni en uno solo de ellos había levantado la mano un jurado para reconocer que habían contactado con él o con ella fuera de la sala del tribunal. Si lo habían hecho, probablemente implicaría un pago monetario, algo de lo que nadie hablaría jamás. Pero a Omar le gustaban sus tradiciones.

Explicó que la siguiente hora sería la parte más aburrida de todo el juicio, porque, tal como exigía la ley, él mismo se encargaría de darle las instrucciones al jurado. Las leería para que constaran y, en beneficio del jurado, también leería los principios fundamentales de la ley, los estatutos del estado, que regirían sus deliberaciones. Su deber era valorar las pruebas y aplicarlas a la ley, y tomar la ley como estaba escrita y aplicarla a los hechos. Debían escuchar con atención. Era muy importante. Y para ayudarlos habría copias de las instrucciones disponibles en la sala del jurado.

Cuando ya los tenía desconcertados por completo, el juez Noose empezó a leer acercándose el micrófono. Página tras página de estatutos áridos, enrevesados, complicados y mal redactados que intentaban definir intención, asesinato, asesinato en primer grado, asesinato de un agente de la ley, premeditación, culpa, homicidio justificado. Lo escucharon con atención durante diez minutos, luego empezaron a distraerse lanzando miradas hacia la sala. Algunos lucharon con todas sus fuerzas por atender hasta el final. Otros se dieron cuenta de que podían leer todo aquello más tarde si querían.

Noose se detuvo de golpe al cabo de cuarenta minutos, para alivio de todos los presentes. Recopiló sus papeles, los ordenó bien y sonrió al jurado como si acabara de hacer un buen trabajo.

—Ahora, señores y señoras, ambas partes tendrán la oportunidad de hacer sus alegatos finales. Como siempre, la acusación va en primer lugar. Señor Dyer.

Lowell se puso de pie con gran determinación, se abrochó el botón superior de la chaqueta mil rayas azul claro, se acercó al estrado del jurado —el atril era opcional en aquella fase— y empezó.

—Señores y señoras del jurado, este juicio casi ha terminado y ha avanzado con mayor rapidez de la esperada. El juez Noose le ha concedido treinta minutos a cada parte para resumirles las cosas, pero en este caso treinta minutos son demasiados. No se necesita media hora para convencerles de lo que ya saben. No necesitan todo ese tiempo para decidir que el acusado, Drew Allen Gamble, asesinó a Stuart Kofer, un agente de la ley.

«Un gran inicio», pensó Jake. Cualquier público, ya fueran doce jurados en un estrado o doscientos abogados en un congreso, agradece un orador que promete ser breve.

—Hablemos sobre ese asesinato. El martes por la mañana, cuando reanudamos las sesiones, les pedí que se preguntaran, mientras escuchaban a los testigos, si en aquel momento terrible Drew Gamble tenía que apretar el gatillo. ¿Por qué lo apretó? ¿Fue en defensa propia? ¿Se estaba protegiendo a sí mismo, a su madre, a su hermana? No, señores y señoras, no fue en defensa propia. No fue justificable. No fue más que un asesinato a sangre fría y deliberado.

»La defensa se lo ha pasado en grande calumniando la reputación de Stuart Kofer.

Jake se puso en pie de un salto, levantó las dos manos e interrumpió al fiscal:

—Protesto, señoría. Protesto. Detesto interrumpir un alegato final, pero el empleo de la palabra «calumniar» implica que se han difundido falsedades. Falsos testimonios. Y no hay absolutamente nada en el acta que indique ni siquiera de manera remota que alguno de los testigos, de la acusación o de la defensa, haya mentido.

Noose parecía preparado para la interrupción.

—Señor Dyer, le pido que se abstenga de utilizar el término «calumniar». Y el jurado ignorará la mención de dicha palabra.

Dyer frunció el ceño y asintió, como si lo estuvieran obligando a acatar el fallo, pero no estuviera de acuerdo con él.

—Muy bien, señoría —contestó—. De acuerdo, los tres miembros de la familia Gamble les han hablado mucho de lo mala persona que era Stuart, y no voy a volver a sacar ese tema. Solo quiero que tengan en cuenta que ellos, los Gamble, tienen todas las razones del mundo, todos los motivos, para contar solo una parte de la historia y, quizá, para adornar y exagerar aquí y allá. Por desgracia, Stuart no está aquí para defenderse.

»Así que no deberíamos hablar de cómo vivía. Ustedes no están aquí para juzgarlo a él ni su forma de vida, sus adicciones, sus problemas, sus demonios. Su trabajo es sopesar los hechos relacionados con su muerte.

Dyer se acercó a la mesa de las pruebas y cogió la pistola. La levantó y se volvió hacia el jurado.

—En un momento dado de aquella terrible noche, Drew Gamble cogió esta pistola, una Glock 22 del calibre 40, con quince balas en el cargador, la que el sheriff Ozzie Walls les entrega a todos sus agentes, y la paseó por la casa. En ese momento, Stuart estaba profundamente dormido en su cama. Estaba borracho, como ya sabemos, pero el alcohol lo había dejado indefenso. Un hombre borracho que se había desmayado, que roncaba, no era una amenaza para nadie. Drew Gamble tenía la pistola en la mano y sabía usarla, porque Stuart le había enseñado a cargarla, a agarrarla, a apuntar con ella y a dispararla. Resulta bastante irónico, y trágico, que fuera la propia víctima quien enseñara al asesino a utilizar el arma homicida.

»Estoy seguro de que fue una escena terrible. Dos adolescentes asustados, su madre inconsciente en el suelo. Los minutos pasaban y Drew Gamble tenía la pistola en la mano. Stuart estaba dormido, en otro mundo. Habían llamado a emergencias; la policía y el personal de asistencia estaban en camino.

»Y, en un momento dado, Drew Gamble tomó la decisión de matar a Stuart Kofer. Se dirigió al dormitorio, por alguna razón cerró la puerta, levantó la pistola y puso el cañón a escasos centímetros de la sien izquierda de Stuart. ¿Por qué apretó el gatillo? Él asegura que se sentía amenazado, que Stuart podía levantarse y hacerles daño y que tenía que protegerse a sí mismo y a su hermana. Quiere que crean que tenía que apretar el gatillo.

Dyer regresó despacio a la mesa de las pruebas y dejó el arma.

—Pero ¿por qué en aquel momento? ¿Por qué no esperar unos minutos? ¿Por qué no esperar a ver si Stuart se levantaba? Drew tenía la pistola. Estaba armado y preparado para defenderse y para defender a su hermana en caso de que Stuart consiguiera revivir de alguna manera y fuera a por ellos. ¿Por qué no esperar hasta que llegara la policía? ¿Por qué no esperar?

Dyer se quedó plantado delante del jurado y los miró uno a uno.

—En aquel momento no tenía que apretar el gatillo, señoras y señores. Pero lo hizo. Y lo hizo porque quería matar a Stuart Kofer. Quería venganza por lo que le había pasado a su madre. Quería venganza por todas las cosas terribles que Stuart les hacía. Y la venganza significa premeditación, y eso significa que actuó de forma deliberada para matarlo.

»Señoras y señores, la premeditación equivale a asesinato en primer grado. Está todo dicho. Les insto a retirarse a deliberar y a volver a la sala con un veredicto justo y verdadero. El único veredicto proporcional a este delito. Un veredicto de culpabilidad por el asesinato en primer grado de Stuart Kofer. Gracias.

Fue un buen alegato final. Bien organizado, directo, convincente y conciso, algo extraño para un fiscal en un caso importante. Ninguno de los miembros del jurado se había aburrido. De hecho, todos parecían pendientes de hasta la última de sus palabras.

—Señor Brigance.

Jake se levantó y dejó caer su libreta sobre el atril. Sonrió a los jurados y los miró uno por uno. Alrededor de la mitad le devolvió la mirada; el resto la mantuvo clavada al frente.

—No le reprocho a la acusación que les haya pedido que resten importancia a muchas de las cosas que han oído aquí —comenzó—. Está claro que hablar de maltrato, de violaciones y de violencia doméstica no es plato de gusto. Son temas desagradables, incómodos de debatir en cualquier sitio, y sobre todo en una sala del tribunal con tanta gente escuchando. Pero yo no he creado los hechos, ni ustedes tampoco, ni nadie que no sea Stuart Kofer.

»La acusación intenta sugerir, intenta dar a entender, que es posible que los tres Gamble tiendan a adornar la historia, a exagerarla. ¿En serio? —De pronto levantó la voz y se enfadó. Señaló a Kiera, sentada en la primera fila tras la mesa de la defensa—. ¿Ven a esa niña de ahí? ¿A Kiera Gamble, que tiene catorce años y está embarazada de más de siete meses de Stuart Kofer? ¿Creen que está exagerando?

Respiró hondó y dejó que el enfado se disipara.

—Cuando deliberen, miren la fotografía de Josie Gamble en el hospital, con la mandíbula hecha pedazos, la cara magullada, los ojos hinchados, y pregúntense si está adornando la historia. No les están mintiendo. Más bien todo lo contrario; podrían contar muchas más historias acerca del horror de vivir con Stuart Kofer.

»¿Qué le pasó a Stuart Kofer? ¿Qué le pasó al chico de una ciudad pequeña que se alistó en el ejército y que quiso hacer carrera en él hasta que lo obligaron a dejarlo? ¿Qué le pasó al joven y valorado agente conocido por su valentía y su implicación con la comunidad? ¿De dónde salió ese lado oscuro? Tal vez le ocurriera algo en el ejército. Quizá le afectara la presión de su trabajo. Supongo que nunca lo sabremos, pero todos estamos de acuerdo en que su pérdida es una tragedia.

»Su lado oscuro... No entendemos qué lleva a un hombre, a un policía y exsoldado corpulento, fuerte y duro, a patear, golpear y abofetear a una mujer que pesa cincuenta y cinco kilos, a romperle los huesos, los dientes, partirle los labios, dejarla sin conocimiento y después amenazarla con la muerte si se lo cuenta a alguien. No entendemos por qué Kofer maltrató físicamente y amenazó a un crío bajito y esquelético como Drew. No entendemos cómo un hombre se convierte en un depredador sexual y persigue a una niña de catorce años por el mero hecho de que la tiene a mano, porque vive en su casa. Tampoco entendemos por qué un hombre elige emborracharse, una y otra vez, hasta sumirse en un estado de violencia enfervorizada e inconsciencia. No entendemos que un agente de la ley, un policía del que se sabía que empleaba mano dura con los conductores borrachos, pudiera pasarse todo el día bebiendo y saturándose de alcohol hasta el punto de desmayarse, y después despertarse y decidir que no pasaba nada por ponerse al volante de un coche. 0,36.

Jake guardó silencio unos instantes y negó con la cabeza, como asqueado por la fealdad de sus propias palabras. Los doce lo estaban mirando, todos ellos incómodos ante esa fealdad.

—Su casa... Una casa que se convirtió en un infierno en vida para Josie y sus hijos. Una casa que deseaban abandonar con todas sus fuerzas, pero no tenían adonde ir. Una casa que se volvía más aterradora con cada fin de semana que pasaba. Una casa que era como un polvorín, donde el estrés y la presión aumentaron día tras día hasta que fue inevitable que alguien terminara herido. Una casa que era tan horrible que los hijos de Josie le suplicaban marcharse de allí.

»La acusación quiere que ustedes hagan caso omiso de todo esto y que, por el contrario, se concentren en los diez últimos segundos de la vida de Stuart. El señor Dyer sugiere que Drew tendría que haber esperado. Y esperado. Pero ¿esperado a qué? No había nadie que fuera a ayudarlos. Habían esperado a que la policía acudiera. Y, en efecto, había acudido, pero no los había ayudado. Habían esperado durante semanas, y meses, con la esperanza desesperada de que Kofer buscara ayuda y pusiera freno a su alcoholismo y su mal carácter. Habían esperado durante horas en aquellas noches largas y terroríficas, habían esperado a ver los faros del coche de Stuart en el camino de entrada, habían esperado a comprobar si era capaz de entrar en la casa por su propio pie, habían esperado la inevitable pelea. Habían esperado más que de sobra, y esa espera no había hecho sino acercarlos al desastre.

»Bien, recogeré el guante. Hablemos de los diez últimos segundos. Mientras su madre yacía inconsciente y aparentemente muerta, con su hermana atendiéndola y rogándole que se despertara, y con Kofer haciendo ruidos en el dormitorio, mi cliente experimentó un miedo y una sensación de peligro insoportables. Temía sufrir daños físicos graves, incluso la muerte, y no solo para él, sino también para su hermana, así que tenía que hacer algo. Es un error coger esos diez segundos y diseccionarlos aquí, en esta sala, unos cinco meses después del delito y muy alejados, alejadísimos, del horror de la escena, y decir: «Bueno, tendría que haber hecho esto o tendría que haber hecho lo otro». Ni uno solo de nosotros puede saber o predecir lo que haríamos en una situación así. Es imposible.

»Sin embargo, lo que sí sabemos es que todos tomaríamos medidas extraordinarias para protegernos a nosotros mismos y a nuestros seres queridos. Y eso es justo lo que hizo mi cliente.

Se quedó callado y asimiló la quietud de la sala y la atención intensa de todos los presentes, que lo miraban y escuchaban. Bajó la voz y dio un paso hacia el jurado.

—Josie y sus hijos han llevado una vida caótica. Ella ha sido muy sincera respecto a sus errores y haría cualquier cosa por volver atrás y cambiarlo todo. No han tenido mucha suerte, si es que han tenido alguna. Y mírenlos ahora. La vida de Drew depende de este juicio. Kiera está embarazada tras haber sido violada en repetidas ocasiones. ¿Qué tipo de futuro les espera? Les pido, señores y señoras, que muestren un poco de piedad, un poco de compasión. Cuando ustedes y yo salgamos de aquí, nos iremos a casa y seguiremos con nuestra vida, y con el tiempo este juicio se convertirá en un recuerdo borroso. Ellos no tienen tanta suerte. Les ruego que sean compasivos, que sean comprensivos, que tengan piedad y le concedan a esta triste familia, a Drew, a Kiera y a Josie, la oportunidad de reconstruir su vida. Les ruego que declaren a Drew Gamble inocente. Gracias.

—Suspenderemos la sesión hasta las dos en punto —anunció el juez Noose cuando el jurado se retiró—, momento en que la retomaremos y comprobaremos el estado de las deliberaciones.

Dio un golpe con su mazo y desapareció.

Jake se acercó a la mesa de la acusación, les estrechó la mano a Lowell Dyer y a D. R. Musgrove y los felicitó por su buen trabajo. La mayor parte del público fue saliendo poco a poco de la sala, pero algunos se quedaron, como si esperaran un veredicto rápido. El clan de los Kofer no se movió y empezaron a cuchichear entre ellos. A Drew, acompañado por tres agentes, se lo llevaron a su lugar de reclusión, la sala de reuniones de la junta de supervisores del condado de Van Buren.

La madre de Morris Finley vivía en la granja familiar, en pleno campo, a unos quince kilómetros del juzgado. Morris recibió allí al equipo de la defensa para disfrutar de un agradable almuerzo en un patio sombreado con una vista preciosa de los prados y el estanque donde los Finley habían aprendido a nadar. La señora Finley se había quedado viuda hacía poco y vivía sola, así que se alegró mucho de poder preparar un gran almuerzo para Morris y sus amigos.

Mientras comían ensalada de pollo a la brasa y bebían té helado, repasaron los alegatos finales y compararon notas sobre las reacciones faciales y el lenguaje corporal de los jurados. Harry Rex comió deprisa y se marchó para volver a su bufete de Clanton, pero Lucien se quedó. No tenía mucho más que hacer y quería conocer el veredicto. «Están todos atacados», dijo en más de una ocasión.

Jake era incapaz de comer y estaba agotado. Un juicio era todo estrés, pero la peor parte era esperar el veredicto.

50

La primera pelea fue verbal, aunque un par de palabras rabiosas más y podría haberse convertido fácilmente en un combate de boxeo. Estalló durante el almuerzo, cuando John Carpenter, el jurado número cinco, y sin duda el más temido por la defensa, volvió a presionar con agresividad para que lo eligieran presidente del jurado. En aquel momento hacía poco más de una hora que las deliberaciones habían comenzado, y Carpenter apenas había parado de hablar. Los otros once ya estaban cansados de él. Los doce estaban sentados a una mesa alargada, comiendo deprisa, engullendo sándwiches, sin tener muy claro qué hacer a continuación, porque la tensión ya era palpable.

—Bueno, ¿hay alguien más que quiera ser presidente del jurado? —preguntó Carpenter—. Porque, a ver, si no hay nadie que quiera el cargo, me lo quedo yo.

—No creo que debas ser el presidente, porque no eres imparcial —intervino Joey Kepner.

—¡Y una mierda que no! —le espetó desde el otro lado de la mesa.

—No eres imparcial.

—¿Quién leches te crees que eres? —gritó Carpenter.

—Está claro que ya has tomado una decisión.

—No es verdad.

—Ya la tenías tomada el lunes —intervino Lois Satterfield.

—¡No es verdad!

—Oímos lo que dijiste sobre la niña —dijo Joey.

—¿Y qué? ¿Quieres ser el presidente? Pues quédate con el puñetero cargo, pero yo no pienso votarte.

—¡Y yo no voy a votarte a ti! —gritó Joey—. Ni siquiera tendrías que estar aquí.

Los dos alguaciles que atendían al jurado estaban justo al otro lado de la puerta de la sala e intercambiaron una mirada. Los gritos se oían a la perfección y cada vez parecían más fuertes. Abrieron la puerta, entraron corriendo y todo el mundo se calló de inmediato.

—¿Necesitan algo más? —preguntó uno de los alguaciles.

—No, estamos bien —respondió Carpenter.

—¿O sea que ahora puedes hablar por todos los demás? —preguntó Joey—. Así, sin más. Te has autoproclamado portavoz del jurado. Señor, ¿podría traerme un café, por favor?

—Por supuesto —contestó el alguacil—. ¿Algo más?

Carpenter le lanzó a Joey una mirada de odio. Comieron en silencio mientras les servían el café. Cuando los alguaciles se marcharon, Regina Elmore, la jurado número seis, una ama de casa de treinta y ocho años originaria de Chester, tomó la palabra:

—Bueno, a mí esto me parece una típica pelea de chicos. Estaré encantada de asumir el cargo de presidenta si así se tranquilizan las cosas.

—Bien. Te doy mi voto. Hagámoslo unánime —dijo Joey.

Carpenter se encogió de hombros.

—Vosotros mismos.

Un alguacil se quedó junto a la puerta mientras el otro informaba al juez Noose.

Una hora más tarde, empezaron a gritarse de nuevo.

—¡Voy a partirte la cara en cuanto esto acabe! —gritó una voz masculina.

—¿Por qué esperar? —contestó otra—. ¡Hazlo ya!

Los alguaciles llamaron a la puerta con fuerza antes de entrar y se encontraron con que a John Carpenter, que estaba de pie a un lado de la mesa, lo estaban sujetando dos hombres. Al otro lado de la mesa, Joey Kepner también estaba de pie, con la cara colorada y preparado para la lucha cuerpo a cuerpo. Se relajaron un poco y se apartaron.

El ambiente de la sala era tan tenso que los alguaciles estaban deseando marcharse. Volvieron a informar al juez Noose.

A las dos, los abogados y el público volvieron a reunirse en la sala del tribunal. El acusado también estaba allí. Un alguacil les susurró a Jake y a Lowell que el juez quería verlos en su despacho, solo a ellos dos.

Noose estaba sentado a su mesa de reuniones, sin toga y fumando una pipa. Con aspecto turbado, les hizo un gesto a las abogados para que entraran y tomaran asiento. Sus primeras palabras fueron música para los oídos de Jake.

—Caballeros, parece que el jurado está en guerra. Los alguaciles han tenido que interrumpir dos peleas en las tres primeras horas. Me temo que esto no augura nada bueno para el juicio.

A Dyer se le hundieron los hombros y Jake intentó contener una sonrisa. Ninguno de los dos habló, porque nadie les había pedido que lo hicieran.

Noose prosiguió:

—Voy a hacer algo que solo he hecho una vez en mis muchos años como juez. Nuestro Tribunal Supremo no lo ve con buenos ojos, pero tampoco lo rechaza.

La taquígrafa judicial golpeó la puerta con los nudillos y entró, seguida de un alguacil y de Regina Elmore.

—Señora Elmore, tengo entendido que ha sido elegida presidenta del jurado —dijo Noose.

—Sí, señor.

—Bien. Esta es una vista informal, pero quiero que la taquígrafa judicial lo registre todo, solo para tenerlo por escrito. Los abogados, el señor Dyer y el señor Brigance, no estarán autorizados a decir nada, lo cual sin duda les resultará doloroso.

Todo el mundo rio sin ganas. Ja, ja. Qué agudo. Regina parecía nerviosa e insegura.

—De acuerdo, no quiero que nos dé nombres, ni que nos diga cómo ve usted este caso ni hacia qué veredicto se inclina el jurado. Pero sé que está habiendo algunos conflictos en la sala y siento la necesidad de intervenir. ¿Está avanzando el jurado?

—No, señor.

—¿Por qué no?

La mujer respiró hondo y miró a Noose, luego a Jake y después a Lowell. Tragó saliva con dificultad y empezó:

—Vale, a ver, no puedo utilizar nombres, ¿verdad?

—Verdad.

—De acuerdo. En esa sala hay un hombre que no debería estar en el jurado. Me gustaría contarles algo que dijo ayer, ¿está permitido?

—Sí, adelante.

—Ayer por la mañana nos fuimos a comer tras la declaración de Kiera y este hombre le hizo un comentario grosero a otro hombre del jurado. Podría decirse que han hecho buenas migas. Y le aseguro, juez, que hemos escuchado sus advertencias y que no se ha hablado del caso hasta..., bueno, hasta ayer.

—¿Cuál fue ese comentario grosero?

—Refiriéndose a Kiera, dijo que lo más seguro era que Kofer no fuera el padre porque seguro que esa chica habría empezado a follar, perdón por el lenguaje, a los doce años, igual que su madre. El otro hombre se echó a reír. La mayoría no le vimos la gracia. Yo lo oí y me quedé horrorizada. Un segundo después, Joey... Vaya, lo siento, he dicho su nombre. Lo siento, juez.

—No pasa nada, continúe.

—A Joey no le gustó el comentario y le llamó la atención. Le dijo que no debíamos hablar del caso y discutieron unos minutos. Fue bastante tenso. Ninguno de los dos daba su brazo a torcer. Y entonces hoy, en cuanto nos hemos retirado a deliberar, el otro hombre ha intentado hacerse con el control del jurado, quería ser el presidente, quería que votáramos de inmediato. Es evidente que busca un veredicto de culpabilidad y la pena de muerte. Quiere que cuelguen al chaval mañana mismo.

Jake y Lowell estaban cautivados por la historia. Nunca habían oído a un jurado comentar las deliberaciones antes de alcanzar un veredicto. Estaba permitido contactar con los jurados después del juicio para hacerles preguntas respecto a lo que había ocurrido, pero la mayoría se negaba a contestarlas. Pero escuchar un relato de primera mano de lo que estaba sucediendo en la sala del jurado era fascinante.

Por supuesto, Jake estaba mucho más satisfecho con el relato que Lowell.

La presidenta continuó:

—Personalmente, opino que ese hombre no debería formar parte del jurado. Es un avasallador e intenta intimidarnos a todos, sobre todo a las mujeres, y por eso Joey y él chocan tanto. Es agresivo y vulgar y desprecia cualquier argumento con el que no esté de acuerdo. No creo que esté afrontando sus deberes como jurado con una mentalidad abierta e imparcial.

Noose no podía expulsar a un miembro del jurado hasta que hiciera algo malo, y jurar que se era imparcial cuando en realidad se albergaba algún prejuicio oculto no era inusual.

—Gracias, señora Elmore —dijo el juez—. En su opinión, ¿será posible que este jurado alcance un veredicto unánime?

La mujer no pudo evitar reírse del juez, no se rio porque no lo respetara, sino porque le sorprendió que le hiciera una pregunta tan absurda.

—Lo siento, juez. Pero no. Primero repasamos todas las pruebas, como usted nos dijo que hiciéramos, y después volvimos a leer las instrucciones, tal como usted nos pidió. Y este hombre, el mismo del que le vengo hablando, empezó a presionar para que hiciéramos una votación. Al final, después de comer, y después de que a Joey y a él los separaran por primera vez, votamos.

—¿Y?

—Seis a seis, juez, sin el más mínimo margen de maniobra por ninguno de los dos lados. Ahora incluso nos hemos sentado en lados opuestos de la mesa. Puede tenernos aquí encerrados hasta que las ranas críen pelo, pero es un seis contra seis inamovible. Yo no pienso votar para condenar a ese crío de nada, no después de lo que Kofer les había hecho.

El juez levantó las manos para pedirle que se detuviera.

—Suficiente. Gracias otra vez, señora Elmore. Puede marcharse.

—¿De vuelta a la sala del jurado?

—Sí, señora.

—Juez, por favor, no quiero tener que volver ahí dentro. Soy incapaz de soportar a ese hombre tan horrible y estoy harta de él. Todos lo estamos, incluso los que están de acuerdo con él. Ahí dentro el ambiente es bastante tóxico.

—Bueno, tenemos que seguir intentándolo, ¿no es así?

—Va a haber una pelea, se lo advierto.

—Gracias.

Cuando se marchó, Noose le hizo un gesto con la cabeza a la taquígrafa judicial, que enseguida se escabulló del despacho. A solas con los abogados, Noose volvió a encender la pipa, exhaló algo de humo y adoptó una expresión de absoluta derrota.

—Busco algún consejo inteligente, caballeros —dijo.

Dyer estaba ansioso por salvar el caso.

—¿Por qué no dispensa a Kepner y al malo y los sustituye con dos suplentes? —sugirió.

Noose asintió. No era mala idea.

—¿Jake?

—Está claro que Kepner está de nuestra parte y que no ha hecho nada malo. Podría complicar las cosas en la apelación.

—Estoy de acuerdo —reconoció Noose—. Fueron correctamente elegidos. No puedo dispensarlos porque estén discutiendo con demasiada intensidad. No podemos renunciar después de tan solo tres horas de deliberación, caballeros.

Nos veremos en la sala del tribunal dentro de cinco minutos.

Jake tuvo que hacer un gran esfuerzo para seguir reprimiendo una sonrisa mientras entraba en la sala y se sentaba junto a su cliente. Se echó hacia atrás y le susurró a Portia:

—Seis a seis.

La joven se quedó boquiabierta unos instantes antes de recuperar la compostura.

Los jurados tampoco sonrieron cuando entraron en fila en la sala y ocuparon sus asientos. Noose los observó con detenimiento y, una vez que estuvieron acomodados, empezó:

—Señoras y señores, el tribunal ha sido informado de que al parecer han llegado a un punto muerto.

Hubo ruido entre los espectadores, exclamaciones apagadas, murmullos, cambios de postura.

Entonces su señoría soltó lo que normalmente se conocía como la carga de dinamita:

—Todos ustedes juraron sopesar las pruebas con una mentalidad abierta e imparcial, dejar fuera de la sala del tribunal cualquier prejuicio o preferencia personal y seguir la ley según yo se la he entregado. Ahora les ordeno que vuelvan a sus deliberaciones y cumplan con su deber. Quiero que cada uno de ustedes, con independencia de cómo se sientan ahora mismo con respecto a este juicio, comience de nuevo desde la posición de aceptar la opinión contraria. Durante un instante, consideren el otro punto de vista y piensen que ese podría ser el correcto. Si ahora creen que Drew Gamble es culpable, entonces, durante un instante, piensen que no lo es y defiendan esa posición. Lo mismo si creen que es inocente. Miren al otro lado. Acepten los otros argumentos. Vuelvan a la casilla de salida, todos sin excepción, y empiecen una nueva ronda de deliberaciones con el objetivo de acordar un veredicto final y unánime para este caso. No tenemos ninguna prisa, y si esto nos lleva varios días que así sea. No tengo paciencia para un jurado incapaz de alcanzar un acuerdo. Si no lo consiguen, este juicio volverá a celebrarse, y les aseguro que el siguiente jurado no será más inteligente, ni estará mejor informado ni será más imparcial que ustedes. Ahora mismo son lo mejor que tenemos, y no me cabe duda de que están a la altura de la tarea. No espero menos que su colaboración más absoluta y un veredicto unánime. Pueden retirarse a la sala del jurado.

Sumisos pero impasibles, los jurados se retiraron como alumnos de primaria de camino a cumplir un castigo.

—Se suspende la sesión hasta las cuatro de la tarde.

El equipo de la defensa se reunió al final de un pasillo atestado de la planta baja. Estaban exultantes, pero atemperaron sus ganas de celebrarlo.

—Noose ha llamado a su despacho a la presidenta, Regina Elmore —explicó Jake—. Ha dicho que ya se han producido dos peleas y que no serán las últimas. Nadie cede ni un milímetro. Ha descrito la división del jurado como «un seis contra seis inamovible» y ha dicho que todos tenían ganas de marcharse a casa.

—¿Qué pasará a las cuatro? —quiso saber Carla.

—¿Quién sabe? Si consiguen llegar hasta ese momento sin matarse entre sí, imagino que Noose les echará otro sermón y quizá los envíe a casa hasta mañana.

—¿Y solicitarás la anulación del juicio? —preguntó Lucien.

—Sí.

—Bueno, me voy a buscar a nuestra hija —se despidió Carla—. Te veo en casa.

Le dio un beso en la mejilla a su marido y se marchó. Jake miró a Portia, a Libby y a Thane Sedgwick y dijo:

—Chicos, matad el rato como se os ocurra, voy a ver a Drew.

Se dirigió a otro pasillo y se encontró a Moss Junior Tatum y a un agente municipal sentados en sendas sillas ante la puerta de la sala de reuniones de la junta de supervisores.

—Me gustaría ver a mi cliente —declaró.

Moss Junior se encogió de hombros y abrió la puerta.

Drew estaba solo, sentado al final de una mesa larga, sin

chaqueta y leyendo una novela de misterio de los Hardy Boys. Jake se sentó frente a él.

—¿Cómo estás, colega? —le preguntó.

—Bien. Algo cansado de esta mierda.

—Sí, yo también.

—¿Qué está pasando ahí fuera?

—Parece que el jurado está en tablas.

—¿Qué quiere decir eso?

—Quiere decir que no te declararán culpable, y eso es un triunfo enorme para nosotros. También quiere decir que te llevarán de vuelta a la cárcel de Clanton y allí esperarás otro juicio.

—¿O sea que tenemos que volver a pasar por esto?

—Es lo más probable, sí. Seguramente sea dentro de unos meses. Haré cuanto esté en mi mano para sacarte, pero no te hagas ilusiones.

—Genial. ¿Y se supone que tengo que alegrarme por esto?

—Sí, podría ser mucho peor.

Jake sacó una baraja de cartas.

—¿Te apetece jugar un poco al blackjack?

Drew sonrió.

—Claro —contestó.

—¿Cómo va el marcador?

—Tú has ganado setecientas dieciocho partidas. Yo, novecientas ochenta. Ahora mismo me debes dos dólares con sesenta y dos centavos.

—Te los pagaré cuando salgas —dijo Jake, y empezó a barajar.

A las cuatro, los jurados entraron en la sala, enfadados y derrotados, y ocuparon sus respectivos asientos, poniendo gran cuidado en ni siquiera rozarse entre ellos. Tres de los hombres se cruzaron inmediatamente de brazos y fulminaron con la mirada a Jake y a su cliente. Dos de las mujeres tenían los ojos rojos y solo querían irse a casa. Joey Kepner miró a Libby con una sonrisa de satisfacción y seguridad.

—Señora Elmore —dijo su señoría—, como presidenta, le pregunto si el jurado ha realizado algún progreso desde las dos. No se levante.

—No, señoría, ninguno en absoluto. Las cosas no han hecho más que empeorar.

—¿Cuál es el resultado de la votación?

—Seis culpable de asesinato en primer grado, seis inocente de todos los cargos.

Noose los miró como si le hubieran desobedecido.

—De acuerdo, voy a sondear al jurado haciéndole una pregunta a cada uno de ustedes. Un simple sí o no será suficiente. No se necesita nada más. Jurado número uno, señor Bill Scribner, en su opinión, ¿puede este jurado alcanzar un veredicto unánime?

—No, señor —respondió rápidamente.

—Número dos, señor Lenny Poole.

—No, señor.

—Número tres, señor Slade Kingman.

—No.

—Número cuatro, señora Harriet Rydell.

—No, señor.

Los doce contestaron que no en tono firme, con un lenguaje corporal más empático que las respuestas verbales.

Noose guardó silencio durante un buen rato mientras garabateaba unas cuantas notas sin sentido. Luego miró al fiscal.

—Señor Dyer.

Lowell se puso en pie.

—Señoría, ha sido un día largo. Propongo que suspendamos la sesión en este momento, que dejemos que los jurados se vayan a casa y consulten todo esto con la almohada, y que vuelvan mañana por la mañana y lo intenten otra vez.

La mayoría de los miembros del jurado, si no todos, negaron con la cabeza para expresar su desacuerdo.

—Señor Brigance.

—Señoría —dijo Jake—, la defensa solicita la nulidad del juicio y el sobreseimiento de todos los cargos contra el acusado.

—Parece que continuar con las deliberaciones sería una pérdida de tiempo —dijo Noose—. Solicitud aprobada. Declaro la nulidad del juicio. El acusado permanecerá bajo la custodia del sheriff del condado de Ford.

Dio un fuerte golpe con el mazo y abandonó el estrado.

Una hora más tarde, Libby Provine y Thane Sedgwick salieron del juzgado y pusieron rumbo al aeropuerto de Memphis. Lucien ya se había marchado. Jake y Portia cargaron sus carpetas y sus cajas en el maletero del Impala nuevo y se dirigieron a Oxford, a cuarenta y cinco minutos de distancia. Aparcaron en la plaza y entraron en una hamburguesería, una de las favoritas de Jake durante sus días de estudiante. Era 9 de agosto y los universitarios regresaban poco a poco a la ciudad. Dos semanas más tarde, Portia volvería como alumna de primero de Derecho y estaba contando los días. Dejaba el bufete después de dos años como secretaria y pasante de Jake, y su jefe no tenía ni idea de qué iba a hacer sin ella.

Tomaron una cerveza hablando de la facultad de Derecho, no del juicio. De cualquier cosa menos del juicio.

A las siete en punto, Josie y Kiera entraron sonriendo, repartiendo abrazos a diestro y siniestro. Se sentaron a una mesa y pidieron bocadillos y patatas fritas. Josie tenía mil preguntas y Jake contestó pacientemente todas las que pudo. Lo cierto era que él no sabía qué le pasaría a Drew. Sin duda, volverían a imputarlo por los mismos cargos y se celebraría otro juicio. ¿Cuándo? ¿Dónde? Jake no lo sabía.

Ya se preocuparían por eso al día siguiente.

51

Bien entrada la mañana del viernes, Jake se cansó de que el teléfono no parara de sonar sin que nadie lo contestara y decidió marcharse de su sombrío bufete. Portia tenía el día libre, porque él había insistido, y allí no había nadie más. Los que llamaban eran periodistas, además de unos cuantos amigos abogados que querían charlar y de varios extraños que despotricaban sin identificarse. No había llamadas de nuevos clientes potenciales. Escuchaba los mensajes a medida que iban entrando, y se dio cuenta de que así era imposible trabajar. Se recordó que en el mundo del derecho penal un juicio nulo era una victoria. La fiscalía, con todos sus recursos, no había logrado cumplir con su función. El cliente de Jake seguía siendo inocente y él estaba satisfecho con la defensa que había organizado. Pero la fiscalía volvería a la carga y Drew iría a juicio una vez más, y otra si era necesario. No había límite para el número de jurados indecisos a los que podía enfrentarse un acusado por un mismo delito, y el asesinato de un agente de policía haría que la misma imputación continuara volviendo una y otra vez a lo largo de los años. Pero no se trataba de un pensamiento del todo deprimente. Jake había encontrado su hogar en el viejo juzgado. Se había crecido ante la presión. Había preparado a sus testigos de forma exhaustiva y todos habían hecho un gran papel. Sus estrategias y emboscadas habían funcionado a la perfección. Había ensayado con gran cuidado sus argumentos para el jurado y los había defendido muy bien. Y lo que era aún más importante: Jake había llegado al punto de que le importara un comino lo que pensaran los demás. La policía, los abogados contrarios, el público de la sala, la comunidad entera. No le importaba. Su trabajo era luchar por su cliente, por muy impopular que fuera la causa.

Bajó a la calle y se metió en el Coffee Shop, donde encontró a Dell en la barra secando vasos. Le dio un abrazo rápido y se dirigieron a un reservado del fondo.

—¿Tienes hambre? —le preguntó ella.

—No. Solo café.

Dell se acercó a la barra, volvió con una cafetera, llenó dos tazas y se sentó con él.

—¿Cómo estás?

—Estoy bien. Es un triunfo, pero solo temporal.

—Me han dicho que volverán a por él.

—Estoy seguro de que esta semana te han dicho muchas cosas.

La mujer se echó a reír.

—Sí, es verdad. Prather y Looney han estado aquí esta mañana y se ha hablado mucho.

—A ver si lo adivino: Brigance ha vuelto a tomarnos el pelo y ha conseguido que el chico se libre.

—Distintas variantes de eso, sí. Los chicos estaban bastante cabreados porque los has tenido toda la semana en el juzgado bajo citación y luego no los has subido al estrado.

Jake se encogió de hombros.

—Forma parte de su trabajo. Ya se les pasará.

—Claro que sí. Prather ha dicho que les has tendido una emboscada con lo de la chica embarazada, que la has tenido escondida.

—Ha sido una lucha justa, Dell. Hemos sido mejores que Lowell Dyer y los hechos nos favorecieron. Y el chico sigue en la cárcel.

—¿Tiene posibilidades de salir?

—Lo dudo. Aunque debería estar fuera, ¿sabes? Sigue siendo inocente hasta que se demuestre su culpabilidad. ¿Han comentado eso en algún momento?

—No, por supuesto que no. Lo que sí han comentado es que las declaraciones han sido bastante terribles, que has hecho que Kofer parezca un monstruo.

—Yo no he cambiado ni un solo hecho. Y sí, Stuart Kofer se llevó justo lo que se merecía.

—El viejo Hitchcock ha dado la cara por ti. Ha dicho que, si alguna vez se metía en algún lío, serías el primer abogado al que llamaría.

—Justo lo que necesito, otro cliente que no pueda pagarme ni un centavo.

—No es todo malo, Jake. Sigues teniendo unos cuantos amigos por aquí y, según cómo lo mires, hay cierta admiración por tus destrezas en la sala del tribunal.

—Me alegro de oírlo, pero la verdad es que ya no me importa. Llevo doce años pasando hambre porque me preocupaban los chismorreos. Eso se ha acabado. Estoy harto de pasar hambre.

Dell le apretó la mano.

—Estoy orgullosa de ti, Jake.

La campanilla de la puerta tintineó y entraron un par de clientes. Dell sonrió a Jake y se marchó para atenderlos. El abogado se acercó a la barra y cogió un ejemplar del periódico de Tupelo. Volvió al reservado y se sentó de espaldas a la puerta. En la portada había una fotografía de Drew bajo el titular JUEZ DECLARA JUICIO NULO TRAS DIVISIÓN DEL JURADO. Había leído el artículo hacía unas horas y no necesitaba volver a leerlo, así que avanzó hasta las páginas de deportes y leyó un adelanto de la temporada de fútbol americano de la Southeastern Conference.

Portia estaba sentada a su escritorio recortando artículos de periódico. Jake entró y le preguntó:

—¿Qué estás haciendo aquí?

—Me aburría en casa sin hacer nada. Además, mi madre está de mal humor esta mañana. Me muero de ganas de largarme a la universidad.

Jake se echó a reír y se sentó frente a ella.

—¿Qué estás haciendo?

—Te estoy preparando un álbum de recortes. ¿Vas a hablar con alguno de estos periodistas? Todos los artículos dicen: «El señor Brigance se ha negado a hacer comentarios».

—El señor Brigance no tiene nada que decir y el caso no ha terminado.

—Pues después del caso Hailey sí que tuviste mucho que decir. He leído el expediente lleno de recortes que tienes guardado y el señor Brigance disfrutó como un enano hablando con los periodistas después de aquello.

—He aprendido. Los abogados deberían limitarse al «Sin comentarios», pero les resulta imposible. Nunca te interpongas entre un abogado con fama y una cámara de televisión. Es peligroso.

Portia apartó los recortes.

—Oye —dijo—, sé que ya te lo he dicho más veces, pero quiero repetírtelo antes de marcharme. Lo que el juez Atlee y tú hicisteis con el dinero de Hubbard fue maravilloso. Gracias al fondo para estudios, mis primos y yo tenemos la oportunidad de ir a la universidad. Tengo los estudios pagados, Jake, y te estaré agradecida para siempre.

—De nada. El dinero no es mío, yo solo controlo la chequera.

—Bueno, eres un fideicomisario estupendo y te damos las gracias por ello.

—Gracias. Es un honor distribuir el dinero entre estudiantes que se lo merecen.

—Me va a ir bien en la facultad, Jake, te lo prometo. Y cuando termine volveré aquí a trabajar.

—Yo diría que ya estás contratada. Llevas dos años en este bufete y la mayor parte de las veces actúas como si fueras la jefa.

—Hasta he aprendido a apreciar a Lucien, cosa que, como sabemos, no es tan fácil.

—Le caes bien, Portia, y te quiere aquí. Pero recibirás ofertas de grandes bufetes. Las cosas están cambiando y buscan diversidad. Si destacas en la facultad de Derecho, te lanzarán dinero a espuertas.

—Eso no me interesa. Yo quiero estar en la sala del tribunal, como tú, ayudando a la gente, a mi gente. Me has dado la oportunidad de estar presente durante el juicio, como si fuera una abogada de verdad. Has sido una inspiración.

—Gracias, pero no nos vengamos demasiado arriba. Puede que haya ganado el caso, pero ahora estoy más arruinado que antes de conocer a Drew Gamble. Y ese chico no va a desaparecer de mi vida.

—Sí, pero sobrevivirás, ¿verdad, Jake?

—Sí, no sé cómo, pero sobreviviré.

—Bueno, tienes que aguantar hasta que yo termine la carrera.

—Aquí estaré. Y te necesitaré a lo largo de los tres próximos años. Siempre hay mucho que investigar. —Jake le echó un vistazo a su reloj de pulsera y sonrió—. Eh, es viernes, el día de los blancos en la cafetería de Claude. Vamos a regalarnos una comida de empresa.

—¿Y la empresa puede permitírsela?

—No —contestó riendo—. Pero Claude nos concederá un crédito.

—Vamos.

Rodearon la plaza hasta el restaurante y llegaron justo antes de la hora punta del mediodía. Claude los abrazó y les señaló una mesa junto a la ventana. Nunca había sentido la necesidad de invertir en imprimir la carta del restaurante y ofrecía a sus clientes lo que fuera que le diese por cocinar aquel día, normalmente costillas, bagre, pollo a la barbacoa y alubias estofadas en salsa de tomate con muchas verduras.

Jake saludó a una pareja de ancianos a los que conocía

desde que iba al instituto. Nadie parecía mostrar ni el más remoto interés por el juicio de Gamble. Portia pidió costillas y a Jake le apeteció comer bagre. Bebieron té azucarado y observaron cómo se iba llenando el local.

—Una pregunta —dijo Portia—, hay algo a lo que no dejo de darle vueltas.

—Adelante.

—He leído todos los informes del caso Hailey, de hace cinco años. Le concediste una entrevista a un tal señor McKittrick, de *The New York Times*, e hiciste una defensa bastante enérgica de la pena de muerte. Dijiste, entre otras cosas, que el problema de la cámara de gas era que no se utilizaba lo bastante a menudo. Sé que ahora no opinas lo mismo. ¿Qué ha pasado?

Jake sonrió y desvió la mirada hacia el tráfico peatonal de la acera.

—Carl Lee es lo que ha pasado. Cuando los conocí, a él y a su familia, me afectó mucho darme cuenta de que podían condenarlo y mandarlo a Parchman durante diez o quince años mientras yo peleaba sus apelaciones, y de que un día el estado lo inmovilizaría y abriría el gas. No podía vivir con eso. Como abogado de Carl Lee, yo pasaría sus últimos momentos con él en la sala de contención, al lado de la cámara de gas, seguramente con un pastor o un capellán, y después alguien se lo llevaría. Yo recorrería el pasillo hasta una sala para el público y me sentaría con Gwen, su esposa, con Lester, su hermano, e imagino que otros familiares suyos, y lo veríamos morir. Perdí horas de sueño a cuenta de esas pesadillas. Estudié a fondo la historia de la pena de muerte por primera vez en mi vida y detecté los problemas obvios. La injusticia, las desigualdades, la pérdida de tiempo, de dinero, de vidas. También me impacta la disyuntiva moral. Valoramos la vida y todos estamos de acuerdo en que matar está mal; entonces, ¿por qué nos permitimos matar a alguien de manera legal sirviéndonos del estado como medio? Así que cambié de opinión. Supongo que forma parte del proceso de crecer, de vivir, de madurar. Es lógico cuestionarnos nuestras creencias.

Claude casi les lanzó las cestas encima de la mesa.

—Tenéis treinta minutos —les dijo.

—Cuarenta y cinco —replicó Jake, pero Claude ya se había ido.

—¿Por qué hay tantos blancos que adoran la pena de muerte? —preguntó Portia.

—Cuestión de educación. Crecemos con ello. Lo oímos en casa, en la iglesia, en el colegio, entre los amigos. Estamos en el Cinturón Bíblico, Portia, ojo por ojo y todo eso.

—¿Y qué hay del Nuevo Testamento y los sermones sobre el perdón de Jesús?

—No interesan. Jesús también predicó sobre el amor ante todo, la tolerancia, la aceptación, la igualdad. Pero a la mayoría de los cristianos que conozco se les da muy bien escoger solo lo que les conviene de las Sagradas Escrituras.

—Eso no lo hacen solo los cristianos blancos —dijo Portia entre risas.

Siguieron comiendo y disfrutaron de los ataques verbales de Claude contra tres señores negros vestidos de traje. Uno cometió el error de pedir la carta. Cuando acabaron los insultos, ambos estaban muertos de risa.

A las doce y cuarto todas las mesas estaban ocupadas y Jake contó otros siete clientes blancos, aunque le daba igual. Durante un breve lapso, la buena comida era más importante que el color de la piel. Portia comía a pequeños bocados con unos modales exquisitos. Había cumplido veintiséis años y, gracias al ejército, había visto más mundo que Jake o que cualquier otra persona que él conociera. También le estaba costando encontrar un novio adecuado.

—¿Tienes pareja? —le preguntó buscando jaleo.

—No, y no preguntes. —Comió un bocado y miró a su alrededor—. ¿Qué posibilidades hay en la facultad de Derecho?

—¿Blanco o negro?

—Venga, Jake. Si llevara un chico blanco a casa, mi familia

se volvería loca. Estoy segura de que tiene que haber alguien con talento en la universidad.

—Lo dudo. Terminé hace doce años y en nuestra clase solo había tres negros.

—Hablemos de otra cosa —insistió—. Te pareces a mi madre, siempre dándome la tabarra porque no me caso. Luego le recuerdo que ella sí se casó, y mira cómo le fue.

Su padre, Simeon Lang, tenía un largo historial de violencia y en aquellos momentos estaba cumpliendo condena por homicidio imprudente al volante.

Su madre, Lettie, se había divorciado de él hacía dos años.

Claude pasó junto a ellos y miró las cestas con el ceño fruncido. Después consultó su reloj, como si se hubieran pasado de la hora.

—¿Cómo vamos a disfrutar de nuestra comida con tanta presión? —le preguntó Jakc.

—Se os está dando bastante bien. Pero daos prisa, que tengo a gente esperando fuera.

Terminaron de comer y Jake dejó un billete de veinte dólares sobre la mesa. Claude no aceptaba tarjetas de crédito ni cheques, y a toda la ciudad le encantaba especular sobre cuánto dinero ganaría. Tenía una casa bonita en el campo, conducía un Cadillac precioso y había mandado a tres hijos a la universidad. Todo el mundo daba por hecho que su desdén por las cartas impresas, las facturas y las tarjetas de crédito se extendía también a los impuestos sobre la renta.

Ya en la acera, Jake dijo:

—Creo que voy a acercarme a la cárcel a pasar una hora con Drew. Ese chico me está desplumando al blackjack y tengo que recuperar mi dinero.

—Es muy buen chaval. ¿No podemos sacarlo de la cárcel, Jake?

—No es muy probable. ¿Puedes ir a verlo mañana? Te tiene mucho cariño, Portia.

—Claro, haré brownies y se los llevaré. A los guardias les

encanta mi doble ganache de chocolate. Aunque no es que la necesiten.

—Volveré dentro de un par de horas.

—Tú mismo. Eres el jefe, al menos por ahora.

52

El lunes por la mañana, Jake terminó de contabilizar sus horas y sus gastos por la defensa de Drew Gamble y le envió la factura por fax al honorable Omar Noose.

Desde la primera llamada del juez, efectuada el domingo 25 de marzo, el día de la muerte de Stuart Kofer, Jake justificó trescientas veinte horas, o en torno a un tercio del total de sus días de trabajo. Añadió otras cien horas por la labor de Portia y facturó hasta el último minuto posible relacionado con el caso: el tiempo de los desplazamientos en coche, de las llamadas de teléfono, todo. Infló generosamente sus cálculos, y lo hizo sin ningún tipo de remordimiento. La tarifa aprobada para los trabajos de oficio asignados por el tribunal era de solo cincuenta dólares la hora, una suma irrisoria para cualquier letrado. Se rumoreaba que el abogado más caro de la ciudad era Walter Sullivan, que presumía de cobrar doscientos dólares por hora. Los bufetes corporativos de Jackson y Memphis cobraban otro tanto. Hacía dos años, durante la impugnación del testamento de Seth Hubbard, el juez Atlee había aprobado que Jake cobrara ciento cincuenta dólares por hora, y el propio Jake se consideraba merecedor de hasta el último centavo.

Cincuenta dólares por hora apenas cubrían sus gastos generales.

Su total era de veintiún mil dólares, veinte mil más de lo que el estatuto permitía para un caso de asesinato en primer grado, y mientras enviaba la factura dudó de que alguna vez llegara a ver aquel dinero. Esa era la única razón por la que pensar en un segundo juicio resultaba deprimente.

¿Eran unos honorarios razonables? Resultaba difícil saberlo, porque a la gente con medios rara vez se la imputaba por asesinato en primer grado. Hacía tres años acusaron a un granjero rico del Delta de asesinar a su esposa con una escopeta del calibre 12. Contrató a un conocido abogado penalista y lo absolvieron. Se rumoreaba que los honorarios habían sido de doscientos cincuenta mil dólares.

Esos eran los casos que Jake quería.

Media hora más tarde, el juez Noose estaba al teléfono. Jake tragó saliva con dificultad y cogió la llamada.

—A mí me parecen razonables —comentó el juez—. Has hecho un buen trabajo, Jake.

Aliviado, el abogado le dio las gracias y preguntó:

—¿Y ahora qué, juez?

—Voy a enviarle tu factura por fax ahora mismo a Todd Tannehill, con instrucciones de que le diga a la junta que te extienda un cheque.

«Póngales los puntos sobre las íes, juez». Le dio las gracias y colgó. La junta se negaría, y el plan era que entonces Jake demandara al condado ante el tribunal de distrito, con el juez Omar Noose como presidente de sala.

Una hora más tarde, recibió una llamada de Todd Tannehill. Todd era un buen abogado y llevaba muchos años siendo el representante legal de la junta de supervisores. A Jake siempre le había caído bien, e incluso habían salido juntos a cazar patos.

—Enhorabuena por la victoria, Jake —dijo Todd.

—Gracias, pero es solo temporal.

—Sí, ya lo sé. Mira, los honorarios son bastante razonables y me encantaría extenderte un cheque, pero salta a la vista que van en contra del estatuto.

—Sí, yo también lo veo.

—Bueno, yo presentaré la factura. La junta se reúne esta

tarde y haré que este tema sea el primero del orden del día. Sin embargo, los dos sabemos que la junta se negará. Noose me ha dicho que lo más seguro es que demandes al condado.

—Siempre ha sido una opción.

—Buena suerte. Pondré las cosas en marcha.

El martes por la mañana, Jake recibió una carta de Todd Tannehill por fax:

> Estimado señor Brigance:
>
> El lunes 13 de agosto, la junta de supervisores del condado de Ford recibió una factura por sus servicios como abogado de oficio designado por el tribunal en la defensa de Drew Gamble. Su petición supera la cantidad autorizada por la ley estatal. Por lo tanto, la junta no puede sino negarse a pagarle la factura. Si así lo solicita, la junta le abonará el máximo de mil dólares establecido por el estatuto.
>
> Con gran pesar,
>
> TODD TANNEHILL

Jake preparó una sencilla demanda de una sola página contra el condado y se la enseñó a Lucien, que estaba en su sala del piso de abajo. Le encantó.

—Bueno —le dijo—, si tanto adoran la pena de muerte estas criaturas temerosas de Dios que rondan por aquí, que la paguen.

Como Dumas Lee repasaba los registros judiciales todos los martes por la tarde en busca de noticias, Jake decidió esperar más o menos un día para presentarla. El periódico se enviaba a la imprenta todos los martes a las diez de la noche, y no cabía duda de que la edición del día siguiente proclamaría a los cuatro vientos la declaración de nulidad del juicio por el asesinato de Kofer. Un artículo acerca de la demanda de Jake contra el condado no haría más que añadir leña al fuego.

Lowell Dyer no mostró tanto autocontrol. El martes por la tarde convocó al gran jurado para una sesión extraordinaria y volvió a repasar el asesinato con ellos. Ozzie testificó y enseñó las mismas fotografías del lugar de los hechos. Por unanimidad, imputaron de nuevo a Drew por asesinato en primer grado y le entregaron los papeles en la cárcel. Dyer llamó después a Jake y la conversación fue tensa.

Ahora el tiempo era un factor realmente importante. La nueva imputación era de esperar, y, con una posible reelección en el aire, Dyer tenía que hacer algo espectacular para mitigar su derrota.

El miércoles por la mañana temprano, Jake leyó el *Times* mientras se tomaba un café con Carla. En la portada apenas había espacio para todos los titulares en negrita sobre la falta de acuerdo del jurado, las fotografías y los emocionantes artículos de Dumas. La nueva imputación aparecía en la segunda página. El señor Brigance seguía sin hacer comentarios.

El jueves por la mañana, Jake presentó su demanda contra el condado. También demandó a los herederos de Stuart Kofer por cincuenta mil dólares por los gastos médicos de Josie, y algo más como compensación por su dolor y su sufrimiento. En el bufete se estaban debatiendo otras dos demandas. Una era la del propio Jake contra Cecil Kofer por los gastos médicos derivados de la paliza. La otra era una segunda demanda contra los herederos de Stuart Kofer por los cuidados y el tratamiento de Kiera, así como por la manutención de su bebé, aún por nacer.

Demandar era terapéutico.

Portia estaba urdiendo su propia demanda. Jake, como la mayor parte de los abogados de ciudades pequeñas, no solía ocuparse de casos de *habeas corpus*. Ese tipo de trabajos lo hacían casi exclusivamente los abogados que representaban a prisioneros que aseguraban que su arresto había sido injusto, y casi siempre se gestionaba en el tribunal federal. Pero Portia sabía que no estaba prohibido pedir *habeas corpus* en el tribunal estatal. El jueves, ya tarde, le presentó a Jake una demanda y un grueso informe para justificarla. Jake miró el encabezado —«Drew Allen Gamble contra Ozzie Walls, sheriff del condado de Ford»— y sonrió.

—¿Ahora vamos a demandar a Ozzie?

—Eso es. Las demandas de *habeas corpus* se presentan contra la persona que retiene al demandante. Por lo general, contra el alcaide de alguna cárcel.

—Esto le va a alegrar el día.

—No se le reclaman daños. Es más bien una formalidad.

—¿Y en el tribunal estatal?

—Eso es. Tenemos que agotar todos los recursos estatales antes de poder ir al tribunal federal.

Jake siguió leyendo, sin dejar de sonreír. La demanda alegaba que Drew estaba retenido de forma ilegal porque el tribunal (el juez Noose) consideraba que el cargo de asesinato en primer grado era un delito no sujeto a fianza. Había cumplido más de cuatro meses de condena en la cárcel del condado a pesar de ser presuntamente inocente. El estado había intentado condenarlo y no lo había conseguido. Debido a su edad, estaba confinado en solitario y se le estaban negando oportunidades educativas.

—Me encanta —murmuró Jake mientras leía.

Portia se sentía orgullosa de su obra. Con el ritmo que llevaba su jefe con las demandas, estaba claro que no tardaría en presentar también aquella.

El condado de Ford y el vigesimosegundo distrito judicial estaban violando la prohibición de la Octava Enmienda contra los castigos crueles e inusuales al mantener encerrado a un menor en una cárcel de adultos sin posibilidad de fianza.

Jake dejó la demanda en la mesa y cogió el informe.

—Solo es un primer borrador —matizó Portia cuando su jefe empezó a leerlo—. Todavía falta trabajo por hacer.

—Es magnífico. No necesitas ir a la facultad de Derecho.

—Genial. Consígueme una licencia.

Jake leyó despacio, pasando las páginas de un lado a otro, sin dejar de sonreír. Cuando terminó, Portia le entregó más papeles.

—¿Qué es esto? —preguntó.

—La demanda federal. Cuando Noose diga que no, acudimos corriendo al tribunal federal, donde los jueces saben mucho más sobre *habeas corpus*.

—Sí, lo odian.

—Cierto, pero lo odian porque están inundados de demandas de presos que se creen abogados y que no tienen mucho más que hacer. Todos los reclusos tienen quejas, ya sea una reclamación legítima de inocencia o una perorata sobre un váter que pierde agua y lo mal que se come en la cárcel, así que inundan los tribunales de peticiones de *habeas*. Esto es distinto, y puede que hasta se lo tomen en serio.

—¿Las mismas alegaciones?

—Sí, es prácticamente la misma demanda.

Jake la dejó sobre la mesa, se puso de pie y se estiró. Portia lo miró y dijo:

—Y creo que deberías pedirle a Noose que se recuse. A fin de cuentas, él forma parte del problema, porque se niega a plantearse una fianza adecuada. Deberíamos pedir que asignen otro juez, a alguien de fuera del distrito.

—Uy, se pondría muy contento. Tengo una idea. Mañana por la mañana me reuniré con Noose y con Dyer para terminar de rematar los cabos sueltos del juicio. Estará en la ciudad para presidir las primeras comparecencias y vistas sobre fianzas. ¿Y si les enseño la solicitud de *habeas* y el informe y amenazo con presentarla aquí y después llevarla al tribunal federal si es necesario?

—¿El juez Noose ha visto alguna vez una solicitud de ese tipo?

—Lo dudo. Le sugeriré que se recuse y exigiré una vista urgente. Sabe que la prensa se enterará y quizá quiera evitar el alboroto. Dyer puede protestar, lloriquear y adoptar todas las poses que quiera ante el público. El objetivo final es presionar a Noose para que fije una fianza razonable y que nuestro cliente pueda salir.

—¿Cómo va a pagarse Drew la fianza?

—Gran pregunta. Ya nos preocuparemos por ello cuando llegue el momento.

53

El viernes a las nueve de la mañana había mucho ajetreo en el juzgado. Los abogados formaban corrillos, chismorreaban y contaban chistes viejos. Las familias de los jóvenes recién imputados lo miraban todo desde los bancos, angustiados. Las secretarias correteaban de un lado para otro cargadas con documentos y flirteaban con los abogados. Jake era el hombre del momento y varios de sus rivales se vieron obligados a felicitarlo por su triunfo en Chester. Todo aquello acabó cuando Lowell Dyer llegó en representación del estado.

Un alguacil fue a buscar a Jake y a Todd Tannehill y les dijo que su señoría quería verlos en su despacho. Cuando entraron, Noose los estaba esperando de pie, haciendo estiramientos; su malestar físico resultaba evidente. Los saludó cariñosamente estrechándoles la mano y señaló las sillas que rodeaban la mesa.

—Tenemos una sala muy concurrida esta mañana, caballeros —comenzó el juez cuando se sentaron—, así que vayamos directos al grano. Jake, has presentado una demanda por tus honorarios. Todd, ¿cuándo puedes presentar la respuesta?

—Muy pronto, señoría.

—Me temo que eso no es suficiente. La demanda es sencilla: una sola página, toda una rareza en este mundillo, con la factura de Jake adjunta. Estoy seguro de que la respuesta será aún más breve. Negativas a todo, ¿me equivoco?

—Eso me temo, juez.

—Ha consultado con sus clientes y doy por hecho que los cinco supervisores están de acuerdo.

—Sí, señor.

—Bien. Quiero que vuelva corriendo a su despacho, que prepare una respuesta de una sola página, la traiga al juzgado y la presente mientras yo atiendo los casos pendientes.

—¿Que la presente hoy?

—No, señor. Que la presente antes de la hora de comer. El juicio se programará para el jueves que viene en esta sala del tribunal, un juicio sin jurado que presidiré yo mismo. Jake, ¿tienes pensado llamar a algún testigo?

—No, señor, no los necesito.

—Y tú tampoco, Todd. Será un juicio muy corto. Quiero a los cinco supervisores en la sala del tribunal. Jake, envíales una citación si es necesario.

—No hará falta, señoría —aseguró Todd—. Yo los traeré.

—De acuerdo, pero si alguno de ellos no se presenta emitiré una orden de arresto.

Todd se quedó de piedra, igual que Jake. La idea de arrestar a un supervisor del condado elegido por los votantes y llevarlo a rastras hasta la sala del tribunal era alarmante.

Noose no había terminado.

—Y, Todd, te sugiero que les recuerdes a los cinco con gran discreción que en este tribunal hay pendientes dos demandas en las que el condado de Ford es el principal demandado. Una tiene que ver con un vertedero propiedad del condado que supuestamente ha contaminado agua potable. Los demandantes piden mucho dinero. La segunda está relacionada con un accidente en el que se vio implicado un camión de la basura del condado. Ambas reclamaciones parecen tener fundamento. Quiero que Jake cobre. Sé que el condado tiene dinero porque he visto los libros de contabilidad. Como sabes, están en los archivos públicos.

Y aún más alarmante resultaba la nada sutil amenaza por parte del presidente de la sala de mostrar favor en dos casos que no guardaban relación con el que los ocupaba. Tannehill estaba perplejo.

—Disculpe, señoría, pero eso me ha parecido una amenaza.

—No es una amenaza. Es una promesa. Metí a Jake en el caso Gamble asegurándole que se le pagaría. Sus honorarios son razonables, ¿no te parece?

—No tengo ningún problema con sus honorarios. El caso es que...

—Ya lo sé, ya lo sé. Pero los supervisores del condado tienen mucho margen de maniobra en cuestiones presupuestarias y pueden sacar ese dinero de los fondos sin restricciones. Pues hagámoslo.

—Vale, vale.

—Puedes marcharte, Todd. Por favor, presenta la repuesta antes del mediodía.

Tannehill le lanzó a Jake una mirada de desconcierto y después se marchó a toda prisa del despacho. Cuando cerró la puerta a su espalda, Noose se levantó y volvió a estirarse.

—¿Cuántos casos tienes esta mañana?

—Dos primeras comparecencias más el de Gamble. No creo que quiera verlo hoy en el tribunal.

—No. Lo haremos más adelante. Nos ocuparemos de los asuntos de la mañana y volveremos a vernos aquí para comer, con Lowell.

—De acuerdo, juez.

—Encárgale a Claude sándwiches *po'boy* de bagre, ¿vale?

—Eso está hecho, juez.

Los abogados se quitaron la chaqueta y se aflojaron la corbata a sugerencia de su señoría. Él había dejado la toga colgada junto a la puerta. Los *po'boys* seguían calientes y deliciosos. Tras unos cuantos bocados y varios comentarios triviales, Noose preguntó:

—¿Tenéis vuestra agenda a mano?

Ambos asintieron y buscaron en sus maletines.

Noose consultó unas cuantas notas y preguntó:

—¿Qué os parece el 10 de diciembre para el nuevo juicio?

Jake no tenía nada agendado más allá de octubre. El calendario de juicios de Dyer giraba en torno al de Noose. Los dos dijeron que estaban disponibles el 10 de diciembre.

—¿Alguna idea de dónde podría celebrarse? —preguntó Jake, deseando con todas sus fuerzas que no fuera otra vez en el condado de Van Buren.

—Bueno, he estado dándole vueltas —respondió Noose antes de darle un bocado al sándwich y limpiarse la boca con una servilleta de papel—. Deberíamos irnos con la música a otra parte. Las cosas no salieron demasiado bien en Chester. Aquí no vamos a hacerlo. El condado de Tyler es el terreno de Lowell, así que queda descartado. Eso nos deja con los condados de Polk y Milburn. Elegiré uno en su debido momento y lo celebraremos allí. ¿Alguna objeción?

—Por supuesto, juez, nosotros nos opondremos a cualquier solicitud de traslado del juicio.

Ninguna de las dos partes estaba impaciente por iniciar la revancha. Dyer temía otra derrota y a Jake le preocupaba una posible bancarrota.

—Claro que sí. Pero no dedique mucho tiempo a su objeción.

Y, sin más, el tribunal había emitido su fallo.

Su señoría continuó comiendo y hablando.

—Tampoco es que importe mucho. Podríamos escoger a doce personas en las calles de cualquiera de los cinco condados y obtendríamos el mismo resultado. Caballeros, apenas he pensado en otra cosa desde la declaración de nulidad, y no creo que ningún jurado vaya a condenar a este chico, ni tampoco a absolverlo. Me gustaría conocer vuestra opinión.

Jake asintió y se quedó callado.

—Bueno —empezó Dyer—, lo que está claro es que tenemos que volver a intentarlo, ¿no? Veo las mismas dificultades, pero estoy seguro de que conseguiremos una condena.

La respuesta estándar de todo fiscal.

—¿Jake?

—Estoy de acuerdo con usted, juez. Puede que la votación varíe un poco, es probable que no sea un empate exacto, pero un veredicto unánime es inimaginable. El único hecho que cambiará es que Kiera dará a luz el mes que viene, así que habrá una criatura. Por supuesto, dispondremos del análisis de sangre para demostrar que es de Kofer.

—¿Y no cabe la posibilidad de que no sea así? —preguntó Dyer educadamente.

—Creo a la niña —contestó Jake.

—Entonces, ¿abandonarás la estrategia de la emboscada?

—Puede que sí, o a lo mejor descubro cómo tenderte otra.

—Caballeros. Volveremos a juzgarlo el 10 de diciembre y no habrá más emboscadas. Si el jurado no consigue llegar a un acuerdo, ya veremos qué ocurre después. ¿No cabe la posibilidad de que lleguen a un acuerdo?

Dyer negó con la cabeza.

—Ahora no, juez. No puedo acceder a nada que no sea el asesinato en primer grado, no cuando la víctima es un agente de policía.

—¿Jake?

—Lo mismo. No puedo pedirle a un chico de dieciséis años que acceda a un trato que le haría pasar alrededor de treinta años en la cárcel.

—Me lo imaginaba. Caballeros, no veo forma de salir de este embrollo. Los hechos son los que son y no podemos cambiarlos. No tenemos más opción que seguir con los juicios.

Jake apartó su sándwich a un lado y cogió unos papeles.

—Supongo que eso nos lleva a la cuestión de la fianza. Hasta el momento, mi cliente lleva cinco meses en la cárcel por nada. Como todos sabemos, es presuntamente inocente. La fiscalía ha intentado demostrar su culpabilidad una vez y ha fracasado. No es justo mantenerlo encerrado. Es tan inocente como nosotros, por no hablar de que es menor de edad y se merece la oportunidad de salir de ahí.

Dyer negó con la cabeza mientras comía.

Noose, por sorprendente que parezca, dijo:

—También le he estado dando vueltas a este asunto. Es preocupante.

—Es peor que eso, juez. En marzo, el chico ya llevaba un retraso de dos años en los estudios. Como hemos ido viendo, su educación ha sido bastante irregular. Ahora está recluido muy lejos de cualquier aula.

—Creía que tu esposa estaba trabajando con él.

—Varias horas a la semana, juez, y, en el mejor de los casos, es un arreglo temporal. No es suficiente. El muchacho ha demostrado algo de interés en aprender, pero tiene que estar en un centro educativo de verdad, con profesores y otros chicos de su edad, y con muchas horas de refuerzo después de las clases. —Jake les entregó varios documentos a ambos—. Esto es una petición para un recurso de *habeas corpus* que tengo pensado presentar el lunes en la Audiencia Territorial. Y le pediré, juez, con todo el respeto, que se recuse. Si no lo conseguimos en la Audiencia Territorial, entonces recurriré al federal y conseguiremos la reparación. Ese chico está siendo retenido de forma ilícita y puedo convencer de ello a un juez federal. La solicitud alega una violación de la prohibición de imponer castigos crueles e inusuales contenida en la Octava Enmienda, basándose en que es un menor encerrado en una institución para adultos, en confinamiento solitario y sin acceso a recursos educativos. Hemos encontrado dos casos relevantes, en otras jurisdicciones, y los hemos reseñado en nuestro informe. Si logramos la reparación y Drew sale de la cárcel, los dos podréis echarle la culpa a otro y no tendréis que preocuparos por ningún tipo de repercusiones políticas.

Aquello molestó a Noose, que le lanzó una mirada furiosa a Jake.

—Yo no pienso en la política, Jake.

—Vaya, es el primer político que no piensa en la política.

—Me ofendes. ¿Me consideras un político?

—En realidad, no, pero su nombre aparecerá en las papeletas el año que viene. Y el tuyo también, Lowell.

—No dejo que la política se entrometa en mis consideraciones —contestó Lowell en un tono demasiado moralizador.

—Entonces, ¿por qué no dejar salir al chico? —replicó Brigance de inmediato.

Todos respiraron hondo mientras Noose y Dyer le echaban un vistazo a la petición. Resultaba obvio que les había pillado por sorpresa y que no tenían muy claro lo que estaban leyendo.

—Lo siento si lo he ofendido, juez —añadió Jake al cabo de unos instantes—. No era mi intención.

—Disculpa aceptaba. Tenemos que ser sinceros y reconocer que dejar en libertad a un acusado de asesinato en primer grado disgustaría a muchísima gente. ¿Tienes algún plan?

—Sí. Los compromisos de comparecencia se utilizan para asegurarse de que la persona acusada del delito se presentará ante el tribunal para enfrentarse a los cargos. Les prometo a los dos que, siempre que quieran que Drew, su madre o su hermana comparezcan ante cualquier tribunal, allí estarán. Tienen mi palabra. Mi plan es sacarlo de la cárcel, llevarlo a Oxford a vivir con su madre y su hermana y que empiece el instituto dentro de un par de semanas. Kiera empezará las clases cuando tenga el bebé. Allí no los conoce nadie, aunque lo cierto es que ahora su dirección consta en acta. Tanto Drew como Kiera necesitan refuerzo escolar y terapia, así que intentaré encargarme de esas cosas.

—¿La madre está trabajando? —preguntó Noose.

—Tiene dos trabajos a jornada parcial y está buscando un tercero. Les encontré un apartamento pequeño y estoy ayudando a Josie a pagar el alquiler. Y así seguirá siendo mientras no me arruine.

—Hay que fijar una fianza, Jake, ¿cómo van a pagarla?

El abogado le entregó un documento.

—Esta es la escritura de mi casa —dijo—. La presentaré como garantía. Y no me da miedo hacerlo porque sé que Drew comparecerá ante el tribunal.

—Venga ya, Jake —protestó Dyer negando con la cabeza.

—No puedes hacer eso —dijo Noose.

—Ahí tiene la escritura, juez. Le advierto que la casa está

muy hipotecada, como el resto de mis pertenencias, pero no me preocupa.

—¿Y si vuelven a largarse? —preguntó Dyer—. Según su historial, siempre han vivido huyendo.

—Entonces encontraré a ese mocoso de mierda y yo mismo lo llevaré a rastras hasta la cárcel.

Un golpe de humor justo en el momento oportuno. Todos disfrutaron de una buena carcajada.

—¿Qué valor tiene la casa? —preguntó Noose.

—Tengo una de esas estupendas tasaciones que solo tienen en cuenta el exterior, y le otorga un valor de trescientos mil dólares. También tengo una hipoteca que iguala ese valor, dólar a dólar.

—No vamos a utiliza tu casa, Jake. ¿Y si fijo la fianza en cincuenta mil dólares?

—No, señor. Eso significa que tendremos, o más bien tendré, que sacar cinco mil dólares en efectivo de debajo de las piedras para ser su fiador. Es un follón y todos lo sabemos. Ahora mismo no tengo cinco mil dólares de sobra. Acepte la escritura, juez. El chico comparecerá ante el tribunal cuando se le requiera.

Noose dejó caer su copia de la escritura sobre la mesa.

—¿Lowell?

—La acusación se opondrá a cualquier tipo de fianza para este acusado. Es un asesinato en primer grado.

—Gracias por tu colaboración —gruñó Jake.

Noose se llevó una mano a la barbilla y comenzó a rascarse.

—De acuerdo. Aceptaremos la escritura.

Jake sacó más papeles y se los entregó.

—Ya he preparado una orden para que la firme. Hablaré con la secretaria dentro de un instante. Después hablaré con Ozzie, si es que me coge el teléfono, y organizaremos el traslado. Recogeré al chico mañana a primera hora de la mañana y lo llevaré a Oxford. Miren, éramos amigos cuando esto empezó y seremos amigos cuando termine. Necesito su ayuda para que esto sea lo más discreto posible. Josie debe dinero y ya le han entregado varias demandas. Kiera va a tener un bebé sin estar casada, pero en Oxford no lo sabe nadie. Me gustaría que empezara el instituto igual que cualquier otra cría de catorce años, no como una joven madre. Y puede que haya algunas personas a las que nada les gustaría más que encontrarse a Drew solo por la calle. La discreción es muy importante.

—Entendido —aceptó Dyer.

Noose hizo un gesto vago con la mano, como si no necesitara las advertencias.

Lucien quería que fuera a tomarse una copa en el porche el viernes por la tarde e insistió mucho en la invitación. A Jake no le apetecía seguir en el bufete y, cuando por fin consiguió hablar por teléfono con Ozzie y acordar los detalles de la liberación, se fue para allá en su Impala y lo aparcó detrás del viejo Porsche. Lucien, como no podía ser de otra manera, estaba sentado en su mecedora con una copa en la mano. Jake se preguntó cuántas se habría trincado ya.

Se sentó en otra mecedora y charlaron sobre el calor y la humedad. Por lo general, Sallie habría terminado materializándose en algún momento y le habría preguntado si le apetecía beber algo, y después se lo habría servido como si le estuviera haciendo un favor.

—Te he invitado a tomar una copa. El bar no se ha movido de su sitio y hay cerveza en el frigorífico —dijo Lucien.

Jake se marchó y volvió con un botellín de cerveza. Durante un rato bebieron y escucharon el chirrido de los grillos.

—Querías hablarme de algo —dijo Jake por fin.

—Sí. Reuben se pasó por aquí ayer.

—¿El juez Atlee?

—¿A cuántos Reuben conoces en esta zona?

—¿Por qué eres siempre tan sabelotodo?

—Cuestión de práctica.

—Pues la verdad es que conozco a otro Reuben. Winslow. Va a nuestra iglesia, así que tú no lo conoces.

—¿Quién es ahora el sabelotodo?

—Es una medida de defensa.

—Reuben y yo nos conocemos desde hace mucho tiempo. Hemos tenido nuestras diferencias, pero seguimos hablándonos.

Sería imposible encontrar un solo abogado, juez o funcionario electo en Clanton que no hubiera tenido sus diferencias con Lucien Wilbanks.

—¿Y qué quería?

—Está preocupado por ti. Ya lo conoces. Se cree el pastor de todos los asuntos legales de la ciudad y los sigue con discreción desde la distancia. En la sala del tribunal pasan pocas cosas de las que él no se entere. Sabía casi tanto como yo del juicio de Gamble, y eso que yo estaba allí.

—Típico de Reuben.

—No estaba sorprendido por la falta de acuerdo del jurado, y yo tampoco. Pueden juzgar a ese chico diez veces y no conseguirán una condena, pero tampoco una absolución. Tu defensa fue magistral, Jake. Me sentí muy orgulloso viéndote.

—Gracias.

Jake se sintió conmovido, porque los halagos por parte de Lucien eran raros. Lo habitual eran las críticas.

—Un caso extraño. Imposible de condenar, imposible de absolver. Estoy seguro de que volverán a juzgarlo.

—El 10 de diciembre, en Smithfield o en Temple.

Lucien asimiló sus palabras y bebió un trago.

—Y hasta entonces está encerrado en la cárcel, un chico inocente.

—No, sale mañana por la mañana.

—¿Cómo lo has hecho?

—No he sido yo. Ha sido Portia. Ha preparado una solicitud de *habeas corpus*, acompañada de un informe convincente, y yo se la he enseñado a Noose esta mañana. Lo he amenazado con ella, le he dicho que la presentaría aquí y luego la llevaría al tribunal federal.

Lucien se estuvo riendo un buen rato mientras agitaba los hielos de su vaso.

—Bueno —dijo cuando dejó de reírse—, volviendo a lo de Reuben. Está preocupado por unas cuantas cosas. Smallwood. No le gusta esa empresa ferroviaria y opina que lleva décadas operando de forma peligrosa en esta zona. Me contó que hace treinta años un amigo suyo estuvo a dos centímetros de chocar contra un tren en ese mismo paso a nivel. El hombre tuvo suerte y consiguió evitar el accidente. Reuben ha tenido a Central en su tribunal unas cuantas veces a lo largo de los años, por demandas de expropiación y cosas así. Esa gente le parece arrogante y estúpida y, en general, tiene una opinión bastante mala de la empresa.

—Tengo los documentos —respondió Jake en tono despreocupado, aunque se había animado considerablemente.

—Y está preocupado por el testigo misterioso. ¿Cómo se llamaba?

—Neal Nickel.

—Siendo como es, Reuben se ha leído el expediente judicial de arriba abajo y le preocupa el hecho de que ese hombre estuviera en el lugar de los hechos durante tres horas, con agentes de policía por todas partes, y no dijera ni esta boca es mía. Y que después se marchara a casa y esperara que el asunto desapareciera sin más. Pero después aparece el viernes anterior al juicio porque quiere testificar. En opinión de Reuben, es injusto.

—Bueno, está claro que nos dejó pasmados. Pero ¿por qué se ha molestado Reuben en leerse el expediente judicial? Seguro que ya tiene suficiente trabajo con el suyo.

—Dice que lee expedientes por diversión. Y está preocupado por la cría, la única superviviente de la familia; le preocupa su futuro. Gestionaste la custodia en su tribunal y él la aprobó, así que tiene derecho a estar preocupado, quiere que alguien cuide de esa niña.

—A la niña la está criando la hermana de Sarah Smallwood. Es un hogar decente. No maravilloso, pero correcto.

Lucien apuró su copa y se puso en pie despacio. Jake lo vio alejarse caminando como si estuviera perfectamente sobrio y supo que la historia no había hecho más que empezar. Si avanzaba en la dirección apropiada, el futuro entero de Jake podría mejorar de forma drástica. De repente nervioso, se terminó la cerveza de un trago y pensó en ir a buscar otra.

Lucien volvió con un whisky recién servido y empezó a mecerse de nuevo.

—El caso es que a Reuben no le gusta cómo está yendo el caso.

—Ni a mí. Estoy endeudado por él.

—Una buena estrategia sería desistir en la Audiencia Territorial y luego volver a presentar la demanda en el tribunal de equidad.

—El viejo truco del desistimiento —dijo Jake—. Lo estudiamos en la facultad de Derecho.

Un desistimiento permitía que un demandante presentara una demanda, luego la anulara por cualquier razón que se le pasara por la cabeza y después volviera a presentarla cuando lo considerara conveniente. Demanda, y, si la fase de intercambio de pruebas sale mal, desiste y aquí no ha pasado nada. Demanda, ve a juicio y, si te toca un jurado con cara de pocos amigos, desiste y ya lucharás otro día. Había un caso famoso de la costa del Golfo en el que el abogado de un demandante se dejó arrastrar por el pánico cuando las deliberaciones del jurado comenzaron a alargarse demasiado y pensó que estaba a punto de perder. Anunció un desistimiento y todo el mundo se fue a casa. Al día siguiente salió a luz que el jurado acababa de decidir concederle a su cliente un veredicto generoso. Volvió a presentar la demanda, fue a juicio un año más tarde y perdió. Su cliente lo demandó por mala praxis y ganó. Los abogados defensores odiaban aquella ley. Los abogados de los demandantes sabían que era injusta, pero luchaban por mantenerla. La mayoría de los estados habían adoptado procedimientos más modernos.

—Es una ley arcaica —comentó Jake.

—Cierto, pero sigue estando vigente. Utilízala en tu favor.

Jake se terminó la cerveza. Resultaba obvio que Lucien no tenía ninguna prisa y estaba disfrutando del momento.

—¿Y qué podría ocurrir en el tribunal de equidad? —preguntó Jake.

—Cosas buenas. Reuben asume la jurisdicción del caso por lo de la custodia y por su responsabilidad de proteger a la niña. Fija una fecha para el juicio y listo.

—Un juicio sin jurado.

—Exacto. Puede que la defensa solicite que haya jurado, pero Reuben se negará.

Jake cogió una gran bocanada de aire.

—Necesito un chupito de esa cosa marrón —dijo.

—El bar no se ha movido de su sitio. Pero ten cuidado que a lo mejor tu mujer te pega.

—A lo mejor mi mujer también se da a la bebida cuando se entere de esto.

Se marchó y volvió con un Jack Daniel's con hielo.

—No sé si te acuerdas, Lucien, pero Harry Rex y yo debatimos precisamente este asunto antes de presentar la demanda. Diría que estuviste presente durante una o dos de nuestras conversaciones. Decidimos evitar el tribunal de equidad porque el honorable Reuben Atlee es un puñetero tacaño con el dinero. Para él, un veredicto de cien mil dólares es obsceno, una violación de las normas de una sociedad disciplinada. Es un miserable, un roñoso, un agarrado. Los abogados tienen que rogar para conseguir unos cuantos dólares para sus tutores.

—Contigo fue generoso durante la imputación del testamento de Hubbard.

—Cierto, y también lo comentamos. Pero en aquel momento había tanto dinero sobre la mesa que ser generoso resultaba más fácil. Presentamos la demanda del caso Smallwood en la Audiencia Territorial porque consideramos que teníamos más posibilidades con un jurado.

—Es verdad, Jake, y esperabas obtener una gran victoria

en la sala del tribunal, un veredicto récord que te situaría en el mal de los grandes abogados litigantes.

—Lo esperaba y todavía lo espero.

—Bueno, pues no vas a conseguir ese veredicto en el caso Smallwood, no en la Audiencia Territorial.

—¿O sea que el juez Atlee quiere presidir el juicio?

—No habrá juicio, Jake. Forzará a la empresa ferroviaria a alcanzar un acuerdo, algo que se le da muy bien. Ya lo hizo con el caso Hubbard.

—Sí, pero después de que yo ganara el juicio.

—Y el acuerdo fue justo. Todo el mundo se llevó algo y se evitaron las apelaciones, ¿no fue así?

—Así fue.

—Pues ahora lo mismo. Vuelve a presentar la demanda en el tribunal de equidad y Reuben se encargará de todo. Protegerá a la niña y también a los abogados.

Jake bebió un trago largo y luego cerró los ojos y se meció con suavidad. Sintió que la carga que llevaba sobre los hombros se aligeraba, que el estrés se desvanecía, rezumándole por los poros. El alcohol empezaba a hacerle efecto y se le ralentizó la respiración. Por primera vez desde hacía meses, veía una luz al final del túnel.

Le costaba asimilar el hecho de que el juez Atlee hubiera estado sentado en la misma mecedora veinticuatro horas antes diciéndole a Lucien lo que este tendría que decirle al joven Jake.

Aunque en realidad no podía haber nada más típico de Reuben.

54

Ozzie estaba esperándolo en la cárcel cuando Jake llegó el sábado por la mañana temprano. El sheriff se mostró bastante cordial, pero no lo saludó con un apretón de manos. El señor Zack fue a buscar al prisionero y Drew apareció en el mostrador de recepción con un petate militar, sacado de algún excedente del ejército, atiborrado con sus pertenencias. Jake firmó varios formularios y Drew firmó un inventario. Siguieron a Ozzie a través de una puerta trasera hasta donde Jake tenía aparcado el coche. Una vez fuera, Drew se detuvo un segundo para mirar a su alrededor, su primer contacto con la libertad desde hacía casi cinco meses. Cuando Jake abrió la portezuela del conductor, Ozzie dijo:

—¿Qué tal si comemos juntos la semana que viene?

—Me encantaría. Cuando quieras.

Se alejaron sin que nadie los viera y, cinco minutos más tarde, aparcaron en el camino de entrada de Jake. Carla los recibió en el patio y le dio a Drew un abrazo largo e intenso. Pasaron a la cocina, donde se estaba preparando un banquete. Jake lo acompañó escaleras abajo hasta su baño y le dio una toalla.

—Date una ducha caliente, tan larga como quieras, y luego desayunaremos.

Drew subió media hora más tarde, con el pelo mojado y vestido con una camiseta de Springsteen muy chula, unos pantalones vaqueros cortos y unas deportivas Nike nuevecitas que, según él, le quedaban perfectas. Jake le dio tres billetes de un dólar.

—Lo del blackjack —le dijo—. Quédate el cambio.

El chico miró el dinero.

—Venga ya, Jake, no me debes nada.

—Coge el dinero. Lo has ganado con todas las de la ley y yo siempre pago mis deudas de juego.

Drew aceptó el dinero a regañadientes y se sentó a la mesa, donde ya esperaba Hanna.

—¿Cómo es estar en la cárcel? —lanzó la niña para empezar.

—No, no —interrumpió Jake—. No vamos a hablar de la cárcel. Elige otro tema.

—Horrible —contestó Drew.

A lo largo del verano, Drew y Carla habían pasado muchas horas juntos estudiando historia y ciencias y leyendo novelas de misterio, así que se tenían mucho cariño. Carla le puso delante un plato de tortitas y beicon y le alborotó el pelo.

—Tu madre te lo va a cortar en cuanto llegues a casa.

El chico sonrió.

—Me muero de ganas. Y es un apartamento de verdad, ¿no?

—Sí —respondió Jake—. No es muy grande, pero es aceptable. Te gustará vivir allí, Drew.

—Me muero de ganas —repitió.

Se metió un buen bocado de beicon en la boca.

—¿Cómo era la comida en la cárcel? —preguntó Hanna sin apartar ni un segundo la vista de él.

—Hanna, desayuna y deja de hablar de la cárcel.

Drew devoró una montaña de tortitas y pidió más. Al principio no hablaba mucho, pero no tardó en empezar a charlar mientras comía. El tono de su voz subía y bajaba, y de vez en cuando se le escapaba algún gallo. Había crecido por lo menos cinco centímetros desde abril y, aunque seguía estando delgado como un palillo, cada vez se parecía más a un adolescente normal. Por fin estaba alcanzando la pubertad.

Cuando se sintió lleno, le dio a Carla las gracias y otro abrazo enorme y dijo que quería ir a ver a su madre. Camino de Oxford, se sumió en el silencio mientras contemplaba el paisaje con una sonrisa. A medio camino empezó a cabecear y no tardó en quedarse dormido.

Jake lo miró y no pudo evitar preguntarse por su futuro. Sabía lo precaria que sería la libertad de Drew. No compartía la confianza de Noose y Lucien acerca de la improbabilidad de una condena. El siguiente juicio sería diferente, siempre lo eran. Una sala del tribunal distinta, un jurado distinto, unas tácticas distintas por parte de la acusación.

En cualquier caso, ganara, perdiera o hubiera otro empate, Jake sabía que Drew Gamble formaría parte de su vida durante muchos años.

El lunes, Jake presentó el desistimiento del caso Smallwood en la Audiencia Territorial y les envió una copia a los abogados de la otra parte. Walter Sullivan llamó a su bufete tres veces aquella tarde, pero Jake no estaba de humor para hablar. No le debía ninguna explicación.

El martes, presentó una demanda de homicidio por negligencia en el tribunal de equidad y le envió una copia por fax al juez Atlee.

El miércoles, como era de esperar, el *Times* publicó un artículo de portada bajo el titular SOSPECHOSO DEL CASO KOFER PUESTO EN LIBERTAD. Dumas Lee no le hacía ningún favor. Su interpretación de los hechos era sesgada y transmitía la impresión de que el acusado estaba recibiendo un trato indulgente. Lo más irritante era que el artículo se basaba en comentarios hechos por el anterior fiscal del distrito, Rufus Buckley, que decía, entre otras bajezas, que le costaba creer que el juez Noose hubiera permitido la puesta en libertad de un hombre imputado por asesinato en primer grado. «Es algo inaudito en este estado», decía Buckley como si se conociera al dedillo la historia de todos y cada uno de los ochenta y dos condados. Dumas no mencionaba ni una sola vez el hecho de que el acusado fuera presuntamente inocente, y tampoco se había tomado la molestia de llamar a Jake para pedirle comentarios. Jake supuso que le había contestado tantas veces «Sin comentarios» que Dumas se había cansado de preguntar.

Fiel a su costumbre, Buckley parecía disponer de mucho tiempo para hablar. Jamás había conocido a un periodista que no le cayera bien.

El jueves, el juez Noose convocó el juicio por el asunto de Jake Brigance contra el condado de Ford. La sala principal del juzgado estaba casi vacía. Los cinco supervisores se habían sentado juntos en la primera fila, con los brazos cruzados sobre el pecho para hacer bien visible su frustración mientras le lanzaban miradas asesinas a Jake, el enemigo. Eran políticos veteranos que llevaban años dirigiendo el condado, con escasos cambios entre sus filas. Cada uno de ellos procedía de un distrito específico, un pequeño feudo donde el jefe repartía contratos de pavimentación, adquisiciones de equipamiento y puestos de trabajo. Como grupo, no estaban acostumbrados a que los mangonearan, ni siquiera un juez.

Dumas Lee había acudido a husmear y ver el espectáculo. Jake se negó a mirarlo, pero en realidad quería gritarle.

Su señoría dio inicio a la sesión.

—Señor Brigance, usted es el demandante. ¿Tiene algún testigo?

—No, señoría, pero, para que conste en acta, me gustaría decir que fui designado por el tribunal para representar al señor Drew Gamble en su juicio por asesinato en primer grado. Era, y sigue siendo, una persona sin recursos. Me gustaría presentar como prueba mi declaración de honorarios y gastos para su defensa.

Jake se acercó a la taquígrafa judicial y le entregó el papeleo.

—Admitida —decretó Noose.

Jake se sentó y entonces fue Todd Tannehill quien se levantó.

—Señoría, represento al condado, el demandado, y acuso recibo de la factura del señor Brigance, que le remití a su vez a la junta. De acuerdo con el Código de Mississippi, el máximo que cualquier condado puede pagar por un asunto de este tipo es de mil dólares. El condado está dispuesto a emitir un cheque por esa cantidad.

—Muy bien, me gustaría que el señor Patrick East subiera al estrado de los testigos —pidió Noose.

East era el presidente de la junta en aquellos momentos y resultó evidente que estaba sorprendido de que lo llamaran al estrado. Se acercó a la taquígrafa judicial, prestó juramento y ocupó el asiento de los testigos. Sonrió a Omar, un hombre al que conocía desde hacía veinte años.

El juez Noose le hizo unas cuantas preguntas preliminares para aclarar su nombre, su domicilio y su puesto, y luego cogió unos papeles.

—Bien, señor East, mirando el presupuesto del condado para este año fiscal, veo que hay un superávit de unos doscientos mil dólares. ¿Puede explicármelo?

—Claro, juez. Supongo que no es más que buena gestión.

East sonrió a sus compañeros. Era un hombre campechano y divertido por naturaleza, y los votantes lo adoraban.

—De acuerdo. Y hay una línea marcada como «Cuenta discrecional». El saldo es de ochenta mil dólares. ¿Puede explicármelo?

—Por supuesto. Es una especie de fondo para imprevistos. Lo utilizamos de manera esporádica cuando hay algún gasto inesperado.

—¿Como por ejemplo?

—Bueno, el mes pasado tuvimos que instalar luces nuevas en el campo de sóftbol de Karaway. No estaban presupuestadas y votamos el gasto de once mil dólares. Ese tipo de cosas.

—¿Hay algún tipo de restricción en cuanto a cómo puede gastarse ese dinero?

—No, siempre y cuando la petición sea apropiada y nuestro representante legal la apruebe.

—Gracias. Entonces, cuando la junta recibió la factura del señor Brigance, ¿cuál fue el resultado de la votación de los cinco miembros?

—Cinco a cero en contra. Solo estamos cumpliendo la ley, señoría.

—Gracias. —Noose miró a los dos abogados y dijo—: ¿Alguna pregunta?

Sin ponerse de pie, ambos negaron con la cabeza.

—Muy bien, señor East, puede retirarse.

El presidente volvió a sentarse con sus colegas en la primera fila.

—¿Algo más? —preguntó Noose.

Ni Jake ni Todd tenían nada que añadir.

—De acuerdo. El tribunal falla en favor del demandante, Jake Brigance, y ordena al demandado, el condado de Ford, que emita un cheque por la cantidad de veintiún mil dólares. Se levanta la sesión.

El viernes, Todd Tannehill llamó a Jake para comunicarle que la junta le había ordenado apelar la resolución. Se disculpó y le dijo que no tenía más remedio que hacer lo que su cliente le pedía.

Una apelación al Tribunal Supremo del estado se demoraría dieciocho meses.

El viernes era el último día de trabajo de Portia. Las clases empezaban el lunes y estaba preparada para marcharse. Lucien, Harry Rex, Bev, Jake y Carla entraron con ella en la sala de reuniones y abrieron una botella de champán. Brindaron por Portia, con unas cuantas bromas ligeras de por medio, y todos ellos le dedicaron unas palabras. Jake fue el último; tenía un nudo en la garganta.

Le regalaron una preciosa placa de madera de castaño y bronce que rezaba: DESPACHO DE PORTIA CAROL LANG,

ABOGADA COLEGIADA. Iban a colocarla en la puerta del despacho que la joven había ocupado durante los dos años anteriores. Ella la aceptó con orgullo, se enjugó las lágrimas y levantó la mirada hacia el grupo.

—Me siento abrumada —dijo—, aunque la verdad es que me he sentido abrumada muchas veces desde que llegué a este bufete. Os agradezco vuestra amistad, habéis sido encantadores. Pero también os agradezco algo mucho más importante. Vuestra aceptación. Me habéis aceptado, a una joven negra, como vuestra igual. Me habéis dado una oportunidad increíble y habéis esperado que la aprovechara como una igual. Gracias a vuestro apoyo y a vuestra aceptación, tengo un futuro que, a veces, aún me cuesta creerme. No tenéis ni idea de lo que significa esto para mí. Gracias. Os quiero a todos... Incluso a ti, Lucien.

Cuando terminó no había ni un solo par de ojos secos.

55

El tercer domingo de septiembre, cuando el calor del verano por fin comenzaba a disiparse y el otoño se insinuaba en el aire, la familia Brigance, algo tarde, como de costumbre, intentaba salir de casa para asistir al servicio de la Iglesia Bíblica del Buen Pastor. Carla y Hanna ya estaban en el coche y Jake estaba a punto de activar la alarma de la casa cuando sonó el teléfono. Era Josie, muy nerviosa, para darles la noticia de que Kiera estaba de parto. Tenía prisa y prometió llamar de nuevo cuando pudiera. Jake conectó la alarma con tranquilidad, cerró la puerta y se subió al coche.

—Vamos muy tarde —gruñó Carla.

—Han llamado por teléfono —contestó Jake mientras retrocedía por el camino de entrada.

—¿Quién era?

—Josie. Ha llegado el momento.

Carla respiró hondo y farfulló:

—Se le ha adelantado.

Todavía no se lo habían dicho a Hanna, pero a la niña no se le escapaba ni una y, desde el asiento de atrás, preguntó:

—¿Está bien la señorita Josie?

—Sí, cariño —respondió Jake—. No era nada.

—Entonces, ¿por qué ha llamado?

—No era nada.

Tras un sermón que les pareció demasiado largo, fueron un momento a visitar al pastor McGarry y a Meg y luego se marcharon. Volvieron corriendo a casa y comieron deprisa, sin apartar la mirada del teléfono. Las horas pasaban. El parto de Hanna había sido una pesadilla y recordaban perfectamente todo lo que podía salir mal. Jake intentó ver un partido de fútbol americano mientras Carla merodeaba por la cocina, lo más cerca posible del teléfono.

Por fin, a las cuatro y media, Josie llamó para comunicarles que el bebé había llegado. Kiera había estado impresionante. La madre y el hijo se encontraban bien y no había habido complicaciones. Tres kilos trescientos cincuenta y cinco gramos, y, por supuesto, era precioso y clavadito a su madre. Hanna sabía que estaba pasando algo raro y no les quitaba ojo de encima.

El lunes, su madre y ella salieron hacia el colegio como de costumbre. Jake estaba en el bufete, revisando unos documentos. Llamó a su abogado de Oxford, un amigo de la facultad, y repasaron el plan. Llamó a sus padres para contarles la noticia. Carla había llamado a los suyos el domingo por la noche.

Después del colegio, dejaron a Hanna en casa de una amiga y se fueron al hospital de Oxford con el Impala. La habitación de Kiera era un caos, porque tanto Josie como Drew habían pasado allí la noche en camas plegables. La familia tenía ganas de marcharse a casa. Drew parecía especialmente aburrido de todo aquello.

Jake había insistido en que Kiera no viera a su bebé. Les explicó el procedimiento y les aclaró los detalles legales. Kiera estaba sensible y se pasó la mayor parte de la reunión llorando. Carla se había colocado junto a su cama y le daba palmaditas en el brazo. Aparentaba aún menos de catorce años.

—Pobre niña —dijo Carla tras secarse las mejillas cuando salieron de la habitación para marcharse—. Pobre niña.

Jake estuvo a punto de decir algo banal, como que lo peor ya había pasado y ahora podían mirar hacia delante, pero con los problemas legales de Drew cerniéndose sobre ellos como una espada era difícil ser optimista. Sin embargo, cuando llegaron a la planta de maternidad la tristeza ya había desaparecido. En cuanto vieron al bebé, constataron que era más que perfecto.

Por fin, aquella noche se sentaron con Hanna y le soltaron la noticia de que estaba a punto de tener un hermanito pequeño. Sus días de hija única se habían acabado. Se entusiasmó y quiso hacer mil preguntas, así que pasaron horas hablando de la llegada del pequeño, de su nombre, de su habitación, etcétera, etcétera, etcétera. Jake y Carla habían decidido postergar cualquier comentario acerca de la identidad de la madre. Se limitaron a describirla como una jovencita preciosa que no podía quedarse con el bebé. A Hanna eso le importaba poco. Estaba exultante porque iba a tener un hermanito.

Jake trasnochó para montar la cuna nueva que habían tenido escondida en un trastero mientras Carla y Hanna desenvolvían pijamas, sábanas y ropita de bebé nueva. Hanna insistió en dormir con ellos aquella noche, algo relativamente habitual en ella, y casi tuvieron que amordazarla para poder descansar unas cuantas horas.

Se levantaron temprano para arreglarse para el gran día y se vistieron como si fueran a ir a la iglesia. Hanna ayudó a preparar una bolsa de bebé con más pañales de los que cualquier recién nacido pudiera necesitar. No dejó de parlotear durante todo el trayecto hasta Oxford mientras sus padres intentaban, en vano, contestar a todas sus preguntas. En el hospital, la dejaron en una sala de espera con instrucciones estrictas y entraron en el despacho del gerente, que revisó todos los documentos y los firmó. Luego fueron a la habitación de Kiera, donde se encontraron a la chica y a su madre con las maletas hechas y listas para marcharse. Drew ya estaba en el instituto. El médico había firmado los papeles del alta y los Gamble estaban hartos de tanto hospital. Se despidieron con abrazos y lágrimas y prometieron volver a verse pronto. Luego se marcharon a toda prisa a la planta de maternidad a recoger al niño. La enfermera se lo entregó a Carla, que se quedó sin habla, y salieron enseguida a la sala de espera, donde se lo presentaron a su hermana mayor. Hanna, por fin, se quedó también sin palabras durante unos instantes. Lo acunó como si fuera una muñeca e insistió en que le pusieran un conjuntito azul claro, la ropa que ella había elegido y que resultaba más apropiada para la ocasión.

Lo llamarían Luke, un nombre que a Hanna le gustaba. En su partida de nacimiento modificada, su nombre legal sería Lucien, algo a lo que Carla se había resistido al principio. Ponerle a su hijo el nombre del mayor sinvergüenza de Clanton podía suponer todo tipo de problemas, pero Jake no dio su brazo a torcer. Para cuando el niño tuviera diez años, Lucien Wilbanks habría muerto y la mayor parte de la ciudad lo habría olvidado. Jake, sin embargo, atesoraría sus recuerdos durante el resto de su vida.

Llegaron en coche hasta la plaza y aparcaron delante del bufete de Arnie Pierce, un buen amigo de Jake desde los días de la universidad. Carla había salido con Arnie antes de conocer a Jake, así que la relación era antigua y de confianza. Cruzaron la calle hasta el juzgado del condado de Lafayette, donde Pierce había concertado una cita especial con el juez del tribunal de equidad Purvis Wesson, un juez joven al que Jake conocía bien. Se reunieron en su despacho para celebrar una vista privada en presencia de una taquígrafa judicial. Como un sacerdote durante el bautismo, el juez Wesson cogió al bebé, lo examinó y lo declaró apto para la adopción.

Portia llegó justo a tiempo para la ocasión. Tras tres semanas de duro trabajo en la facultad de Derecho, estaba más que dispuesta a saltarse una o dos clases para presenciar la adopción.

Con Arnie pasándole un documento tras otro, el juez Wesson decidió prescindir del periodo de espera de tres días y de los seis meses de prueba. Examinó la petición y los formularios de consentimiento firmados por Josie y Kiera. Leyó en voz alta los detalles del acta de defunción del padre para que constaran en acta. Firmó dos veces con su nombre y el pequeño Luke Brigance se convirtió en hijo de Jake y Carla. El último asunto pendiente era una orden para blindar el expediente y mantenerlo al margen de los archivos públicos.

Treinta minutos más tarde, posaron para hacerse unas fotos y se despidieron.

Hanna insistió en que durante el trayecto de vuelta a casa Carla se sentara atrás con su hermano y con ella. Ya se había apropiado del bebé y quería darle un biberón. Después quiso cambiarle el pañal, algo a lo que Jake la animó con entusiasmo. Podía cambiarle todos lo que quisiera.

El viaje hasta Clanton fue un momento de felicidad, algo que Jake y Carla revivirían durante años. En casa les estaba esperando el almuerzo, junto con los padres de Jake y los de Carla, que habían llegado en avión a Memphis aquella mañana a primera hora. Harry Rex y Lucien también se acercaron a darle la bienvenida al pequeño. Cuando Jake anunció el nombre del bebé, Harry Rex fingió enfadarse y preguntó con indignación por qué habían elegido Lucien. Jake le explicó que con un Harry Rex en el mundo ya había más que suficiente.

Las abuelas hacían turnos para achuchar al bebé, siempre bajo la atenta mirada de la hermana mayor.

Los amigos y la familia harían cuanto estuviera en su mano para ocultar todos los detalles posibles. Sin embargo, la gente hablaría y la ciudad terminaría enterándose.

A Jake le daba igual.

Nota del autor

Empecé a escribir *Tiempo de matar* en 1984 y lo publiqué en 1989. Pasó mucho tiempo antes de que Jake volviera en 2013, en *La herencia*. En ese intervalo se publicaron otros libros ambientados en el mismo espacio ficticio: *Cámara de gas*, *El último jurado*, *La citación* y mi única colección de relatos, *Siete vidas*. Ahora, con la incorporación de esta novela, se ha escrito mucho sobre Clanton y sobre muchos de sus personajes: Jake y Carla, Harry Rex, Lucien, el juez Noose, el juez Atlee, el sheriff Ozzie Walls, Carl Lee, etcétera. De hecho, he escrito tanto sobre el condado de Ford que no me acuerdo de todo.

El objetivo de todo esto es pedir disculpas por cualquier posible error. Soy demasiado vago para releerme los primeros libros.

Les doy las gracias a varios viejos amigos abogados de Hernando que me ayudaron a recordar detalles de mi antigua profesión: James Franks, William Ballard y Percy Lynchard. Ellos me explicaron las leyes correctamente. Si las he modificado para que encajen en la historia, que así sea. Es fallo mío, no de ellos.

Esto mismo sirve para cualquier estatuto o norma procesal de mi estado natal. Hace muchos años, cuando era un joven abogado, estaba obligado a seguirlos al pie de la letra. Ahora, como escritor de ficción, no siento esa servidumbre. Aquí, al igual que antes, he cambiado las leyes, las he distorsionado e incluso me las he inventado, y todo ello en un esfuerzo por impulsar la narración.

Y un agradecimiento enorme y especial a Judy Jacoby por el título.